渓西野譚

Keisei-Yatan

李羲準／李羲平
梅山秀幸［訳］

作品社

本書を読まれる方へ

梅山秀幸

本書は、朝鮮時代後期、十九世紀中ごろに成った『渓西野譚《けいせいやたん》』六巻全三百十二話を翻訳したものである。『渓西野譚』の編纂者は李羲平《イフィピョン》とも李羲準《イフィジュン》とも言われる（巻末訳者解説を参照されたい）。李氏の本貫は韓山。韓山李氏は、父の英祖に殺された思悼世子の嬪であり、子（正祖）と孫（純祖）を王位に即けた恵慶宮洪氏の外戚に当たる。激しい党派の争いの中で西人であり、その分派の老論であり、またその分派の時派であった家柄である。

その党派争いと言うのも、一見、単なる名分論に過ぎないように見えるが、十六世紀末には日本に、十七世紀初には清に侵略され蹂躙された経験を踏まえて、混乱した社会の中で国家としての、民族としてのアイデンティティを模索する過程であったと考えられる。『渓西野譚』は編纂者の属した支配階級である両班の生き方、心のありようとともに、朝鮮社会を構成するより下層の多様な人びとの生き方を生き生きと描いている。

本訳書では、日本の読者にはなじみのないと思われる人物・事がらについて、各話の末尾に注釈をほどこした。干支による暦年、あるいは中国の年号、その他ごく簡単なものについては、本文の中で（　）を用いて西暦などを補足した。なお、各話のタイトルは底本にあるものもあり、訳者が付したものもある。また巻末に付録解説として、「朝鮮の科挙および官僚制度」、「朝鮮の伝統家屋」、「朝鮮時代の結婚」、および「妓生」について簡単な説明を加えて、読者の理解の便をはかった。

妻の理江子と
娘の斎に

［カヴァー・扉の装画］
金帆沫 画

本書は2016年度の桃山学院大学学術出
版助成を受けて出版されたものである。

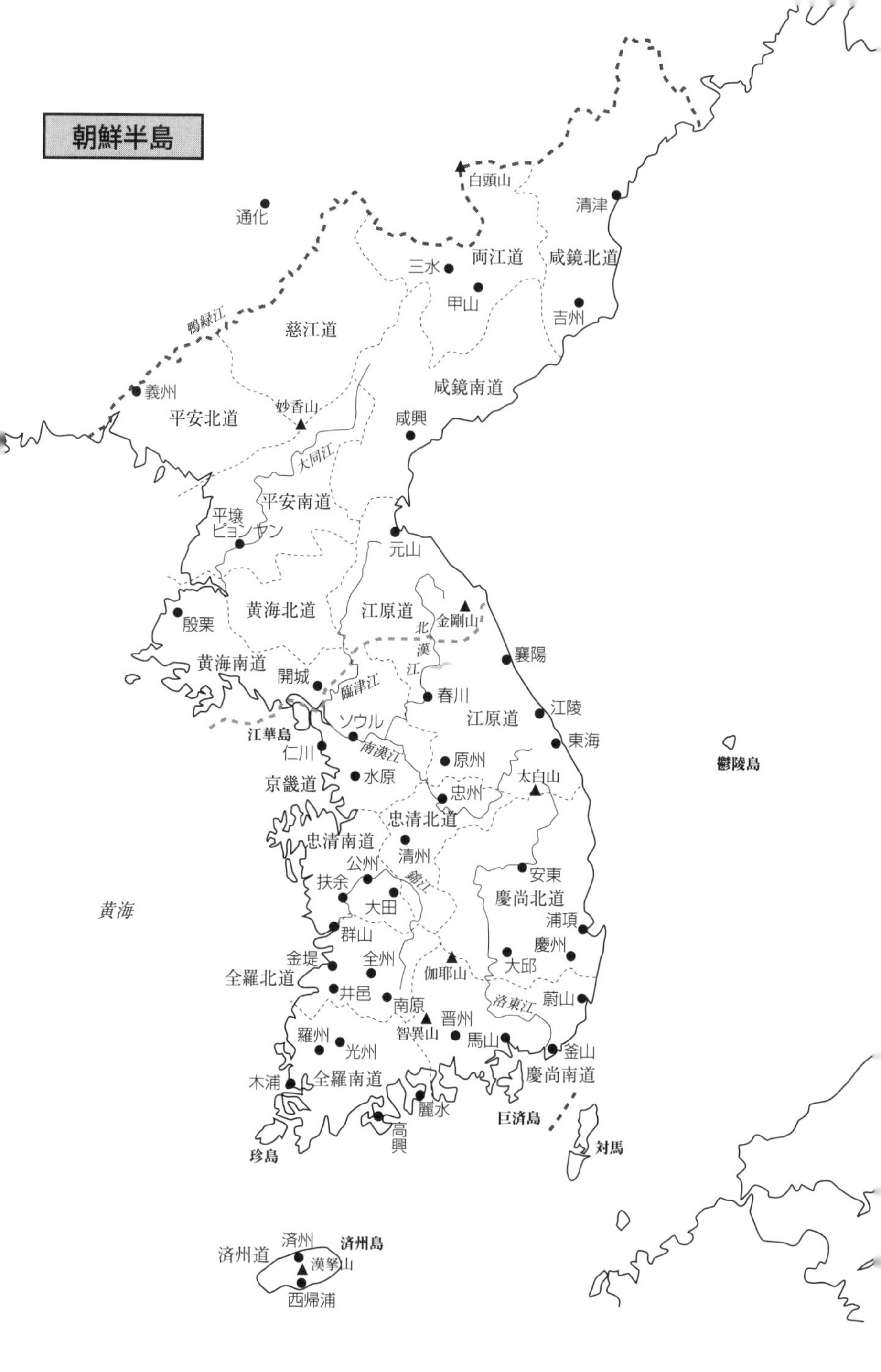
朝鮮半島
白頭山
清津
通化
両江道
咸鏡北道
三水
甲山
吉州
鴨緑江
慈江道
咸鏡南道
義州
妙香山
平安北道
咸興
大同江
平安南道
平壌
ピョンヤン
元山
殷栗
黄海北道
江原道
金剛山
北
漢
江
襄陽
黄海南道
開城
臨津江
春川
江陵
江原道
ソウル
江華島
東海
仁川
南漢江
原州
鬱陵島
水原
京畿道
太白山
忠州
忠清北道
忠清南道
清州
公州
錦江
安東
扶余
大田
慶尚北道
黄海
浦項
群山
慶州
金堤
全州
伽耶山
大邱
全羅北道
井邑
南原
洛東江
蔚山
晋州
智異山
馬山
羅州
光州
釜山
木浦
全羅南道
慶尚南道
麗水
巨済島
高興
対馬
珍島
済州
済州島
済州道
漢拏山
西帰浦

李氏

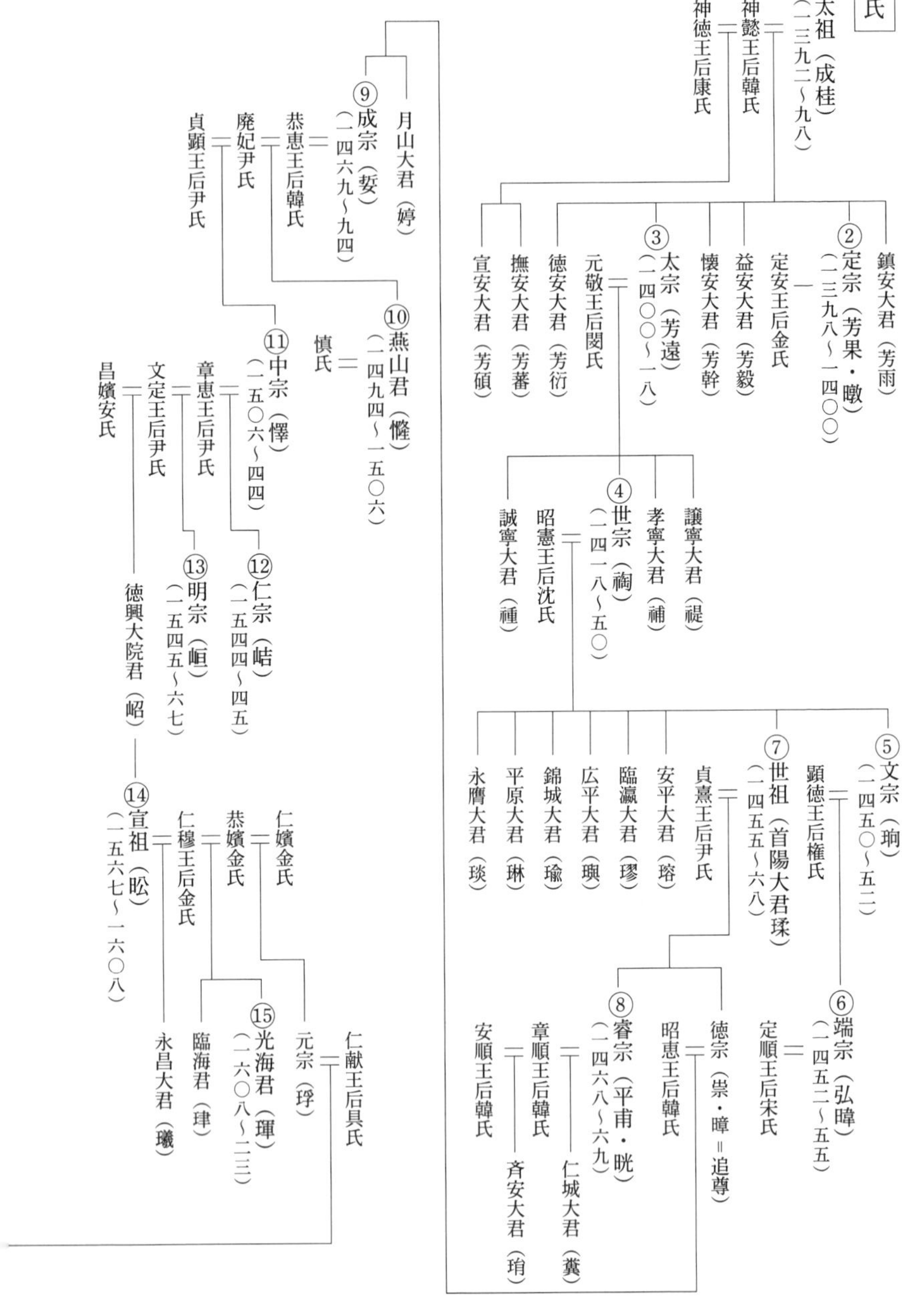

①太祖（成桂）（一三九二～九八）
神懿王后韓氏
神徳王后康氏
鎮安大君（芳雨）
②定宗（芳果・曔）（一三九八～一四〇〇）
定安王后金氏
益安大君（芳毅）
懐安大君（芳幹）
③太宗（芳遠）（一四〇〇～一八）
元敬王后閔氏
徳安大君（芳衍）
撫安大君（芳蕃）
宣安大君（芳碩）
譲寧大君（禔）
孝寧大君（補）
④世宗（祹）（一四一八～五〇）
昭憲王后沈氏
誠寧大君（褈）
⑤文宗（珦）（一四五〇～五二）
顕徳王后権氏
⑦世祖（首陽大君瑈）（一四五五～六八）
貞熹王后尹氏
安平大君（瑢）
臨瀛大君（璆）
広平大君（璵）
錦城大君（瑜）
平原大君（琳）
永膺大君（琰）
⑥端宗（弘暐）（一四五二～五五）
定順王后宋氏
徳宗（崇・暲＝追尊）
昭恵王后韓氏
⑧睿宗（平甫・晄）（一四六八～六九）
章順王后韓氏
安順王后韓氏
仁城大君（糞）
斉安大君（琄）
月山大君（婷）
⑨成宗（娎）（一四六九～九四）
恭恵王后韓氏
廃妃尹氏
貞顕王后尹氏
⑩燕山君（㦕）（一四九四～一五〇六）
慎氏
⑪中宗（懌）（一五〇六～四四）
章恵王后尹氏
文定王后尹氏
昌嬪安氏
⑫仁宗（峼）（一五四四～四五）
⑬明宗（峘）（一五四五～六七）
徳興大院君（岹）
⑭宣祖（昖）（一五六七～一六〇八）
仁穆王后金氏
恭嬪金氏
仁嬪金氏
⑮光海君（琿）（一六〇八～二三）
臨海君（珒）
永昌大君（㼁）
元宗（琈）
仁献王后具氏

朝鮮王朝系譜（李氏）

⑯仁祖（倧）（一六二三～四九）＝仁烈王后韓氏

- 昭顕世子（溰）
- ⑰孝宗（淏）（一六四九～五九）＝仁宣王后張氏

⑱顕宗（棩）（一六五九～七四）＝明聖王后金氏

⑲粛宗（焞）（一六七四～一七二〇）＝淑嬪崔氏＝禧嬪張氏＝仁顕王后閔氏

- ⑳景宗（昀）（一七二〇～二四）
- ㉑英祖（昑）（一七二四～七六）＝貞純王后金氏＝暎嬪李氏＝靖嬪李氏

思悼世子（愃）＝恵嬪洪氏

孝章世子（緈）

㉒正祖（祘）（一七七六～一八〇〇）＝綏嬪朴氏＝宣嬪成氏

- ㉓純祖（玜）（一八〇〇～三四）＝純元王后金氏
- 文孝世子

翼宗（旲）＝神貞王后趙氏

全渓大院君

㉕哲宗（昪）（一八四九～六三）（養子）

㉔憲宗（奐）（一八三四～四九）

興宣大院君

㉖高宗（一八六三～一九〇七）（養子）＝明成王后閔氏

㉗純宗（一九〇七～一〇）

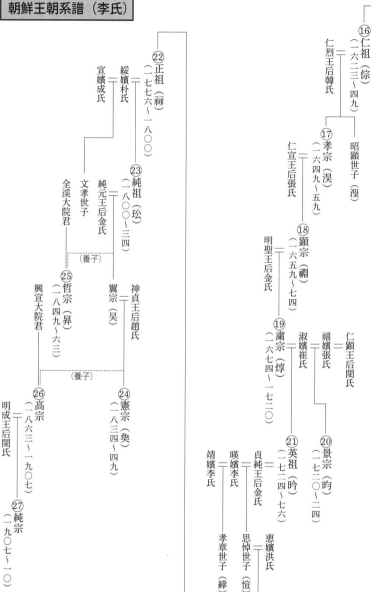

目次 ◉ 渓西野譚

巻の一

巻の二

巻の三……215

巻の四……295

巻の五

付録解説 643

訳者解説 655

溪西野譚

序文

渓西というのは尚書の李羲準の堂号である。野譚とは見聞したままに記録するものである。別の名をもつものも多くあり、あるいは『記聞叢話』と言い、あるいは『莘田遺書』と言い、あるいは『徳湖野譚』と言う。みずから記録したものに、みずからの号を付したものであろう。

（渓西者　李尚書羲準之堂号也　野譚者　随其見聞而記録也　蓋多別名　或曰　記聞藂話　或曰　莘田遺書　或曰　徳湖野譚　抑亦自録而自号歟）

巻の一

第一話……李彦世《イオンセ》の剛直

李彦世《イオンセ》[1]は名門の人ではなかった。しかし、門閥は高くなかったものの、意気軒高としていて、辛壬の士禍[2]の際には厳粛に義理というものを守った。それを見て、三山・李台重《イテジュン》[3]の一族、および臨斎・尹心衡《ユンシムヒョン》[4]、そして多くの名流の人びとが彼と親交を結ぶようになった。

李彦世は貧しく、家は風雨を防がず、しばしば朝夕の食事にも事欠くありさまであった。三山公はこれを憐れんで、一郡の守令に任じようとした。その当時、尹汲《ユングプ》[5]が吏曹判書であったが、たまたま空いた官職があり、三山公は審査するに当たって、李を第一に推薦して、その名前に印を施しておいた。それを知った李本人は大いに怒り、吏曹の役人を捕まえて引きずりだし、叱りつけた。

「お前のところの長官はどうして私を地方の職に任じようとするのか」

そうして、合わせて三通もの辞退願いを提出して、その職には就こうとはしなかった。

三山公がやって来て、諭《さと》すように言った。

「これは私のさせたことなのだ。君の暮らし向きを見ると、今にも飢え死にしそうではないか。そこで、吏曹判書に頼んだのだ。どうして断るのだ」

李は冷笑しながら言った。

「これはあなたのしたことだと言うのか。私はあなたをもっと立派な方だと思っていた。今、こんなことをするのを見て、慨嘆に耐えない。あなたは友人をどうしてこのように軽々しく扱うのか」

こうして、結局、赴任することはなかった。

後に、台官（司憲府の役人）になって、尹公を論駁して言った。

「公務を執行する台官に、さしたる理由もなく地方官の職を与えることは、言路を閉ざし、王さまの聡明を塞ぐことになります」

これを聞いていた者はみな舌を巻いたが、昔の人の気概を見るべきである。

▼1【李彦世】『朝鮮実録』英祖九年（一七三三）九月、弘文提学の宋寅明に命じて儒生を宮廷で試験し、幼学の李彦世を抜擢し、殿試に赴かせたという記事がある。また二十五年（一七四九）には讒言によって蟄居しているが、英祖は彦世を登用すべき人物であると述べていることが見える。

▼2【辛壬の士禍】辛丑の年（一七二一）から壬寅の年（一七二二）にかけて、王位継承の問題で老論と少論とのあいだに起こった党争。粛宗の後を継いだ景宗は性格が温順な上、子どももいず病がちであったから、すぐに世子を選ぶ必要があるというのが、当時の老論の四大臣、領議政の金昌集、左議政の李健命、領中枢府事の李頤命、判中枢府事の趙泰采などの主張であった。そこで、延礽君を王世弟に冊封して、その後は金昌集などの建議にしたがって王世弟が政務を執るようになった。それに対して、少論の金一鏡が四大臣は逆謀を企んでいると誣告し、老論は失脚するに至った。延礽君が王位に登ると、ふたたび少論は追われ、斬殺され、後の李麟佐の乱（第四七話注1参照）の原因となった。詳しくは巻末訳者解説を参照のこと。

▼3【三山・李台重】一六九四〜一七五六。英祖のときの重臣。字《あざな》は子三、号は三山、本貫は韓山。諡号《しごう》は文敬。牧隠・李穡の十三世の孫、一七一七年、司馬試に合格、一七三〇年、文科に及第。一七三五年、持平として金昌集など老論の四大臣の無罪を主張し、王の怒りを買い黒山道に流されたが、翌年には赦免された。一七四〇年には李光佐を処罰すべきであると上疏して甲山府に流され、翌年には復帰して、戸曹判書・芸文館提学に至った。

▼4【尹心衡】一六九八〜一七五四。李朝英祖のときの文臣。字は景平、号は臨斎。一七二一年、進士に合格、続いて文科に壮元及第して、正言となったが、辛壬の士禍で老論が追放されたとき、職を削られて屏渓に隠退した。英祖が即位すると復帰して、副提学のとき、李光佐・趙泰億を弾劾して罷免された。後に英祖はその志操を守った生涯を称えるために礼遇、同知中枢府事となり、翌年には礼曹参判となって死んだ。

▼5【尹汲】一六九七〜一七七〇。李朝英祖のときの文臣。字は景孺、号は近菴、諡号は文貞。領議政の尹斗

寿の五世の孫。一七二五年、進士に合格、同年、文科に及第。一七三七年には重試に及第して、大司諫・戸曹参判となり、使臣として清に行って吏曹判書になった。激しい言論で英祖の蕩平策（巻末訳者解説参照のこと）を批判したが、書に優れ、彼の書体は「尹尚書体」と称され、多くの碑文が残る。

第二話……兵使・李逸済《イイルチェ》の勇力

兵馬節度使の李逸済《イイルチェ》[1]は判書の箕翊《キイク》[2]の孫である。絶倫の勇気と膂力があり、その身のこなしの早さはまるで飛ぶ鳥のようであった。子どものときから豪放不羈《ごうほうふき》で、学問をいっさいしなかったので、それが祖父の判書公の心配の種であった。十四、五歳で冠礼はすませたものの、まだ結婚をしていないとき、ある晩、こっそりと娼家に出かけた。そこにはすでに掖隷《えきれい》[3]と捕校の役人たちがぎっしりと座っていて、盃がまわってその場は狼藉たるありさま。その中につかつかと入っていって、幼い少年一人が何食わぬ顔して妓生（巻末付録解説4参照）に手を伸ばして戯れる。一座の者たちはみな怒って言った。

「乳臭い小僧のくせして、なんとも無礼な奴だ。ぶち殺してくれよう」

一同は立ちあがり、逸済を蹴ろうとした。逸済は手で一人の足をつかみ、まるで杖のように軽々と振り回したので、みな倒れ伏してしまった。そして、その男をぽいと放り投げて、門の外に出て、身をひるがえして家の屋根の上に登り、屋根を伝って走り、あるいは四、五間ほども跳躍して逃げた。このとき、たまたま一人の捕校が小便のために外に出ていて、何が起こったのか知らず、心中で不思議に思い、自分自身も屋根の上に登って後を追いかけ、李判書の家の門に入って行くのを見届けた。捕校は李公の家とは親しくしている者であったから、翌朝、訪ねていって、夕べの事件の顛末を話した。公は逸済を杖でたたき、しばらく家の外に出さなかった。

その後、友人たちと花見に出かけ、南山の蚕頭に登った。ちょうどこのとき、閑良[4]たちが弓を射る練習をしようと、数十名が松の木の下に集まっていた。逸済が来るのを見て、東床礼▼5を受けることにしようかと、一斉に立ちあがって彼の手をとらえて引き倒そうとした。逸済は身を交わして、ひとっ飛びして松の枝を折り、これを揮うと、その風にあおられて、みな倒れ伏してしまった。そうして、逸済は山を下りて帰って来た。

それから後、彼の武勇は世間に広く伝わって、特別推薦によって武官となり、亜卿▼6の地位にまで至った。判書の趙曮《チョオム》▼7が日本に通信使として行ったとき、逸済を幕賓として随行させてほしいとお願いした。まさに航海しようとしたとき、上船から失火して火炎が天を焦がした。人びとはそれぞれ助かろうと舷にぶら下がり、倭人の救助船に飛び移ったが、時を移しては飛び火する心配があって、救助船は急いで艪を漕いで避け、上船からほぼ数十間のところに離れて、初めて落ち着いて人数を数えると、逸済だけがいない。人びとは驚いて、逸済は火の中に取り残されて焼かれてしまったのだと考えた。すると、そのとき、遠くから人の声が聞こえる。船の前方に立ちあがって見ると、火炎の中に立って大声で、「おおい、船を止めてくれ」と叫んでいるではないか。

人びとは初めてそれが逸済だと知って、船をとどめて待った。すると、逸済は火の中から跳躍して船に飛び降りたのであった。人びとはその跳躍力に驚いた。逸済は酒に酔っ払って上船の船艙のいちばん下で寝込んでしまい、火事が起こったのを知らなかったのである。人びとも慌てふためいて逸済のことは忘れてしまっていた。酔いから覚めて火に取り囲まれているのを見て、はるか離れた船に跳躍したのだった。彼の神勇はこのようであった。

▼1【李逸済】『朝鮮実録』英祖二十三年（一七四七）十一月、夕講を行ない、信使軍官を召した中に李逸済の名前が見える。また、三十九年（一七六三）十二月には慶尚右兵使としたことが見える。

▼2【箕翊】李箕翊、一六五四～一七三九。一六八七年、司馬試に合格、一七一三年、六十歳で増広文科に丙科で及第した。以後、台諫職を歴任して、江原道観察使の外職についたこともあるが、ソウルにもどり、知

敦寧府事・工曹判書に至った。
▼3【掖隷】掖庭署につとめる役人、または下隷を言う。
▼4【閑良】武官任用試験に及第しなかった武人、さらには遊興をこととする人。
▼5【東床礼】婚礼が終わった後に新婦の家で新郎が自分の友人たちに酒食でもって応接する習俗。
▼6【亜卿】卿の次の官職。参判および左右の尹など。
▼7【趙曮】一七一九～一七七七。朝鮮後期の文臣。字は民端、号は永湖。一七三八年、生員試に合格、一七五二年、庭試文科に丙科で及第して、官途に就いた。一七六三年には通信使として日本に渡っている。財政に明るく、一七七〇年、吏曹判書だったとき、特別に平安道観察使となり役所の公債三十余両を一時に徴収するなどの手腕を見せたが土豪たちの反発も招いた。洪国栄の誣告を受け、また平安道観察使在任時の不正も問題とされて流罪となり、失意の中で死んだ。日本から帰ったとき、対馬からサツマイモの種子と栽培法をもたらしたとされる。

第三話……眼鏡箱に書かれた予言

宰相の李性源《イソンヲン》▼1が原州監営を視察しようとして、管内を巡る道で楓岳にたどり着いた。九竜淵に至って、岩に自分の名前を書いて刻ませようとしたが、僧たちはみな出払って誰もいない。高城の守令が言うには、ふもとの村に滞在している者がいて、すこぶる手が器用だから、よく石に刻むことができるであろうということであった。

その者を呼んできて、石に刻ませようとすると、その者は眼鏡を使っていた。この眼鏡というのがまたとないような逸品である。李相にはもともと珍しい品物を愛でる癖があり、この眼鏡を持ってこさせ、手にとり、ためつすがめつする。ところが、そうしているうちに手を滑らせ、岩の上に落として割ってしまった。李相は驚いて、眼鏡の値を聞いて弁償しようとした。すると、その者は断って言った。

「品物の成敗にもまた運数があるものです。お気になさらないでください」

李相が、

「お前は山村の貧しい百姓ではないか。この眼鏡を割ってしまっては、どうやって新しいものを買うことができるのだ。私が弁償しようというのを断らないで欲しい」

と言って、あくまでも金を与えようとすると、その者は眼鏡の箱を取り出して、

「この箱をご覧になれば、おわかりになります」

と言った。

李相がそれを見ると、「某年、某月、某日、巡察使に出会い、九竜淵で割れる」と書いてあった。李相は驚いて尋ねた。

「これはお前が書いたのではないのか。これを買ったときから書いてあったのか」

しかし、その者はなにも答えなかった。誰がどこで書いたのか、不思議なこともあるものである。

▼1【李性源】一七二五〜一七九〇。正祖のときの文臣。字は善之、号は湖隠。諡号は文粛。左議政の李廷亀の後孫。一七五四年、生員に合格、一七六三年には文科に及第した。兵曹正郎・弘文館校理などを経て左議政に至った。一七八九年、冬至謝恩使として燕京に行き、帰ってきて病死した。

第四話……神医、金応立《キム ウン リプ》

金応立《キムウンリプ》▼1というのは嶺南の右道の常賤▼2で、目に一丁字もない者であったが、神医としてその名前は嶺南の外まで知られた。しかしながら、その医術というのは脈を診るでもなく、症状を論じるのでもない、ただ様子と顔色を見て、その病が何の祟りかを知るのである。そして、彼がいつも使う薬というのも、誰もが

使うありふれた薬剤に過ぎなかった。

　李銘《イミョン》▼3が金山の郡守になったが、その息子の花嫁が嫁入りして以来、激しく咳こむようになった。李銘氏もまた医術の心得があって、みずから試さない薬はなく、花嫁に飲ませて見たが、すこしも効き目がない。ただ衰弱する一方で、ほとんど気力が尽き果てる境に至った。このときになって、応立を呼び、診察してもらうことにした。応立は、

「一度、顔色を診せていただかなければ、どんな薬を使っていいやら、とても判断ができかねます。花嫁のお顔を拝見するなど、恐れ多いことではありますが」

と言った。李銘は、

「今や生死の境をさまよっている。顔を見ることに、どんな差し障りがあろうか」

と言った。

　李銘を役所にそのまま座らせておいて、別の人を診察するかのように見せかけ、応立は門の中に入って行き、詳しく花嫁の顔色を診た上で、言った。

「これは難しい病気ではありません。胃腸の中に生き物が居座って悪さをしているのです」

　うどん玉数箇を買ってこさせ、水に溶いて、これを飲ませた。

「きっと嘔吐なさいます」

と言ったが、はたしてしばらくすると、痰の塊のようなものを吐きだした。それを剖いて見ると、小さな茄子が出てきた。きれいな形を保っていて、少しも腐敗していない。病人に尋ねてみると、十歳くらいのとき、茄子一個を摘んで食べようとして、そのまま飲み下したことがある、きっとそのときの茄子にちがいないといった。そのときから、花嫁の病は治癒していった。

　李銘の姪の婿が永年わずらっていて、それが馬に乗ってやって来た。ふたたび応立を呼びにやって診察させたが、応立は患者を診るやいなや、笑いながら言った。

「他の薬を服用する必要はありません。ちょうど今は秋で落ち葉の季節です。木の種類は何でも構いませ

ん。虫が食っていない落ち葉を選んで十袋あまり集め、大きな釜四つ五つで煎じてください。そして、時を選ばずに四六時中、一碗を飲むようにしてください」

応立の言うとおりにすると、はたして病気は癒えた。

また、角弓のように背中が後ろに反り返っている男がいた。応立はこれを診て、こよりを作り、鼻の穴に入れてくすぐった。すると、男は前のめりになって咳をする。一日中、これを繰り返して、背中は正常になった。

彼が用いる処方というのはこうした類のものであったが、まことに不思議なことである。

▼1【金応立】『朝鮮実録』仁祖五年(一六二七)十月に、倭賊の首を切る功のあった人として金応立の名前があるが、この人ではないようだ。
▼2【常賤】常民と賤民。高い両班の身分ではないことをここでは言う。
▼3【李銘】『朝鮮実録』「中宗実録」の編集者として芸文館侍教の李銘の名が見え、『宣祖修正実録』七年(一五七四)六月、日照りによる特赦があり、禁錮されて久しい李銘らを赦したという記事がある。

第五話……トッケビ(妖怪)の新郎

原州に人参商人の崔某という者がいた。万金を貯め込んで富豪となった。原州の人が伝えた話を聞くと、崔の母親は二十歳のころ崔を産んだが、父親は死んでしまった。母親は幼い子を育てながら寡婦として貞節を守って暮らしていたが、ある日、壮健な男が突然やって来た。着ているのは草の服、腰は裸でさらけ出し、頬髯は金色に光っている。それが居間の真中にどかっと腰を下ろした。

崔の母親はいったい何事かとおどろいて尋ねた。

「操を守って生きている寡婦の家に、男子がどうしてずかずかと入り込むのです」

その男は笑いながら、

「私はこの家の主だ。驚くことはない」

と言って、奥に崔の母親を引きずって行き、当然のように犯した。母親はなすすべもなく、男に身を任せた。ただ交わっているときに、冷気が骨髄にしみてきて、痛くてたまらない。その後、毎夜かならずやって来たが、銀・銭・布・帛などをいつも持って来たので、財物が倉に満ちるようになった。崔の母親はそれが鬼だとわかったものの、自然に情も湧いてきた。

ある日、母親が、

「あなたにも何かこわいものがありますか」

と尋ねると、その男はつい気を許して答えた。

「私にこわいものなど特にないが、ただ黄色のものを見るのだけはいやだ。もし黄色のものを見れば、あえて近づかない」

そこで、崔の母親は黄色の塗料を多量に買ってきて、家の壁すべてを塗り替え、また自分の顔も身体も黄色く化粧をして、さらに黄色の衣服をまとった。

その日の夜、男はやって来たが、見ておどろき、おずおずと退いて、やっとのことで、

「どうしてこんなことをしたのだ」

と尋ねながら、しきりにため息をついて止めなかった。そして、

「これもまた縁が尽きたということなのだろう。もう来るのをやめよう。私が与えた財物をよく管理して、お前たちの暮らし向きに役立てるがいい」

と言って、たちまち姿を消して、その後は行方も知れなかった。

崔の家はこのことから豊かになって、一道で第一の富豪になった。崔の母親は八十歳になったが、家産はいよいよ豊かで賑わっているという。

第六話……下僕に粥を食べさせた観察使

判書の趙雲逵《チョウンユク》▼1が完伯（全羅道観察使）であったときのこと、ある日の晩、夜伽をする妓生はたまたま用事があって外出しており、趙公は宣化堂で一人寝をしていた。夜も更けて隣の部屋から悄然とため息をつく声が聞こえてくる。これを不審に思っていると、突然、その声が尋ねてきた。

「上房に誰かいらっしゃるのか」

観察使はおどろいて、答えた。

「隣のお前こそ誰だ」

「私は処刑される罪人です」

観察使はますますおどろいて、

「なんと、お前は処刑される重罪人なのか。それがどうしてこんなところに来たのだ」

と言うと、

「明日の朝の粥の食事を召し上がらないでください。下僕の某に食べさせてみてください。私はあなたを助けたのですから、あなたも私を助けて下さい」

と言って、忽然と出て行った。

観察使は大いにおどろき、不思議にも思って、もう一睡もできずに、正座したまま朝を迎えた。すると、時をおかずに、朝の粥を厨の方から持って来た。そこで、気分が悪いからといってこれに匙をつけず、下僕の某を呼んで、粥の鉢を与えてこれを食べさせた。すると、下僕の某は鉢を手にしてぶるぶると震え出す。観察使は一喝してこれを食べさせた。某は一匙を口にするやいなや、ばたりと地面に倒れた。その死体はすぐに引きずって行かせた。

その後、審理のときに、危急を告げてくれた囚人を助けてやることにして、仔細を聞き出し、王さまに事の顚末を報告した。

すなわち、牢獄の垣の後ろには飯炊き女の家がある。ある日、たまたま垣根の下で小便をしていると、人の話す声が聞こえる。垣根の隙間から覗いて見ると、下僕の某が飯炊き女を垣根の下に呼んで、銭二十両を与え、その上で薬の塊を手渡し、

「この薬を朝の粥に混ぜて差し上げるのだ。成功すれば、褒美はまた与えよう」

と言っていた。飯炊き女が、

「どうしてこんなことをするのかね」

と尋ねると、某は、

「観察使の夜伽ぎの妓生がもともと俺の女だったのは、お前も知っているではないか。ところが、あの女、観察使とねんごろになった後は、俺には会ってもくれない。あの女のことを思うと、一日が三秋のように長く思われ、観察使が憎くて仕方がないのだ。観察使を殺すしかない」

と言い、飯炊き女も、

「仕方がないねえ、わかったよ」

と答えたのだった。

囚人はそれを聞き、夜になって忍び出て、これを観察使に告げたのだった。

▼1【趙雲逵】一七一四〜一七七四。英祖のときの宰相。字は士亨。吏曹判書の栄国の息子。一七四〇年、庭試に及第、槐院に入った。さまざまな官職を経て、一七五四年には大司憲から全羅道観察使に赴任、翌年、羅州に不穏な落書が現れると、その犯人を捜査して一網打尽にした。吏曹判書・判中枢府事に至ったが、自分の地位と名声を嫌い、隠退して余生は花と釣りを楽しんで過ごした。

第七話……趙監司と深夜の快漢

判書の趙雲逵が完山監営にいたとき、ある日の夜も更けて、ぐっすり寝入っていると、横に寝ていた妓生が身体を揺すって眼を覚まさせた。雲逵がおどろいて、どうしたのか尋ねると、妓生は、

「ちょっと妙なんです」

と言う。月の光が明るく昼のようで、窓の外には人の影がある。隙間から覗いて見ると、身の丈八尺あまりの美丈夫が立っている。上下の衣服をまとって、雪の色のように光る匕首《あいくち》を手にして、まさに部屋の中に飛び込もうとしている。すっかり仰天して、まさに魂飛魄散《こんひはくさん》というありさま。すると、妓生がひそひそ声で、

「私が裨将《ひしょう》庁に報せてきます」

と言って、こっそりと後ろの窓を開けて出て行った。雲逵は一人でうずくまって考えながら、あるいは尋常ではないことが起こらないかと恐れ、妓生の後を追って部屋を出たものの、身を隠すところも見当たらない。竈《かまど》の下に身を潜ませようとすると、傍らに灰を入れる空っぽの石の鉢があったから、それに頭を隠していると、匕首を持った男が竈の方に近づいてくるではないか。毛髪が逆立ち、身が竦《すく》むようで、息を殺して、ただうつ伏しているだけだった。

しばらくすると、役所の中は鼎《かなえ》がわき立つように騒がしくなって、松明で明るくなった。賊は剣でもって竈の柱を撃って、

「運数をどうすることもできない」

といい、後ろの垣根を飛び越えて立ち去った。

四方に喧騒がうずまく中で、みなが、

「観察使はご無事ですか」

と叫んだ。雲逵は暗闇の中で、

「私は無事だ、私は無事だ」

と答えたのだった。

幕客および下隷が声のする方角を尋ねてやって来て、雲逵を助け起こして宣化堂に戻った。

その後、趙観察使は上疏して、完山監営を辞めてソウルに戻った。

第八話……正祖に直諫した金熤《キムイク》

正祖が永陵[1]に参拝なさったとき、お帰りになる途中、陽鉄の野で御駕をお止めになった。正祖はみずから閲兵をなさろうとして軍服を着用なさったが、文貞公・金熤《キムイク》[2]が元大臣として班列に参加していて、御前に進み出て、

「殿下はどうして軍服をご着用になっているのですか」

とお尋ねした。正廟が
「今日は晴天で風もさわやかだ。寝所に戻るにはまだ早く、閲兵しようと思ったのだ」

とお答えになると、金熤は、

「陵に参拝なさっての帰路、殿下のお父上を思慕なさるお気持ちは深く尊いのに、このような挙動をなさるのは適当ではありません。また軍服は王者の衣服ではありません。寝所にお帰りになる命令をお出しください」

と申し上げた。王さまは何もおっしゃらず、閲兵を中止なさった。判書の徐有隣《ソユリン》[3]がお側に侍っていたが、王さまは、

「判府がみなの前で私に論駁したので、私は恥ずかしくて顔色もなかった」

とおっしゃった。

その後、学斎の斎任[4]を避けようとして、王さまは厳命を下された。そのとき、金公の末子の載璉《チェヨン》[5]がその兄である相公の金載瓚《キムチェジャン》[6]の任地である成川にいたが、斎任に当たっていた。そのために、父の金公の官職を剥奪して、兄の成川府使は罷免するよう命令が下ったのだが、しばらくしてふたたび登用された。

その後、黄基玉《ファンキオク》[7]のことでその父の昌城尉[8]の職名を削れとの命令が下った。金公は丞相として、申し上げた。

「経には『罰は後嗣に及ばず』と言っています。父親の罪もその子どもに及ぶことはありません。ましてや、子どもの罪でその父親を罰することができましょうか。お願いですから、ご命令を撤回してください」

王さまは、

「そのようにいたせ」

とお答えになったが、このとき、金公の息子の領議政が閣臣として入直していた。王さまはお側に侍らせて、

「お前の家の父親は今回また勝手なことを申した」

とおっしゃった。

金相公は退出して、このお言葉を父の金公に伝え、

「わが家にも似たような処分がかつてあったのですよ。お父上はそれを意にも介せず、どうしてあのようなことを申し上げなさったのですか」

と言った。金公はため息をついていった。

「私は忘れていた。目前の事がらに王さまが中庸を保たれるようにと思って申し上げたのだ。今にして思えば、愚かなことを申し上げてしまった」

その後、金公が亡くなり、金相公が父の行状を文章にしたためたが、このことは書き記さなかった。王さまはこれを見せるようにご命じになって、

「この中には書き漏らしていることがある。どうして書かなかったのだろうか」

とおっしゃった。左右の者が、

「敢えて書かなかったのではないでしょうか」

と申し上げると、王さまは、

「これは大人が政をただして救ったことではないか。削る必要はない」

とおっしゃり、きちんと書くようにお命じになった。大聖人のご処置はこのように光明に満ち、尋常ではない。

金公の病気が危急の状態であることをお聞きになって、王さまはご心配なさり、宮廷から人参五両を長男の金相公に下賜され、薬餌の資とするようにおっしゃった。金相公は命を承って退出して、父の金公に伝えると、金公は朦朧とした中でも起き上がって正座し、衣冠を整え、その長男を庭の下に降りさせ、叱りつけた。

「私はたとえ任に堪えなくとも、三公の官職をかたじけなくした。主上が薬物を下さろうとなさったとな。御医を遣わされ看病をさせるようになさったという例はあって、それなら話はわかる。しかし、臣下の身で私にいただくことはできないに決まっているではないか。お返しするのだ。それでなければ、もうお前の顔など見たくない」

金相公は進退きわまって、薬の封をもって宮廷の門外に伏して、数日の間、泣き続けた。王さまはこれをお聞きになって、薬を返納させ、御医を送って病状を診させた。金公が正義を守って撓《たわ》むことのなかったのはこのようであった。まことに名儒であり、碩儒である。

▼1【永陵】英祖の長子の孝章世子（真宗と追尊）とその妃の孝順王后趙氏の陵。正祖は英祖の二男の思悼世子の子であるが、思悼世子は罪人として英祖によって処刑されているので、すでに亡くなっている孝章世子の子として王位についた。

▼2【金熤】一七二三〜一七九〇。朝鮮後期の文臣。字は光仲、号は竹下・薬峴。本貫は延安。諡号は文貞。

一七六三年、庭試文科に丙科で及第、弘文館に登用された。翌年、王が仁元王后の祭祀に仏供を供えるのに反対して甲山に流された。後に許されて顕官を歴任し、一七八六年には冬至謝恩使として清に行った。領議政に至った。

▼3【徐有隣】一七三八〜一八〇一。李朝末期の文臣。字は元徳、諡号は文献。一七六六年、生員として文科に及第、官職は吏曹判書に至った。王命で、『増修無冤録諺解』を編纂した。

▼4【斎任】成均館・四学などに寄宿して勉強する儒生たちの中から選ばれた役員。

▼5【載璉】金載璉。『朝鮮実録』にこの名前は見えない。この話にあること以上は未詳。

▼6【金載瓚】一七四六〜一八二七。純祖のときの宰相。字は国宝、号は海石、諡号は文忠。一七七四年、進士となり、同年に文科に及第、検閲となり、以後、内外の職を歴任した。鬱陵島に行き、魚とイブキの採取を禁じた。一八〇五年には領議政に至った。洪景来の乱（第六七話参照）のときは混乱した民心を収拾させてこれを平定した。

▼7【黄基玉】『朝鮮実録』正祖九年（一七八五）十一月、黄基玉の不行跡によって父の昌城尉の職を削るという記事があり、翌年の正月には金熤が子の落ち度によって父の職を削ることの是非について上奏したことが見える。正祖十五年（一七九一）には和柔翁主の子の黄基玉を義城県令とし、父の黄仁点が就養するので、馬を給したという。

▼8【昌城尉】黄仁点。？〜一八〇二。英祖の駙馬（婿）。一七五一年、英祖の第十女の和柔翁主と結婚して昌城尉となった。一七七六年から一七九三年まで都合六回にわたって清に使節として派遣された。一八〇一年、辛酉邪獄（キリスト教弾圧）のさいには、一七八四年に冬至謝恩使としてともに北京に行った李承薫が『天主実義』などの書物を持ち帰った事実を、正使でありながら知らなかったとして責任を追及された。

第九話……恩愛を知る鵲《かささぎ》

綾州の朴祐源《パクウヲン》▼1は名門の人ではなかった。南方の郡にいたとき、その夫人が木の上から鵲《かささぎ》の雛が落ちるのを見て、朝夕に飯を食べさせてこれを育てた。鵲の雛はしだいに大きくなって羽毛が生えそろっても、部屋の戸口にいて、離れようとしなかった。後には、樹林の中に飛んでいったが、時々は飛んで帰って来ては、夫人の肩の上に止まった。

長城に移り住むことになって、一行がまさに旅立とうとする日、鵲は急に飛び立って姿を消した。夫人の一行が長城の役所の門に到着すると、鵲は梁の上で騒いで、舞い降りて、夫人の前で跳ね回った。夫人は以前と同じように鵲に餌を与えた。庭の前の木の上に巣を作り、つがいになって雛を育てたりしたが、以前と相変わらず同じように行き来した。

その後、また綾州に移り住むことになったが、今度もまたついて来て、さらにソウルに戻ることになったときにも、やはり離れずについて来た。

夫人が亡くなると、夫人の棺の上に止まって動かなかった。山の下に着くと、墓閣の上に止まって鳴きやまなかった。棺を埋めるときにはその上空を飛び回って鳴き続けた。そうして飛び去り、行方が知れなくなった。

鵲は微細な物であっても恩愛を知っているのである。このとき、ある人が『霊鵲詩』を作っている。

▼1【朴祐源】『正祖実録』即位年（一七七六）の八月に、検閲の朴祐源を六品に昇進させた、金魯鎮の所懐によって中人からの抜擢だとある。以下、さまざまな官職を経験して、京畿道観察使となったが、十七年（一七九三）の十月にはその罷免の記事がある。

第一〇話……谷山の妓生・梅花《メファ》

谷山の妓生（巻末付録解説4参照）に梅花《メファ》という者がいた。まことに美しい容姿の持ち主だった。ある老宰相が海伯[1]となり、巡察して谷山に至るや、たちまちに梅花のとりこになった。官営に連れて行って、その寵愛ぶりは目も当てられないほどである。そのとき、ある名のあるソンビが谷山府使となって海伯に挨拶のために見えた。そのとき、ほのかに梅花の美しい姿を見て、もっと近くでその姿に接してみたいものだと思うようになった。そこで、その母親を呼んで、手厚く財物を与え、その後もしきりに出入りさせて、米・銭・魚肉・絹などをいつも与えた。そうして数ヶ月が経ち、母親もようやく怪しんで、ある日、尋ねてみた。

「わたくしのような微賤な者にこのように眼を懸けてくださり、まことに恐れ多うございます。しかし、使道はどうしてこのように親切にしてくださるのでしょうか。不思議でなりません」

　使道がそれに対して答えた。

「お前は年はとっているものの、まさしく名妓だ。それでいっしょに寂しさを紛らわせようと思うだけだ。ほかに理由があるわけではない」

　ある日、老妓がまた言った。

「使道にはきっとわたくしを何かに役立てようというお気持ちがあって、このようにご親切にしてくださるのでしょう。どうして、はっきりとおっしゃっていただけないのですか。おっしゃってくだされば、これまでわたくしのこうむった恩愛は甚大で、たとえ煮えたぎる湯や燃え盛る火の中にでも飛び込みましょうものを」

　使道はこのときになって初めて答えた。

「官営に行ったとき、私はお前の娘を見て一眼でとりこになってしまい、忘れることができなくなった。お前がもし娘を連れて来て一度だけでも顔を見せてくれたなら、私はもう死んでもかまわない」

　老妓は笑いながら、言った。

「それはいともたやすいことでございますよ。どうしてもっと早く言ってくださらない。さっそく連れてまいりましょう」

そうして、老妓は家に帰って来て、娘に宛てて手紙を書いた。

「私は名前のわからない病気で今にも死にそうだ。しかし、お前の姿を一眼でも見ないでは、死んでも死にきれない。すぐに暇をもらって帰って来てくれないかい。どうかお前の顔を見せておくれ……」

この手紙を人に持たせてやると、梅花はそれを読んで、泣きながら、巡察使に実家に帰らせてくれるよう願った。巡察使は承諾して、路銀をたくさん持たせて帰した。

梅花が谷山に帰って母親を見ると、母親はぴんぴんしている。母親が梅花を呼び戻した理由を話して、いっしょに役所に連れて行った。そのとき、使道は三十歳余り、風采も立派で駘蕩としている。巡察使はそれにくらべるといかにも冴えない老人であり、仙人と凡夫との差異がある。梅花も使道を一目見て、はや恋慕の心が芽生えた。その日からさっそく枕を交わして、二人の情歓は深まるばかりであった。

一月が過ぎて、許された期間が終わった。梅花が出発しようとして役所の門を出ようとすると、使道が恋々たる情に忍びずに言った。

「今別れてしまえば、次に会う機会を約束するのは難しい。どうすればいいだろうか」

梅花が涙をふるって言った。

「私はもうあなたに心を許しました。今はいったん帰り、ふたたび計画を練ることにすれば、近い内にふたたび会うことができましょう」

こうして出発して、海州に至り、役所に入って行って、巡察使に見えた。巡察使が母親の容態を尋ねると、梅花が答えた。

「病状ははなはだ悪うございましたが、幸いに良医がいて、今は良くなりました」

この後、梅花は以前と同じく洞房にいたが、十日余り経つと、にわかに病になって、食事をとることも寝ることもままならなくなり、呻吟しつつ日を送るようになった。巡察使は薬という薬を試してみるが、いずれも効き目がない。衰弱して十日ほど過ぎて、急に起きあがり、ぼさぼさの頭に垢じみた顔をして、手足をばたばたさせて、狂ったように叫び声を上げて暴れ回る。あるいは泣き、あるいは笑って、澄晴軒の上を歩き回りながら、巡察使の名前をむやみに叫んだ。人がこれを捕まえようとすると、顔をしかめて舌うちし、噛みついたりもして、眼の前に立つこともできなかった。もう狂人に異ならなかった。巡察使はおどろいて外に出すことにして、翌日には、縛り上げて籠に乗せ、家に送り返した。

これはもちろん、いつわって狂ったふりをしたまでのこと、家に帰った日には、梅花はさっそく役所に出かけていって、使道に会った。そして、奥の部屋に入ってしっぽりと情を交わし合ったのは言うまでもない。このこともすぐに噂になって巡察使の耳に伝わった。その後、谷山府使が官営に行くと、巡察使が言った。

「谷山府の妓生の中で私の夜伽ぎをした者が病を称して帰ったが、その後、加減はどうだろうか。あるいは、貴公が呼んで会ってはいはしまいか」

「病はどうやら癒えたようです。しかし、巡察使さまの馴染みの妓生を、下役のわたくしがどうして呼びつけたりいたしましょう」

巡察使は冷笑して、言った。

「貴公は私に代わってよく世話をしてやるがいい」

谷山府使は事態をよく飲み込んで、暇を乞うて上京しようと思い、台諫の一人に巡察使を弾劾するように唆し、これを罷免させた。

そうして、梅花を連れて来て手許に置き、任が果ててソウルに戻るときになって、ともに家に連れて帰って来た。ところが、丙申の獄事[2]が出来するにおよび、前谷山府使も連座して獄につながれた。その妻が泣きながら、梅花に言った。

「今回、主人がこのようなことになって、わたくし自身はどうするか、すでに心に決めている。しかし、お前はまだ若い妓生で、ここにいなくてならない理由はない。お前の家に帰るがよい」

梅花はそれに対して答えた。

「わたくしは賎しい身分とは言え、旦那さまのご恩をこうむってすでに長い歳月が経っています。華やかなときには楽しく過ごし、こんな事態になったら少しの辛抱もせず、背中を向けて家にさっさと帰るようなことが、どうしてできましょう。いっそのこと、死ぬことにいたします」

数日後、罪人は杖打たれて死んだ。その妻も首をくくって死んだ。梅花は夫人の葬儀を行ない、遺体を入棺した。罪人の死体が運ばれて来ると、これもまた葬儀を行ない、夫婦の棺と会わせて先祖の墓の下に埋め、みずからもその墓のかたわらで自殺した。

その節概はこのように烈々たるものであった。初めは巡察使のもとを、卑劣な計略を用いて去ったものの、後には府使のもとで節を立てて義に死んだ。女の中の予譲▼3とも言うべきである。

▼1【海伯】黄海道観察使の別称。観察使が管轄地域を巡察しているときは巡察使とも呼ばれる。

▼2【丙申の獄事】丙申の年（一七七六）、英祖の没後、正祖が洪麟漢・鄭厚謙などを粛清した事変。

▼3【予譲】戦国時代の晋の人。智伯に仕えたが、智伯が趙襄子に滅ぼされると、身に漆を塗って癩となり、炭を飲んで唖となって、復讐をはかったものの、捕えられて自尽した。「予譲炭を飲む」の諺がある。

第一一話……宦官の妾の頼みを断った李生

参議の洪元燮《ホンウォンソン》▼1が若かったとき、壮洞に家を借りて安山の李某とともに科挙の準備の勉強をしていた。洪公はたまたま外に出ていて、李生がひとりで座っていると、前にある垣根の穴から一枚の紙がそろそろと出てくるのが見えた。李生が不思議に思って、手にとって見ると、ハングルで書かれた手紙であった。

「わたくしは宦官の妾をしています。歳は三十近くにもなっているのに、まだ男女の営みを知らず、それを一生の恨みとしています。今晩、家には誰もいずに静かですので、どうか垣根を乗り越えていらっしゃってください」

李生はこれを読んで怒り出し、

「こんな女を許すことができようか」

と言って、次の日、隣の家を訪ねて行き、主人の宦官に会って、手紙を見せながら、色を作《な》して責めた。

その夕方、その家から哭声が上がった。女が首をくくって死んだのだった。

洪公は後になってこの話を聞き、李生を責めた。

「君が行くのがいやなら、行かなければ、それですむことではないか。どうして、わざわざ出かけて行って、手紙を見せる必要があろう。このような事態を招いて、君にもきっといいことはあるまいよ」

その年の秋、李生が家に帰ったとき、家が古くなっていて、台風で倒れ、圧死してしまった。これがどうして偶然であろうか。

▼1【洪元燮】李朝、純祖のときの文章家。字は太和、号は太湖。北谷・致中の玄孫。早く父親を亡くして母親に厳しく育てられた。司馬試に合格すると、蔭仕で官職に着き参議に至った。正祖のときに水原判官に任命されて上樑文を書いた。蔭官であるにもかかわらず、文章が評価された稀な例とされる。

第一二話……暗行御史の柳誼《ユウィ》

参判の柳誼《ユウィ》▼1が暗行御史▼2として嶺南に行き、晋州に至ったときのこと、座首（郷庁の長）が四度ほども続けて留任した上、不法なことを盛んに行なっているという話を聞いたので、出向いて行ってこれを打ち殺そうと決めた。そうして、その邑に向ったものの、十里ばかりも行ったところで日が暮れてしまい、それに疲れてしまったので、たまたま路傍にあった家に入って行った。

家はすこぶる清潔で、家に上がると、十三、四歳の童子がいて、上座に座って応対した。その人となりはいかにも聡明そうで、人と馬とを分けてあれこれと指示をする。すなわち馬には秣を飼わせ、奴《ぬ》を呼んでは夕飯を準備させたが、接待する節々が適切で、まるで大人と異なることがなかった。歳を尋ね、またここが誰の家なのかを尋ねると、童子は答えた。

「私は十三歳で、ここは座首の家です」

また、君は座首の子息なのかと尋ねると、そうだと答える。君の父親はどこに行かれているのかと尋ねると、邑内の任所に行っておりますと答える。その応接ぶりが懇ろで、態度も謙虚であったから、公はこれを奇特に思って愛するようになり、心の中で独り言を言った。

「あのような姦悪な座首にこのような息子がいたとは」

夜になって床に入ったが、にわかに揺さぶり起こす者がいる。驚いて起きて見ると、灯りが輝いて、眼の前には大きな卓があり、その上には魚と肉で作った料理や酒や果物がうず高く盛ってある。柳公は不思議に思って、これは何のためかと尋ねると、その少年が答えた。

「今年、私の父上の運勢は不吉で、何か官途の災いがあるようです。巫女を呼んでお祓いをしてもらおうと思い、この料理はそのために用意したものです。お客さまもせっかくいらっしゃったことですから、どうか箸をお付けください」

公は笑いをこらえながら、これを食べた。久しく満足な食事にありつけなかったから、腹一杯に食べて、元気がついた。

その翌日、その家に別れを告げて、邑の中に入って行って、座首を捕まえて、前後の罪悪を数え上げて、言った。

「私が今回このようにやって来たのは、お前を打殺するためであった。ところが、昨夜、お前の家でお前の息子に会った。お前には過ぎた息子ではないか。すでにお前の家に宿り、お前の家で酒食のもてなしを受けた。それでいて、お前を殺したならば、これは大いに人情に背くことになる」

こうして、厳罰は免じ、遠くに流すことにした。家に帰って来て、家の者たちに言ったことである。

「巫女が神に祈るのも無駄ではないが、座首を殺すかもしれない神というのは、私のことに他ならない。そこで、酒食でもって私に祈って罪を免れたというわけだ」

聞いていた者たちは抱腹絶倒した。

▼1【柳誼】『朝鮮実録』英祖四十五年（一七六九）、翰林で召試し、柳誼以下三人を選抜した旨の記事があり、さまざまな官職を経て、正祖十八年（一七九四）には大司憲に任じられている。

▼2【暗行御史】朝鮮王朝時代、勅命で地方の行政および民情を探るために潜行して回った勅使。説話の中では正義を示して悪を懲らす水戸黄門のような役割を果たすことがある。

第一三話……老年の達官

参判の柳河源《ユハウォン》▼1は南人▼2である。科挙に及第してほぼ四十年が経ち、年も六十歳を越えたにもかかわらず、貧窮して憐れむべきさまで、ソウルの門外に暮らしていた。しかし、詩文の才能があって、自嘆詩を作った。

四十歳のわが妻の髪の毛はすでに白い糸、
家の主人の翁の衰えは推して知るべし。
最初に掌憲の職を得て誇らしく笑った日は、
思えば妻がまだ腹の中にいたころ。
（四十荊妻鬢已絲、家翁衰朽也応知、
笑誇掌憲初除日、料是夫人在腹時）

思うに、この夫人というのは後妻であろう。しかし、しばらくして宗簿正に昇進し、ふたたび数年後に、八十歳にもなって、嘉善大夫となり、参判となった。

▼1【柳河源】『朝鮮実録』正祖九年（一七八五）、前掌令の柳河源の上疏のことが見え、正祖二十年（一七九六）には黒山島に流された記事がある。後に復帰して純祖三十四年（一八三四）二月には刑曹判書となり、八月に漢城府判尹に任じたという記録が最後になる。

▼2【南人】朝鮮王朝のときの四党派のうちの一つ。最初、東人と西人とが分かれ、東人が分裂して南人と北人となった。巻末訳者解説を参照のこと。

第一四話……栄川の朴氏女の事件

栄川のソンビの閔某には一人息子がいたが、結婚してまもなく死んでしまった。そうして、未亡人になってしまったのは朴氏の娘で、両班の家門の後裔であった。この朴氏女は礼にのっとって喪を執り行ない、その後も舅と姑によく仕えたので、隣近所の者たちもその孝行ぶりを褒め称えた。朴氏女が嫁ぐときに連れて来た少年の奴がいて、その名を万石《マンソク》と言った。閔氏の家は貧しかったので、朴氏女はみずから糸を紡ぎ、奴に樵をさせ、水汲みをさせ、朝夕の食事をととのえて、それを一日として欠かすことがなかった。

隣家に金祖述《キムチョスル》という者が住んでいて、これもまた両班であったが、こちらは家産も豊かであった。この祖述が垣根の隙間からのぞいて、朴氏女の美しいのを知り、これをものにしたいと思った。ある日、閔某は出かけることになって、祖述の家に揮項（帽子の一種）を借りに来た。祖述は閔某の留守に乗じて、まず人に朴氏女の寝室がどこか探らせた上で、月明かりをたよりに青駿馬のたてがみで編んだ帽子をかぶって隣家に忍び込んだ。そのとき、朴氏女は独りで寝室に寝ていたが、姑の寝ている部屋とは壁一つを隔てて、小さな戸でつながっていた。朴氏女は眠りから覚めると、窓の外で声が聞こえ、また月の光の中で動く人影が見える。そこで、身の危険を感じ、静かに隣室の戸を開けて入って行った。姑が何事かと尋ねたので、朴氏女はそのわけを話し、二人はじっと息を殺して向かい合って座っていた。

そのとき、万石は祖述の家の婢女《ひじょ》の夫になっていて、祖述の家の方で寝ていたために、閔氏宅には人っ子一人もなく静かであったが、窓の外から男の声で、

「朴寡婦は私と睦み合うようになってもう長い。早くこちらに来させて欲しい」

と言う。姑は大声を出して、村の人びとを呼んだ。

「泥棒、泥棒」

隣家の人びとが火を掲げてやって来たので、祖述はあわてて自分の家に飛んで帰った。姑と嫁は男が隣家の祖述であることを知った。閔某が家に帰って来て、その話を聞くと、憤りに堪えず、役所に訴え出ようとしたが、かえって悪いうわさが立っても困る。そこで、しばらく放っておくことにした。ところが、祖述が村中にあらぬことを触れ回るではないか。

「朴氏女は私と通じるようになって、妊娠してもうかれこれ四、五ヶ月にはなる」

噂が次第に広まり、朴氏女の耳にも入ったので、

「こうなったら、役所に行って、この恥を雪がなくてはならない」

と言って、チマで顔を隠して役所に出かけ、祖述の罪悪をはっきりと述べ、また自分の家が貶められた事実を申し立てた。ところが、祖述は金を役所にばらまいていて、役所全体が今や祖述の奴僕と化したも同然であった。刑吏たちみなが、この女はもともと淫乱で、いろいろな噂が立ってすでに久しいなどと言ったから、使道の尹彛鉉《ユンイヒョン》はこの者たちのことばを信じて、言った。

「お前がもし本当に貞節な女なのであれば、他の人が貶めても、しばらくすれば、おのずとそのような噂は立ち消えになろう。それをなぜ、わざわざ役所までやって来て、みずから話を広げようとするのか」

朴氏女は答えた。

「お役所で金某の罪を明白にして、厳しく処分していただければ、私はこの場で自決いたします」

そうして、悲憤慷慨して気色ばみ、佩びていた小刀を抜いたが、すると、使道も怒って、叱りつけた。

「お前はそんなもので驚かせようと思っているのか。死にたければ、自分の家で、もっと大きな刀を使うがよい。そんな小さな刀でどうしようというのだ。とっとと帰るがよい」

朴氏女は役所の婢女に背中を推され、門から出された。すると、朴氏女は門の外で声を放って大哭し、いきなり小刀でみずから首を切って死んだ。これを見ていて驚き慌てない者はいなかった。使道も驚いて、朴氏女の死体を家に運ぶように命じるのがやっとのことであった。

閔氏は腹が立って仕方がない。役所に乗り込んで行って、しきりに不法を訴えたが、そのことで聖上を凌辱することばが多かったという咎で、使道が官営に申し立て、閔氏は安東府に移され、牢獄に入れられた。

奴の万石はソウルに上って、御駕の前に出て鉦を鳴らして上訴した。それによって、その道庁でふたたび調査しなおすようにという判付が下った。しかし、調査が行なわれるようになると、祖述は千金を積んで道内の人びと、官営・邑の下っ端役人たちをみな買収して、朴氏女が死んだのは、みずから首を切ったのではなく、妊娠しているという噂を恥じて薬を飲んで自殺したことにしてしまった。薬を処方した老婆と薬を売った商人というのも現れて証言をしたが、彼らもまた祖述に買収されたのであった。

この獄事が長いあいだ解決せず、四年が経とうとしていたが、閔氏の家では朴氏女の遺体を埋葬することなく、棺に入れたものの、蓋をしないで、

「この恨みを晴らしてから葬儀を執り行なおう」

と言っていた。こうしてコンノンバン[▼1]に安置して四年が経っても、遺体はすこしも損傷せず、顔も生きていたときのままであった。その門を入っても悪臭はすこしもしないし、蠅が飛び交うでもない。まことに不思議なことであった。

奉化郡主の朴始源《パクシウォン》▼2はこの朴氏女の再従兄であったから、行って霊位に哭を上げた。私が会ったときに、尋ねてみると、その家の人が棺の蓋を開けて見せてくれたが、遺体は生きていたときと少しも変わらなかったと教えてくれた。

万石は金祖述の家の婢女と夫婦となって一男一女をもうけていたが、このときになって離縁することにして、言った。

「お前の主人が私の主人を殺したのだ。まさしく仇敵の家と言わねばならない。夫婦の義理は重いものだが、主従の分別も軽いものではない。お前は自分の主人のところに帰って行け。私は自分の主人のために死ぬつもりだ」

万石はソウルに上って、かならず復讐しようとした。判書の金相休《キムサンヒュ》▼3が観察使となったときに、万石は上京して、鍾を鳴らして訴えて、「観察使はふたたび調査に当たり、余すところなく追及するのだ」という王さまの裁可を得ることができた。朴氏女の棺を閔氏の家から役所に移して来ると、棺の中から絹を引き裂くような声が聞こえた。閔家の人びとが棺の蓋を開けて見ようとしたので、調査官が官婢に命じて中を調べさせた。死体の顔色は生きていたときといささかも変わらず、両の頬には赤みがさし、首の下には刀で刺した傷があった。腹は背中に貼りついていたが、皮膚は石蠟のようでつやつやとして少しも損傷してはいなかった。薬を売ったという商人と薬を調合したという老婆を厳しく問い質したところ、二人は初めて、

「祖述がそれぞれ二百両の銭をくれて、わたくしどもにそう言わせたのです」

と告げた。

官営からこうした事実が王さまに啓上されたので、祖述は処刑されることになり、朴氏女には旌閭《せいりょ》▼4が下され、万石は賦役を免除されることになった。

▼1【コンノンバン】朝鮮の家屋で大庁（居間）と隣り合った部屋を言う。朝鮮の伝統家屋については、巻末

付録解説2参照。
▼2【朴始源】この話にある以上のことは未詳。
▼3【金相休】?~一八二七。朝鮮後期の文臣。字は季容、号は蕉泉。一八〇三年、文科に及第して、以後、内外の官職を歴任した。一八一〇年には通信使として日本に行き、その功労で一八一二年には嘉義大夫となり、一八二二年には慶尚道観察使となって、吏曹判書に至っている。
▼4【旌閭】忠臣・孝子・貞女などがいれば、その村に里門を立てて表彰すること。

第一五話……嶺南伯・金相休の啓跋の辞

それぞれの人間の陳述をまとめて啓上いたします。

この獄事については三年のあいだに四度におよぶ調査をいたしました。すでに端緒が明らかになっており、観察使の状啓文と刑曹の評議によってすでに善悪ははっきりとしています。朴氏のまったく冤罪である事実と祖述のいつわりと曲節はみな世間に公々然と伝わっており、知らない者はいません。朴氏についてはすでに無辜の事案に属しますゆえ、煩わしくもふたたび調査を行なう必要はないものであります。今回、王さまみずからがまとめて徹底して調査せよとの命令を下されました。まことに獄事をつつしみ、刑を公正に施行なさろうという盛徳からお考えになったことでございます。

そうした殿下のお心を人びとにあまねく知らしめるのが臣下の道理であり、いっそう切実に根本を究明して、あるいは粗忽な点がないかを思慮するために、臣はあまねく審問すると同時に慎重に判断する意志を倍加いたしました。あるいは暖かいことばで尋ね、あるいは威厳をもって問い質しました。そうして、ただひとえにあの祖述は、生れついた性質が淫蕩で、心性が陰険、姦悪な輩であることが判明しました。やさしく尋ねれば、何も答えず、厳しく問い詰めれば、ただ弁明して耐え抜くありさまで、臼に向って小

便をしたことを尋ねると、

「夢にも存じません」

と答え、門を叩いて開けるように頼んだことを尋ねると、

「まったくの濡れ衣です」

と答えました。そして、三度子どもを産んでまた妊娠したと言いふらしたことを尋ねると、

「空にはお天道さまがいらっしゃる」

と答えます。朴氏が砒霜を買って、困り果てて死んでしまったという弁明について尋ねると、

「閔家が自分たちで叫んでいることでございます」

と答えました。話をすれば嘘を話し、事事件件、すべてに手の着けようがなく、隠すことに専念しております。至極に微細に、必要ではない事がらに至っても、言い逃れをして、すでに明らかになって敢えて隠す必要のない事績であっても、顔色を赤くして隠し通そうとして、つじつまの合わないことを言っては、

「すみやかに殺して下さい」

と言って、事がらを模糊たるものにしようと企みます。まったく木や石のようで、論駁するのに理致をもってすることがかなわず、まるで禽獣に異なりません。

自白させる術もないものの、天道は明るく、大きな禍から逃れる道はなく、祖述の父の金鼎源《キムチョンウォン》という者の書いた冊子『朴寡婦致命是非文案』なるものが審議の場に提出されました。その中に列挙されていることは、閔家が先代から乱倫なる上、法を侵さなかったことがないと言い、朴寡婦に至っては、侮辱を加えて、「三乳復孕」よりもさらにひどいことを書きつけていて、その一節は口にするのもけがわらしいほどです。息子の行ないというのも父親によってそそのかされたもので、息子と父とは示し合わせて回答するありさま、悪をともに行ない、たがいに罪を加えてゆく証跡が明らかになりました。

しかしながら、悪という悪を余すところなく繰り返して、今度も、祖述は父牛が仔牛を舐めるような父親の情を恩に感じることもなく、甕の中の鼠のように悪あがきをしています。

「父親のこの文書は私を殺そうとして書いたものです」

あるいはまた、

「これはすべて私の父親の罪であり、私は無罪でございます。しかし、父親の代わりに私を殺して下さい」

と言い、さらには、

「私がもしこのことで死ぬことになりましたなら、父子のあいだとは言え、やはり恨みが残ります」

と言い出す始末です。

その意図を忖度しますに、許されることのない大きな罪をその父親にかぶせてしまおうとしているのだと思われます。はなはだしくは、父親を厳しく尋問するように請いもして、たとえ人の姿をとって、天を頭に地を足にして立っているにしても、まことには父や母を食う梟や山猫の腸をもっているのではないかと思われます。そうでなければ、どうしてこのようなことばが心に浮かび、口から出てくることがありましょう。本罪の他にこの一事でもってしても、天地のあいだにたとえ一日とても、この者に息をさせてはなりません。

この事態に至って、たとえ祖述の凶悪かつ狂暴ですこぶる極悪の性格をもってしても、理致に屈し、ことばに窮して、弁明する術もなくなってしまいました。「門をたたいて開けるように頼んだ」、「三度子どもを産んで、また妊娠した」「砒霜を使って逼迫した末に死んだ」などというのは無辜の事実であることが徐々に明らかになって、遅まきながら、祖述の真・偽を明らかにした文案を提出する次第です。

現在、すべてを尋問し終えたので、ふたたび調査する必要はないと考えます。ここに至って、法に依拠して謹んで考えますに、『通編』▼[1]の「奸犯」の条には次のようにあります。

「士族の妻と娘を刧奪する者は、すでに犯したかどうかを問わず、即時に斬首する」

祖述は夜に誰もいない隙をうかがい、両班の家の寡婦が一人でいるのを知って門をたたきましたが、これはひとえに刧奪しようという意図に出た挙動であって、「すでに犯したかどうかを問わず、即時に斬首」という法律を免れることができましょうか。また、『大明律』を見ますと、次のようにあります。

「誣告した者は、すでに執行された杖刑を、その法律にしたがって反坐する」

もし、朴氏女が本当に三度出産したことがあるのなら、当然、極刑に処する法律に依拠することになりますが、それが誣告であったことがすでに明らかになった上は、朴寡婦が三度出産したとする場合の罪に該当する罪を誣告した者に反坐させることは当然であり、祖述がどうして反坐を免れることができましょうか。また、法律をひもときますと、

「もし強姦や強盗によって人を威力によって死に至らせれば斬」

とあります。祖述が凶悪かつ淫乱で、耳にするのも汚らわしいことばで誣告して、朴氏を死に至らしめたのは自明のことです。どうして他の人を死に至らしめた者が斬刑に処せられるのを免れることができましょうか。法典をひもとき、律文を参考にして、ほんのわずかでも容赦して祖述を極刑に処さなければ、これは刑罰の大きな原則を失することではないでしょうか。

朴寡婦に至っては、青年の未亡人の身でありながら、一途に操を守り、孝心でもって義理の父母に仕え、妻としての道理を修めて、養子を慈愛でもって育てていましたが、これは父親のない子どもを立派に育てようという真心から出た行動でした。死んでも誠を尽くしたことに満足し、生きていても喜ぶことのない、その情はただひたすらに悲しく、またまっとうなものでございます。白玉のように美しい貞節を蒼蝿が汚すように、思いがけなくにわかに凶悪な誣告を受けましたが、天に上ろうにも日に懸ける梯子はなく、ひそかに慟哭しつつ身を隠すしかありません。一度は死ぬことを決心して、官庭に出て悲しみ泣いて、冤罪であることを訴えようとしましたが、栄川の守令は愚鈍で、政敏の慫慂に耳を傾け、祖述を厳しく罰そうという気持ちはさらさらなく、彼を擁護しようと致しました。その逆に、朴氏を侮辱してあざけるようなことばを弄しました。門番はまた、門を叩いてわずかでも訴えようとすれば、怒りをなしてその道を閉ざしてしまいました。そうして、進んで公の庭で無実を晴らすことができず、退いて誣告されたことを明かすこともできず、遂に生死の選択の決心をして、瞬時に生命を絶ったのです。役所の前の往来において刀で首を斬り、万人の眼の前に死体を横たえたのです。こうして心事を白日のもとに曝して、秋の霜のよう

な節義を立てたのですが、その決然たる行動がわが国の市街を驚かせただけではなく、重苦しい憂憤はこの朝鮮に深刻な日照りをもたらすのに十分でした。

おおよそ人が死ねば、香を焚くことにより、降りて来て人を襲う神霊の気運も次第に霧散して消えてしまい、血も肉のような形のあるものも必ず融けて土と化すのが万古の道理です。密かに聞きますと、閔の家では復讐しなければ、葬礼を行なわない考えで、朴氏の屍を斂《れん》はしても縛ることはなく、棺も釘を打たず、部屋にそのまま留めて、普通に開けて見ることができるようにしました。そうしてすでに三年も経ちましたが、遺体は死んだ当初のまま、皮肌はすこしもいたまず、蠅も虻も近づくことなく、蛆虫も湧きませんでした。そして、棺の中から時折り絹を裂くような声が聞こえてくるといいます。近隣に住んでいてこれを聞かず、見ない人びとはいないといい、万石だけがそのようなことを言うのではなく、一道をくまなく丁寧に問い質しても、人ごとに同じように答えます。はなはだ稀で奇異なることと言わねばならず、あまりに疑わしく不思議なはなしであるため、私が信頼のおける人間を遣わして、先入見を廃して、多くの栄川の官婢とともに、棺を開けて見させて、その虚実を真剣に調べさせました。その者が帰って来て報告するには、噂のとおりであっただけでなく、さらに詳細な事実も明らかになりました。朴氏の耳・目・鼻・唇は完全で、両の頬には赤みがさして笑窪が見え、衣服を通して胸や腹部もいささかも損じていないようで、まだ死んで間もないように見えたといいます。尻や臂、脚や腿もまだ肉づきが良くて、鉄か石のように堅かったそうです。絹を裂くような声こそ聞かれませんでしたが、その他は噂の通りであったそうです。ああ、なんと不思議なことでありましょう。聞くだけでも、身が竦む思いがしますが、もし極まりのない怨みの気が凝固して起こったことでなければ、どうしてこのようなことが起こる道理がありましょう。

この時節、四ヶ月のあいだ雨が降らずに深刻な旱魃に際し、往来の人びとの話を脇で聞くと、祖述を殺すのでなければ、朴氏の恨みの心は晴らすことができず、この災いから免れることはできないと、言わない者はいませんでした。口を開けば、そのように言い、巷の歌にまでなっています。天地は幽玄であり、たとえ噂通りでないとしても、心に疚しさを知る人びとの心と憤りとをみることができます。またいくら祖述が獰猛で未練がましい性格であっても、朴氏の死体が損なわれない事実を見れば、祖述をすぐにでも殺して、朴氏の恨みを晴らしたとしても、心にまだ手ぬるく思われ、ほかのことばも思いつきませんが、ここに至って祖述が処刑を免れることができないのは確かです。

法律がそう決め、また人心がその通りでありますから、祖述もまたその罪が許されることはないと知っており、祖述に法律を施行することはすでに論を待たず明明白白でございます。また、祖述を処刑したとしても、ことばだけでもその貞節をほめたたえる恩恵を朴氏に与えなければ、怨恨は晴らされても、烈女の行跡は明らかにならず、どうして千古に希有な貞節をたたえ、九原にさまよう魂を慰労することができましょうか。祖述の罪を至急に糾し、兼ねて朴氏を表彰する恩典を下されれば、朴氏は瞑目して土の中に入って行くことができましょう。これはいささかの遅滞があってもなりません。

また、朴氏の奴の万石という者は、草深い田舎の無知な私賤でありながら、主人のために復讐を遂げようとした、それだけでも奇特と言わねばなりません。その上、万石の妻はまさしく祖述の婢であり、二人のあいだにはすでに子どもまで生していました。万石は「敵の家の婢とどうして連れ添っていられよう。今は夫婦の情けを絶ち切って、主従の義理を果たすことにしよう」と考えて、恩愛を絶ち切り、妻と子を追い出しました。主人の恨みを晴らそうとして、すでに三年が経ちましたが、いまだ喪服を着替えることもいたしません。その義理を通した姿に、この男が本来の烈丈夫だと褒め称えるにしても、それに尽きる者ではありません。主人のために復讐をしようという古来の義理に隠然と符合する点はますます尊く、奇特なことと言わざるをえません。まして、きわめて賤しい身分ときわめて脆弱な身体でもって営邑を奔走して、主人の憤りを晴らそうと、涙を流しながら、その無実であることをとりまとめ、御駕を冒して血を吐きながら主人のために弁じ立てました。ひとたび命を懸けてみずから誓ってからは、三年を経ても、怠ることがありませんでした。まことに天に根ざした忠義でなければ、どうしてそのようなことが可能だったでしょうか。その前後の事実の仔細を見ると、たとえ古の忠臣・義士たちとともに生きてその名前を並べ、死んで同じ伝記に記録されたとしても、決して恥ずかしからぬものでございます。素晴らしい主人がいて、素晴らしい奴がいたのです。主人がその節概を立て抜き、奴が忠誠を貫き通しました。つつしんで史官がこのような場合に伝統的に用いる言い方にならいますが、なにとぞ褒賞をお与え下さいますようにお願いします。世間の人びとに主人と奴の義理を示すことにして、三綱とともに並列すれば、風教を助けることが大きいと思われます。

金鼎源は朴氏を誣告する文書を作りましたが、たとえ息子のために罪を減じようという意図から出たとしても、その文書がすでに明らかになっていて、「父子ともに拷問することは避ける」という条文にしたがって不問に付すことは不可能です。李政敏《イチョンミン》は祖述と腹を合わせ、役所にひそかに脈絡を通じ、これによって朴氏のまったくの無実であることが漏れることなく、祖述の至極に凶悪であることも糊塗されることになりました。そのときに、栄川の守令が事実を誤審したのもすべて政敏のたくらみによるのであって、その罪を論じれば、尋常に処理することはできません。鄭鼎周《チョンチョンジュ》は政敏とぐるになり、「砒霜を買って逼迫のあまりに死んだ」という誣告に同じ声で呼応して、一つ心で言いふらし、その企みの凶悪で残酷であることは政敏と代わりはありません。したがって、右の三人は私の官営で重い刑罰に処する所存であります。

当時の栄川の守令の尹彛玄は政敏の誣告のままに操り人形のように従って、朴氏がこのようになり、また祖述がこのようになったのも、この守令が正しく処理しなかった過失によるものです。重く問い質さずにはいられませんが、前の道臣がすでに論じて啓上しており、今、ことさらには論じません。金厚京《キムフキョン》・朴《パク》坤守《コンス》・林在晦《イムチェフィ》などはすでにみな条目を勘案し、原籍のある邑にともに送り、遠くに流しました。金鼎源はたちまち逃亡してしまいましたので、今は鎮営に、期限を切って、足跡を追跡して逮捕するように命じてあります。その他の人びとはあらためて尋問する事がらも取り立ててはありませんので、一斉に釈放いたしましたが、原獄案▼2は別の文書でことばをかえて啓上し、該当部署に稟処するようにしました。

▼1【『通編』】『大典通編』とも。正祖の命を受けて編纂されたもので、『経国大典』・『大典続録』・『大典後続

録』・『受教輯録』・『続大典』のすべての典章を一つに集めたもの。
▼2【原獄案】獄事を調査した書類。

第一六話……妻を失った人の詩

昔、妻を失い、悲しみにくれる人がいた。ある日の晩、夢の中に亡妻が出てきて、いつものようにことばを交わしたが、窓の外の梧《あおぎり》の葉の上に雨のしずくが落ちる音がして、眼を覚ました。そこで、次のような詩を作った。

懐かしい妻の顔がぼんやりと見えて消え失せ、
夢から覚めれば灯火の影に寂しさが募る。
どうやら秋の雨音が夢を破ったのを知った。
東の窓の外に碧梧の木を植えてはならない。
（玉貌依俙看却無、覚来灯影十分孤、
早知秋雨驚残夢、不向東窓種碧梧）

私は常々この詩を口ずさんで、その詩の心を愛した。そうして丙子の年（一八一六）の夏、たまたま仲兄の家に集まって酒を飲みながら歓談していたところ、急に乞食がやって来て言った。
「私は乞食ではなく、これまで文筆の勉強をしていた者です。用事があって田舎からソウルに上る途中で盗賊に出会い、路銀をすっかり失ってしまいました。今は田舎に帰ろうと思いますが、手元には一銭もありません。路銀を恵んでいただきたく、こうして参った次第です」

みなが、

「それはそれは気の毒なことだ」

と言うと、

「私は詞律を善くすることができます。今ここで、一首を口ずさんでみます。座上にいらっしゃる方は私の詩の出来、不出来を判断なさってください」

と、男は言った。

　私は枕に寄りかかっていたが、起き上がって、

「それではお聞かせください」

と言うと、男は言った。

「私は妻を失って後、悲しみを抑えがたく、そこで、妻が夢の中に現れたが、梧の木から落ちた雨の音に目を覚ましてしまった。今になっても恨めしい限りだ」

　そう言いながら、男はこの詩の首句を口ずさんだのだった。そこで、私は笑いながら、

「私もまた妻を失って、そのときの感懐は同じようなものでした。その詩の下の句を、私が続けてみましょうか」

「ほほう、なんと」

　私が下の句を口ずさむと、男は立ち上がり、別れも告げずにほうほうの体で逃げ出した。満座の者は抱腹絶倒したことであった。

第一七話……はったり屋の題主

　大金というのはわが家の年老いた下人である。幼いころから亡くなった私の祖父[▼1]に仕えて雑用をしてい

たが、特に学んだわけでもないのに、あらあら文字を解した。

癸未の年（一七六三）のころ、祖父は杆城の守令になられた。大金もまた祖父について行き、役所に数年のあいだ住みこんだが、あるとき、用事があってソウルに上ることになった。山路で宿屋もなく、ある村に至って、民家に宿を乞うことになった。その家では葬儀があって、夜の間中、騒がしかった。そうして、主人がたびたび門を出て外を見ては、

「約束したのに、来てくれない。この大事に困ったことだ。どうすればいいだろう」

と言って、挙措が定まらずそわそわしている。大金がどうしたのかと尋ねると、主人は、

「この夜が明ければ、父上の葬礼を過ごしてしまう。題主[2]を書いてくれる人を某洞の某生員に懇ろに約束していたのだが、まだ何の消息もない。それで困っているのです」

と答えて、さらに、

「お客さまはソウルの方ですね。きっと題主をどう作るか御存じでしょう。どうか私どものために書いていただけないでしょうか」

と言った。

大金は後について山に登ったが、すでに下棺・平土まで終えていて、大金はすでに依頼を受けて承諾してしまったので、いまさら断るわけにもいかなかった。しかし、文章を書こうとしても、その書式を知らない。しばらく考えた後、「春秋風雨、楚漢乾坤」と書いた。これは賭場の壁に貼り付けてあって、よく目にしていたことばであった。書き終えると、主人はこれを卓の上にうやうやしく置いて、礼にのっとって祭祀を行なった。

しばらくして、山の下に道袍（道士の着る服）を着た人がかなりの酒気を帯びてやって来た。主人が彼を見て言った。

「生員はどうしてわが家の大事をないがしろにされたのか」

その人は、

「古い友人につかまって酒を飲むことになり、酔いつぶれてしまって来られなかったのだ。さっき目が覚めて、急いでやって来たのだが、題主はどうなさった」

と言った。主人が、

「幸いにソウルのお客さまがいらっしゃり、書いてくださいました」

と言うと、

「それはよかった。ちょっと、それを拝見したいものだ」

大金はそれを聞くと驚いて、心配なこと、この上ない。一人心の中で、

「この書のいんちき具合は間違いなくこの両班の目にばれてしまうだろう。きっと私は辱めを受けるに違いない」

とつぶやいて、厠に行くといつわって逃げてしまおうとした。

するとそのとき、その人が題主を見て、

「これはなんと漢字で書かれているではないか。私のハングルのものより格段にすぐれている」

と言ったのだった。

大金はほっと胸をなでおろし、思う存分に酒を飲んでしこたま酔った。翌朝、その家を出るとき、主人は何度も感謝の言葉を繰り返した。

私が子どものころ、この話を聞いて、やはり抱腹絶倒したものだったが、それをここに記すことにした。大金というのは義準[3]の奴である。

▼1【私の祖父】李山重。吏曹判書兼知義禁府事に至った。
▼2【題主】神主（位牌）に書き記す文章。
▼3【義準】この部分を読むと、『渓谷野譚』の著者は李羲平ではなく、李羲準とも考えたくなる。巻末訳者解説を参照のこと。

第一八話……糸巻きの鬼神

横城の邑に一人の女子がいた。嫁いでまもなく、ある男がやって来てその女子を襲い、女子は何とか逃れようとしたが、結局は犯されてしまった。男は毎晩のようにやって来るのだが、他の人にはその姿が見えず、ただその女子の目にだけ見えるので、夫が側にいても何の障りもなかった。交合するときごとに痛みが激しく、これは鬼神なのだとわかったが、女子には逃れようとして逃れる術がなかった。

その後、昼夜を分かたずやって来るようになり、他に人がいてもかまわなかった。ただその女子の五寸のおじを見れば、かならず避けて出て行くのだった。女子がおじにその情状を話すと、おじが言った。

「明日、もしその物が来れば、こっそりと木綿糸を針に通して、その物の来ている衣服の襟首に結いつけるがいい。そうすれば、その物がいったいどこに帰って行くかわかる」

女子はおじの言うとおりにして、糸を針に通して衣服の裾に縫い付けた。そこにおじが乱入したから、その物は驚いて立ち上がり、門を出て逃げた。木綿の糸巻きがその後を追ってほどけていったので、おじはただ木綿の糸を追って行った。すると、前の林の茂みの中に糸は入っていた。それをさらにたどって行くと、糸は土の中に入って行き、数寸ばかり掘って見ると、朽ち果てた臼の木材の一片があった。糸はその木の下に入り込んでいて、木の上端には紫の珠があった。大きさは弾丸ほどもあり、光彩が人の目を射た。その珠を取って嚢の中に入れたが、その後は跡かたもなかった。

ある日の晩、その人の家の門の外に、にわかに男がやって来て、いった。

「あの珠を返してくださらぬか。もし返してくだされば、富貴も功名も、あなたの思いのままに叶えて差し上げます」

その頼みに応じないでいると、夜のあいだひたすら哀願して、帰って行った。毎晩のようにやって来て、

同じように哀願を繰り返したが、四、五日が経って、またやって来て、

「その珠は私には緊急の必要があるが、あなたには必要がない。私は別の珠を持って来たので、それと取り換えてはいただけまいか。こちらの珠はあなたにとってはなはだ有益のはずです」

と言った。おじが、

「まず、それを見せてはくれまいか」

と言うと、その物は黒い珠を取り出して渡したが、その大きさと様子は先のものと変わらなかった。おじはそれを受け取って、先の紫の珠も返さない。その物は慟哭しながら去って行ったが、影すらも失くしていた。おじはいつも会う人ごとに二つの珠を自慢していたが、その珠がいったい何なのか、またどう使えばいいかを知らなかったのは、まことに惜しいことをしたものだ。

その後、外出したとき、泥酔して道ばたで寝込んでしまい、二つの珠を失くしてしまった。きっと鬼物が持って行ったのである。横城の人が私に語ってくれたので、私はここに記録したのである。

第一九話……平壌の妓生が忘れない二人の男子

平壌の一人の妓生は資質に恵まれていた上、歌舞にすぐれていて、その名が高かった。その妓生みずからが言うには、これまで見てきた男の数は多いが、忘れられないのは二人だけで、一人は美男子だったので忘れられず、もう一人は醜男だったので忘れられないのだという。ある人がその理由を尋ねたところ、その妓生は次のように答えたという。

わたくしがまだ若かったころのことです。巡察使のおともをして、錬光亭での宴にはべっていました。夕陽の映える中で欄干に寄りかかり、林の方をながめていますと、うら若い少年が驢馬にまたがって飛ぶ

ようにやって来て、江の畔に至って船を呼び、江を渡って、大同門に入って行きました。その風采は駘蕩として仙人の中で遊ぶ人のよう。それを見て、心神はもうすっかり酔ったように朦朧となってしまいました。

わたくしは厠に行くといつわって、楼の下に降りて行き、その少年が身を潜めたところをたずねますと、それはまさに大同門の中の旅店でした。詳細に調べた上で、宴の終わるのを待ち、化粧をあらためて村娘のなりをして、夕闇にまぎれてその旅店に入って行きました。窓の隙間から覗いて見ると、玉のような美少年が灯りの下で本を呼んでいましたが、このような美少年と枕をともにすることがかなわなければ、死んでも目を閉じることができないと思うようになりました。

そこで、咳払いをして、外から窓を叩きますと、その少年が

「どなたでしょうか」

と尋ねます。そこで、わたくしは、

「この家の主婦でございます」

と答えました。ふたたび、部屋の中から、

「なにか用事でしょうか」

と尋ねますので、わたくしは、

「この家には商人たちが多くやって来て、ゆっくりと寝るところがありません。部屋の片隅でもお借りして休みたいのですが」

と答えました。

「それなら、入って来られるがよい」

わたくしは戸を開いて入って行き、灯りの下に座っていましたが、少年は一度も脇目を振らず、端然と座って本を読み続けました。夜も更けて灯りも尽きたので寝ることになりましたが、わたくしが呻吟するような声を出しますと、少年は、

「どこか痛むのですか」

と尋ねます。それに対して、

「以前から胸の病があって、部屋が寒いので、持病が出てきたようです」

と答えますと、

「それなら、私の背中の暖かいところに来て寝るといい」

と言います。しかし、わたくしがその背後にまわってしばらくしても、少年はわたくしの方を振り向きもしません。わたくしがついにしびれを切らして、

「旅の方はどのような方なのでしょう。もしや宦官ではありますまいね」

と言うと、

「それはいったいどういう意味だ」

と、怒って言いました。

「私はこの家の主婦なんかじゃなく、官妓なんですよ。今日、錬光亭の上で旅のお方の風采を見て、心に恋慕の思いを生じて居ても立ってもたまらず、このように仕組んでやって来たのです。一度こちらを振り向いて下さいな。私はまんざら醜女でもないし、あなたも年寄りであちらが役立たずというわけじゃないんでしょ。こんな静かな夜に一つ部屋で男女が二人っきり。一度もこちらをご覧になりませんが、宦官でもなければ、どうしてそんなことができるんです」

　すると、その男が答えました。

「あなたは官妓なのか。そうならそうと、どうして早く言ってくれないのだ。私はこの家の主婦だとばかり思って、遠慮していたのさ。さあ、衣服を脱ぐがよい。いっしょに楽しもうじゃないか」

　そうしていっしょに戯れの限りを尽くしましたが、その風流の味わい方といったら、さすがに花柳界の放蕩児だけあって、雲雨（男女の情の細やかな様）の情は極まりのないものでした。翌朝、衣服を着て出発するときになって、男はわたくしに言いました。

「思いがけなくあなたに逢って、幸いにも一夜の縁を結んだが、今、にわかに別れて、後にはいつ会うことを期することもできない。離別の思いをどのようなことばで言い尽くせよう。旅行中の私には思いを托する品物もないので、ただ一首の詩でも残すことにしよう」

そうして、わたくしにチマの裾を上げさせて、詩を書きつけました。

河の水は遠くへ行く旅客のように留まることがなく、
山は旅ゆく人を見送る美しい人の姿に似る。
銀の燭台は五更を指し、雲雨の喜びを味わって、
林に満ちる風と雨は悲しい秋の音を立てる。
（水如遠客流無住、山似佳人送有情、
銀燭五更罷幌洽、満林風雨作秋声）

詩を書き終わると筆を擲《なげう》って立ち去ろうとしたので、わたくしは袖を捕え、泣きながら、男の住所と姓名を尋ねましたが、笑いながら、答えることなく、

「私は山水と楼台を愛して放浪している人間に過ぎない。住所と姓名を尋ねてどうするつもりなのです」

と言い残して、飄然と立ち去って行きました。

わたくしは家に帰って、忘れようとしても忘れることができず、チマの詩を手にしながら泣き続けましたが、これがその美しさを思慕して忘れることのできない方です。

そうしてもう一人の醜い男の方のことです。

やはり巡察使の守庁妓生として侍っておりましたとき、ある日、門番が来て、某所の某同知がやって来て拝謁願いたいと門の外で待っていると告げました。巡察使が入って来させるように言い、入って来たの

を見ると、まことに肥大した男でした。麻の衣を着て草鞋を履き、腰には半ば色の褪せた帯を巻き、頭にぶら下がっている金圏は銅色、目つきは獰猛で、容貌は醜悪この上ない、まさに一介のおんぼろ将軍とも言うべき方でした。

こちらにやって来て礼をしようとするので、巡察使が、

「お前は遠いところからいったい何のためにやって来たのだ」

と尋ねると、男は、

「私は衣食に事欠いているわけではない。それを恵んでもらおうと巡察使に頼みに来たわけではない。ただかねがね美しい妓生と一生に一度でいいから寝てみたいと思っていた。それで千里を遠いとせずにやって来たのだ」

と言いました。そこで、巡察使が笑いながら、

「それがお前の望みなら、わけもないことだ。ここにいる妓生から選ぶがいい」

とおっしゃったのです。

その男はそのことばを聞くや、ずかずかと役所の中に入って来ましたので、妓生たちはあわてて逃げ出し、風飛雹散のありさま。男はその後を追いかけ、一人を捕まえては顔が美しくないと言い、別の一人を捕まえては肥りすぎだと言って、手を放しました。それがとうとうわたくしのところに来てつかまえると、

「気に入った。お前がいい」

と言って、垣根の隅に抱きかかえて行って、強引に犯しました。

わたくしはいかにも力が弱く、逃げることもできず、死ぬこともできず、男のなすがままに任せるしかありませんでした。しばらくして、やっとのことで身体を離してくれ、家に帰って、熱い湯で身体の穢れを洗いましたが、脾臓や胃臓がでんぐり返ったようで、数日のあいだは食事もできませんでした。これが醜悪で忘れられない男との経験です。

第二〇話……江界の妓生の異常な守節

巫雲《ムウン》というのは江界の妓生で、その姿色と才芸によって当代に名高かった。ソウルの進士の成《ソン》という者がたまたま下って来て枕を交わし、情愛がはなはだ篤かった。成生がソウルに帰ることになったが、恋恋としてなかなか別れることができない。雲は成生を見送って後、他の男子に心を移すことはないと誓って、両股の内側にお灸をすえて火傷の痕をつくり、悪い病気にかかったといいふらして、その前後にやって来た客を一人として受け付けなかった。

大将の李敬懋《イキョンム》▼1が任地にやって来て、巫雲を呼んで、これを抱こうとしたが、巫雲は両股の痕を見せて言った。

「わたくしには悪疾があって、将軍のお相手をすることができません」

李府使が言った。

「そうか、しかし、私はお前が気に入っているので、毎晩呼んで、話をするだけならいいだろう」

こうして毎晩、守庁に参って、夜になればかならず退出した。こうして四、五ヶ月が過ぎて、ある日の夜、巫雲が急に府使に近づいて、言った。

「今晩は、府使と床をともにしたいと思います」

「お前には悪疾があるというのに、どうしていっしょに床に入ることができよう」

「わたくしは成という進士のために操を守ろうと、両股に灸で火傷の痕をつくり、他の男子がわたくしをものにしようとするのを避けてきました。ところが、使道のお側に何ヶ月も侍するようになって、そのご様子を詳細に拝見いたしますと、まさに大丈夫と言うべきお方です。わたくしはもともと妓生の身の上、使道のような立派なお方と床をともするのを、どうして心に望まないわけがありましょうか」

李府使が笑いながら言った。

「それならいっしょに寝ることにしよう」

こうして、巫雲としっぽりと情を交わすようになった。

任期を終えて、李府使はソウルにもどることになったが、巫雲はいっしょについていきたいと願った。李府使が、

「私には三人の妾がすでにいる。お前がソウルに来る必要はない」

と言うと、巫雲は、

「それなら、わたくしはあなたの妾として操を守ることにします」

と言った。李府使が笑いながら、

「操を守るというのは、成進士のために操を守ったときのようになのかな」

と言うと、巫雲は勃然と怒りをなし、いきなり懐の小刀を取り出し、左手の四本の指を切り落としたのだった。李府使はおどろいて、ソウルに連れて行こうと言ったが、今度は巫雲がそれをことわって、別れることになった。

そうして十年が過ぎ、李敬懋は訓練大将として城津に赴任することになった。朝廷が城津を新たに設置したので、輿望があって度量の大きい将軍がそれを治めることになったのである。李敬懋は単騎で任地に赴いたが、城津と江界とは三百余里の地にある。ある日、巫雲がやって来て謁見すると、李大将は欣然としてこれを迎えて、長年の積りに積った感懐を述べ合った。そうして部屋で二人っきりで話しこみ、夜になって大将が抱こうとすると、必死にこれに抗った。

「いったい、どうしたというのだ」

と、大将が尋ねると、巫雲は、

「使道のために操を守っているのです」

と言う。

「私のために操を守っていると言うのなら、どうして私が抱くのを拒むのだ」

と尋ねると、巫雲は言った。

「すでに決して男子を近づけまいと誓ったので、たとえ使道であったとしても、床をともにすることはできません。一度だけでも床をともにすれば、節義を破ることになります」

こうして、巫雲はかたくなに拒んだ。そうして、一年あまり同じところに暮らしたが、男女の営みはなかった。李大将がソウルにもどることになると、巫雲も江界にもどった。その後、李府使が妻を亡くすと、巫雲はソウルに駆けつけて葬礼に侍ったが、それが終わると、江界にもどり、李大将が死んだときにも、同じようにした。その後、雲大師とみずから号して晩年を過ごした。

▼1【李敬懋】一七二八〜一七九九。朝鮮後期の武臣。字は士直。謚号は武粛。英祖のときに武科に及第、一七六六年には承旨を得て黄海兵使に任命された。一時、流配になったが、すぐに呼び戻されて、禁衛・御営・訓練の大将を歴任した。

第二一話……判書の金応淳《キムウンスン》の逸話

参判の金応淳《キムウンスン》▼1が幼かったとき、ある夢を見た。その夢の中で、南の天窓を開けてたたく音とともに、

「金某はこれを受け取るがよい」

という声がする。

金公が部屋から下りて庭に立つと、漆塗りの箱が一つ落ちて来た。それを受け取って開けて見ると、その表に金色の文字で大きく、「祖先を疎かにしてはならない（無忝爾祖）」と書いてあった。その箱を開けて見ると、絹のポジャギ（袱紗）で包んだ書物があった。それを開くと、自分の一生の運数が書き認めてあり、一生の吉と凶とがその起こる日時まですべて書いてあって、最後には「某年某月某日某時に死亡、

官職は礼曹判書にまで至る云々」とあった。金公は夢から覚めて、不思議に思い、灯火を掲げて、年度を追ってその冊子と合わせて見たが、すべてにおいて符合しないところはなかった。

　死ぬことになっている日に当たって、衣冠を整えて家廟で暇を乞うた後に、子どもや甥、それに友人たちを集めて、それぞれに別れを告げて、

「今日の某時に私は死ぬことになっているのだが、しかし、礼曹判書にはまだなっていない。これはおかしなことだ」

と言った。このとき、もうすぐで地位が判書の一歩手前というところまで来ていたのである。その死の時刻になると、やはり臥して亡くなった。英廟はその死の知らせを聞くや、「私は金公を礼曹判書に任じようとして、それが果たせないでいた」

とおっしゃって、銘旌に礼曹判書と書き記すようにというご命令をお下しになった。英廟がみずからお筆を執って、「王室の子孫として、祖先を疎かにしなかった（以仙源之孫、無忝爾祖）」と九文字を書かれていたが、これもまた夢と符合するものであった。

　判書の洪象漢《ホンソンハン》▼2は年齢がほぼ八十歳になったとき、その孫の義謨《ウィモ》▼3が癸未の年（一八二三）の冬の増広試で司馬に登った。洪判書は毎日のように風楽をもよおし、庭いっぱいに訪れた見物客たちに汁物とうどん一椀、肉の一串を饗応した。毎日このようなことを続けてほぼ一月が過ぎた。長子の相公の楽性《アクソン》▼4は、その当時、亜卿として家にいたが、その人となりは謹直であったから、あまりに華美に贅沢に陥っているのを心配したが、これを止める方策を思い至らなかった。

　親戚の中にこれを諫めることのできる人物を求めて、都正の金履信《キムイシン》▼5が多才で弁舌も立つので、洪公（楽性）は金氏に来訪を請うて、そのことを言い、贅沢を止めるように諫めてほしいと頼んだ。金公は洪判書を見るや、まずその福徳を称賛して後に、その贅沢を戒めた。

　洪判書はそれを聞いて笑いながら言った。

「あなたはわが家の息子に会いましたな。私はなんら才能もなく、徳もない人間であるにもかかわらず、聖

王の御代に逢い、官位も崇品（正一品）に登り、歳も八十を超えた。そうして、孫までもが科挙に及第したのだ。今このように贅を尽くして遊ぶのを見て、世間の人びとは、『公洞の某は地位は一品に上がり、歳も八十を超え、孫も科挙に及第したので、とうとう発狂してしまった』と言っている。それがいったいどうしたというのだろう。あなたはどうか見ていてほしい。私が死ねば、風が空しく吹いて、屋敷には塵が積もるだけのこと。参判が一所に塊になって座っているように見えるかもしれないが、その様子をあなたはどう御覧になるかな。あなたのことばには従うまい」

そうして、歌妓を近くに呼んだ。

金公が無聊をかこって座っていると、洪判書はふたたび言った。

「最近の若い者たちといったら、せっかく新来を招いても、一人として風度のある者がいない。世も末と言うしかない。どうしてこれを嘆かずにいられよう」

金公は暇を告げて帰って来る道で、判書の金応淳に出会った。金応淳はこのとき玉堂兼軍門従事として部下を大勢ひき連れていたが、金公を見て、道の左側に馬から下りた。金公がどこに行くのかと尋ねると、金判書が答えた。

「公洞の洪進士に会いにいくところです」

そこで、金公は、

「洪叔は近ごろの新来には風儀がないなどと言っていました。あなたはすべからくここに馬を置いて、新来を呼び、それから妓生と風楽を出させて、先導させるようにするといい」

と言った。

金判書は、それはいいと言って、広通橋に馬を立て、下人をやって洪家にいる新来たちを呼んだ。洪判書はいったい誰が呼ぶのかと尋ねた。

「壮洞の金応教です」

金応教はどこにいるのかと尋ねると、

「今は某某の橋の上にいます」

洪判書は膝をたたいて言った。

「この少年はまことに奇特だ」

しばらくすると、またもや下人がやって来て、妓生と風楽を寄こしてもらうように請うた。洪判書は立ちあがって言った。

「この少年はますます奇特だ」

そうして、杖をもって立ち上がり、みなについて洞の入り口まで出て行き、街路に佇んだ。

金判書は新来たちを馬に乗せ、自分は顔に墨汁を塗りつけて先導しつつ練り歩いた。洪判書が路上に立っているのを見て、馬から下りて挨拶をして、手を取り背中を撫でさすりながら、言ったのだった。

「今や人びとはみな死んでしまったが、あなただけが生き残っておられる」

これを聞いていた人びとはみな抱腹絶倒した。

▼1【金応淳】一七二八～一七七四。字は会元、本貫は安東。一七五三年、殿試文科に及第して、持平、正言となり、一七五九年には京畿御史となって、官吏たちの不正を暴き立てた。一七六二年、嶺南・湖南が旱魃になると、湖南に派遣されて人びとを救済した。内外の官職を歴任して、戸曹参判・漢城府右尹に至った。『東国文献備考』の編纂にも関わった。
▼2【洪象漢】一七〇一～一七六九。英祖のときの文臣。字は雲章、諡号は靖恵。本貫は豊山。吏曹参判の錫輔の子。進士に一等で合格、金吾郎となり、一七三五年には文科に及第した後、翰林に入った。以後、顕官を歴任して、大司憲・平安監司となり、崇禄大夫・奉朝賀となって死んだ。
▼3【義謨】洪義謨。一七四三～一八一一。純祖のときの文臣。初名は義栄、字は而中、号は何愚堂・今是軒、諡号は孝献。領議政の楽性の息子。金元行に学び一七六三年、生員に合格、英祖が繕工監役として召したが応じなかった。後に童蒙教官となって累進し、刑曹判書を経て、江原道観察使となって、任地で死んだ。
▼4【楽性】洪楽性。一七一八～一七九八。李朝中期の名臣。字は子安、号は恒斎、諡号は孝安。一七四四年、

文科に及第、内外の官職を経て、顕官を歴任して、一七九三年には領議政に至った。人となりは清廉で政治に私をはさむことがなかったので、人びとに敬慕された。

▼5【金履信】『朝鮮実録』に名前が見えない。誤字があるかと思われるが、つまびらかにできない。

第二二話……異人、郭思漢《クァクサハン》

郭思漢《クァクサハン》▼1は玄風の人で、忘憂堂・郭再佑《クァクチェウ》▼2の後裔である。若いときには科挙のための勉学に励んだが、異人に会って秘術を伝授され、天文・地理・陰陽など、さまざまな書籍に精通するようになった。

父母の墓が領地の中にあった。ところが、樵や牧童がしきりに境を越えて侵入して来て、それを防ぐことがなかなかできなかった。

ある日、山の下に行き、杭を打って標示して、

「これを侵して標示の中に入って来る者がいれば、かならず予測のできない禍が起こるであろう」

と書き、洞の中の人びとが一歩であってもそこに入り込まないように戒めたのだったが、人びとはそれを見て笑ったものだった。

しかし、ある若くて愚かな男がわざとその山の下にやって来て、木を伐るためにその表示の中に入ったところ、天地がひっくり返り、大風が吹き、雷が鳴って、はげしい剣戟の音がする。まことに森厳たるありさまで、山から出ようにも出られなくなってしまった。男は魂が飛び失せ、精神が昏迷の状態に陥って、地に倒れ伏してしまった。その男の母親はそれを聞き、急いで郭氏の家にやって来て、郭氏に哀願した。

しかし、郭氏は怒って言った。

「私はねんごろに戒めたではないか。なのに、それに従わなかった。どうして今さらのこのことやって来て、私を悩ませるのか。私の知ったことではない」

母親は泣いて哀願したが、なすすべもなく、しばらくしてみずから山に行き、息子を引きずって連れ帰った。それ以後というもの、人びとは山に近づかなくなった。

思漢の仲父が病気になり、いよいよ重くなっていったが、かかった医者が、山人参を手に入れて服すれば治癒するかもしれない、と言った。そこで従弟がやって来て頼みこんだ。

「父親の病気が重いのですが、山人参を手に入れる手立てがありません。兄さんがもっていなさる才能は弟の私も知っていますよ。どうか山人参の根を数本だけでも手に入れて父親の治療をしてくださいませんか」

郭生は眉をしかめていった。

「これははなはだ難しい。しかし、仲父《おじ》さんの病気がそのようなら、用立てないわけにはいかない」

そうして、彼といっしょに裏山の麓に行った。松の木の下に至ると、たいらになった場所があり、そこが山人参の畑になっていた。そこで、最も大きい三本を選んで抜いて、薬として使うように言い、さらに戒めた。

「このことは口外しないでほしい。また二度とまた掘ろうと考えないでほしい」

従弟は急いで家に帰って山人参を煎じて父親に与えたが、しかし、はっきりと目立った効験はなかった。帰って来るときに行き方と山人参のあるところを記憶したつもりだったから、従兄がいないときを見計らって行ってみようとしたが、前日のところには行きつけなかった。心の中でいったいどうしたのか驚き、ため息をつきながら、家に帰るしかなかった。従兄にそのことを語ると、郭生は笑いながら言った。

「前にお前といっしょに行ったのははるか遠くの頭流山だったのさ。お前が一人でどうしてあんなところまで行けるものか。以後は、このようなことは慎むのだぞ」

ある日、家でコンノン房を掃除しながら、その妻を戒めて言った。

「私はここに四、五日のあいだ閉じこもっているが、なにか重大事があっても、絶対に開けてはならないし、また覗いて見てもならない。その時が来たら、私は自分で出て行くからな」

そうして、扉を閉めて中に座りこんだ。家の人たちはみなそのことばどおりに従った。数日が過ぎて、妻はやはり気にはなる。それで、窓の隙間からそっと覗いて見ると、部屋の中は大きな河になっている。河のほとりには丹青を塗った楼閣が建っていて、夫はその楼閣の上で鶴の羽衣の姿でコムンゴ[▼3]を奏でる五、六人の道士たちと向かい合っていて、さらには霞のようなチマに雲のような袖をひらひらさせた仙女たちが楽器を奏で、あるは舞を舞っていた。妻はおどろいて声も出なかった。夫は期日が過ぎて部屋から出て来て、妻が覗いたことを責めた。

「以後もこのようなことがあれば、私はこの家に留まることができない」

ある親しい知り合いが古の名将の鬼神を見たいと懇願したので、思漢は笑いながら言った。

「それは難しいことじゃない。ただ、君の気迫がそれに堪え得なければ、君に害が及ぶのではないかと心配だ」

その知り合いは言った。

「一度でも見ることができたなら、死んでもかまわない」

思漢は笑いながら、

「君がそう言うなら、私のことば通りにしてほしい」

と言うと、知り合いは

「わかった。そうしよう」

と言った。

郭思漢は自分の腰につかまるように言って、

「しばらくじっと目を閉じたままでいてほしい。私がいいと言って初めて目を開けるのだ」

と戒めた。

知り合いの男は思漢の言うままに目を閉じていたが、両の耳にはただ風の音と雷の音とが聞こえるだけであった。そうして、思漢に言われて眼を開けて見ると、高い峰の頂にわが身は座っている。恐る恐るそこがどこか尋ねると、なんと伽耶山であった。しばらくすると、思漢が衣冠をただして香を焚き、何かを招き寄せているようである。すると、にわかに強風が吹き始め、大勢の神将たちが虚空から舞い降りて来た。それらはすべて秦や漢や唐や宋の名将たちであった。威風は凛々として、状貌は堂々としていたが、あるいは甲冑をおび、刀剣をたずさえて、左右にずらりと並んだのであった。男は心神が昏迷して思漢の横に倒れこんでしまった。しばらくして、思漢は名将たちの姿を一人一人消えさせたが、知り合いの男は昏倒していて、息もしていないようであった。思漢は男が息を吹き返すのを待って、言った。

「だから、私は言ったではないか。君には気迫が足りなかったのだ。それなのに、妄りに神将たちを見たいなどと頼みこんで、結局はこのざまだ。嘆息するしかない」

思漢はふたたび男に、来たときと同じように、自分の腰にしがみつかせ、家に帰った。男は心臓を病んで、まもなくして死んでしまった。

郭生には神異な術が数多くあり、八十歳を過ぎても少年のように健康であったが、ある日、病もなく、座したまま死んでしまった。

以上は嶺南の人で彼のことをよく知っていた者が話してくれたのだが、彼が死んでからまだ数十年しか経っていない。

▼1【郭思漢】この話にある以上のことは未詳。

▼2【郭再佑】一五五二〜一六一七。豊臣秀吉の侵略に抗して活躍した英雄。字は季綏、号は忘憂、本貫は玄風。一五八五年、庭試文科に乙科で及第したものの、答案に王の意にかなわぬ文言があったとして、合格を取り消された。魚釣りをして日々を過ごしていたが、一五九二年、壬辰倭乱（第二四話注3参照）が起ると義勇兵を募って奮戦した。一五九七年の丁酉再乱の際にも奮戦、真っ赤な軍服をまとっていたので「紅衣将軍」と呼ばれた。後に漢城府左尹、咸鏡道観察使に至った。

▼3【コムンゴ】朝鮮固有の琴。玄鶴琴、玄琴とも言う。

第二三話……楊兄弟の母親の智恵

承旨の楊某[1]には遊覧する趣味があった。馬に乗り、童一人だけを連れ、遠く北関に遊覧に出かけ、白頭山に登って帰って来る道中でのこと、安辺あたりを通り過ぎ、客店で馬に飼葉を飼わせようとした。ところが、家々では門を堅く閉ざしている。しかたなく、あちらこちらと歩きまわってみたが、最後に十歩ばかりあますところに来ると、険しい渓谷と岩があって、そこに小さな田舎家があった。犬と鶏の泣く声がどこからとなく聞こえてくる。

その田舎家の方に行くと、歳の頃なら、十四、五歳の少女が門の前まで出て来て、

「お客さまはどこからいらっしゃいましたか」

と尋ねる。

「遠くからやって来た者だが、客店はみな門を閉ざしている。馬に飼葉を与えればすぐに立ち去ろうと思うのだが、お前の主人はどこにいるのか」

と言うと、

「客店の主人たちといっしょに洞内の契会に行きました」

このように少女は応答して、台所の方に降りて行き、馬粥一桶を持って来て食べさせた。

楊公は気候が暑いので、木の下で衣服を脱いでくつろいだので、少女は筵を木の下に敷いて、ふたたび台所に降りて行った。しばらくすると、食事を用意して戻って来た。山のもの野のものが清潔に調理されている。少女の応対ぶりも手際が良く、挙措動作もなかなか優雅でしとやかである。楊公は心の中で不思議に思った。突然の客をもてなす、そのもてなしぶりに条理が備わっている。少女に尋ねてみた。

「私は馬に飼葉をやって欲しいと頼んだのだが、人間にまでどうして食事を用意してくれたのか」

「馬があんなに疲労していて、人間がどうして疲労しておなかを空かしてないことがありましょう。どうして人を賤しいとして、動物を貴いとできましょうか」

楊公が少女の年齢を尋ねると、十六歳だという。父も母も村の者であった。

立ち去るときになって、食事と飼葉の値を与えようとしたが、少女は受け取ろうとしない。

「お客さまを接待するのは、人の家として当然のこと。その報酬をいただけば、その風俗は芳しいとは言えません。父母にも叱られてしまいます」

そこで、楊公は仕方なく、香をこめた簪を一つだけを与えたが、少女は跪《ひざまず》いてこれを受け取り、

「わざわざお客様がくださったものを、どうしてお断りすることができましょう」

と言った。楊公はいよいよ感服して言った。

「このような辺鄙な田舎家に、どのような母親が住んでいて、このような淑やかな少女を育てたのだろうか」

こうして、ソウルに帰ったが、数年後、ある人が訪ねて来て、石段の下で拝礼をして、次のようなことを言った。

「私は安辺の某村の者ですが、先年、令監はたまたま安辺の賤しい家を通り過ぎて、その家の若い娘に香をこめた簪をくださったことはございますまいか」

楊公は黙然と考え込み、そして言った。

「おお、はたしてそんなことが確かにあった」

「その後、娘は年頃になっても、よそに嫁ごうとはせず、令監のところ以外には行かないと言い張っております。それで、千里の道をも通しとはせず、こうしてお願いに参りました」

楊公は笑って言った。

「私はもう年老いて白髪頭だぞ。どうしてうら若い娘さんに気を向けたことがあろうか。ただけなげにもてなしてくれて、礼を受け取ろうとしない故、与えるものが何もなく、香をこめた簪を与えただけのこと。

朝にこの家に嫁いだところで、夕方には私は死んでいよう。あたら、娘さんの花のような人生をどうして台無しにできよう。あなたは家に帰って、私のことばを伝え、誰かほかに適当な婿を選んで、娘さんを嫁がせるがよい。私のところに嫁ごうなど、無茶なことを考えるものではない」

その人は帰って行ったが、また上京して来て、言った。

「何度も何度も説得しましたが、令監のところでなければ、死んでしまうと申します。それで致し方なく、こちらに連れてまいりました。令監、どうぞこれを置いてやってください」

楊公は固くことわったのだが、とうとうことわりきれず、娘を家に置くことになった。

楊公は鰥夫《やもめ》暮らしが数十年も続いて女色を近づけることなく、コムンゴ（第二二話注3参照）と書物で時を過ごし、山水の間を遊覧して人生を楽しんできた。娘がやって来てからも、遠くからはるばるやって来たことを慰労することばをかけたのみで、いささかも愛情をかける風でもなかった。ある日の朝、家廟にお参りして、アンバン（内室）を見ると、庭も部屋もきれいに掃除がなされていて、食材も食器もきちんと整理されている。居合わせた息子の嫁に尋ねてみた。

「これまでわが家は朝夕の食事をしばしば欠かすようなことがあり、さまざまな点で荒廃して整頓がなされていなかった。ところが、最近になって以前の規範とは打って変わって、朝の食事もちゃんと出るようになった。これはいったいどうしたことか」

息子の嫁がこれに対して答えた。

「安辺の小室がやって来てから、針仕事はもちろんのこと、家をどう治めるかを工夫して仕事をしています。並々の女子ではありません。一番鶏が鳴けばすぐに起きて、一日中、働きづめです。最近になって家の様子が変わって賑わいを見せるようになったのは、そのせいです。その上、その性質も徳行が備わっていて、女子でありながらソンビの風があります」

口を極めて小室を褒め称える。楊公は感心して、その夕方、小室をそばに呼んで盃を傾けながら、語らった。近くで見ると、しとやかさやつつましやかさが人に抜きん出ているだけでなく、賢く、聡明で、分別もそなわっている様子は、昔の賢婦人たちにも決して引けを取らない。

その後、楊公は小室を愛するようになって、続けて二人の男子を授かった。この男子が八、九歳になったとき、小室は急に他に家を作って別居することを願った。紫霞洞の山と谷の景色のいいところに敷地をトし、道に面して大きな門を高々と建ててほしいと頼んだ。

ある日、成宗▼2が紫霞洞に花見にお出かけになった。その帰路、にわか雨が降り出し、あたかも盆を覆したようであった。成宗はかたわらの家に雨をお避けになったが、するとその庭は美しく清楚であるだけでなく、芳しい花の香が立ち込めている。成宗がいったい誰の家かとお尋ねになると、従官が楊公の別宅である旨をお答えした。ややあって、衣冠を整えた、容貌も秀麗な二人の男児が現れて、成宗の前に進み出た。成宗が何者かとお尋ねになったが、すなわち、楊公の小室が産んだ男児二人である。成宗はその神仙のような容貌と道士のような骨相をご覧になって、その学業をお試しになったが、何をお尋ねになっても、すらすらと淀むことなくお答えして、古の神童にもおさおさ劣るところがない。書を書かせても、筆使いは流れるようで、書体にも高い風格がある。詩を作らせても、すぐさまに韻を踏んで詩を作る。成宗ははなはだお喜びになった。

従官たちは雨を避けて次々と軒の下に入って来たが、たがいに顔を見合せてもじもじしている。成宗がどうしたのかとお尋ねになると、この家の主人がお食事を差し上げたいといっていることを、王さまに申し上げかねているのであった。成宗はお喜びになって、食事をお召し上がることになったが、珍奇な食材にいろいろな工夫をこらし、まごころを尽くしてととのえたものであった。従官たちもいっしょに接待されたが、このような料理が、急にもかかわらず、すぐに用意されたことが、成宗にははなはだ奇特なことと思われて、十分な褒美をお与えになった。

成宗は二人の男児を宮廷に連れてお帰りになり、東宮に引き合わせて、喜んで、おっしゃった。

「私はこの度の遊覧で二人の男児を手に入れた。あなたを補佐する臣下になさるがよい」

そうして、東宮付きの侍従に任命されて、宮廷内に寝泊まりするようになった。これは東宮と年齢が近いことを考えた上でのことであったが、その待遇はくらべるものがないほど丁重であった。

その後、小室は紫霞洞の家はたたんで、本宅に帰り、余生を過ごした。その長子の楊士彦《ヤンサオン》[3]は蓬萊と号し、官職は安辺府使にまで至った。次子は楊士俊《ヤンサチュン》[4]である。私は南壺谷の編集した『箕雅詩集』[5]を読んだことがあるが、そこには楊兄弟の息子たちと妾の詩が撰に入っていて、心の中ではなはだ奇異に思った。どうして人材が一つの家に偏って出て来るのだろう。安辺の不思議な出会いの話を聞くにおよんで、楊公のうるわしい徳と小室の淑行が合わさって人材が育ったのだと納得した。

▼1【楊某】楊希洙。敦寧主簿に至った。『朝鮮実録』成宗二十年（一四八九）五月に、儒生たちが興徳寺に遊んで、儒生が寺などに行ってはならないと問題になった。その儒生たちの中に楊希洙の名前が見える。
▼2【成宗】成宗（在位一四六九～一四九四）は、楊士彦・士俊兄弟の誕生以前に没しているので、ここは中宗（在位一五〇六～一五四四）とあるべきか。
▼3【楊士彦】一五一七～一五八四。李朝中期の文臣・名筆。字は応聘、号は蓬萊・滄海など。父親は敦寧主簿の希洙。士彦は一五四六年に文科に及第して地方官を歴任、四十年のあいだ、八郡の郡守としてよく治め、その間、いささかも不正がなく、妻子のために私腹を肥やすこともなかったという。自然の景致を愛し、その詩は作為がなく天衣無縫、楷書と草書に秀でていた。
▼4【楊士俊】生没年未詳。字は応挙、号は楓皐。一五四〇年に進士試に合格、一五四六年には増広文科に丙科で及第して、僉正に至った。人となりは仁愛に富み、行実が礼義に反することがなかった。
▼5【『箕雅詩集』】粛宗の時代の文人である南竜翼が編纂した詩選集。

第二四話……忠臣と忠僕

金汝岉《キムヨムル》[1]公は昇平府院君・金瑬《キムユ》[2]の父である。家に大飯食《おおめしぐ》らいの奴が一人いた。他の奴にはみな七合の料米を与えていたが、この奴にだけは特別に一升の料米を与えていたから、この奴を妬む者もいた。金公は義州の任地において義禁府に逮捕されたが、壬辰の倭乱▼3が勃発して、白衣（無官）従軍の命令を受けた。大きな手柄を立てて罪を贖おうと、巡兵使の申砬《シンリプ》▼4の配下として行装をととのえ出陣することになったが、家の奴僕全員を庭に並ばせて、

「誰か私といっしょに行く者はいないか」

と言った。

すると、一升食いの奴が進み出て、

「私は平生、一升の米飯をいただいている。この大乱にあたって、どうして人の後ろに隠れて立っていられましょう」

と言い、従軍を志願した。

他の奴僕たちはみな、

「避難なさる進士さまについて参ります」

と願い出たのであった。このとき昇平府院君がまだ科挙を終えていなかったためである。

こうして、金公と奴はまるで楽土におもむくかのように、馬に鞭を当てて出発した。弾琴台の背水の陣に至ると、すでに倭人たちが蟻のように密集して、潮のように押し寄せて来る。みな一本の短い杖のようなものを背負っていて、それをかざして構え、青い煙が立つと、かならず一人の者が死んだ。官軍はそれが鳥銃というものであることを初めて知ったのである。

巡兵使がかつて北関にいたときは、武装した騎兵を駈って、尼蕩介《ニタンゲ》をまるで枯れ枝をへし折り、朽ちた木を引き抜くように、掃討したものであった。今回、鳥銃が出現して、戦のありさまも変わり、英雄豪傑が武勇をふるう余地もないようになったのであった。金公は、しかし、軍服を改め、左の肘に弓籠手《ゆごて》をおび、右の手の指に弓懸《ゆがけ》をはめて、角弓をもち、刀を佩《お》びて、背中には矢を負ったまま、右手で朝廷に手紙を書いたのであった。筆先には風が颯颯と吹くかのよう、文章もその理致もともにすばらしいものであっ

た。それに封をすると、さらには長子の昇平に送る手紙を書いたのであった。

「三道に徴兵したものの、一人として応じて来た者はいない。われらの前にはただ死があるのみである。男児が国のために死ぬのは本望だが、ただ国恩に報じずに、この壮《さか》んなる意気が灰に帰することを、天に向って嘆息するのみである。家のことはすべてお前に任せた。私はもう何も言わない」

書き終わると、馬を駆けって刀をふるい、乱陣の中に突き進んで行って、ついに果てた。奴は主人を見失い、㺚川あたりまで敗走していたが、弾琴台の方を振り返ると、弾丸が雨のように降りそそいでいる。嘆息しながら、

「私が死を厭うて公のご恩に報いないようでは、どうして丈夫であると言えよう」

と言い、短槍を手にして敵陣めがけて突撃した。倭人のために押し戻され、三進三退、身体に十ヶ所もの槍傷を負い、金公の死体を弾琴台の下に見出して、背負って走り、山陰にそれを埋葬し、後日、あらためて先祖の墓に埋葬した。

奴と主人とのあいだの義理にどのような限界があろうか。しかし、この奴のような忠誠と勇気がどこにあるであろうか。士はおのれを知る者のために死ぬと言い、女はみずからを知る者のために化粧をすると言うが、この奴が死地に赴くのを家に帰るのと同じように振る舞ったのは、ただ一升の米に報いるためであったろうか。義理のために奮起した行為であったのだろう。

▼1【金汝岉】一五四八〜一五九二。宣祖のときの忠臣。字は士秀、号は披裘子、本貫は順天。一五七七年、文科に壮元で及第、兵曹郎官を経て義州牧使だったとき、鄭澈の一派に陥れられて投獄されたが、一五九二年、壬辰の倭乱が起こると、王の特命で申砬とともに忠州の防御に当たった。鳥嶺を利用して防御することを主張したが、申砬が容れず、賊軍を防ぎきれずに、弾琴台から身を投げて自殺した。

▼2【金瑬】一五七一〜一六四八。仁祖のときの功臣。字は冠玉、号は北渚。父の汝岉が壬辰倭乱で戦死したので、殉節者の子どもとして参奉となり、一五九六年、文科に及第。翌年、丁酉再乱が起こると復讐使として湖西地方に下った。光海君の末期には宮廷から退いていたが、仁祖反正（西人によるクーデタ。巻末訳者

解説参照）に参加して、大提学・右議政・領議政に至った。丙子胡乱（清による朝鮮侵略。第三七話注2参照）のとき、現実的な和議を主張して官職を剝奪されたものの、後に回復、一六四四年、沈器遠の反乱が起こると、これを平定した功績で寧国一等功臣となって昇平府院君に封じられた。

▼3【壬辰の倭乱】豊臣秀吉による朝鮮出兵について、日本で言う文禄の役（一五九二）を韓国では壬辰倭乱、慶長の役（一五九七）を丁酉再乱と言いならわしている。

▼4【申砬】一五四六〜一五九二。武臣。字は立之、本貫は平山。幼いときから学問よりも武芸をたしなみ、二十三歳で武科に及第した後、宣伝官・経歴などを経て外職に出た。一五八三年、尼湯介の乱が起こると、その鎮圧に奔走して勇名を馳せた。一五九二年、壬辰倭乱が勃発すると、三道巡辺使として宝剣を下賜されて出陣したが、小西行長の軍に大敗して、金汝岉などとともに自害した。

第二五話……六十歳、晩婚の奇縁

安東権氏の某は学問と節義がそなわっていて、推挙によって徽陵参奉▼1の職に就いたが、そのとき、六十歳であった。家は豊かであったが、妻を亡くして、内には弔問の客を迎え入れる童もいず、外には喪服を着て来る親戚もいなかった。今の相公の金宇杭《キムウハン》▼2が本陵の別検になったとき、当番が回ってきて、ともに斎室に宿直することになった。

ある日、陵の番人が境界を侵して木を伐った男を捕まえた。権公は先例にしたがって処罰を決め、笞打ちにしようとした。木を伐ったのはそこそこ歳のいったチョンガー（独身男）で、弁解するでもなく、ただ涙を流して泣くばかり、その様子を見ると、賤しい素姓の者でもなさそうである。権公が、

「お前はいったいどういう者だ」

と尋ねると、男は言った。

「恥ずかしながら、わたくしはもともと両班の出です。幼いころに父を亡くし、母は今年で七十一歳にな

ります。姉が一人いますが、三十五歳にもなって、まだ嫁いではいません。わたくしも三十歳になっていますが、まだ嫁をもらうことができません。姉と弟で薪を取り、水を汲んで、老いた母親を養っているのです。家は火巣▼3のすぐ近くにあります。ただ、今は極寒の時節に当たり、遠くまで樵に行けないのです。陵域を侵すのが罪であることはもちろん存じております。はい、もちろん存じておりますとも」

そうして、また涙を流して泣き続けるのであった。権公は男の泣く姿を見て哀れをもよおし、金公を振り返って、言った。

「情状に同情すべきものがあります。赦してやってはどうだろうか」

金公が笑いながら、

「それでかまうまい」

と言ったので、権公が言った。

「お前の情理を考えると、同情すべきところがある。今回は赦してやろう。二度とするんじゃないぞ」

権公はさらに、米一斗と鶏一羽を男に与えて、

「家に帰って、これを母上に差し上げるのだ」

と言ったので、チョンガーは感謝しながら、帰って行った。

ところが、数日後、ふたたび男は陵域に侵入してつかまった。権公は大声で叱りつける。チョンガーは声を押し殺して泣きながらいった。

「申し訳ないとは思いながらも、ふたたび罪を犯してしまいました。しかし、老母が寒さに震えるのを見て、積雪の中、樵に行く道も閉ざされ、他にどうすることもできなかったのです。合わせる顔もありません」

権公はまた憐みの心を生じ、しばらくの間、眉根を寄せて、笞打たせるのをためらっていた。金公はその様子を見て、微笑しながら、

「鶏一羽と米一斗では感化することができなかったようだ。ただ一つ、いい方法がある。私の言うとおり

にしてはどうだろうか」

「そのいい方法とやらを聞かせてもらおうか」

「貴君は夫人を亡くして、子どももいない。このチョンガーの姉を後妻にしてはどうだろうか」

権公は髯をねじって思案する風でつぶやいた。

「私はたしかに年はいったが、まだ筋力は衰えていない」

金公はそのことばの裏を忖度して、チョンガーを近くに呼び寄せていった。

「あの権公は忠義の君子であり、家もはなはだ裕福だ。ところが、夫人を亡くして、子どももいない。お前の姉は適齢期を過ぎて、まだ嫁入りしていないようだが、どうだ、うるさい手続きはともかくとして、お前の姉が権公と結婚して夫婦となれば、お前の家も頼るところができて、安心ではないだろうか」

チョンガーは、

「家には母がいて、私の一存では決められません。すぐに家に帰って、聞いて参ります」

と言って、大急ぎで家に帰ったが、すぐにふたたび戻って来て、言った。

「帰って、老母に言いましたところ、老母は『わが家は代々の名門ではあるが、今はまったく落ちぶれてしまった。昔なら考えられなかったことであっても、人倫をまったく廃するよりはいいであろう』と言って、承諾いたしました」

金公は喜んで、権公に結婚することをさらに強く勧めた。吉日を選び、婚資を整えるのにも、両家に助力を与え、婚礼を行なわせたが、はたして夫人は良家の後裔として、女子の中の賢婦人と言ってよかった。

ある日、権公が金公のところにやって来て、言った。

「君が勧めてくれたおかげで、すばらしい伴侶をもつことができたが、私はもう七十歳にもなってしまった。今やもうこれ以上、何を求めるものがあろうか。故郷に帰ることにしたので、お別れにやって来た」

「ご夫人を連れて行かれるのか。その家族はどうなさるのだ」

「いっしょに行くことにします」

「それはいい。それはいい」

二人は盃を干して別れた。

二十五年の後、金宇杭は堂上官となり、さらには安東の守令となった。赴任した翌日、ある人が名刺を投じて、拝謁を請うたが、前参奉の権某であった。金公はややあって、初めて徽陵で同僚であったことを思い出し、その年齢を尋ねると、すでに八十五歳になっていた。顔をよく見ると、髪の毛は真っ白であったが、昔の面影を残していて、人の助けを借りずに立っていて、杖に頼らずに入って来て、飄然として座に座った。まるで神仙の世界から現れた人のようであった。金公は手を取って迎え、久闊を叙した後、酒と料理を用意してもてなしたが、酒を飲み料理を平らげる健啖ぶりは以前といささかも変わらなかった。

「この私が今日、城主に挨拶にうかがうことができたのは、まことに天の思し召しと言うべきです。私は城主の勧めによって、まことに良い配偶者を得て、二人の息子を続けてもつことができました。二人は詩文をいささか学び、ソウルに出て科挙を受け、連なる玉のように、二人ともが及第して進士となりました。今日は二人ともに家に帰って来る日なのです。城主もたまたま同じく安東に赴任して来られました。どうして二人の息子に拝謁をお願いしないでいられましょうか。私が参ったのは、そのためです」

金公は快諾して、しきりに祝いのことばを言って、やまなかった。権公は辞去した。

翌日、金公は妓生と楽工を連れ、酒食を用意して、早々に訪ねて行ったが、その家は山と渓谷の景色のよいところにあり、青々とした竹と花が影を作って、余生を送るのに恰好のところであった。主人は石段の下に降りて迎えたが、遠近に噂が広がって、人びとが雲のように集まっていた。しばらくして、新恩（新たに科挙に合格した者）が到着したが、頭巾に鶯衫▼4を着ている風采は、見物する者たちの感嘆をそそった。馬の前に白牌（合格証書）を並べて立て、日本の笛が高い音を上げる。垣根をなすようにして見る見物人たちで権公の幸運をもてはやさない者はいなかった。金公が新恩を続けて呼んで、年齢を尋ねると、上は二十四歳で、下は二十三歳であった。権公は後妻をもらって翌年と翌々年に二つの玉のような男子をもったのであった。これらとともに盃を交わしたが、その容貌は鸞《らん》のようであり、鵠《こく》（白鳥）のようである。

文章は彫琢されて玉のようであり、どちらが兄たりがたく、弟たりがたい。金公は感嘆してやまなかったが、老主人の満足ぶりは、推して知るべきである。権公がその場の一人の老人を指さしていった。

「城主はこの老人を覚えていらっしゃるか。この老人はあのとき徽陵で木を伐るという罪を犯した者ですよ」

年齢はすでに五十五歳になっていた。

風楽を演奏して楽しみ、主人は城主に宿泊するように請うた。

「この私が享受した今日の慶事はすべて城主によってもたらされたものです。城主がたまたまこちらに来られたことも、天の思し召しで、人力によるものではありません」

金公は宿泊することにして、一晩、ゆっくりと話をした。次の日の朝、権公は金公に食事を差し上げ、横に侍したまま、何かを言い出そうとして、言い出しかねている様子である。

「何か話したいことがあるようだが」

「年老いた妻が平生に城主のために結草報恩▼5をしたいと願っておりましたが、幸いにこの陋屋においでくださり、一度だけでも尊顔を拝し挨拶をいたしましたなら、悲願を叶えることができます。女子として体面を考えないのは、ただ城主の恩恵に感謝する心からのこと、どうか怪しむことなくご容赦ください。城主はどうか内室に入って挨拶をお受けくださるようお願いします。そのほかのことは何も望みません。私の妻にとって、城主のお与え下さったご恩は天地のようで、その徳は父母のようであり、どうしてもお逢いしたいと言うのです」

やむをえず、金公は中に入って行った。欄干のそばに席がもうけてあり、そこに座った。老夫人が前に進み出て挨拶をしたが、感極まって泣き出し、涙が滂沱というありさま。また、二人の若い婦人がいて、化粧をこらして、盛装をしている。老夫人の後にしたがって拝礼をしたが、これは二人の息子の夫人であった。この三人の夫人が黙然として侍していたが、心から金公に感謝する気持ちが顔色に溢れ出ていた。盤にいっぱいの珍味をととのえた料理を出して、金公をもてなした。

権公はまた金公をうながして、かたわらの部屋に連れて行った。前には六、七歳の幼な子がいて、髪を短く切って黒々と染め、窓の閾につかまって立っている。四角の瞳に光が点って、黯黯《あんあん》と人を見つめるようであり、精神はあるようでもあり失せているようでもある。権公がその人を指さして言った。

「城主はこの人がおわかりになりますでしょうか。これが木を伐る罪を犯した人の母親なのです。今年で九十五歳になります。口で何か言っていますが、城主は子細にそれを聞いて御覧になりますか。お聞きになれば、他でもなく、『金宇杭、政丞を拝されよ、金宇杭、政丞を拝されよ』と言い続けて、二十五年をただ一日のごとく、今も口の中で唱え続けているのです。このような至誠をどうして天が感得しないことがありましょうか」

金公はそのことばを聞いて、戦慄しながらも、笑った。大勢の人に挨拶をして、役所に帰ったが、その後、果たして金公は宰相となったのであった。

粛廟の時代のこと、金公が薬房都提調としてご病気の延礽君《ヨンイングン》をお見舞いした。延礽君というのは後の英祖の潜邸時代の号である。平生の仕事のことを話し、話が権参奉のことに及んで、その顚末をお話しすると、延礽君ははなはだ奇特にお思いになって、即位なさって後、式年の及第者の発表の日、偶然に榜目《ぼうもく》（合格者名簿）の中に安東権氏の名前を見出されたが、まさしく権公の孫であった。英廟は特別にご命令を下された。

「昔、宰相の金公に聞いた権公の話は奇特であった。その孫がまた司馬試に及第した。これは偶然によるものとは言えない。特別に斎郎に任じることにしょう」

他でもなく、祖父の官職を継いだことになるが、嶺南の人びとはこれを光栄なことと思った。

▼1【徽陵参奉】徽陵は仁祖の継妃である荘烈大后の陵。参奉は九品の官職。
▼2【金宇杭】一六四九〜一七二三。粛宗のときの文臣。字は済仲、号は甲峰、諡号は忠靖。本貫は金海。一六六九年、司馬に及第、一六七五年、同志たちと上疏して宋時烈を救った後、五年のあいだ隠居。一六八一

年、文科に及第した。一六八九年の己巳の換局の後、官界から離れ、一六九四年に廃妃閔氏が復位すると官界に復帰。兵曹・刑曹・吏曹判書、右議政に至ったが、辛壬士禍（第一話注2および巻末訳者解説参照）で禍を被った。

▼3【火巣】陵や墓地などの外れで木や草などを燃やして棄てるところ。

▼4【鶯衫】朝鮮時代、少年が生員、進士に合格したときに着る浅緑色の礼服。

▼5【結草報恩】死を決して恩に報いること。

第二六話……李忠武公を助けた小室

李忠武公[1]が初めて宣沙浦の僉使[2]に任命され、宰相みなに暇乞いの挨拶をするためにその家に赴いたところ、一人の年老いた宰相がねんごろに言った。

「私は貴公がまさに大器であり、その前途がわれわれ凡人にはとても推量できないものであることを知っている。だが、貴公にはまだ夫人がいない。私の側室には娘が一人いるのだが、これを貴公の側に置いて、小室にしてもらえまいか」

李公がその意気に感じて承諾すると、老宰相が言った。

「人の耳目を驚かせるほどの儀式は必要あるまい。出発の日、弘済橋のほとりで待っていてくださらぬか」

李忠武公が行装をととのえて出発して弘済橋のたもとに行くと、轎（かご）と馬とが色鮮やかに装飾をほどこしてやって来て、宣沙に行く一行かと尋ねた。李公がそこにいた女を見ると、身体が大きく、話し方にも女子らしい趣がない。李公はどうやら結婚を無理強いされてしまったのを悟ったが、今となっては帰らせることもできない。致し方なく、同行することにして鎮にまで至ったが、食事はともにしたものの、女子を顧みることなく過ごした。

ある日の夕方、営門から極秘の書簡が届き、それを開いて見た後、軍務で議論することがあって、しばらくすると、そのまま出かけることになった。忠武公は食事を催促してかきこむようにして食べ、別室の小室のところに行くと、小室が言った。

「令監は今度のご旅行が何事なのかおわかりですか」

「わからない」

小室が言った。

「この乱世に当たって去就を決めるのに、あらかじめ事がらの機微をわからずにどうして身を処すことができましょうか」

李公はそのことばを聞いて不思議に思い、問い質すと、小室が言った。

「もし何ごとかがあって、臨機応変に処さなければならないときは、かくかくしかじかになさいませ」

そうして紅い絹の天翼（軍服）を取り出して李公に着せると、その大きさはぴったりだった。李公は驚き、不思議に思った。

馬を走らせて監営に行くと、巡使が左右の者を遠ざけて、言った。

「今回、中国の使いがやって来ることになり、この城に着くと白銀万両を要求しようとしている。もし断れば、道伯を曝し首にしようと言っている。白銀万両などとても用意できないし、われわれにはどうしていいかわからない。考えあぐねて、貴公でなければ、これは解決できないと思い、呼んだのだ」

話を聞けば、出がけに小室が言った通りであった。そこで、その指示のとおりにみずから事に当たることにして、大声を発して事の処理を引き受けた。錬光亭に出て行って座り、軍営の中でももっとも機敏な将校を呼んでなにやらしばらく耳打ちした後に、監営の妓生でかしこく美しい者を四、五人選んで侍らせて歌い舞うようにさせた。酒席が狼藉に及んだころ、また営校を呼んで耳打ちした。

「今、銀を差し出さなければ、巡使は死ななければならない。のみならず、城内の住民みなが魚肉となって、死ななくてはならなくなる。そこで、君は出て行って城内の家々ごとに火薬をしかけさせ、錬光亭の上で大砲を打つ音が三度すれば、火薬に火をつけるようにさせてほしい」

宮校は、「はい、承知しました」と答えて出て行き、しばらくして、「火薬をしかけて来ました」と報告した。

しばらくして、大砲の音が一度した。妓生たちが傍にいて、横目で見ると、大いに怯えているようで、ともすると、小用にかこつけて出て行こうとする。城内の家々にも伝わって、爺さん婆さんを呼び合う声がいっぱいになって、あるいは妻の手を執り、あるいは子を抱えて、先を争って城を出ようとして、その騒ぎは天をも揺るがすくらいである。中国の使いは初めて大砲の音を聞いておびえ、また人びとの騒ぎを聞いておどろいて、あわてて立ち上がり、いったい何があったのかと尋ねた。すると、宮校の一人が、

「宣沙浦の僉使がこのようにしろと命じたのです」

と答えた。酒の応酬が行なわれているあいだ、また大砲の音がした。みな焼き尽くすつもりのようである。中国の使いはあわてふためき、足もふらつかせながら、錬光亭に至った。そこで李公の手をとり、命乞いをした。李公は道理でもって、中国の使いを責め、

「あなたの国はわが国にとって父母の国です。天使はこの国まで来られて皇帝の命をお伝えになる。その道中の陪臣がねんごろに接待いたすことはやぶさかではありませんが、あなたはいまだ前例のない銀を要求されました。これにはどう致したものか、わかりません。城の中の者みなが死ねと言われれば、死ぬだけのこと。いっしょに火の中で燃え尽きてしまおうと思います」

中国の使いは言った。

「私の命はあなたの手にかかっている。今、馬が階段の前に立っているが、その馬に乗ってこのまま昼夜をとわず駆け、三日のあいだに鴨緑江を渡ってしまいたいものだ。お願いだから、大砲を打つのをやめてほしい」

李公はこれに対して、

「天使ははなはだ無礼で、私はこれを信じることができません」

と言って、砲手に号令しようとすると、天使は李公の腰に抱きついて泣きながら頼んだので、やむをえずに、李公は馬に乗って出発することを許した。天使一行は感謝しながら、一斉に馬にまたがって風のように、また稲妻のように立ち去って行った。はたして、三日の内に伝令がやって来て、天使が河を渡って帰ったことを告げた。巡使は大いに喜んで、酒宴を開いて感謝した。このことによって、李公の名前は世に知られるようになった。

李公が任を果たして無事に家に帰って来て、小室に尋ねてみると、まことに異人と言うべきであった。容貌で結婚していたならば、子羽▼3を失うところであった。

▼1【李忠武公】李舜臣のこと。忠武は諡号。一五四五～一五九八。朝鮮半島の歴史を通して最大の英雄。一五九一年に全羅左道水軍節度使となり、一五九二年、壬辰倭乱が起きると亀甲船を造り火砲を用いて日本軍を大破した。翌年、三道水軍統制使に任命されたが、一五九七年には中傷によって逮捕された。丁酉再乱の勃発で再び統制使に任じられて活躍したが、一五九八年一一月、露梁海戦で戦死した。

▼2【僉使】僉節制使。朝鮮時代各鎮営に属した武官職。水軍で重要な海岸地域には守令が兼ねることなく、専門職である武官が僉節制使となったが、この場合は略称として僉使と言った。

▼3【子羽】「離朱・子羽、昼に方《あた》って眥《まなじり》を拭ひ、眉を揚げて之を望むも、其の形を見ず」（『列子』湯問篇）とあって、視力の優れた人であった。

第二七話……李《り》如《じょ》松《しょう》と日本の剣客

中国の将軍の李如松《りじょしょう》▼1は、壬辰の倭乱の際には中国の兵を率いてやって来て、朝鮮を助けた。平壌で大勝して、倭の将軍の平（小西）行長は夜に乗じて逃亡した。勝ちに乗じて追撃して青石洞に至った。谷合いは深くて障害物も多く、木々が空高くそびえて、渓流が迸っている。すると、にわかに白い気運が立ち上り、冴え冴えとした光がさした。将軍は、「これは倭軍の剣客の兆しである」と言って、兵士たちを休ませ一列に控えさせておいた。そして、馬の上で両手に刀を抜き放ち、身をすっくと伸ばして空中に昇っていった。兵士たちはみな空を見上げていたが、ただ激しい剣撃の音だけが白い気運の中から聞こえてくる。しばらくすると、倭人の身体と首が落ちて来た。寒々とした冷気もおさまり、見ると、将軍は馬の上で一息をついている。そうして、おもむろに太鼓をたたかせて進軍させ、青石洞を出て行った。

碧蹄関の敗戦の際には、軍を開城府に退却させ、軍を進めようという意志を示さなかった。ある日、相公である西崖・柳《ユ》成竜《ソンリョン》▼2が伴接使として軍務について建議した。提督は頭を掻きながら、話をしようとしたが、その頭の上にはどこからか白い気が漂ってきて、虹がかかった。提督は急いで髪の毛を結いなおし、「剣客がやって来た」とつぶやいた。壁に架けてあった刀を手に取り、隅の部屋に入って戸をぴったりと閉じ、西崖には座を立たずにそのまま決着のつくのを待つようにと言った。しばらくすると、白い気運が部屋の中に漏れてきて、激しい剣戟の音が聞こえ、ひんやりした空気が屋敷の中をただよった。西崖は動悸を抑えることができなかったが、突然、足がのぞき、戸を蹴って中に消えた。西崖は、それは提督の足で、戸を蹴ったのは、戸をしっかりと閉めたいのだと考えた。西崖はそこで起って戸を閉じた。そうしてしばらくすると、提督が戸を開いて出て来て、美しい女人の首を床に放り投げた。西崖は落ち着いてからやっと勝利を祝福することができた。すると、提督が言った。

「倭賊の中にはもともと剣客が多い。青石洞ではほとんど殺すことができたが、この女は倭賊の中でも随一の剣の使い手であった。その剣術はまさに神通とも言うべきで、天下無敵、私は常に気にかけていたのだ。それを幸いにも殺すことができて、心配がなくなった。しかし、公が戸を閉じてくれたのは、いったいどうしてだったのか」

「戸を蹴ってまた入られた。それでわかったのです」

「どうしてそれが私の足であるとわかったのか」

「倭人の足は小さいのに、のぞいた足は大きかった。将軍の足だと思うのは当然です」

「朝鮮にも人物がいるものだ」

「どうして戸を閉じようとなさったのか、実はよくわからないのですが」

「あの倭の美人は剣術を海上の広い場所で学んだようだ。そこで、私は故意に狭い部屋を戦いの場にして、相手の思いのままには動けなくした。剣を打ち交わすこと数十合で、案の定、美人は勢いを失った。外に出て遠く逃してはならないと、戸を閉ざそうとしたのだ。もしいったん外に出て大海原に出てしまったならば、どうして退治することができたであろう。今日、戸を閉じてくれた公の功績はまことに大きい」

それ以来、いよいよ公にうやうやしく接したそうである。

私が思うに、剣術は昔から推奨された。猿公[3]は壁を穿つ才能において神通の域に達していたが、荊軻[4]は匕首《あいくち》を投げつけたが柱に阻まれた。どちらも提督の術には及ばなかったのではないか。

▼1【李如松】?～一五九八。明の将軍。遼東の鉄嶺衛の人だが、祖父はもともと朝鮮半島の人だった。軍職について指揮使となり、一五九二年、壬辰倭乱が起こると、提督として防海禦倭總兵官となって兵四万を率い、朝鮮軍と連合して平壌城を包囲して回復した。一五九三年、碧蹄館に至り、小早川隆景・立花宗茂などに反撃されて大敗、開城まで後退したが、平壌に駐屯していた沈惟敬を送って、小西行長と和議を結ばせた。後に明に帰り、遼東總兵官となったが、翌年、土蕃を攻撃して戦死した。

▼2【西崖・柳成竜】一五四二～一六〇七。李退渓に学んで、一五六七年、文科に及第。政争による浮沈を経験するが、壬辰倭乱の際には政治の中枢にあって左議政、領議政、兵曹判書、都体察使を務めた。一五九一年、豊臣秀吉の侵略の危機を察し、防御体制の整備につとめたが、国内の動揺を避けるために、日本の侵略はないと主張したので、乱が起こると失脚した。後に復職して、内政・外交に手腕を発揮して日本軍の撃退に功績を挙げた。著書の『懲毖録』は壬辰・丁酉の両度の乱の貴重な資料。

▼3【猿公】越の女が剣戟の術に巧みで、越王に呼ばれて行くとき、道で白髪の老人に出遭った。手合わせをしたが敏捷で勝負がつかない。老人は木の上に飛び移ったが、実は猿だったという故事に因るか。

▼4【荊軻】?～前二二七。中国戦国時代の刺客。衛の人。燕の太子丹の客となり、丹のために秦王政（始皇帝）を刺そうとして失敗、殺された。『史記』にその個性が鮮やかに描かれている。

第二八話……中国亡命客の報恩

尚書（判書の旧称）の金某は人を知る才があった。ある日、道でぼろを着て憔悴しきった少年がいるのを見て、家に連れて帰った。

「お前は何者だ」

と尋ねると、

「早くに父母を失った、まったくのみなし子です。市場に出かけては物乞いをしています。自分の姓名すら知りませんが、年齢は十五歳です」

尚書が言った。

「お前がこの家に留まるなら、衣食に不自由することはあるまい」

そうして名前を与えて、金童《クムドン》と呼ぶようになった。

少年は感謝して、やって来て数日後、文字を学びたいと願い出た。その学問は日就月将《じつしゅうげっしょう》といった様子で、一度見れば読むことができ、筆の運びもまた鬼神のようで、まことに不思議な才能をそなえていた。尚書はこれを可愛がり重んじるようになって、一時も側を離れさせなかった。尚書はもともと眠れないたちだったが、たとえ深夜であっても、一度でも呼ぶと、金童はかならずやって来て仕えた。他の奴婢たちにそのような者はいなかった。

金童は尚書の家で毎日のように書庫に入っては書物を読みあさっていたが、最も熱心に読んだのは天文と暦法の書物であった。尚書が質問すると、その奥妙なる意を簡略に答えた。尚書と古今の文章をたがいに称え合って楽しむときには、みずからが精通している文章をすらすらと暗誦したが、他の人と話をするときには、その才能をひた隠しにして黙っていた。尚書は金童をわが子のように可愛がり、大事があればいつも相談した。妻を娶るように勧めたが、これについては断った。

このようにして十年が過ぎた。ある日の夜、金童を呼んだが、返事をしない。灯りをとって見ると、靴がなく、行方が知れなかった。尚書は左右の手をなくしたようで、寝食もままならなかった。四日が経って、金童が帰ってきたが、喜色が満面に現れていた。尚書はおどろき、喜んで、尋ねた。

「お前は何も告げずに出て行ったが、いったいどこに行っていたのだ。この家になにか不満があって出て行ったのか。いま、お前の顔に喜ぶ色があるのはいったいどうしたのだ」

金童が笑いながら、言った。

「不満などとんでもありません。すこし落ち着いてから、お話しします」

夜になって、暇を見て、また尋ねてみると、金童が答えた。

「私は朝鮮の人間ではありません。中国の年老いた大臣の息子なのです。父上は奸臣の讒訴に遭い、遠く沙門島に流され、遠近の親戚たちもみな散り散りに流配の憂き目にあいました。父上は天文と暦法の数に詳しくて、流配になるとき、私に、『私は十年すれば赦免されて帰ってくることになるが、お前は中国にいれば必ず奸臣たちの手にかかって殺されるだろう。東方の朝鮮に行けば、後にきっと生きて帰ってくることができる』と言いました。そこで、転々と流れて来てこのお宅に至ったのです。幸いにも大監の河海のような恩沢をこうむり、養育され、教育も受けました。この世ではこの恩に報いることはできないほどです。先日、何も告げずに行きましたのは、果川の五鳳山に登って星座の位置を観察したのです。どうやら、私の父上はすでに赦免されて配所から帰られたようです。私がここに帰って来ましたのは、大監のご恩に報いようという強い気持ちをもって、あまねく山地を歩きまわり、五鳳山の麓に素晴らしい場所を見つけたからです。できれば、明日、いっしょに出かけて行って、御覧に入れたいのですが」

尚書は驚き、奇異なことに思った。翌日、ともに五鳳山に行くと、金童は一つの丘を指示して、言った。

「これは縁起のいい場所です。急いで大監のお父上のお墓を移してください。日を選んで事を行なわれるとよろしいでしょう」

そうして、続けた。

「ご子孫は繁栄して、五人もの宰相が出られましょう」

その場所にしるしをしておき、家に帰って、金童は挨拶をして、立ち去った。

尚書は金童の言った通りに墓を移すことにして、墓穴を七尺ほど掘り広げようとした。すると、盤石が現れて四面に罅《ひび》が走っている。手で少し触れると、ゆっくりと盤石は開いていった。尚書はこの盤石のことも金童に聞いていたので、しばらく時をおいて棺を下ろそうと、墓閣に灯をかかげて座っていた。その墓穴の中には奴僕を一人おいておいたが、石が少しずつ動くのを不思議に思うあまり、その中にはどんなものがあるのか知りたいと思って、灯火を掲げて覗いて見た。すると盤石の四つの隅には玉童子が盤石を支えて立っている。そして、中央にもまた別の玉童子が立っていて、四つ隅の童子たちよりもやや大きい。この玉童子たちが石を動かしているのだった。奴僕が驚き不思議に思いながら盤石から急に飛び降りたとき、ぞっとするような玉の砕ける音がした。奴僕は驚いて、心の中でつぶやいた。

「私は大監の恩を被っているが、どうも吉地を誤られたようだ。後日、きっと禍が生じよう。私はとんでもない過ちを犯してしまったらしい。生きていても、死んだも同然なのではあるまいか」

そうして、奴僕は玉の砕けた事実を告げることなく、棺を下ろし土まで盛って帰って来た。尚書の家に少しでも不幸があると、奴僕は心の中に火がついたようで、居ても立ってもいられなくなり、事なきを得て、ほっと胸をなでおろすことがしばしばであった。

金童が中国に帰って行くと、父親の老大臣も赦免されて帰ってきてふたたび登用されていて、奸臣たちは失脚して処刑されていた。父と子は百度も死ぬような苦労を重ねてふたたび相会うことができ、その喜びは計り知れなかった。金童は科挙に及第して翰林学士になったが、そのとき、父親の大臣が言った。

「お前は朝鮮の金某にご恩をこうむって、なにかご恩返しはしたのかな」

翰林は答えた。

「一つの吉地を探し当て、それを教えて参りました」

父大臣が言った。

「それはどのような吉地だ」

翰林があらあらその場所の様子を言うと、父大臣は驚いて、言った。

「何たることか、お前は恩人に対して禍を残して来た。穴の下の五人の玉童子は五つの峰に対応しているが、中央の峰は凶事を表していたのだ。すぐにでも危険が生じて、家が滅びてしまうであろう。どうしてもっと子細に調べなかったのだ」

翰林は過ちを悟り、後悔してうなだれていると、父大臣は言った。

「中国では奸臣はすでに誅殺されて、天下に大赦が行なわれた。お前は地図をもって朝鮮に行き、すぐにまた墓を移すために、吉地を選んで来るのだ」

翰林はその教えのとおりに副使となって朝鮮にやって来て、金尚書と明雪楼で会った。久闊を叙す一方で、またすぐに帰らなくてはならない悲しみを述べた。恩愛を一方ならずこうむった父と呼んで、また中国の父親が指摘した墓地選びの失敗ついて話した。尚書はその話を聞いて、暗然としてどうしたものか考えていたが、奴僕がこっそりと話を聞いていて、実は玉が折れてしまった事実を告げた。尚書はおどろいて、言った。

「これこそ禍転じて福となすということではあるまいか。たまたま好都合だったのだ。穴を開けたとき、石が動いて不安定だったのが、棺を下ろすときには石は動かなくなっていて、それを不思議に思ったことであった。そうしてまもなく雷が激しく鳴って、大地が揺れ動き、中峰が崩れ落ちたのだった。これはその験《しるし》だったのだ」

翰林はこれを聞いて喜んで、言った。

「尚書の家では子孫が大繁盛なさいます」

副使は中国に帰って、このことを父大臣に報告した。

第二九話……入れ代わった新郎

東岳・李公[1]が結婚をした月の上元の夜、雲従街で鐘の音を聞いて、酔ったまま履洞の前の道を通り過ぎ、ある門の前によりかかって寝込んでしまった。時をおかず、その家の奴婢たちが出て来て、

「新郎がこんなところに酔っ払って寝込んでしまっている」

と騒ぎながら助け起こして、その家の新房に抱えて行った。公は人事不省といった様子ですっかり寝込んでしまっている。その家でも華燭の典が行なわれ、公はその家の新婦とともに同じ褥で眠ってしまったのである。明くる朝、目が覚めてみると、別人の家で、公の婚家ではなかった。公が新婦にここは誰の家なのか尋ねるので、新婦も不思議に思って問い質した。たがいに間違いに気付き、当惑したが、その家でも婚礼を行なって、三日目であった。そこの新郎も鐘の音を聞いて、夜遊びに繰り出し、帰って来なかったのである。門の前で寝込んでいた東岳はてっきりその家の新郎に間違えられて新婦の部屋に招き入れられたのである。

公は新婦に尋ねた。

「さていったいどうしたものだろうか」

「これはわたくしの見た夢に符合して、縁と言うしかありません。婦女の道理を言えば、わたくしは死ぬしかありません。しかし、わたくしの家は代々訳官を勤める家柄で、男の跡継ぎがいず、わたくしは一人娘です。わたくしが死ねば、年老いた父母は誰を頼りに生きていけましょう。このことが忍びない思いです。今となってはやむをえません。方便を用い、わたくしはあなたの妾になって、この身を終えようと思います。いかがでしょうか」

「私が故意に犯した罪でもなく、あなたが淫奔なわけでもありません。その方便を用いたところで、妨げにはならないでしょう。ただわが家にも両親がいて、その教戒は厳しいものです。私はまだ弱冠の年齢に

も満たず、科挙に及第もしていません。書生の分際で妾をもつなど、とても難しいことです」

「難しいことではありません。あなたの姨《おば》さまの家に私を置いておくような場所がないでしょうか」

「それなら、ないわけではない」

「それなら、今すぐにわたくしをその家に連れて行って、わたくしをその家に置いてください。両家ではそれを知られないようにしましょう。あなたはかならず科挙に受かってください。科挙に及第する前には、二人は決して会わないようにいたしましょう。あなたが及第した後には、両家の年老いた父母に告げて、ともにむつみ合うことにしたら、いかがでしょうか」

公はこのことばのままに、一人で暮らしている姨の家に連れて行き、針仕事の手伝いのようにして住まわせることにした。姨と女は母と娘のようにして暮らした。

新婦の家では、朝になって起きて見ると、新郎新婦が行方不明になっていて、大いに驚き色を失った。新郎の家に人をやって尋ねさせると、初めて昨晩の男は真の新郎でなく、別の男が新婦と契ったことがわかった。そのことは秘密のままに通し、新婦は急病にかかってにわかに死んでしまったことにして、簡単に葬式を済ませてしまった。

その後、東岳はこの妾と会うことはなく、ひたすらに勉学に励んだ。文章も巧みになり、幾年も経たずに科挙に合格したので、この妾を連れて年老いた父母に引き合わせた。妾の家にも告げようとすると、妾は「こんな話、きっと信じてもらえないでしょう」と言って、新婚のときの紅の絹の衾《ふすま》（かけぶとん）を出して来て、「この錦を証拠として見せてください。これは昔、わたくしの祖先が中国に行きましたおり、皇帝に賜ったもの、天下に二つとないものです。ただわが家だけに伝わったもので、わたくしの新婚の際の衾にしたものです。これを見せれば、かならず信じてくれましょう」

李公は言われたとおりにした。

老訳官はその娘を見ると、悲喜交々《ひきこもごも》といったところ。一方で、李公の人となりを見ると、宰相となるべき人物である。その事の顚末をすっかり聞いて、言った。

「これも天命であろう。われわれ老夫婦が後事を託するに足る人物だ」

他に子どもはいなかったので、その家の財産と奴婢、田荘などはすべて李公に付した。それで、李公はソウルでも指折りの長者となった。この妾は智恵も教養も備わっていて、一家を取り仕切って家事を行ない、賢夫人としての優れた資質があった。李公の家は今に至るまで代々長者の家と言われている。その履洞の邸宅というのは、酔って入り込んだ家である。妾の子孫もまた大いに繁栄した。

▼1【東岳・李公】李安訥。一五七一～一六三七。東岳は号。諡号は文恵。一五九九年、文科に及第、官途についた。中国に使節として行き、帰国後、顕官を歴任、一時、免官され、流罪を経験したが、崇禄大夫の加資を受け、刑曹判書兼弘文館提学となった。一六三六年、丙子胡乱が起こると、王に随行して南漢山城に行き、そこで死んだ。詩文に巧みであった。

第三〇話……妻としての道理を全うして自決した烈女

節婦李氏は忠武公（李舜臣。第二六話注1参照）の後裔である。閔兵使▼1の孫の妻となったが、李氏の家で結婚式を挙げたばかりの夫が一人で自家に帰るや頓死してしまった。このとき、新婦の年齢はわずかに十五歳で、祖母とともに温陽にいた。嫁ぎ先の清州から新郎の訃報が届くと、哭を挙げて、水と醤とを口にしなかった。父母がかわいそうに思ってなぐさめ、左右からこれをいたわったが、ある日、新婦がいった。

「わたくしは人の妻となってすぐ、こうした城が崩れるような痛みを経験することになりました。生きているよりも死んだ方がましに思えます。しかし、また考えてみますと、嫁ぎ先には祖父母と舅と姑がいらっしゃり、それをお世話する人間がいず、まだ舅と姑に見《まみ》える礼もまだ挙げておりません。旦那さまも不幸にもすでに亡くなっているのに、葬礼と祭祀を主管する人間もいません。わたくしがいまここで死ねば、人の妻としての道理が立ちません。わたくしはあちらの家にうかがい、哭を挙げて葬事を執り行なった後、あちらのどこかの親戚から養子をとって後継ぎが絶える嘆きのないようにはからい、わたくしの責任を果たしたいと思います。お願いですから、即刻、あちらの家に行かせてください」

父母は娘がそう言うのを聞いて、年端もいかないのに、もっともな道理を言っているとは思ったものの、それでもやっていけるかどうか心配で、しばらく思案した。すると、新婦が言った。

「ご心配なさらないでください。わたくしはすでに心を決めています」

新婦は誠意でもって両親を説得して、やっとのことで行装をととのえ、清州におもむいた。はなはだ若い婦人が死んだ夫の家に入って行き、舅と姑に孝心でもって仕え、祭典には礼でもって行ない、家産を治め、奴婢を使役するのにも寛大で条理がそなわっていた。近隣の者や親戚の者はこれを賢婦人であると褒め称え、若くして寡婦になったことに同情した。親戚の家に行き、養子を貰い受けようと、わら筵を敷いて懇願して、ようやくこれを得ることができた。家庭教師を呼んでこの子の教育をさせ、まもなく嫁を迎えさせた。そうして十年あまり経ち、祖父母と舅と姑みなが天寿をまっとうして死んだ。礼を尽くして葬儀を行ない、悲しみがあまりに過ぎて身体をこわしてしまうほどであった。家の裏の山に三代の墓を盛って、石碑を立てて置いた。

ある日、新しい衣服をつくって着替え、息子と嫁といっしょに墓に礼拝し、家に帰ると廟を拝し、家中を掃除した。房の中に帰って来て腰を落ち着け、息子夫婦を前に呼んで、家の事をそれぞれ細かに指示して言った。

「お前たち夫婦も十分に大人になって、祭祀を行ない、お客様と応対するのに不足はないだろう。わたくしはもう老衰してしまった。お前たちにすべてを譲ろう」

そして、細々と指示をして、教え戒めることが多々あって、夜も遅くなったので、自室に戻ってしばらくまどろむと、幼い婢が走ってやって来て、危急のことを告げた。その息子が行って見ると、小さな瓶に毒薬の液体が一杯に入っていた。これは寡婦としてこの家に入ったときにすでに携えて来たものなのであった。布団を敷いて衣服をただして身を横たえている。すでにどうすることもできない。息子夫婦が号哭をしていると、布団の前の大きな巻紙が目についた。開いて見ると、まさに遺言であった。まずは若くして夫を亡くした痛みを言い、次に家法と由緒を述べ、家を治める法規を言い、奴婢文書の所在を記録していたが、事細かでわずかの遺漏もなかった。その終わりに告げていた。

「わたくしが訃報を聞いても死ななかったのは、閔氏の家が絶えるのに忍びず、舅姑の世話をする者のいないのを考えてのことであったが、今やわたくしは責任を果たすことができた。人を得て将来を託すことができた上は、どうしていたずらに生きながらえることができよう。地下の旦那さまに会って事の顛末を告げるのがわたくしの残された務めであろう」

その息子は母を父の墓にともに葬り、遺言を守って家道をまっとうした。遠近の士林たちが中請の文書を奉ったので、王さまは旌閭《せいりょ》（第一四話注4参照）を下された。

▼1【閔兵使】閔栐のことか。一六三六年の丙子胡乱のとき、慶尚右道兵馬節度使として軍を率いて上京する途中、賊軍と交戦して戦死した。兵曹判書を追贈された。

第三一話……許生

許生というのは方外の人（世捨て人）である。家が没落して貧しかったが読書だけを好み、家の中の者たちが食事して生活するための方策は考えなかった。床にはただ『周易』があるだけで、たとえ食事を欠くことがあっても意に介さず、妻が針仕事をしてやっとのことで生活を支えていた。

ある日、家に帰って来ると、妻が髪の毛を切って布を巻いて座り、食事を用意していた。許生はため息をついて言った。

「私は十年の後にふたたび帰って来よう。それまでたとえ糸のような命であっても生きながらえて、その髪の毛をもとのように伸ばすがいい」

冠のほこりを払って出て行き、松都（開城）で随一の長者である白氏を訪ねて行き、千金を借りることを申し出た。白氏は一目見て、許氏が尋常ではない人物であることを知って、金を言われるままに貸すことにした。許生はその千金を懐に箕城（平壌）に出かけ、当時名うての名妓であった楚雲の家を訪ね、毎日のように酒を飲み、肉を食べ、豪宕《ごうとう》な少年たちと遊興にふけった。金はすっかりなくなって、ふたたび白氏のところに行って、言った。

「大きな商いがある。今度は三千金を貸してくれないか」

白氏がまた金を貸すと、また楚雲の家に行って、緑の窓に紅の楼の中、玉の簾をかけて絹の寝床を置き、毎日のように酒席をもうけ、音楽や舞を楽しんだ。金がまたなくなって、三度、白氏の家に行って言った。

「もう一度、三千金を貸してもらいたい」

白氏はこのときも、金を請われるままに貸した。許生はまた楚雲の家に行き、燕京の市場の珠や宝石、緞子や錦を買い集め、楚雲の歓心を買った。こうして金を使い果たし、またまた白氏のところに行って、「今また三千金が必要になった。それがあれば仕事に成功する。しかし、もうあなたは私を信用なさるまい」

と言うと、白氏は、

「なんということをおっしゃる。さらに一万金を要求されても、私は快く出しましょう」

と言って、また金を貸し与えた。許生はまた楚雲のところに行き、名馬一頭を買って厩につなぎ、袋を作って壁の上に掛けて置いた。そうして美人たちを大勢集めて派手に遊んで金をばらまき、楚雲の機嫌をとろうとした。金もすっかり使い果たし、許生はすっかり寂寞凄涼《せきばくせいりょう》の心に捉われながら、楚雲と相対したが、女の本生というのはまるで水のようで、もうすっかり許生に愛想を尽かしている。許生とどのように別れるか、童女といっしょに厄介払いする口実を探していたが、許生は女の気持を見通していて、ある日、女に言った。

「私がここに来たのは商いをするためであった。今、万金を使いはたしてしまって、身一つで立ち去ろうとしている。お前は私と別れて、名残惜しくは思わないか」

「瓜は熟すれば蔓から落ち、花が枯れれば蝶は去るものです。どうして名残惜しくなど思いましょう」

「私の財物はすっかり借金証書に変ってしまったが、今や永々の別れとなって、お前は何を私に餞別してくれるのかな」

「お望みのままに、差し上げましょう」

　許生がその場にある烏銅の炉を指さして、

「私はそれが欲しいんだが」

「もちろん差し上げます。どうして物惜しみ致しましょう」

　そこで、許生はそれを手にすると、その場で片々に砕いてしまった。袋に入れて、馬にまたがると、馬を駆けて一日で松都に着いた。白氏を見て、

「商いはうまくいった」

と言って、袋の中の物を白氏に見せた。白氏はこれを見てうなずくだけであったが、許氏は袋を担いで、馬に乗り、会寧の開市に至ると、店舗に炉の片々を広げて自分はその前に腰を据えた。ある外国の商人がやって来て、砕けた金属片を見ると、舌なめずりをして、

「これはまた面白い」

と言い、買うことに決めて、言った。

「これは値のつかない宝物だ。たとえ十万金であっても足りまいが、ぜひ手に入れたいものだ」

　許生はしばらくのあいだ睨みつけていたが、承諾した。

　取引が終わって帰って来て、十万金を白氏に返したので、白氏はどうしたわけかと尋ねた。

「先だっての砕けた片々は銅ではなく、烏金だったのだ。昔、秦の始皇帝が▼[1]徐市に東海に行かせて薬を探

させたとき、国の倉庫にあった烏金の炉を持たせたという。おおよそ、この炉で薬を煎じたなら、百病に効き目があるのだという。しかし、徐市がこれを海中に失ってしまったのを、倭人が探し出し国宝のように大事にしていた。それを壬辰の倭乱のさい、倭の将軍の平行長がもって渡って来たのだ。行長が平壌を占拠したものの、まさにその夜になって退去することになって、その乱兵の中で失ってしまったものなのだ。それが楚雲のところにあったわけだ。私は気配を感じて尋ねて行き、万金を費やして手に入れたわけだが、外国の商人というのも西域人で、やはり気配を感じてやって来て、値のつかない宝物だと言ったのは、本当なのだ」

白氏が言った。

「炉一つのことであったなら、万金を投じなくてもたやすく手に入れることができたろうに、再三にわたって遊蕩の真似などなさったのか」

許生はこれに対して答えた。

「これは天下の至宝である。神物が取り憑いていて、万金でなければ手に入れられなかったのだ」

白氏は言った。

「あなたこそ鬼神のような方だ。十万金をそっくりあなたに差し上げましょう」

許生は笑いながら答えた。

「私を見くびっていらっしゃる。わが家がたとえ赤貧洗うがごとくであっても、書を読んで君子の意志を全うしたいと思うのです。この度の旅行はただ一度だけ世俗の才を試してみたかっただけです」

こうして挨拶を交わし、許生は立ち去って行った。

白氏は驚く一方で不思議にも思い、許生の後を人に付けさせて見ると、許生は紫閣峰のふもとの草葺の家に住んでいる。家の中では朗々と書物を読む声がするだけである。白氏は許生の人となりを理解して、毎月一度、早朝にやって来て、銭ひとさしを門の中に入れて置いたが、一月の糊口の資とするだけのものであった。許生は笑いながらこれを受け取った。

相公の李浣《イワン》[2]はそのとき元帥で、宰相を推薦する重責に当たっていたが、燕京を討つ計画を練っていて、適当な人材を探していた。許生の賢明である噂を聞いて、ある日の夕方、身分を隠して訪ねて行き、天下の事を論じた後で、官職に就いて王命を受けてともに事に当たって欲しいと請うた。許生が答えた。

「公がここに来られたわけはよくわかった。公は天下の大事に当たろうとしている。いま、わたくしには三つの策があるが、わたくしの策の通りに行なうことができるだろうか」

「その三つの策とやらをうかがおうではないか」

「現在、朝鮮では党人たちが権勢をふるって何もなすことができないでいる。公が宮廷に帰られたなら、党なるものを破砕して、党に捉われずに人材を登用するようにするがよい」

「よくわかったが、実現の難しいことだ」

「徴兵と税金とが国中の人びとに多大な苦しみを与えている。公は戸布法[3]をしっかりと施行した上で、たとえ卿相の子弟であっても軍役から逃れることができないようにするべきだ」

「これもまた、実現が難しい」

「わが朝鮮は海辺にあって、魚と塩の利益があると言っても、蓄えは充分ではなく、穀食は一年分もない。領土が三千里に満たないのに、礼法にこだわって、もっぱら上辺を飾ることだけに汲々としている。天下の人びとに中国人（清人）の服を脱ぐように通達するがよい」

「これはとても無理なことだ」

「貴公はいまなすべきこともわからず、みだりに誇大な計画を立てている。それで何ができると言うのだ。もういい、帰れ」

李公は背中に冷や汗を流し、また来ようと告げて、ほうほうの体で立ち去った。翌朝、ふたたび訪ねたが、その家は粛然として空家になっていた。

▼1【昔、秦の始皇帝が……】徐市、あるいは徐福とも。秦の始皇帝の命によって、童男童女各三千名を率い

て長生不死の薬を求めて海に入って遂に帰らなかったという。紀伊半島の熊野にたどり着いたという伝説があり、和歌山県新宮市にその塚がある。

▼2【李浣】一六〇二〜一六七四。孝宗のときの文官。字は澄之、謚号は貞翼、本貫は慶州。人となりは剛直で、読書を好み、兵法に明るく、戦略に長けていた。一六三六年、別将として正方山城で功を立てた。孝宗は瀋陽で人質生活を送った屈辱を晴らそうと「北伐計画」を計画して、北伐のイデオローグである宋時烈・宋浚吉を登用、実際の軍備については李浣が訓練大将として事に当たった。しかし、孝宗の死去とともに、この計画は挫折した。続く顕宗の時代、宋氏たちは斥けられたが、李浣だけは右議政に至り、一人残って重用された。

▼3【戸布法】戸布は春と秋の二期にわたり家ごとに納めた税。

第三二話……宰相の閔百祥《ミンペクサン》の恩愛をこうむった金大甲《キムテカプ》

衛将の金大甲《キムテカプ》▼1は礪山の人である。十歳のときに父母を失い、一家も禍を被って一族みなが続いて死んでしまった。大甲は禍を避けてソウルにおもむいたものの、すっかり零落して頼るべき人もいない。市街に出て乞食をしながら、心の中でつぶやいた。

「どこか大家に入って、わが身を養ってもらおう」

相公の閔百祥《ミンペクサン》▼2を安国洞の屋敷まで訪ねて行って、直接に自分の身の上を話し、面倒を見てくれるように頼んだ。その十歳の子どもの身なりは汚れていたものの、話しぶりがはなはだ精緻でかつ要領を得ていたので、閔公は、屋敷に入れることにした。

大甲は穢れ仕事や清掃を厭うこともなく、何ごとも一生懸命に働いた。閔公の家の子どもたちが文章を学んでいるのを見ると、かならずこっそりとこれを聞いていた。一度見るとすぐに記憶して諳《そら》んじることができ、筆を執ると素晴らしい筆跡であったから、閔公はその才能を奇特に思い、家の客たちにこれを教えさせたりもした。十五歳になって、はなはだ聡明に成長したが、すべてにわたって疎かであるということがなかった。

あるとき、唐挙（占い師）が彼を見てため息をつき、閔公に、彼を追い出すようにといった。閔公が尋ねた。

「どうして、そんなことを言うのか」

その占い師が言った。

「この少年はすでに蠱毒《こどく》に冒されていて、遠からず不吉なことが生じる兆しが現れています。きっと害が主家に及ぶに違いありません」

公は言った。

「この子は、窮鳥が懐に入るように、私を頼って来たのだ。どうして今となって、これを追い払うことができようか」

後に、この占い師がふたたびやって来て、強く大甲を追うように勧めたが、公はこれを聴かなかった。その占い師が言った。

「公の厚い徳は禍を生ぜしめず、あの子を庇護するのにも十分でしょうが、私の術法を試してみてください。黄色い灯火を三十台、白紙を十束、香を三十束、米十斗を用意して、少年を深い山間の寺に行かせて、三十日のあいだ、香を焚いて経を読ませて、禍を祓ったならば、以後は永遠につつがなく過ごすことができましょう」

公はそのことばの通りにさせることにして、大甲は深い山間《あいまみ》の寺に行き、三十日のあいだ、正座して目を閉じることなかった。こうして禍を祓い終わって、公に相見えた。公は占い師を呼んで大甲を見させたところ、占い師は、

「もう心配はありません」

と言った。

公の屋敷で苦楽をともにして二十年、公が平壌の守令となると、幕賓として同行した。任期を終えて帰るときになり、官営の倉庫に貯えられた銭が萬余金にもなっていて、どう処理したものかを公に相談すると、公が言った。

「私が懐になにも入れずに帰ることは、お前が知っての通りだ。どうしてこんなことで、私の懐を汚そうとするのか。お前が自分で好きなようにするがよい」

大甲も固辞したものの、退いて考え込んだ。

「私の頭から爪先まで、毛一筋だって、すべてが公から賜ったものだ。今また大金を下さろうと言う。ここで計画を練ってみるとしよう」

平壌を出発する日に、大甲は病気と称して、閔公に暇を請うと、公はうなずいてこれを許した。

大甲は燕京の市場で品物を買いこみ、船に積んで、南方に航海して、江鏡の市場で売って三万金を得た。そして、石泉の故宅を訪れたが、蓬が生い茂って目を遮った。早速に仕事に取りかかり家を建て直した。木を植えて池をうがち、野原の前の良田数十頃を買った。陶朱[▼3]や猗頓[▼4]の経営の術を発揮して、農事に励んで、千包を満たすようになって止め、千石翁と称した。そしてため息をつきながら、言った。

「私は自らの禍を免れることができ、しかも巨富を積むことができた。これはいったい誰のおかげだと言うのか」

ソウルの閔公の家を訪ねると、すでに零落していた。心を痛めて哭し、閔相の家の婚礼、葬式、流罪の費用など大小の物入りを処理しないものはなかった。歳が八十五歳に至って死ぬまで、それは変わることがなかった。

おおよそ、閔公の知鑑と金老人の才幹は、「このような公がいれば、このような客がいる」という道理である。

▼1【金大甲】ここにあること以上は未詳。

▼2【関百祥】一七一一〜一七六一。英祖のときの名宰相。字は履之。一七四〇年、文科に及第、翰苑に入って大司憲・都承旨などを経て、一七六一年には右議政となったが、異常な振る舞いが多かった王世子の平壌への遠遊問題の責任をとって自決した。

▼3【陶朱】越王鉤践の臣下である范蠡の変名。蓄財の才能に恵まれていて十九年のあいだに千金の致富を成し遂げた。

▼4【猗頓】春秋時代の魯の大富豪であり、巨万の富を得た。

第三三話……活人の報答

江陵金氏の一人のソンビは貧しい家に年老いた母親と暮らしていた。粗末な食事すら差し上げるのに困るような具合になって、老母が言った。

「お前の家はもともと豊かで栄えた家だ。湖南にある島には家の奴婢たちが散在していて、その数はわからないほどいるはずなのだ。お前はその島に行って、調べなおして来るがいい」

そして、函の中から奴婢の文券を取り出して見せた。ソンビはその文券をもって島に行ってみると、百余戸もの人びとが住む村落があり、すべてが金氏の奴婢の子孫であった。その者たちは文券を見ておどろき、挨拶をした上で、今まで滞っていた年貢として千金を納めて、それと引き換えに、ソンビは文券を焼き捨てた。

銭を駄馬に積んで帰ってくる道で、錦江のほとりを通り過ぎた。時候は冬で、はなはだ寒かったが、江のほとりで老翁と老母、そして若い娘の三人が水に身を投じては、また浮かび上がり、あい抱き合って慟哭しているのに出会った。ソンビは興味をそそられて、どうしたのかと尋ねると、老人が答えた。

「わたくしには一人の息子がいて、役所で雑用をしていましたが、税を納めなかったというので、捕えられてしまいました。期限を過ぎてしまい、とうとう明日は死刑になってしまいます。わずかな銭とわずかな米が用意できればいいのですが、それができません。一人息子が処刑されるのを見るに忍びず、わたくしもまた江に身を投げて死のうと思ったのですが、年老いた妻も若い嫁もいっしょに死ぬと言います。しかし、互いに水の中に身を投げるのを見ていられず、こうして相抱き合って慟哭している次第です」

ソンビが言った。

「銭はどれくらいあれば、息子さんの命は助かるのかな」

するど、老人は、

「数千金なくては、助かりません」

と答える。そこで、ソンビは、

「私には今、文券を売った銭があって駄馬に積んである。数千金はたしかにある。この銭を当てれば何とかなろう」

と言い、銭を与えた。三人はまた大哭して、言った。

「わたくしども四人はこの銭によって生きながらえることができます。このご恩にどうすれば報いることができましょう。お願いですから、わたくしどもの家にお立ち寄りください」

ソンビはそれに答えた。

「日はすでに暮れているのに、私はまだこれから遠くまで行かなくてはならない。年老いた親も門に佇んで首を長くして私の帰りを待っているだろう。先を急がなければならないのだ」

そうして、馬を駈って立ち去り、後ろを振り向きもしなかった。

三人はこの金でもって滞った税を納めたので、その日のうちに息子は牢屋から出られた。みなソンビに対して感謝の念を抱くこと限りなかったが、さて、その居住するところも姓名も知らなかった。

ソンビが実家に帰って見ると、老母は息子がつつがなく帰って来たのを喜び、その文券を自分の意の通りに処理したことを聞いて、ますます喜んだ。そして、文券によって得た金をどうしたかを尋ねた。ソン

ビが錦江で出遭ったことを話すと、老母はソンビの背中をたたいて、

「それでこそわが子だ」

と言った。

そうして、老母は天寿を全うして死んで、家はますます零落した。いつも、日々の暮らし向きをよくしようと努めたものの、なかなか思うようにはいかなかった。

母を亡くして喪人の金氏は一人の地師とともに墓山を探そうと山々を訪ね歩いたが、ある山に到ると、地師がそこを大いに誉めて言った。

「富貴も福禄も思うように舞い込む、形容のしようもない素晴らしい土地です」

山の麓に大きな家があった。村人に誰の家かと尋ねると、金老人の家であった。あたり一帯の肥えた田畑が金家のものであり、村民はみな金家の奴僕であった。ソンビは地師を振り返って言った。

「このような土地をどのようにして手に入れたのであろう。しかし、もう日が暮れかかっている。あの家に行って宿を乞うことにしよう」

その家に行くと、一室に通されて、一人の少年が応接してくれ、夕飯をもって来てくれた。喪人の金氏は灯火を前にして座り、悲しい思いに浸りながら、葬地の山のことが気にかかって、どうして手に入れたものかと、ため息をついていた。すると、奥の方から戸をがらりと開けて、一人の婦人が入って来た。そして、いきなりソンビに取りすがって大声で泣き出し、しばらくは息を吐くこともできず、話をすることもできない様子である。そばにいた少年が驚いていると、婦人が言った。

「この方こそ錦江の恩人なのですよ」

少年もまた取りすがって泣きだした。老翁も老婆もまたその泣き声を聞いて飛び出して来て、喪人の金に取りすがって泣いたが、ようやく泣きやんで、明るい灯火のもとで向かい合った。お互いにあれからのことを尋ねると、はたして推量した通りであった。

いつも婦人は夜になると、香を焚いて、天に祈り、恩人にふたたび出会って、その恩徳に報いたいと考

郵便はがき

料金受取人払郵便

麹町支店承認

6747

差出有効期間
平成29年1月
9日まで

切手を貼らずに
お出しください

1 0 2 - 8 7 9 0

1 0 2

［受取人］
東京都千代田区
飯田橋2－7－4

株式会社 作品社
営業部読者係　行

【書籍ご購入お申し込み欄】

お問い合わせ　作品社営業部
TEL 03(3262)9753／FAX 03(3262)97

小社へ直接ご注文の場合は、このはがきでお申し込み下さい。宅急便でご自宅までお届けいたしま
送料は冊数に関係なく300円（ただしご購入の金額が1500円以上の場合は無料)、手数料は一律23
です。お申し込みから一週間前後で宅配いたします。書籍代金（税込）、送料、手数料は、お届け時
お支払い下さい。

書名	定価　円	
書名	定価　円	
書名	定価　円	
お名前	TEL　(　　)	
ご住所 〒		

フリガナ お名前	男・女	歳
ご住所 〒		
Eメール アドレス		
ご職業		

ご購入図書名

●本書をお求めになった書店名	●本書を何でお知りになりましたか。
	イ　店頭で ロ　友人・知人の推薦
●ご購読の新聞・雑誌名	ハ　広告をみて（　　　　　　） ニ　書評・紹介記事をみて（　　　　　　） ホ　その他（　　　　　　）

●本書についてのご感想をお聞かせください。

ご購入ありがとうございました。このカードによる皆様のご意見は、今後の出版の貴重な資料として生かしていきたいと存じます。また、ご記入いただいたご住所、Eメールアドレスに、小社の出版物のご案内をさしあげることがあります。上記以外の目的で、お客様の個人情報を使用することはありません。

えていた。夫も今は官吏を退き、村に住むことにして、この場所に移り住んだのだったが、あれ以来、にわかに長者となった。婦人はいつも奥から応接間の客人をうかがっては、その容貌をこと細かに観察したのであった。婦人は年も若く眼も良くて記憶も確かであったのだが、至誠が天に通じたと言うしかない。

そして、金氏が喪に服しているという話題になり、裏山のことに話しが及ぶと、その家では二言もなく、答えた。

「埋葬をして、葬礼を行なうについては、わが家にいっさいをお任せください。今はお帰りになって、棺をこちらにお運びくださるだけで結構です」

棺を運ぶための道具や車などをすべて奴僕に持って行かせ、駕籠や馬までも出した。葬礼に際しては一族までやって来て、卒哭を終えた後、金家では奴婢と田畑の所有券まで献じ、自分たちは暇乞いをして立ち去ろうとした。喪人の金氏が、

「ここを立ち去って、どこに行こうと言うのですか」

と尋ねると、

「後方の洞にもまた別業があります。生きて行くには充分の土地です。これらもすべて貴君の福の力によるもので、わが家のものではありません。どうか心安くお受け取りになってください」

その後、喪人の金氏の子孫は赫々たる官職につき、名前が世上にとどろいた。

巻の二

第三四話……映月庵の怨魂

相国の金某は若いころ数名の親友とともに白蓮峰の麓の映月庵で書物を読んでいた。ある日、友人たちはみな用事があって家に帰ってしまい、その夜も深まって一人で灯火を明るくして書物を読んでいた。すると、女人の怨むような、訴えるような哭声が聞こえてきて、映月庵の後方の遠くから次第に近付いてくる。その声は窓の側に到って止んだが、公は不思議に思って、端坐したまま身じろぎもせずに尋ねた。

「お前は鬼か女か」

女はため息を長くついて答えた。

「鬼です」

公が、

「それなら、幽明を異にするではないか。どうして陽界をうろついているのだ」

と言うと、鬼は、

「わたくしは生前に恨みを残すことがありました。公でなければ、その怨みを解くことができません。怨みを解いていただくために、こうして参ったのです」

と言った。公が窓を開けて見ると、そこには姿は見えず、ただ空中でうそぶく声だけがあり、

「姿を現わせば、公を驚かせるのではないかと心配です」

と言う。公は言った。

「かまわない。姿を見せろ」

言い終えるや、若い婦人が髪の毛を乱し、血を流した姿で目の前に現れた。公が言った。

「どのような怨みがあるのか告げてみよ」

女人が答えた。

「わたくしは翻訳官の娘でした。そして、某翻訳官に嫁ぎましたが、新婚まもなく、夫は淫婦にまどわされ、わたくしを辱めて家を追い出しました。揚げ句はその淫婦のことばを信じてわたくしに淫奔の行ないがあったと言って、夜半、わたくしを刺し殺し、映月庵の崖の下に棄てました。他の人はこのことを知らず、わたくしの父母をだまして『淫らなので去りました』と言いました。私が非命にしてこのような死に方をして、固く怨みを抱き、また不潔窮まりない汚名をとどめ、永遠に地獄で逆さに吊るされています。この怨みをどう晴らせばいいでしょう」

公が、

「お前の怨みには惻隠の情を禁じ得ない。だが、どうすれば、私はお前の怨みを晴らすことができようか」

と言うと、女人は、

「公は某年に必ず登科なさいます。要職を歴任して、某年には刑曹参議におなりです。刑曹は刑獄に当たる官です。わたくしの怨みを晴らすのはたやすいことです」

と言って、姿を消した。

翌日、崖の下を探してみると、果たして女人の死体があり、それは昨晩の鬼神であった。鮮血が淋漓《りんり》として、まだ新しい死体のように見えた。金公は帰って来て、何ごともなかったように読書を続け、誰にもこのことは秘して言わなかった。

後に、鬼神のことばの通りに登科して、いくつかの職を経て刑曹参議となった。公は鬼神の哀訴を記憶していて、役所におもむき座席に着くや某翻訳官を捉えて尋問した。

「お前は映月庵の下に怨みを抱いて死んでいる人間を知っているか」

その翻訳官が知らないと言うと、いっしょに映月庵に行き、死人の検分をした。すると、翻訳官はことばを失って、屈服した。金公は怨女の父母を呼んで埋葬させ、その翻訳官を処罰した。

その日の晩、公がまた映月庵で灯火を灯して読書をしていると、その女人が窓の外に現れ、涙を流しながら感謝した。髪の毛を櫛でととのえ、衣服もまた楚々と着こなして、前日の姿ではなかった。公がもっと前に近づくように言い、将来のことを尋ねると、女人は言った。

「公は某年に某職につかれ、某時に某事をなさいます。地位は大官に昇られますが、某年には国のために力を尽くして命を落とされましょう。その後、名声を勝ち得られ、ご子孫も繁栄なさいましょう」

女は言い終わると、礼をして姿を消した。

公が一生を点検して見ると、この女人のことばは一々が符合していた。はたして、某年には国のために死んで輝かしい名前をとどめた。

第三五話……婢女を助けた新婦

安東の韓光近《ハンクァンクン》[1]は代々西の郊外に住んでいたが、その祖父の生きていたときには、その家ははなはだ豊かで、奴婢が大勢いて、一つの邑を成すほどであった。ところが一人の横着な奴が祖父を侮辱した。その主人たる者として、どうして憤りを収めることができたろう。殴り殺そうとしたが、奴はその前に逃げ去った。主人の怒りはその奴の妻に向けられて、物置の奥に閉じ込めた。ちょうど、その日は息子に嫁を迎える婚礼の日であった。そのような吉日に刑罰を施すことはできないので、しばらく待って、婚礼を終えた後に奴の妻を撲殺することにした。

新婦が初めてやって来て、夜は長く時刻も更けたころに、外ですすり泣く声が聞こえて来る。数夜たっても、その泣き声は止まない。この家に嫁いで来て、まだ新婦のなりをしていたが、心の中で不思議に思うままに、泣き声のする方をたどって行くと、それは物置の中から出ていた。物置の鍵は固く閉ざされていて、中に入ることができない。自分で鍵を取りにいって開けて入って行くと、奴の妻が驚いて身を竦ませながら、言った。

「わたくしは死ぬことになっていて、泣いているのです。罪はわかっています。わかっていますとも」

「お前は誰なのですか。毎晩、この物置の中で悲しくて泣き続けているのですか」

「わたくしの夫の某は、先日、ご主人の老生員を侮辱して、殺されるところだったのを逃亡しました。老生員は怒りが収まらず、夫の罪をわたくしに償わせようと物置に閉じ込めなすったのです。若様の婚礼が終わるのを待って殺されることになっていて、しばらくの間、命令の降りるのを待っているのです。自分が死ぬことが悲しいわけではありません。悲しいのは抱いている赤子のためです。こうして十四日ほどが経ちましたが、わたくしが死ねば、この子もおのずと死ぬことになります。そのことを考えると、おのずと涙がこみ上げてくるのです。ほかに理由などございません」

新婦は女の話を聞いて、気の毒に思って言った。

「私は先日こちらの家に嫁いできたばかりの新婦だが、お前を助けて逃がすことにしよう。お前はできるだけ遠くに逃げて、生き延びるのです」

「わたくしはもちろん生きながらえたいですが、それでは、若奥さまの罪が問われることになりましょう。そのようなことはとてもできません」

「私のことなら、どうにでもなろう。お前は何も言わないで、立ち去るがよい」

婢女はこうして立ち去った。

それから数日が経って、婚礼もすっかり終わったが、老生員の先だっての怒りがまだ収まっていない。高堂にどっかと座って、捕えておいた奴の妻を連れて来るように命じたので、物置は開けられたが、その姿かたちもなかった。老生員はひとしきり大騒ぎをして回ったものの、家の者みな奴の妻が生きているのか死んでいるのかすらわからなかった。そのとき、新婦が進み出て、奴の妻を逃がした端緒を告げた。老生員は一方ならず憤ったものの、事がすでにここに至っては、どうすることもできない。

そうして何年もが過ぎ、家産も次第に傾いていき、老生員も死んでしまった。そのとき、新婦は二人の子どもをもち、その子たちはそれぞれに賢かったものの、家はすっかり貧しくなってしまっていた。その新婦も年老いて死んでしまった。人びとが集まって慟哭して野辺の送りをする日のことであった。ある一人の僧が号哭しながら、まっすぐに中庭にやって来て、ひれ伏したかと思うと、さらにはげしく哭した。家の中の者が戸惑っていると、僧はやっとのことで泣き終えたので、二人の喪主が尋ねた。

「お前はいったいどのような僧侶で、士大夫の家の葬式に入り込んで哭を挙げるのだ」

その僧が泣きながら答えた。

「わたくしは奴の某と婢の某との息子でございます。わたくしは幸いにも大夫人の徳沢によって今まで生きながらえてきたのです。今このときに当たって、どうしてやって来て哭を挙げないでいられましょう。わたくしはこのお宅の奴と婢の息子なのです」

二人の喪主は幼いときに、某という奴が老生員を凌辱して逃亡したことを聞いていた。そのとき物置の中に残された赤ん坊が、この僧侶なのであった。二人の喪主は互いに顔を見合せて、発することばもなかった。その僧は数日後にも現れて、廊の下に佇んでいたが、にわかに口を開いていった。

「お二人の喪主はこのような大きな悲しみに遭遇して、喪服はすでに召されていますが、葬礼はどのように行なわれますか。わたくしには一つ考えがあるのですが」

二人の喪主は言った。

「葬所に場所を探そうにも、葬所にはもう余地が残っていない。家計が貧しくて、新たに場所を手に入れることもできない。われら二人の兄弟も朝晩ずっと考えているのだが」

「わたくしは物置から出て、母親が抱いて乳を与えて育ててくれました。ことばを解するようになってからというもの、母親は奥さまの恩にかならず報いるようにといつも教えました。母が死んで久しくなりますが、わたくしはこの話を一度聞いて後、頭を剃って僧侶になりました。幸いなことに占い師に出会いました。家の形勢を占わせますと、三十里離れたところに葬所をお求めになるのがいいようです。他の占い師の意見はけっして聞いてはなりません。そこにお墓をお造りになれば、家の福力をかならず増大して、わたくしがこうむった御恩に報いることができます」

「それなら、その場所というのはいったいどこなのだろうか」

「ここから江一つを越えた仁川にあります。喪主のお二人はご自分で行って、その眼でお確かめになれば、よろしいでしょう」

翌日、二人の喪主はこの僧とともに行くと、僧は蓬の生い茂った土饅頭をさして、言ったことだ。

「ここです」

「これは昔の墓で、これをどうして破損することができようか」

「いいえ、これは昔の人が指標のために土を盛ったのです。誰かの墓などと、ご心配は無用です」

喪主たちが振り返って考えて見るに、家は貧しく、他の占い師に頼んだところで、はかばかしいことはありそうにもない。そこで、僧のことばどおりに葬礼を執り行なったが、はたしてそこは高麗の時代の指標であった。葬礼を終えて、その僧が言った。

「人の道理として報いるべき御恩に対して今やお報いすることができました。奥さまは福地に葬られなさったので、莫大な福禄を生じることになりましょう。三年も経てば、弟君はいよいよ進んで、十年も経てば、文科に及第して、重要な官職を歴任なさいましょう」

この弟君というのは韓光近のことである。はたして、癸巳の年（一七七三）の文科に及第して官職に進んで、子孫も繁栄した。

壬辰年間（一七七二）に安東の守令となったが、嶺外の地師に逢って、その親山を占わせたところ、是非がまちまちであった。墓を移そうと、日を占い、墓穴を開けたときに、山の上から見ていた一人の僧が、白衣をひっつかんで、山の上で言った。

「壊してはならない。しばらく待ちなさい」

大きな声で叫んでやって来るので、韓光近が仕事を止めて待っていると、はたしてこの地を占った僧であった。僧はまず挨拶を交わした後に言った。

「この葬所からどうして移そうとなさるのか」

「棺の中が安穏ではないかと心配して移すのだ」

「もちろんだ」

僧は左側の横に穴を穿って、令監に手を中に入れて見させた。

「いかがですか」

「何ともいい気運が流れている。何も禍はないようだ」

「すぐに封じることにしましょう。永久に御安心なさいませ。移してはいけません」

その僧は立ち去ろうとして、ふたたび言った。

「この春と夏のあいだに令監はかならず目を患われましょう。それ以後は前をもう見ることができなくなります。この葬所をもし撃破しなかったならば、無事に一期が過ぎて、恩徳がなくなることはなかったでしょう。今、このようなことになったのも、お家の門運というしかありません。人の力ではもうどうすることもできません」

その後、この僧のことばは左契[2]のように実現した。光近は壬子（一七九二）の秋に山の気が移って後、とうとう眼疾を患って、まもなくして亡くなった。

▼1【韓光近】英祖のときの文臣。字は季明、号は愚坡。本貫は全州。『朝鮮実録』英祖四十五年（一七六九）三月に、翰林で試験を行ない、宋楽・韓光近ら二人を選抜したとある。また正祖二十年（一七九六）二月に大司諫とした記事がある。本文に癸巳の年（一七七三）の文科に及第とあり、壬辰の年（一七七二）に安東の守令になったというのは錯誤があるかも知れない。
▼2【左契】左券とも。右券に対する左方で、約束の証書として持ち、右方を突き合わせる。

第三六話……乱を予見した怠け者の婿養子

東皐・李宰相[1]の下僕に皮姓の者がいた。東皐の子どもの時分から年老いるまで仕えた。皮には息子はなく、ただ娘一人だけがいたが、それが成長したので、皮はいつも言っていた。

「わたくしはただ一人娘がいるだけなので、婿養子を取って、それに後をゆだねたいと思います。その婿もまた大監のもとで働かせていただきたいものです」

皮女はまさに十六歳であったが、東皐は皮になにも答えなかった。ある日、宮廷から下って来て、腰を落ちつけた後、おもむろに皮を呼びつけて言った。

「今日の朝、お前の娘の花婿が見つかった。はやく呼んで来るがいい」

さっそく下人を呼びつけて、

「六曹街の京兆府の前に行けば、一人の童子が石に寄りかかって座っている。それを連れて帰って来るのだ」

と命じた。下人が行って見ると、はたして童子がいる。

「李大監の下人としてお前を連れに来た」

すると、その童子が言った。

「李大監にはわたくしを呼びつける必要などないはずだ。わたくしは気ままに生きたいのだ」

どうしても固辞するので、下人はどうすることもできず、空しく帰って来た。

東皐は、

「なるほどそれも当然だ」

と言って、今度は数名の旗手をやって連れて来させると、やっとのことで、やって来た。東皐が言った。

「お前は妻を持ちたくないか」

その童子が答えた。

「別に持ちたいとも思いませんが」

東皐が熱心に勧めるので、やっと承諾したが、皮は傍で見ていて、こんな少年がとおどろきを禁じ得なかった。しかし、東皐がすでに命じたことなので、しかたがなく、行廊のところに連れて行って、身体を洗わせ、衣服を改めさせた。東皐はふたたび皮に命じた。

「吉日を選ぶことなどはせず、明日にも婚礼を挙げるのだ。明日を逃せば、あの者はきっと消え失せるだろう」

皮ははたして翌日には婚礼をあげさせた。家中の者みな口を覆って笑わない者がいなかったが、童子はいささかも恥じる気色がなかった。こうして結婚してからというもの、皮の婿はコンノンバン（巻末付録解説2参照）を出ることなく、ごろごろと寝転んで肥り、三年が過ぎた。

ある日、皮の婿が忽然と起きあがり、タンゴン（下冠）をかぶったので、家の者みながおどろいて、笑わない者はなく、尋ねるのだった。

「今日はどうして顔を洗い、髪の毛までととのえたのか」

「今日はかならず大監がいらっしゃる」

しばらくして、門の外に先駆けの声がして、果たして東皐が門を入って来て尋ねた。

「お前の婿はどこにいる」

すぐにコンノンバンから出て行くと、東皐は皮の婿の手を握って、言った。

「さあどうしたものか、どうしたものか。お前だけが頼りだ」

「何ごとも天運です。どうなさいましたか」

「お前はきっとお前の妻の眷属を助けるだろうが、そのとき同時に私の眷属も助けて欲しいのだ」

「今いくら約束したところで、将来のことがどうなるかは断言できません」

このようにしてしばらく歓談して後、東皐は帰って行ったが、家の者たちはみな何ごとかと不思議に思い、前よりもねんごろに婿に接するようになった。

ある日の夕方、皮氏が帰って来て、門の中に入ろうとすると、婿が急に呼んで言った。

「お父さん、服を脱がないで、すぐに大監の家に行って、大監の臨終をお見取りなってください」

皮氏が言った。

「私は今さっき大監の寝床を敷いて来たところだ。大監は煙草を吸って客人と話をなさっていた。お前は何を言っているのだ」

婿が言った。

「早く行ってください。急いでください」

皮氏はそのことばのままにすぐに大監の寝室に駈けつけたが、すでに手遅れで、すぐに亡くなった。東皐が急にやって来て婿を見て、「どうしたものか、どうしたものか」と二度も繰り返していったのは、自分の死後に、竜蛇の厄運[2]があったからである。

東皐が死んで三年後に、皮の婿が急に義父に頼んだことがあった。

「私がこの家に婿として入って以来、何もなすことなく、まったく鬱積した気持ちを抱いて参りましたが、もしお父上が数千金を用意してくだされば、それで商いでも始めてみようかと思います」

皮氏は、

「お前の思う通りにするがよかろう」

と言って、数千金を与えたが、皮氏の婿はそれをもって出かけ、三、四ヶ月して、空手で帰って来た。そして、

「今回の旅では不覚を取ってしまいました。もう一度、五、六千金を貸してくだされば、商いをうまくやって参りましょう」

義父はまた言われる通りの額を用意して婿に与えたが、やはり五、六ヶ月して空手で帰って来た。

「また不覚を取ってしまいました。父上の家と田畑、それに所帯道具をすっかり売って、その金を貸してくだされば、大きな儲け仕事があります」

義父は言われる通りにして、与えられるだけのものを与えて、他の人間の家を借りて住まう境遇になってしまった。婿は義父の家の財産をすっかり持って行ったが、その間、皮氏の家での騒動はどのようなものであったろう。まもなくして、またもや婿は空手で帰って来て、言った。

「お父上が用意して下さった金はまたまた不覚を取って、みな失くしてしまいました。もし、僥倖にもわたくしを大監のお宅の書房さまに会せていただければ、お金を貸していただいて、儲け仕事をやってみたいと思います」

義父はとうとう東皐の家に行ったが、皮の婿がご機嫌をうかがった後、五、六千金の難しい借金を頼んだところ、東皐の子弟は一度聞いただけで承諾した。皮の婿はそれをもって出かけ、今度もまたまた空手で戻って来た。東皐の子弟に会うと、家に残っている田畑をすっかり売り払って作った金を貸してくれるように頼んだ。東皐の子弟は今度もまた何も言わず、厭う様子もなく、言われるがまま田畑を売り払って金を工面し、某月にはかならず金を送ることを約束した。その後、また五、六ヶ月が過ぎて戻って来たが、最初に金を借りてからの年数を数えると、すでに五年が経っていた。義父と東皐の子弟を集めて言った。

「私は両家の財産をことごとく消尽してしまい、弁解することばもありません。両家の眷属と私の眷属がともに田舎に行き、田畑を耕しながら生活してはどうかと思うのですが、いかがでしょうか」

両家は一斉に言った。

「それがいい」

けだし、そうするように、東皐の遺言があったのであろう。

吉日を選び、両家の眷属の、老いも若きも、幼きも、一人として漏れることなく、ことごとく牛馬を用意して、荷を載せ、人がまたがって、東門に向って出て行った。一行が行程を続けて数日、突然、渓谷にぶつかった。道がそこで尽き、山は険しく、高々とした嶺が絶壁となって前にたちはだかっている。ここに到って、荷を載せ、人が乗って来た牛や馬を解き放ち、両家の眷属は降りて、山の下に座って、お互いに振り返って泣くよりほかはなかったが、しばらくすると、石の上から絹でなった綱数百条が垂れ下がって来た。みながこれをつかんで一斉に登った。山の下には果てしなく平原が広がっていたが、瓦屋根の家が到る所にあって、鶏や犬が鳴いている。まるで一つの小さな邑落となっている。みなそれぞれが一つの家に別れて住むことにしたが、塩も醤油も倉庫にあり、米も積み上げてあった。このとき初めてみなは皮氏の婿が多大な金を持ちだして行った理由を知った。

両家は春には種を播き、秋には収穫した。田舎で生活するのは安穏とした妙味があるとは言え、東皇の子弟はもともと京華の暮らしに馴染んだ人たちであり、毎晩のように故郷を忍んで悲しく、話にも自然とその話題が出て来る。それで、ある日、皮氏の婿は彼らを連れて高い峰に登り、一所を指さして、言った。

「去年、倭賊がわが国に大勢でやって来て、人びとはみな魚肉となってしまい、ソウルまでも侵して、王さまは今や義州にいらっしゃいます。このようなとき、ソウルの家がそのまま残っていましょうか。わたくしは幸いにも大監にめぐり会って、仲人にまでなっていただきました。大監はわたくしにたってあなた方のことを託されたのです。そこで、この桃源郷にお連れしたのですが、この山中での生活も八年になります」

その後、皮氏の婿が言った。

「書房さまはこの地に永遠にお住まいなさいますか」

「できれば、この山中で歳月を送ることができればいいと思う」

「いいえ、なりません。もし書房さまがこんな山中に永遠にお留まりになれば、かならず平凡な民百姓となってしまわれます。大監が宮廷で作られた作法もついには湮滅《いんめつ》してしまいます。今は倭人どももみな撤収して、国中もすこぶる穏やかになっています。世の中にお戻りになるのがいいかと思います」

皮氏が言った。

「私には別の子どもがいるわけではなく、この婿がいるだけだ。すでにこのように年老いてしまって、もう世間に出て行くつもりはない。ここで年老いて死んでいくことにしたい」

婿が言った。

「そうなさってください」

そうして、皮氏の婿は東皐の一族を連れて出て行き、忠州の邑内の南山の麓に到って、言った。

「この地ははなはだいいところです。ご子孫に財産が残ることになり、また科挙に及第する慶びごとがかならず生じ、高官が輩出するでしょう。他のところに移らず、永のお住まいになさってください」

そう言い終わると、皮氏の婿は立ち去った。

▼1【東皐・李宰相】李浚慶。一四九九〜一五七二。宣祖のときの文臣。字は原吉、号は東皐。一五三一年、文科に及第、一五四三年、文臣庭試に壮元及第。一五五五年、湖南地方に倭冦が侵入すると、全羅道都巡察使として出陣してこれを撃退した。帰京後、右賛成兼兵曹判書となり、以後は右議政・左議政・領議政にまで昇った。
▼2【竜蛇の厄運】辰と巳の年に賢者がこうむる災厄、ここでは壬辰の年と翌年にまたがる倭乱（文禄の役）を言う。

第三七話……緑林の豪傑に剣術を習った林慶業《イムキョンオプ》

林慶業《イムキョンオプ》▼1将軍がまだ世に出ずに貧しかったころ、獐川に住んでいて、ときどき狩猟をしては糊口をしのいでいた。ある日、月岳山のふもとで鹿を追ったが、馬にも乗らず、手に刀を携えているだけであった。鹿を追い続けて太白山に到り、日が暮れてしまった。道は尽き、薄《すすき》が生い茂り、岩が険しく聳えている。そんなところでようやく一人の樵に出会ったので、どこかに人家がないかと尋ねた。

「ここから岡を一つだけ越えれば、家があるにはあるのだが」

林公はそのことばに従って、岡を越えてみると、はたして大きな瓦屋根の家が一軒あった。そこで、林公は門を入って行くと、日はすでにとっぷりと暮れて暗く、物を識別することもできなかったが、人のいる様子もなく、どうやら空き家であるらしい。林公は一日中山歩きをしてひどく疲れていたので、入口近くの部屋に入り込んで、服を脱いで寝ようとした。すると、窓の外が明るく照らされた。心の中では鬼火ではないかと怪しんでいると、突然、誰かが扉を開いて、

「あなたはこの部屋で休んでいたのか」

と尋ねた。先ほどの樵であった。

「何か口に入れられたか」

「いや何も食べていない」

樵が入って来て、壁の蔵を開いて酒と肉を出して、言った。

「さあ、召し上がるがよい」

そのとき、林公ははなはだ腹を空かしていて、勧められるままに、みな食べて、樵と数語を交わしたが、すると、樵は倉のさらに奥の方から長い剣を取り出した。

林公が言った。

「これはいったい何の真似だ。私を試そうというのか」

樵が笑いながら、言った。

「いえいえ、そうではない。今夜、ちょっとした見物《みもの》がある。あなたも御覧になるがよい」

「あなたの言う通りにしよう」

まだ夜半前、樵は剣を取って林公とともにあるところに向って行った。重々しい門と高い楼閣を通り過ぎると、灯火の光があって蓮池を照らし出している。池の中には高い楼があり、その上では話し声が聞こえる。窓に映った影を見れば、どうやら男女二人が向かい合っているようだ。樵は池のほとりの亭々とし

た樹を指さして、言った。

「あなたはこの樹に登って、帯を解いて自分の身体を木にしばりつけておくがよい。声をけっして出してはいけない」

林公は言われるままにした。するど、樵は楼の中に一っ飛びに入って行って、しばらくは三人で酒を飲みながら、ことばを交わしていた。樵が男に向って言った。

「今日は約束の日だ。お前はどう決断したのだ」

すると、男が言った。

「わかった。やろうではないか」

ともに立ち上がり、戸を推して池の上に身を躍らせた。空中では剣を互いに打ち交わす音がする。林公は木の上で、寒気が骨に染み、身動きすることもできない。寒気というのはすなわち剣の気にほかならない。しばらくして何物かが地面に堕ちる音がして、上から下りてくる声を聞けば、樵の声である。

ようやく骨にしみ込んだ寒気がゆるみ、正気に戻って、林公は木から下りた。樵は林公を連れてともに楼の中に入って行った。すると、中には嬋娟《せんけん》たる美人がいる。樵が言った。

「お前はつまらない女なのに、この世間に大いに有用な人材を一人害してしまった。その罪はお前自身が重々承知しているな」

そして、林公に言った。

「あなたは若干の胆力と勇気を持ってはいるものの、けっして世の中に出て行かないがいい。私はあなたにこの美人とこの家とを献上しようじゃないか。山中のこの穏やかな場所で余生を送ってはどうだろうか」

林公が言った。

「私には今夜のことがさっぱりわからない。詳しく話しを聞いた後に、君の今の申し入れを考えることとしよう」

樵が言った。

「私は普通の人間ではない。森林の王とも言うべき豪客さ。朝鮮八道にこのような家を持っている。谷合いの道の尽きるところに隠れ家をもち、そこにはかならずこのような美人を置いている。ところが、この女が隙に乗じて、さきほど死んだ男子と情を交わしてしまい、私を殺そうとすることが一、二度どころではなかった。それでやむをえず、先ほど御覧に入れたような仕儀になってしまったのだ。だが、男は殺してしまったとしても、この女まで殺すには忍びない。この渓谷とこの美人をあなたに献上しようと言うのは、ざっとこのようなわけなのだ」

林公が尋ねた。

「死んだ男は何という姓で、どこに住んでいたのだ」

「男は国局の大将であり、南大門の中でタバコをつくっている男だ。暗くなったらやって来て、明け方になると帰って行く。私はそれを知っていた。男は花を貪り、女は香を貪る、これを責めたとて何になろうか。男は妖艶なこの女にそそのかされて、ついには私を殺そうとしたのだ。人を殺すのがどうして私の本意であったろうか」

そう言って、ひとしきり哭を挙げ、

「一人の丈夫をこの手で殺してしまった」

と言った後、

「あなたはよく考えて、私の言った通りにするがいい。世間に出て一喜一憂することなど無意味だ。すべては天運にかかわることで、あくせくすることなど、まったくの徒労ではないか」

林公は首を振った。すると樵は、

「わかった。わかった」

と言って、刀を抜き放って一振り、美人の首を斬った。

翌日、樵が林公に言った。

「あなたは色々な才能をもっておられるが、男子が世間に出るのなら、剣術を知らないではいられまい」

林公は剣術を学んで五、六日、その神妙変幻の術法をすべて修得したというわけではなかったが、その糟粕《そうはく》は得て帰って来た。樵は丙子の事変[2]が起こるのを予見していて、そのようなことをしたのだ。

▼1【林慶業】一五九四〜一六四六。仁祖のときの将軍。字は英伯、号は孤松、謚号は忠愍。幼いときから勇猛で、騎射に巧みだった。一六一八年、武科に及第。一六二四年には李适の乱の平定に功績を挙げた。一六三六年の丙子胡乱のとき、義州府尹として清軍を防ごうとしたものの、援軍を得られず、南漢山城を包囲されるに至った。中国の清と明の攻防において明に内通して、明の南京が陥落すると、清に捕縛された。仁祖の要請で釈放されて帰国したが、金自点の謀略によって殺された。朝鮮史の中の英雄の一人で、『林慶業伝』という朝鮮時代に成立した小説がある。

▼2【丙子の事変】いわゆる丙子胡乱。中国東北部に新たに勃興した後金（清）は丁卯の年（一六二七）の第一回の侵略の後、丙子の年（一六三六）にも朝鮮の服属の徹底を求めて十万の軍を率いて朝鮮を攻撃した。仁祖はソウルの南の南漢山城に逃れたがやむなく投降し、三田渡の受降壇において清の太宗に臣従を誓わされた。日清戦争後の下関条約の締結までこの朝鮮は清に対して臣下の礼をとることを余儀なくされた。

第三八話……天下の一色を得た李如松《りじょしょう》の訳官

李提督はわが国にやって来たとき、数ヶ月のあいだ金浦にとどまり、琴姓の女となじみになった。帰還してくる道で、今度は金姓の翻訳官と男色の関係におちいって、夜となく昼となく、しっぽりと情を交わした。金訳官の歳はと言えば、二十歳そこそこで、容貌はすぐれて美しい。彼が言うことなら、李提督は何でも聞き入れ、彼が計画を持ち出せば、かならずこれを採用した。その親密さは推して知れようというもの。

金提督は鴨緑江を渡るときに、いくばくかの軍糧を某日までに山海関に運送せよという趣旨の文書を逵東都統に送った。提督が江を渡り、まさに柵門に至ったものの、軍糧がまだ届いていない。提督は大いに怒り、都統に刑罰を下そうとした。

　都統には三人の息子がいたが、長男はこのとき侍郎で、二男は庶吉士であった。三男は神異なる僧侶であるとして、皇帝がこれを神師として待遇し、別院を宮廷の中に造ってこれを置いた。あたかも唐代の粛宗が李鄴侯[1]を蓬莱山に住まわせたのと同じであった。

　このとき、三人の息子たちが父親の危急を聞きつけ、ともに父親のところにやって来て、難を避ける方策を相談した。神僧が言った。

「妙案があります」

　すなわち、金訳官を招いて、三人で合席して頼みこんだ。

「父上の今回の不幸は逃れる術が万が一にもありません。ただただあなたにおすがりして事態の解決をお願いするしかありません」

　金が言った。

「考えてもみてください。取るに足りない外国人のわたくしがどうして天将の軍紀に関与することができましょうか。しかし、このように懇《ねんご》ろに頼まれたなら、聴き入れられるかどうかわかりませんが、従容《しょうよう》と耳に入れるだけは入れてみましょう」

　そうして、帰って来ると、金訳官はさっそく提督のもとに出た。提督は尋ねた。

「あの者たちとはどんなやり取りがあったのだ」

　金がその顛末を話すと、提督がややしばらくして、言った。

「私は戦場をかけめぐり、かつて一度たりとも他人のことばに私的に従ったことはなかった。今回、お前は今まで経験したことのない立場であの客人たちの懇願を受けた。あの客人たちはお前と私の親密な関係を知っているのだ。私がこの部屋に入って来ても、お前の顔色はすぐれなかったな。私はお前の言うとおりにしてやろうじゃないか」

金が出て行き、三人の息子に提督のことばをすっかり伝えると、三人は喜んで稽首再拝《けいしゅさいはい》して言った。

「あなたの恩徳は河海のようです。どうお礼をすればいいでしょうか」

金が自分の徳ではないと言うと、三人が言った。

「あなたはまだ年少で、宝石やノリゲ（装飾品）を弄ぶことに興味はないのでしょうか」

「私はたとえ若くとも、もともと倹素で質朴な心を守っていて、家も貧しいわけではありませんし、いまだかつてノリゲなどに心を奪われたこともありません」

三人が言った。

「あなたは朝鮮の一介の翻訳官に過ぎないが、中国からの命を下して朝鮮国の政丞になられてはどうでしょうか」

「わが国ではもっぱら名分を尊びます。私は中人階級に過ぎません。私が政丞などになったら、きっと『中人政丞』と爪はじきをされましょう。政丞になどならない方がましです」

三人がまた言った。

「それなら、あなたは中国の高官になって、中央の名門高家の閥族となられたら、いかがでしょうか」

「私の父母はまだ存命です。家を離れて恋しく、すぐにでも帰りたい気持ちでいっぱいです。提督が帰国なさって、私に朝鮮への帰郷をお許しくだされば、それが何よりの恩恵となります」

三人が言った。

「私たちがあなたのご恩に報いようという気持ちは、ふたたび口にする必要もありますまい。あなたが今いちばん欲していることをおっしゃってください」

三人が一生懸命に口説くので、金が口を開いて言った。

「私がつねづね願っていましたのは、天下の一色を一度でもいいから見ることです」

三人はそれを聞いて、しばらく一言も口にしなかったが、ややあって、神僧が言った。

「いいでしょう、いいでしょう」

二人の兄弟もこれに続いて、

「いいでしょう。わかりました」

と答えた。

このようにして、別れたが、金が帰って行って提督に見《まみ》えると、提督が言った。

「お前はどんな願いを言ったのだ」

金がこれに答えて、

「天下の一色を一度でいいから見たいと言ったのです」

と言うと、提督は座を立ちあがって、

「お前は小国の人間ではないか。どうして望みがそんなに大きいのか。三人はその望みを叶えてくれるのか」

「叶えてくれるそうです」

提督が言った。

「彼らはどのようにしてそれを手に入れてくるのだろうか。それはたとえ皇帝のような貴人であっても、見ることのできないものではなかろうか」

金はこうして提督に従い、皇城に入って行った。三人が迎えにやって来たので、金が行くと、三人が言った。

「帰ってはなりませんよ。今晩は長く存分に楽しんでください」

お茶を飲んで、しばらくすると、家の中が花のような香りでいっぱいになって、人を息詰まらせるほどである。庭園の門が開いたところにあでやかに化粧した数十人の女人たちが、あるいは香をたずさえ、あるいは紅いポジャギ(刺繍布)を重ねた床をたずさえ、二列に並んで堂上に昇って来た。金が見ると、すべて傾国の美女ばかりである。

すでにこの女人たちを見た上は、座を立って帰ろうとすると、三人が言った。

「どうして立たれるのですか」

「私はすでに天下の一色を見ましたから、もうここにとどまる必要がありません」

三人は笑いながら、言った。

「彼女たちは侍女に過ぎません。どうして天下の一色でありえましょうか。これから出て参ります」

しばらくすると、庭園の門が大きく開き、一朶の蘭と麝香の香りがあたりに立ち込めて、侍女十余名が後ろからそれを囲むようにして出て来て堂に上がった。華麗に化粧をほどこした一つの塊が椅子に座り、三人と金訳官もまた椅子に順に座った。三人が金に言った。

「これがあなたにお見せしたかった本当の天下の一色です」

金の目には何も見えず、それがどんな姿をしているのか、理解できなかった。三人が言った。

「今晩、あなたはこの女人と雲雨の交わりをなさることでしょう」

金が答えた。

「私は一度見れば気がすむので、一つ部屋で過ごそうと願ったわけではありません」

三人が言った。

「これはいったいなにをおっしゃる。われわれはあなたに御恩をこうむり、あなたは一色を見たいとおっしゃった。たとえ骨を削り肉を割いてでも、あなたの願いを叶えないではいられましょうか。第二色、第三色というのは、手に入れることはさほど難しくはありませんが、天下の一色ともなると、たとえ天子の力であっても、手に入れることが難しい。以前、雲南王が敵に恨みを持ち、私たちが王を助けて、その敵を討ったことがあります。それを恩に感じて、雲南王は恩に報いようと約束しました。あなたは天下の一色を見たいとおっしゃったが、雲南王のお姫さまこそ天下の一色なのです。先だっての晩、私どもが『いいでしょう』と言ったのには、このような縁故があったのです。あの晩、あなたと別れてから、私どもは雲南王に使いを送って頼み、雲南王もそれを承諾しました。あなたが入京する日に合わせて、かの姫も来られましたが、そのあいだに千里の馬を三度も殺してしまいました。今までに銀子で数万両を費やしています。雲南とここ北京の距離は三万里の遠さです。こうして会って、あなたは男子であり、姫は女子です。一たび会ってこのまま離れたならば、姫にとっては閨房の深い恨みとなるでしょう。そんなことがあってもよろしいでしょうか。けっしてお断りなさるな。今晩、合巹の礼（盃を交すこと）をなされば、よろしいではないですか」

金はその晩、そこにとどまり、犠牲の肉をともに分けて食べた。さて、事におよんだが、蠟燭の炎が煌々と部屋を照らしたものの、麝香が衣服の裾をくゆらせ、目の前が燦爛として、眼で見ようにもはっきりとは見えない。狂った蝶が花を追うような心になるのだが、つがいの鴛鴦が波に漂うだけで、なかなか歓びを交わす声もなかった。三人は外から覗いていて、どうもうまくいかない様子なのを見て取ったので、金を呼んで、

「せっかくの合歓の愉しみなのに、どうも寂寥たるありさまですね」

と言い、皿を取り出して前に置き、言った。

「これを食べてください。蜀山の人参です」

これを食べて部屋に入って見ると、眼がはっきりとして、精神も爽やかである。女子の髪の毛までもつぶさに見え、額から爪先まではっきりと見ることができる。夜中が過ぎて、三人がやって来て、金に言った。

「美姫はいかがでしたか」

「考えてみると、外国人でありながら、このようにみだりに恩恵を享受してしまいましたが、この先、どうしていいものやら、思いもつきません」

三人が言った。

「あなたは幸いにも不思議なめぐり合わせで天下の一色を手に入れなさった。どうして一度だけ契って散り散りに別れる必要がありましょうか。私どもはあなたから厚い御恩を被りました。あなたの国が中国に使臣を送ることがあれば、かならず訳官の任務を帯びて正使についていらっしゃるがよい。一年に一度お

会いになれば、牽牛と織女の境遇のようでまた趣きの深いものではありませんか」

金訳官はそのことばの通りにしたが、若いときから年老いるまで、訳官の任務で一年に一度の歓びを交わし、一人の子どもをもった。金の後裔は北京で大いに繁栄した。

▼1【李鄴侯】李泌。唐の人。玄宗のとき東宮に供奉し、粛宗のときに国事に関与した。後に鄴県侯に封じられた。

第三九話……虎を退治した李堣《イウ》

参判の李堣《イウ》▼1ははなはだ膂力があった。おおよそ、この李公の膂力というのは蓋世絶倫と言っていいもので、若いとき、同年輩の者たちと白雲台に登ったが、前を降りて行く一人が岩の上の狭まったところで躓いて、萬仞《ばんじん》の絶壁の下に落ちようとした。すると、李公はさっと飛び降りて、その人を腋に挟んで、また飛び上がり、岩の上に置いた。

粛宗の時代、湖南地方に鬼神のような虎が出現して、日ごとに数百の人を害した。害された人びとが数万余に上って、全道が慄々と怯えきった。朝廷では営門の砲手を送るに至ったが、それでも捕えることができなかった。そこで、李公は朝廷のたっての願いにより撰ばれて、道伯に任命され、虎を捕えるために下った。そうして、丘のふもとの客店に着くと、李公は轎《かご》からさっと路上に降り立ち、印を取り出して下に座りこんだ。一行はこれを見て、みな馬から下りてあいさつをしたが、その印については、どうしたのかわけがわからなかった。

李公が舌打ちをして、ため息をつきながら、言った。

「危く印を失うところであった。私が轎に座って見ていると、あの虎が印を奪って逃げようとしたので、私はそれを追って奪い返して来たのだ」

監営に至って三日が過ぎ、全監営に命令をくだした。

「今晩は火を点してはならない。また、庁舎のあいだで行き来してもならないし、庁舎の中で騒がしく雑談してもならない」

初更になって、李公は上着と宕巾《とうきん》を後ろに脱いで起き、宣化堂の椅子に座っていた。しばらくすると、突然、大きな音がして、黒い影がさっと通り過ぎ、続いて中庭に何かが落ちる音がした。何か物体が黒々としてうずくまっているようである。

公は座ったまま従容として、諭すようにして、言った。

「お前がわが国の人びとを害したことは、絶対にそうあるべき運命だったわけではない。お前はこのように長くこの地に留まったので、もう他にみずから身を処す方途があるはずだ。すみやかに海を渡って立ち去るがよい。立ち去るのに同意するなら、お前は頭を挙げて地面に打ち付けるがよい」

すると、この大きな獣は頭を地面に打ち付け、尾を振って、姿を跡形もなく消してしまった。

その後、一道に虎の禍はなくなった。

▼1【李堣】著者の李羲平の先祖に李堣（一四六九〜一五一七）という人がいるが、粛宗の時代の人と言うから違う。この話にあること以上は未詳。

第四〇話……冥府で返した孫への恩恵

斯久・南允黙《ナムユンモク》▼1の長男の某が御営の軍官となり、長年のあいだ勤めた。鳳山郡の駐屯地に監として出かけたとき、脱穀場に一人のチョンガーがいた。農事に励んでいても、その容貌には両班の風情がある。はなはだ哀れに思い、その来歴を尋ねてみると、姓は申氏で、もとはやはり両班の子孫だと言う。延安に居住していたが、凶年があって一家は四散、今の境遇になったのだと言う。南氏はその話を聞いて、彼を気の毒に思い、三年後に任地を離れるとき、特別に援助して結婚させてやり、農地を与えて、一家を成させた。このことで、申童は体面も立ちゆき、繁栄するようになった。毎年、秋になれば、申童は薪一疋、木綿糸二巻を携えてやって来る。南氏もまたこれを手厚くもてなして帰した。

あるとき、南氏が突然に死にそうになって、汗をふき出し、危篤の状態になって、息を吹き返しそうもなくなった。昏倒して目を閉じそうになったが、そこから息を吹き返して、身をひるがえして、言った。

「不思議なことだ」

一家の者たちも不思議に思ったが、側にいた人が尋ねた。

「何か不思議なことがありましたか」

南氏はそれに対して、

「食事をすぐにもって来て欲しい」

と言って、もって来られた食事をかきこむと、座りなおして、次のように語った。

「私が二匹の鬼に追われるようにして行くと、役所のようなところに着いた。その建物は広壮で、賑わっていたが、人間世界ではお目にかかれないような者たちがいた。二匹の鬼は私を門の外に立たせておき、中に入って行った。すると、代わりに、中から一人が出て来て、私に、『あなたは都に住まいする南某ではありませんか』と尋ねる。『そうです』と私が答えると、その人は『わたくしは鳳山の某村の申童某の祖父です。あなたがわたくしの孫に恩恵を施して富裕にしてくださったことを、冥府にいながら感謝していましたが、幽明は境を異にしていて、あなたのご恩に報いることができないでいました。今、あなたの寿命は尽き、冥府の官吏が使わされてあなたを捉えて参りました。今こそわたくしが珠を口に含んで、草を結び、恩恵に報いるときです。しばらくすると、役所の中に変通があって、人間世界に送り返すことが可能になります。あなたは慎重にここから出て行かれるがよろしい』と言って、門番を招き、折りを見計らって私を連れ出すようにと命じたのだった。私がこうして生き返ったのは、申童某の祖父のおかげなのだ」

こうして、汗をひとしきり流して、無事に生き返ったのだった。

▼1【南允默】『朝鮮実録』純祖十二年（一八一二）二月に、前年に起こった洪景来の乱にかかわった南允剛の兄として名前が見える。

第四一話……倭乱を予見した賢い嫁

嶺南のある郡に一人のソンビが住んでいた。年のころは四十あまり、一人息子がいたが、死んでしまい、悲しみのあまり、心は呆けて、狂ったようになってしまった。ある日、堂上に座っていると、一人の客が入って来て、主人の気色の惨憺たるのを見て何ごとかと尋ねると、主人は息子の死んだことを言った。すると、客は尋ねた。

「ところで、あなたの祖先のお墓はどこにありますか」

「家の裏山です」

主人が答えると、客は一度そこを見せて欲しいと請うた。主人が客を裏山に連れて行くと、客は言った。

「この山は不吉で、それでこのような凶事に遭われたのです」

主人が、

「それなら、どこに吉地を求めればいいと言うのですか。わたくしたち夫婦にはもはや後継ぎもいません。福地を得れば、また後継ぎを得ることができるのでしょうか」

と尋ねると、客が答えた。

「洞口を入って行けば、意にかなう場所が一つあります。あなたはそこを清掃して、緬礼（移葬）を執り行なってください」

　客が再三それを勧めたので、主人は果たしてその言に従って緬礼を行なったが、数ヶ月の後、夫人が死んだ。ソンビが息子に続いて妻を亡くして凄涼として悲しんだ。不幸が続きはしたが、家の産業は賑わっていて、再婚して新たな妻を娶った。

　ある晩、先の客がやって来て、まず尋ねた。

「この間、夫人を亡くされ、再婚なさらなかったか」

　主人が答えた。

「あなたのことば通りにして、妻を亡くしてしまった。どんな顔をしてそんなことを尋ねられるのか」

　客は笑いながら、言った。

「この再婚の慶事があるために、前の凶事があったのですよ」

　それから、客はしばらく居続けて、主人に言った。

「某日の夜に夫人とお交わりになれば、かならず男子が生れます」

　出発するときには、さらに約束して、言った。

「某月に男子がお生まれになるが、そのときにはふたたび参ります」

　その後、そのことば通りに男子が生れた。客がまたやって来て、大いに喜んで、堂に上がって言った。

「主人は男子を得なさったか」

「そうです。男子が生れました」

　客は座るやすぐに新生児の四柱を占って言った。

「この子は元気に育って長生きをしましょう。結婚するときには、私が仲人になります」

　その子が次第に大きくなって、歳も十四歳になった。客は何年も足が遠ざかっていたが、突然にやって来て、言った。

「お子さんは元気に育たれましたかな」

すぐに息子を呼んでみると、客は言った。

「ご主人がはこのお子が生れたときに、結婚の仲人を私がすると約束したのをお覚えになっていますか」

主人が言った。

「ずいぶん前のことだったが、そのような約束をしたとぼんやりと覚えております」

新婦の家へ出発するに当たって、主人は客に四柱単子▼[1]のことを尋ねたが、客のことばは最初から最後まで符合していたので、主人はただ書いて与えるだけであった。

客がまた日取りの単子を伝えたが、主人は新婦の家の門閥がどうか、新婦の素養がどうかについてはいっさい尋ねることもなく、なんら疑念をもたなかった。そうして、新婦の家に出かけることになった。

ある日、一宿した後、客はどんどん深山渓谷に分け入って行く。主人は後を振り返り振り返りしては、客に尋ねた。

「あなたはどうして人をだまして、こんな山深いところに私を連れて行くのだ」

客は言った。

「私があなたに何を含むところがあって、だます必要がありましょう」

あるところからは曲がりくねった道を登って行って、高い頂に至ると、数軒の茅屋《ぼうおく》があった。その日は結婚の日で、床には蓆が敷いてあるだけである。すると一人の老人が出て来た。これが査頓（岳父）である。続いて、対面の礼を行なって、初めて新婦の様子を見ると、まるで様を成していない。新郎のソンビがおどろいた様子を示すと、査頓と客はソンビに言った。

「大事を幸いにも執り行なうことができ、娘もすでに簪を挿しましたので、この家に長くいる必要はもうありません」

ソンビはやむをえず、客が乗って来た馬に新婦を乗せて帰って来たが、一家の者みな新婦を見て驚き、嘆息しない者はいなかった。しかし、新婦はいささかも顔色を変えることはなく、ただ部屋の中にいて、家の仕事には携わらなかった。しかし、その実家の消息をただ座しているだけなのに知っていたから、義理の父母は不思議に思った。仲人となった客は婚礼の後にはまったく姿を見せなかったのである。

ある日、義理の父母は相談した。

「私たちもすでに年老いた。糧食の出入りを考え田畑を耕作するのに疲れてしまった。これからは息子夫婦に任せて、私たちは座して食事をするだけで、余生を送ろうではないか」

こうして一家を治めるすべてを息子夫婦に託したが、新婦はいささかも嫌がらず、また謙虚に辞することもなかった。

新婦は堂から下りることもなく、奴僕が耕作し、婢女が機織りするのを指揮して、少しもあやまつことがなく、すべてに的を射ていた。そして、「明日は雨」と言えば、確かに雨が降り、「明日は晴れ」と言えば、確かに晴れであったから、農作業に時を失することがなかった。そうして三年のあいだに、家産は大いに振興したから、一家の中でも隣近所でも、「賢婦ではないか」と噂するようになった。

ところが、しばらくして、新婦がやって来て、舅に言った。

「お舅さまはもう七十歳におなりです。ここでこうして無聊をかこっていらっしゃる必要はありません。日々に洞内の親しい人々とともに宴会をお楽しみになれば、その費用はわたくしが負担いたしましょう。そうして歳月をお送りになってはいかがでしょうか」

舅も喜んで答えた。

「私も長いことそうしたいと思っていたのだ」

その後からは、家には大勢の人びとの靴が脱ぎ散らされ、嫁が勧めるままに、物見遊山を水が流れるように繰り返したのだった。こうして四年がたち、家には一片の土地も残らず、家産をすっかり蕩尽してしまった。嫁は舅の前に出て、言った。

「今やすっかり家産を蕩尽してしまい、この家には一片の土地さえ残っていません。ここではもう生活することはできませんので、わたくしの実家のある洞内に移り住んでくださいませ。そうすれば、なんとか安穏と生きていく術もあろうと思います」

　舅は嫁のことばを信じ、大事、小事をすっかり嫁に任せて、

「それがいいというのなら、お前の言うとおりにしよう」

と答えた。

　嫁は家産と残された若干の土地を売り払い、一家眷属と奴婢たちを引き連れて、陸続として実家のある洞内に帰って行ったのだった。仲人の客もこれを待ち迎えた。

　舅は山中の生活が長く続いて、退屈に堪えなくなった。嫁は舅を誘って山に連れだした。すると、遠くから太鼓を打つ音が聞こえ、激しく争う戦の音がする。

　舅が、

「これはいったい何の音だ」

と尋ねると、嫁は、

「これは倭賊が隣村に押し寄せて、戦っている音です」

と答えた。舅が、

「私たちの故郷の村は大丈夫なのか」

と尋ねると、

「あの村はすでに焼き払われて、村人すべてが殺されてしまいました。近辺の村人もすべて魚肉になっています」

と言った。

「それでは、お前はこうした乱が起こると知っていて、機微をうかがい、この山中に入ったのか」

　嫁が答えた。

「つまらない動物でも天機というものを知っていて、雨を避け、風を避けるものです。人として、どうして知らないでいられたでしょう」

それから、八、九年後、この嫁は眷属を率いて山を出て、家産を治め、農事を経営して、ふたたび豊かになった。

▼1【四柱単子】婚約して新郎から新婦の家に送る新郎の生年月日時を記した書状。

第四二話……未納の税を立て替えた意気

安東の姜《カン》録事[1]には二人の娘がいて、姉妹はたがいに優劣が付けがたいほど、美しく育った。姜の家業は繁栄して豊かであったが、姉妹は七、八歳のころから嫁入りするまで、何ごとにもどちらが先か後かを争って、けっしてどちらかが譲るということがなかった。息子や娘を産む段になっても、どちらも同時だった。姉は金氏に嫁ぎ、妹は安氏に嫁いだが、金氏は門閥がやや優れていて、司馬となり、ついには寝郎[2]となるに至った。安氏は門閥が金氏にやや劣り、司馬となったものの、寝郎の職を得ることができなかった。安氏の夫人はこの一事が姉の金氏の夫人に及ばず、とうとう食事を廃し、生きる気力を無くしてしまって、言った。

「私は子どものころから嫁入りするまで、かつて一度も姉さんに負けたことはなかった。今、家長の門閥が劣っているので、このように姉さんに負けてしまった。私はどんな面目があって、この世を生きていくことができよう」

　こうして食事をしなかったので、その息子が言った。

「そんなに気にお病みになる必要はありません。もしわたくしに数千金をくだされば、お父さまも初仕をなさる術があります」

　母親が息子のことばを受け入れると、息子は翌日、急に行装を整えて出て行った。当時、白休菴《ペクヒュアム》[3]が湖南の長官から吏曹参判となり、召還されて上京するところであった。休菴は客店に入ろうとしていたが、安生がまず入って、休菴はその後に続いて入っていった。安生は休菴と一つ部屋に座って、座を隅の方に避けようともしない。すると、日が暮れかかるころ、外で哀痛なる慟哭の声が聞こえてくる。安生が奴に尋ねた。

「あれはなんで泣いているのだ」

奴が答えた。

「某郡の役人がここでソウルからの便りを待っていましたが、しばらく前にソウルのことが不首尾に終わったと聞いて、ああして嘆き悲しんでいるのです」

安生がその役人を呼んで尋ねたところ、役人は答えた。

「私は某郡の役人として、長年のあいだ、万余の金を未納のまま逃れて来ました。それを国に収めなくてはならないのですが、三千両を用意することができません。ソウルの親しい友人に工面をしてもらうことにして、その承諾は得ていたので、息子をソウルに送って、私自身はこの客店で待っていたのです。ところが、しばらく前にソウルのことが不手際に終わったという連絡が入りました。今もし私が空手で帰れば、一家は死ななくてはなりません。それで悲しくなって、思わず慟哭してしまったのです」

安生はその話を聞いて、しばらく黙っていたが、ややあって、言った。

「三千両の銭というのは、少なくない額だ。私が二千両ほどをそろえれば、その残りはそちらで用意することができるだろうか」

役人が答えた。

「二千両も貸していただければ、その残りはこちらで用意して納付することができます」

安生は一言半句もなく、奴僕を呼んで、ごくごく平然と言った。

「行列の中に積んでおいた二千両をみな下ろしてこのお役人に差し上げよ」

休菴は側でこの事の成り行きを見ていて、心が動き、安生の来歴と門閥とを尋ねずにはいられなかった。

すると、安生は、

「某郡の某氏の人間です」

と答える。また、その一行の二千両の金がどこから出たものかを尋ねると、

「家計が十分ではありませんので、推奴[4]して参ったところです」

と答えた。

　また、先代の官職を尋ねると、安生は、父親は司馬であるが官職を得ていないと答えた。休菴はその姓名を詳しく尋ねながら、心の中でこの少年の振る舞いにははなはだ感服していた。

　休菴がソウルに帰って後に、空席が生じ、安生の父はさっそく寝郎に任じられたが、その妻はあえてこの職に就かせなかった。すると、すぐに姉の夫の金参奉よりはさらに一等級高い官職を与えられた。

　ある日、安生が母親に言った。

「いま、白休菴先生が流配されそうになっています。平素に受けた御恩に報いないわけにはいきません。千余金を積めば、休菴先生を助けるための資金になるかと思います」

　母親はそのことばに従った。安生は上京して、金を積んで、かつて司諫府と司憲府に勤めたことのある人物と親交を結び、切緊《せっきん》の間がらとなった。困窮した場合には手助けをしたので、その台官が尋ねた。

「私はこれまであなたとこのように親しい間がらではなかったのに、あなたのおかげで急場をしのぐことが少なくない。私とあなたにどのような行きがかりがあって親切になさるのか」

　安生が言った。

「何か行きがかりがあったわけではありません。実は、白某は私とは古くからの因縁があり、今にでも士禍をかまえて、これを殺したいと思っているのですが、なかなかいい機会がありません。幸いにもあなたに出会い、意を得た思いがしています。私が千金を惜しまずにあなたに接近したのは、このためです」

　台官が言った。

「白某は士林の中でもすぐれて人望があり、私も長らく思慕している方です。あなたのことばに間違いは

ありませんか」

「白某が陰険な人物であることは、あなたがすでにご存じのことではありませんか。どうして倭賊と私通して陰謀をめぐらせ、わが国を狼略しようとしているのか。毎年、どうして海上からわが国の穀物を運び出そうとするのか。この一事だけでも大きな罪目であると言えます。あなたはどうして彼を惜しまれるのか」

　台官はこのことばを聞いて半信半疑のままであったが、やむをえずに弾劾の文章を書いて上疏した。朝廷では紛糾したが、ついには白某の実際の行跡を調査することになった。もちろん、濡れ衣に過ぎなかった。王さまは白某の清廉潔白ぶりを世間と同様にご存じであり、忠義も節度も抜きん出ているのを御存じであったから、倭賊と結託して米を運び出していたというのも捏造した言辞であるとお考えになり、上訴した台官をまずは罪せられた。さらには、白某と趙某▼5とが共謀していたというのも、曖昧模糊とした過去のことであり、分明なことではなく、ふたたび論ずる必要はないと、判決された。

　己卯の士禍▼6が大いに起こり、一時に清流がみな粛清されてしまったが、休菴はついに安生のおかげで禍を免れることができたのである。

▼1【録事】議政府および中枢府の官職の一つ。

▼2【寝郎】宗廟・陵・園などの令および参奉。

▼3【白休菴】白仁傑。一四九七〜一五七九。宣祖のときの名臣。字は士偉、号は休菴。趙光祖の弟子。一五一九年、己卯士禍で師匠と同志をすべて失い、金剛山に入山、後に帰京して司馬試に合格したが趙光祖の弟子だとして排斥され、成均館に長くいた。その後、検閲・礼曹佐郎・戸曹正郎となった。乙巳士禍に際しては尹元衡に反対して罷免されて故郷に帰ったが、尹元衡が死ぬと復職した。宣祖が即位すると、吏曹参判・大司諫を経て大司憲となり、朝廷の貴顕たちを弾劾して辞任した。職を離れると朝夕の食事に事欠くほどの清貧ぶりで、米を下賜されることもあったという。

▼4【推奴】奴婢が主人の居住地を離れて外居するようになり、繁盛したとしても、先祖の奴籍は主人の家に

あるので、主人はその奴案をもって奴婢から貢布を徴収することができる。「推奴」は逃亡奴隷を追跡する旅行の意でもあり、その逃亡奴隷から徴収した貢布自体をも言う。

▼5【趙某】趙光祖。一四八二～一五一九。中宗のときの性理学者。字は孝直、号は静菴、諡号は文靖。吉再の学統を継ぐ金宏弼の門人で、『小学』『近思録』を基礎として経伝の研究を行なった。平素も衣冠を正して端正にふるまい、言行も古の聖人にならって厳粛であったと言う。士林派の領袖として、中宗の信任を得て、賢良科の実施、昭格署の廃止などさまざまな施策を行なったが、自派の士林を多く登用し、言動が過激に走ったために、勲旧派の激しい反発を受けて己卯の士禍（一五一九）を招き、一派はことごとく斬罪、彼自身も綾州に流され、その地で賜死した。

▼6【己卯の士禍】李朝の初期、太祖李成桂の建国に協力して功績のあった人びとの流れを汲む勲旧派と新たに科挙を受けて官僚となった人びとである士林派との対立があり、士林派は四度にわたって粛清を受ける。すなわち、戊午の士禍（一四九八）、甲子の士禍（一五〇四。第二三五話注2参照）、己卯の士禍（一五一九）、そして乙巳の士禍（一五四五）である。己卯の士禍は中宗によって登用された趙光祖一派のあまりに過激な政策に対して既成権益を守ろうとする勲旧派によって起こされ、趙光祖一派の七十五名が死刑、流刑、罷免などの弾圧を受けた。巻末訳者解説参照のこと。

第四三話……済州牧使に殺された琉球国の王子

仁祖の時代に、倭が琉球国を攻め、▼1王を捉えて連れ去った。その世子が国宝を船に積んで身代金として王の身を贖おうとしたが、漂流して済州島に着いた。牧使の某が出て見て、船に積んだ宝物について尋ねたところ、酒泉石と漫山帳であると答えた。石というのは方形のもので、中央がくぼんでいて、そこに澄んだ水を入れておくと、酒に変るのである。漫山帳というのは蜘蛛の糸を薬に浸して織ったもので、小さく張れば一間を覆うにも足りず、大きく張ればたとえ大山であっても覆うことのできるもので、雨が降っても決して漏れることはないのだという。牧使はそれを所望したが、世子は承諾しなかったので、牧使は世子を包囲した。世子はまず酒泉石を海に投げ捨てた。牧使は船に残った他の宝物をみな没収して、ついには世子を殺してしまった。世子は死に臨んで筆と硯を持って来るように頼んで、一首の詩を書きつけた。

朝鮮のことばはわからず、琉球王子は屈服したが、
死に臨んでいつの機会に天に訴えよう。
三良[2]が墓穴に入って贖おうとしてもかなわず、
二人の子が舟に乗っても[3]盗賊はこれを許さない。
骸骨を地面にさらして草が生い茂り、
魂魄が故郷に帰っても弔う親族はいない。
竹西楼の下を水は滔々と流れ、
残された恨みは分明で万年の春をむせび泣く。
（堯語難明桀服身、臨刑何暇訴蒼旼
三良入穴人誰贖、二子乗舟賊不仁
骨暴沙場纏有草、魂帰故国弔無親
竹西楼下滔々水、遺恨分明咽万春）

牧使はこれを殺した後、国境を侵した盗賊であると、朝廷には報告した。後になって、事が露見して、牧使は死を賜ったが、しかし、すんでのところで死を免れた。

▼1【倭が琉球国を攻め……】一六〇九年、徳川幕府の了承を得て、薩摩藩が琉球王国を侵略して尚寧王を拉致し、家康・秀忠に謁見させた。正確には仁祖の前の光海君の時代のことになる。

▼2【三良】秦の穆公が死んだとき、三人の良人を殉死させた。『詩経』秦風の「黄鳥」はそのことを悼む。

「交交たる黄鳥は　棘に止まる　誰か穆公に従ふ　子車奄息　惟《こ》れ此《こ》の奄息は　百夫の特　其の穴に臨まば　惴惴《ずいずい》として其れ慄《おそ》れん　彼の蒼たる天は　我が良人を殲《ほろぼ》せり　如《も》し贖ふ可くんば　人其の身を百にせん」と、子車奄息の死を言い、以下畳句《ルフラン》で、子車仲行、子車鍼子の三人の死を歌う。

▼3【二人の子が舟に乗っても……】魏の宣公は子の伋を斉に使者として派遣して、その道中に盗賊を潜伏させた。これを知った異腹の弟の寿が伋を酒に酔わせ、代わりにみずから舟に乗って殺されたが、後に伋が寿を追って行き、伋もまた盗賊の手によって殺された。「二子舟に乗り　汎汎として其れ遠ざかる　願言として子を思へば　忠心養養たり　二子舟に乗り　汎汎として其れ逝く　願言として子を思ふ　害有ることなけん」（『詩経』邶風「二子乗舟」）

第四四話……内侍の妻と通じた余徳

世間では、内侍（宦官）の妻と通じれば科挙に及第する、と言っている。宰相の趙顗命《チョヒョンミョン》▼1は若いときにこれを聞いて、実際に試してみようと考えた。人を間に立てて、壮洞の一人の宦官の妻に意を通じたところ、女は合意して、某日、内侍が入直した後に、こっそりと家に来るようにと言った。

約束の日になって、行くと、はたして人気がない。女としっぽりと楽しんでいると、夜が更けていき、やがて門を開ける音がして、内侍が帰って来た。趙相はおどろいて、どうすればいいかわからなかったが、女が指図した。

「ここに座っていて、私が尋ねるままに答えてください」

しばらくすると、内侍が公服を着たまま帰って来たので、女が言った。

「旦那さまはどうしてこんな夜中に帰って来られたのですか」

「おりよく毓祥宮▼2に行けという命を受けたので、ちょっとお前の顔が見たくなって、立ち寄ったのだ」

そこに趙相の顔が見えたので、内侍は尋ねた。

「この人はいったい誰なのだ」

女は笑いながら、答えた。

「富平に住む私の弟ですよ」

内侍は疑って、言った。

「君が富平の金生ですか。どうして今まで訪ねて来なかったのかね。今晩初めて来たのかな。何時においでなすった」

「今夕の早い時刻に参りました」

ちょうど科挙の行なわれる時期であったから、内侍が言った。

「科挙のためにやって来たのか」

「その通りです」

内侍はようやく立ち上がりながら、言った。

「私はもう行かねばならない。今晩はゆっくりと姉さんとよもやま話でもしていきなさい」

立ち上がりながら、見降ろして、言った。

「君は試験場に入って、かならず生姜畑[3]の方に座りなさい。私が王の食事と茶菓を下げることになっているから、それを君に上げよう」

「ありがとうございます。喜んでいただきます」

内侍が門を出て行った後、趙相は笑いながら、女といっしょにむつび合って、明け方になってやっと帰って行った。数日後、科挙の試験場に行くと、内侍がやって来ることを考えて、壮元峰[4]の下に座ったが、一人の内侍が紅い衣服を着て、試験場内を歩き回っているのが見える。

「富平の金生はどこにいるか」

誰もその事情を知らないが、趙相だけは知っている。内侍が近づいて来た。趙相は顔を覆って俯いた。すると、側にいた友人が冷やかした。

「君が金生じゃないのかい。どうしてあの声を聞いて顔を伏せて避けるのだ」

趙生はそれに答えず、いよいよ顔を伏せる。内侍が近くにやって来て尋ねると、側の友人が、

「この男ですよ」

と言った。内侍が扇子を手に顔を見て言った。

「君はここにいたのか。この騒がしい中だとは言え、どうして私の声に答えなかったのだ」

紅い衣服の袖から果実と肴などを取り出して与えながら、言った。

「これで精をつけて頑張るのだ」

内侍は笑って立ち去ったが、趙相は一言も発することができなかった。

果たして、趙相はこのときの科挙に及第したが、このことをいつも友人たちに冷やかされた。

▼1【趙顕命】一六九〇〜一七五二。英祖のときの大臣。字は稚晦、号は帰鹿、本貫は豊壌。一七一九年、文科に及第。一七二一年、延礽君（英祖）が王世弟に冊封されると、世弟の保護に力を尽し、一七二八年、李麟佐の乱（第四七話注1参照）のときに出戦して、その功で豊原府院君に封じられ、一七四一年、領議政となった。人となりは清廉かつ倹素であり、言行が端正かつ剛直であり、公私にけじめをつけた。党派にくみせず、蕩平策（巻末訳者解説参照）を主張した。
▼2【毓祥宮】一七二五年、英祖がその母の淑嬪崔氏を祀るために建てた私廟。ちなみに淑嬪崔氏をヒロインにしたテレビドラマ『トンイ』は日本でも放映されて人気を博した。一九〇八年、純宗のとき、正室ではない王の母たちのソウルの私廟を撤廃して、神位を一ヶ所に集めた。すなわち、元宗母の仁嬪金氏、景宗母の禧嬪張氏、真宗母の靖嬪李氏、荘祖（思悼世子）母の暎嬪李氏、純祖母の綏嬪朴氏、さらに一九二九年には李垠の母の淳妃厳氏も合祀された。
▼3【生姜畑】科挙の試験場での場所取りの縁起担ぎで使われたことばだと思われるが、どの場所かは詳らかにできない。
▼4【壮元峰】右に同じ。壮元は首席での及第を言う。縁起のいい場所だったと思われる。ちなみに「壮元」というのは誤字ではない。本家の中国では「状元」であるが、朝鮮では「壮元」と書く。

第四五話……鉄令公・金埦《キムクィン》

金埦《キムクィン》▼1というのは英祖のときの台臣である。率直な人がらで諫言《かんげん》をしたから、人びとは鉄令公とあだ名していた。宋淳明《ソンスンミョン》▼2が平安道の観察使を拝命して、朝廷を退出して南門の外に出たとき、彼を餞別する人たちがいて、酒や御馳走が豊富に用意してあった。金埦も座っていっしょに酒を飲んだ。料理を下げてしばらくして、宋が座っている人びとに向って、言った。

「私の姑母《おば》の家がこの近くにあります。別れの挨拶をしてきたいと思います。ほんの少しお待ちください」

そうして、門を出て行き、まもなくして帰って来た。いよいよ出発することになって、座客の一人一人に別れの挨拶をする。そのとき、金は色を正して、言った。

「あなたは、出発なさってはならない。しばらく、言っておかなくてはならないことがあります」

宋が、

「いったい何でしょうか」

と言うと、金が言った。

「あなたは主賓でありながら、座上の客たちを顧みることなく、門をお出になった。これは賓主の礼を大いに失するものです。また飲食を下人たちに下すことなく、踵をめぐらせて門を出て行けば、下人たちはいつ残り物を食べることができましょうか。それでは下情に通じているとは言えません。大いに礼と義にそむくものです。下情に通じず、どうして一道の長官の責務を果たして、多くの郡とその守令たちを治めることができましょうか。私は上疏をしようと思います」

金はそう言い放って、席を立って行った。

宋は金のことばは冗談なのだろうと思いつつ、出発した。金は家に帰ると、早速に上疏して宋を弾劾した。

「臣下は私の席において新任の平安道観察使の一、二の行ないを目撃しました。彼は大いに礼と義を失い、人びとの事情を知らない。かかる人物を観察使に任じてはなりません。どうか解任してください」

王さまはこの上疏を受け入れ、命令を下された。宋は高陽に着くか着かないかの内に交代されてしまった。昔の官吏の厳しさとはこのようなものであった。

▼1【金坽】一七三九～一八一六。文臣。字は子野、号は亀窩。李象靖の門人。一七七三年、司馬試に合格、一七七三年には増広文科に丙科で及第した。司諫院文学・礼曹参判に至った。文学と書に長じていた。師の遺文を整理した。

▼2【宋淳明】『朝鮮実録』英祖四十四年（一七六八）十月に官を誘ったとして流配されたとあり、正祖即位年（一七七六）の六月には開城留守の職を削ったとある。

第四六話……鄭希亮《チョンフィリャン》を殺して恨みを晴らした李偶芳《イウバン》

英祖の戊申の年（一七三八）、嶺南の盗賊である鄭希亮《チョンフィリャン》▼1が安陰で兵を起こし、李麟佐《イインチャ》▼2に呼応した。希亮は桐渓・鄭蘊《チョンオン》▼3の直系の子孫であり、名高い先祖の子孫として学識ある者と見なされ、嶺南の右辺ではすこぶる有名であった。

その梟や山猫のような猛々しい性格でもって、あえて謀叛を計画し、李熊輔《イウンポ》▼4を首謀者に仕立てて、まずは凶悪な檄文を出し、兵を居昌に進撃させた。郡守が逃げ出すと座主の李述源《イスルウォン》▼5を捉え、兵を起こさせようとしたが、李述源は道義によってこれを責め立てた。その気勢は秋霜のように凛冽としていた。盗賊たちは彼を降伏させせようとしたが、述源は憤怒して罵った。

「私の首を斬るがいい。お前などにどうして膝を屈することができようか。お前は名高い祖先の子孫だというので、世々、国家から恩恵を受けていたではないか。国家がお前に何をしたからといって、お前はこの挙に出たのか。お前の先祖の忠節に申し訳が立たないと思わないのか」

盗賊は憤怒して刀で威嚇したが、述源はついに屈することなく、害されて死んでしまった。最後までその口からは罵ることばが絶えなかった。

その子偶芳《ウバン》▼6が父の死体を斂《おさ》め、枕流亭に安置して、哭して言った。

「父上の恨みを晴らさずに、私はどうして生きていようか。復讐を果たした後に、初めて葬儀を執り行なおう」

そうして、白衣で兵を率いて盗賊たちと牛頭嶺のふもとで戦った。偶芳は先頭に立って力を尽くして戦ったが、夜になって丘の上に立って呼ばわった。

「居昌の兵士と人びとよ、よく聞くがよい。希亮は国賊である。お前たちがもし彼に従えば、すぐにでもお前たちは死ぬことになろう。お前たちの中で国賊を縄で縛ってわが陣地に連れて来る者がいれば、前の罪は許されて勲功を記されよう。利害と順逆をよく分別するがよい」

丘の上を巡りながら声を張り上げて叫んだが、すると、敵陣にいた郡の役人の二、三名が、希亮を縄で縛って陣中を訪れた。みなの議論では、檻車《かんしゃ》に乗せて本陣に送るべきだということになったが、偶芳は泣きながら言った。

「父上を殺した敵と一時であってもどうしてともに天を戴くことができようか」

そうして刀を抜き放ち、腹をえぐって、内臓を取り出した。その内臓を父親の棺の前に供えて、葬礼を執り行なったのであった。

朝廷では李の家に旌閭《せいりょ》を下され、述源は職を贈られた。熊陽面に祀堂を建てることになり、その名前は褒忠祠として、春と秋には祭祀を行なった。子の偶芳は、官職は承伝を初めとして、後には県監に至った。

▼1【鄭希亮】?〜一七二八。英祖のときの反乱者。代々、安陰に住んで名門の後裔として権勢があった。一七二八年、李麟佐・李熊輔などに呼応して乱を起こし、居昌に侵入して、郷任の慎溟羽などを殺したが、官軍に平定されて、殺された。

▼2【李麟佐】?〜一七二八。英祖のときの逆臣。代々、清州に住んでいたが、英祖の即位とともに没落した少論派を糾合して、鄭希亮とともに反乱を起こした。大元帥となったが、誅殺された。李麟佐の乱については、次の第四七話の注1を参照のこと。

▼3【鄭蘊】一五六九〜一六四二。仁祖のときの名臣。字は輝遠、号は桐渓、諡号は文簡。一六一〇年、文科に丙科で及第して、司諫院正言のとき、永昌大君の殺害に対して上疏して、鄭沆を斬首することを主張した。これによって十年間の流罪生活を送った。仁祖反正の後にふたたび官界に復帰したが、一六三六年の胡乱の際、南漢山城での和議に対して反対して、翌年の正月に和議が成立すると、割腹自殺をはかったが、そこでの死が国運に益さないと判断して、徳裕山に行って死んだ。吏曹判書を追贈された。

▼4【李熊輔】『朝鮮実録』英祖四年(一七二八)三月に熊輔は熊佐の変名で、麟佐の弟であると言う。まず鄭希亮と安東に会して兵を挙げることを約したが、希亮が来ず、安陰まで行って兵を募って乱を起こしたが、後に誅殺された。

▼5【李述源】右に同じく『朝鮮実録』英祖四年三月に座首李述源の死が記されている。

▼6【偶芳】李偶芳。注5の李述源の子。『朝鮮実録』英祖四年、三月の李述源の死の後、四月には、父の復讐のために従軍した息子が捕縛した賊軍をみずから切って肝を食べんことを請うて許されたとある。この息子というのが偶芳か。英祖三十年(一七五四)八月、王は、李述源は古の張巡である、その子の偶芳を優遇しないではいられないと言ったとある。

第四七話……李麟佐の乱に漁夫の利を得た公

麟佐は兵を起こした。[1] 最初は葬礼の車を装い、兵器を束ねて棺のようにして載せ、その車を引くのはすべてが盗賊の群れであった。数十台の葬礼の車を連ねて清州の城内に入って行った。営将である忠壮公・南延年《ナムヨンニョン》▼2と幕客の洪霦《ホンリム》▼3が兵使の李鳳祥《イボンサン》▼4に言った。

「葬礼の車が数多く城内に入って来たが、どうもおかしい。捜索して尋問してくれないか」

兵使はそのとき酒に酔っていて、

「ただ葬礼の車が入って来ただけで、どうして疑う必要があろう。お二人はお休みになった方がいい」

と言った。

夜半過ぎに、一つがいの鵲《かささぎ》が建物の梁の上で飛んだり跳ねたりして、追いやっても去らず、けたたましく鳴くのをやめない。そうして、乱が起こって、城内は大いに混乱した。賊の兵が包囲して営門からなだれこんだが、兵使は夢うつつで半ばまどろみながら、後庭の竹林の中に駆けこんで身を隠した。忠壮公は楼の上に座って号令をしていたが、盗賊が兵使の行方を尋ねると、忠壮公は、

「私が兵使だ」

と答えて、盗賊を怒鳴りつけ、すこしも臆するところはなかったものの、ついには害された。しかし、盗賊の中には顔を見知っている者がいて、

「これは兵使ではない」

と言った。

盗賊たちは竹林に入り、兵使を見つけて殺した。洪霦も身を伏せて隠れていたが、やはり殺された。兵使と営将、そして裨将《ひしょう》（副将）には、後に朝廷から旌閭《せいりょ》と贈職の恩典が下された。

その後、ある人が清州の城外の南石橋の上で詩を作っている。

　夜更けに鵲が鳴いて家の梁を上下し、
　灯りが消えた華堂では酔ってまどろむ。
　裨将はよく幕府の節概を全うしたが、

兵使はかえって竹林の幽霊になった。
雲[5]はただ死んだと唐史に名を残し、
李陵[6]は一人心に漢の恩をどう感じるか。
笑うべきか、漁夫の利を座しながら得て、
一時に王さまの恩典が郷村に光り輝く。
（三更鳴鵲繞樑喧、燭滅華堂酔夢昏
裨将能全蓮幕節、元戎反作竹林魂
雲惟死耳伝唐史、陵独何心負漢恩
堪笑漁人功坐笑、一時栄寵耀郷村）

この詩が世間に伝わったが、誰が作ったのかはわからない。その後、忠壮公を移葬するとき、知人たちのあいだで挽歌を作ることになって、兪《ユ》彦吉《オンギル》[7]とという儒生が詩を作った。彦吉は兪知枢[8]の従兄弟である。

頭は断ち切り、膝はへし折ることができないが、
その気概が千年に名を残し萬仭《ばんじん》に聳《そび》える。
この夜、人はよく貞節を論じるが、
暮春の空に雪がちらついて哀れ。
名前は漢の辺境に死んだ張巡と同じく、
姓は睢陽[9]で回軍をしたことで思いだされる。
笑うべきか、五営の巡撫使は、
頭も胴につながり、無事に帰って来る。
（吾頭可断膝難擢、千載森森萬仭崔

是夜人能貞節弁、暮春天以雪風哀
名符漢塞張奉死、姓憶睢陽罊指回
堪笑五営巡撫使、忍能無恙載頭来）

李氏の子孫はこの詩を見て、清州の詩もまたこの兪生の作ではないかと言った。彼らの恨みを十分に晴らす作品であるが、兪生はついには流配された。まさにこの詩の内容が不快を買ったのだろう。

▼1【麟佐は兵を起こした】李麟佐の乱。一七二八年、少論一派が起こした反乱。英祖が即位するとともに、老論一派が実権をにぎり、老論の大臣を誣告したことのある金一鏡などが処刑されることになると、李麟佐・鄭希亮・金寧海（一鏡の弟）などが先導して蜜豊君・坦を推戴して反乱を起こした。麟佐は清州を襲撃して李鳳祥を殺し、兵士を集めて大元帥となり、景宗の死後に立った英祖の即位の不当を訴える檄文を飛ばした。少論の崔奎瑞の告変によって反乱は鎮圧された。

▼2【南延年】一六五三〜一七二八。朝鮮後期の武臣。字は寿伯。一六七六年、武科に及第、宣伝官を経て一七二七年には清州営将になり、討捕使を兼ねた。翌年、李麟佐の乱が起こり、清州城は陥落し、李鳳祥とともに賊に捕まえられて屈することなく、殺された。朝廷では彼の忠節を嘉して息子の徳夏を登用し、一七二八年には左賛成を追贈した。

▼3【洪霖】一六八五〜一七二八。字は春卿。一七二七年、忠清道兵馬節度使の李鳳祥の幕僚となり、一七二八年、李麟佐の乱が起こって、清州城が陥落、李鳳祥が捕まると、それに代わって指揮した。反乱軍は彼を籠絡しようとしたが、ついに屈することなく死んだ。後に戸曹参判に追職され、妓生とのあいだの子も賤民身分を解かれた。

▼4【李鳳祥】一六七六〜一七二八。英祖のときの武臣。字は儀叔、諡号は忠愍。李舜臣の五世の孫。一七〇二年、武科に及第、禁軍将として承旨、刑曹参判などを経て訓練大将に至ったとき、李光佐・趙康億などの罪を論駁したが、逆に彼らに追われて忠清道の節度使となった。そのとき、李光佐の一派である李麟佐が乱を起こして清州城を陥落させ、鳳祥は反乱軍に捕らえられて殺された。朝廷では左賛成を追贈、李舜臣の廟

に追配された。
▼5【雲】未詳。宋の武将の岳飛の息子に十二歳で戦功を立てたものの、飛とともに陥れられて死んだ岳雲という人がいる。
▼6【李陵】～前七四。前漢の将軍。武帝のとき匈奴と戦って囚われ、単于の娘を妻として二十年を過ごしたが、病死した。友人の司馬遷は彼を弁護して宮刑に処された。
▼7【兪彦吉】字は泰仲、号は梅湖。詩人であったと伝わる。
▼8【兪知枢】兪彦述という人がいる。一七〇三～一七七三。一七二九年、進士試に合格、一七三六年、謁聖文科に丙科で及第した。司諫であったとき、劉鳳輝・趙泰耉・李光佐などを弾劾した。大司憲を経て知中枢府事となって隠退した。直諫をよくして英祖に認められ、詩文にも抜きん出ていた。自然の中を遊覧することを好んだ。
▼9【睢陽】中国河南省の商丘県の地名。張巡が安禄山の反乱軍を防ごうとしたが、援軍が断ち切られ軍糧も絶えて戦死したところ。

第四八話……牛に乗る尹心衡《ユンシムヒョン》

判書の尹汲《ユンクプ》（第一話注5参照）は風采が立派で、文章をよくした上、性格も剛直であったが、かつて他の人と親しく交わることがなかった。彼が漢城判尹であったとき、役所の奴僕たちはみな、家門であれ、風采であれ、文章であれ、この大監の右に出る者はいないと考えていた。

ある日、役所を退いて帰って来る途中で、牛に乗って行く旅人が古びた麻服を着て通り過ぎた。互いに目をやり、車と牛とから下りた。手を取って上京してきた理由を尋ねると、牛に乗っていた旅人は言った。

「美仲が食事を摂らなくなってすでに三日がたつという。昨日、わが家では還給米を受け取ったので、米を乗せてやって来たのだ。これを食べさせようと思ってな」

役所の奴僕たちで驚かない者はいなかった。調べてみると、牛に乗っていたのはまさしく副学の尹心《ユンシム》衡《ヒョン》▼1だったのである。

美仲というのは正言の李彦世《イオンセ》（第一話注1参照）の字《あざな》である。

▼1【尹心衡】一六六八〜一七五四。英祖のときの文臣。字は景平、号は臨斎。一七二一年、文科に壮元及第、副提学に至ったが、李光佐などの罪を弾劾して罷免された。後に特命で嘉善大夫の位階の昇り、同知中枢府事となり、礼曹参判となって死んだ。

第四九話……五台山の僧とたたかう李如松の後裔

兵使の李源《イウォン》▼1は提督であった李如松《りじょしょう》の後裔である。朝廷では提督が壬辰の乱で功績があったとして、その子孫を登用したので、地位は兵使に至った。はなはだ膂力があって数仞の垣根を飛び越えることができ、強弓を引くことができた。

その堂叔（父の従兄弟）の某が春川の地に住んでいて、みずから田を耕して暮らしていたが、やはり腕力があり、また勇敢でもあった。しかし、人びとはそのことを知らなかった。春に畑を耕すとき、家が貧しくて牛がいなかったので、みずから鋤や鍬を執って耕したが、牛を使って耕すよりも、早く耕せた。それを見て、人びとは驚いたものであった。

堂叔は親しい友人が豊川の郡守となったので、ある日、この郡守を訪ねて行き、郡守に言った。

「私には大きな禍が起こりそうで、それを逃れようと思っているが、力が足らない。あなたは長年の友情から私を助けていただけまいか」

郡守が、

「いったい何ごとだろうか」

と尋ねると、

「私の気力が充実していれば、この禍を免れることができるのだが、貧乏していて意のままにならない。今日から私に肥えた牛を食べさせて欲しいのだ。十頭でも平らげたら、禍を免れることができよう」

と答えた。郡守はこれを承諾した。

堂叔は毎日牛を引かせて連れて来させ、それを目の前で屠らせると、血を飲んだ。それから、また肉を手にとって血をすすり、その肉の色が白くなると、捨てた。連日、このようにして、郡守に頼んだ。

「数日すれば、一人の僧がやって来て、私が来たかどうかを尋ねるはずだ。しばらくのあいだは、来ていないと答えて欲しい。僧がもし信じなければ、私が期日を書いた手紙をここに置いておくので、それを見せて欲しい」

郡守が承諾した。果たして、数日後、門番が告げた。

「江原道の五台山の僧がお会いしたいと言って来ました」

僧を通すように言って、入って来た僧を見ると、まさに獰猛な顔をした強壮な僧である。ずかずかと入って来て、礼をするなり、言った。

「春川の李生はいるのか」

郡守が答えた。

「用事があって、しばらくは来ないようだ」

僧が、

「小僧とここで会うと懇ろに約束したはずなのだが、期限が来ても来ないのは、はなはだ訝しい」

と言うと、郡守は置手紙を示して、

「この手紙に事情が書いてある。これを見るがいい。李生が来る日も書いてあるはずだ」

と言った。僧はその手紙を読み終わると、帰ることにして、

「出直して、某日にかならずやって来よう」

と言って、門を出て行った。

郡守は僧が何者なのか不思議に思い、やって来た堂叔に尋ねると、堂叔は答えた。

「あの僧は私を殺そうとしているのだ。ところが、私の気力がまだ充実せず、あの僧と闘うことができない。そこで、あと十日ほど経って調子を整えることができたなら、そのときはあの僧と力較べをしようと思うのだ」

その期日になった。僧がやって来たが、堂叔はすでに座っている。僧がずかずかと進んで、堂叔の来否を尋ねたので、堂叔は扉をさっと開いて、言った。

「私はすでに来て、お前を待っていた」

僧が冷笑しながら、言った。

「来ていたのか。それでは外に出ろ」

堂叔は腰から鉄鎚を取り出して堂から下り、僧と向かい合って立った。僧もまた小槌をもって向かい合い、激しい打ちあいが始まった。しばらくすると、ともに二つの白虹と化し、天の涯まで昇って、ただ空中から鎚を打ち合う音だけが聞こえて来る。そうして、しばらくして、堂叔が鎚をもって空中から落ちて来た。仰向けになってまるで死んだようであったから、人びとが驚いていると、堂叔が瞬きをして、近づくなと人びとを制した。すると、今度は僧が雲の中からまた鎚を手にして落ちて来たが、それは鷹が雉を襲うような様子で、堂叔に打ちかかろうとした。堂叔は臥したまま鎚を振り上げて僧の頭を打ち砕いた。僧侶はばったりと地面に倒れ伏した。

堂叔は喘ぎながら、言った。

「私とこの僧はいつも力較べをしていたが、私の力が弱く、いつも叶わなかった。今日もまた僧に負かされるところであったが、臥鎚の法を使って、幸いにも彼が知らずにのしかかって来るのを打ち殺すことができたのだ。僧がもしこの法を知っていて、横ざまに襲ってきたら、私はきっと死んでいただろう。これ

も また運数なのだろう」
数日のあいだ留まって、堂叔は帰って行った。豊川の郡守は僧の来歴を尋ねたが、それには答えなかった。堂叔は春川の山の麓に隠居したのだった。

▼1【李源】『朝鮮実録』正祖十三年（一七八九）十二月に、李提督の孫、行副護軍の李源の名前が見える。壬辰の倭乱の際に明の将軍として援軍を率いて来た李如松の子孫としてわが国にやって来た。これを優遇しないわけにはいかないと述べている。

第五〇話……英祖の私廟の行啓に反対した趙重晦《チョジュンフィ》

英祖がしきりに毓祥宮（第四四話注2参照）にお行きになるので、判書の趙重晦《チョジュンフィ》▼1が台臣として上疏した。歳時に宗廟の謁見を行なわず、私廟に行かれるのは、礼に背くという内容であった。王さまは大怒なさって、すぐに歩輦《ほれん》で興化門を出られたが、このとき、突然のことであったから、侍する臣下と護衛する兵も整わなかった。夜、照峴を過ぎて毓祥宮に到着すると、涙を滂沱と流しながら、おっしゃった。

「私が不肖なため、辱めが亡き母親に及んでしまった。これからどんな面目でふたたび臣民を治めることができようか。私はここで自殺することにしよう」

兵士に命じて、槍を執ってわが身を囲ませ、大臣以下ただの一人も出入りを許さなかった。もし出入りを許してしまったなら、大将が軍律を科して処刑するように命じて、

「八十歳の老人が氷の上に座っていれば、久しからずして死ぬであろう」

とおっしゃり、手足を雪と水の混じり合った前の池に浸された。季節は早春で、池の氷はまだ融けていなかった。このとき、百官が後を追ってやって来たが、制止されて、中には入れなかった。世孫（正祖）は

一人で侍立して、頭を地面に打ち付け、泣きながら、お諫めになったが、ついにお聞きいれにならなかった。しばらくすると、玉体がお震えになったので、世孫が涙を流しながらお帰りになるようお諫めになったが、王さまはおっしゃった。

「趙重晦の首を斬って私の眼の前に持ってくれれば、私は宮廷に帰ろう」

世孫はすぐに門を開けて出て、大臣を呼んで命令なさった。

「趙重晦の首を斬って持って来い」

このとき、宰相の金相福《キムサンボク》[2]が後衛の外に一人で立っていて奏上した。

「趙重晦には首を斬るだけの罪がありません。どうして厳しい罰を下して、罪のない人間を殺そうとなさるのか。今、殿下にお願いします。どうか力を尽くし、誠を尽くして、王さまのご意志が変わるようになさってください」

世孫はさらに泣きながら、ふたたび命じた。

「宗社の危険が切迫しているのに、大臣はどうして重晦の命を重んじて、王さまの命令を聞かないのか」

金宰相が答えた。

「これは王さまの行き過ぎが原因なので、ただそれを指摘した言官をどうして殺すことができましょう。私はたとえ死んでも、このご命令には従えません」

上下がたがいに固執したので、王さまが命令を下して、おっしゃった。

「趙重晦をしばらく斬ってはならない。まずは庭請[3]して啓上するようにせよ」

そこで、右相が他の臣下たちとはかって草案を作り、王さまの上覧に入れた。王さまはこれを見て破り、地面に投げ捨てられた。

「これが啓辞[4]か。趙重晦の行状を述べただけではないか」

大臣たちが草案を改め、刑罰を定めて、啓上した。王さまは普通より三倍の速さで済州道へおもむくようにと流配を命じ、即日に還宮なさった。還宮なさるとすぐに、趙重晦は済州島に至る前に釈放するという命令が下された。

▼1【趙重晦】一七一一〜一七八二。英祖および正祖のときの文臣。字は益章、諡号は忠献。大司憲を経て正言に到り、英祖の私廟への行次を諫める事件で免職されることがあった。後に兵曹・礼曹の参議、大司憲・都承旨・吏曹参判などを歴任した。

▼2【金相福】一七一四〜一七八二。英祖および正祖のときの文臣。字は仲叟、号は稷下。若いころから度量が大きく、文章が優れていることで名が高かった。顕官を歴任して領議政に至った。英祖・正祖の二代に仕えて、その清廉な人となりで知られた。

▼3【庭請】世子（孫）と議政が百官を率いて宮中に至り、大事を啓上して、王の判断を仰ぐこと。

▼4【啓辞】罪人の罪を論じて王さまに上奏する書類。

第五一話……李鼎輔《イチョンポ》が出会った異人

判書の李鼎輔《イチョンポ》▼1が副学であったとき、父親の喪に服することになった。ある日、湖北の先祖のお墓に参ろうと出かけたが、長男が病気になったという知らせがあったので、あわてて道を引き返した。省草浦の酒幕に至ったときにはすでに日が暮れていて、魚の商人十人余りがすでに酒幕に入っていた。

李公は奥の小さな部屋に居所を決めた。夜が更けたが、月が明るく、眠れずに起きていた。一人の商人が扉を開いて出て行き、小用を足しながら、夜空を見上げ、同伴の商人の字を呼んだ。

「某よ、出て来い」

一人が出て来ると、大空を仰ぎながら向かい合って座り、星辰を指さして言った。

「畢星が某の星を犯している。明日の午後にはかならず大雨になって、数日のあいだ、降りやまない。早く出発して某川を渡るに越したことはない」

相手の男も、夜空を仰ぎながら、

「まったくその通りだ」

と言った。そして、たがいに応酬していたが、一人が尋ねた。

「今日、守令の一行に出会ったが、お前は知っているか」

「霊光の守令だと聞いたが」

「あの人物をどう見たか」

「風儀は立派で秀でていた」

「その顔に凶の相は出ていなかったか」

「十年後には車上で舞を舞うことになろう。これは極めて凶の相だ」

「それなら、この酒幕に同宿している喪に服した旅人はどうか」

「極めて貴人の相が出ている。思うに、貴人となって宰相の班列に昇る人物であろう」

「しかし、その眉間に何か妙な気運がなかったか」

「その形象ははなはだ優れていたが、子宮に妙な兆しが現れていた。おそらくは独り子の病を聞いて帰る道であろうが、しかし、昨日の午後にはすでに手遅れになっていた。だから、後継ぎがいないことになるだろう。それが相に出ているのであろう」

李公はこれを聞いて訝しみ、扉を開けて見ると、二人はすでに部屋の中に入っていて、鼾をかく音がまるで雷のようであった。李公が大声を張り上げて、

「いま話をしていたのは、いったいどなたなのか。是非、お会いしたい」

と何度も叫んだのだが、ついに応答がなかった。

まもなく、一番鶏が鳴いたので、旅人はみな起きて、朝食を摂って出て行った。李公もまた馬に秣を飼い、出発した。昼過ぎになって、果たして大雨になり、川があふれて、数日のあいだ、旅人は渡れなくなった。家にたどり着くと、果たして息子は死んでいた。あのことば通りだった。

霊光の守令というのは申致雲《シンチウン》[2]のことである。乙亥の年（一七五五）に反逆を企んで誅殺された。

▼1【李鼎輔】一六九三〜一七六六。英祖のときの文臣。一七三二年、文科に及第、司憲府持平であったとき、英祖が士禍にこりて、各党派から登用しようとしたが、それに諫言をして辞職した。後に復帰して、吏曹・礼曹の判書となった。職責に忠実で人におもねることもなかった。四六文をよく書いた。

▼2【申致雲】一七〇〇〜一七五五。朝鮮後期の文臣。一七二三年、増広文科に丙科で及第。少論の新鋭として老論の追い落としの先頭に立ち、死んだ宋時烈を非難する上疏をして罷免された、以後、復職して顕職を歴任したが、一七五五年に羅州掛書事件（第一六一話注1参照）に連座して流されて処刑された。

第五二話……捨てられた前妻の子どもたち

北関のある男が妻を亡くしてふたたび妻を娶ったが、その後妻というのが邪悪な女で、前妻の子どもたちを嫌って虐待した。その息子と娘が苦痛に堪えられず、たがいに手を執って家を出た。娘は十二歳であり、息子は十三歳であった。兄は妹を死んだ母親の家に預け、ソウルに向い、そこに住んでいる親戚の家を頼ろうと思った。旅立ちを前に、妹に離別の詩を作って与えた。

同じ運命の舜王は怨んで叫ぶことがなかったが、
王子の悲しい歌を歌って行く道は暮れなずむ。
往き、別れるのは常のこと、どうすることもできないが、
死に、生きるのは命があり、憐れむべきはわが身の上。
遠い空には孤雁が群れを離れて下って行き、

古木には一つがいの烏が雛に餌を与える。
日が暮れて、ソウルはいずこ、
薄暗い前途をいったい誰に尋ねよう……
（烝烝大舜不怨号、王子悲歌亦暮途、
去住殊常無奈爾、死生有命可憐吾
遠天独下離群雁、古木双啼反哺烏
日下長安何処是、稀微前路問征夫、云々）

詩語ははなはだ凄然としていた。私はかつて平壌にいて、この話を聞いたのだ。

第五三話……方外の人、趙泰万《チョテマン》

侍直の趙泰万《チョテマン》▼1は泰億《テオク》▼2の長兄である。人となりが落拓不羈《らくたくふき》と言うべきで、方外の人として身を処し、官職を捨てて仕えなかった。泰億が兵曹判書となると、わざわざ夜禁を犯し、捕まえられようと思って、巡羅をする郷軍をそそのかして、言った。

「私の弟の泰億が角峴の兵曹判書の家の門の下にいるはずだ。ちょっと行って、『泰億よ、お前の兄さんの泰万が巡羅に捕まってしまった』と言うがいい。そうすれば、酒代をはずんでやろうじゃないか」

そうして、まず二三盃分の酒代を与えた。郷軍がそのことば通りに兵曹判書の邸宅に行き、

「泰億よ」

と大声で呼んだ。兵曹判書の趙泰億は大慌てで出て来た。

▼1【趙泰万】一六七二～一七二七。字は済博、号は古朴斎。一七一七年に学行によって敦寧府参奉に任じられたが就かず、一七二二年にもふたたび任じられたが、このときにもこの職に就かず、世子翊衛司の侍直に任命された。一七二四年、その言動に無礼なものがあるということで停職になった。

▼2【泰億】趙泰億。一六七五～一七二八。英祖のときの文臣。字は大年、諡号は文忠。十九歳で進士に合格、一七〇二年には文科に及第した。顕官を歴任して、一七〇九年には通信使として日本に来たこともある。左右議政となり、領敦寧府使にまで至って死んだ。一七七六年には官爵を追奪されている。

第五四話……李益著《イイクチョ》の奇行

李益著《イイクチョ》▼1は義城の守令であったが、ある日、宴会を開いた。季節は夏であったが、折りしも一陣の風が吹いた。益著は急に音楽を止めさせ、突然、席を立った。巡察使を振り返って、南倉から銭五千両を借り出すように頼んで、その年の麦を買ったが、時価ははなはだ安かった。麦を買って各洞に封じて置き、洞任に守らせた。

七月の初夜に忽然と眠りから覚め、官童を呼んで、後庭の草を一本引き抜いて来させて、これを見ながら、「やはりそうだったか」とつぶやいた。次の日の朝になってみると、大霜が降りて、草木はみな萎んでしまった。この年の秋には嶺南一道では野に青い草はなく、すっかり赤い地肌を露わにしていた。穀物の値は高騰して、麦一石の値が、夏の初めには三、四十銭に過ぎなかったのが、その後にはぐんぐん上がって三百銭余りまで騰貴した。益著は蓄えておいたその麦で飢えた人びとに振恤《しんじゅつ》する一方、売り払って南倉に金を返した。益著には風を占う能力があったのである。

後になって、隣の邑に移ったが、趙顕命《チョヒョンミョン》（第四四話注1参照）がこのときの巡察使であった。益著が挨拶のために行くと、出て来た趙顕命は髪の毛を整えていず、乱れた髪の毛が網巾の外に出ている。益著が退出すると、顕命は益著を招き入れた役人を怠慢だと、散々に叱りつけている。益著はふたたび面会を乞い、顕命に謝罪した。

「私は年老いて気力も衰え、髪の毛も整えらえていないあなたに見《まみ》えました。まことに申し訳ありません。このようでは、どうしてこの職を全うできましょう。できれば、免職するよう啓上なさってください」

巡察使が言った。

「尊丈《そんじょう》には先ほどのことで、そのようなことをおっしゃるか。これはどうでもよい体礼間のことではないか。どうしてそこまでする必要があろう」

益著は言った。

「下官として上官に仕える体礼を知らず、どうして一日でも職分を務めることができましょうか。すぐにでも免職の啓上をなさってくだされば、幸いです」

巡察使が言った。

「そうすることはできない」

益著が色を正していった。

「使道はついに承諾なさいませんか」

「決して承諾することはない」

益著が言った。

「使道は下官に怪しからぬ振る舞いをなさった。まことに悲しいことです」

そうして、下人たちを振り向いて言った。

「私自身の冠と道袍を持って来い」

今までの冠を外し、帯を解き、印の紐をほどいて巡察使の前に置き、そして大いに叱りつけた。

「私は印の紐を佩びていたために、あなたに腰を屈したが、今は印の紐を解いた。お前は私の友人の幼い息子ではないか。私はお前の老いた父親と、竹馬の交わりを結んだ。いっしょの枕に寝て、いっしょに遊び、先に嫁を貰うことになった者が新婦の名をまず知らせる約束をしたのだ。お前の父親が私より早く結婚することになったので、私のところにやって来てお前の母親の名を伝えてくれたことばが、いまもなお私の耳には残っているぞ。お前はお前の父親が死んで久しくなり、私にこのように応接したが、それでは父親を忘れる不肖の息子と言わねばなるまい。頭髪を整えないのが、上官・下官の体礼とどんな関わりがあろうかだと。私は年老いても死なず、口腹を満たすために、今やお前の下官になっている。お前がもしお前の亡き父親のことを考えれば、私をあえてこのように扱うことがあったろうか。お前は犬や豚にも劣るやつだ」

言い終えると、冷笑しながら出て行った。巡察使はしばらくのあいだことばもなかったが、後について行き、ねんごろに乞うた。

「尊丈にはこれはどうなさいましたか。わたくしはまことに大罪を犯しました。申し訳ありません。申し訳ありません。どうか辞職などなさらないでください」

益著が言った。

「公堂で、下官の分際で上官を叱りつけて恥をかかせました。どのような面目があって吏民に向き合えましょう」

こうして衣を払って起って行った。顕命はやむをえずに免職の啓上をした。

▼1【李益著】『朝鮮実録』粛宗二十一年（一六九五）十一月に義城県令の李益著が鋳銭のことで意見を述べた事が見える。また同三十四年（一七〇八）二月には暗行御史（第一二話注2参照）の報告があって、羅州牧使の李益著の民政が評価を得ているが、逆に四十三年（一七一七）七月には安東府使の李益著が疵政をもって罷免されている。

第五五話……寡婦となった娘を再婚させた宰相

ある宰相に一人の娘がいたが、結婚して一年にもならないのに夫が死んでしまい、寡婦として実家の父母の側で暮らしていた。ある日、宰相が表の部屋から奥の部屋に入って見ると、娘が奥の方で化粧をしながら鏡に自分の顔を映していたが、いきなりその鏡を投げ捨て、顔をおおって大声で泣き出してしまった。宰相はその姿を見て、わが娘が不憫になり、表の部屋に戻って座し、食事のあいだも一言もなく、黙然としていた。そのころ、たまたま親しく宰相の家に出入りする武人がいて、家もなく、妻もいず、歳はまだ若くて強壮な人物であった。ちょうど訪ねて来たので、宰相は人を遠ざけて、この武人に言った。

「君の身の上ははなはだ困窮しているように見えるが、私の婿になってはくれまいか」

武人は驚き、そわそわしながら、言った。

「これはいったいどういうことでしょう。おっしゃる意味がわからず、ご返事ができかねます」

「冗談を言っているわけではない」

そうして、櫃の中から銀子一封を取り出して与えた上で、言った。

「これを持って行き、強壮な馬と輿を買い、罷漏《ひろう》[1]になった後、わが家の後門の外で待っていて欲しい。絶対に時を失さないで欲しい」

武人は半信半疑ではあったが、銀子を受け取り、輿と馬を用意して、約束した時刻には後門の外で待っていた。すると、暗闇の中から、宰相が一人の女子の手を引いて出て来て、輿の中に入れてから、言った。

「北関に行って、そこで暮らせ」

武人はその曲折を知らないまま、宰相のことばのままに、輿を従えて城外に出て行った。

宰相は中に入って行って、哭を上げた。

「わが娘が自殺してしまった」

家の中の人びとはおどろき慌て、みな哭を上げたが、宰相は続けて言った。

「娘は平生誰にも顔を見せなかったから、私が死体を棺に納めることにしよう。たとえ兄弟であっても中に入って来てはならない」

そうして、宰相一人が衾をくるんで死体をよそおったものを棺に入れ、初めて舅の家に娘の死を知らせた。棺を舅の家に送って、舅の家の先山（墓）の下に葬らせた。

何年かが過ぎて、宰相の息子の某が暗行御史（第一二話注2参照）として北関に出かけた。あるところにたどり着いて、ある家に入っていくと、主人がこれを迎え入れてくれた。この家には二人の子どもがいて、かたわらで読書をしていたが、その容貌が田舎育ちに似ず秀麗である。そうして、自分の家系の顔立ちにすこぶる似ている。心の中でしきりに不思議に思った。日が暮れて、夜になり、疲労してもいたので、その家に宿をとることになった。

夜が更けて、奥から一人の女子が出て来て、いきなり手を取って泣き出した。驚いて、よく見ると、すでに死んだはずの妹ではないか。ひとしきり驚き、いぶかしんで、尋ねてみると、父親に言われるままに、夫となった人とこの地で暮らしていること、二人の子まで生したことを、話した。先ほどの子どもは、その子どもだったのである。御史は口をつぐんで空を仰いだ。積もる話をして、夜が明けると、御史はその家を辞去した。

復命をし終えた後、家に帰り、夜になって、父の宰相に侍して座ったが、他に人気もなく静かだったので、御史は声を潜めて父親に切り出した。

「今回の旅行では、不思議なことを目にしました」

宰相は目を見張って熟視していたが、何も言わなかった。息子もそれ以上は詳しく言うこともなく、退室した。

この宰相の名前は記さないでおく。

▼1【罷漏】夜明けの七つ頃、大鐘を三十三回打つこと。それを合図に夜間の通行禁止を解除した。

第五六話……洪国栄《ホンククヨン》の薄徳

李観源《イクァンウォン》▼1は判書の鼎輔《チョンボ》▼2の養子である。学問があり、早く司馬試に合格したが、はなはだ鼻っ柱が強く、どこか傲慢なところがあった。洪国栄《ホンククヨン》▼3はその妻族であり、五寸の甥であったが、人となりが軽薄で堅実さに欠けていた。観源はかつて一度も国栄とまともに顔を合わせたことがなく、国栄が挨拶に来ても、うなずくだけであった。国栄は子どものときからこのことを恨み、激しく観源を憎んでいた。

丙申の年（一七七六）になって、獄事▼4が大いに起こり、観源の妻の父の洪啓能《ホンケヌン》▼5が捕えられ、死刑になった。国栄が観源もまた謀議に参与したので捕縛すべきだと主張して、観源もまた捕まった。王さまから、

「お前はお前の義父である洪啓能から学問を学んだのか」

と尋問があった。それに対して観源は、

「この身は文字をあらあら解するだけで、義父に学んだというのは、まったく不当であります」

と述べた。そこでふたたび、

「お前はどうして義父とともに『書伝』の太甲篇▼6を論じたのか」

と尋問があって、

「このたびは故あって、義父の顔を見ることもできませんでした。どんな暇があって、『書伝』などを論じることができたでしょう」

王さまはさらに拷問して、事実を明らかにするようにお命じになったので、観源は泣きながら申し上げた。

「この身の罪はたとえ殺されることも厭いませんが、義父は王家の臣下です。この身がたとえ死んでも、

義父の跡継ぎが絶えないようになさってください」

王さまはこれを聞いて哀れにお思いになり、刑を止めるよう、お命じになった。

「李観源はそのことばを聞き、その顔を見れば、容赦することができなくもない。特に島に流配することにする」

李観源がただちに南門の外に出て、行装をととのえ、まさに謫所に出発しようとしたとき、妻の洪氏が先に客店で待っていた。観源は妻を見て涙を流して、言った。

「お前は死のうとしているのではないか」

洪氏は色をなし、襟を正して答えた。

「わたくしの実家のことがこちらの家にまで累を及ぼして、あなたはこの境遇に陥りました。わたくしがたとえ粉骨砕身してここで死んだとしても、この罪を償うことはできません。しかし、天の極みの奥深いところであっても、日が照らさないところがないように、天下に二つとない冤罪であっても、かならず罪を晴らして恨みを雪ぐ日が来るものです。わたくしは生きることだけを考えて、この罪を晴らして怨みを雪ぐ日を待つつもりです。どうして軽率に死になどしましょうか。わたくしは心の中に深い悲しみを抱きつつも、あなたは古人の書物を読んでいらっしゃって、つねに言行が符合しますので、わたくしはあなたをいつも敬服しておりました。しかしながら、今日のあなたを見ますと、茫然自失してしまいます。堂々たる大丈夫でいながら、どうして女子どものように、このようにお泣きになるのですか」

この妻のことばを聞いて、観源は涙をぬぐって、謝罪した。妻は旅の前途の加護を祈るだけで、他のことはなにも言わなかったが、やがて立ち上がって、暇を請うた。

「長らく座していて、いたずらにあなたの心を乱してしまいました。今はお別れすることにしましょう」

妻は門の外に出て、もう夫を振り向くことはなかったが、その輿に付き添う婢を呼んで、頼んだ。

「お前は御主人の謫所までついて行って、お世話をするのだ」

婢女が泣きながら言った。

「わたくしにも夫がいます。どうして離れていくことができましょうか」

洪氏が叱りつけて、言った。

「私がご主人とお別れするのに、お前がどうして夫と別れることができないなどというのか。私の言う通りにするのだ」

続いて、一通の手紙を書いて封をして、婢にわたして言った。

「謫所に到着したら、この手紙をご主人に渡すのだ」

婢はやむをえず旅の用意をして、謫所について行った。謫所に着いて、渡された手紙を開いて読むと、

「この婢は素行が良好で、衣服と食事の節次を知っています。側室としてお使いください」

とあった。観源は手紙を見ながら泣き、妻のことば通りに、婢をそばで使い、二人の子どもまでなしたのだが、この子どもたちは幼くして死んだ。

辛亥の年（一七九一）になって、王さまは李健源《イコンウォン》[7]を注書に任命されたが、これはまさしく観源の兄であった。健源は宮廷の外で席藁待罪[8]を行なって、この任命に応じなかった。王さまは厳粛に職に就くようにふたたびお命じになったが、その命令にも応じなかったので、王さまはさらにおっしゃった。

「先の職に辞任を申し出たが、そのようなことは大臣以外にはすべきことではない。李健源は臨時の職にありながら、どうしてあえて辞退するのか。来月、万戸に任命するようにふたたび命じるので、今度はすぐに朝廷を出て行くがよい」

健源が宮廷に暇を告げるとき、王さまはおっしゃった。

「お前は弟に会ってもいいのだぞ」

これは観源が流された島が近くにあるのをご存知であったからであろう。

健源は任地におもむき、弟に会った。互いに抱き合い、慟哭をして、ともに聖恩に感謝した。その後、観源が疫病を患ったので、健源はかけつけてこれを看護した。そのために、健源も感染して、兄弟ともに死んでしまった。ああ、何とも悲しいことではないか。

李判書の妾は全州の妓生であったが、国栄は若いとき、いつもこの妓生のところで髪の毛を整え、洗面するのを習慣としていた。この妓生が年老いて、判書の息子の観源の家に養われていて、現在の窮状を考えて、夜中に国栄の家に行き、救ってくれるように頼もうとしたが、暗闇に阻まれて門に入ることができなかった。夜が明けて、この年老いた妓生は国栄が宮廷へ参る道に出て、国栄の乗った輿に向って、言った。

「令監、令監はどうしてわが大監のお宅を滅亡させようとなさっているのでしょうか」

国栄はこれを聞いても、聞こえないふりをして、追い払うように命じた。左右の軍卒が追い払おうとすると、老いた妓生は天を仰いで慟哭して言った。

「天はきっとご存知だ。国栄はいつの日かきっと誅殺されよう」

国栄は入朝して、観源の妻の洪氏が路上で侮辱したと虚偽を申し上げた。洪氏はこれによって豊川に流され、帰還が許されないまま、そこで死んだ。

▼1【李観源】『朝鮮実録』正祖元年（一七七七）八月、李観源は洪啓能の婿である故に絶島散配すべきだという旨の記事がある。また、つづく九月には、啓能の娘で観源の妻は街道にに出て朝臣たちを侮辱し、ほしいままに国家に怨みを述べているので、遠流にすべきだという記事が見える。

▼2【鼎輔】李鼎輔。一六九三〜一七六六。英祖のときの文臣。字は士受、諡号は文簡。一七三二年、文科に及第、顕官を歴任して、吏曹、礼曹の判書にまで至った。

▼3【洪国栄】一七四八〜一七八一。正祖のときの勢道家。字は徳老。一七七二年、文科に及第して翰林に入り、春坊説書を兼ねた。時の権臣である鄭厚謙・洪麟漢などが東宮（後の正祖）の地位を脅かしたが、これを防いで無事に即位させた。その功で正祖の寵を受けて都承旨兼禁衛大将に任命されて政治の決定権を握る一方で、妹を入内させて宮中においていわゆる勢道政治を始めた。一時期、その権勢は王をもしのぐほどであったが、後に正祖は輿論の帰趨と金鍾秀らの直言を受けて、国栄の官職を奪い、江陵に流した。国栄はそこで死んだ。

▼4【獄事】一七七六年、正祖が即位して、洪国栄が都承旨に任命され、鄭厚謙・洪麟漢などを殺して勢道をふるい始めた事件を言う。

▼5【洪啓能】?～一七七六。朝鮮後期の文臣。号は莘渓。一七五〇年、右議政の鄭羽良の推薦によって登用され、一七六三年には世子侍講となったが、人となりが粗暴だとして免職になった。後に復帰して、他の豊山洪氏が時派を起こして世孫（後の正祖）を保護しようとすると、僻派の洪麟漢とともにそれに反対し、正祖が即位するとともに下獄して死んだ。息子の信海と甥の履海もともに殺された。

▼6【『書伝』の太甲篇】成湯の嫡長孫であり太丁の子の帝太甲は暴虐が目に余り、伊尹は彼を桐宮に幽閉した。その甲斐あって帝太甲は徳を修め善政を施すようになったので、諸侯は周に帰服した。伊尹はこれを喜んで太甲訓三篇を作ったとされる。英祖の孫である正祖はわが身を帝太甲に比して、太甲篇の議論を忌んだかと思われる。

▼7【李健源】『朝鮮実録』正祖即位年（一七七六）十月、召試に病気と偽って応じなかった旨が見える。同じく十七年（一七九三）四月、朝野静謐で、それを支える臣下の名前を列挙する中に李健源の名前が見える。

▼8【席藁待罪】門前でわらむしろの上に座って処罰を待つことだが、かえって示威運動になる場合もある。

第五七話……洪鳳漢《ホンポンハン》を陥れた金亀柱

翼靖公・洪鳳漢《ホンポンハン》▼1は私の高祖父▼2の第二の婿であった。恵嬪▼3は平洞の昔の私どもの家で誕生して、わが家で成長されて入宮されるに至ったが、晩年にはいつもわが家がなお昔のままであるかどうかと下問なさったものだった。洪公は科挙に及第した後、英祖の恩寵を賜って重用され、権勢を握って数十年のあいだ、その子弟たちも順に科挙に及第して、門戸の威勢は光り耀いたのだった。

金亀柱《キムクィジュ》▼4もまた王家の外戚として洪家と対立して、猜疑と嫉妬の心から、人びとの歓心を得ようとまるで下流の者のように振る舞い、貧しいソンビたちで婚礼や葬礼の費用をまかなえない者がいれば、進んでそれを用立ててやった。そのため彼の声望はとみに高まった。

参判の金光黙《キムクァンムク》▼5が正言であったとき、洪鳳漢を訪ねたことがある。そのとき、鳳漢は奥の部屋に入っていて、下人が来訪をすぐに告げなかったので、光黙は長く待たされてしまった。光黙は怒りがこみ上げてきて、鳳漢に会うこともなく、帰って来てしまった。このときから二人のあいだには溝ができ、光黙はついには金亀柱の側につくことになってしまった。その後は金鍾秀《キムジョンジュ》▼6などの人びとと組み、「攻洪十八学士」と呼ばれるようになり、その中では激しい論議がなされた。みなは亀柱を領袖と見なして、このときから党派に分かれて対立した。ソンビの中で老成した人びとの議論というのは、恵嬪が孤立して危殆に瀕するので、洪鳳漢を排斥すべきではないというものであり、それらの人びとは「洪党」と目された。こうして北と南に分かれて二つの党派は激しく争った。

亀柱はソンビの中に鳳漢を排斥する上疏を行う人物を探していた。そのとき、清州のソンビで韓鍮《ハンユ》▼7という者が『裕昆録』▼8のことで上京して上疏をしようとしているところであった。この韓鍮というのはまことに邪悪な人物であったが、亀柱はこの人物と親密になり、家の後ろの山にある亭に留まらせ、あたかも燕の国の太子の丹が荊卿▼9を礼遇したように丁重に応接した。亀柱はいつも洪を攻撃すべきことを話したが、鍮は、

「わたくしは別の用事で上京したのです。あの者とわたくしのあいだにはいまだかつて憎み合う理由もなく、今や首相の職責にある人物を、わたくしがどうして上疏などできましょうか」

と言うのみであった。亀柱は、

「そうか、ただ君がどう思っているか聞きたかっただけだ」

と言って、この話は切り上げた。

ある日、洪鳳漢が金亀柱を訪ねて来た。すると、家の後ろの方の亭で音がする。そこで、鳳漢が尋ねた。

「後ろの亭に誰かいるのですか」

「清州の韓鍮という人が来ています。東方第一のソンビとも言うべき人物です。私がわが家に迎えて、し

ばらく留まってもらっているのです」

「あなたも私も同じような王家の外戚ではないか。どうしてソンビを食客として引っ張り込む必要があるのかな」

そうして、しばらくいて、帰って行った。

翌日、亀柱は一人の下人を鳳漢の下人に仕立て、自分がいる席にやって来て、かくかくしかじかと伝えるようにと命じた。そうして後、韓鍮とともに山亭で酒を酌み交わしていると、先ほどの下人がやって来て、旦那さまはどこにいらっしゃるのかと尋ねた。亀柱がそれに対して、

「いったいどこから来たのだ」

と尋ねると、その下人は答えた。

「私は国洞の領相宅の下人です。大監の伝言を持ってきました。『昨日、奉常慰の夜のお見舞いはいかがだったでしょうか。また昨日、言わなかったでしょうか。私とあなたは同じく外戚であって、互いにいかがわしい食客を引っ張り込む必要はないはずだ、と。しかも、清州の韓鍮なる人物は奇怪なる輩で、久しく都に留めるべきではない。すみやかにこれを都から追い出すべきです』ということでした」

韓鍮はこれを聞いて、勃然と大怒した。顔色は青く、また紅く変わって、そして上疏文を書かせて欲しいと請うた。主人の亀柱はこれを止めようとはしなかった。上疏文を書き上げた鍮は、怒髪が冠を貫き、袖を払って立ち上がって、左の脇に斧を差し挟み、右の脇には草の薦をもって、駆けて宮廷の門の外に至った。そうして、上疏した。

「洪鳳漢の頭を斬って、鬼神と生きている人びとに謝してください。お願いします」

王さまは、即刻、韓鍮を罰されたが、その後また、沈懿▼10の上疏があった。上疏を奉るのは大体において死を覚悟した「死党」とも言うべき人たちである。亀柱がそそのかして上疏するよう仕向けたのである。

▼1【洪鳳漢】一七一三～一七七八。一七四四年、文科に及第、顕官を歴任して、官職は領議政に至った。父

の英祖に処刑された思悼世子の舅であり、正祖の外祖父に当たる。英祖の継妃である貞純王后金氏の兄である金亀柱一派と勢力争いをした。英祖の中期以後、金亀柱が中心となる南党に対立して北党の中心人物となる。

▼2【私の高祖父】李濮。一六七〇〜一七二七。朝鮮後期の文臣・学者。号は韓州。本貫は韓山。廷竜の子。兄に澳・澤・浹などがいる。一六九九年、生員となり、一七〇三年、蔭職で穆陵寝郎となった。一七二五年には増広文科に乙科で及第した。漢城府右尹を経て黄海道観察使となり、民政に力を尽くしたが、任地で死んだ。本書『渓西野譚』の編者である李羲準あるいは羲平の高祖父に当たる。

▼3【恵嬪】一七三五〜一八一五。洪鳳漢の娘、恵慶宮洪氏。母親は李氏で、『渓西野譚』の作者の李羲準とは姻戚関係にある。英祖の子の思悼世子と結婚したものの、一七六二年には思悼世子は父の英祖によって処刑される。その後、思悼世子とのあいだの子を王位につけ（正祖）、またその子を王位につける（純祖）。彼女が一生を振り返って書いた『閑中録』は韓国文学史上の傑作である。

▼4【金亀柱】?〜一七八六。英祖のときの僻派の頭領。少年のときから文章に名が高かったが、姉妹が英祖の後宮に入るに及んで驕慢の振る舞いが多くなり、金尚魯・申晩などと謀って世子に禍を起こし、世孫も廃する手段を企てて、世孫の外戚である洪鳳漢と対立して斥けた。しかし、正祖が即位するに及んで失脚、流配されて死んだ。

▼5【金光黙】『朝鮮実録』英祖四十三年（一七六七）十月、「金光黙ら十人を取り、榜を放つ」とある。「榜」は合格者を発表する掲示板であり、「榜を放つ」とは合格発表をするという意味である。また正祖二十四年（一八〇〇）四月の朴吉源の上疏に故参判の金光黙の名前が見え、参判まで昇ったことがわかる。

▼6【金鍾秀】一七二八〜一七九九。正祖のときの権臣。字は定夫、号は真率・夢悟。一七六八年、文科に及第して官途につき、王世孫（後の正祖）の侍講となった。このとき、彼の外戚の政治関与を排する清名論が王世孫に深く感銘を与えた。右左議政まで至った。死後になって、金亀柱・沈煥之などと党派を組んで自己の利益を謀ったとして官職を追奪されたが、すぐにまた回復された。

▼7【韓鑰】清州の儒生。一七七〇年、洪鳳麟は逆賊であり、伏してこれを斬ることを請うと上疏し、そのことから洪鳳麟は官職を奪われた。

▼8【『裕昆録』】英祖は、古来、党派の争いが国家を滅ぼすことになった例を列挙して、一冊の書物にまとめ、

『厳隄防裕昆録』として刊行を命じた。
▼9【荊卿】秦王政（後の始皇帝）の暗殺を企てた荊軻のこと。
▼10【沈懿】未詳。韓鍮の讒訴にかかわった人として沈儀之という人物がいて、『朝鮮実録』英祖四十六年（一七七〇）四月に、儒生の沈儀之を海南島に流した、儀之は韓鍮と親密に交わったとある。また英祖五十一年（一七七五）十二月に副司直の沈翔雲が外戚の弊害について上疏していることが見える。この外戚は洪氏を指すことになる。

第五八話……孝宗が使った投壺

英祖は春坊▼1に出向かれ、春坊と桂坊▼2の官員たちに御前に出て来て経典について議論するようにお命じになり、重ねて次のようにおっしゃった。

「今日はたまたま閑暇で大事もない。お前たちはそれぞれ世間話でもして、私を笑わせてくれないものか」

臣下たちが順に出て話をすることになったが、このとき、洗馬の李運永《イウンヨン》▼3が御前に出て来て、申し上げた。

「わたくしどもの桂坊では、最近、大きなもうけ物がありました」

「いったいどういうことだ」

「春坊には以前から投壺▼4がありましたが、桂坊にはありませんでした。そのため、わたくしどもは桂坊を経て守令になった者たちに手紙を送り、銭百両を渡して、新たに投壺を作ってもらったのです。ところが、先だって、春坊から、春坊の投壺は桂坊の新しい投壺にはかなわないので、取り換えようと、言って来たのです。それで、春坊の古い投壺と取り換えたのです」

王さまは笑いながら、おっしゃった。

「新しいものを古いものに取り換えたのに、どうして大きなもうけ物などと言うのだ」

「春坊の臣下たちは古い来歴を知らなかったから、こうなったのです。この投壺というのは、孝宗▼5が瀋陽にあったとき、これで暇つぶしをなさったものなのです。その後、帰国して、王位にお登りになりましたが、そのときに春坊に下賜されたのです。ですから、大変に貴重な宝物なのです。大きなもうけ物ではありませんか」

王さまはこの投壺を持って来るようお命じになった。そうして、これを撫でながら、愁然と感慨にふけられた。すると、春坊の者が申し上げた。

「もしそのようなものであったなら、どうか春坊に戻すようになさってくださいませんか」

これに対して、英祖はおっしゃった。

「いや、それはならない。春坊には桂坊が作った投壺を留めるがよい」

春坊の臣下たちは顔色がなかった。この投壺は今でも桂坊にある。

▼1【春坊】世子侍講院の別称。

▼2【桂坊】世子翊衛司の別称。

▼3【李運永】一七二二～一七九四。字は健之、号は玉局斎、本貫は韓山。一七五九年、進士、洗馬となり、正祖が世孫だったときからの側近で、正祖が即位すると、兵曹正郎となり、同知中枢府事に至った。

▼4【投壺】矢を投げて壺に入れる遊び、あるいはその壺。二人の人間が青・紅の矢を投げて壺に入れる。多く投げ入れた方が勝ち。

▼5【孝宗】一六一九～一六五九。在位、一六四九～一六五九。朝鮮十七代の王の李淏。丙子胡乱の後、昭顕世子・湦と鳳林大君・淏は人質となって後金（清）の都の瀋陽に八年のあいだ留まった。世子が死に仁祖が亡くなると、鳳林大君・淏が即位したが、人質生活の屈辱を晴らそうと北伐を計画して軍備を整備したりもした。

第五九話……訳官の洪純彦《ホンスンオン》の意気

洪純彦《ホンスンオン》[1]は若いときから志が大きく、意気さかんであった。かつて北京におもむき、通州に至った。夜に青楼に上がって、一人の女子を見た。はなはだ美しかったので、心の中に喜んで、女将に取り持ってくれるように頼んだ。ところが、会ってみると、女の衣服は白い。そのわけを尋ねると、女が言った。

「わたくしはもとはと言えば浙江の人間です。父親は北京で役人勤めをしていましたが、不幸にも疫病にかかり、母親もいっしょに亡くなってしまいました。客死した人間の棺は故郷に返葬せねばなりませんが、わたくし一人でそれを行なおうにも費用がありません。やむをえず、娼家にこの身を売った次第です」

言い終わると、身体をふるわせて嗚咽する。純彦はこれを聞いて気の毒に思い、

「返葬の費用はいくらくらいだ」

と尋ねた。女が、

「百金にもなります」

と答えたので、即刻、巾着を逆さにして百金を与えたが、しかし、女の身体に近づかなかった。女が姓名を知りたいといったが、それにも答えなかった。女が言った。

「あなたがお名前を教えてくださらなければ、わたくしもまたご好意をお受けすることができません」

そこで、純彦は初めて姓を告げた。

同僚たちでこれを馬鹿にしない者はいなかったが、この女は後に礼部侍郎の石星[2]の継妻となった。侍郎は妻からこのことを聞いていて、わが国からの使臣をやって来ると、洪訳官が来ていないかと、かならず尋ねた。

そのころ、わが国から宗系卞誣《そうけいべんぶ》[3]のことで、前後して十回余り使臣が往来したものの、成果を得ることができなかった。万暦の甲申の年（一五八四）、純彦は卞誣使の芝川・黄廷彧《ホァンチョンウク》[4]に随行して北京にやって来

た。朝陽門の外には緋緞の幕が張り巡らされていたが、そこから騎馬の人が疾風のように駆けだして来て、「洪判事はどなたか」と尋ねる。そして、礼部侍郎は洪判事が来られると聞いて、夫人とともにお迎えしようと、待っているのだという。しばらくすると、女たち十人余りが群れを成し、一人の婦人を囲んで、幕の中から出て来るのが見えた。純彦はおどろいて、身を隠したいと思ったが、侍郎が言った。

「あなたは通州で一人の女子に恩恵を施されたのを覚えていらっしゃいませんか。私は妻から話を聞いたのですが、あなたはまことに天下の義人です。こうして幸いにもお会いすることができ、胸の荷が下りた思いです」

夫人は純彦を見ると、深く伏して拝礼をしようとしたが、純彦は地面に臥して、拝礼を拒んだ。侍郎が言った。

「これはあなたのご恩に報いるための拝礼です。あなたは拒むわけにはいきません。妻はあなたに深いご恩をこうむって、父母の葬礼を行なうことができました。心の中に積もった感謝の念をどうして忘れることがありましょうか」

そうして、宴会を盛大に催し、夫人が杯を取って勧めた。

侍郎が、朝鮮の使臣が今回は何のためにやって来たのかと尋ねると、純彦はありのままに答えた。すると、侍郎は言った。

「あなたは何も心配なさらなくてもよい」

客舎に留まること一月余り、奏請を受け入れる許しが出て、特別に調査するようにという命令まで出た上、新たに改定した『会典』までお示しになった。これはもちろん石公が斡旋したのであった。

帰国するときになって、その家に招かれ、はなはだ厚く遇された。夫人は螺鈿できた十の函に五色の緋緞をそれぞれ十四ずつ差し出して、

「これは私が自分の手で織ったもので、恩人のあなたに差し上げようと、待っていたものです。このたび、ようやくあなたにお会いすることができました。どうかこれをお受け取りください」

純彦は固辞して受け取ろうとしなかった。わが国への帰路、鴨緑江のほとりに至った。旗を立てた兵士たちが後に従ってついて来て、緋緞を置いて立ち去った。その緋緞にはことごとく「報恩」の文字が刺繍してあった。わが国に帰ると、その緋緞を買おうという者たちが争うようにやって来た。人びとは純彦が住んでいる洞を報恩緞洞と呼ぶようになった。壬辰の年(一五九二)に倭賊が侵犯してきたときに、明に援軍を頼むことになったが、そのときも石侍郎が独りであれこれと周旋してくれたものである。

▼1【洪純彦】『朝鮮実録』宣祖十七年(一五八四)十一月、宗系及悪名弁誣奏請使の黄廷彧および書状官の韓応寅が帰って来て、改正全文を示した、そのとき上通事の洪純彦にも加資があった旨が記されている。

▼2【石星】『明史』に石星という人を探し出すことができる。嘉靖の進士で、吏科給事中になり、隆慶の初めにしりぞけられ、万暦の初めに復官、兵部尚書に累進したが、その後、獄に下されて死んだ。

▼3【宗系卞誣】明の『太祖実録』および『大明会典』には朝鮮の太祖・李成桂の系譜があやまって記載されているので、訂正するように明に申し入れたこと。

▼4【黄廷彧】一五三二〜一六〇七。宣祖のときの文官。字は景文、号は芝川、本貫は長水。一五八八年、文科に及第、長いあいだ侍講を勤めたが、忠清道観察使となったとき、明で『大明会典』が刊行されることになり、当代の文士として選ばれ、敷奏使となって明に行き、歴代の課題であった宗系卞誣に成功した。帰国後、同知中枢府事、戸曹判書に昇った。一五八九年、鄭汝立の謀叛に連座して追われたが、復帰した。一五九二年、壬辰倭乱が起こると、江原道・咸鏡道をまわって義兵を募ったが、加藤清正の捕虜となってしまった。倭軍の撤収とともに解放されたものの、捕虜になったことで罪に問われ、後に釈放された。

第六〇話……尹拯《ユンジュン》の師への裏切り

尼山の尹拯《ユンジュン》▼1は師匠を裏切ったとして、破門された。君と師と父とは一つである。この三つに仕えるに一であるようにするという理ははなはだ重い。たとえば師匠となる人が父を侮辱したとして、それを正そうとする思いがあったとしても、弟子の道理においては、けっして師匠に敵対することはあってはならないことである。しかし、尹拯はそうはしなかった。

尤翁・宋時烈《ソンシヨル》[2]は尹拯の父親を馬鹿にするつもりはなかった。ただ宋時烈の書いた自分の父親への墓碑文が自分の望んだものではなかったので、尹拯は師の宋時烈と仲違いして、師を批判するようになり、
「栗谷[3]も入山した過失があったが、けっして死すべき義理を捨て去ることはなく、生き続けた」
と言った。栗国がもし他の人とともに死ぬことを約束していたのなら、このことを引用するのもいいであろう。しかし、この件においては、ふさわしくなく、このようなことばはまた奇異と言わねばならない。

尹拯たちは南人が毒殺を事とするのを見て、尤翁がかならず王さまの寵愛を失い、いつの日か禍が自分に及ぶことにならないかと恐れ、そこでいちはやく尤翁と路線を異にする計画を立て、己酉擬書[4]を書くような行動を起こすに至ったのである。常に自分の得失を気にかける性質はこのようであった。その上疏に言うには、称えるべきわが父を抹殺するような罪を臣下として犯した上は、官職に留まるべきではなく、君命を怠ったことにもなる云々、というものであった。尹拯の父の魯西・尹宣挙《ユンソンコ》[5]は江都にいて、妻や友人たちとともに死ぬことを約束していながら、自分だけは死ななかった、そのことが彼には死ぬときまでの怨みとなったのであった。死ということばは実に容易ならざることばであり、みずから宣言してまたみずから撤回するのは、尤翁や同春堂・宋浚吉《ソンチュンギル》[6]のような諸先生は、過を悔いながら一生を送ることも立派なことだとして、これを認めたのである。しかしながら、息子がかえってこのことで、すでに骨になってしまった父親のことを曝しものにすることになった。これがどうして人の子の道理であろうか。尼山の尹拯は尤門から排斥されて後、みずから少論の群れに入ったのであって、最初から少論の領袖であったわけではない。もとは趙持謙《チョジキョン》[7]や韓泰東《ハンテドン》[8]などを頭目としていたのである。現在、少論を尹拯の号から明斎と称するのは、むしろ笑うべきことである。

▼1【尹拯】一六二九〜一七一一。学者。号は明斎。諡号は文成。もとは宋時烈の門人であったが、父親の尹宣挙の死後の評価の問題で溝ができ、反目するようになり、このことによって、西人は宋時烈を支持する老論と尹拯を支持する少論とに分裂することになった。

▼2【宋時烈】尤翁は号。一六〇七〜一六八九。老論の領袖。一六三三年、生員試に一等で合格、鳳林大君（後の孝宗）の師傅となる。孝宗が即位すると、執義として補佐をしたが、以後、辞職、再任を繰り返す。孝宗とともに清を討伐しようという「北伐計画」を推進したが、孝宗の死とともにこの非現実的な計画は沙汰やみになった。朱子学の名分論にこだわった間断ない党派の分裂の常に中心にあり、門人の尹拯とも袂を分かった。一六八九年、王世子（後の景宗）が冊封されると、これに反対して流され、井邑で殺された。政争に明け暮れた生涯ではあるが、李栗国の学統を継承した巨儒であり、抜きん出た学識で多くの弟子を育てた。膨大な著作があって『宋子大全』としてまとめられている。

▼3【栗谷】李栗谷。一五三六〜一五八四。「東方の聖人」と称される李朝の代表的な文臣、学者。本命は李珥。号として栗国の他に石潭・愚斎。父は元秀、母はすぐれた画人である申師任堂。十六歳で母を失い、虚無感から仏教を研究したが儒教に復帰、生員試、文科にいずれも壮元で及第した。以後、要職を歴任して実際的な政治家として活躍したが、理気論では「理通気局説」をとなえて、彼の学統は李退渓の嶺南学派とは別の畿湖学派を形成した。『聖学輯要』『東湖問答』『撃蒙要訣』など。

▼4【己酉擬書】己酉の年（一六六九）、尹宣挙が宋時烈に送ろうとして書いた手紙。その内容は、「南人の尹鑴と許積を讒賊であると断定することができるのか」というもので、宋時烈の南人に対する過酷な処置に忠告するものであった。尹拯は一六七三年に宋時烈に父親の墓碑文を書いてくれるように頼んだとき、この手紙を同封して送ったという。

▼5【尹宣挙】一六一〇〜一六六九。朝鮮中期の学者。字は美村・魯西。一六三三年には生員・進士に合格し、一六三六年、大勢の儒生たちとともに金の使者の竜骨大を斬首すべきだという上疏をしたが、丙子胡乱が起こると、家族とともに江華島に避難し、翌年、江華島が陥落すると、妻の李氏が自決して、友人である権順長・金益兼も殉死した。そうした経験から科挙を断念、学問に専念して一家を成した。宋時烈らとともに西人の領袖であったが、時烈とはそりが合わないところがあり、老論と少論の分派の原因を作ったとされる。『魯西遺稿』・『家礼源流』などがある。

▼6【同春堂・宋浚吉】一六〇六〜一六七二。一六二四に進士となり、洗馬に任命されたが辞退して学業を続

けた。一六四九年、孝宗が即位すると執義となり、「北伐計画」を主導したが、金自点が清に密告したことにより挫折した。任官、辞退を繰り返し、最後には左参賛兼祭酒・賛善に至った。死後に領議政を追贈された。宋時烈と学問の傾向を同じくする性理学者で、特に礼学に明るかった。『同春堂集』がある。

▼7【趙持謙】一六三九〜一六八五。字は光甫、号は汚斎。一六六三年、進士となり、一六七〇年、別試文科に乙科で及第して、内外の官職を経験した。承旨であったとき、宋時烈を訪ねて行ったことがあるが、意見が合わず、それまでの交友関係から少論の中心人物となっていった。

▼8【韓泰東】一六四六〜一六八七。字は魯瞻、号は是窩。一六六七年、生員となり、一六六九年には庭試文科に壮元で及第して、官途を歩み、一六八二年、執義を経て校理となったが、南人の処分をめぐって西人内部で分裂したとき、少論に属するようになった。一六八七年には司諫になった。著書に『是窩遺稿』がある。

第六一話……老論と少論に分かれた一家の内紛

尹拯が尤翁・宋時烈と立場を異にするようになる以前、尤翁の門徒の中で幼い者たちは尹拯について学んでいた。これはけっしておかしなことではない。慶州・韓聖輔《ハンソンボ》▼1は尤門の弟子であったが、四人兄弟の中で三人は尤翁に学び、残りの一人とそして甥とが尹拯に学んでいた。

韓慶州には後継ぎがなかったので、その甥の配夏《ペハ》▼2を養子にした。尹拯が排斥されることになって、韓公が配夏に尹拯との師弟関係を終わらせようとして、言った。

「あの者はすでに師匠と絶縁した賊子に過ぎない。私通してはならない」

「父上は師匠に背くことは罪であるとおっしゃいました。どうして私にお師匠を捨てるように言われるのですか。お父上の命令にはあえて服することができません」

こうして父子が相見《あいまみ》えることなく、数ヶ月が経った。その後、配夏が王命を受けて、湖西におもむくことになったとき、慶州が戒めて言った。

「清州の華陽洞を過ぎるときには、かならず華陽洞の宋公の影幀を拝するようにするのだ」

すると、配夏が答えた。

「どうして父上の仰せに背きましょうか」

出立して、江を渡るとき、その弟の配周《ペジュ》▼3が追いかけて来て、言った。

「聞けば、兄上は宋某の画像を拝されるということですが、本当ですか」

配夏が、

「その通りだが」

と答えると、配周は、

「宋某は凶賊ではありませんか。兄上はそのような者の画像をどうして拝されるのですか」

と責めた。配夏は、

「父親の仰せだ。背く訳にはいくまい」

と答えた。弟の配周が言った。

「兄上がもし画像に拝そうとなさったなら、私もついて行って、その画像に唾を吐きかけましょう。これから、弟の私が先に表白文を書くことにいたします」

そうして書いた表白文にいわく、

「世間中が宋某の皮を剝いで肉をむさぼろうとしているのに、伯父はどうしてわが兄をその祠堂に参らせようとするのか」

それに答えて、配夏が言った。

「お前が先生の皮を剝ぐというのなら、お前はまず私の皮を剝ぐがよい。お前が先生の肉を食らうというのなら、お前はまず私の肉を食らえ」

配夏と配周の兄弟はこのことで世間から見捨てられてしまった。

その後、尹拯の官職を削り、逸民として殺してしまうべきだという上疏が出た。韓慶州の第三の弟の子の進士は、早く父親を失くしてしまい、伯父の慶州のもとで育った。彼がたまたま泮任[4]となって、誠心でもって、文章を書いた。ところで、その妹というのは尹拯の息子の嫁になっていた。尹拯がその嫁を呼んで尋ねた。

「お前はお前の家のことを知っているな」

「何も存じません」

「お前の兄は泮任となって私の追放を請うたが、女子の道理として尊ぶべきは舅の家であろう。お前は今からお前の家の祠堂に行って暇を請うて、兄と妹の縁を切って来るがよい」

進士の妹は輿に乗ってすぐに実家の祠堂に行き、慟哭しながら、暇を告げて帰って来た。兄には会おうともしなかった。

▼1【慶州・韓聖輔】『朝鮮実録』粛宗二十四年七月に、韓聖輔がかつて「戒子姪書」を書いて、その序文を宋時烈に求めたところ、その序文の中で、韓配周をそしるような箇所があったために、配周は大いに怨みを抱くことになったという記事がある。

▼2【配夏】韓配夏。一六五〇～一七二二。字は夏卿、号は芝谷。南原府使の聖輔の甥で養子になった。一六九三年、謁聖文科に丙科で及第して、官途に就いた。忠清道観察使であったとき士族の土地をかすめ取ったとして弾劾を受けて左遷されたこともあるが、戸曹判書まで昇って死んだ。

▼3【配周】一六五七～一七一二。字は文卿、聖翼の息子で配夏の弟。尹拯に学んだ。一六八二年、司馬試に合格したが、郷里にしりぞき、一六九四年に士林の推薦で太学学議となったが、ふたたび故郷にしりぞき、一七〇五年に増広文科に丙科で及第して忠清道観察使などを勤めた。

▼4【泮任】成均館の儒生たちの代表。

第六二話……宰相たちと交遊した奴の徐起

孤青・徐起《ソキ》[1]は宰相の沈悦《シムヨル》[2]の私奴であった。沈相が死んだ後、その息子を教導したが、孤青は毎朝、夫人にご機嫌伺いの挨拶をしに出て来ては、前後の庭の掃除をした。沈の子に過失があれば祠堂の戸を開いて、あるいは鞭打ってこれを叱責した。その謙虚かつ忠実に分を守ることは、以上のようであった。

あるとき、思いがけなく、夫人に罰を受けて、家に帰った。家というのは沈家の門の外にあった。ある日、車が往来にひしめくようにしてやって来る。沈家の者が沈家を訪ねて入って来るものと思っていると、沈家の門を通り過ぎて、孤青の家に入って行った。奴婢たちがこのことを告げると、夫人は後悔して、孤青を呼んで、理由を尋ねた。それに対して、孤青は答えた。

「わたくしはたまたま宰相の方々のお宅に出入する機会が多くございました。その宰相の方々がわたくしが罰を受けたと聞いて、慰めるために来られたのです」

夫人はこれを聞いて初めておどろき、以後は奴として扱うことはなかった。この孤青の行実というのは亀峰[3]に大いに勝るものである。

▼1【孤青・徐起】一五二三〜一五九一。字は待可、号は孤青樵老。若いときから漢文を学び、徐敬徳・李仲虎などに師事したが、禅学にも精通していた。経史を深く探求して寝食を忘れてみずから満足したという。遠く済州島まで遊覧し、後には鶏竜山に移り住み、学問と講学にだけ専念したという。

▼2【沈悦】一五六九〜一六四六。字は学而、号は南坡、諡号は忠靖。一五八九年、進士に合格、一五九三年、別試文科に丙科で及第して、要職を歴任した。一六二三年には戸曹判書となり、一六三八年には塩鉄使として中国の瀋陽に行った。王の寵愛も深く、詩と書にも抜きん出ていた。

▼3【亀峰】宋翼弼。一五三四〜一五九九。亀峰は号。母は奴婢であったが、性理を論じて精通した。礼学にも詳しく、文章も巧みで、八文章家の一人に数えられる。李栗国などと親しみ、詩でも名が高かった。その

弟子の金長生は師匠の礼学を継承して李朝礼学の大家とされる。

第六三話……洪命夏《ホンミョンハ》の婿暮らし

宰相である沂川・洪命夏《ホンミョンハ》[1]は判書の金佐明《キムチャミョン》[2]とともに東陽尉[3]の娘婿であった。金公ははやく科挙に及第して声望があったが、洪公は四十歳になっても貧しいソンビで、東陽尉の門下で婿暮らしをしていた。義母である翁主を初めとしてみなが洪公を薄待して、妻の兄の申冕《シンミョン》[4]という者もまたはやく登科していて、人となりも傲慢であったので、彼を貶めほとんど奴僕のように扱った。

ある日、申冕が食事をしていると、雉の足の料理があった。申冕はそれを庭にいた犬に投げて、言った。

「あの貧乏なソンビの食膳にも雉の足はどうだろうか」

このようなことがあっても、公は笑いを浮かべるだけで、少しも怒る様子を見せなかった。東陽尉だけが公の大器晩成であることを知って、その子たちを叱りつけ、公を励ました。

金公が文衡となり、洪は数首の表《ピョ》（臣下から王への文書）を作って見せて、言った。

「これで科挙に及第できますでしょうか」

金公はそれを見もしないで、扇子をとって、言った。

「豹《ピョ》であろうか、彪《ピョ》であろうか」

洪公は笑いながら、これを収めた。

ある日、東陽尉が外出して、夕方になって帰って来ると、小舎廊の方から歌声が聞こえて来るのを聞いて、かたわらの人に尋ねると、令監が金参判令監や他の宰相二、三名を招いて風楽を演奏して楽しんでいるところであった。息子の申冕は洪生もちゃんと席に招いているかと尋ねると、洪生は一人で下の部屋で眠っているという。東陽尉は、「馬鹿な息子たちだ」と言って、洪公を呼んで来させて、言った。

「婿殿はどうして息子たちの遊びにお加わりにならないのか」

それに対して、洪公は答えた。

「宰相のお集まりに一介の儒生がどうして加わることができましょうか。それに、招かれてもいません」

そこで、東陽尉は、

「それなら、私と婿殿がここで宴を張ろう」

と言って、風楽の演奏を命じて、ひとしきり歓を尽くした。

東陽尉が病を得て危篤のとき、公の手を取って、もう一方の手で盃を勧めながら、言った。

「私は婿殿にお頼みしたいことが一つある。この酒を飲んで、私の臨終のことばを聞いてくださらないか」

洪公は恭しく言った。

「おことばに副えるかどうかわかりません。どうかまずおことばをいただいた上で、盃を戴きたいと思います」

そこで、東陽尉はくりかえして、言った。

「この盃を干してくれれば、それを言おう」

洪公は盃に一口もつけることなく、東陽尉が四度、五度と勧めても、ついにいうことを聞かなかった。

東陽尉は盃を床に投げつけて、涙を流しながら、

「わが家はついに滅びるのか」

と言った。そうして、落命したが、最後に息子たちのことを頼みたかったのであろう。

その後、洪公は科挙に及第して、十年の後には、地位も左相に至った。粛宗のときになって、申冕の獄事が出来して、王さまから洪公にお尋ねがあった。

「申冕はどのような人物か」

洪公はただ存じませんと答え、申冕は死刑になった。申冕の平生の振る舞いに対して、洪公は長いあいだ怨みを含んでいたのである。しかしながら、父の東陽尉からは情けを受けていて、一言でも救いを与え、

東陽尉の恩に報いるべきだったのではなかろうか。そうしなかったのは、洪公のなした事がらの中でも極めて慨嘆されるものである。

洪公が宰相となって、金公佐明はまた文衡の任にあたり、北京に送る文書を作った。四六文を作って、まずは大臣たちのあいだを回して、その上で王さまにお見せするのが常の礼となっていた。金公が作った表を大臣たちに回したところ、洪公が扇を上げて、

「豹であろうか、彪であろうか」

と言った。これもまた度量の狭さを表している。

▼1【洪命夏】一六〇八～一六六八。字は大而、号は沂川、諡号は文簡。一六四四年に文科に及第、一六四六年には重試に及第して漢城右尹となった。一六五三年には大司諫として謝恩副使となって中国に行き、以後、諸曹の判書を歴任し、領議政にまで至った。

▼2【金佐命】一六一六～一六七一。字は一正、号は帰川。一六三三年、司馬試に合格、一六四四年には文科に及第して、要職を歴任して、大司憲となり、兵曹判書のときには軍備に大きな功績があった。死後、領議政を贈られた。

▼3【東陽尉】申翊聖。一五八八～一六四四。宣祖の娘の貞淑翁主の夫。字は君奭、号は楽善堂、諡号は文忠。領議政の欽の息子。十二歳のとき、翁主と結婚して東陽尉に封じられた。光海君のとき、廃母に反対し、仁祖が即位した後、功臣に録された。丙子胡乱のとき、主和派の大臣たちが人質として世子を清に送って和議を結ぼうとすると、刀をふるってこれを阻止しようとした。孝誠な人となりで、文章と書に優れていた。

▼4【申冕】～一六五二。一時期、宋浚吉に弾劾されて牙山に流されたが、許されて官職に就いた。しかし、いつも不平を抱いていて、一六五一年、金自点の獄事が起きると、自点の息子らとともに糾弾され自殺した。

第六四話……名医の柳常《ユサン》

柳常《ユサン》[1]というのは粛宗の時代の名医である。特に天然痘の処方に精通していて、多くの子どもたちの命を助けた。

　はなはだ裕福な家が中村[2]にあり、主人はすでに死んで、寡婦と六、七歳の一人っ子が残されていた。その子はまだ天然痘を経験していなかった。その母親は柳医員の家の前に新たに家を買い、子どものことを頼んで、旬の食材や佳肴というものでもあれば、かならず柳医員に送った。このように朝夕にすることが何年のあいだも続いて、けっして怠ることがなかった。柳医員もまたその母の子を思う心を憐れみ、気持ちを汲んで、その子をつねづね側に連れて来ては、いろいろと教えた。

　あるとき、その子が天然痘にかかった。発病した当初から、すでにもう不治の症状を示していた。柳医員は心の中で誓った。

「私がもしこの子を救うことができなければ、今後はもう医術でもって身を処すことはすまい」

　薬缶数個を前に置き、暖かいもの、冷たいもの、熱いもの、ぬるいもの、補瀉するものと、薬湯を分けて煎じ、症状にしたがって用いた。

　ある夜、夢うつつの状態でいると、ある人がやって来て、柳医員の名前を呼びながら、言った。

「あなたはどうしてこの子の命をかならず助けようと思うのか」

　柳医員が答えた。

「この子の家のことが不憫で、どうしても助けたいのだ」

　その人が言った。

「あなたがこの子をかならず助けようというのなら、私はこの子をきっと殺そうと思う」

　柳医員が、

「どうしてこの子を必ず殺そうと思うのか」

と尋ねると、その人が答えた。

「これは私に宿怨があるからで、あなたはどんな薬を使っても意味がない」

「私の手立てが尽きてしまえば、どうなるかわからないが、私の手立てはまだ尽きてはいない。あなたが殺そうとしても、私はきっとこの子を生かそう」

「あなたは見ているがいい」

「あなたこそ見ているがいい」

その人は怒気を露わにして出て行った。

柳医員は薬餌を用いて治療を続け、二十日にもなった。すると、あの人がまた現れて、言った。

「あなたは今となってもまだこの子を救うことができるというのか。見ているがいい」

そうして、門を出て行ったが、しばらくして、門の外が騒がしくなって、内医員と役人と承政院の奴隷とが息を切らしながらやって来て、

「王さまが天然痘におかかりになった。至急、宮廷に参られよ」

と言って、しきりに催促した後、馬を駈って帰って行った。宮廷に参れば、ふたたび出てくることができまい。何日かのあいだに、この子の命を救うことができなくなってしまうであろう……。

粛宗の天然痘の症状は重く、柳医員が豚の尾の脂をもちいることを明聖大妃に申し上げると、大妃はおどろいて、おっしゃった。

「そのような劇薬をどうして王さまに用いようというのか、それはならない」

このとき、柳医員は簾の外に伏していたが、大妃は簾の中にいて、続けておっしゃった。

「お前はどうしてもこの薬を使いたいと言うのか」

柳医員が答えた。

「使わざるをえないのです」

大妃がおっしゃった。

「お前には首が二つあるのか」

柳医員は答えた。

「私の首を切られるにしても、この薬を王さまにさしあげて、その効能をご覧になってからのことにしてください」

大妃はついに王さまにその薬をさし上げることに同意なさらなかったが、柳医員はそこで器を袖に隠して中に入って行き、診療した上で、その薬を王さまにひそかに差し上げた。しばらくすると、さまざまな症状が引いていった。王さまが回復なさったことは天地神明の助けであったにしても、柳医員の技術もまた神妙と言わねばなるまい。その後、この功労で豊徳府使に任じられた。

ある日、王さまが軟泡湯[3]を召しあがり、急に人事不省になられたので、馬を発して、柳医員を召された。柳医員は夜を徹して上京した。新門に至ると、門はまだ空いていなかった。門の中で兵曹に告げ、命令して門を開けさせてもらう必要があったが、それが手間取った。すると、城の下に草廬が一つあり、灯りが点っている。そこでしばらく休ませてもらおうとしたところ、年老いた婆さんが、部屋の奥の方の娘に尋ねた。

「お前は米の研ぎ汁をどこに置いた。豆腐の上に滴が垂れないか心配だ」

柳医員は不思議に思って尋ねると、婆さんが答えた。

「米の研ぎ汁が豆腐の上に垂れると、豆腐はすぐに融けてしまうんだよ」

しばらくして、門番が出て来て、門が開いた。柳医員が宮廷に駆けつけて、症状を尋ねると、どうやら料理がつまっているのである。そこで、内局にいって、米の研ぎ汁を一杯もって来させ、少し温めて王さまに差し上げた。すると、滞っていた気がすっかり下った。不思議なことであった。

▼1【柳常】正確には柳瑺。生没年未詳。進士として医薬に詳しく、一六八三年には王の天然痘を治療して、

その功績で同知中枢府事となった。その後、地方の郡守となり、一六九九年にはまた世子の天然痘を治療して知中枢の実職を得た。著書として『古今経験活用法』一巻がある。

▼2【中村】ソウルの城内で中人階級が居住していた地域。

▼3【軟泡湯】豆腐や肉などを澄んだ醤に入れて煮込んだスープ。

第六五話……三司の弾劾と党色

趙持謙《チョジギョン》（第六〇話注7参照）の号は迂斎で、韓泰東《ハンテドン》（第六〇話注8参照）の号は是窩である。二人はいつも金《キム》煥《ファン》による獄事[1]はまちがっていたとして、そのことから、老論を除去しようと画策した。二人は台職に就くと、このことで啓辞（第五〇話注4参照）を差し上げようとしたが、台諫のあいだで議論が一致せず、なかなか計画を実行することができなかった。

ある日、講筵《こうえん》に趙は司諫として、韓は執義として連なっていて、三司[2]には老論の者が一人も参与していなかった。ただ疎斎・李公[3]だけが、当時はまだ十八歳であったが、弘文館正字としてたまたまそこに参席していた。韓と趙がこの時を失してはならないと考えて、両司の共通の啓辞を差し上げようとしたので、外にいた老論の人びとみなが気を揉んだ。

「今や大きな禍が起きようとしている。さて、どうしたものか。李某はまだ二十歳の新進に過ぎない。どうして機微を理解して立ちまわることができようか」

講筵が終わって、承旨と両司が伝啓[4]を出すときになり、韓と趙は前に進んで伝啓を提出した上で、新たな啓辞を出そうとした、その瞬間、疎斎が申し上げた。

「今日の講筵は厳重なものではありませんか。なのに、私が見ますに、執義の韓泰東は泥酔しています。いかがいたしましょう」

韓泰東は酒を飲まなかった。このとき、風を病んでいて、鼻が赤かったのである。承旨が叱りつけて、言った。

「台諫はすぐに退出なされよ」

韓は心の中で、憤懣やるかたなく、嫌疑を晴らそうと立ち上がったものの、あわてて口ごもってしまい、ことばが分明ではなかった。王さまがおっしゃった。

「本当に酔っているな。これは許せない。免職にせよ」

趙は一人になってしまって、啓辞を出すことができずに退出した。その後、少論の台諫は、疎斎が王さまを欺いたと激しく批判したものの、その臨機応変ぶりには見るべきものがある。

▼1【金煥による獄事】一六八二年、前兵使の金煥が南人が福平君を推戴して謀叛を企てていると密告し、許璽や許英などが処刑された。金煥はその密告の功で資憲大夫となった。

▼2【三司】司憲府・司諫院・弘文館を合わせて言う。

▼3【疎斎・李公】李頤命。一六五八～一七二二。粛宗のときの老論四大臣の中の一人。一六八〇年、文科に及第、江原監司となった。一時、流罪になったが、復帰して、右左議政にまで至った。粛宗の信任が厚く、王世子の聴政が決まると、少論派の猛烈な反発を受けた。一七二一年、英祖を世弟に立てた後、少論の誣告によって南海に流配され、ソウルに戻される途中、漢江で殺された。

▼4【伝啓】司憲府・司諫院からすでに処罰した罪人の姓名・罪名などを記して上奏する書類。

第六六話……試官を騙して登科したソンビ

竹泉・金鎮圭《キムチンキュ》▼1が試験官の長となると、その答案を識別する能力はまるで鬼神のようであった。鎮圭がたまたま忠清道に墓参をして帰ってくると、ちょうど監試▼2の会期であった。

あるソンビが馬に乗って前を行く。馬の上でもいつも手に一冊の本を持って、一日中、読んでいる。昼食のときも宿泊するときも同じ客店になったので、不思議に思い、客店に着いて、人に尋ねさせたところ、はたして会試▼3におもむく人であった。みずから語るところによると、年老いた父母に仕えて、これが六、七度目の科挙になるが、いつも会試に落ちて、今度こそと情理はまことに切迫している云々。また、いつも本を手から離さないが、いったい何の本かと尋ねると、それに答えて言うには、あらかじめ作っておいた答案の原稿なのだが、今は精神も昏迷していて、しまい込むとすっかり忘れてしまうので、いつも目に入れていようという魂胆なのですということである。竹泉がその冊子を借りて見ると、一つ一つ見事にできていたので、感服した。

「これほど学問をなさっていて、文章もこのように清新であるのに、どうして科挙にそうしばしば落ちられるのか。これは担当者の責任です」

その人が言った。

「もうこのように年を取ってしまい、手も震え、答案を書いても字画が定まらないようなありさま。そんなざまでは、どうして試験にうかることができましょうか。今回の科挙も同じことで、最初からもう行きたくはないのです。しかし、年老いた父母がどうしてもと言うので、やむをえずに行くのです。自分ではどうしても切迫感がなくてこまります」

竹泉は気の毒にもかわいそうにも思って、なぐさめながら、言った。

「今回はともかく頑張ってみられるがいい」

そうして、城内に入り、会試になった。試験官として答案紙を見ていると、その一つに字画のはなはだ乱れたものがあった。竹泉はこれを見て笑いながら、独り言を言った。

「これこそあの人物の答案だ」

そうして、他の試験官を見まわしながら、

「これは年を取っているが、大きな才能のある人物の答案で、今回、われわれは積善をしようと思うのだが」

と言った。

そうして、それ以上はなにも言わずに、この者を選抜した。合格者の発表のときになって、封内を見ると、その者はそれほど年老いてもいず、竹泉は不思議に思った。発表後、新恩[4]が恩門[5]を訪問することになって、その人物がやって来たので、竹泉は祝福した。

「何度も落第を繰り返しながらも、あきらめずに、今回は及第した。まことにめでたいことだ」

その人物が答えた。

「今回が初めての科挙でございました」

「年老いたご両親もきっと喜ばれるであろう」

「残念ながら、両親はもういません」

竹泉は不思議に思って尋ねた。

「ソウルに上る道では嘘をついて私を騙したのだな」

その人物は座から退き、平伏低頭して言った。

「わたくしはあなたが試験官であることを知っていて、お騙ししましたが、この通り、あなたはわたくしを選抜してくださいました。これは死の罪に当たります」

竹泉はこの男をじっと見つめていたが、あとは笑うだけであった。

▼1【竹泉・金鎮圭】一六五八〜一七一六。粛宗のときの判書。竹泉は号。一六八六年、文科に及第、礼曹判書に至った。宋時烈を尊敬、性格は剛直で、直諫をしばしば行ない、粛宗の怒りを買うことがあった。
▼2【監試】朝鮮時代、生員と進士を選抜した科挙。小科、司馬試とも。
▼3【会試】中央と地方での初試に合格した人をソウルに集めて行う二次の試験。覆試とも言う。
▼4【新恩】科挙に新たに及第した人。新来とも言う。

▼5【恩門】科挙に及第した人にとっての試験官を言う。一生、門下生としての礼をとった。

第六七話……洪景来《ホンキョンレ》の乱

西方で起こった乱の主魁は洪景来《ホンキョンレ》▼1で、その参謀役となったのは禹君則《ウクンチク》▼2であった。君則が景来に進言した。

「すぐに兵を起こして安州に向えば、敵が安州を守ることができないのは、火を見るより明らかだ。箕城(平壌)と黄岡なども同じように奇襲すれば、平安道も黄海道も手に入り、そうして太鼓を打って進軍すれば、ソウルも容易に陥落させることができる」

洪景来は、それに対して、答えた。

「いや、それはいけない。われわれは初めて兵を起こして、根拠地となるものを持っていない。もし孤立した軍が深く進んで行き、義州と寧辺の敵の兵力が背後を突いて来たら、前にも後ろにも敵を迎えることになって、敗北するに決まっている。まず寧辺を攻め取って、漢の高祖の関中、光武帝の河内のような根本地となし、次いで義州に下って後患を絶つべきだ。その後にソウルに進行するのが、万全の策であろう」

景来のこのことばが賊としては戦法にかなっており、もし君則の計略にしたがっていれば、ソウルは賊の侵攻を受けたとしても、賊もおのずと魚肉のようにつぶれてしまうので、良策とは言えない。もし寧辺が陥落して、賊の依拠するところとなれば、官軍が攻めても賊は城を閉ざして戦い、官軍が退けば、それに乗じて出兵して攻略することができよう。こうしてまさに彭越▼3の遊撃法のように戦ったならば、この乱がいつになって平定するかわからず、国家の物資を輸送する費用と、軍卒を動員することがいつやむのかもわからない。寧辺が賊によって陥落しないことが人びとの福となるはずである。

尹郁烈《ユンウクリョル》▼4は咸従府使として出陣して、松林での勝利と博川の津頭での勝利はすべて彼の功績であった。金見臣《キムヒョンシン》▼5のような者は、賊が退却した後、空になった白馬城に入って行って占拠したに過ぎず、特に名立たる敵将を切ったわけでもなく、敵に勝って敵の旗を奪い取った功績があったわけでもない。ただ遠い辺境の賎しい身分でありながら、たとえ敵将の首級を上げなくとも、義兵を起こしたことだけでも、まことに称賛すべき忠誠心と言わねばならない。功績を論ずることになって、尹郁烈には特別な賞がなかったが、金見臣は節次を越えて兵使に至った。運数の幸・不幸というのがあって、こうなるのであろうか。

李光憲《イクァンホン》▼6は巡撫使としてソウルにとどまり、中軍の朴基豊《パクキプン》▼7を定州城へ送ったが、基豊は数ヶ月のあいだ、自己の陣を守るだけのことで、なんら功がなかった。そこで、それを拿捕して来て、代わりに、柳孝源《ユヒョウォン》▼8を送った。朴基豊は人となりが寛大で、兵士たちと苦楽をともにし、大いに兵士たちの人望があったが、柳孝源は人となりが峻厳で、兵士たちを思いやることがなかったから、大いに人望を失った。ところが、江界の銀店で鉱山を掘っている輩が城の下に地下道を掘って火薬を埋めて、これに火を付けたので、城は破壊され、大軍が一気に侵入して功を成した。それがなければ、対峙が長引いたはずで、軍中にはまた別の変化が起こっていたはずなのである。

景来が定州の城にいたとき、紅の傘を立てて輿に乗り、前方では太鼓を打って、城の上をめぐって兵卒たちを鼓舞した。また、文科と武科の科挙を行ない、城中にいた賊の者たちがかつての紅牌▼9を城の上から外に投げて、

「お前たちの国の紅牌を投げ返してやる」

と言った。

人びとにこの話をすると、不覚にも髪の毛を逆立て、歯ぎしりして、城に入ったなら、城内のすべての人を、玉と石を分けることなく、殺してしまってもいいと言った。賊を撃破して首魁を捉えると、「兵器を捨てて投降する者は罪を問うことはない」と言ったのに、そのことばに従って出てきて降伏した者たちを一時に殺してしまった。これは降伏した者は殺さないといったことばに大いに背くものである。嘆かわしいことである。

金見臣は武宰の地位にまで至ったが、分を守ることを知らず、郷里の人びとの人望を大いに失ったという。

▼1【洪景来】一七八〇～一八一二。平安南道竜岡郡の出身、十九歳のとき司馬試に失敗して家を出、反乱を企てた。一般的には政争に明け暮れて民政に心を用いることなく、また西北人を文武の高官に起用することが少ないことに対する不満が爆発して反乱に及んだと説明される。

▼2【禹君則】?～一八一二。平安道の人。洪景来とともに反乱を指揮して、その知略で政府軍を悩ませた。洪景来の死後、生け捕りにされソウルに送られ、斬首されて曝し首にされ、その首は全国を回った。

▼3【彭越】前漢の創業のときの武臣。楚を滅ぼすときに大きな功績があった。

▼4【尹郁烈】『朝鮮実録』純祖十一年（一八一一）十二月、洪景来の乱が起こり、その討伐軍の中に咸従府使の尹郁烈として名前が見える。翌年の三月八日夜、賊軍が侵攻して来たのを奮戦して死傷者を出しながらもよく防いだ旨の記事が見える。二十四年（一八二四）十二月には咸鏡南道節度使に任じられている。

▼5【金見臣】『朝鮮実録』純祖十二（一八一二）年正月に金見臣が義兵を募って白馬山城をよく守ったことが見え、七月、王は節度使の金見臣に謁見して、汝は国家のために大功があった、予ははなはだこれを嘉するといって、田二十結、奴婢十口、および軍服を賜ったという。

▼6【李光憲】『朝鮮実録』純祖八年（一八〇八）八月、淳昌郡守として李光憲の名前が見える。十九年（一八一九）八月には大司諫となすとあり、また純祖二十七年（一八二七）の三月には、開城留守の職を削る、光憲の廊底の人が徒党を作って騒ぎ、人びとの家を破却したからだと記している。

▼7【朴基豊】李朝、純祖のときの将軍。一八一一年十二月、洪景来の乱が起こると、巡撫使中軍となって、両西巡撫使の李堯憲とともに反乱軍に占拠された郡を回復し、一月には定州城を包囲した。しかし、四度も攻撃してことごとく失敗したので、柳孝源に中軍職を引き渡して退いた。

▼8【柳孝源】一七五一～一八一三。純祖のときの将軍。一七七三年、武科に及第、翌年には殿試に及第して宣伝官となった。捕盗大将・三道統制使を経て、一八一一年、洪景来の乱が起こると、朴基豊に代わって中軍となり、軍の規律を確立するとともに、火薬を使って定州城を陥落させた。その功績で嘉善大夫に昇ったが、それに反対する人たちがいたので、官位を棄てて郷里に隠退した。後に兵曹判書を贈られた。

▼9【紅牌】科挙の合格通知書。

第六八話……恩恵に対して仇で返した武人

尹某というのは家格と門閥のある武弁である。人となりがはなはだ奸邪である上、軽率でもあった。文芸をあらあら解していて、当時の宰相の門に出入りすることを許されてもいた。彼が忠清道にいたとき、喪に遭って、困窮して自力では生活できない状態に陥った。隣に友人がいて、松商（松都＝開城の商人）とたがいに銭と商品の交換をしている人であった。尹某がその人に銭を借りたいと頼みこんだ。その人は八十両の証書を書いて尹某に与え、松商たちのいるところに行って金を受け取るようにいった。尹某はひそかにこの証書の八十を八百に改め、全州に上納することになっている銭を横領してしまった。全州監営では上納金が滞って不都合が生じ、調べることになり、尹某の所業であることがわかった。そのおり、朴崙《パクユン》寿《ジュ》▼1が完伯（全羅道観察使）であり、鎮営の校理を送って、尹某を捕縛してくるようにと厳命した。校卒がやって来ると、尹某は慌てふためき、どうしていいかわからなかった。その証書を書き与えた友人がやって来て、言った。

「初めから君の所行ははなはだつたなく、こんな事態に立ち至ってしまった。君は以前、官職についていたと言うから、みずから鎮営に入って行けば、身命を失わないではいられまい。私は官職についたことがないから、君の代わりになって入ろう。期間を決めておいおい銭を用意して欲しい。銭を納めれば、放免してくれるにちがいない」

しかし、その人が牢獄に入って後、尹某は知らんぷりを決めこんだ。その人はどうすることもできない。自分の家の田土と家産を売り払って、それで返済し、数ヶ月後にやっとのことで釈放されて、家に帰って来ることができた。杖で打たれてほとんど死ぬところであったが、やっとのことで生き返り、家まで失くしてしまったのを自分の目で見たが、尹某は見舞うこともなかった。しばらくは待ってみたが、数日もたつとじっと思いつめて、口も聞かなくなってしまった。

その後、尹弁は端川府使となった。その人は賃借りした馬に乗り、初めて千里の外に出かけていった。当然のこと尹某はわが手を捉えて、真心を尽くして迎えてくれるものと考えていた。ところが、門番に止められて入ることができず、一月も留められた。旅の資金も尽きて、旅宿の主人に多額の借金を抱えてしまった。その人にはどうしていいかわからず、進退ここに谷《きわ》まった。

ある日、守令が外出するという消息を聞いて、道に出て待ち迎えた。尹某が目の前までやって来たので、声をかけた。

「私はここに来て長く待ったのだぞ」

尹守令は一瞥して、前の奴に言った。

「役所に連れて来い」

そうして、役所に到着して、長い無沙汰の挨拶を交わしたが、次のことばがなかった。その人が言った。

「私が困窮しているのを、あなたもわかっていよう。昔のよしみで千里を駆けて訪ねてきたが、門番に止められて一月余り過ごしてしまい、宿賃もたまってしまった。あなたがもし私にすまないと思って救済してくれるならば、あなたの以前の負債は帳消しにしようではないか」

尹守令は顔をしかめながら、言った。

「公の債務が山ほどあるのだ。だから、君を救うことができない」

そうして、外に居場所を作ってくれたが、その応対ぶりは極めて冷淡であった。数日のあいだそこに滞在すると、尹某はその人に病気の馬を一頭だけ与えて、言った。

「この馬の値は数百金を越えるであろう。君はこれを引いて行って売り、それで用立てるがいい」

それに加えて、旅の費用として五十両を与えた。その人が懇願した。

「この馬は脚が病気のようだし、金もこんなにわずかではたまった宿賃と路銀にはとても足りない。いったい、どうしろと言うのだ。考えても見て欲しい」

尹守令は顔色を変えて言った。

「公の負債があるにもかかわらず、君のためにこれらを用立てたのだ。君でなければ、空手で追い返すところさ。無茶を言うものではない」

こうして、彼を行かせようとしたが、その人は大いに怒り、尹守令の与えた銭を投げ返して、侮辱した。

「お前が公金をくすねて牢獄に入るところを、私は義気でもってお前の身代わりになったのだ、獄中ではすんでのところで死ぬところだったのだぞ。家産をすっかり失くしたのは、お前の債務を負ってやったからだ。お前は今や守令になり、私ははるか千里を訪ねて来たが、お前は会おうともせず、会っても粗忽に応対して、五十両だけ与えた。これじゃ往来の費用にもなりはしない。古今の天下にこのような泥棒野郎がいていいものか」

大声を上げて泣き叫び、門を出て行ったが、街中でも怨みつらみを述べて、道行く人びとにも事のあらましをしゃべった。

尹守令はこれを聞いて怒り、自分の悪業を言いふらすのに困って、将校にその人を捕まえさせ、その旅装を調べさせた。すると、宗簿[2]寺と郎庁[3]の公文書の二帳があった。尹守令はその人を監営に連れて行き、監査に言った。

「私の邑で玉璽を偽造した罪人を捕まえましたが、どう処罰しましょうか」

監査が答えた。

「あなたの邑で処罰するのがよかろう」

尹守令が言った。

「それなら、私が処罰してもよろしいのですね」

「もちろんだ」

そうして役所に帰って来ると、その人を打ち殺してしまった。世間にはどうしてこのように残忍で無情な人間がいるのだろうか。まったく、残虐なことである。

▼1【朴崙寿】一七五三～一八二四。朝鮮後期の文臣。字は徳汝。一七八九年、式年文科に乙科で及第して官途を歩んだ。英祖妃である貞純王后金氏を中心とする僻派が力を握っていたときには政権の中枢からは遠ざかったが、純祖妃の純元王后金氏の外戚の安東金氏が力を握ってからは大司諫を皮切りに判義禁および諸曹の判書などを歴任し、錦豊君に封じられた。

▼2【宗簿寺】朝鮮時代、王室の系譜を作り、王族の過失を調査した役所。

▼3【郎庁】堂下の役人の総称。

第六九話……殺人強盗を捕まえた子ども

金化県の田舎に住む父と子が兎山との間を往来しながら行商をしていた。金化県と兎山の間には狭い山路があって、人気が少ない。ある日、兎山の市場で牛を買い、銭数十両を担わせて帰って来た。父は先を歩き、子は後ろについて行ったが、この子はまだ十四、五歳にしかなっていなかった。とあるところに至ると、突然、強壮な男が物陰から現れて、父親を刀で一突きして殺し、子どももまた殺そうとした。そのとき、この子どもが哀願して、言った。

「おらあ、ただの乞食の子どもだよお。父さんもいないし、母さんもいない。兄弟だっていやしない。四方を見まわしても、面倒を見てくれる親族は誰もいないんだ。それで、いつものように残飯でも貰おうと酒幕の周りをうろちょろしていたのさ。すると、このおじさんが銭をくれて、牛を追っていっしょに来いと言われた。それで、こうしてついて来ただけなんだ。おいらを殺して、どうしようと言うんだい。おいらの命を助けてくれれば、あんたのためにいろいろと役立つよ。どうか命ばかりは助けておくれ」

盗賊はこの子の願い通りに、命を救い、牛を追って兎山までもどって来た。そうして牛を肉屋に売ることにして、まさにその値段の交渉をする段になって、その子が大声で叫んだのだった。

「こいつはおいらの父さんを殺した盗賊だよ。おいらは役所に言いつけに行くから、みんなしてこいつを捕まえてよ」

町の人はみな驚いて、その盗賊をつかまえ、縛り付けた。子どもは役所に行って、泣きながら訴えたので、事件は法にのっとって処置された。

私が洪邑にいたとき、金化県の守令がやって来て、この話をしてくれたのだが、私は感嘆して、言ったことだった。

「この子は十歳を過ぎたばかりで、突然、大事件に遭遇したにもかかわらず、冷静に事に処した。その胆略はただものではない」

残念なことに、この子の姓名はわからなかった。

第七〇話……役人の背倫を罰した李秉泰《イピョンテ》

文靖公・李秉泰《イピョンテ》▼1が東峡地方を暗行御史（第一二話注2参照）として巡察した。ある邑を通り過ぎて、集落とは十里ほど離れてしまった。暗行する邑では心を休めることもできないので、中に入ることもなく、外を通って別の邑に向ったが、ある集落の前に至って、腹が空いて仕方なく、食事を乞うた。一人の女が門から出て来て、応対した。

「この家は男手もなく、ご覧のとおり、はなはだ貧窮している。姑がいらっしゃるのに、朝夕の食事をさし上げることもできない。通りすがりの方に乞われても差し上げる食事がどうして用意できようか」

公が尋ねた。

「ご主人はどこに行かれたのか」

その女が答えた。

「何と言えばいいのやら。私の主人はこの邑の吏房なのさ。ところが、妓生なんぞにのぼせちまって、母親を虐待した上、妻ともども追っ払ってしまった。私たちはその追い払われた姑と妻という次第なのさ」

そうわめきたててやまない。すると、奥の方から老婆の声がした。

「嫁や、どうして夫の悪事を言い立てて、世間に広めるのだい。もうよしなさい」

公はこの話を聞いて心を痛めた。そこで、道を引き返し、集落の中に入って行って、首吏の家を訪ねた。このとき、ちょうど昼時で、家の中に入って行くと、首吏は堂上に座って昼食をとっていた。その横には妓生が座っていて、やはり食事をしている。公は縁側の隅に座って、言った。

「私はソウルから来た者ですが、たまたまこちらにやって来て、時間が過ぎてしまい、昼食をとりそこねました。できれば、一椀の飯でもいただいて、飢えをしのぎたいのですが」

その年は凶作で、民に振恤《しんじゅつ》するために米が倉にはあった。この首吏は目を凝らして公の姿を上から下まで見て、奴を呼びつけて、命じた。

「この間、お産をする狗のために糠の粥をつくったはずだ。あれがまだ残ってはいないか」

「はい、まだ残っています」

「それなら、この乞食に一椀でも恵んでやるがよい」

奴は糠でつくった粥を一椀もってきて、公の目の前に置いた。公が言った。

「貴殿は、今はたとえ裕福であっても、ただの地方の役人に過ぎない。私は、今は食を乞う境遇にあっても、本来は士族なのだ。たまたま時間を過ごして、食事を乞うたが、このようなものを出して、どういうつもりだ。食べ残しであっても、悪いわけではない。しかし、狗や豚が残したものを人に出すなど、どういう道理があろうか」

首吏は目を大きく見開いて、客の人となりに気圧されたものの、罵倒した。

「お前が両班だというのなら、どうして人の家にのこのことやって来て、食事を乞うような真似をするのだ。今年は凶年で、このようなものでも、人びとはなかなか食べられない。お前はいったい何さまなのだ。

そんな偉そうな口を聞けるとは」

首吏はそう言って、粥の椀を取り上げて公の額に投げつけた。李公の額は割れて血が流れ、粥を全身に浴びた。

公は痛みをこらえて出て行ったが、やがて御史の役目を終えて、ソウルに戻った。このとき、首吏が民に施した後、倉に残った穀物を金に換えてソウルの家に送ったという旨の文書が発見された。これによって、首吏はなじみの妓生とともに杖殺された。

一人の女子の怨みのことばから、事はここに至ったのである。故事に「五月飛霜▼2」と言うが、まさにこのようなことを言うのであろう。

▼1【李秉泰】一六八八～一七三三。英祖のときの清白吏。号は東山、諡号は文靖、本貫は韓山。一七一五年に進士に合格、一七二三年には文科に及第した。一七二七年、礼曹参議であったとき、祖先が壬辰倭乱で死んだのに、役目として倭書回答の礼をしなくてはならないのを厭い、辞職した。後に戸曹参議になったが、蕩平策を排斥する事件で罷免された。慶尚道観察使に任命されたときも固絶して赴任しなかった。吏曹判書に追尊された。李羲平あるいは李羲準にとっては高祖父である監司公・潗の甥に当たることになる。

▼2【五月飛霜】五月下霜とも。暑中に霜が降りること。冤獄の兆しであると言う。「淮南子に曰く、鄒衍、燕の恵王に事《つか》へ、忠を尽くす。左右、之を王に譖《そし》る。王、之を獄に繋ぎ、天を仰ぎて哭す。夏五月、天之が為に霜を下す、と」（『太平御覧』天部、霜）。この話の結論としてはおかしい。

第七一話……死者に慎重な判決

中和県で殺人事件があった。すなわち金某が姪婦（甥の妻）の部屋に忍び込んだが、姪婦が刀を手にして金某を殺してしまったのである。その邑ではひそかに相談し合って、事件を隠蔽しようとしたのだが、

いつか噂は郡中に伝わって、役所に告げて出る者が出てきた。その女は、

「叔父が部屋に突然入って来たので、強姦されるのではないかと怖くなって殺してしまったのです」

と答えた。

その男はもともと酒癖が悪く、酔ってはいつも女の短所を言い立てていたから、女はいつも怨んでいた、ということでもあった。だが、人びとの議論は、この男が女の部屋に入ったのは、その意図を今では問うて尋ねることもできないが、やはり女を犯すつもりだったと考えざるをえない、そうでなければ、どうして女子の部屋に入って行く必要があったのだ、というものに落ち着いた。

府君が下した判決は次のようなものであった。

「男が部屋に入ったのは、ただ親しんで隔てがなく、出入りしただけのことかも知れない。女を犯そうという意図があったのかどうか、死んでしまった今になっては、男には弁明のしようもない。確かな証拠もないのに、男が背倫の罪目を犯した者と断定したならば、死んだ男がどうして怨みを抱かないであろうか。おおよそ獄事というのは、双方のことばを聞いて決定すべきものだ。一方が死に、一方が生きている場合、生きている者のことばだけを聞いて、死者を顧みないようでは、どうして公平であると言えようか。みなの議論はまったく穏当とは言えない。判決文がひとたび作成されてしまえば、男はそのまま千古の罪人になってしまう。それが、どうして仁人君子の心と言えようか」

巻の二

第七二話……禁酒令に背いたソンビと柳鎮恒《ユチンハン》

統制使（第七三話注2参照）の柳鎮恒《ユチンハン》[1]がまだ若かったころ、宣伝官として役所に行き、宿直した。壬午の年（一七六二）のことであり、禁酒令が厳しかったころである。ある月の明るい夜、王さまが、突然、宿直している宣伝官に入侍するように命じられた。鎮恒が命を受けて参ると、王さまは一振りの剣を取り出して鎮恒に下賜して命じられた。

「聞くところでは、世間ではいまだに酒をひそかに造っている者たちが多いと言う。お前はこの太刀をたずさえて、三日のあいだに酒を密造している輩を捕まえて来い。それができなければ、代わりに、お前の首を差し出すのだ」

鎮恒は命を受けて退出し、家に帰ると、袖で顔をおおって寝込んでしまった。妾がやって来て、顔を覗き込んで尋ねた。

「何をそんなに塞ぎこんでいらっしゃるのですか」

鎮恒が答えた。

「私が酒を好きなのは、お前も知っているだろう。ところが、最近はずっと飲んでいない。咽が乾いて死にそうなくらいだ」

妾がこれに答えた。

「日が暮れたなら、私に考えがないでもありません。すこしお待ちください」

夜になって、その妾が言った。

「私は酒のある家を知っています。しかし、私一人で行くのでなければ、酒を分けてはくれません」

そうして、空っぽの壺を抱え、チマで顔を隠しながら家の門を出て行った。鎮恒がこっそりと女の後を付けて行くと、女は東村の草葺の家に入って行き、そこで酒を買って出て来た。鎮恒がこれを飲んで味わい、さらに欲しいと言うと、妾がふたたび草葺の家に行って買って来た。すると、鎮恒が瓶を手にして立ち上がったので、妾は何ごとかと思って尋ねると、鎮恒が答えた。

「この酒を買った家の男というのは、まさに私の酒友とも言うべき人だ。このようにうまい酒をどうして一人で飲むことができようか。彼とともに飲むことにしよう」

家を出てその家を訪ね、一枚戸を入ると、わずか数間のあばら家で、雨風をしのぐこともできないありさまであったが、その中で一人のソンビが灯りを点して書物を読んでいた。鎮恒を見ておどろき、立ち上がって迎えて、言った。

「いったいどなたがこんな夜更けに来られたのですか」

鎮恒は腰を下ろして、言った。

「私は王さまの命令を受けて来たのです」

そうして腰から瓶を取り出して、続けた。

「これはこの家で売ったものに相違あるまい。実は王さまから酒を密造している者を捕縛せよという命令が下っているのだ。あなたの罪はすでに発覚してしまった以上、私について来てもらうしかない」

ソンビはしばらくの間、じっと黙っていたが、口を開いて、言った。

「たしかに法を犯している以上、どうして弁明いたしましょうか。しかし、この家には年老いた母親がいます。一言だけ挨拶をしてから出て行きたいのですが、お許しいただけないでしょうか」

柳は言った。

「わかりました」

ソンビが中に入って行き、声を低めて母親を呼ぶと、母親はおどろいて、尋ねた。

「進士か、こんなに遅く寝もせず、いったいどうしたのだい」

ソンビが答えた。

「以前、私は申し上げなかったでしょうか。ソンビの家ではたとえ飢えて死んだとしても、法に背くようなことをしてはならないと。しかし、母上はついにお聞きいれにならず、私は捕まえられてしまったのです。私はこれから死にに行きます」

母親は大きな声を上げ、慟哭しながら、言った。

「おてんとうさま、おてんとうさま、これはいったいどうしたことでしょう。私が隠れて酒を造ったのは、なにも財を貪ろうとしたわけではなく、息子のお前に粥を食べさせるお金を用立てるために過ぎなかった。こんなことになったのは、私の罪だ。いったいどうしたものか」

そこにソンビの妻もおどろいて起きて出て来て、胸をかきむしって泣き出した。ソンビはおもむろに言った。

「事がここに至っては、泣いたとて何の意味があろうか。ただ、私が連れて行かれ、死んでしまった後も、お前は私の母上を、私がいたときと同じように、大切にお世話して欲しい。某洞の兄には息子が大勢いる。その中の一人をもらって養子にして、安穏と暮らすようにしろ」

ソンビはくり返しくり返し母親のことを頼んで、部屋から出て来た。柳は部屋の外で中の話を聞いていて、同情を禁じえず、ソンビに尋ねた。

「あなたの母親は何歳になられるのか」

「七十歳あまりです」

また尋ねた。

「ご子息はないのか」

「おりません」

重ねて柳が言った。

「このようなありさまを、人としてどうして黙って見ていられよう。私には息子が二人いるが、仕えるべき母親はいない。私があなたの代わりに死ぬようなことになっても、あなたは気に懸ける必要はない」

酒の甕をみんな持ちださせて、さし向いになっていっしょに飲んだ後、甕をみな打ち割って庭に埋めてしまった。そうして、柳は帰ることになって、言った。

「お年寄りがいては、家計も苦しいでしょう。私はこの剣でもって、このたびの友情を示すことにしましょう。この剣を売って、お母上に孝行なさるがいいでしょう」

ソンビは固く断ったが、柳は剣を置いて後ろを振り向くこともなく、立ち去ろうとした。ソンビが姓名を尋ねたが、柳はただ、

「私は一介の宣伝官に過ぎません。姓名など知って、どうするつもりですか」

と言って、飄然と去って行った。

翌日は期限だった。参内して、罰を受けるつもりであったが、王さまは、はたしてお尋ねになった。

「酒を密造する者を捉えたか」

「捕まえることはできませんでした」

王さまはお怒りになって、おっしゃった。

「それなら、いったいお前の頭はどこにあるのか」

柳鎮恒は一言も申し開きはしなかった。そこで、すぐに済州へ安置されることになった。

鎮恒は済州に流されて数年後には許された。その後も十年余りは不遇で過ごしたが、晩年には復職して、草渓郡守となった。在任して何年かの間、専横を続け、ひたすら私腹を肥やしたので、人びとはみな我慢できずにいた。ある日、暗行御史がやって来て、倉を封じ、まさに政堂に上がり、郷吏と倉庫担当の役人をいっしょに縛り上げて、刑杖を加えようとしていた。鎮恒が戸の隙間から覗いて見ると、まさにあのときの東村の密造酒のソンビであった。そこで、面会を請うと、御史はおどろいて何も答えなかった。

「私にどうして会いたいというのか。恥を知らない人間なのであろうか」

鎮恒は入って行き、御史に挨拶をした。御史は振り返ることもせず、顔色を変えることもなく、居住まいを正している。柳が言った。

「御史は私をご存知ではあるまいか」

御史は考え込んでしばらく答えなかったが、やっとのことで、

「私があなたを存じているだと」

柳は、

「あなたは以前、東村の某村にお住まいではなかったでしょうか」

と言うと、御史はかすかに驚いて、

「あなたはどうしてそれを知っているのか」

と言ったので、柳は、

「某年の某日の夜、酒を密造する者を捕縛する王命を奉じ、あなたの家に伺った宣伝官に御記憶はありませんか」

と答えた。

「いや、もちろん記憶があるとも」

「私がその宣伝官なのです」

御史は急に立ち上がり、柳の手をとらえ、涙を滂沱と流しながら、言った。

「あなたは私の命の大恩人だ。今ここで会えたのは、天のおかげだ」

そして、刑罰の道具を片づけさせ、罪人たちを捕縛していた綱を解いた。一晩中、酒宴を張り、これまでのことをしみじみと語り合った。さらに数日、滞在を延ばし、ソウルに帰って行った。

暗行御史は鎮恒に対して褒美を下さるように王さまに上奏したが、暗行御史の上奏でこれより以上に褒賞が下されたことは、いまだかつてなかったことである。王さまはその治績を嘉するという名目で、鎮恒を特別に朔州府使に任命された。その後、御史の方は大臣の地位にまで昇ったが、ここに至って、その事

件のことを取り上げると、世の中の人びとは騒がしく噂をし、正しいこととは考えないであろう。柳鎮恒は統制使にまで昇進した。もう一方は今や少論の大臣であるが、その姓名を明らかにするには憚りがあり、記すことができない。

▼1【柳鎮恒】一七二〇～一八〇一。朝鮮後期の武臣。字は寿聖。一七五三年、武科に及第して宣伝官となった。三道統制使・右捕盗大将にまで至った。一七九九年、八十歳となり、崇禄大夫を与えられた。

第七三話……奴の禹六不《ウユクプル》

禹六不《ウユクプル》というのは宰相の趙顯命《チョキョンミョン》（第四四話注1参照）の奴であった。はなはだ実直であったが、酒を好み、また女好きでもあった。参判の李泰永《イテヨン》▼1の家に莫大《マクテ》という婢がいて、すこぶる美しかったから、六不はこれを妾にして入れ挙げ、参判の家の廊をしきりに行きかった。

ある日、趙宰相の屋敷にいると、新任の統制使▼2が赴任のための暇乞いにやって来た。古いしきたりどおりに、統制使が六不に二両を与えると、六不は投げ返して、

「家に帰って、大夫人の衣服でもこしらえなさったらいかがでしょう」

と言った。統制使は怒りを抑えて睨みつけながら去った。その後まもなく、捕盗大将となってソウルに戻って来ると、命令を下した。

「捕校の中で禹六不という者を捕まえて来る者がいたら、私は手厚く褒美をやろうじゃないか」

数日後にはたして六不は捕まえられ、まさに杖で乱れ打ちにされる刑を受けることになったが、そのことを趙宰相に報告した者がいた。当時、趙宰相は御営大将の職にあり、車に乗って捕庁の門の前まで至り、そこで車を留めて、大声を上げた。

「その者は私の奴である。その者がたとえ死に値する罪を犯したとしても、一度は面会しておきたい。しばらく外に出してもらえまいか」

捕将はしかたなく、六不を出したが、紅い縄で縛りあげ、十人余りの校卒がついて来た。六不は趙宰相の顔を見ると、泣きだして、言った。

「旦那さま、命を助けてください」

「お前は死に値する罪を犯したのだ。それをどうして私が救うことができようか。そうだ、お前はもう死んでしまったのだ」

趙宰相はそう言って、校卒たちに言った。

「私はこの者の手と握手して、訣別したい。この者の縄をほどいてほしい」

校卒たちは捕将の命令もあったから、そのようなことはできない。すると、趙宰相は怒って、

「なにをぐずぐずしている。はやく縄をほどかないか」

と叱りつけた。

校卒たちがしかたなく、趙宰相に命じられるままに、六不の縄をほどくと、趙宰相は六不の手を取って、車の踏み板に彼を乗せた。そして、御庁の執事に命じた。

「もし捕庁の役人たちが追いかけて来たら、その全員を縄で縛りあげてしまえ」

兵士たちは承知した。そうして、車の向きを変えて疾走して、屋敷に帰った。六不を屋敷の中にとどめ、門の外にはけっして出さなかった。

趙宰相が死んで、六不はその子のやはり宰相になった趙載浩《チョチェホ》▼3に仕えた。載浩の不祥事を見て、これを諫めたことがあり、そのとき、載浩は、

「お前に何がわかるのか。あれこれ指図をするのはやめろ」

と言った。六不はそのまま祠堂におもむき、亡くなった趙宰相を呼ばわって、

「若旦那さまはいずれ滅ぶことになりましょう。私はお暇することにします」

と言って、立ち去り、その後は屋敷に出向くことはなかった。

　壬午の年（一七六二）になって、禁酒令ははなはだ厳しかった。六不は何も食べずに、酒を食事に代えていたのだが、断酒が長く続いて、ついには病気になってしまった。生命の保全が朝夕に迫って、莫大はひそかに小さな甕に酒を造った。夜更けになって甕を取り出して来て、酒を飲むように六不に勧めた。六不はおどろいて、

「これはいったどこで手に入れたのだ」

と尋ねると、莫大は、

「あなたが病づいたのを見て、私が隠れて造ったのです」

と言った。

　六不は莫大を外に出し、手で自分の髷をつかんで引っ張り、なんと一人芝居を始めた。

「禹六不を捕まえたぞ」

「お前はどうして酒を造るのを禁じた法を犯したのだ」

　そうして、自分自身で答える。

「私がどうして酒など造りましょう。私の無知な妻が私の病気を慮って造ったのです」

　六不の演じる役人がまた言う。

「斬ってしまえ」

　続いて、斬首の様を行なって、

「こうなってしまえば、どうだ。私はこの国の民として、どうして国法を犯すことができようか。こんなことは決してしてしてはならない」

と言い、酒の甕をこなごなに割って、酒は一滴も飲まなかった。ついに病は回復することなく、起き上がることができなかった。

▼1【李泰永】字は士仰、号は東田、本貫は韓山。官職は参判に至った。本書『渓西野譚』の編者である李義平あるいは義準の父である。
▼2【統制使】宣祖のときに忠清・全羅・慶尚の三道の水軍を統率するために置いた武官職。
▼3【趙載浩】一七〇二～一七六二。字は景大、号は損斎。実際には顕命の甥。養子となったか。一七三九年、推挙で世子侍講院に登用され、その後、春塘台試に丙科で及第、承政院承旨となり、一七五二年には右議政にまでなった。一七六二年、荘献世子が禍を被ることになると、それを救済しようと尽力したが、逆に流され、死を賜った。

第七四話……妹の婿を蘇らせた挽歌

かつて湖中地方に一人のソンビがいた。妹に婿を迎えたものの、三日も経たないうちに婿は病にかかり、死んでしまった。ソンビの家で初喪を行ない、寡婦になってしまった妹を婿の家に送ることになって、ソンビは妹といっしょに出かけた。江を渡ることになって、ソンビは悲しみに堪えず、賦を作った。

なんじ、大同江の浮かぶ船に、尋ねたい。
昔から今に至るまで、妻を迎えに来た者は何人か。
そうして妻を伴い帰った者は何人か。
いまだかつてこのような旅行はなかったろう。
紅い旗を前に立て、素木の車が後に続き、
若くして寡婦となった新婦と白骨になった新郎。
江に浮かぶ船の船脚は遅く帰ろうとしない。

新郎の魂はまだ新婚の床に臥したまま、
江に浮かぶ船は帰るのをたゆたっている。
聞けば、新郎の家では父のない子を十年育てた母親が待つと。
夕暮れに子どもの帰還を待つが、
子どもは帰って来ずに、
ただ、君の葬列がやって来るとは。
こんな道理をまた誰に尋ねたものやら。
若々しい婢女が舷側に寄りかかって泣きながら言う、
あそこにいるのは鴛鴦《おしどり》、
二羽が仲よく翼を並べて飛び立って、
北の川に、南の山にと飛んでいく。
なのに、どうして私の旦那さまは、
お行きになったまま、お帰りにならないのか。

（問爾大同江上船　古又今娶而来者幾人　嫁而帰者幾人
未有如此行　丹旋前素車後　青孀新婦白骨新郎　江上船帰不疾
郎魂猶有臥東床　江上船帰莫懶
聞有郎家十年養孤児之萱堂　暮望子　子不来　来爾喪　此理誰復問
蒼蒼小婢　依船泣且語
彼鳥者元央　猶自双双飛飛　水之北山之陽　奈何吾上典　一去不復還云）

この賦を書いて棺の前に置き、そして一声、長く叫び続けたところ、しばらくして、江の中から虹が立ち上り、棺の上を渡った。すると、棺を覆う板が割れて裂け、死んだ婿が生き返ったのだった。なんとも不思議なことで、荒唐無稽な話のようでもあるけれど、ここに書き留めておく。

第七五話……楊士彦《ヤンサオン》の母親

蓬萊・楊士彦《ヤンサオン》▼1の父親は蔭官で霊岩郡守であった。休暇をとって上京し、その帰途のできごとである。朝早く発って一日の行程を来たものの、茶店も見当たらず、人も馬もすっかり疲れてしまった。どこか村人の家に頼んで昼食をとろうと考えたが、ちょうど農繁期に当たっていて、人びとはみな田畑に出ていて、村には誰も残っていない。ただ一軒の家に一人の女児がいて、年のころなら十一、二歳。士彦の下僕が尋ねると、その女児は答えた。

「私がご飯をこしらえましょう。しばらくのあいだ、わが家でお休みください」

「お前はまだ幼いのに、ほんとうに郡守さまに食事をさし上げることができるのか」

「ご心配は無用です。郡守さまがいらっしゃっても、大丈夫です」

一行は他にしかたもなく、その家に入って行ったが、女児はさっさと部屋を掃除して、座席を用意した。

「郡守さまに差し上げる食事はわが家の米を用立てますが、ご家来の方々の分は携帯されたお米でお願いします」

楊氏がこの女児を子細に見ると、挙措がすばらしく、容貌も端麗で、ことばづかいも明朗である。いささかも田舎の娘らしいところがないので、不思議に思った。しばらくして、食事が出されたが、こぎれいに盛りつけ、あっさりと味もよく、いつもの食事よりも素晴らしかった。上下の者みなが奇特に思って称賛したが、郡主は女児をそばに呼んで、

「お前の年はいくつだ」

と尋ねた。すると、

「十二歳です」

と答える。そこで、

「お前の父親は何をしているのか」

と尋ねると、

「この邑の将校をしていますが、午前中は母親とともに畑を耕しています」

と答えた。楊郡守はこの娘の健気さを愛し、箱の中の青と紅の扇子二本を取り出して女児に与え、戯れて言った。

「これは結納の品としてお前に授けよう。心して受け取るのだぞ」

その女児はこのことばを聞くと、そのまま部屋の中に入って行き、紅い色の風呂敷を持って出て来て、それを前に敷いて、言った。

「扇子はこの風呂敷の上に置いてください」

楊郡守がそのわけを尋ねると、女児は、

「結納の品であれば大切なもので、どうして素手でいただくことができましょうか」

と言ったから、一行の人びとはますます奇特な女児だと感心し、称賛しない者はいなかった。

楊郡守はそうして任地に帰り、その後はこの出来事はすっかり忘れてしまっていた。

数年が経って、門番が中に入って来て、告げた。

「隣邑の将校が拝謁したいといって参りました」

その男を通して見ると、まったく知らない男である。楊郡守が、

「あなたの姓名は何と言い、またどんな理由があって参ったのか」

と尋ねた。その人はうやうやしく礼をして、言った。

「私は某邑の将をしておりますが、郡守さまが先年、ソウルに上られ、その帰路、ある家に入って昼食をお取りにならなかったでしょうか。またそのとき、一人の女児が食事を接待しなかったでしょうか」

「ああ、たしかにそんなことがあった」

「そのときに、結納の品をお与えにならなかったでしょうか」

「いや、あれは結納の品というようなものではない。女児があまりに賢くわれわれを接待してくれたので、奇特に思い、色のきれいな扇子をお礼に上げたのだ」

「その女児というのは私の娘でございます。今年、十五歳になりました。そろそろ結婚を考える年頃ですが、娘は『私は霊岩郡守から結納の品をいただきました。死んでも他に嫁ぐことはできません』と申します。一時の戯れでおっしゃったことばを、どうして信じ込んでいるのか、いくら言っても、死ぬと言って聞きません。どうしても、決心を翻させることができず、やむをえず、父親の私がここに参った次第です」

楊郡守は笑いながら、言った。

「あなたの娘の好意をどうして無にすることができようか。あなたが日を選んで、娘殿を連れて来られるがよいであろう。私は嫁として迎えようではないか」

吉日となって、礼をととのえて、娘を迎え、小室とした。そのとき、楊郡守は鰥夫《やもめ》の身であったから、その女子を母屋に入れて、食事と衣服のことなどを任せたところ、すべて意にかなわないことはなかった。任期が終わり、ソウルの本宅にもどることになったが、嫡妻の産んだ子女を大切にして、奴婢を差配するのにも道理を尽くした。一門の人びともこれを大いに喜ばない者はなく、この女子を称賛する声が身分の上下を問わず世間に広まった。

男子一人を産んだが、これが蓬莱である。光彩が顔面に現れ、まことに眉目秀麗であり、神仙の風格があった。数年後、楊郡守が亡くなって、蓬莱の母は大いに悲しんでわが身を損なうほどであったが、喪服を着る日に親族がみな集まったとき、号泣した後、進み出て、言った。

「本日はみなさんがお集まりになり、喪人（子どもたち）たちも席についておりますが、わたくしに一つだけお願いがあります。お許しいただけるでしょうか」

喪人たちが言った。

「お世話になったお母さまのおっしゃることです。私どもがどうして従わないわけがありましょう」

列座の人びとの意見もまた同じであった。そこで、蓬莱の母は言った。

「わたくしには息子が一人いますが、人となって必ずしも愚かではないようです。しかし、わが国の風俗では庶子はあくまで庶子として賤しく、わたくしの息子が成人してもどこに働く場所を見出だせましょうか。わたくしは皆さんを大切に思ってお世話をし、皆さんにも愛していただきましたが、わたくしが死んだ後には、妾母としての喪に服されるだけです。このように嫡と庶の区別は厳格ですから、わたくしの子がどうして身を立てることができましょうか。わたくしが本日、自決して大喪であるかのように弥縫《びほう》すれば、嫡と庶の区別がなくなるでしょう。お願いですから、皆さんには死に行く者を憐れんで、黄泉の国で怨みを抱かなくていいようにしていただけないでしょうか」

列座の人びとが言った。

「このことはわれわれが相談して、庶子の痕跡がなくなるようはからいましょう。死ぬなどとはおっしゃいますな」

蓬莱の母は言った。

「皆さんのお心使いには感謝しますが、やはりわたくしが死ぬのがいちばんです」

そう言い終えると、おもむろに懐から短刀を取り出して、楊郡守の棺の前で自決してしまった。人びとはおどろき悲しんで、言った。

「何ということだ、この方は。賢明かつ貞淑な性格で、自決までして、われわれに最後の願いをかけられた。その願いをどうして無にすることができようか」

みなで相談をして、嫡兄たちが真実の兄弟とみなし、いささかも嫡庶の区別をしなかった。蓬莱は人となって後、士大夫として官職を歴任して、その名前は天下にもてはやされたが、彼が庶流であることは知られることがなかった。

▼1【蓬萊・楊士彦】第二三話注3を参照のこと。この第七五話は、第二三話の異伝《ヴァリアント》と考えることができる。

第七六話……端宗《タンジョン》が取り持たれた縁

海豊君・鄭孝俊《チョンヒョジュン》▼1は四十三歳であったが、貧しく、どこも頼るところがなかった。妻と死に別れることが三度、娘三人がいて、息子は一人もいなかった。寧陽尉▼2の曾孫であったから、祖先のお祭りをする以外にも、魯陵（端宗《タンジョン》）▼3と顕徳王后権氏▼4、そして魯城王后宋氏▼5のお三方の神主を祀らなくてはならなかったが、香火を供えることもなかなかできかねた。家にいれば鬱屈して心が晴れず、いつも隣に住む兵使の李《イ》進慶《チンギョン》▼6の家に行っては博打をして憂さを晴らした。この李というのは判書となった浚民《ジュンミン》▼7の後孫であり、このときは堂下の武弁として、毎日のように海豊と博打に興じていたのである。

ある日、海豊が突然言った。

「私は君に衷心からお願いしたいことがある。私の頼みを聞いてもらえないだろうか」

「私は君とこのように親密に付き合っている。どうして頼みを聞かないことがあろうか。どうか話してみてくれ」

海豊はため息をついて、しばらくして、言った。

「わが家は先祖代々の奉祀をするだけでなく、尊い方々の神主もまたお祀りする責務を担っている。ところが、私は今や鰥夫となって、男の跡継ぎがいない。どうして心配せずにいられよう。君でなければ、こんなことはとても言い出せないのだが、君は私の身の上を憐れんで、私を君の婿にしてもらえないだろうか」

李は勃然と顔色を変え、言った。

「君は本気なのか、冗談を言っているのか。私の娘というのはまだ十五歳だぞ。どうして五十歳にもなる男に嫁がせることができよう。今後、そんな馬鹿げたことは、絶対に言わないでくれ」

海豊は満面に羞恥の色を浮かべ、すごすごと引き下がった。以後は、ふたたびその家を訪れることもなかったが、その後、十数日が過ぎた、ある夜のこと、李兵使が眠っていると、その夢の中で、門の前の庭が騒がしくなって、遠くから先追いの声が聞こえて来る。そして、官服を着た人が入って来て、言うではないか。

「王さまのお越しです。どうか門に出てお出迎えください」

李はあわてて階段を下りて、庭に伏した。すると、少年の王さまが端雅に装い、玉を垂らした王冠をかぶり、やがて歩を進めて大殿に上り、李に近くに参るように命じて、おっしゃった。

「鄭某はお前の娘と結婚をしたいと言っている。お前はどう考えるか」

李は起伏してお答えした。

「王さまのご命令をお受けしたからには、どうして背くことをいたしましょう。しかしながら、わたくしの娘はまだ笄年（十五歳）に過ぎません。鄭は三十年もの年長であり、どうして嫁がせることができましょうか」

ふたたび王さまがおっしゃった。

「年齢の老少を比較する必要はない。結婚させるがよかろう」

そうして、王さまは宮廷にお帰りになった。

李は夢から覚めたものの、まだしばらくはぼんやりとしていた。起き上がって中に入って行くと、妻もまた灯りを点して起きていて、李に尋ねた。

「夜もまだ明けませんのに、どうしてお起きになったのですか」

李が夢の中のことを語ると、その妻も言った。

「わたくしもまた同じ夢を見たのです。ほんとうに不思議なことです」

李が言った。

「これは偶然ではあるまい。さて、どうしたものか」

妻が答えた。

「夢など虚妄なもので、どうして信じることができましょう」

十日ほどが経って、李はまた夢を見た。王さまがふたたびお出ましになり、不快な表情をなさって、おっしゃった。

「先に命じたことがあったはずだ。どうしてお前はそれを実行しようとはしないのだ」

李は恐縮して申し上げた。

「謹んでご命令の通りにいたします」

夢から覚めて、また妻に話をした。

「今晩、また夢を見た。これも天の意なのであろう。もしその天の意志に背くならば、きっと大きな禍が生じよう。さて、どうしたものだろう」

妻は言った。

「たとえ夢がどのようなものであろうと、結婚などとんでもない。どうしてあんなに可愛い娘を貧しい乞食のような人に、しかも四度目の妻として嫁がせることができましょうか。これは天の定めと人の定めを論じるまでもなく、死んでも、従うことはできません」

その後、李ははなはだ恐ろしくなって、寝食もままならずに、十日余りが過ぎた。すると、夢に王さまがやって来られて、おっしゃった。

「先日の命令はたんに天の定めたことというだけではない。鄭は福の多い人物で、お前たちにとって害はなく、益のみがある人なのだ。何度も命じたのに、どうしても拒むというのは、お前たちにはどんな道理があるのだ。まもなく、お前たちに大禍が降りかかるだろう」

李は恐れ、ひれ伏して答えた。

「謹んでご命令通りにいたします」

すると、王さまはさらにおっしゃった。

「これはお前の罪でないことは存じている。お前の妻が頑なに命令を拒んでいるのだな。その罪を償わねばならぬ」

王さまは李の妻を捕えてくるよう、お命じになった。すぐに刑具が用意され、妻も捕えられて来て、その罪が一つ一つ述べ立てられた。

「お前の夫は私の命令に従おうとしているのに、お前一人が難を言い立て、命令に従わないでいる。これはいったいどういうことだ」

そうして罰を加えることが命じられ、四、五度、杖で撃たれた。李の妻は恐ろしくなって震えながら、哀願した。

「どうして僭越にもご命令に背きなどしましょう。謹んで、ご命令の通りにいたします」

やっとのことで、刑罰は止められ、王さまは宮廷にお戻りになった。

李はおどろいて夢から覚め、中に入って行き、妻に夢の中のことを話した。妻は膝を抱えて座っていたが、その膝には果たして杖の痕が残っていた。夫と妻は大いにおどろき恐れ、議論を重ねた後、翌日には海豊のところに人を遣って呼んだ。

「最近は長いあいだ訪ねてくださらないが」

海豊がやって来ると、李は彼を迎えて、言った。

「君はこのあいだのことでわが家から遠ざかっていらっしゃるのか。私は最近、千度万度と考えてみたが、私でなければ、この世間で君の困窮を救済できる人間はおるまい。私はたとえ娘の一生を誤らせることになるとしても、断じて君の家に嫁入らせることにしようではないか。君はわが家の東床（婿）になってくれ。これはもう決めたことなので、もうつべこべ議論する必要はあるまい。四柱単子（第四一話注1参照）をたがいに交わす必要もなく、ここで書けば、事足りよう」

そして、一幅の紙を取り出して与えて書かせ、続いてその席で暦を広げて婚姻の日取りを決め、たがいに堅く約束を取り交わした。

　翌朝、李の娘は起きると、母親に言った。

「昨晩、不思議な夢を見ました。お父さんの賭けごと仲間である鄭さんが、突然、竜になって、わたくしに、『お前は私の子どもを産め』とおっしゃるのです。そして、チマの裾を広げてみると、小さな五頭の竜がいて、チマの上にずんずんと上って来ました。それを手に取ろうとして、一頭を地面に落として首を折ってしまいましたが、ほんとうに奇妙な夢でした」

　母も、それを聞いた父も、奇妙な夢だと思った。

　女子は鄭氏の家に嫁いで、毎年のように出産して、男子五人を授かった。みな成長して順に科挙に及第した。次男は判書となり、三男は大司諫に至った。四男と五男はともに玉堂となった。

　長孫もまた海豊の生前に科挙に及第して、その婿もまた及第した。海豊は五人の息子がみな登科したことにより、職級を一階上げられ、地位は亜卿に至った。享年は九十余歳で、孫も曾孫も庭に満ちた。その福禄の盛んなこと、この世にまたとないほどのものであった。その第五男は書状官として北京に出かけての帰途、柵門を越えることなく死んで、棺となって帰って来た。このとき、海豊はまだ生きていたが、はたして夢と符合したのだった。その夫人は海豊よりも三年早く死んだ。

　海豊がまだ困窮していたとき、友人の家に行ったところ、一人の術士に会った。居合わせた人びとはみな前途を尋ねたが、海豊はなにも問わなかった。主人が尋ねた。

「この人の人相術は不思議なほど当たる。どうして一度も尋ねてみないのだ」

　海豊が答えた。

「私のような貧しい人間が人相を見てもらったところで、何になろうか」

　人相見が海豊を見つめて、言った。

「この方はいったいどなたなのだ。今はこのように貧困の中にあるが、その福禄は限りなく、先に窮して後に通ずるともいうべき相をしていて、五つの福が備わっている。この部屋にいる人びとでこの方に及ぶ人はいない」

その後、はたしてこのことば通りになった。海豊が最初に結婚した際、新婦の家に行く日の晩の夢に、ある人の家に行くと、堂の上に用意されている調度は結婚式のようであったが、ただ新婦が欠けていた。目が覚めて不思議に思ったが、やがて妻の喪に遭った。再婚した晩、やはり夢を見て、家に入って行くと、同じように結婚式の用意はされていたが、今度は新婦がまだ繦《むつき》を外せない赤ん坊であった。そのときも妻の喪に遭った。三度目の結婚の晩、同じく夢を見たが、今度は繦の赤ん坊が大きくなって十歳あまりであったが、また妻の喪に遭ってしまった。そこで四度目の結婚をしたのだった。李氏の家に入って新婦を見ると、まさしく夢の中で見た女児が成長した姿であった。すべてがみな前もって定まっていたことだったのである。

李兵使の夢の中に現れて命令なさったのは端宗だったのである。

▼1【海豊君・鄭孝俊】一五七七〜一六六五。孝宗のときの文官。号は楽晩。若いころから才能があり、詩声が高く、特に駢儷文が得意だったが、長く科挙に及第せず、遅く司馬に合格した。李爾瞻に反対して、仁祖反正の後、登用されて海豊君に封じられ、同知敦寧府事となった。
▼2【寧陽尉】鄭悰。?〜一四六一。文宗には端宗と敬恵公主の二人の子がいて、鄭悰は敬恵公主の夫となった。端宗が即位すると、刑曹判書となり信任されたが、一四五五年、端宗が廃され、首陽大君（世祖）が即位すると、流された。一四六一年、僧侶の性坦とともに謀叛を謀ったとして陵遅処斬（殺した後、頭、胴体、手足を切断する極刑）となった。官婢となっていた敬恵公主が男子を産むと、世祖妃の貞熹王后が引き取って育て、世祖は彼を眉寿と名付けた。
▼3【端宗】朝鮮六代の王。一四五五年、首陽大君に王位を奪われ、魯山君となり、その後、殺された。
▼4【顕徳王后権氏】一四一八〜一四四一。花山府院君・専の娘。一四三七年、世子（後の文宗）嬪に冊封され、端宗と敬恵公主を産んだが、四年の後には死んだ。文宗が即位して後、王后に追冊された。
▼5【魯城王后宋氏】端宗の妃であった宋玹寿の娘。一四四〇〜一五二〇。一四五四年、王妃に冊封、一四五

五年には懿徳王后となったが、一四五七年には夫の端宗が殺され、父親の玹寿も殺され、自身も夫人に降格されたが、その後、六十余年も生きた。

▼6【李進慶】この話にある以上のことは未詳。ただし、兵使（兵馬節度使）にまでなった人物は歴史に残っているはずで、あるいは李真郷か。『朝鮮実録』仁祖六年（一六二八）七月丙寅に、司憲府から、西辺の防御は重要であり、黄海道兵馬節度使に任じられた李真郷はいまだ経験が不足で応変の才に欠けている、よって換えるべきだという議論が出ている。

▼7【浚民】李俊民か。俊民は一五二四～一五九〇。字は子修、号は新菴、本貫は全義。一五四九年、文科に及第、一五五六年には重試に合格した。官職は吏曹判書にまで至った。私心なく清廉潔白に過ごしたと言う。

第七七話……妓生の一朶紅《イルダホン》

一松・沈喜寿《シムフィジュ》▼1はは若くして父親を失い、学問をする機会を失った。髷を結う時分にはすでにもっぱら豪《ごう》宕《とう》を事として、朝晩に狭客らとまじわり、青楼に出入りした。公子や王孫の宴から女たちが歌い舞う集まりに至るまで、行かないところがなかった。ぼうぼうになった髪の毛に、穴のあいた靴を履き、つぎはぎだらけの衣服を着ていても、恥ずかしいとも思わなかった。人びとはみな彼を「狂童」だと噂した。

ある日、権勢家のある宰相の宴席に行き、赤や緑の鮮やかなチマチョゴリの中に混じって、人びとが自分に唾を吐いて侮辱してもかまわず、追い出そうとしても居続けた。妓生の中に年若い名妓の一朶紅《イルダホン》がいて、新たに錦山から上京して来た女であったが、容貌と歌舞において一世に独歩していた。沈童はこの美人を思慕して、その席の横に座ったが、紅にはすこしもこれを嫌う様子がない。むしろ彼女の方からたびたび秋波を送って沈童の動静をうかがっていたが、立ち上がって厠に行こうとして、沈童の手を捉えた。沈童も立ち上がって、紅の後に付いて行くと、紅は沈童の耳に口を寄せてつぶやいた。

「家はどこにありますか」

沈童がどの洞の何番目の家なのか子細に答えると、紅が言った。

「あなたが先に行ってくだされば、私はすぐに参ります。待っていてくだされば、けっして裏切るような真似はしません」

沈童は望んだこと以上がかなえられて大いに喜び勇んで家に帰り、部屋をきれいに掃除して、わくわくしながら紅を待った。すると、日も暮れないうちに、はたして紅が約束通りにやって来たではないか。沈童はうれしくて、うれしくて、たまらない。膝を突き合わせて盃の応酬を重ねていたが、童婢が中から出て来て二人の様子を見て、母夫人に知らせた。母は息子の狂宕ぶりを心配して、呼びつけて叱責しようとした。紅が言った。

「童婢をこちらに来させてください。私が行って大夫人に拝謁いたしましょう」

沈童がそのことばに従って、童婢を呼んで母親に連絡させた後、紅は行って、石段の下で挨拶をして、しかる後に、言った。

「わたくしは錦山から新たにやって参りました妓生でございます。本日はある宰相の家の宴で貴宅の都令にお会いしましたが、多くの人びとは都令を『狂童』だと言っておりましたが、わたくしの見るところ、大いに貴人の気象をおもちであるとお見受けしました。ところが、今はその気象がひどく荒れていて、まるで女色に溺れた餓鬼といったありさまです。今、それを抑制することができなければ、ひとかどの人間となることができないでしょう。その気象をいい方向に導くのが何より肝心だと思います。わたくしが今日から都令のために、歌舞を行なう花柳界から身を引いて、筆硯と書物のあいだに入り込み、都令がなんとか身をお立てになるお手伝いをしたいと思います。しかし、大夫人がどうお考えかは存じません。わたくしが欲でもってこんなことを考えるのなら、どうしてけっして裕福ではない未亡人の家の『狂童』と呼ばれるような方を選びましょう。わたくしがお側に仕えても、けっして欲情に任せて、身をお損ないになるようなことはいたしません。そのことはご心配なさらぬよう」

夫人がこれに答えて、言った。

「わが子は早く父親を亡くしたせいで、学業にいそしまず、遊び呆けてばかりいました。年老いた私ではとてもこれを制することができず、夜も昼も、そのことばかり心配していました。ところが、どこからい風が吹いて来たのか、あなたのような佳人を運んできてくれた。わが家の蕩児を一人前にしてくれるのなら、その恩は莫大であると言わなくてはならない。どうしてそれを、私が断ることがあろう。しかしながら、わが家ははなはだ貧しく、朝夕の食事にもこと欠くありさま。あなたは贅沢な生活に慣れた妓女です。飢えや寒さに堪えてここに留まることができましょうか」

紅が言った。

「わたくしはそんなこと少しもかまいません。一切、ご心配は無用です」

紅はその日から娼楼から姿をくらまし、沈家に身を隠した。沈童は今までぼうぼうであった髪の毛を櫛でとき、身体の垢を落とすなど、すべてのことに怠ることがなかった。日が昇れば書物を抱えて隣家に行って学び、帰って来れば机の前に座ったが、朝と夕にちゃんと一科を学ぶよう、しっかりと計画を立てた。少しでも怠ける様子が見えると、紅が憤って顔色を変えたので、沈童は紅を愛してはいても、恐ろしくも思って、けっして学問を怠ることがなかった。

婚姻を議論するときになって、沈童は紅がいることとて、妻を迎えようとはしなかった。紅は沈童の気持ちを知って、厳しくいましめて、言った。

「あなたは名家の子弟として前途は万里に開けています。どうして賤しい娼妓のわたくしのことなど慮って、人倫の大事を廃することができましょうか。わたくしはわたくしのせいでこの家が滅ぶようなことは望みません。そんなことなら、わたくしはこの家から出て行きましょう」

沈童はやむをえずに妻を娶ったが、紅は今までと同じように温和で声音もやわらかく、まるで老夫人に仕えるように仕えた。沈童が過ごす夜の数も決めて、四、五日を妻のもとで過ごし、次の一日を自分の部屋で過ごしてもらうことにした。もし自分の部屋で過ごす日ではないのに沈童がやって来れば、固く扉を閉ざして中に入れなかった。

このようにして、数年が過ぎ、沈童に学問を倦む気持ちが以前にまして生じて、書物を紅の寝室に投げつけて、言った。

「お前がいくら私に学問を勧めても、私自身がいやなのだから、どうしようもあるまい」

沈童の怠慢をたしなめたところで、効果はないと考えた紅は、沈童が外に出た隙をうかがって、老夫人の前に出て告げた。

「旦那さまは書物を読むのを嫌う本性がまた頭をもたげて、わたくしがいくら誠意を尽くしても、どうすることもできません。わたくしはお暇しようと思います。わたくしのこの行動は、旦那さまを激励するための方策であり、わたくしがこの家を出て行っても、どうして永遠に行ったっきりになりましょうか。旦那さまが科挙に及第なさったという報せを聞いたなら、すぐに戻って参ります」

そう言い終わると、立ち上がって、拝礼をした。夫人は紅の手を取って、言った。

「あなたがわが家に来てからというもの、わが家の放蕩息子は厳しい先生を得たかのようで、無学であることを免れました。これもみなあなたのおかげです。今、どうして息子が書物を読むのに厭きたという些細なことでもって、私たち母と子とを捨てようと言うのですか」

紅は起って拝礼をして、言った。

「わたくしは木石ではなく、どうして別離の悲しみを知らないでしょうか。しかし、学問を勧め激励するためには、これしか方法はないように思えるのです。郎君が帰って来て、わたくしが暇を取ったことを知ったなら、科挙に及第なさったなら必ず帰って来ると約束したと、おっしゃってください。そうすれば、かならず郎君は発奮して、懸命に学問をなさることでしょう。遅くて六、七年、早ければ四、五年のあいだのことです。わたくしも身体を汚すことなく生きて、及第した後の約束をお待ちすることにいたします。このわたくしの気持ちをどうか郎君にお伝えください。それがわたくしの願いです」

こうして、悲しみを抱きながら、門を出て行った。そうして、夫人のいない老宰相の屋敷を探し出し、身の置き場所を得ることができたが、老宰相には次のように言った。

「禍で罰された家の生き残りとして、身の置き所がなく、困っています。厠掃除の奴婢の列にでも置いていただければ、どんな仕事でも一生懸命にいたします。謹んで縫物でも酒食でもお世話をさせていただきます」

老宰相は紅が端麗かつ聡明であることを見てとって、けなげにも思い、住むことを許した。その日から、紅は台所に入って行き、食事を用意したが、はなはだ味加減がよく、老宰相の食性にもかなっていたので、老宰相はいよいよ紅を奇特に思い、愛するようになった。

「この年寄りは不思議な運数で、幸いにもお前のような女子を得ることができた。衣服は身体に合い、食事も口に合う。今やすべてお前に頼ることができる。私はすでに心を許し、お前もまた真心を尽くしてくれる。これからは父と娘の情誼を結ぶことにしようではないか」

老宰相は紅をアンバン（内室）に住まわせ、娘と呼ぶようになった。

ところで、沈生が家に帰って見ると、紅の行方が分からず、不思議に思い、尋ねてみると、母親は出て行ったときのことばを伝えて、叱りつけた。

「お前が学問を嫌ったから、こんなことになったのだ。これからどんな面目があって、世間に出て行くのだ。あの女子はお前が及第した暁には帰ってくると約束した。あの性格を見れば、けっして食言などする道理がない。しかし、お前が科挙に及第しなければ、この世でふたたび相会うことはあるまい。いずれにしろ、お前次第なのだ」

沈生はこれを聞いて茫然として、狂ったかのようだった。数日のあいだ、ソウルの内外をあまねく探し回ったものの、ついに消息はわからずじまいであった。そこで、やっと心の中で誓った。

「私は一人の女子から見捨てられたのだ。なんの面目があって、人に対することができようか。及第すれば相会うことを約束したというのなら、どうして学問に励まない道理があろう。もし科挙に受からなければ、相会うことができないというのなら、生きている甲斐もないではないか」

沈生は門を閉ざし、客を謝絶して、昼も夜も読書を止めることがなかった。二、三年後、はたして沈生は登竜門に上がることができた。沈生が新恩として遊街[2]する日には、先輩たちの屋敷を巡り歩いたが、老宰相というのはまさしく父親の友人であった。道の途中で拝謁したが、老宰相は欣然として出迎え、昔のことと今のこととを話し合った。しばらく従容と話を続けていると、中から食事が出て来たが、新恩はその膳の食事を見るや、悲しそうに顔色を変えた。老宰相が不思議に思って尋ねると、沈生は起拝して、初めて顛末を打ち明け、そして付け加えた。

「わたくしが学問に励んで科挙に及第しようと決意したのは、もっぱらその女子に相会うためなのです。いま、出された食事を見ますと、その女子が作ってくれた食事を思い出させます。それで、自然に悲しくなったのです」

老宰相はその女子の年恰好を尋ね、しばらく思案して、言った。

「私のところには養女がいるが、どこから来たのか知らない。おそらくその女子ではあるまいか」

そのことばも言い終わらぬうちに、一人の美人が後ろの戸から飛び出して来て、新恩にとりすがって慟哭した。そうして一時、新恩は起ちあがって、主人に言った。

「ご老人、この女子をなにとぞわたくしに譲ってはいただけますまいか」

「私は明日をも知れぬ身だが、幸いにもこの女子を得て、この女子にたよって生きながらえているような次第じゃ。もし君にこの女子を譲ったなら、私は左右の手をもがれたも同然、生きていくのも難しい。しかし、このように奇特なはなしで、しかも互いに深く愛し合っているようだ。そちらにお返しするしかあるまいて」

新恩はふたたび起ちあがって拝礼し、深く感謝の意を表した。このとき、すでに日が暮れていたので、紅とともに一頭の馬に並んで乗り、松明を掲げて先導させたが、行列が門に到着すると、大声で老夫人に叫んだ。

「紅が帰って来ました」

老夫人は大喜びをして、中門の前まで駆け出して来て、紅の手を捉えて、石の階段を昇った。歓びが家中に満ち、沈生と紅もかつてといささかも変わらぬ情愛で日々を送った。

　沈生は、その後、天官郎となったが、ある日の夕方、紅が襟を正して、言った。

「わたくしの一片の真心はただあなたが身をお立てになるために捧げ、この十年あまり、他のことを考える暇もございませんでしたが、わたくしの故郷の父母がどうしているか、安否が知れないでいます。そのことが夜となく昼となく、わたくしの心配の種となっています。あなたは今やどのような官職でも望むことのできる地位にいらっしゃいます。わたくしのために錦山郡守の職を求めていただけないでしょうか。まだ生きていらっしゃるうちに、父上・母上のお顔を見ることができれば、心の中の恨を晴らすことができるのですが」

「それはたやすいことだ」

　そこで上疏して、郡守の職を賜るようにお願いして、はたして錦山郡守となったのだった。紅をともなって赴任して、すぐに紅の父母の安否を尋ねたところ、二人ともにつつがなく生きていた。三日の後、役所で盛大に酒と料理を用意して、父母の家におもむいた。父母に挨拶をして見《まみ》えたが、親戚みなが集まり、三日のあいだ宴を張った。衣服と物品をこれ以上はないというほどに十分に父母に差し上げ、そして、言った。

「役所は個人の家とはちがい、役所の中の人間は他の人間とは区別があります。父上と母上、それに兄上に弟が家族だからといって頻繁に出入りすれば、人びとの口の端にも上り、官政にも支障が生じます。私がこれから役所にもどりましたなら、もうふたたび出ることはできず、また連絡を頻繁にすることもできません。ソウルにいるときと同じだと考えて、往来することもなく、内外の区別を厳格になさってください」

　そうして、挨拶をして、役所に帰って行き、その後は一度も連絡をしなかった。

　それから半年くらい経って、突然、アンバンから婢が紅のことばを伝えて、来てくださるようにと請うた。ちょうど公の仕事があって、席を起つことができなかった。重ねて婢が送られて、来てくれるように請うたので、沈郡守が怪訝に思って中に入って行くと、紅が新しい衣服を身につけ、新しい布団を敷いた上に新しい枕を置いて、特に病気の様子もなかったが、悲愴な顔色をして訴えた。

「わたくしは本日、旦那さまと永訣いたします。お別れに際して、お願いがあります。旦那さまはお身体を大事になさって、栄華と富貴をお楽しみください。わたくしのためにお心を痛め、お嘆きになる必要はありません。わたくしの遺体は旦那さまの祖先のお墓の下に埋めてくだされば、それ以上の望みはありません」

そう言い終わると、そのまま死んでしまった。公は慟哭して、言った。

「私が地方に職を求めたのは、ただただ紅のためであったが、紅が死んでしまった今となっては、どうして一人この地に留まることができようか」

郡守の辞表を出して職を変え、紅の棺をともなって、ソウルに戻った。そのときの死者を悼む詩がある。

錦江に降る春の雨が紅い旗を濡らすのは、
あの佳人が離別して流す涙ではあるまいか。
（錦江春雨丹旌湿　知是佳人別涙餘）

何とも奇特な女子であった。

▼1【沈喜寿】一五四八〜一六二二。仁順王后の従弟で、一五七〇年、進士試に合格した。この年、李滉が死ぬと、成均館を代表して葬礼に参与した。礼曹判書・吏曹判書・大提学・右議政・左議政などを歴任して、清白吏に選ばれた。
▼2【遊街】科挙の及第者が広大（芸能者。第八六話注5参照）を先に立て、音楽を奏しながらソウルの町を練り歩き、恩師や先輩、親戚などを訪問したのを言う。合格発表から三日のあいだ行なわれた。

第七八話……据え膳を食わずに死を免れた洪宇遠《ホンウウォン》

洪宇遠《ホンウウォン》▼1が若かったとき、故郷に帰る道である店幕に入った。男の主人はいず、女の主人だけがいたが、歳は二十歳あまり、容貌がはなはだ美しかったが、その淫蕩な性格が表情にも現れていた。洪が若くて、美男子であるのを見て、微笑みながら、これを出迎えた。美しい上にすこぶる色っぽく嬌態をふるうので、洪は正視することができない。洪はじっとうつむいたまま座っているだけであった。女は頻繁に出入りしては、オンドルの床を撫でながら、尋ねた。

「寒くはありませんか」

そうして、しきりに秋波を送るのだが、洪は端然と座ったまま答えようとはしない。夜が更けて、洪は上の部屋に寝て、女は下の部屋に寝たが、慇懃なことばでもって、

「旅の方のいらっしゃる部屋はむさくるしいし、狭くはございませんか。どうしてこちらの部屋にいらっしゃらないのですか」

と誘った。洪が答えた。

「この部屋でも十分に身体を伸ばすことができる。たった一晩を過ごすだけのこと、どこでも同じだ。部屋を移る必要はない」

女子がまた言った。

「旅の方は男女の区別にこだわっていらっしゃるのでしょうが、わたくしどものように賤しい者にどうして男女の区別などありましょう。早く降りていらっしゃれば、とても楽しいのに」

洪は答えず、そっとその様子を覗いて見ると、穴を穿ってでもやって来ようという様子が見えた。そこで、行嚢の中に持ち合わせていた縄で仕切り壁の一枚戸を堅く結いつけたが、女は独り言のようにして言

った。

「あなたは宦官なのですか。私が好意でもって再三お誘いして、私の懐の中で心地よく一晩を過ごしていただこうと思っているのに。幸い、気持ちのいい晩じゃありませんか。二人で風流にうつつを抜かすのに、何も邪魔をするものはない。なのに、ひたすら拒み通して、戸を縄で縛ってしまうなんて。天が怪物を産んだのだろうか。恨めしい、ああ恨めしいったらありゃしない」

洪は眠って聞こえないふりをしたが、やがてほんとうに眠ってしまった。すると、どのくらい経ったか、夢の中で突然、下の部屋で奇妙な声が聞こえて来て、さらには戸の外でも咳払いをする声が聞こえる。

「旅の方はお休みか」

洪はおどろいて答えた。

「お前はいったい何者で、こんなに夜遅く来て、人にものを尋ねるのだ」

「私はこの家の主人です。今、門を開いて灯りをかかげて見ると、わかったことがあります」

そこで、洪が起きて座り、戸を開くと、主人が火を持って入ってきて灯りを点し、酒と料理を用意して洪に勧めた。

洪が言った。

「いったいどうしたのですか。あなたがこの家の主人というなら、昼はどこに行っていて、どうして深夜になって帰って来たのですか」

主人が言った。

「あなたは今日の夜、はなはだ危険な状況で過ごされたのです。私の妻は美しいには美しいが、はなはだ淫蕩な女で、毎晩、私が外出した隙をうかがっては、いつも姦淫を行なっていました。私はいつもその隠れた行跡の尻尾をつかまえてやろうとしていたが、なかなか成功しなかった。今日こそは姦通の現場を押さえてやろうと、出かけたふりをして、よく切れる刀を懐にして家の裏に隠れていたのです。先だってのあなたとの応酬もすべて聞いておりました。あなたが妻の誘いに乗っていれば、あなたは私の刀で命を落としたはずです。しかし、あなたは士大夫の心をもち、鉄石の肝腸をもっておられて、最後まで拒み通し、扉を縄で縛ることまでなさった。私はこれを讃嘆し欽慕するあまりに、今、あえて酒と料理を用意した次第です。あの女はあなたを誘ったものの、意のままにならず、淫蕩な心を抑えることができないまま、向こうの金チョンガーと寝ていました。それを私は一刀のもとに殺してしまいました。こんな事態に立ち至り、あなたは即刻ここを出て行かれるのがいいでしょう。ぐずぐずしていたら、思いがけない禍が起こるのではないかと気がかりです。私もすぐにここを立ち去ります」

洪ははなはだ驚いて起ち上がり、いそいで旅仕度をして門を出た。主人は火を家に放って、洪を追いかけ、数十里をいっしょに歩いたが、道の分かれるところで、別々の道をとることにして、言った。

「あなたは早晩、顕達なさることでしょう。今、別れれば、もうお会いすることもないでしょう。お身体にお大事になさってください」

ねんごろに別れのことばを尽くして、立ち去った。

洪は登科して、今や暗行御史として、たまたま山深い谷合いの地に至ったが、そこにただ一軒だけの草葺の家が見つかり、日もすっかり暮れたので、そこに宿を乞うことにした。そして、主人を見ると、まさにあの男ではないか。洪が、

「あなたは私に見覚えがないか」

と言うと、男は、

「お会いしたことなど、ないと思いますがね。どうしてあなたを存じていましょう」

と答えた。洪が、

「あなたは某年、某邑の某地で一人の旅人と会いはしなかったか、そこでいっしょに酒を飲み、夜間には家に火を放ち、その旅人といっしょに数十里を歩いたはずなのだが、その記憶はないかね」

と言った。男はあっとおどろいて気がつき、拝礼をして、言った。

「あなたはその間、きっと及第なさって、官職につかれたと思っていましたが」

洪は暗行の任務を隠すことなく、ありのままに答えた。そうして、尋ねた。

「あなたはまた四方に家一つないこんな山間に暮らしているのですか」

主人が答えた。

「私はその後、あの隣の邑に住んで、また一人の女を娶りました。それがまたあでやかで美しい女です。人の多く住むにぎやかな邑に住んだら、また以前のような苦労があるかと思って、深山の人のいないところを選んで住んでいるのです」

▼1【洪宇遠】一六〇五～一六八七。字は君徴、号は南坡、本貫は南陽。一六四五年、文科に及第して官途についた。礼訟（礼節にかかわる論難）に際して免職になったり、獄事に連座して流配生活を余儀なくされたりしたが、復帰して、礼曹判書、左参賛となった。一六八〇年の庚申大黜陟《ちゅっちょく》によって流配になり、配所の文川で死んだ。

第七九話……行李作りの白丁の婿になった李長坤《イチャンゴン》

燕山君《ヨンザンクン》の時、士禍が大いに起こり、校理であった李姓の一人が死を免れようと逃げて宝城の地に至った。そのとき、咽がひどく渇いていたが、見ると、一人の童女が川辺で水を汲んでいる。そこで、水を乞うと、童女は瓢に汲んだ水に柳の葉を一つ浮かべて、李生に与えた。李生は心の中で妙なことをするものだと思い、尋ねてみた。

「私は咽が渇いていて、すぐにでも水を飲みたいのに、どうして水に柳の葉を浮かべてくれたのか」

童女は答えた。

「あなたは本当に咽が渇いていらっしゃるようなので、ゆっくりと飲んでいただくために柳の葉を浮かべたのです」

李生は童女のかしこさにおどろいて、尋ねた。

「お前はいったい誰の娘だ」

「向こうの柳行李を作っている白丁▼1の家の娘です」

李生は娘の後について行李作りの家に行き、花婿になって、そこに身を落ちつけた。しかしながら、本来はソウルの貴家の子弟であり、どうして行李を作る術を知っていよう。毎日、何をするでもなく、昼寝をするだけであったから、行李作りの夫婦は怒って、ののしった。

「わしらが婿を迎えたのは、行李作りを手伝ってもらうためだのに、この婿はいくら新婚とは言え、飯を食らうだけで、あとは寝てばかり。これじゃただの米袋だ」

その日からというもの、朝と夕べの食事を半分にしてしまった。妻はそれを気の毒がって、釜の底に焦げ付いた飯をこそぎとって夫の器に加えた。夫婦の情愛はそのように親密であった。こうして数年が過ぎて、中宗《チュンジョン》の反正▼2があった。蒙昧な君主のもとで零落していた者たちが一斉に赦免され、職責が与えられ、地位は昇った。朝鮮八道に通達が回って探すように命じられたものの、伝わって来る話は紛々《ふんぷん》としていて、李生もそのことを遠く風の便りに聞くのみであった。

その日は月初めで、役所に柳行李を納める日であった。李生は舅に言った。

「今日は役所に柳行李を納める日に当たっています。私が行って参りましょう」

舅はこれを責めて言った。

「お前はいつも眠っているだけで、東西もわからないではないか。どうして役所に大切な柳行李を納めることができよう。いつも行っているわしらでも、肘鉄砲をもらってつらい目にあわされる。お前のような者がどうして無事に納めることができよう。とても行かせられたもんじゃない」

すると、李生の妻が言った。

「どうか試させてください。どうして行かせることができないでしょうか」

父親はしぶしぶ許した。李氏は背中に行李を背負って出かけ、役所の門の前に至り、まっすぐに役所の中に入って行って、大きな声で叫んだ。

「某村の行李作りの白丁が行李をもって参りました」

たまたま、そのときの長官はかつて親しくしていた武弁であった。その顔を見、その声を聞いて、大いに驚き、起ち上がって堂の上から駈け下りた。李氏の手をとって迎え、堂の上にみちびいて座らせて、言った。

「李公ですね、李公ですね。どこに隠れていらっしゃったのか、こんな姿で来られるとは。朝廷ではあなたをずっと探し回って、人相書きが久しいあいだ役所や関所に配られていたのです。すぐに上京してください」

そう言って、食事と料理を用意し、また衣装と冠を持って来させ、李氏を着換えさせた。李氏が言った。

「罪を犯した人間とされ、行李作りの白丁の家に隠れて、なんとか生きながらえて来た。この歳月、どうしてふたたび天の日を仰ぐことができると考えただろうか」

長官は李校理を発見したことを巡営に知らせ、駅馬を出すよう催促して、李氏の上京の手はずを整えたが、李氏は言った。

「三年のあいだ世話になった恩義をそのままに捨てて行くことはできず、また、困難な時期をともに過ごした妻への情がある。舅にも別れを告げなくてはならない。今日はいったん帰るので、君は明日の朝、私が住む家まで迎えに来てはくれないか」

「それでは、そういたしましょう」

李氏は来るときに着ていた服にまた着替えて、役所を出て、行李作りの家に帰って言った。

「行李を無事に納めて来ました」

舅が言った。

「これは驚いた。ことわざに、千年も生きれば梟も兎を捕まえることができると言うが、これは本当のことで、嘘ではなかったのだ。こんな婿でもやればやれるのだ。奇特なことだ。奇特なことだ。今日の晩飯は何匙か多めに盛ってやろう」

翌日、李氏は朝早く起きて、庭を掃除した。舅が言った。

「婿殿は役所に行李を納めることもできたし、いまは朝早く起きて掃除までする。太陽が西から上りはすまいか」

すると、李氏は庭に蓆まで敷こうとする。舅が、

「蓆など敷いて、いったいどうするのだ」

と聞くと、李氏が答えた。

「役所の長官が来るので、こうしているのです」

舅は冷笑して、言った。

「なにを寝ぼけているのだ。役所の長官がどうしてわが家などに来なさるのだ。千に一、万に一も、ありえないはなしだ。今、考えてみると、昨日、役所に行李を納めて来たというのも、道に棄てて帰って来て、嘘をついたのにちがいない」

そのことばも言い終わらないうちに、役所の工房の役人が色模様の蓆をもって、息を切らせてやって来て、部屋の中に敷いて、言った。

「長官の行列がもうじきに到着します」

それを聞いた行李作りの夫婦は真っ青になり、頭を抱えて柴垣の後ろに姿を隠した。

しばらくして、先駆けの声が聞こえて来た。長官が馬に乗って現れ、馬から下りて、家の中に入った。李氏と長官は一別以来の挨拶を交わしたが、長官が李氏に尋ねた。

「奥さまはどこにいらっしゃるのですか。お出かけなのでしょうか」

李氏が妻を呼んで、挨拶をするように言うと、妻は荊《いばら》の笄《こうがい》をさし、破れたチマの姿で出て来て挨拶をした。衣服はみすぼらしかったものの、その容貌と挙措とは端正で風儀があり、常民や賤民にはない気配が

あった。長官はへりくだって、言った。

「李学士は困窮の極みにあって、幸いにも奥さまの力によって今日まで生きながらえることができました。男子であっても、このようなことはできなかったでしょう。どうして感嘆しないでいられましょう」

李氏の妻は襟を正しながら、言った。

「振り返りますと、至極に微賤な田舎の女が君子の巾櫛をいただき、結婚をいたしました。このような貴い方であるとは、まったく存知あげなかったので、心を砕いてお世話をしたとしても、おそらく無礼この上なかったのではないでしょうか。実に大きな罪を犯したものです。どうしてあなた方が感謝するに当りましょうか。しかし、よく考えますと、本日はこのように賤しくむさくるしいところによくぞいらしてくださいました。わたくしどもにとっては栄耀の極みですが、福の力が損なわれてしまわないか、心配でございます」

長官はすでに下人たちに命じて、行李作りの夫婦を招き入れて、酒食を振る舞って、ねんごろにもてなした。しばらくすると、近隣の邑から守令たちが酒をたずさえてやって来て、巡使および幕客にあいさつした。行李作りの白丁の家の前には人と馬とがひしめき合い、野次馬たちが垣根をなした。

李氏は長官に言った。

「わが妻はたとえ身分は賤しくとも、私は正式に結婚していて、夫婦であることはまちがいありません。私がたとえ貴い身分に帰ったとしても、これを代えることはできません。輿一つをお借りして、いっしょに上京しようと思います」

長官はすぐに輿を用意させ、旅の道具もそろえて、二人を見送った。

李氏が宮廷に参って謝恩することになって、中宗から入侍するよう命じられて、逃亡中の顛末を尋ねられた。李氏はこれに答えて、詳細にお話をしたところ、中宗は感嘆しておっしゃった。

「この夫人を賤妾として待遇すべきではない。特別に身分を上げて、後夫人とするのがよかろう」

李氏はこの女子とのあいだに息子と娘を数多くもうけた。この李氏というのは、すなわち判書の李長《イチャン》坤《ゴン》▼3のことである。

▼1【白丁】朝鮮社会は両班・中人・常人・賤人からなる身分制社会であった。賤人の大半は賤役に従事する奴婢であったが、その中にも公奴と私奴とがあった。さらに賤人の中には娼妓・巫覡《ムダン》・広大などがいて、仏教の没落とともに僧も賤人の待遇を受けたが、最も賤視されたのが白丁と呼ばれる人びとで、隔離された集落に住んで、屠殺や柳器作りに従事した。

▼2【中宗の反正】一五〇六年、暗君とされる燕山君を廃して晋城大君（中宗）を擁立して王につけたクーデタ。

▼3【李長坤】一四七四〜?。中宗のときの文官。字は希剛、号は琴斎・鶴皐。本貫は碧珍。体格・容貌が優れて、幼いときから将軍の器だと言われた。一五〇二年、文科に及第、校理となった。燕山君の時代、処罰を恐れて咸興に身を隠した。一五〇七年、南袞に呼び戻されて兵曹判書となったが、南袞が士禍を起こそうとしているのを知って、それを防ぎ、官職は右参賛に至って、後に昌寧で死んだ。

第八〇話……虎から新郎を救った新婦

湖中（忠清道）に一人のソンビが住んでいた。人里からは五、六十里も離れた山中の家で結婚式を行なった。三三九度を終えて、新婚の部屋に入って行き、新婦と向かい合っていると、夜も更けて霹靂のような音がした。すると、あっという間もなく門が押し破られ、突然、一頭の大きな虎が部屋に現れて、そのまま新郎のソンビをくわえて立ち去った。新婦は慌てふためきながらも起ち上がり、虎の後ろ脚をつかむと、そのまま離さなかった。虎は後ろの山に登ったが、まるで飛ぶような勢いであった。新婦は死ぬ気になってしがみついたまま、崖や谷の上り下りにも堪え、荊棘の生い茂った中を通って着物は破り裂け、頭髪は散り乱れて、全身が血まみれになっても、あきらめなかった。そうして幾里かを行くと、虎もいささか疲れたのか、新郎を草原の上に抛り捨てて、立ち去った。

新婦はやっと人心地がつき、新郎の身体を触ってみると、みぞおちのところにかすかに温気があった。四方をうかがって見ると、岡の下に一軒の家があり、後ろの窓からかすかに光が洩れている。虎もすでに遠くに行っただろうと考えて、細い路をたどりながら下に降りて行った。後ろの門を開けて入って行くと、五、六人が集まって酒を飲んでいるところで、肴が食い散らされて残っていた。突然、新婦が入って行くと、顔には化粧をほどこしているが、全身は血まみれで、衣装はずたずたに裂けて、人か鬼か分別のつかないありさまである。しかし、よく見ると、うら若い女子にちがいない。居合わせた人びとは驚いた。新婦はそこでばったりと倒れながら、言った。

「私は人間です。みなさん、どうか驚かないでください。後ろの丘に人が倒れています。まさに生と死の瀬戸際にいます。どうか行って救ってください」

人びとは驚いたが、やがて気を取り直して、いっせいに起ち上がり、松明を手に後ろの丘に登って行った。たしかに一人の青年男子が倒れていて、気息奄々たるありさまである。人びとがじっくりと見ると、これはまぎれもなく、主人の息子である。主人はおどろき、息子の身体をかついで、部屋の中に寝かせ、薬湯などを与えて看病したが、しばらくの後、息を吹き返したのだった。家中の者がみな、最初は慌てふためいたが、ついにはほっと胸をなでおろしたことであった。

けだし、新郎の父親は婚礼を上げて息子を送った後、隣近所の友人たちと集まって酒を飲んでいたのだった。虎はたまたまその後ろの山まで駆けて来たのである。父親は初めて血まみれの女子が新婦であることを知って、そこでねんごろに部屋に迎え入れ、粥を食べさせた。翌日になって、新婦の家には無事を知らせたが、両家の父母ともに喜び合わないではいられなかった。新婦の真心と高い節概に嘆服しない人はいず、郷里の人びとが役所に報告して、旌閭《せいりょ》を許され、褒賞を受けた。

第八一話……閻魔大王になった金緻《キムチ》の神妙な占術

監司の金緻《キムチ》▼1の号は南谷であり、栢谷・金得臣《キムトゥクシン》▼2の父親にあたる。若いときから占いの法に精通して、その占いは不思議なくらいに当たり、神妙なことが数多くあった。暗君であった光海君の時代に官職に付き、弘文館の校理となったが、思うところがあって、病を口実にして竜山の上に庵を結び、門を閉ざしたまま、客を謝絶して過ごした。

ある日、下僕が来て、南山洞に住む沈生がお会いしたいそうです、と伝えたが、金公はやはり会うことを断った。

「お客さまは私が病気で隠遁したのを知らずにいらっしゃったようです。人事を廃してすでに長くなっており、人にお会いすることはできません。はなはだ残念です」

さて、金公がこれまで占ったところでは、自分の運命というのは水にかかわる人の力によって禍を免れるというものであった。考えてみると、客の沈というのは水にかかわる姓である。この人こそ自分を助けてくれる人物ではないかと思いつき、急いで下僕を追い駆けさせ、その人を連れて来させた。これが沈器遠▼3である。沈生が下僕とともに戻って来ると、金公はあわてて起ち上がり、これを迎えた。

「この年寄りはすでに人事を廃して久しくなります。お客様がいらっしゃっても、ちょうど薪を採る憂い（発作）があって、ご挨拶をすることができませんでした。お恥ずかしい限りです」

すると、客が言った。

「初めてお会いしますが、聞くところでは、あなたは術数に精通していらっしゃるそうで、ご迷惑を顧みずに、あえてお会いして占っていただきたかったのです。わたくしはすでに四十歳をこえて日の目を見ないソンビです。まったく困窮し果てておりますが、これからいったいどんな将来が待っているのか、あなたの神眼によってひとつ占ってみてはくださらないか」

そう言って、袖の中から四柱を持ち出して、見てくれるように頼んだ。

「私がここに参りますときに、親しい友人に出会い、その者もまた私に四柱を渡しました。捨てることもできずに、やむをえず、ここに持って参りました」

金公はそれを見て、口をきわめて称賛した。

「富貴がすでに目の前にある。もう問われる必要もない」

次にもう一つの四柱を出して示すと、金公は言った。

「この人は富貴になることは望めないものの、しかし、一生のあいだ病むことなく過ごせよう。寿命がどのくらいあるかはわからない」

公はすばやく四柱を見てとると、下僕に命じ、薦を敷いて机を置かせ、起ち上がって衣冠を整え、膝を正して座った。その四柱を机の上に置くと、香を焚いて、言った。

「こちらの四柱が尊いものであることは、ことばにできないほどのものです。尋常の人の運数ではなく、感嘆しないわけにはいきません」

沈生が暇を告げようとすると、金公が言った。

「私は一人で病気の憂さを晴らすこともできません。客人はしばらく滞在して、この病気の憂さを晴らしてくだされば、さいわいです」

こうして、沈生を庵に泊めたが、夜が更けて人が寝静まったときに、公は膝を進めて来て告げた。

「実を言えば、私は病気を口実にしているだけです。私は不幸にもこの時節に出会い、以前は宮廷で官職を得ていましたが、そのことを後悔して、こうして門を閉ざし、病と偽って人と会わないでいるのです。あなたがやって来て、問い質されたことで、私も了解することができました。まもなく朝廷がひっくり返るのですな。どうかお隠しにならず、ありのままにお話しください」

沈生ははなはだ驚き、最初は隠し通そうと思っていたのだが、ついに真実を話し始めた。

「このことを成すべきであるということについては、もういささかも疑念はありません。しかし、いつ事を起こすのがいいでしょうか。某日に決めているのですが、いかがでしょうか」

金公はしばらく考え込んで後に言った。

「その日はたしかに吉日ではあるものの、大事を起こすには適さない。私があなた方のために吉日を占うことにしよう」

そうして、暦書を開いて見つめながら、言った。

「三月十六日が吉日です。この日は『殺破狼』を犯しています。事を起こすに際して、かならずそれを密告するものが出ましょうが、いささかの障害もなく、無事に事を成就することができましょう。かならずこの日に事を起こしてください」

沈生は大いにおどろき、感謝しながら言った。

「もし事が成ったら、あなたのお名前をわれわれの名簿に記してもよろしいでしょうか」

「それは私の望むところではありません。しかし、事が成った後に、私が死罪に処されるようなことがあれば、ぜひ救ってください。私に禍が起こらないようにしていただきたいのです」

沈は快諾して、帰って行った。

政変が起こって後、金公の罪は容赦できないものだとする人びとが多かったが、沈は極力、これを擁護したので、金公は等級を越えて嶺南道伯（慶尚道観察使）となり、やがて任地で死んだ。

金公がかつて自分の四柱を中国の術士に占ってもらったところ、術士は詩を作って与えた。

花ざかりの山を牛に乗って行く人、
その頭には一枝の花のかんざし。
（花山騎牛客、頭戴一枝花）

しかし、その当時はこの詩の意味するところがわからなかった、嶺南道伯となって、安東に至ったとき、にわかに瘧《おこり》を患った。これを治す方法をいろいろと尋ねたが、ある者が、黒い牛に後ろ向きに乗れば治すことができるといったので、そのことば通りに、牛に乗って庭の中をぐるぐると回った。牛から下りて部屋の中に臥したが、すると頭痛がさらに激しい。一人の妓生に介抱させたが、その妓生の名前を尋ねてみると、一枝花であった。そのときに、中国人の詩を思い出して、ため息をつきながら、言った。

「生きるも死ぬも、天命なのだ」

そうして、新しい布団に変えさせ、新しく作った衣服に着替え、正しく枕の上に頭を乗せて、悠然として死んでいった。

この日、三陟の守令の某は金公がお供を従えて門を入って来るのを見た。おどろいて起ち上がり、公を出迎えて尋ねた。

「公はどうしていつもと違う道をやって来られたのですか」

金公は笑いながら、答えた。

「私はすでに生きている人間ではない。少し前に死んだところだ。閻魔大王として赴任する道で通りかかったので、あなたを訪ねたのだが、一つお願いしたいことがある。私は新たに赴任するのに新しい官服がないので、困っている。これまでの情誼を考えて、新しい服を用意してはくれまいか」

三陟の守令はそれを冗談だとばかり考えていたが、頑強に請われたので、しかたなく、函の中から絹一匹を取り出して与えた。金公は欣然と喜んでこれを受け取り、別れを告げて立ち去った。三陟の守令が不審に思い、人をやって探らせると、まさにその当日、安東府の巡到所で金公が亡くなっていたのだった。このために、金公は閻魔大王になったのだという話が世間に広まった。

久堂・朴長遠《パクチャンウォン》▼4は金公の息子の栢谷の親しい友人だったが、はやく北京で運数を占ってもらって来た。その文に「某年の某月の某日に死ぬ」となっていた。その年の正月の初め、人と馬をやって栢谷を迎えて来させ、紙一張を与えて文を書かせようとした。すると、栢谷が言った。

「どこに宛てて書くのだ」

すると、

「君のお父上宛てに送る手紙が欲しいのだ」

栢谷はわけがわからずぼんやりとして書かないでいると、久堂が言った。

「私が馬鹿げたことを言っているとでも思うのか。まともなことであれ、馬鹿げたことであれ、私のためにぜひに書いて欲しいのだ」

久堂が再三、再四、頼むので、栢谷はやむをえずに筆を執ったが、久堂は次のように口述した。

「わたくしの親しい友人である朴某は、寿命が今年で尽きてしまいます。お願いですから、気の毒にお思いになって、その寿命を延ばしていただけないでしょうか」

外封には「父主前」と書き、内封には「子某曰」と書かせた。その後、久堂は部屋を清掃して、栢谷とともに香を焚き、そしてその手紙もまた燃やして、言った。

「こうしておけば、私は禍から免れるだろう」

こうして、その年はつつがなく過ごすことができ、その後、数十年がたって死んだ。ことは虚妄に似ているが、金公の霊魂は他の人とははなはだ異なっているのである。

その後、毎晩、供の者を盛大にひきつれ、灯りを連ねて、長洞と駱洞のあいだを往来していたが、あるいは友人に会えば、馬から下りて心の中を述べた。ある日の、明け方近く一人の少年が駱洞を通り過ぎたが、そのとき金公に出会い、尋ねた。

「令監はどこから来られましたか」

「今日はまさに私の忌日なのだ。酒食を十分に供されようと思って来たものの、その酒食が汚れていたので、手をつけないで、物足りない思いで帰って来たのだ」

そうして、忽然と姿を消した。その少年はまっすぐに倉洞にあるその家に向った。主人が祭祀を終えて出て来たので、今の話をしたところ、栢谷ははなはだ驚いて、中に入って行き、お供え物を調べたが、汚れたものなど、何もなかった。ただ餅の中に髪の毛が一本入っていて、家中の者が驚き、恐れた。その後また、ある人が道で公に出会ったが、そのとき、公が言った。

「私は以前、ある人の『綱目』▼5を借りて見たが、まだその本を返さなかった。その本の第何巻の第何頁に、金箔を挟んで置いたことがある。いずれ本を返すことになろうが、あるいは金箔のことを気づかないでしまう恐れがある。そこで、家の者に本は子細に調べてから本を返すようにと言ってくれまいか」

その人がやって来て、そのことばを栢谷に告げたが、栢谷が『綱目』を手にとって調べたところ、はたして金箔が挟んであった。人びとはみなみな不思議に思ったことであった。その他にも不思議なことが多々あったが、そのすべてを話すことはできない。

▼1【金緻】一五七七〜一六二五。朝鮮中期の文臣。号は南峰、深谷。光海君の時代、一時は李爾瞻の心腹であったが、官職から退き、杜門不出した。仁祖反正の後、ふたたび官途に昇り、慶尚道観察使となった。学問を好み、経史に通達し、占いに明るかった。

▼2【栢谷・金得臣】一六〇四〜一六八四。朝鮮中期の詩人。字は子公。幼いときから父の緻の教えと薫陶を受けて詩文の才能を伸ばし、大家であった李植からも当代第一という評を受けて、その名が世間に広まった。また酒と扇を擬人化した家庭小説『歓伯将軍伝』『清風先生伝』なども残している。

▼3【沈器遠】?〜一六四四。字は遂之。一六二三年、仁祖をかついで反正をし、靖社の功を記録された。一六四二年には右議政、左議政に至り、一六四四年には守禦使を兼ねたが、懐徳君徳仁を王に立てようとして失敗し、逮捕されて誅殺された。

▼4【久堂・朴長遠】一六一二〜一六七一。字は仲久、号は久堂、諡号は文孝。一六三六年、文科に及第、仁祖・孝祖・顕宗の三代にわたって仕え、節義があり、ソンビたちの意見を重視して評判が高かった。『宣祖実録』を編纂、一六五三年、党論で嫌疑を受けて流されたが、翌年には呼び戻され、吏曹判書、大司憲を経て、開城府尹に在任中に死んだ。

▼5【『綱目』】『資治通鑑綱目』のこと。『資治通鑑』に基づき綱目を立てた史書。朱子の撰で全五十九巻。

第八二話……主人の敵を討った忠婢

桐渓・鄭蘊《チョンオン》（第四六話注3参照）がまだ若かったとき、近くに住む名のあるソンビたちと会試を受けに行くことになった。その途中で白い輿に出会い、たがいに後になり、先になりして、進んで行った。輿の後ろには一人の童婢がついていたが、編んだ髪の毛が膝に届くほどに長く、容色がはなはだ美しい。冉冉《ぜんぜん》と歩く姿も振る舞いも端雅である。ソンビたちは馬の上からからかいながら、言った。

「美しい童婢が歩きながらきょろきょろして、桐渓だけを見ている」

こうしてしばらく歩き、ソンビたちが戯れて言った。

「文章と学識ではわれわれは輝遠に一歩を譲るが、男っぷりではどうしてわれわれも劣っていようか。この童婢が輝遠だけにぽっとなっているのは、おそらくまだ男を知らないからであろう」

たがいにひとしきり笑った。やがて、輿はある邑の方に向って行った。桐渓は馬を止めて言った。

「ここから十里あまり行けば、店舎がある。君たちはそこに宿泊して私を待っていて欲しい。私は北村に立ち寄って、明日の朝、君たちを追いかけることにする」

ソンビたちが言った。

「われわれがどんなに君に期待していたか。科挙のために千里の道を通しとせず轡を並べてやって来たのではないか。中途で離れることはできるものではない。ただ一人の妖しげな美女に会ったからと言って、情欲に引かれてまどわされ、このように妄りな行動に出るとは。人というのは容易に知ることができない、まったく難しいものだ」

桐渓は笑うだけで答えることもなく、鞭をふるって追い駆けて行った。しばらくして、その門前に着くと、大きな家であった。外棟は使わなくなってすでに長く経っていたが、桐渓は馬から下りて、外棟の堂に上がって座った。童婢が中に入って来て、しばらくいて、また出て行ったが、その笑い顔は言いようがないほど愛らしい。童婢が言った。

「お客さまはこの寒いところにいらっしゃらず、わたくしの部屋にいらっしゃってください」

桐渓がついて行くと、部屋ははなはだきれいだった。しばらくすると、夕食を出して進めたが、さっぱりしていて味もよかった。童婢が言った。

「わたくしは中に入って台所を片づけて参ります」

そうして、中に入って行ったが、初更になって出て来た。親族たちをみな奥の方に送って席を避け、二人、灯りの下で膝を突き合わせて座った。桐渓が言った。

「お前は私がここに来るだろうと、どうして知って、このような準備をしたのか」

童婢が言った。

「わたくしは生れついて醜さを免れましたが、年齢が十七になっても、まだ眼を上げて男の方と顔を合わせたことがありません。しかし、今日の昼、道であなたに顔を合わせることが一、二度ではありませんでした。あなたは剛腸の男児であったとしても、どうして心を高鳴らせないで平然と過して行かれましょう。わたくしがこのような挙動に出たのは、人知れず悲しく、心晴れない事情があり、あなたの力を借りて怨みを晴らし、雪辱したいと思うからなのです。あなたはわたくしの願いを聞いてくださらないでしょうか」

そう言いながら、涙を流し、顔色は蒼然としていた。桐渓は不思議に思い、いったいどういう事情があるのか尋ねた。

「わたくしのご主人は代々一人っ子でしたが、一人の淫婦を娶ったばっかりに、若くして姦夫のために殺されてしまいました。しかし、力を貸していただける親戚もいず、恨みを晴らして雪辱してくれる人がいません。ただわたくし一人がいるだけなのです。わたくしは主人の無念さを思うと憤懣やる方がありません。しかし、残念ながら女子の身で何もすることができませんので、天下の英雄に身を任せて、その手を借りて怨みを晴らしたいと思っていたのです。今日、ご主人の淫乱な奥さまは実家から帰って来ました。わたくしはそれにつき従ったわけですが、その路上であなた方の一行に出会いました。ご一行の中でもあなたのお姿は抜きん出ていて、胆力も他の方に倍していらっしゃいました。これこそわたくしが待っていた方だと思って、流し眼をしてここまで誘ったのです。姦夫は今夜も来ていて、淫謔極まりない狼藉を働いています。これこそ千載一遇と言わなければなりません。この機会に乗じて、どうか敵《かたき》をとってください」

桐渓が言った。

「お前の気概は壮としなくてはならないが、私は一介のソンビに過ぎない。赤手空拳でどうしてこの大事を成し遂げられよう」

童婢が言った。

「わたくしはこのときを考えて、ずいぶん以前から倉に弓矢を用意しておいたのです。あなたは弓を射ることにお慣れではないかも知れませんが、弓をたわめて矢を放つだけのことです。矢を放てば命中します。そうすれば、どんなに獰猛な男であっても、死なないわけがありません」

童婢は倉から弓矢を出して来て、桐渓に渡し、いっしょにアンバンに入って行った。窓から部屋の中を覗いて見ると、灯りのついた中で、一人の男が素裸になって、臂《ひじ》を立てて淫婦をかき抱き、痴態のかぎりを尽くしてまさに事の最中である。桐渓は力いっぱいに弓を引き絞って、窓の隙間から事の最中の男の背中を狙って矢を放った。矢は命中して胸板を姦通した。桐渓はさらに矢をつがえ、淫婦を射ようとしたが、童婢が手を上げて制止して、外にいっしょに出た。

「あの女子はたとえ死の罪があったにしても、わたくしがあの女子を主人として仕えて、すでに長い月日が経っています。奴婢と主人のあいだの区別は厳格であって、どうしてわたくしはあの女子を殺すことができましょう。放って行くしかありません」

童婢は自分の部屋まで帰って行って、荷物を行李にまとめ、桐渓とともに家を出た。桐渓のもう一頭の馬は荷物を担っていたので、やむをえず、自分の馬の後ろに童婢を乗せて行った。

数里を行くと、科挙のために同行したソンビたちが宿った邑に追いついたが、まだ朝は明けていず、暗い中でやっとのことで宿所を探し当て、門の中に入って行った。ソンビたちは驚いて起き上がって、見ると、桐渓が女を連れて来ている。ソンビの一人が色を正していった。

「私は常日ごろ、輝遠を学問の人だと考えていたが、今、なんと道で行きずりの女を連れてやって来た。君のこんな行ないはわれらの容赦できないものだ。士君子の行ないがこのようであっていいものか」

色を作《な》して責めたが、桐渓は笑いながら言った。

「私がどうして色を貪ろう。士大夫の振る舞いを知らずにどうしていたずらにこのようなことをしようか。これにはわけがあるのだ。いずれわかるはずだ」

こうして童婢を連れて上京し、店舎にこれを置いて、科挙を受けたが、見事に及第した。合格発表があって帰郷することになり、童婢を連れて帰って、副室と見なした。この女子は温恭研美とも言うべきで、何をやらせても不足なところがなかった。家の者、村の者みなが、その賢さと淑やかさを称賛したものであった。

第八三話……禹夏亭《ウハヒョン》を出世させた汲水婢

兵使の禹夏亭《ウハヒョン》▼[1]は平山の人である。家ははなはだ貧しかった。科挙に及第して、最初は関西の江辺にある邑に辺境防備の任務で赴任した。そこで、免役になった水汲みの婢の一人と出会ったが、容貌がすこぶる美しかった。夏亭はこれを愛し、いっしょに生活するようになった。ある日、その女子が夏亭に言った。

「旦那さまはわたくしを妾になさいましたが、なにをもって飲食と衣服の手立てとなさるおつもりですか」

「私はもともと家が貧しく、その上、千里の外にも世渡りの助けとなるものをなにも持っていない身の上だ。すでにお前といっしょになり、願うことと言えば、この垢だらけの服を洗い、穴のあいた靴を修繕することとくらいのものだ。何をお前に与えることができようか」

「わたくしも事情はよくよく存じております。しかし、わたくしがすでにご主人に身を任せて妾となったからには、ご主人の衣服についてはわたくしの仕事です。ご心配はなさりますな」

「お前にはそんなことは頼んでいない」

その後、女は裁縫と紡績にはげんで、衣服と飲食に事欠くことがなかった。辺境防備の期間が終わり、夏亭が故郷に帰ることになったとき、その女は言った。

「ご主人はここをお離れになったら、まずはソウルに上って官職をお求めになるべきです。どうしてそうなさらないのですか」

「私はまさに赤手空拳の状態で、知り合いもいず、食べるにも事欠いて、どうしてソウルに留まっていられよう。できる相談ではない。故郷に帰って墓守りでもしながら、年老い、死んでいくつもりなのだ」

「わたくしがご主人の容貌、挙動、そして気象を拝見しますに、並々の方とは思えません。これまで梱帥▼2をなさって、十分のお働きでした。男子が事を成すべき機であれば、どうして財物がないからと言って、草野に埋もれているべきでしょうか。残念でなりません。わたくしが長年のあいだ貯めて来た銀貨が六百両ほどになりました。これを餞別にいたします。これでいい鞍を置いた馬と衣服をそろえることができましょう。故郷になど戻らずに、かならずソウルに向い、官職をお求めください。十年を期限としてかならず有為の人となってください。わたくしはもともと賤人です。どうしてご主人のために貞節を守りなどいたしましょうか。どなたにでもこの身を任せて何がおかしいでしょうか。ご主人がこの道の太守にでもおなりになったら、もちろん、その日にでもまかり出て、拝謁させていただきます。それを楽しみにして、ご主人もお身体を保全なさってください」

夏亭は予想外に大金を受け取り、慇懃に心の中で女に謝し、涙を拭いながら、女と別れて行った。

女は夏亭を見送った後、その家を引き払い、邑中の一人住みの将校の家にその身を預けた。将校は女がはなはだ賢いことを認め、夫婦となって暮らした。家は貧しくはなかったので、女は将校に言った。

「前に人が使って残した財物がいくらあるのか、すべてのことを、是非、明白にしなくてはなりません。

穀食の数はどれだけで、銭と絹布、そして木綿はどれだけあるか、器や皿はどのくらいあるのか、すべてその名目と数量とを書いた目録を認めてください」

「夫婦のあいだであれば、あればそれを用い、なければ揃えればいいだけのこと。何が疑わしく心配で、そんなことをするのか」

「そうではありません」

しきりにそれを願うので、将校は目録を書き与えると、女はそれを受け取って簞笥にしまい込んで置いた。

女は治産に励み、日に日に豊かになっていった。ある日、女が言った。

「わたくしは文字をあらあら解します。ソウルの朝報で政事に関わることを読みたいのですが、毎日、役所から借りて来て読ませてもらえますまいか」

将校がそのことば通りに朝報を借りて来て、数年のあいだの政事について読ませた。すると、宣伝官の禹夏亨は経歴を経て副正となり、関西の富裕な邑の守令に任命されていた。女はその後ふたたび朝報を見ると、某月の某日、某邑の守令となった禹夏亨が任地におもむくために朝廷に暇を告げたとあった。女は将校に言った。

「わたくしはここに参りましたものの、いつまでもこのように生活しようというつもりではありませんでした。今日かぎり、永遠にお別れいたします」

将校がおどろいて、そのわけを尋ねると、女が言った。

「事の本末をお尋ねにならないでください。わたくしには行かなければならないところがあります。未練などお持ちにならないようお願いします」

そうして、以前、物件の種類を書き記しておいた目録を持ち出して来て、開いて見せた。

「わたくしがあなたの妻となり、七、八年のあいだ、家産に当たりましたが、もし一つでも以前より減っていたら、どうして心穏やかに立ち去ることができましょう。今日、以前と比較すれば、幸いにも少なくなっているものはなく、二倍、三倍、あるいは四倍になっているものもあり、わたくしは安心しました」

　そうして別れたが、奴一人を雇って荷物を背負わせ、自分は男子に変装してペレンイ（竹編み笠）をかぶり、歩いて夏亭の郡に出かけて行った。夏亭は赴任してまだ一日と経っていなかったが、訴訟ごとがあってやって来たという人が中庭に入って来て、申し上げた。

「申し上げたいことがあります。石階の上に上がって白活[3]をさせてください」

　太守は不思議に思い、最初は許可しなかったが、最後には許すと、今度は窓の前まで行くことを願うのだった。太守はいっそう不思議に思い、これを許可した。

「太守さまはわたくしをご存知ないでしょうか」

「私は新たに赴任して来たところだ。この邑の人とどんな縁故があると言うのか」

「某年、某所で辺境防備に当たられたとき、いっしょに暮した人を覚えていらっしゃらないでしょうか」

　太守は眼を凝らして見たが、急に経ち上がって女の手をとらえ、堂の上に導き入れて、言った。

「お前はどうしてこのような姿でやって来たのか。私が赴任した翌日にお前はやって来たが、まことに奇異な再会だ」

　たがいに喜びに堪えず、長いあいだ抑えていた胸の思いを話し合った。このとき、夏亭は妻を亡くしていたので、この女子を内衙の正堂に入れて、家政のすべてを任せた。その嫡子の世話をして、婢僕を指図して使用するのに、法度がそなわり、恩と威を兼ね備えていた。役所の中は満足して称賛した。

　いつも夏亭に勧めて備辺司（第一八七話注1参照）になにがしかの金を贈らせ、月ごとに朝報を手に入れて、女子はそれを見ては、世間のことと当時の宰相を頭に入れて置いた。まだ詮官[4]にならない者であっても、遠からずなるはずの者にはかならず厚く贈りものをしたので、そのために宰枢の権勢を帯びた者たちが力を入れて推薦した。そのために、夏亭は豊かな邑の長官にたびたび任じられた。すると、家計はさらに豊かになり、饗応しお見舞いすることもさらに厚く怠りなかったから、地位もさらに高く昇り、兵馬節度使にまで至り、ほぼ八十歳になって死んだ。

女は礼式どおりに喪を行ない、喪が明けて、嫡子に言った。

「ご主人は地方の武官を歴任して、地位は亜将[5]に昇り、栄華を極めて、八十歳の齢を享受された。思い残すことは何もなかったろう。わたくしについて言えば、婦女子として夫に仕えるのは当然の道理であり、何も自慢すべきことはないが、この長い歳月、全力を傾けて、ご主人が官職を得られるように手助けをして、今に至ったのです。幸いに尊貴を極められ、わたくしの責務も終わりました。振り返ってみますと、わたくしは辺境の賤しい人間に過ぎません。それが幸いにも武人宰相の妻におさまり、さまざまな邑の手厚い禄をいただきました。今、どんな怨みがこの世にありましょうか。ただご主人がこの世にいらっしゃったとき、このわたくしに家政をすべてお任せになったのは、やむをえずにそうされたのです。いまやあなたがこのように成長して家のことを納めるべきであり、家政もあなたの夫人が担うのがよろしいでしょう。すべてをお二人にお返しします」

嫡子とその夫人が言った。

「わが家が今に至ることができたのは、すべて母上のおかげです。わたくしどもはただ母上に頼って、なさることを仰ぎ見ていただけです。今、どうしてにわかにそのようなことをおっしゃるのでしょうか。どうぞこのままいらっしゃってください」

「このようにしなければ、家道に背くことになります」

こうして大小の物件と器と銭と穀物などの蓄えを記した目録を作成して、すべてを嫡子の夫人に与え、正堂に住まわせた。そして、自分はコンノンバンの一つに退いて、言った。

「いったんこの部屋に入ったら、もう出ては来ないだろう」

そして、扉を閉ざし、食物を断ち、数日の後に死んだ。嫡子たちはみな悲しみ慟哭して言った。

「わたくしどもの母上は尋常の人ではなかった。どうして庶母として遇せようか」

初終の後に葬事は三ヶ月を待って行なわれたが、新たに別の祠堂を建てて祭祀を行なった。兵使の葬事を行なうときが迫って棺を移そうとしたが、棺が急に重くなって持ち上げることができない。たとえ千百の人間でも持ち上げることができない。家の者みなが恐れをなして、互いに言い合った。

「あるいは母上に心が残って動かないのではあるまいか」

そこで、庶母の棺といっしょに出発しようとすると、兵使の棺も軽々と持ち上がるのだった。人びとは不思議の思いに打たれた。平山の大路の近くに葬ったが、西に向って葬ったのは兵使の墓であり、東に向って葬ったのは、この女子の墓である。

▼1【禹夏亨】生没年未詳。字は会叔。一七一〇年、武科に及第して、一七二八年に李麟佐の乱が起こると、兵を率いてその平定に努めた。一七三九年には慶尚道兵馬使となったが、刑を妄りに行なったとして罷免になった。
▼2【梱帥】兵使と水使の異称。
▼3【白活】官庁において自己の無実を文章あるいは口頭で訴えること。
▼4【詮官】文武の官吏の詮衡事務を担当する吏曹と兵曹の官吏。役人の任命権を握って力があった。
▼5【亜将】捕盗大将・竜虎別将・都監中軍・禁衛中軍・兵曹参判などを言うことば。

第八四話……書物で代用した祭祀の机

清風の金氏の祖先である葉《ヨプ》▼1というのははなはだ貧しかったが、和順の金某▼2の父親である。広州の肆観坪に住んでいて、その赤貧洗うが如き状態を知らない者とてなかった。楽静・趙錫胤《チョソクユン》▼3がたまたま隣の邑に移り住むことになり、ソウルからまだ届いていない書物がたくさんあった。金の家にはたまたま『綱目』があったが、趙はその話を聞いて、これを借りたいと頼みこんだところ、金は承諾した。しかし、しばらく経っても送って来ない。楽静は心の中でおかしいと思い、金は吝嗇で惜しくなったものだからよこさないのではないかと考えた。五月になって、趙氏の婢女が金の家から帰って来て、言った。

「私が金氏の家の祭祀を行なう様子を見ますと、はなはだ懇ろに祭祀を行なっているようです。こちらのお宅の祭祀は、お供えの品は豊かに揃っていても、そのさっぱりとした清潔さは金氏の家に及びません。神は必ずしもお喜びになっていないでしょう。その逆に、金氏の家では神は大いに喜んで、降りて来られることでしょう」

楽静の夫人は婢女がそう言うわけを尋ねた。すると、婢女は答えた。

「私が金氏のお宅にうかがうと、ちょうど季節の祭祀を行なっていましたが、堂の上、石の階段の下、すべてが掃い清めてあって、塵一つ眼にしませんでした。金氏の夫婦は古くなった衣服を洗って雪のように真っ白にして、沐浴して清めた身体にまとい、新しい薦を敷いて、その上に本を置きました。その本の上にお供え物を供えましたが、ご飯と汁とおかず、それに果物に過ぎませんでした。器の数は少なかったものの、風格がそなわっていました。神主▼4を取り出して、夫妻が献酌をして拝礼しましたが、法度があり、真心がこもり敬虔な印象を受けました。私は横からこれを見ていて慄然として鳥肌が立ち、毛髪が逆立つのを覚えましたが、暗闇の中から神霊が降りて来るのを見るようでした。ご主人さまのこの家の祭祀をこれと比較しますと、祭祀をしないのと同じだとため息をつくしかありません。本物の祭祀というものを、今回初めて拝見いたしました」

夫人が婢女のことばを楽静に伝えると、『綱目』をすぐに貸してくれなかったのは、祭祀の机として使うためであったと初めて気がついた。金氏の家には机がなくて、書物をもってこれに代用したのだった。

楽静はこの話を聞いて奇特に思い、金氏の家に行って褒め称えながら、言った。

「聞くところでは、あなたには至極な行実があると言う。必ず大きな余慶があることだろう。これを欽慕して称賛しないわけにはいかない。私はあなたのご子息を取り立てて世に出したいと思うのだが、これを許してはいただけまいか」

金氏は大いに喜んで、これを承諾した。金和順が楽静の門下となって修行した後、朴潜冶《パクチャムヤ》▼5の門人となった。学業と行ないによって推挙され、蔭仕で官に就いた。その子どもの監司公からは顕達して、後には三代にわたって五公を輩出、名門大家となった。

▼1【葉】清風金氏は新羅の敬順王につながる一族という。次の注2から考えると、金葉は金斗文のことと思われるが、この話にあること以上は未詳である。

▼2【和順の金某】『韓国人の族譜』によると、和順金氏について、始祖の金益九は斗文の息子で、一六四五年生まれで平壌に住んだ、字は士謙、一六七五年、式年文科に丙科で及第、官職は県監にまで至ったが、その先後の系譜についてはつまびらかにできないとある。ただし、以下の注3の趙錫胤や注5の朴知誠の弟子だとすると、金益九では年齢的に無理があるか。

▼3【楽静・趙錫胤】?〜一六五四。仁祖のときの名臣。字は胤之、号は楽静。大司諫の廷虎の息子。一六二八年、文科に壮元で及第、司諫院司書を初めとして修撰、詮郎を歴任、晋州牧使に任じられた。応教・大司諫にまで至った。

▼4【神主】儒教の祭祀で祖先の姓名および最終の官位などを認めたもの。日本の位牌の起源だという説もある。

▼5【朴潜冶】朴知誠。一五七三〜一六三五。字は仁之、潜冶は号、本貫は咸陽。徳望が高く、孝心があった。一六〇九年、王子師傅となったが、すぐに辞任した。光海君の廃母騒動が起こると、新昌に退いて門を閉ざし、来客を拒絶して、読書した。一六二三年、仁祖反正の後には復帰して司憲府持平となった。

第八五話……西厓・柳成竜《ユソンヨン》の阿呆な叔父

西厓・柳成竜《ユソンヨン》（第二七話注2参照）が安東にいたころ、家の中には一人の叔父がいた。人となりがはなはだ愚かで豆と麦の区別もつかなかったので、家の中では「痴叔《ちしゅく》（阿呆な叔父）」と呼ばれていた。西厓も彼を軽んじていたが、その叔父はいつも言っていた。

「私は君に話しておきたいことがあるが、この家はいつも騒がしい。もし静かなときがあれば、いつでも私を呼んでくれ。重要な話があるのだ」

ある日、外から尋ねて来た客もいなかったので、人をやって叔父を呼ぶと、叔父はぼろぼろの衣に破れた冠をかぶった姿で欣然と出て来て、言った。

「君と賭け碁を一局して見たいと思うのだが、どうだろう」

「叔父上はこれまで碁をなさるとは聞いたこともありませんのに、急に私と対局したいとおっしゃる。恐れ多いですが、私に叶いますかな」

おおよそ、西厓の碁の腕前は国中でも有名だったのだが、叔父は笑いながら、言った。

「うまいか下手かはしばらく論じるまい。ともかく、一局、対戦してみようではないか」

西厓は対局することにしたが、不思議に思う気持ちは残った。叔父がまず先手を打ち、まだ半ばに至らないのに、西厓はすっかり局面を失い、もう石を置くことができなくなった。そのとき初めて、西厓は叔父が自分の才能を韜晦していることを知った。西厓は平伏して言った。

「叔父と甥として久しいあいだ過ごしてきましたが、このように叔父上はわたくしどもを騙していらっしゃった。心の中は痛恨の極みです。これから後は謹んでお教えを請いたいと思います」

「どうして私がお前たちを騙しなどしようか。たまたまそのような風向きになっただけのことだ。お前はすでに世間に出て官職に就いているのに対して、私のような在野の者が何を教えることがあろうか。しかし、明日、まちがいなくある僧侶がやって来て、宿を乞うであろう。これは拒絶しなくてはならない。たとえどんなに泊めてくれるように懇願されたにしても、絶対に許してはならない。村の向こうにある庵を示して、そこに泊るようにさせるのだ。これを肝に銘じて間違いがないようにするのだ」

「お教えの通りにいたしましょう」

はたして、翌日、ある僧が面会を求めてやって来た。状貌は堂々として、年の頃なら三、四十歳、どこの僧かと尋ねると、江陵の五台山に住んでいると言う。嶺南の山川を廻って名勝を見物し、今はその帰途であるが、西厓の徳と人望が当代第一だという噂を聞いて、一度は面識を得たいという望みがあってやって来たものの、すでに日が暮れてしまったので、できれば部屋の片隅でもお借りして一晩だけ寄宿させて欲しい、明日の朝早くふたたび旅立つつもりだといった。

西厓は言った。

「家の中がたまたま取り込んでいて、面識のない人をとてもお泊めすることはできない。この村の後ろに仏庵があるので、そこにお泊りになるがいい。朝になるのを待って、またいらしてください」

その僧はさらにしつこく願ったものの、西厓はきっぱりと断った。僧はやむをえず、童子について行き、村の後ろの仏庵に向った。このとき阿呆叔父は婢女を女子党のように仕立て、みずからは居士をよそおい、僧の頭巾と袈裟の姿で門の前まで出て合掌をして迎えた。

「お坊様はいったいどこからお見えになりましたか。こんなに粗末なところにやって来られるとは」

僧は答礼をして、中に入って座った。居士がさっぱりした夕飯をととのえ、そして酒を一壺もって来て勧めた。僧はこれを飲んだが、はなはだうまい酒である。僧が、

「この酒は実に味がいい。いったいどこの酒でしょう」

「この老婆というのはこの邑の酒母なのです。妓生だったのが年を取って退いたのですが、昔ながらの酒の作り方を伝えていて、こんなうまい酒を造るのです。客人はどうも冷たいし、味が薄いなどと言って嫌わずに、存分にお召し上がりくだされば、幸いです」

こうして、僧は夕食を勧められた。山菜や野のものは巧みに調理されておいしく、僧は飽きるほどに食べ、かつ泥酔して、昏倒してしまった。夜が更けて、胸が締め付けられるように覚えて眼を覚まして、上を見上げると、居士が自分の上にまたがって、鋭い刀を手にしている。そして、眼を怒らせながら、言うではないか。

「いやしい坊主がどうしてこんなことを思いついたのだ。お前が海を渡って来た日、私はすでにそれを知っていた。どうして私を騙せようか。お前が本当のことを言えば、助けないでもないが、そうでなければ、

今の今、命を落とすことになる。さあ、本当のことを言え」

　その僧が哀願して、言った。

「今、わたくしの死期が眼前に迫っている。どうして一毫でも隠しだてをしようか。わたくしははたして日本の僧だ。関白・平秀吉が兵を起こしてこの国を陥落させようと企てているのだが、ただこの村の大監だけが眼の上のたんこぶといったところ。そこで、わたくしをまず派遣して事を謀らせたのだ。いまやあなたの洞察力で見抜かれたからには、仕方がない。命を助けてくれたなら、もう二度とこんなことはするまい」

「わが国の兵火は天の運数が決めることだ。人力ではどうすることもできないし、天命に逆らうこともできない。しかし、この私の故郷はたとえ兵革の禍が起こったにしても、この私がいるかぎり、守って見せよう。もし倭兵がこの邑に入って来たら、二度と無事にこの邑から出ることはできないだろう。虫けらのようなお前の命を取ったとて、何の意味もない。お前のはげ頭を生かして帰らせてやるから、お前は帰って、平秀吉に朝鮮には私のような者もいると伝えるがよい」

　そう言うと、僧は百拝して感謝した後、立ちあがって言った。

「おことば通りにします。おことば通りにします」

　頭を抱えて、どぶ鼠のように出ていった。日本に帰って、秀吉に朝鮮であったことをみな伝えたが、すると、秀吉は大いに驚き、海を渡って朝鮮を侵したときも、軍に伝えて、安東一帯にはあえて近づかせなかった。安東はそのために無事だったのである。

第八六話……許弘《ホホン》の治産

驪州に許の姓を名乗る人がいた。家ははなはだ貧しく、生きるのがやっとの生活をしていたが、その人となりはすばらしく仁厚であった。三人の息子がいて、みなに学問をするように勧め、みずからは親戚や知人の家をまわって食糧を乞い、息子たちの学問を補助した。人びとはそれを知ってか知らずか、許氏の人となりの実直さを愛して、やって来れば親切に優待して、食糧を十分に与えて、これを助けた。

そうして、数年後、疫病がはやって、夫婦は死んでしまった。三人の子どもたちは昼も夜も号泣して、なんとか葬礼のための品をそろえて、やっとのことで初喪を終えることができたが、三年が過ぎて、生計がまったく立たなくなった。すると、次男の弘《ホン》▼1が兄と弟に向って言った。

「今まで私たちが幸いにも飢え死にせずに済んだのは、ただ父上と母上のお人柄が人びとに好かれ、その助けを得て食糧を分けてもらっていたからです。今や三年を過ぎ、父上と母上の恩沢もすでに尽きてしまい、他に頼るところもありません。今や逆さに吊るされたような窮状です。お兄さんも弟も手をこまねいて座り込んだまま死を待つよりも、それぞれが生活の道を見出すようにしましょう。今日からは兄弟それぞれが自分の生業を探すのがいいと思います」

その兄と弟は口をそろえて答えた。

「私たちが子どものころからしてきたことと言えば、本を読むことだけだ。その他の農事も商いも資金を準備することすらできず、どうしていいのかもわからない。さて、どうしたものか。飢えに耐えて科挙の勉強をするほかに別の手立てはないようだ」

弘は言った。

「人それぞれに思うところは違い、それぞれが好きなことをするのがいいでしょう。しかし、三人の兄弟が儒業を続ければ、その前にみなが飢え死にをしてしまいそうです。お兄さんと弟は性格がやさしいので、これまで通り学問に励んでください。私は十年を限って治産に死力を尽くして励み、お兄さんと弟の生きていく基盤を築くことにします。今日からは離れ離れになって、兄嫁さまも弟嫁も実家にしばらくは帰って暮らしてください。兄上も弟も本をかついで山寺にでも登り、僧侶の食べ残しでも乞うて生活してください。そうして、十年後には必ず再会することにしましょう。いわゆる家産はと言えば、麦畑の三マチギ▼2

と婢女一人がいるだけで、これも宗中の物件です。宗には徐々に返すことにして、今しばらくはこれを借りて、これを元手に家産を立て直したいと思います」

この日、兄弟たちは涙を流して別れた。妻たちは実家に帰って行き、長男と三男は荷物をまとめて山寺に送った。妻たちが持って来た新婚のときの装身具は売り払ったが、その値は七、八両に過ぎなかった。そのとき、たまたま木花が豊年であった。あり金すべてを使ってワカメを買い、それを背中に背負って、父親がかつて食糧を乞うて歩き回った親戚や知人の家々を訪ねた。そして、ワカメ一枚を手土産にして、綿花を求めた。人びとはその意志を憐れんで、木花の善し悪しを気にしないで大量に与え、その量は数百斤にも上った。妻はそれを日に夜をついで紡績して、夫がそれを売りに出た。十石あっただけの麦を毎日のように粥にして、一椀を妻と分け合って食べ、婢には一椀を与えて、言った。

「お前がもし寒くひもじくて耐えられないようであれば、出て行ってもいいのだ。私はそれを責めたりはしない」

婢女は泣きながら、言った。

「旦那さまはお椀半分だけを食べ、私は一椀を食べさせてもらっています。どうしてひもじいなどと言えましょう。もし飢え死にしたとしても、出て行くつもりはありません」

そうして主人にしたがって、機織りに精を出した

許生はまた蓆を織り、草鞋づくりもして、日に夜をついで少しも休むことはなかった。あるいは、友人の中で訪ねて来る者がいれば、かならず垣根の外に席を設けて、言った。

「今の私を人の道理で責めないでくれ。十年後にきちんと面会したいのだ」

そうして、決して外に出ようとはしなかった。

こうして三、四年もたつと、財産も増えた。たまたま、門の前に水田十マチギ、畑の数カルイ▼[3]が売りに出ていたので、その値を用意して、買うことにした。春になって耕すときになり、言った。

「さほど多くもない田畑を、どうして人を雇って耕し、種をまき、みずから働かないのか。とは言え、農

事は、私は素人だ。さて、どうしたものか」
そこで、隣の老人の農夫を頼んで、酒と料理を用意して、丘の上に座らせて、みずから鋤と鍬をもち、また種をまく恰好をして、どうすればいいかを指示してもらうのだった。こうして年老いた農夫に教えを乞うた後は、人の三倍も耕せたし、秋の収穫も二倍になった。畑には煙草の種をまいたが、その年は日照りだったから、毎日、朝に夕べに、水を担いで行っては畑にまいた。一帯の煙草はすっかり枯れてしまったが、ひとり許生の畑の煙草だけは生い茂ったから、ソウルの商人は数百両の銭でもって先物買いをした。そして二番作の煙草も生い茂ったから、これもさらに高い値で買われ、煙草栽培の利益はほとんど四百両にも上った。

こうして五、六年が経ち、貯えも多くなり、露積《ろし》で積み上げられた穀物が四、五百石にもなった。近隣百里の田畑がすべて許生のものとなった。しかし、衣食は倹素なまま生活するさまは今までと変わりがなかった。

その兄と弟が初めて山寺から下りて来たとき、許の妻が三椀の飯を調理して供すると、許は眼を怒らせて叱りつけ、下げるようにいった。そこで、妻は一椀の粥だけを煮てもって来た。今度は兄が怒って、言った。

「お前の家はこのように豊かなのに、私に一椀の飯も食べさせないつもりなのか」
「私は十年という期限を定めました。その前にはけっして飯を食べないと誓ったのです。兄上は、十年がたてば、わが家の飯をお食べになれます。兄上がいくらお怒りになっても、私は意に介しません」
兄は怒って粥も食べずに山寺に帰ってしまった。

翌年の春、兄弟がそろって小科に合格した。許弘は絹と銭をたくさんもってソウルに上り、大科を及第したときに備えようとした。すると、率倡[4]が門にまで至った。しかし、その日、広大[5]たちを近く呼んで、言った。

「わが家の兄上と弟は小科に合格したものの、まだ大科が残っていて、山に登って学問を続けなくてはならない。お前たちには今はまだ用がない。だから、家に帰るがよい」

そうして、みなに銭を与えて帰らせ、今度は兄と弟に向って言った。

「十年の期限にはまだ到りません。今は山に帰って、期限を待って、山を降りられるのがいいでしょう」

その日、そのまま山に帰って行くのを見送った。

十年が経つと、万石君のような財産を積み上げた。すると、布と絹の織りの素晴らしいものを選んで、新たに男女の衣服を二くだり作らせて、行列をととのえて、兄嫁と弟嫁の実家に馬と人とをやって、約束した期日に来るようにさせた。また、山寺に人と馬とをやって、兄と弟を連れて来させた。家族がこうして団欒して数日を過ごした後、許生は兄弟に向って言った。

「ここは本当に狭く、膝を入れることもできない。私が用意しておいたところがあります。そちらに移ることにしましょう」

家族みなが連れだって、数里を行き、一つの峠を越えると、山の下の邑に立派な屋敷があった。家の前には長い廊があり、その中には牛や馬、そして奴婢たちが大勢いて、働いていた。内舎は三つに区画し、外舎はただ一つで大きくゆとりがあった。三人の兄弟の妻たちはそれぞれ内舎の一区画に住まい、三人の兄弟は外舎の一つ部屋で、長い枕に頭を並べ、大きな一枚の布団をかぶって寝た。その楽しみは蕩然たるものであった。兄がおどろいて尋ねた。

「この屋敷はいったい誰のもので、どうしてこんなに壮麗なのだ」

「これは私が建てさせたものですが、家人にも知らせなかったものです」

そうして、奴僕に四、五個の木箱を運ばせて前に置かせ、言った。

「これは田地の券です。これを兄弟で均等に分けようと思います」

さらに、付け加えた
「家産がここまで増えたのは、私の妻も苦労してくれたおかげです。これに報いないわけにはいきません」

二十石の田地の券を妻に与え、三人の兄弟はそれぞれ五十石の田地の券を受け取った。そして、童婢も成人していたので、生活できるだけの田畑を分け与えた。

　このときからは、衣食も豊かにととのえ、近隣の貧窮する宗族たちにも適当な量を考えてあまねく分け与えたので、これを称賛しないものはいなかった。

　ある日、許が突然に悲しみ、泣いた。兄が不思議に思って、尋ねた。

「今や我々は衣食も足りて生活している。どんな心を痛めつけるようなことがあるのか」

「兄上と弟は勉学に励んで名を上げ、小科に合格なさいました。しかし、私は家産を増やすために学業を捨て、一個の愚かな人間になり果ててしまいました。両親が私に望まれたことをまったく蔑《ないがしろ》にしてしまったのです。どうしてこれを悲しまないでいられましょうか。もう年もとってしまい、儒業をふたたび学ぶこともできません。筆を捨てて武芸を学ぶことにします」

　そのときから、弓矢の練習を始めて、数年後には武科に合格した。ソウルに上って、内職に就いた。次第に品階も昇り、安岳郡守となった。まさに赴任しようとしたとき、その妻が死んでしまった。弘はため息をついて、言った。

「私は早く父母を失い、思い通りに父母を国の禄で養う歓びがあるわけではない。こうして地方に赴任しようとしたのは、長いあいだ苦労をかけた妻のために、一度だけでも栄華を味あわせたいと思ってのことであった。妻が死んでしまった上は、任地におもむいても意味がない」

　そうして、辞職することにして、故郷に帰り、年老い、生涯を終えたのだった。

▼1【弘】許弘。この話にある以上のことは未詳。
▼2【マチギ】田畑の面積の単位。一斗分の種を播くくらいの広さ（田は一五〇～三〇〇坪、巴竹は一〇〇坪内外）。
▼3【カルイ】一人が一日で耕し得る田畑の面積。
▼4【率倡】科挙に及第して故郷に帰るとき、広大を先に立てて笛を吹き鳴らして行くこと。

▼5【広大】演劇や曲芸、あるいはパンソリなどを職業とした人びと。賎視された。第七九話注1参照。

第八七話……田舎の老人に懲らしめられた李如松《りじょしょう》

宣祖の時代、中国の将軍である提督の李如松《りじょしょう》(第二七話注1参照)が皇帝の命を受け、援軍を率いて朝鮮にやって来た。平壌で勝利して、城の中に入って占拠すると、山川の秀麗であるのを見て、異心を抱くようになった。宣祖をしりぞけて、自分が朝鮮王になろうと考えたのである。

ある日、幕僚たちを大勢ひきいて、錬光亭で宴をもよおしたところ、江のほとりの砂地を黒い牛に乗って通り過ぎる老人がいた。軍校が大声で立ち退くように言ったが、聞いていても聞こえないふりをして、轡をとってゆっくりと通り過ぎる。提督は大怒して、軍校に老人を捕まえて来るよう命じた。ところが、牛の行く速度はけっして早くはないのに、軍校たちは追いつくことができない。提督は憤怒に堪えず、千里の名馬を駆けて刀を振り上げ、老人を追った。前方の牛はそう遠くを行くわけではないのに、名馬がどんなに早く駈けても、追いつくことができない。山を越え、川を渡り、数里を行って、ある山村に入ると、黒牛は水辺のしだれ柳の下に繋がれていた。そこには茅屋があり、竹を編んだ扉は閉じていなかった。提督は老人がこの家の中にいるものと考えて、馬を降り、刀だけは手放さずに、中に入って行った。老人は堂の上に立って待っていた。提督は怒って言った。

「お前はたかが田舎の老いぼれに過ぎない。それが、天の高さを知らず、粗忽にも無礼を働くのか。私は皇帝の命を受けて百万の大軍を率い、お前の国を助けるためにやって来たのだぞ。お前はこの道理を理解しないというのか。わざわざわれわれの軍馬の前を犯した。お前の罪は死に値する」

老人は笑いながら答えた。

「私がどんなに田舎者であったとしても、どうして中国の将軍が尊貴であることを知らないわけがありましょう。今日の振る舞いというのは、将軍をお迎えして、このまったく辺鄙なところに来ていただくための計策でした。私はひそかにお願いしたいことがあります。しかし、それを申し上げることが難しいので、こういう手段をとったのです」

提督は言った。

「私に頼みたいというのはどんなことか。話してみるがよい」

老人は答えた。

「私には息子が二人いますが、百姓仕事をいやがって、ほしいままに強盗をして回っている始末です。父母の教えにも背き、長幼の順も弁えません。これが人生の一つの禍痕ですが、もう年老いた私の気力ではこれを抑えることができません。ひそかに聞くところでは、将軍の神霊のような勇猛さは世間に抜きん出ていらっしゃるそうです。どうか将軍の威力でもって、私の親不孝息子を亡き者にしていただけませんか」

提督が言った。

「息子たちはどこにいるのか」

老人が答える。

「後ろの園の草堂にいます」

提督が刀を手に取り、裏山に行くと、はたして二人の少年がともに読書をしていた。提督が大声でしかりつけた。

「お前たちがこの家の親不孝息子か。お前たちの父上がお前たちを排除したいと考えている。謹んでわが一太刀を受けるがよい」

そういって、刀を振り上げて打ちかかったが、少年たちは顔色も変えず、声を上げることもなく、書物に挟んであった竹の棒でこれを防いで、提督はこれを撃つことができなかった。最後に少年が竹の棒で提督の振り下ろした剣を振り払うと、剣はちゃりんと金属の音を立てて真っ二つに折れた。提督は息を切らして、汗びっしょりになっている。しばらくすると、老人がやって来て、少年たち叱りつけた。

「子どもたちよ、なんという無礼を働くのか」

少年たちは後ろに引きさがった。提督は老人に向って言った。

「この子どもたちの勇力は非凡で、向うところ敵なしです。どうして老人の願いをかなえることができましょう」

老人が笑いながら言った。

「私は冗談を言ったまでです。この子どもたちに腕力があって、十人で私に打ちかかって来たにしても、私を倒すことはできません。将軍は皇帝の命を受けてこの東の国に援軍にかけつけ、凶悪な倭人たちを掃討して、わが国の基業を安泰にしていただきました。このままお国に凱旋されれば、その名前は歴史に記されて、大丈夫としてこれ以上の名誉はないのではありますまいか。それ以上の望みを心に抱かれることが、はたしておありでしょうか。今日の振る舞いというのは、わが国にも人材がいないわけではないと、将軍に知っていただくためでした。将軍がその意を悟って、企てを改め、迷いから目覚めないようでしたら、この私はたとえ年老いていたにしても、将軍を除去せざるをえない。どうか、考えを改められよ。山野に住む人間のことばははなはだ乱暴でしょうが、将軍は私の衷情を察して、許されよ」

提督は一言もなく、頭を垂れていたが、やがて「わかりました。わかりました」と言って、門を出て行った。

第八八話……戦乱を予見した金千鎰《キムチョンイル》の妻

倡義使[1]の金千鎰《キムチョンイル》[2]の夫人はどのような家の娘であったかはわからない。嫁いできた当初、まったく働かず、昼寝ばかりをしていたので、舅が戒めた。

「お前は別嬪さんだが、婦道というものを知らないのが欠点だ。およそ婦人には婦人の責務というものがある。すでに嫁いだのなら、家を治めて生計を立てるのだ。それなのに、そのような勤めも果たさず、ただ昼寝ばかりをしている」

「家の生計を立てようにも、赤手空拳のまま、いったい何を元手にしてはじめればいいのでしょう」

舅は労《いたわ》しく気の毒に思い、小作料三十包と奴婢四、五口、それに牛数頭を与えて、言った。

「これだけあれば、家産の元手にするのに十分であろう」

「はい、十分です」

そして、奴婢を呼びつけて、言った。

「これからお前たちは私に従属することになったから、私の指示のままに仕事をするのです。お前はこの穀物を牛に背負わせて茂朱の深い谷に入って行きなさい。この小作料を農糧として耕作に励みなさい。毎年、秋になれば、収穫がすべて合わせてどれほどあったかを私に報告しなさい。そして残りは貯えておくのです。毎年、そのようにしてください」

奴婢たちは命令通りに茂朱に行って住んだ。

そうして数日後、金公に向って言った。

「男子が手中にお金をもっていないようでは、どんな仕事ができるでしょう。どうしてそうお考えにならないのですか」

「私は父母のもとにいて、衣食はすべて父母に頼っている。銭穀をどこから捻出することができようか」

「私が密かに聞きますところ、洞中の李生の家には千万の財貨の蓄えがあるというはなしです。博打を好むそうで、あなたはどうして李生の家に行って、千石の露積《ろし》でもって賭けをなさらないのですか」

「あの男はもともと博才で名が高いのだ。私はこの方面にはまことにうとい。賭けごとをしようとは思ったこともない」

「あの男と闘うのは、たやすいことです。将棋盤をもって来てください」

そうして、将棋盤をもって来ると、対坐して、さまざまな名手を教えた。金公とて奇骨の人である。半日の対局であらあら将棋の手を理解することができた。

すると、夫人が言った。

「これで勝負を決するのに十分です。あなたは三番勝負を提案なさってください。最初はいつわって負けてください。二局、三局は僅差でお勝ちになるのです。そうして、露積を手に入れた後は、もしあの男がふたたび雌雄を決しようと挑んだなら、神妙の手を使って、あの男の希望を持たせないよう完膚無きまでやっつけるのです」

金公はそのことばに従い、翌日、その家に行って、賭け将棋をしたいと言った。すると、その人が笑いながら、言った。

「あんたと私は軒を並べて暮らしているが、あんたが賭け将棋をするという話は聞いたことがない。今、突然やって来て、賭け将棋をしたいというのは、いったいどんな料見なのかわからないが、あんたは到底、私の相手にはなるまい。対局などする必要はない」

「まず将棋を指して後に、相手になるかならないか、判断してもらいたいものだ。一局も指さずに、どうして断るのか」

こうして、再三再四、頼みこむと、相手も折れて、言った。

「わかった、わかった。だが、私はつねに何かものを賭けずに将棋をすることはない。今、いったい何を賭けるつもりなのだ」

「あんたの家の千石の露積の三つ、四つでも賭ければ、いいではないか」

「それなら、私はそうしよう。あんたは何を賭けるのだ」

「私もまた千石を元手にするつもりだ」

「あんたは親がかりの身分で、少ないとは言えない穀物をどうして準備できるのか」

「それは勝負がついた後に、言えばいい。私がもし負けたなら、千石の穀物を出し惜しみはしない」

李生はとうとう対局することにして、二番勝ったら終わることにした。最初は、金公がわざと負けた。

すると、李生が言った。

「だから言ったじゃないか。あんたでは私の相手にはならない」

「まだ二番が残っている。ともかく、二局目を始めようではないか」

李生は心の中で妙だとは思いつつも、ふたたび対局して。すると、続けて二番も負けてしまった。李生は不思議に思い、また口惜しくもあった。

「これはおかしい。絶対におかしい。こんなはずがない。約束した千石はやらないわけにはいくまい。これは持って行くがいい。しかし、もう一度、将棋をやってみようではないか」

金公は承諾してふたたび対局したが、初めて神妙の手を使い、李生は形勢を立て直せず力尽きて、もう手を下すことができなかった。金公は笑って将棋を終え、家に帰ると、妻が待ち迎えて、言った。

「私の推測したとおりになりましたね」

「これだけの財物を手に入れたが、これでいったい何をしようか」

「まず、あなたの親戚の中で貧しくて、結婚や葬式を行なうことができず、生活ができないでいる人たちに、適当にお分けなさってください。そして、遠近、貴賤をいわずに、もし奇骨のある人がいれば、これと交わりを結んでください。毎日、やって来る人がいれば、酒と食事の用意は私がすることにします」

金公はそのことば通りにしたが、するとある日、夫人はまた舅に頼んだ。

「私は畑仕事をしたいのですが、垣根の外の五カルィの畑の耕作をお許し願えませんか」

舅がこれを許すと、夫人は畑を耕し、すべて瓢《ひさご》の種を植えた。瓢の成長を待って、瓢の升を作り、それに漆を施しておいた。毎年、これを続けて、五間の蔵に一杯になった。そして、鍛冶屋にその瓢升のような鉄の瓢を二個作らせて、蔵の中に同じく置かせた。人びとは何のためにそんなことをするのか、理解しなかった。

壬辰年となって、倭寇がやって来た。夫人は金公に言った。

「私がこれまで、貧窮している人びとを救い、屈強の男たちと交わりを結んでくださいと言っていたのは、こうしたときに、その力を借りようと思ったからです。あなたは義兵を起こしてください。お父上・お母上の避難なさるところは、すでに茂朱に確保してあり、そこには食糧も家もあります。あなたにご心配をお掛けするようなことはありません。私はここにいて軍糧の用意をします。乏しかったりなくなったりはしないようにします」

金公は欣然とそのことばにしたがい、義兵を挙げたが、遠近から、これまで恩恵をこうむった人びとがやって来て従った。十日もすると、精兵四、五千にも上った。軍卒にはそれぞれ漆塗りの瓢を佩びて戦わせたが、陣に帰るときには道に鉄の瓢を一つ放って置かせた。これを手にして、倭兵は大いに驚いて、言った。

「あの兵士たちはこの重い瓢を佩びながら、駈けるありさまはまるで鳥のようだ。その勇力は無量と言わねばならない」

みなが警戒するようになり、その鋭鋒を避けた。倭兵は金公の兵士たちを見ると、戦うことなく逃げた。金公は数多くの功を立てることができたが、これはその夫人の賛助によるところが大きい。

▼1【倡義使】国難に当たって義兵を挙げた人物に臨時に与えた官職。

▼2【金千鎰】一五三七～一五九三。壬辰倭乱のときの義兵将。字は士重、号は健斎、諡号は文烈。一五九二年六月、壬辰倭乱が勃発したとき、府使をやめて羅州にいたが、義兵を起こして杏山古城に入った。八月には江華島に陣を移して沿岸各地に駐屯する倭軍を掃討しようと奮戦、楊花渡では大勝した。一五九三年、晋州の戦いにおいて壮絶な戦死を遂げた。

第八九話……人品を見抜いた妓生

玉渓・盧禛《ノチン》▼1は早く父を失い、極貧の中で南原に住んでいた。すでに成人したが結婚する費用もなく、堂叔（父の従兄弟）が武人で、当時は宣川の郡守をしていたことから、玉渓の母親は宣川に行って結婚の費用を借りて来るようにと勧めた。

玉渓は髪の毛を編んだチョンガーの姿で、徒歩で道を行き、宣川に至ったが、門番に遮られて中に入ることができず、道ばたで佇んでいた。このとき、一人の童妓が色鮮やかな衣服を着て通り過ぎたが、歩みを止めて立ち止まり、玉渓を見て尋ねた。

「あなたはどちらから来られましたか」

玉渓がありのままに答えると、妓生がふたたび言った。

「わたくしどもの家は某洞にあって、何番目の家です。ここから遠くはありません。よろしければ、わたくしどもの家にお泊りください」

玉渓はそうさせてもらおうと言った後、なんとか苦心して官門を入って行き、堂叔に会って、やって来た理由を言った。堂叔は眉をしかめて、

「新たに赴任して、まだ間もない。役所の費えが山のようにあって、はなはだ苦労しているのだ」

と言い、冷淡であった。玉渓が外に宿をとるつもりだと告げて出て行き、童妓の家を訪ねて行くと、童妓は欣然と笑って待ち迎えた。その母親が夕食をととのえて進めてくれ、夜には同じ床に寝た。童妓が言った。

「私が郡守を拝見しますに、見込みはほとんどないように見えます。たとえ親戚であっても、結婚費用を十分に用立ててもらえるとは、とても思えません。ひるがえって、あなたのお顔を拝見しますに、大いに顕達なさる相です。どうしてお金を借りるためにぺこぺこする必要がありましょう。私が密かに蓄えた銀が五百両あまりあります。ここに数日のあいだ滞在なさって、ふたたびお役所に行く必要はありません。五百両の銀をお持ち帰りになればいいのです」

玉渓はとてもそれはできないことだとして、言った。

「そうそう気ままに振る舞って、堂叔をどうして怒らせないですもうか」

「あなたは親戚の情を信頼なさっていますが、親戚などどうして信頼できるでしょうか。長く留まれば留まるほど、渋面を見せられるばかり、帰るときになって、やっと数十金の餞別をもらったとして、どんな使い道がありましょう。ここからすぐにお帰りになるに越したことはありません」

それ以来、玉渓は昼になると役所に行って堂叔に会い、夜になれば、役所を出て妓生の家に泊った。

ある日の夜、妓生が灯りの下で旅装をととのえ、銀を取り出して風呂敷に包んでいる。明け方になると、厩から良馬一頭を引いて来させ、玉渓をこれに騎上させ、出発するように促しながら、言った。

「あなたは十年もたたず、きっと偉くおなりです。私は身を汚さずに待つことにします。ふたたびお会いするのは、あなたが科挙に及第なさった後です。くれぐれもお身体を大切になさってください」

両の目から流れた涙が袖を濡らした。玉渓の方も悲しく悄然とした気持ちで出発して、堂叔には暇乞いもしなかった。翌日、堂叔は玉渓がすでに旅立ったと聞いて、その振る舞いが狂妄であると不思議に思ったが、心の中では財物を浪費せずにすんだと喜んだ。

数日して、玉渓は無事に家に帰り着き、妻を迎えて、生計を立て、衣食の心配はなくなった。そこで、勉学に励み、四、五年後には登科して、王さまにも名前を知られるようになった。

しばらくして、暗行御史となって、関西地方を探索したが、心の中ではあの妓生のことを忘れたことはなく、あの家を訪れた。すると、母親が一人いて、玉渓の顔を覚えていて、袖をしっかと捕まえて離さず、泣きながら、言った。

「娘は、あなたを見送ったその日に、家を捨てて出て行きましたが、どこに行ったか、わかりません。消息が途絶えてしまって、もう何年にもなり、すっかり年寄りになった私は、娘を思って、涙の乾く暇もありません」

玉渓は茫然自失して、

「私がここに来たのは娘御に再会したかったからです。しかし、今や姿かたちもなく、落胆千万です。しかし、娘御は私のために姿をくらましたにちがいない」

と言って、ふたたび尋ねた。

「娘御が姿を消して後は、いっさい消息がわからないのですか」

「最近の風聞では、成川にある山寺に身を寄せているというのですが、まったく身を潜めて外に出ず、顔を見た者もいないということです。しかし、これも単なる噂ですから、信じることができません。年を取ったこの身体は衰弱して、気力もすっかり衰えました。男子がいれば、後を追わせることもできるのですが」

玉渓はそれを聞くと、さっそく成川におもむき、その一帯の山寺をしらみつぶしに探しまわったが、なかなか見つけることができなかった。そうして最後に一寺に行きついた。後ろに千尋の断崖を控え、その上に小さな庵があった。岩は切り立ち、山は険しくて、足の立つ場所もない。玉渓は蔦や藤にすがって苦心してよじのぼると、数名の僧侶がいた。彼らに尋ねると、次のように言った。

「四、五年前、年のころなら二十歳の一人の女子がやって来て、若干の銀を仏に仕える首座に渡して朝夕の食事の費用に充て、仏の前の机の下に、髪をおおい、顔を隠して、潜り込んでしまいました。朝夕の食事は少し空いた窓穴から受け取って、ただ大小便のときにだけ外に出て、すぐに中に入るという生活を続けています。そうして四、五年があっという間に経ってしまいました。わたくしどもはこの夫人を生き仏とも菩薩とも呼んで、あえて近づくことはいたしません」

玉渓は自分の探している妓生であると気がついて、首座に窓穴からことばを伝えてもらうことにした。

「南原の盧都令があなたを探してやって来た。どうして窓を開けてお迎えにならないのか」

女は首座を通して尋ねた。

「盧都令が来られたのは、科挙に受かってのことでしょうか」

玉渓が科挙に及第した後、暗行御史となって来たのだと言うと、その女は言った。

「私が長いあいだ姿をくらまし、さまざまな苦労に耐えたのは、すべてあなたのためでした。どうして欣然と喜んであなたを待ち迎えないことがありましょう。しかし、この長い歳月を穴ぐらで過ごして鬼のようになった姿であなたの前に出ることはできません。私のために十日ほど待っていただけないでしょうか。私はお風呂に入り身だしなみを整え、本来の姿を取り戻した後に、あなたに見《まみ》えたいと思います」

玉渓は女のことばに従って待つことにして、数日がたち、さっぱりと化粧して女が現れた。たがいに手を取り合って、悲喜が交叉した。寺の中にいた僧たちも事の来歴を始めて知って、讃嘆しない者はいなかった。

玉渓は宣川の役所に車と馬を借り、女を乗せて、宣川の母親に会わせた。事をすべて済ませて帰るときには、同じ車に乗り、同じ部屋に寝た。そうして互いに愛し合って一生を終えた。

▼1【玉渓・盧禛】一五一八〜一五七八。宣祖のときの名臣。字は子膺、号は玉渓・則庵。一五四六年、文科に及第、大司諫・大司憲、あるいは諸曹の判書に至ったが、地方官として善政をしき、清白吏に選ばれた。盧守慎・金仁厚などの学者と交遊した。

第九〇話……五人の老処女の太守遊び

延原府院君・李光庭《イクァンチョン》▼1が楊州牧使であったとき、一羽の鷹を借りて猟師とともにいつも山歩きをしていた。あるとき、猟師が一人で山深く入って行き、一晩過ごして帰って来た。見ると、足を傷つけ、足をひきずっている。公がどうしたのかと尋ねると、笑いながら、言った。

「昨日、鷹を放して雉をつかまえようとしましたが、雉が逃げ、鷹もそれを追い駆けて遠くに行って、見失ってしまいました。方々を探しまわったところ、鷹は某村の李座首の家の門の外の大樹の枝の上に止まっていました。苦労して何とか鷹を呼び、私の肘に止まらせましたが、帰ろうとすると、垣根の中からにぎやかに笑う声が聞こえてきました。垣根の隙間から覗くと、何とも豪快な五人の処女がいました。その男勝りの処女たちが、連れだってやって来て、大変な勢いで私を打ちのめそうとしました。私は慌てて逃げ出しましたが、足を滑らせて、怪我をしてしまったのです。

日はすっかり暮れてしまい、私は不思議に思いながら、垣根の下の叢の中に身を潜ませて、中の様子をうかがっていました。すると、五人の処女たちが話をしています。

『今日は暇なので、太守遊びでもしようじゃあないの』

と誰かが言うと、

『それがいいわ』

というわけで、遊びが始まりました。

その中の年嵩の処女は三十歳くらい、石の上の高い場所に座って、その下に入る他の処女たちに命令しました。

『座首を捕まえて来い』

刑房の処女が及唱役の処女を呼ぶと、及唱役の処女は使令役の処女を呼んで命令を伝えました。使令役の処女が命令を受けて座首役の処女を捕まえ、庭の下に跪かせると、太守役の処女は大きな声でその罪を数え上げて、言いました。

『婚姻は人としての大倫である。お前の末娘もすでに婚期を過ぎ、さらにその上の娘たちは、今さら言うまでもない。お前はどうして五人の娘たちを公然と背倫の事態に到らせたのか。お前の罪は死に値する』

座首役の娘がこれに不服で、答えました。

『どうしてわたくしが倫理と紀綱の重大さを知らないということがありましょう。しかし、わたくしどもは家計が立たず、赤貧洗うがごときありさま、婚姻の品を用意する望みもありません』

太守役の処女が言いました。

『婚姻は「称家有無」ともいう。すなわち、その家の状態に応じて、ただ布団一枚をもって行き、酒がなければ、水を汲み交わして婚礼を行なえばいい、そうでない理があろうか。お前はなんとも迂闊な者だ』

座首役が言った。

『わたくしの娘というのは一人、二人ではありません。新郎となるような男子をそもそも探すことができないのです』

　太守役はふたたび叱りつけて、言いました。

『お前がもし一生懸命に広く探し回ったなら、どうして新郎がいないということがあろうか。郷中の噂で言えば、某村の趙座首と呉別監、そして某村の鄭佐倅、金別監、崔郷所の家にはそれぞれ新郎候補がいるはずだ。もし、そうであれば、四人、五人の娘などすぐに片づけることができるはずだ。これらの人びとはお前と地位も同じ、家柄も同じで、どうして結婚できない理があろう』

　座首役がこれに答えました。

『太守のおっしゃる通りに通婚したとして、新郎たちはきっとわが家の貧しさにあきれて、喜ばないでしょう』

　太守役が言いました。

『お前を鞭打ちにするところだが、今のところはしばらく許すことにする。すみやかに婚姻を結び、式を挙げるがよい。これに従わなければ、厳罰に処すぞ』

　そうして、釈放するように命じました。五人の処女はたがいに大笑いして、解散しましたが、まったく抱腹絶倒のありさまでした。私はそれを見て立ち去り、遅いので宿をとり、今、帰って来たところなのです」

　延原ははなしを聞いて、大いに笑った。郷所▼[2]を呼びつけて、多くの座首の来歴や、家の経済状態、娘の数などを尋ねた。すると、この村でかつて座首を経験した人の家で、貧しくて、男子はいず、ただ娘だけが五人いる家がある。貧しくて婚資を用意できないために、五人の娘が結婚できないでいるという話をした。延原はさっそく礼吏に名目を告げて、座首に来てもらうように言った。座首がまもなくやって来た。公が言った。

「あなたはかつて郷所を経験して、事理に明るいはずだ。それで、あなたと議論したいと思いながら、まだそれができないでいた」

そうして、子女の数を尋ねたところ、座首は答えた。

「私の命運も窮迫してしまい、男子一人もいずに、無用の娘だけが五人もいます」

五人の娘たちはまだ結婚しないのかと尋ねると、

「まだ一人も結婚してはいません」

と答えた。そこで、娘たちの年齢を尋ねたところ、

「末娘ももう適齢期を越えてしまいました」

と答えた。公が続けて詳しく尋ねたところ、あの太守遊びの処女たちの話のままに答えたので、あれはまさしくこの座首の娘たちのことだとわかった。そこで、公は続けて某座首、某別監、某郷所の順に推測しながら、あの処女太守のことば通りに尋ねて見た。

「どうして通婚しないのか」

「かれらは私の家が貧しいので、けっして喜ばないでしょう」

公が言った。

「このことについては、私が仲人になろう」

座首を帰らせた後、ふたたび礼吏に五人の郷所を呼んで来させ、公が言った。

「お前たちの家には適齢期の男子がいたと思ったが、ちがうか」

「たしかにおります」

「まだ嫁をとっていないのか」

「まだ嫁はとっていません」

「私が聞くところによると、某村の座首の家に五人娘がいるそうだが、この娘たちを嫁に迎えてはどうか」

五人がためらって返答しないと、公は色を正して、言った。

「あちらとて郷族であり、お前たちも郷族である。家がらは等しい。お前たちが婚姻関係を結ぼうとしな

いのは、ただ貧富にこだわるためだ。もしそうなら、貧しい家の娘は編み髪のままに年老い、死ななくてはならないのか。お前たちに比して、私は年配だし、また地位も高い。その私がすでによかれと思って言い出したことだが、お前たちはあえて従わないつもりか」

五幅の文書を出させ、五人の前に置かせて、言った。

「それぞれ自分の息子の四柱を書くがいい」

声も顔色も厳しかったので、五人は畏まり、ひれ伏して、言った。

「おっしゃる通りにいたします」

それぞれ四柱を書いて差し出すと、公は年長、年少の順にしたがって、処女たちの配偶者を決めた。そして、酒と料理を用意させてもてなし、モシ一匹を下賜して言った。

「これで、道袍の資と見なすように」

また、続けて言った。

「李氏の五人の娘の結婚の用意は役所が準備するので、李氏の家ではなにも心配するに及ばない」

すぐに吉日を選ばせ、その日までの数日間に布帛と銭と穀物を送って結婚の準備をさせた。その日、公は李家に行ったが、障子や屏風や敷物などを役所から持って来させて式場を飾り、庭の中には五つの机を置き、五人の処女と五人の新郎が一時に婚礼を挙げた。見物する者たちの心はなごみ、延原の積善ぶりを感嘆しない者はいなかった。

その子孫たちが繁栄したのも、延原の積善の余慶と言うべきであろう。

▼1【延原府院君・李光庭】一五五二〜一六二七。仁祖のときの名臣。字は徳輝、号は海皐。一五九〇年、文科に及第、一六〇二年、大司憲として表をもって燕京に行った。吏曹・礼曹の判書を歴任、延原府院君に封じられた。開城留守となってよく治め、賄賂をとることなく清廉なまま帰還した。

▼2【郷所】中央から任命されて来た守令（長官）を補佐する地方の自治機関、およびその長を言う。

巻の四

第九一話……客店で会った処女の寡婦

安東の進士権某の家は村一番の長者ぶりであったが、権氏の人となりは厳粛で、家の中を治めるのに法度があった。一人っ子の息子が妻を娶ったが、その妻というのが癇性で嫉妬深く、それを制御するのはなかなか難しかった。しかし、舅が厳粛であったから、妻はあえてわがままに振る舞うことはできなかった。権がもし怒り出せば、かならず大庁に席を設けてどっかと座り、あるいは婢僕を打殺したりもしたが、もし生命を害さない場合でも、かならず血を見ないではすまなかった。そこで、もし庭に席が設けてあれば、家の中の者たちは息を殺して、これからかならず人が死ぬのだと知ったのである。

権の息子の妻の家が隣村にあって、息子は舅と姑に会いに行ったが、途中で雨に遭い、客店で雨宿りをした。見ると、一人の少年が母屋に座っていて、厩には五、六頭の馬が繋がれ、奴婢たちも大勢いる。親族たちの一行らしい。その少年は権少年とひとしきり挨拶を交わした後、酒と肴を用意させ御相伴したいと請うたが、その酒はうまく、肴もまたすこぶる美味であった。たがいに姓氏と住まいを尋ね合い、権少年がまず事実のままに答えたが、その少年は姓氏だけを答えて、どこに住んでいるかは答えようとせず、ただ

「たまたまここを通り過ぎ、雨宿りをするためにこの客店に入って、幸いにも同年輩のあなたのような方に逢うことができました。こんなうれしいことはありません」

と言った。そうして、たがいに盃を応酬して、酔っぱらうまで飲んだが、権少年がまず昏倒してしまった。

夜が更けて、酔いから醒めて眼を開き、あたりを見回すと、いっしょに酒を飲んだ少年の姿はなく、自分は内房に横たわっている。そして横には素服の美しい女がいる。年のころなら、十八、九、容貌はすこ

ぶる美しく、振る舞いも端雅なこと、この上ない。身分も常民や賤民の類ではなく、まちがいなくソウルの卿相の家の婦女であることがわかる。権生はおどろいて、尋ねた。

「私はどうしてこんなところに寝ているのだろう。あなたはどなたの家のどういうご婦人で、どうしてこんなところにいらっしゃるのですか」

その女子ははにかんで、答えようとしない。再三再四、尋ねたが、ついに口を開かない。数刻を過ぎて、やっとのことで、聞こえるか聞こえないかの低い声で言った。

「私はソウルの門閥で官職も得ている家の娘です。十四歳で結婚をして、十五歳で夫を亡くしました。舅と姑も早く亡くなってしまい、その後は義理の兄の厄介になっていました。義理の兄の性格は固執することがなく、世俗の例にしたがって年少の弟の嫁が寡婦として生きるのは不憫だと考えました。そこで、再婚させようと考えましたが、親戚のあいだでその是非が盛んに論じられ、みなが家門の恥辱だと言い、厳しく反対しましたので、義理の兄はやむをえず議論を打ち切りました。そして、車と馬を用意して、私を乗せて家を出ましたが、目的地があるわけでもなく、転々としてこの地に至ったのです。義理の兄は、もし適当な男子に出会ったなら、私を委ねることにして、しかも親戚の耳目に入らぬようにと考えたのです。昨夜、あなたが酔い潰れていらっしゃった隙に乗じて、奴僕にあなたを負わせてここに運び込みました。兄はもうすでに遠くに逃げてしまったでしょう」

そう言って、横に置いてあった箱を指さして、言った。

「この箱の中に五、六百両の銀が入っています。これを私の衣食に当ててください」

権生は女子の話を聞いて不思議に思い、外に出て見たが、あの少年も多くの人も馬も姿を消して、どこに行ったかわからない。ただ愚かしそうな童婢が二人残っているだけであった。

権生は部屋に帰って、その女子とともに寝たが、考えてみると、あの厳粛な父親のもとで、妾など持とうなら、きっと大事が出来するだろうし、また妻も嫉妬深い性質でけっして自分を許すまい。さて、どうしたものかと千回、万回、考えてみても、よい計画が思い浮かばない。不思議なめぐり合わせで出会うことのできた佳人が頭痛の種となった。童婢に門を守らせて、その女子には、「家には厳しい親がいる。まず行って、事情を話してからお前をつれて行く方がいいだろう。しばらく待っていてほしい」

と言った。客店の主人もいいくるめて、門を出ると、そのまま友人の中でも智恵の働く者の家に行き、事情をありのままに告げて、いい智恵を貸して欲しいと頼んだ。

その友人はしばらく考えた後に、言った。

「これは大変なことだ。まったくいい考えが思い浮かばない。ただ一つだけ思いついたことがある。君が家に帰って後、私が宴席を設けて、君を招くことにしよう。すると、その翌日には、君が宴席を設けて私を招いてくれ。そうすればおのずと方便もないわけではない」

権生はそのことばにしたがって家に帰ると、数日して、友人が使いを送って懇請した。

「わが家に酒と料理を用意して友人たちが集まったが、この席に君がいないと始まらない。どうかご来臨のほどを」

権は父親に告げ、その宴に出かけて行った。翌日、権生は父親に言った。

「昨日、友人が酒席をもうけて招待してくれました。それに応える礼を欠かすわけにはいきません。今日、簡単に酒と料理を用意して友人たちを招待したいと思うのですが、いかがでしょうか」

父親はこれを許した。酒席をもうけてあの友人を招き、また村中のすべての少年たちを招待したが、若者たちはやって来て、まず権生の年老いた父親の前に行って挨拶をした。父親は上機嫌で言った。

「若い者たちが集まって酒宴をもうけるのに、いちども年を取った私を呼ぼうとはしない。いったいどういうわけだ」

あの友人が答えた。

「ご尊父が宴席にいらっしゃれば、若者たちは座臥起居を自由にすることができず、またご尊父の人となりがあまりに厳粛で、若者たちがわずかのあいだ拝謁するだけであっても、十分に注意したつもりでも、あるいは粗相をしなかったかと恐れます。終日つづく酒席のあいだ、どうして落ち着いて座っていることができましょう。御尊父が酒席に出られたならまことに殺風景なことになります」

老権は笑いながら、言った。

「酒の席にどうして長幼の序があるであろうか。今日の酒宴は私が主人になろう。無礼講ということにして、終日、楽しむがよい。お前たちが私に百回も無礼を働いたとしても、私はお前たちを叱責はすまい。だから、大いに楽しむがいい。そうして、この老人の寂しさを慰めてくれ」

少年たちが一斉に礼をして、長幼の順なく円座して盃を挙げ始めた。酒も半ば行きわたったとき、あの智恵のある少年が進み出て言った。

「私は奇妙な昔話を聞いたことがあります。どうか聞いていただき、笑いの種にしてください」

老権が言った。

「昔話は好むところだ。聞かせて欲しいものだ」

少年が客店で遭遇した不思議な出来事を、昔話のようにして話した。老権は興味津々で、不思議なことだと感嘆しながら聞いた。

「それは面白い、面白い。その話は何とも奇縁というべきで、今まで聞いたこともない話だ」

少年は、そこで、重ねて言った。

「お父上がもし当事者であったなら、さて、どういたされますか。真夜中に回りに人もいず、そのような佳人と二人きりになったとしたら。懇ろになられますか、あるいは遠ざけられますか。そして、もし懇ろになられたとして、その後には、佳人の面倒をご覧になりますか、あるいは捨て去られますか」

「宦官でもなければ、夜中に佳人と同じ部屋にいて、どうして何もなくてすむ道理があろうか。またすでにいっしょに寝てしまったのなら、どうして面倒を見ずに、捨て去って積悪の行ないをすることがあろうか」

「お父上はもともと厳しいお方ですが。こんなときに当たっても、節を曲げられないのではないでしょうか」

「その人が佳人の部屋にいたのは、みずから望んだことではなく、騙されてのことだ。みずから犯した罪ではない。それに若い男子が美しい女を見て心を動かすのは当たり前のことだ。その女子は士族でありながら、このようなことを行なったが、その性格は可憐なようだ。境遇は気の毒で、ひとたび契った後で、捨て去るようなことがあれば、女子の恥辱となり怨みを残すことになるであろう。どうして悪を積むことにならないでいであろうか。士大夫の身の処し方は齷齪《あくせく》したものであってはならない」

「人情も事の道理も、それで間違いはありませんか」

「他のやり方があろうか。その女を大切にするのは当然のことだ。不幸な女子をいったいどうしようと言うのか」

少年は笑いながら言った。

「実は、これは昔話などではなく、先日、ご子息が経験したことなのです。お父上がすでに成り行きを当然のこととされ、再三再四、こちらから質したにもかかわらず、意見を変えられませんでした。この上は、ご子息は罪を免れたと考えてよろしいですね」

老権はそれを聞くと、しばらくの間、眼を閉じて黙って考え込んでいたが、突然、顔色を変え、大声を挙げて、

「みなはもう帰れ、これからしなければならないことがある」

と言った。みなは老権の気勢におどろき恐れ、あたふたと解散した。老権はさらに声を荒げて、

「すぐに大庁の席を設けるようにせよ」

と言ったので、家中がおそれおののき、いったい誰を罪そうとするのかと戸惑った。老公は席につき、ふたたび大声を発した。

「すぐに大鉈をもってこい」

童奴があたふたと大鉈をもってきて、庭に木の板を置いた。老権は言った。

「書房の主人を捉えて来い、この木の板の上に伏させるのだ」

童奴が権少年を捉えてきて、その項《うなじ》を板の上に抑えつけた。老権が大声で叱りつけた。

「この馬鹿息子、口から乳臭いにおいの抜けない子どもが、父母に隠れてつまらぬ妾を設けるとは、まったく家を滅ぼす行ないだ。私が生きていても、このようであれば、私が死んだら、どんなことをしでかすか。こんな背倫の者を生かしておいても、まったく無益だ。私が生きているあいだに、首を切って、後々の弊害を取り除く方がよい」

そう言い終わると、奴僕に、足を取って、首を切れと命じた。

このとき、上下の者みながおどろき慌てて、真っ青になった。老権の妻と嫁とが母屋から下りて、哀願した。老権の妻が言った。

「その罪は死罪に当たるとしても、どうして目の前で子どもの頭が切られるのを見ていることができましょうか」

泣きながら諫めて止まなかったが、老権は叱責して出てゆくように言った。妻は奴僕に連れられて出て行ったが、嫁の方はと言えば、頭を地面にたたきつけ、顔面に血を流しながら、訴えた。

「年少の人がたとえ放恣に生きて勝手なことをしでかす罪があったにしても、お父さまの血族はこの人一人がいるだけです。お父さまは残酷なことをして、累代続けられた祭祀を、どうして一時に絶やそうとなさるのでしょう。お願いですから、代わりに私の首を切ってください」

「家に背倫の息子がいれば、家が滅びるときに、祖先まで辱めることになる。むしろこの子は目の前で殺して、養子を探す方がいいであろう。ああしても、こうしても、滅びるのは同じだとしたら、清潔に滅びる方がいい」

そうして、号令して、首を切るように言った。奴僕が口ではほいと言ったものの、手足に力が入らない。嫁は泣き叫んで、いっそう激しく諫めた。老権は言った。

「このことで家が滅びるというのはただ一つではない。まだ自立しない人間がほしいままに妾を持つということは、家が滅びる兆しの一つである。そしてお前の嫉妬が激しいので、きっと妾とあいたがいに受け入れることができないだろう。そうすれば、家の中はきしんでうまくいかない。これが家の滅びる第二の兆しである。これらの兆しがある以上、早くこれを除去するのに越したことはない」

「わたくしもまた人の顔をもち、人の心をもっています。このような光景を目にした後に、どうして心に『妬』という文字を思い浮かべることができましょう。もしお義父さまが今回はお許しくださる恩徳を施されれば、わたくしは一所に暮らしても、けっして和を欠くようなことはいたしません。お願いですから、お義父さまはこのようなことを考慮なさって、広いお気持ちでお許しください」

老権は言った。

「お前は今日の挙措に差し迫って、そのように言うものの、まちがなく、今は許すといっても、心ではそうではあるまい」

「どうしてそのようなことがありましょうか。もしそのようなことが少しでもありましたなら、かならずわたくしを天が殺し、鬼神が殺すことでしょう」

「お前は私の生前には大人しくしていたとしても、私が死んでしまえば、かならず悪心を抱くであろう。そのときには私がいないので、あの馬鹿息子ではお前を抑えることができまい。それは家が滅びることでないだろうか。やはり首をはねて禍根を残さないのがよかろう」

「どうしてそんなことがありましょう。お父さまがこの世をお去りになって、もし一分でもそのような心が起こりましたなら、わたくしは犬や豚にも劣ります。約束のことばに決して背きません」

「もしそうなら、お前は誓書を書いて納めておくか」

嫁は約束を守らなければ犬や豚にも劣るという誓いを書いて、そして、言った。

「もしこの約束に違背しましたなら、わたくしは雷に当たって死にましょう。ここまでお約束して、お父さまのお許しがなければ、もう今すぐに死ぬしかありません」

老権はようやっとのことで許すことにした。奴僕の主だった者を呼びつけて、命じた。

「お前は車と馬と人夫を引き連れて、某村の客店に行き、書房の主の小室をお迎えして来い」

奴僕は命じられたままに行って、小室を連れて帰って来た。小室は舅と姑に拝礼を行い、また正室にも挨拶して、ともに暮らすようになった。その正室はあえて一言も愚痴めいたことは言わず、老いるまで仲よく暮した。他の人たちも二人を離間させることはなかった。

第九二話……雪夜に現れた平壌の妓生

むかし、ある宰相が関伯（平安道観察使）になった。一人息子がいて、平壌にいっしょに連れて行った。そこには息子と同年の童妓がいて容貌がすこぶる美しかった。息子はこれと深くなじんで、その情愛は山のようにも高く、海のようにも深かった。箕伯▼1の任が終わってソウルに帰るときになった。父母は息子が妓生と別れることができないのではないかと憂慮して、尋ねた。

「お前は妓生と深く情を交わしてしまったようだが、今にわかに情を断ち切って、ソウルに帰ることはできるか」

その息子が答えた。

「これは風流好事というのに過ぎません。どうして恋々と未練をもちましょう」

父母はこれを聞いて喜んだ。平壌を立ち去る日に、息子は特に離別を悲しむふうもなかった。ソウルに戻ると、息子は山寺に荷物を背負って行き、寸時を惜しんで学問に励むことにした。

息子は山房で本を読んでいたが、ある日の晩、降り続いた雪が初めて晴れ、煌々たる月影が庭を照らした。ひとり欄干に寄りかかり、悄然として四方を見渡すと、森羅万象が息を殺し、林の中はしんと静まり返っている。しかし、雲間の一羽の鶴が群れを離れて悲しく鳴いているようで、巖穴の一匹の雄猿が雌を求めて鳴き騒いでいるようでもあった。書生はこのとき、心が塞いで、関西のあの妓生を忽然と思いだした。その美しい姿態と端正な容貌が目の前にあるかのように現れ、相思の情が泉のように湧いてきて、忘れようとしても、忘れることができない。ついに気持ちを抑えることができず、腰を下ろして座ったまま、暁の鐘が鳴るのを今か今かと待ち、かたわらの人にはなにも告げず、みずから草履をはき、若干の旅費を懐に入れて、山門を出て、ただちに関西を目指して行った。

翌日、僧たちと学問仲間たちは大いにおどろき、探し回ったものの見つからず、失踪を父母に連絡した。家の者たちもみなおどろいて、山や谷をあまねく探しまわったが、見つからない。ついには虎に食べられたのだと思い、その悲しむさまは形容することばがないほどであった。

書生は曲がりくねった険しい路を歩いて、寺を出てから数日して、平壌城に到着した。すぐにその妓生の家を訪ねたが、妓生はいず、その母親だけがいて、書生の旅姿があまりにみずぼらしいのを見て、冷たい目で相対して、書生が来たのを暖かく迎えようという気配はまったくなかった。書生が尋ねた。

「あなたの娘御はどこにいますか」

「新しくお役人が赴任されて、その子弟にお呼ばれして、まだ帰って来ません。ところで、書房の主は千里の道をどうしてやって来られたのですか」

書生は答えた。

「私はあなたの娘御を思うと、腸が断ち切られるようで、千里の道を遠いとも思わずにやって来たのは、一目でもいいから娘御の顔を見たかったからです」

老妓は冷笑しながら、言った。

「千里の道を無駄足なさったわけですか。私の娘はこの地にいても、私も会うことができない。いわんや書房殿がどうして会うことができましょう。早くお帰りなった方がいい」

ことばを終わると、部屋の中に入って、すこしも応接しようという気がない。書生はため息をついて、門を出て行ったが、行くあてもない。官営の吏房がかつて親切にしてくれ、また書生の父親に恩恵を多く被っていたのを思い出し、その家を訪ねて行った。吏房はひどくおどろいて立って迎え、座敷に通して、言った。

「書房殿はいったいどうしたことですか。貴公子が千里の遠い道を来られるとは、夢にも思いませんでした。あえて伺いますが、いったい何のために来られたのですか」

書生がやって来た理由を告げると、吏房は頭を叩きながら、言った。

「これは困った、困った。今回、観察使の子弟がその妓生を寵愛して、ほんのひとときも離そうとはしません。会うことは実に難しい。しかし、しばらくわが家に滞在していらっしゃるあいだに、なんとか会う機会を作りだすことにしましょう」

そう言って、真心を尽くして接待した。書生が数日をそこで過ごすと、空からにわかに激しい雪が降って来た。吏房が言った。

「今こそ対面する機会ですが、しかし、書房にそれができるかどうか、わかりません」

書房がそれに答えた。

「もし妓生の顔を一度でも見ることができるのなら、私は死んでもいい。どうして、何かできないことがあろうか」

吏房が言った。

「明日の朝、村の男たちを官営の雪掻きのために徴用することになりましょう。私は書房を離れ部屋の雪を掻く仕事に当てますので、きっと目を見かわし相対する機会もあることと思います」

書房は欣然としてこの計画にしたがい、常賤の衣冠に着替えて雪掻きの男たちの群れに交じり、箒を手にして離れの前の庭の雪を掻いた。このとき、しばしば大庁の方を盗み見するのだが、妓生とは顔を見合わせることがなかなかできない。しばらくして、部屋の戸が開いたところに、その妓生が美しく化粧をして出て来て、曲がった欄干の上に立って、雪景色を眺めて立った。書房は雪掻きをやめて、妓女の方に目を凝らすと、妓生は急に顔色を変えて、身体を翻して部屋の中に入って行き、ふたたび出ては来なかった。書房は心の中ではなはだ恨めしく思ったが、どうすることもできずに出て来た。

吏房が尋ねた。

「妓生をご覧になりましたか」

書房が答えた。

「ほんの一瞬だけ見ることができた」

そうして、妓生が中に入ると、もう二度と出て来なかったことも付け加えた。吏房が言った。

「妓生などもともとそんなものなのです。形勢の善し悪しを比較し、旧を送ればすぐに新を迎える。それを責めるまでもありません」

書房はみずからの行動を反省して、これからどうすればいいかを考えたが、どうしたものかわからなかった。その妓生はと言えば、雪掻きの顔を一目見ただけで、書生がやって来たのがわかり、直ぐにでも出て、書房に飛びつきたかったが、離れの都令が一時も離してくれず、どうしようもなかった。そこで、心の中でそこを抜け出す方法を考えて、にわかに涙を流し、悲しい表情をしたので、都令はおどろいて、尋ねた。

「いったいどうしたと言うのだ」

妓生は涙を拭いて悲しみをこらえるふりをして、答えた。

「わが家には他に兄弟がいないので、わたくしが家にいたときには、亡くなった父の墓の雪はわたくしが払いました。今日は大雪にもかかわらず、雪掻きをする人もいないので、それが悲しいのです」

都令が言った。

「それなら、私が奴僕の一人でもやって雪掻きさせることにしよう」

妓生はそれを止めて、言った。

「これは役所の仕事ではありません。この寒さの中でわたくしの父の墓の雪掻きなどをさせては、死んだ父にとって無限の恥辱になることで、とてもできない相談です。わたくし自身が行って雪掻きをして帰って来るのが、いちばんです。父の墓所というのは平壌の城外の十里のところにあって、行って帰るのに、ほんの数刻しかかかりません」

都令はその事情を気の毒に思って、外出を許可した。妓生はすぐに家に帰って、母親に言った。

「あの書房がいらっしゃいませんでしたか」

母親が答えた。

「数日前に訪ねて来て、そのまま帰って行きました」

妓生は声を呑んで、母親を叱責した。

「お母さんは人情ってものを解されないのですか。あの方は卿相の家の貴公子の身にもかかわらず、千里の道をもっぱら私に会うだけのために来られたのですよ。お母さんはどうして引き止めて、私に知らせてくれなかったのですか。お母さんが冷たくあしらったので、あの方はここにいることができなかったのです」

そうして、なかなか泣きやまなかった。書房のいるところを探そうとしても、誰に尋ねればいいのか、わからない。急に、以前、太守の吏房が昵懇にしていたのを思い出して、あるいはその家に寄宿してはいないかという考えがよぎった。駈けるようにしてその家を訪ねてみると、はたしてその家にいた。たがいに手を取り、悲喜がこもごもに去来した。妓生が言った。

「わたくしは書房さまとひとたび契った後は、けっしてお別れする気持ちはなかったのです。ふたたびお会いできて、こんなうれしいことはありません。これから二人で駈け落ちしましょう」

そこで、家に帰って見ると、たまたま母親は不在だった。箱の中に貯えておいた五、六両の銀子を手に取り、また装身具で一つの包みを作って人に背負わせて、吏房の家に戻った。吏房には二頭の馬を借りてくれるようにと頼んだところ、吏房が言った。

「馬をどこかで借りれば、そこから行き先が簡単にわかってしまうでしょう。わが家には数頭の元気な馬がいます。これを餞別にいたしましょう」

さらに、四、五十両をわたして旅の費用にするように言った。書房と妓生とはともに平壌を発ち、ソウルに向ったが、徳山と孟山のあいだの奥まって静かなところに家を建てて住んだ。

その日、官営では妓生が遅くまで帰って来ないので、不思議に思い、人をやって探させようとしたが、どこに行ったものかわからなかった。母親に尋ねてみても、母親自身がおどろき、あたふたとするだけで、行方を知らなかった。人をやって四方を探しまわらせたが、結局、わからずじまいであった。

ある日、その妓生が書生に言った。

「あなたはすでに親に背いて、このような生活を送っていらっしゃいます。親にとっての罪人とも言うべきです。この罪を償うには科挙に及第なさるほかにありません。科挙に及第する方法はただ勉学に励むしかありません。衣食の心配はわたくしに任せてください。今からは文章の勉強だけをなさってください。そうすれば、道は開けましょう」

そして、多くの書物を買い求めたが、そのときには書物の値を問題にはしなかった。それからというもの、勉学に力を尽くして、科挙の準備を着々と進めた。

四、五年が過ぎて、国家に慶事があり、まさに科挙を行なってソンビを選抜することになった。妓女は書生に科挙を受けることを勧め、旅費を用意して、送り出した。書生はソウルに上ったものの、実家に行くわけにもいかず、宿に泊まった。期日には試験会場におもむき、文章の題が出されると、筆をとってすらすらと書き上げ、試券（答案用紙）を提出して、結果を待った。結果の発表があって、書生は一等で高々と名前が上がった。

王さまは吏曹判書を呼んで、榻《しじ》の前に近く来るようにおっしゃった。

「以前、卿の独り子が山寺に書物を読みに出かけ、虎に食われてしまったと聞いた。今、新恩の壮元の封を見ると、これは卿の子息の名前ではないか。どうして父親の肩書きを大司憲と書いているのか、これも怪訝だ。父も子も同名だとしたら、これもはなはだ異常と言わねばならない。朝廷の宰相の班列の中に、どうして卿と同じ名前の人物がいようか。いったいどういうわけだ。皆目わからない」

王さまは新恩を召されることになり、吏曹判書は榻の下にひれ伏して待ちうけた。新恩が入室すると、はたして息子ではないか。父と子はしっかと抱きあい、涙を流して、離れることができなかった。王さまは不思議に思い、近くに寄るようにおっしゃり、詳細にその曲折をお聞きになった。新恩はひれ伏していたが、顔を上げて、父親を捨てて逃亡したこと、官営での雪掻き、そして妓生と逃げて学問に励み、やっとのことで登科したことなどの一々を詳細に申し上げた。

王さまは机をたたきながら、奇特なことだと称賛して、命令なさった。

「お前は背倫の息子ではなく、孝行息子と言わねばならない。お前の妻の節概と志慮は人に抜きん出ていて、賤しい娼妓の部類とはとても思えない。このような人がらであれば、賤妾として遇するべきではあるまい。副室として扱うがよい」

同日に、関西の観察使に諭旨を下し、行列をととのえて妓女をソウルに送らせた。新恩は王さまの恩恵に感謝して退出し、父親とともに実家に帰ったが、家の中の歓喜のさまは内外に溢れ返った。封の中の肩書きの「大司憲」というのは、書生が山に上った当時の父の肩書きだったのである。妓生の名前は紫鸞《チャラン》と言い、字は玉簫仙《オクソソン》と言った。

▼1【箕伯】関伯とともに平安道観察使の別称。殷の遺臣の箕子が朝鮮に移り住んで、今の平壌に都して、その墓があるというので、平壌のことを箕城ともいう。そこに監営があり、平安道一帯を治めるので、この名称がある。

第九三話……李浣《イウァン》と朴鐸《パクタク》

貞翼公・李浣《イウァン》は（第三一話注2参照）孝宗の寵愛をこうむり、北伐をはかって、ひろく人材を求めることになった。たとえ道ばたでも気骨の優れた人間を見たなら、かならず自分の家に呼び、その才芸にしたがって、朝廷に推薦した。

かつて訓練大将であったとき、休暇があって、竜仁の客店に至った。そこに一人のチョンガーがいて、年のころなら三十ばかり、身の丈が十尺もあり、顔の長さだけでも一尺はあって、骨格はがっしりとしていた。髪の毛はぼうぼうとしていて、ぼろぼろになった衣服でやっとのこと身体をおおい、地べたに胡坐をかいて、甕に入ったマッコリを飲んでいる。まるで鯨のような飲み方である。公は馬の上からそれを見ておどろき、石の階段に腰を下ろして、そのチョンガーを呼ばせた。チョンガーはやって来て、挨拶をすることもなく、なに臆するふうもなく、自分もどっかと階段の上に座った。公が姓名を尋ねると、

「姓は朴で、下の名は鐸です[1]」

と答えた。公がそこでどのような門閥の者であるかと尋ねると、

「本来は両班の家がらの者ですが、小さいときに父親を亡くし、家には母一人がいて貧しく、薪を売って生活をしています」

と言った。公が、

「お前は酒が好きなようだが、どうだ、もっと飲まないか」

と言うと、朴は答えた。

「勧められる酒を断るわけがありません」

公が下僕に百銭で酒を買って来るように言いつけると、しばらくして、下僕が大きな壺に入ったマッコリを二壺も買って来た。公がまず一椀の酒を飲んで、その椀を渡すと、朴は少しも遠慮する気配もなく、たて続けに飲んで二壺の酒をすっかり飲み干してしまった。

公が言った。

「お前は今でこそ野に埋もれ、飢えと寒さに困窮してはいるが、その骨格は尋常ではない。いずれ大いに世に役立つであろう。お前は私の名前を聞いているだろうか。私は訓練大将の李某である。今、朝廷では大きな事業を計画していて、ひろく将帥となれる人材を探しているところだ。もしお前が私について来れば、富貴となることも難しいことではない」

「年老いた母を置いて、この身を他者に委ねることができません」

「それなら、私がお前の家に行って、お前の母親に会うことにしよう。家はどこだ。私を案内してほしい」

十里あまり行くと、その家に着いた。雨風を防ぐことのできない小さなぼろ家である。息子が先に家の

中に入っていき、しばらくすると、擦り切れた蓆を柴の戸の外に敷いて、そこに公を迎えた。母親は蓬のような頭に汚れたチマを着て出て来たが、年はすでに六十歳を超えていた。たがいに席を譲り合って、やっとのことで座ると、公が口を切った。

「私は訓練大将の李某と申す者、墓参りに行く道で、あなたのご子息に出会いました。一目で、ただならぬ人物であることがわかりました。お母さんはこのような快男子をおもちになって幸いです。なんとも喜ばしいかぎりです」

老母はチマの裾をただしながら、言った。

「野にあって父のない子で、小さなときに学業を捨て、山野の禽獣に異なりません。大監がお褒めになるのがかえって恥ずかしく、この身の置き場所もありません」

「母上は市井にいらっしゃっても、時事についてお聞きになっていることがおありでしょう。現在、朝廷では大きな事業を計画しており、人材を求めています。私はこのご子息を拝見して、とてもこのまま放っておく気にはなれません。いっしょに行って功名を立てようと思うのですが、ご子息は母上のお許しがなければと断り、そこでやむをえずお願いに上がったのです。母上にはお許し願えないでしょうか」

「田舎育ちの愚かな息子にどんな知識があって、大事に役立ちましょうか。それにこの子は年老いたこのわたくしの一人息子で、母と子が寄り添って生きてきたのです。遠く離れることはできません。お申し出はとても受けかねます」

公はあきらめきれず、再三再四、懇願すると、老夫人が言った。

「男子として生を受けて志を四方の天地に向け、すでに国家に身を委ねたのなら、小さな私情をどうして振り返ることがありましょう。その上、大監の誠意がこのようであるのに、どうして承諾しないでいられましょう」

公ははなはだ喜んで、老夫人に別れを告げて、この男子とともに旅立った。ソウルに着くと、宮廷に参内して王さまに拝謁した。王さまはおっしゃった。

「卿は墓参りに行くといっていたではないか。どうしてこんなに帰りが早かったのだ」

公が申し上げた。

「わたくしは、故郷に下ります道で一人の快男子に出会いましたので、連れて帰って来たのです」

王さまが、

「入侍させるがよい」

とおっしゃると、蓬のように乱れた髪をした乞食のような一人の男子が御前にやって来て、挨拶もせずにどっかと腰を下ろしたのだった。王さまは笑いながら、おっしゃった。

「お前はどうしてそうも痩せているのだ」

「大丈夫が世間に意を得ないでいては、このように痩せているしかありますまい」

王さまはそれを聞いて、

「なるほど、お前の言うとおりだな」

とおっしゃり、李公の方を振り返って、おっしゃった。

「この男子にはどんな官職がいいであろうか」

「この男子はまだ山禽野獣の状態を免れません。できれば、わたくしが家に連れ帰ってしつけ、歳月をかけて磨き上げて人事を教え込みますので、その後に何か官職をお与えください」

王さまはそれを承諾されたので、李公は鐸をいつも側において、衣食を十分に与え、兵法および世に処す術を教え込んだ。鐸は一を教えれば十を理解し、日進月歩のありさまで、今や以前の愚かな少年ではなかった。

王さまは李公を見ればいつも、朴鐸の成長ぶりをお尋ねになったが、李公はありのままに申し上げた。こうして一年が過ぎて、公はいつも朴鐸とともに北伐のことを論じていたが、鐸が計策を練り、立てる戦略はすでに自分が立てたものより優れていると思い、はなはだ奇特なことだと考えた。そこで、王さまに奏上して、登用してもらうことを考えた。

ところが、しばらくして王さまが亡くなってしまった。鐸は他の人びとともに哭班に入って慟哭をしたが、目を泣き腫らし、血の涙を流して過ごした。毎日、朝夕に哭班に参与して因山の礼が終わると、公の前に進み出て別れを告げた。李公は言った。

「これはいったいどういうことだ。私とお前は実の父子のように考えていたのに、お前は私を棄てて行くというのか」

「私はどうして大監の恩愛を忘れることがありましょう。私がここに来たのは、ただ衣食を満たすためではなく、英明な君主のもとで大事をなすためでした。ところが、皇天は味方することなく、すべてが無に帰しました。今や天下の大事をなす気運はなくなりました。これでは、まことに千古の英雄の涙を禁ずることができぬというものです。今やソウルにいても、私には何もすることがなく、もし体面にこだわっていたなら、衣食を浪費するだけのこと、このまま留まるのは無意義です。ソウルを去って、老母の世話をして過ごすことにします」

涙をふるって暇乞いをして、故郷に帰った。そして、母親とともにその家をも離れ、山谷深く入って行き、どこで生涯を終えたのかはわからない。

尤斎先生[2]は人に対すると、いつもこの話をして、嗟嘆するのであった。

▼1【姓は朴で、下の名は鐸です】朴鐸。この話にある以上のことは未詳。

▼2【尤斎先生】宋時烈のこと。第六〇話の注2を参照のこと。

第九四話……処女の幽霊の恨みを晴らした趙顕命《チョヒョンミョン》

豊原君・趙顕命《チョヒョンミョン》(第四四話注1参照)が英祖の甲寅の年(一七三四)に嶺南地方の観察使となった。鄭彦《チョオン》海《へ》[1]は通判[2]であった。ある日、二人は終夜、盃を交わし合って、鶏が時を告げるに至ってようやく盃を置いた。通判は役所に帰って衣服を脱ぎ、床についたが、役所の下僕が巡察使の伝令だとして、緊急に会って相談したいことがあるので、平服でいいからすぐに来るようにと言った。通判は、何があるのかわからなかったが、下冠と衣服だけはととのえて裏門から入って行った。巡察使が言った。

「通判事は夜が明けたら、漆谷に行き、年を取った退役官吏の裵以発《ペイパル》とその弟の裵之発《ペチパル》を捕まえて枷を着けよ。そして、以発に子女はいないかと尋ねるのだ。彼はきっと、娘が一人いましたが、死んで長くなりますと答えるに違いない。彼に先導させて、その墓に行って、掘って屍を調べてみるがいい。その死体がまさにその娘のもので、年のころなら十七くらいで、顔かたちはこうこう、頭髪はこうこう、着ている衣服は、上が五色の明紬のチョゴリで、下は藍色の木綿のチマのはずだが、詳細に調べ上げて来て欲しいのだ」

通判はおどろいて言った。

「そんなことであれば、どうして夜が明けるのを待つことがありましょう。私は松明をたいて今すぐに出かけます」

そう言って退出すると、すぐに隊を組んで、漆谷に向って行った。

人びとはおどろきながら、言った。

「この邑から告発したこともなかったはずだが。検査官がどうしてやって来たのだろうか」

上下の者たちみな驚き不審に思わない者はいなかった。通判はずかずかと入って行って、東軒に座り、二人の裵を捕まえて来るように命じた。まず以発に尋ねた。

「お前には娘がいるか」

以発は答えた。

「私には息子がいず、ただ娘が一人いましたが、笄年（十五歳）のときに病気になって死んでしまいました」

また尋ねた。

「娘はどこに葬ったのだ」

以発は答えた。

「官府から十里あまり行ったところです」

通判は二人の兄弟に枷をつけさせ、馬の前を先導させ、娘を葬ったところに行った。墓を掘り、棺を開いて、死体を見ると、顔色は生きているときと変わらなかった。その容貌も衣装も巡察使のことば通りであった。縛っていた紐をほどき、衣装を脱がせて検査をしたが、取り立てて言うほどの傷はなかった。うつむきにさせて見ると、背中に石で撃った痕があって、皮肉が破れて、血痕が生々しく残っていた。それでもって、事実を確定して、検屍の報告書をしたため、以発・之発兄弟とその妻たちを刑吏に引き渡して、役所の牢獄に入れさせた。馬を駈けて帰って巡察使に対面し、報告をすると、巡察使はただ、

「そうか」

と言い、二人の兄弟とその妻たちを官営の庭に座らせて裁判を行なった。巡察使が厳しく尋問すると、以発は前言を改めることはなかったが、弟の之発は言った。

「使道のような洞察力を持たれた方は始めてです。私はどうして包み隠しましょう。私の兄は、家は豊かですが、男子はいず、女子一人だけがいましたので、私の息子を後継ぎにしようとしました。兄はいつも言っていたものです。『われわれのようなしがない身でどうして養子のことなど言えようか。先祖の祭祀など弟が代わりにやればいい。私は娘に婿をとって余生を過ごせばいい』と。私の兄嫁というのは娘にとっては継母で、いつも娘を嫌っていました。そこで、私と兄嫁とは共謀して、姪に悪い行ないがあるので、兄に殺してしまうようにと言ったのですが、兄はなかなか実行しませんでした。たまたま兄が遠くまで出かけることがあったとき、私は兄嫁といっしょに姪を縛り上げ、石で撃ちすえて殺し、そうして棺に入れておいたのです。数日後、兄が帰って来たので、姪が某所のチョンガーと姦通していたのを、見つかった後、恥ずかしさに堪えずに自決してしまったので、入棺をすませたのだと告げました。それをここに葬って十年余りが経ちます。兄は今まで事実を知らなかったのです。これはまた私の息子に兄の家の財産をすべて継がせる方途でもあったのです。その他には申し上げるべきことは何もありません」

以発の妻も尋問したところ、その陳述も同じ内容であったから、殺人事件として判決が下った。通判が言った。

「使道はどうして、この獄事がこのようなものであると御存知だったのですか。死体の衣服まで詳細に御存知だったのはどうしてでしょうか」

巡察使が笑いながら答えた。

「昨晩、通判が帰った後、寝ようとすると、灯火が明滅して、冷たい風が骨にしみた。灯火の影に一人の女の姿があって、私を百拝して、訴えたいことがあると言う。そこで、私が、『お前は人なのか、幽霊なのか。なにか怨み事でもあるのか。訴えたいことがあると言うなら、細かに申すがいい』と言うと、女は泣きながら言うではないか。

『私は某邑の退役役人の娘です。心外にも汚名をこうむり、人に謀られて、打殺されてしまいました。人として死は免れ得ない運命であり、私は死をもって人を責めようとは思いませんが、しかし、まったくの処女でありながら、汚名をこうむって死んだのはかえすがえす恨めしくてなりません。そこで、巡察使にこの汚名を雪いでいただきたいのです。人の精神というのは誰でも完全ではありませんので、誰にでも怨みを訴えることができるわけではありません。しかし、巡察使は他の人より強い精神力をおもちですので、妄りがましいこととは思いながらも、あえて私の胸の中の恨みを訴えに参ったのです。どうかこの怨みを雪いでください』

私がそれを快諾すると、女は戸を出て消え去った。心の中では半信半疑であったのだが、通判を呼んで調べさせたというわけだ」

▼1【鄭彦海】この話にある以上のことは未詳。
▼2【通判】都護府の判官を言う呼称。

第九五話……清廉な官吏と召し使い

高裕《コユ》[1]というのは尚州の人で、その人となりは剛直であり、かつ清廉潔白であった。文科に及第して、さまざまな州郡を管掌したが、官人たちがあえて請い願うことがなくとも、奸悪な振る舞いを摘発して、隠していることをあばくのが、漢の趙広漢《チョクァンハン》[2]のようであり、その善政がいたるところで有名であった。

昌寧にいたとき、前後の疑獄を処決するのに鬼神のような能力を発揮した。文章の才がわずかにある一人の僧侶がソウルの力のある貴族たちと付き合い、表忠寺の院長となって勢力を恃んで悪事にふけっていた。この僧がおもむく地方の守宰はへいこらと駈けつけて彼の下風に立つ始末である。たとえ道伯の身分でも対等の礼で接し、少しでも違背することがあれば、いつも守宰たちの方が恥辱を受けるのであった。道内の官吏たちが起用されるか、罷免されるかは、すべてこの僧の手にかかるありさまであった。この僧は号を南朋《ナムブン》といったが、各邑に害悪をふりまき、寺刹では悪事を行なったものの、僧俗こぞってその前では目を上げて直視することはせず、あえて詰問する者もいなかった。

南朋がたまたま用事があって、昌寧を通り過ぎたとき、正門を開けさせて入って行き、守令を見ても、挨拶をしなかった。高裕はあらかじめ役人たちと取り決めて、捕縛させた。南朋が凌辱して恐喝することばは詳細に記すまでもない。高裕はついに命じて南朋を打殺してしまった。数日して、ソウルの貴族たちの抗議する手紙が南朋のために殺到したが、民衆は痛快なことだとして称賛した。

尚書の趙曮《チョオム》（第二話注7参照）が嶺南の長官となって、道内に禁酒令を出した。ところが、昌寧では命令を守っていないとして、吏房と座首を尋問して罪を問うことになった。そこで、高裕は下僕に酒を買って来させて飲み、大酔して役所に入って行き、趙公に対面して、言った。

「昌寧では水のような薄い酒であっても、あえて飲むことはしませんが、今、こちらに来てみると、酒を醸さない家はなく、味もまことに結構ですので、私はたんと飲んでしまいました」

趙公は高裕の意図がわかって、微笑するだけで、なにも言わなかった。

高裕はいくつもの郡県を管掌したが、何一つ自分の懐に入れたものはなく、朝夕の食事にも事欠く貧しさはもとのままであった。尚州では下級役人の一人がいつも高裕にしたがっていたが、高裕は使った俸給の残りはいつもその役人に与えていたので、役人はそれによって豊かになった。その後、高裕は死んで、子孫は貧しく生活は逼迫した。

そのとき、尚州の役人は八十歳あまりになっていたが、自分の子どもと孫とに言った。

「わが家が富裕なのはもっぱら高裕殿のおかげだ。旦那さまが在世のおり、人びとは銭や穀物を納めようとしなかったわけではなかった。しかし、旦那さまはお家代々に清徳を積み重ねようとして、納めるものがあっても受け取る理由がないとお断りになり、今に至ったのだ。いまやその家の家勢が言うかいもないほどに困窮しているとうかがって、私の心はどうして平安でいられよう。人として背恩・忘徳であれば、かならず天が禍を下すであろう。私は以前からこのことを慮って、某所に田畑を買い求め、また倉に銭を貯えておいた。これを差し上げようと思う。お前たちは明日、そのお宅に行って、ご子息と孫方をお連れするのだ」

その官吏の息子と孫は「はい、はい」と口では承諾したものの、心の中では不服であった。翌日、行ったふりをして、

「用事があって、来られないと言っていました」

と、父親には答えた。

このとき、たまたま高の子と孫とは城内に入って来て、その家を訪ねて来た。その家の息子と孫とは手をふるって追い払い、父親に会わせまいとした。高生は大いに怒り、言いたいこともいわずに、憤りを抑えて路を帰ったが、その途中でたまたま邑内の親しく知っている人に出会った。その人に怒りをぶちまけると、その人は老役人の家に行って、いったい何があったのかと問うた。老役人はおどろき、その子と孫とを呼びつけて杖で撃ちのめし、駕籠を雇って高のところに行き、門の下で謝罪した。高生がおどろいて

外に出て来たので、老人は同行して家に来てくれるように頼んだ。その家に到ると、酒と肴を並べてもてなし、そして、

「私が衣食足りて暮らしていけるのは、すべてあなたのお父上の徳沢によるものです。私はあなた方のためを考えて用意しておいたものがあります。それを差し上げます。どうかお断りにならないでください」

と言って、毎年、二百石の収穫のある田畑の券と銭千両の手形とを手渡した。高生の家はこれによって富裕になったと言う。

これは、尚州の人がやって来て、私に話してくれた。そこで、書き留めたのである。

▼1【高裕】一七二二〜一七七九。朝鮮後期の文臣。字は順之、号は秋潭。一七四一年、生員となり、一七四三年には庭試文科に丙科で及第した。昌寧県監・慶尚道使などを歴任した。嶺南人として蕩平策を用いた英祖によって注目されたが大いに用いられることはなかった。地方官として土地・訴訟問題をよく処理して、一七九六年、清白吏に推薦された。

▼2【趙広漢】漢の時代の有能な地方官。発奸摘伏すること鬼神のようであったと言う。

第九六話……都書員になって富裕になった両班

むかし、ある宰相がいた。この宰相とともに学業に励んだ人がいて、文章もうまく手際もよかった。しかし、科挙にはとうとう及第せず、家計もかたむいて、自分の力では生活できなくなるほど貧しくなった。宰相が安東の長官に赴任することになったとき、その人がやって来て、間合いを推し計って、言った。

「あなたは安東の長官になられたが、私はそれに頼る恩徳を受けることができまいか。ただ頼るだけではなく、一生をそこで過ごすことができるようにして欲しい」

宰相が言った。

「私が宰相の地位につくようなことがあっても、君の一時の衣食をなんとか用立てることができるだけのこと。どうして一生を過ごせるところまで助けることができよう。妙な妄想はやめて欲しい」

その人が言った。

「あなたに銭と財物を多くくれというのではない。安東の都書員[1]というのは身入りがはなはだいいそうだ。この職に私を任じてくれればいいだけのことだ」

宰相が言った。

「安東は郷吏たちが幅を利かせている。都書員というのは人気のある職責で、どうしてソウルのソンビがそれに就くことができよう。これは長官の命令でもってしても、むずかしいはなしだ」

その人が言った。

「他から奪って私に与えて欲しいというのではない。私がまず安東に下って、なんとか吏案（役人の候補の名簿）に私の名前を載せることにする。吏案の中に名前さえ載っていれば、どうして都書員になれない道理があろう」

宰相が言った。

「君が安東に下ったにしても、そう簡単に吏案に名前を載せることができるかな」

その人が言った。

「あなたは赴任した後、訴訟事をいくつも挙げて、刑吏にその判決文を書かせてみるがよい。刑吏にそれが書けないようなら、罪を与えて追い払えばいい。またこのような刑吏を採用したことを理由に吏房（人事の役人）も斥けるのだ。それを繰り返していけば、おのずと道は開けるだろう。おおよそ文章を書かせて私の手より優れている者がいれば、これはかならず褒めるのだ。このようにして幾日かが過ぎて後に、試験で刑吏を選ぶという命令を下して、現任か退役かにかかわらず、文章のよく書ける者はみな試験を受けることを許可すれば、私が首席となって刑吏となることができるはずだ。刑吏となって後に、都書員の職責を命じればいい。もしそれが実現したら、私は世間のことを耳に入るままに記録して、あなたに報告しよう。そうすれば、あなたはよく政を治めたという名前を取ることであろう」

宰相が言った。

「それなら、そうしてみようではないか」

その人は宰相に先だって安東に下って行き、隣の邑の逋吏[2]と称して旅館に寄宿しながら、吏庁を往来して、あるいは代書の役割をはたし、あるいは文書の校正を代わりにした。人がらが几帳面で明晰であり、算術も書もまた優れているとして、役人たちはみな彼を重宝してもてなすようになり、吏庁の宿直として寄宿するようになり、役所では諸般の文書については彼と相談するようになった。

新任の長官が赴任して来て、役所には人びとの訴訟事が集まった。訴訟事を次々にとりあげ、刑吏たちに書類を書かせてみて、書けなければ、かならず杖でしこたま打ちすえ、一日のうちに罪を得た者の数が知れないほどであった。上級の官営に差し上げる書類からちょっとした伝令に至るまで、かならず瑕疵を見つけて罪を問うた。吏房もつかまえ、刑吏をあやまって採用したとして毎日のように罪に問うた。そのために役所はまるで戦乱に遭ったかのようで、刑吏たちはその前に近づこうとはしなかった。書類の往来の中でこの人の筆跡があれば、その書類は無事に通過したので、そのために役人たちはみなこの人がいなくなるのを恐れた。ある日、吏房に命令が下った。

「私がソウルにいたときに聞いたところでは、この安東はもともと文郷と称されているという。しかし、私が見るところ、まことに心が寒くなるような状態で、文郷という名を証明するような刑吏は一人としていない。お前は吏庁で現役、退役を問わず、役人たちの文筆の立つ者を集めて、その才を試験してみるがよい」

吏房は命を受けて、問題を出して、試験を行なった。役人みなの答案を回収して見たところ、この人が首席になった。そこで、長官は尋ねた。

「これはどういう役人だ」

「この人物はこの土地の人間ではありません。隣邑の退役の役人です。たまたまわたくしどもの役所に来て、寄宿しているのです」

「この人の文章がもっとも優れている。隣の邑で役人の仕事をした人がこの邑で役人になったところで、なにも差支えはあるまい。吏案に登録して、刑吏に任じることにせよ」

吏房はそのことばに従った。この日から、この役人は率先して仕事をするようになったが、この役人が刑吏となって以来、官吏として責任を追及されて罪に問われる者はいなかった。吏房以下の人びとが初めて胸をなでおろし、役所は何ごともなく平穏になった。人事考課があって、しばらくすると特別に都書員を兼ねて仕事をするようになったが、誰もそれに反対する者はいなかった。

その役人は一人の妓生を身受けして妾とし、家を買ってそこに住んだ。いつも文書を取り扱うあい間には世間の噂をかならず記録して、座布団の上に載せて出て行き、長官はこれをひそかに読んだ。そのために、人びとの隠しごとや役人の不正を明らかにすることにおいて、長官は鬼神のようで、役人たちはみな恐れてひれ伏すしかなかった。翌年もまた、その人は都書員を兼任したが、二年にわたって受け取った金は万金余りとなって、それは暗々裡にすべてソウルの家に手形に替えて送った。長官が転任することになると、その数日前、この役人は家を捨てて逃げた。役所のみなは戦々恐々とした。吏房が入って行き、告発しようとして尋ねた。

「その妾といっしょに逃げたのか」

「家も捨て、妾も捨てて、ただ一人で逃げました」

「何か持ち逃げしたものはないのか」

「ありません」

「それなら、問題はない。なんとも不思議なことだ。まるで浮雲のように足跡も残さないのでは、もう放っておくしかあるまい」

その人は故郷にもどると、家を買い、土地を買い、家が豊かになった後、ついに科挙に及第して、いろいろな州郡の長官を歴任した。

▼1【都書員】文書の記録および作成に当たる役人の中で税の出納および予算のことに当たる責任者。
▼2【逋吏】官有あるいは公有の田穀を私的に使って追い出された官吏。

第九七話……孕んだ子を証明した手記

むかし、あるソンビが田舎に住んでいたが、隣邑で婚礼を挙げさせるために、息子の服装をととのえて送り出した後、にわかに発作を起こして死んでしまった。三三九度を終えたばかりのころ、父親の訃報が届いたので、新郎は慌てて家に帰った。新郎は喪に服して葬礼を行なおうとしたが、葬る場所が決まらず、地師とともに山を探しまわった。あちこちと探しまわって、新婦の家の裏山に至ったとき、地師が土地を占って、言った。

「この土地ははなはだすばらしい。山の下に両班の屋敷があるが、葬礼を許していただけないだろうか」

喪人である新郎があたりを見回してみると、その山の下の両班の家というのはまさに新婦の家である。新婦の家には寡婦として生きる義母がいるだけで、新婦というのは男兄弟のいない、一人娘である。喪人は山を下って行って、義母に挨拶をしたが、義母には悲喜こもごも交差した。義母が心をこめて食事を用意して応対した後、ここまでやって来た理由を新郎に尋ねると、葬地を占ったことを答えた。

これに対して、義母が答えた。

「他の人であれば、けっして許しませんが、あなたが葬地を請うのなら、どうして断ることができましょうか」

喪人ははなはだ喜んで、帰ろうとして、暇を告げると、義母が言った。

「あなたはこの家に来た以上、ちょっとでもコンノン房に行って、娘に会ってお帰り下さい」

喪人は、最初は固く断ったものの、義母はしっかと手をとらえて中に入って行き、妻と対面させて、自分は出て行く。すると、もじもじと恥らって顔を赤らめていたが、にわかにむずむずと欲望がわいてきて、とうとう契ってまさに雲雨の交わりを行ない、事が終えて、喪人は家に帰って行った。

葬礼を行ない、山の下に到って、まさに棺を下ろすときになって、妻の家の婢が走ってやって来て、言った。

「わが家のお嬢さまが慟哭をしながら来られます。会葬の方々は暫らく遠くに避けてください」

しばらくすると、その妻が徒歩で山に登って来て、棺の前で慟哭してひどく悲しみ、喪人に向って言った。

「あの日にあなたはやって来て、私とちぎられました。なにかそのことの印がなくてはかなわないことです。手記を書いてください」

喪人は顔を真っ赤にして、叱責した。

「婦女子がなんという胡乱なことをいう。はやくあっちに行くのだ」

しかし、女は立ち去ろうとはせずに、言った。

「手記をもらわなければ、死んでも立ち退きません」

このとき、喪人の叔父や宗族たちが大勢で山の下に集まっていて、おどろかない者はいなかった。叔父が怒って言った。

「世間にこんなことがあっていいものか。わが家は滅びるぞ。喪中にそのようなけがわらしいことを仕出かしたのなら、すべからく手記を書いてあげるのだ。すでに日も暮れて、会葬者も四方に散って行った。どうしてこんな大事にうろたえているのか」

このように手記を書くことを勧められて、喪人はやむをえずに手記を書いて与えた。そこで、その女子もやっと退いたが、これを見ていた者で唾を吐いて、馬鹿にしない者はいなかった。

封墳して供養を行なった後、数日して、喪人はにわかに病づいて死んでしまった。そして数ヶ月後、寡婦となった女の腹が大きく膨らんでいき、十ヶ月後には男子を産んだ。

親族や近隣の人びとはみな、はなはだ怪しんだ。

「あの女子の夫は三三九度の途中で父親の葬式に帰ってしまい、喪に服したのではなかったか。どうして子どもが生れるのだ」

疑いがなかなか晴れなかったが、女子が出て来て夫の書いた手記をみなに示したので、是非がはっきりしたのだった。人びとが手記を書かせた理由を尋ねると、女子は言った。

「夫となった人は三三九度の途中で喪に服することになりましたが、埋葬の前に私に会いに来ました。これがすでに礼にかなっていません。またその会ったときに、礼を失って無理強いに同衾いたしましたが、これは尋常の心ではありませんでした。人に尋常の心がなければ、永く生きることができましょうか。私は礼にのっとってこれを拒むべきであると考えなかったわけではありません。しかし、子どもを授かることもあろうかと考えて、あえて拒むことをしませんでした。しかし、事を終えて考えてみると、このときの夫婦の会合は家の中でも知る者はいませんし、夫が死んだ後になって子どもが生れても、かならず醜聞になってしまい、いくら潔白を言い立てても聞き入れられることはないでしょう。そのために、死ぬような恥を掻いてまでも、大勢の人びとの中でこの手記を書いていただいたのです」

人びとはみなその明察に感心したのだった。

その女の産んだ子は後に科挙に及第して栄達したということである。

第九八話……牛黄《ごおう》でもうけた済州牧使

むかし、一人の武人がいた。宣伝官として春塘台[1]の試射のときに侍衛をしていた。そのとき、済州牧使の罷免の報告がたまたまあり、その武人が同僚に言った。

「私がもし済州牧使に任命されたなら、古今第一の良政を行ないながら、また天下の大貪吏《たんり》にもなってみせるのだがな」

同僚がそのことばを笑った。王さまの耳にもこのことばが入ったが、いったい誰が言ったのかは、おわかりにならなかった。そこで、誰が言ったのか問い質されると、武人はあえて隠し立てすることなく、前に進み出てひれ伏して申し上げた。

「わたくしが申しました」

王さまがおっしゃった。

「古今に第一の良政を行ないながら、天下の大貪吏になるというのは、どういう道理なのだ。大貪吏がどうして良政を行なうことができるのだ」

武人はひれ伏して答えた。

「わたくしにはその方法がございます」

王さまは笑ってお許しになり、武人を特別に昇進させて済州牧使に任命しておっしゃった。

「お前は済州島に行って、古今の良政を行ない、かつ大貪吏になるのだぞ。さもなければ、お前は虚言をした罪で斬殺されるものと思え」

武人は命令を受け、退出して家に帰った。小麦粉を大量に買い、梔子《くちなし》の水で染めたあと、それで大きな甕を一杯にして三駄の荷物を作った。その他にはただ衣服だけをもって行くことにした。

朝廷にお暇乞いをして赴任したが、下僕一人だけが随行した。訴訟事を公平に行ない、朝夕の食事には一杯の酒も飲まず、倉庫に残った財物があれば、弊害を改めつつ人びとに与え、贈り物はいっさい受け取らなかった。こうして一年が過ぎると、役人も人びともこれを敬愛して、邑が設置されて以来の清白吏だと称賛するようになった。命じれば行ない、禁じれば止めて、地域は泰平であった。

そんなある日、武人はにわかに病となり、門を閉ざして呻吟した。数日しても病勢はいよいよ進み、飲食をまったく廃して、暗い部屋の中に座ったまま、うめく声の止むことがなかった。郷所や役人、将校などの群れが、朝、昼、晩と見舞いに来るが、顔を見ることもできない。首郷[2]と中軍[3]が懇願した。

「病気の症状はどのようなものなのでしょうか。この邑にも医員はおり、薬がないわけでもありません。

どうか治療をなさってください」

「この病気の原因は、私にはわかっている。これはもう死ぬしかない。君たちはもう何も尋ねないでほしい」

みなが言った。

「どのような症状かだけでもうかがいたいのですが」

太守は、ややあって、無理に声を押し殺して言った。

「私は若いときにこの病にかかってしまい、家代々に伝わって来た財産のすべてをこの病の薬のためにつぎ込んで来た。治癒して十年ほどが経ち、再発しなかったから、もうすっかり快癒したものと思っていたのだが、今、ここでは治療する術がなく、ただ死ぬ日を待つしかないのだ」

それでも、人びとは尋ねた。

「いったいどんな症状で、どんな薬を使って、どんな治療をすれば、よろしいのでしょう。使道のお病気がこのようであれば、邑村を問わず、肉を割き、心腸を削るようなことであっても、けっして厭いません。また天に登り、地に潜ってでも、薬を求めて来るつもりです。ですから、ただ薬の処方だけでも指示していただけないでしょうか」

太守が言った。

「私の病気と言うのは丹毒なのだが、薬は牛黄《ごおう》が効く。ただ牛黄数十斤で餅を作り、それを全身に塗りつけるのだが、それを毎日、三度、四度と繰り返さなければならない。それを四、五日のあいだ続ければ、快癒するのだが、わが家は富裕であったのに、この治療のために一敗地に塗れたのであった。今、どうして牛黄を得て、身体に塗りつけることができようか」

人びとが言った。

「牛黄など、この土地の産物で、手に入れるのは簡単なことです」

さっそく、首郷が出て行き、各面に伝令した。

「官司はこのような病状でいらっしゃるが、治療する方法がないわけではない。われわれは力を尽くしてその薬を求めようではないか。しかも、その薬というのはこの地の産物で、高価なものではない。貧富を問わず、その大小も言わずに、家にあるものを持って来るがよい」

人びとは伝令を聞くと、争うように牛黄をもってやって来た。たった一日だけで、納められた牛黄は数百斤にも上った。下僕がそれを受け取って籠に収め、ソウルからもってきた梔子《くちなし》で染めた小麦粉の餅と取り換え、その餅を盛った器を解毒が終わって用の済んだ牛黄として地面に埋めては、

「人がもし近づけば、毒気に当たって、顔面を傷つけることになろう」

と言った。

こうして五、六日がたち、病気はなおり、起きあがって仕事ができるようになった。

公の清廉な政治が以前と同じようにまた始まり、任期が終わってソウルに戻った。済州島の人びとは石碑まで立てて公を思慕した。

ソウルに帰った後、公は済州島から持ち運んだ牛黄を売って数千万金を手に入れた。おおよそ、済州島の牛というのは、十頭のうち八、九頭は牛黄を持っている。それで、済州島の人びとは牛黄を貴重なものだとは思っていない。公はこうした事情を知っていて、梔子の餅をあらかじめ準備して、このような計略を立てたのだ。役所の下僕たちもあえて近づかず、遠くから黄色いものを埋めるのを見て、牛黄を埋めているのだと思っていたのである。

▼1【春塘台】昌慶宮の中にある台。かつて科挙が行なわれた。
▼2【首郷】座首のことを言う。
▼3【中軍】各邑の軍務を担当する将校の長。

第九九話……成宗《ソンジョン》と南山のソンビ

成宗《ソンジョン》は時おり微行をなさった。月が雪に映えて明るかった夜、数名の宦官とともに微服で宮廷を出て、南山の下まで行かれた。すでに夜の三更ばかり、森羅万象は静まり返って、街を行く人はいない。山の下に小さなあばら家があり、灯りが明滅して、中から書を読む声が聞こえてくる。

王さまが幅巾[1]に道士の服の姿で門を開いて中に入って行かれると、主人はおどろいて起ち上がり、座を進めながら、言った。

「いったいどなたがこんな夜遅くにいらっしゃったのでしょうか」

「たまたま通り過ぎたのだが、本を読む声が聞こえたので、訪ねてみたのだ」

続けて、王さまがいったい何の本を読んでいるのかをお尋ねになると、『易経』を読んでいると答えた。王さまが難解な個所について質問されると、すらすらと答えて、まことに大儒であった。歳をお尋ねになると、

「五十歳を超えています」

「科挙のための勉学をやめないのか」

「運数が悪いのか、何度も落第しています」

私草を見たいと請われると出して来たので、見ると、なかなかの出来栄えであった。王さまは不思議に思ってお尋ねになった。

「このような才能でもって登科しないのは、試験官の責任であろう」

「ただ運数が悪いためで、どうして試験官が不公平であるなどと怨みなどしましょうか」

王さまは私草の中の一篇の題目と内容とをじっくりと読みながら、おっしゃった。

「明後日に別科があるというが、聞いているか」

「いえ聞いていません。いつ王命があったのですか」

「ほんの少し前に王から科挙の命が下ったのだ。登科するよう努力するがいい」

別れの挨拶をして、王さまは宮廷にお帰りになった。掖庭署の役人に米十斗と一斤の肉を南山の麓のあばら家に投げ入れて置くようにと命じた。

その翌日、王さまは別科を開く特別な令を下された。別科の日、あの夜に見たソンビの私草にあった題目で御題を出され、あの文章が帰って来るのを待たれたが、しばらくして、試券が回収されて来た。はたして、あの晩に見た文章がある。王さまは大いに褒め称え、批点を多くつけて、首席に抜擢された。及第した人の名前を掲示するときに、新恩をお召しになったが、あの日の晩に会ったソンビではなく、まだ少年のソンビであった。王さまは驚き、不思議にお思いになって、尋ねられた。

「これはお前が書いた文章か」

「いいえ、違います。私の年老いたお師匠の私草の中にあった文章です。今回、題字が符合したので、書いて提出いたしました」

「お前の師匠はどうして科挙を受けなかったのだ」

「私の師匠はたまたまお米のご飯と肉とを食べたために、病気になってしまい、科挙の試験場に来られなかったのです。それで、この私が私草を懐にして、やって来たのです」

王さまは長いあいだ黙然として一言も発されなかったが、ようやく、少年ソンビを引き下がらせなさった。

おおよそ、米と肉とを下賜され、餓えに慣れきった胃腸に多量に摂取して、病気になってしまったのである。これで見ると、人が一杯の水を飲み、一椀の飯を食べるというのも、みな天の定めるところであり、このソンビはやはり運数が悪いのである。

▼1【幅巾】特に道士や隠士が使う頭をおおう帽子。

第一〇〇話……鵲《かささぎ》ごっこで登第した老ソンビ

成宗が夜歩きをして、ある洞内を通られた。そこは奥まってひっそりとした場所であった。遠くに柴の門が開いて、一人の女子が出て来るのが見えた。門の前には一本の樹木があって、鵲《かささぎ》の鳴く声が聞こえる。その女子が四方を振り返って見て、誰もいないのを確かめ、その樹木の下に行き、口に木の枝を咥えて登っていった。すると、上にいた鵲がその枝を受け取った。王さまは心の中で不思議に思い、咳払いをなさると、女子はおどろいて門の中に駈けこんだ。そして、樹木の上からも一人の男が飛び降りて、門の中に入って行った。王さまがそれを追って行ってき、いったい何をしているのかとお尋ねになると、その人が答えた。

「若いときから科挙のために学問をして来て、もうすぐ五十歳になりますが、いまだに及第することができずにいます。かつて聞いた話では、家の南に鵲の巣があれば、科挙に及第するのだとか。そこで、この樹を門の前に植えて、もう十年余りになりますが、鵲がなかなか巣を作ってくれません。そこで、今晩、私は老妻とともに、戯れに雌雄の鵲の真似をして、鳴き声を交わし、木の枝を咥えて巣を作る様子を演じていたのです。閑暇なあまりの冗談ごとでしたが、まさか客人に見られてしまうとは、思ってもみませんでした。ところで、客人はどなたで、どうしてこんな夜更けにいらっしゃったのか」

王さまは笑って、この者たちをけなげに思いながら、

「ただの通りすがりの者だ」

と答えて、宮廷にお帰りになった。

翌日、科挙を施行する旨の命令をお下しになり、その試験では「人鵲」を課題となさった。試験場の受験者はみな課題の意味を理解できなかったが、あのソンビだけが心中で理解して、書き上げた試券を提出

して、見事に登科したのだった。

家の南の鵲の霊験があったと言うべきか。これもまた運数と言うべきだろうか。

第一〇一話……成宗の夢と科挙及第

成宗が夢の中で黄竜をご覧になった。黄竜は崇礼門を入って来て、額板の上に「李石」▼1と書いたのだった。王さまはおどろいて夢から覚め、宦官に夜の何更ころかとお尋ねになった。

「そろそろ罷漏《ひろう》（夜明け）の時刻です」

そこで、別監の一人にお命じになった。

「これから内門に行き、門を開けて最初に入って来た者がいれば、どんな人物であれ、お前の家に連れて行き、その後で私に報告せよ」

別監は王命を受けて出て行き、門の内でしばらく待っていると、門が開いて、一人のチョンガーが炭を背負って入って来た。別監が彼を捕まえると、彼はおどろき怯えたが、別監の家に連れて行き、朝夕の食事を用意してもてなした。そして、科挙が行なわれることになって、王さまから命令があった。

「チョンガーに冠をかぶらせ、儒巾と青袍を着させるのだ。試験用紙と筆と墨は与えなくともよい。お前とともに試験場に連れて来て、その動静を見ているだけでよい」

別監は命令を受けて、チョンガーに尋ねてみた。

「試験場に行ってみたいか」

別監は王さまのおっしゃったままに、儒巾と青袍を着させて、無理矢理に試験場に連れて行った。壮元峰にいっしょに座って、科挙の光景を見物しているという体であった。日がすでに暮れかかり、合格者の発表が掲示されるとき、横にいた老ソンビが何度もこちらを見ていたが、近づいて来て、

「君は石ではないか」

と尋ねた。

「その通りですが」

と答えると、老ソンビは手を取って、涙を流しながら言った。

「君はこの世に生きていたのか。私は君の父親と親しい友人同士で、いっしょに何年のあいだ勉強したことであろう。ある年、君の家のみなが疫病にかかり、乳母が君を抱いて逃げたのだった。当時の君は三歳の赤ん坊に過ぎなかったから、今は成人した姿の君を、判断できるはずはない。ところが、今日ここで出会って、心の中で感じるところがあって、君だとわかったのだった。このように周到なる巡り合わせがどうして天のなせる業ではないであろうか。君の父親の私草を私はもっているが、今日の科挙の題目は私と君の父親がかつて長いあいだ考えたものであった。私は私の考えたものを提出したが、君の父が考えたものが残っている。君はもう試券を提出したのか」

「どうして試券を提出することなどできましょう。私はこの方が勧めるままに、宮廷の威儀を拝見しようと参っただけなのです」

「ここに使っていない試券がある。君は科挙を受けるがいい」

そこで、封内[2]を書いて、李石と名前を記し、試券を提出した。しばらくして合格者の発表があり、李石は首席で及第した。新恩を召されたとき、王さまがお尋ねになった。

「これはお前が書いたものか」

李石がありのままを申し上げると、王さまは老ソンビを探して入侍させるようにお命じになり、老ソンビにおっしゃった。

「今、お前を斎郎[3]に任命しようと思うが、李石に文章を教えることはできるか」

そうして、老ソンビを参奉に任じて李石に勉学をおさせになった。李石は参判の地位にまで至って、一代の名臣となった。

▼1【李石】この話にある以上のことは未詳。
▼2【封内】科挙の答案紙の右側の端に応試者の姓名・生年月日・住所・四祖などを書いて見えないように折って封をしたところ。
▼3【斎郎】廟・陵・社・殿・宮などの参奉の通称。

第一〇二話……自身の寿命を削って与えた鄭北窓《チョンブクチャン》

鄭北窓《チョンブクチャン》▼1の友人一人が病気になり、症状が重く、せっかくの薬も効き目がなかった。その年老いた父親が、北窓には不思議な能力があると聞いてやってきたが、息子の寿命はすでに尽きてしまっていて、助かる方途はない。その父親が泣きながら、何とか助かる方法はないものかと哀願するので、北窓はその情理を気の毒に思って、言った。

「それなら、私の寿命を削って、あなたのご子息に十年の余命を差し上げましょう」

そして、続けた。

「お父上は明日の晩の三更の後に、一人で歩いて南山の頂まで登ってください。すると、そこに紅衣と黒衣の二人の僧がいて向かい合って座っています。その僧たちにひれ伏して、ご子息の寿命を延ばして欲しいと哀願なさるのです。たとえ彼らが怒りだし追い払われても、けっして退いてはなりません。たとえ杖でもって追い払われても、あきらめてはなりません。誠意を尽くせば、きっと理解してもらえるはずです」

老父はそのことば通りに、翌日の晩、月明りを頼りに一人で南山に登って行った。はたして二人の僧侶がいたので、泣きながら息子の寿命を延ばしてくれるように頼んだところ、僧侶たちはおどろいて言った。

「通りすがりの山僧がどうしてあんたの息子の寿命を延ばさなくてはならんのだ。あっちに行ってほしい」

老父は返事を聞いても聞いていないかのようで、なおもしつこく頼むので、僧は怒り出して、

「こいつは狂ったか」

と言い、杖を振り上げて老父を打ちのめし、痛さに我慢できないほどであったが、それでもまだ哀願するので、しばらくして、紅衣の僧が笑いながら言った。

「これはきっと鄭磏《チョンリョム》の入れ智恵で来たのだろう。これの息子はどうでもいいのだが、磏の寿命を十年ほど削って、息子に加えてもかまうまい」

黒衣の僧がうなずきながら、

「それがよかろう」

と言い、二人の僧は杖をついて起ち上がって、言った。

「それでは試してみることにするか」

黒衣の僧が袖の中から書物を取り出し、紅衣の僧に渡すと、紅衣の僧は月明りの下で筆を取って何か書き認める様子だったが、それを終えると、言った。

「お前の息子はこれから十年ほど寿命を延ばした。そこで、もう帰ってもよいが、鄭磏には天機を漏らさないようにしてほしい」

二人の僧侶はそのまま姿を消してしまった。

けだし、紅衣の僧は南斗星であり、黒衣の僧は北斗星だったのだ。老父が家に帰ってみると、息子の病気は癒えたが、十年後には急に死んでしまった。北窓は三十歳をわずかに超えて死んでしまった。ことば通りになってしまった。

▼1【鄭北窓】鄭磏。一五〇五～一五四九。朝鮮中期の儒医。字は士潔、号は北窓。一五三七年に司馬試に合格、幼いときから天文・地理・医書・卜筮《ぼくぜい》に精通して、中でも薬に明るかった。そのために一五四五年、中宗の病患に際して内医院の推薦で入診したこともあった。この話とはちがって四十四歳まで生きている。

第一〇三話……月沙夫人の婦徳

月沙・李廷亀《イジョンク》▼1の夫人というのは判書の権克智《クォンククチ》▼2の娘であり、徳行があった。白洲《ペクジュ》▼3と玄洲《ヒョンジュ》▼4という二人の息子が顕達しても、倹素に生活をして、はなやかな衣装をけっして身にまとうことがなかった。某公主の家で嫁を迎えることになり、王さまは宮廷中の命婦▼5に宴に出席するようにお命じになった。婦人たちは華美をたがいに争い、玉や翡翠を身につけ、そのきらびやかな様子は人びとの目を奪った。

その後を追って、駕籠が入って来て、一人の老婦人が杖をついて降りて出て来たが、その格好は麻で作ったチョゴリとチマで、粗末なことこの上なかった。老婦人が堂に登ろうとすると、主人の公主が慌てて左右の靴を逆に履いて、これを出迎えた。年少の婦人たちはこの様子を見て、指を指して笑ったが、しかし、公主の慌て方をいぶかしくも思った。食事が終わると、その老婦人はまず起ち上がって暇を告げた。公主がまだ早いからといって引き止めると、老婦人は言った。

「わが家の主人は内医院の都提調として明け方には宮廷に出仕します。長男は政官として会議に出ますし、次男は承旨として宿直しなくてはなりません。この老いぼれ婆さんは家に帰って夕飯を作って三人を送り出さなくてはなりません」

居合わせた婦人たちは大いにおどろき、初めてこの老婦人が月沙の夫人であることを知ったのだった。

▼1【月沙・李廷亀】一五六四～一六三五。字は聖徴、号は月沙。諡号は文忠。一五九〇年に文科に及第、一五九二年、壬辰倭乱が起こると、王の行在所に行き、兵曹参知となって明の救援兵をよく引導した。丁卯胡乱のときも王にしたがって江華島に避難して和議に反対した。左右議政に至った。朝鮮中期の漢文四大家の中の一人に数えられる。

▼2【権克智】一五三八～?。字は択仲、謚号は忠粛。早く司馬試に合格、一五六七年には文科に及第、槐院に選ばれ史局に入った。礼曹判書にまで至った。一五九二年、壬辰倭乱が勃発すると憤りで食物が喉を通らず、朝夕に国事に奔走して病を得たと言う。

▼3【白洲】李明漢。一五九五～一六四五。白洲は号、字は天章である。一六一六年、文科に及第して官途に進んだが、廃母論に組せず罷免され、仁祖反正の後に復帰して顕職を歴任した。李适の乱のとき、避難する王にしたがって、全国に送る教書を書いた。丙子胡乱のさいに母を伴って避難している際に母をなくした。後に大提学となり、吏曹と礼曹の判書を務めた。詩と書に優れて、特に書は唐・宋の名家に匹敵するとされた。

▼4【玄洲】李昭漢。一五九八～一六四五。玄洲は号、字は道章である。十五歳で進士となり、一六二七年、庭試に三等で及第、槐院となり、仁祖反正の後に翰林となった。重試に合格して承旨となり、刑曹参判に至った。聡明さと徳行で名が高く、その父の廷亀、兄の明漢とともに宋の三蘇（蘇洵・蘇軾・蘇轍）に比せられた。

▼5【命婦】内命婦は宮中で奉仕する女官であり品階をもつもの。外命婦は宗親の女子と妻、あるいは文武の官の妻で封爵を受けた者を言う。

第一〇四話……虎に食べられようとする処女を救った徐敬徳《ソキョントク》の智恵

花潭・徐敬徳《ソキョントク》▼1は博学多聞であり、天文地理や術数の学問にも明るかった。長湍の花潭のほとりに住んだので、それを号にしたのである。ある日、弟子たちを集めて講論をしていると、突然、一人の老僧が現れて挨拶をして立ち去った。花潭は老僧を見送った後、しきりにため息をついた。弟子の一人がなにかあったのかと尋ねると、花潭は、

「君はあの僧を知っているか」

と尋ね、弟子が、

「いいえ、存じません」

と答えると、花潭は言った。

「あれは某山に住む神霊のような虎なのだ。某所の女子が婿を迎えようとしているのだが、あの虎は行って禍をなすつもりのようだ。気の毒なことだ」

「先生はそれをご存知なのに、救う手立てはないのですか」

「手立てがあったとしても、行かせる人がいない」

すると、一人の人が言った。

「私が参りましょう」

花潭が答えた。

「それは、ありがたい」

そして、一冊の書物を取り出して言った。

「これは仏教の経典だ。その家に行っても、けっして口外しないようにしなければならないが、まず堂の上に机と灯りを置くようにさせなさい。その処女を部屋の中から出ないようにさせ、扉を鍵でしっかりと閉ざし、頑健な婢女を四、五人置いて守らせるようにしなさい。そして、お前自身は堂の上でこの経典を読むのだ。間違えないように、また恐れることなく、読むがいい。そうして、鶏が鳴く時刻まで待てば、無事に済むであろう」

そのようにかさねがさね注意を与えると、その弟子は馬を駈けてその家に向った。上下が大騒ぎしているので、尋ねると、明日、婿を迎えることになっていて、今まさに結納を行なうのだという。その人は家の主人に会って挨拶を交わした後に、言った。

「今晩、ご主人のこの家に大きな禍がございます。私はそのためにやって来ました。その禍を免れるためには、これこれのことをしなくてはなりません」

主人は信じようとせずに、言った。

「どこのどなたか存じませんが、そんな悪い噂を流すのはやめてください」

「私のいうことが単なる悪い噂かどうかは、今は論じますまい。夜になればおのずとわかります。夜になっても私のことば通りにならなければ、そのときには私を追い出してもかまいません。いまはすべからく私のことばに従ってください」

主人は心の中では疑いが晴れなかったが、しかし、客のことば通りにして、待つことにした。処女もまた客のことば通りに部屋の中に閉じこもった。客は堂の中で端坐して、灯りの下で経典を読んだ。三更になって、突然、霹靂のような音がした。家の中の人びとはおそれおののいて逃げ惑ったが、見ると、大きな虎が庭に蹲って、咆哮している。客人は顔色一つ変えず、経典を読み続けて止めなかった。このとき、処女は大便がしたくなって、我慢することができずに外に出ようとした。婢女たち全員で必死になって左右から引き止めたので、外に出ることができなかった。大虎は大きく吼え、窓の桟をかみ砕こうとしたが、そうすること三度ばかりで、やっとのことで姿を消したのだった。処女は気絶したが、家の人たちはようやく生きた心地を取り戻すことができて、お湯を処女の口に含ませると、処女も意識が戻ったのだった。その人は読経を止めて外に出て来た。家を挙げて感謝して、その人を「神人」だと言って崇め、数百金の謝礼をしようとしたが、その人は、

「私はお金が欲しくて来たわけではない」

と言って、衣の裾を払って暇を告げた。

帰って来て、花潭に報告した。花潭は笑いながら言った。

「君はどうして三ヶ所も読み間違えたのかな」

「いいえ、読み間違えたりはしませんでした」

「惜しいかな、虎が僧の姿でまたここを通り過ぎて、人を殺さずに済んだ功徳を感謝して、言ったのだ、『経書の誤読が三ヶ所ありました。それで三度ほど窓の桟をかみ砕きました』と。それで私は知っているのだ」

その人は経典を調べて見て、はたして間違えていたことがわかった。

▼1【徐敬徳】一四八九～一五四六。中宗のときの学者。号は復斎・花潭。諡号は文康。十八歳のときに『大学』を学んだが、「格物致知」に啓発されるところがあって、それに依拠して学問を行なった。科挙には関心がなかったが、母親の命令で司馬試に合格した。官職にはつかず、ただ道学に専念した。宣祖のときになって右議政を贈られた。

第一〇五話……オランケを感服させた朴曄《パクヨプ》

朴曄《パクヨプ》▼1は光海君《クァンヘグン》の時代の人である。将帥としての知略がある上に、天文地理から陰陽の術数まで知らないことがなかった。光海君の相婿として関西の方伯となって、十年ものあいだその職にとどまり、その威儀は関西の内外に行きわたったから、北方のオランケ▼2たちも恐れをなして、あえて国境に近づこうとはしなかった。

ある日、幕客を集め、酒と肴を用意して、言った。

「この酒と肴をもって、中和と駒峴の麓に行って待っていて欲しい。するとかならず二人の頑健な男が杖をついてやって来るので、私のことばを伝えてほしいのだ。『お前たちがわが国と往来するようになって、数ヶ月にもなる。他の者たちはそれに気づいていないが、私はとっくに気づいておる。旅の苦労をねぎらって酒と肴を送るから、十分に食べて酔った後は、さっさと帰ったがよかろう』とな」

幕客が駒峴に行って待っていると、はたして二人の男がやって来た。朴曄のことばを伝えると、二人の男はたがいに顔を見かわし、色を失って言った。

「われわれはここにやって来ましたが、どうして将軍を侮ったりしましょうか。将軍は鬼神のようでいらっしゃる。将軍のいらっしゃるところにどうして近づいたりいたしましょう」

そうして、酒を飲んで、立ち去った。

この二人は竜骨大▼3と馬大夫▼4で、わが国に潜行して虚実を探っていたのだった。議政院や台官の下隷となったりしていたのだが、誰もそれを知らなかった。ひとり朴曄のみが気づいていたのである。

▼1【朴曄】一五七〇〜一六二三。光海君のときの地方官。号は菊窓。一五九七年、文科に及第、内外の職を歴任して、業績を挙げた。咸鏡南道の兵使となり、城を修築して北方防備を堅固にした。黄海道兵使を経て平安道観察使となり、六年のあいだに治績が現れて名声を高めた。仁祖反正の後、夫人が光海君の姻戚であったという理由で、虐政の罪で処刑された。

▼2【オランケ】北方の女真族などを蔑んで言う言葉。

▼3【竜骨大】清の将帥。一六三六年二月、使臣として朝鮮にやって来て、清国皇帝の尊号を用いて君臣の義を結ぶことをこれまで通りに要求したが、朝鮮はこれを拒否した。その年の十二月には馬夫大とともに十万の大軍を率いて朝鮮に侵入した。

▼4【馬夫大】いわゆる丙子の胡乱のとき、清軍を率いて朝鮮に押し寄せた将軍の一人。

第一〇六話……道術でヌルハチをやっつけた朴曄

朴曄にはなじみの妓生がいた。ある日、その妓生に言った。

「今夜、ちょっとした見世物があるのだが、私といっしょに行かないか」

妓生はそれに対して答えた。

「ええ、是非ご一緒させてください」

夜になると、曄はみずから青馬を引いて来て鞍を置き、妓生を自分の前に座らせ、絹の紐で自分の身体に縛り付けて、目をしっかり閉じているように言った。そして馬に鞭をあてると、両耳にはただ風が吹きすさぶ音がして、しばらくすると、ある場所に到着した。妓生が目を開けて、気持ちを落ちつけて見回すと、広漠とした野に雲のような帳幕が天まで連なり、灯りが煌々と輝いていた。曄は妓生に目をしっかりと開けておくように言い、四方を見まわしながら、妓生にけっして怯えてはならないと戒めたが、妓生はおそれおののきながら張幕の中の座板の下に座った。曄は兀然《こつぜん》とひとり床几に座っていたが、しばらくすると、銅鑼の音が鳴り響き、オランケの騎馬兵の千騎、万騎が土ぼこりを上げてやって来た。その中に一人の大将が馬から下り、太刀を杖にして、張幕の中に入って来て、笑いながら言った。

「お前はよくも怖がらずにやって来たな」

曄も笑いながら、言った。

「当たり前だ」

すると、その将軍が言った。

「今日こそ剣術を競って、雌雄を決しようではないか」

それではと、剣を手に取り、床几を降りて立ち上がり、オランケの将軍と平原の上で向かい合った。剣をもって互いに激しく撃ち交わし、しばらくすると、二人は白い虹と化して天空に昇って行った。空中からはただ撃剣の音が聞こえるだけである。やがて、オランケの将軍が落ちて来て地面に倒れた。曄も空から飛び降りて来て、将軍の胸倉にまたがって、言った。

「さあ、観念したか」

将軍は謝って答えた。

「今から以後は、あえて争うことはすまい」

曄は笑って立ち上がり、オランケの将軍といっしょに帳の中に入って行った。酒をもって来させて、いっしょに飲んだ。オランケの将軍が立ち上がって暇を告げると、騎兵たちは前と同じように、これを取り囲むようにして去ったが、しかし、まだ数里を行かないうちに、馬を連ねて天上に昇っていき、炎と煙が真っ赤に天にみなぎった。ところが、あのオランケの将軍だけが地上に残り、帰って来て、命乞いをしたのだった。

曄はうなずきながら、これを許して言った。

「私は帰ることにする」

そして、妓生を呼んで青馬を率いて来させ、来たときと同じ様子で、帰って行った。

この場所というのは金の汗（王）の父親のヌルハチ[1]が兵士たちを訓練させる場所であり、オランケの将軍はヌルハチその人だったのだ。曄は数万の騎兵を一時に焼死させてしまったのである。

▼1【ヌルハチ】清の太祖。一五五九〜一六二六。在位、一六一六〜一六二六。姓は愛新覚羅。中国東北部の建州女直の一首長から起こり、女直諸部を征服して汗位につき、国号を後金と称した。サルフの戦いで明軍を破り、遼東、さらには遼西に進出、寧遠城の攻撃で傷ついて死亡した。

第一〇七話……朴曄と虎の禍を免れた少年

朴曄が関西地方の監察使であったとき、親しくしていた宰相から、息子をそちらにやるのでよろしく頼むと言ってきた。

「この息子はまだ冠礼をすませてはいないが、占い師に運数を見させると、今年は大厄があるそうだ。しかし、将軍のもとに置くと、無事に過ごすことができるのだという。それで、ぜひそちらで面倒を見て欲しい」

曄は承諾して、宰相の息子を手元に置くことにした。ある日、その少年が昼寝をしていると、曄は目を覚まさせようとして言った。

「今日の夜、君には大きな災厄が襲うことになる。しかし、私のことば通りにすれば、免れることができる」

夕暮れも過ぎて、馬を引いて来させて鞍を置き、少年に言った。

「この馬に乗って行きなさい。この馬が数里ほど行ってあるところまでたどり着くと、そこで馬を降りて、山路を歩いてまた数里ほど行くと大きな寺に着く。もう廃寺になって久しい寺だ。お堂の中に入って行くと、大きな虎の皮が置いてある。君はそれを被って伏しているのだ。すると、年老いた僧侶が入って来て、その虎の皮を剝がして奪おうとするだろう。しかし、絶対に奪われないようにするのだ。もし刀剣でもって切りつけて来ても、決して奪われてはならない。何としてでもあらがってもちこたえて、鶏が鳴いたら、もう君は無事だ。そしたら、その虎の皮を老僧に渡してもいい。君にそれができるだろうか」

「あなたのおっしゃる通りにします」

少年は馬に乗って門を出た。まるで飛ぶように馬は駈けて、両の耳に風雨の音だけが聞こえるだけで、いったいどこに向っているのかわからなかった。山を越え、峠を過ぎて、ある山路に到ると、そこで馬を降りた。月の光を浴びて草の生えた道を行くと果たして廃寺があった。部屋の戸を開いて入って行くと、ほこりがうずたかく積もったオンドルの焚き口にはたして虎の皮があった。少年は嘩に言われたままに、虎の皮をかぶって伏していたが、しばらくすると、扉を叩く音がして、一人の獰猛な容貌をした老僧がやって来て言った。

「小僧は来ているか」

そうして、前に進んで来て言った。

「どうしてこんな皮をかぶって伏しているのだ」

少年は何も答えず、泰然自若として伏していた。老僧は皮を剝ぎとろうとして、刀で割くふりをすると、また退いて座ったりする。このようにすることが五、六度に及んで、やっとのことで遠くの村で鶏が鳴いた。そのときになって、老僧は笑いながら言った。

「これは朴曄の仕業だな。またまた何ということだ」

そして、少年に出て来るようにと言った。

「もう私に虎の皮を渡してもかまわないぞ。ここに来て座るがよい」

少年は朴曄のことばを聞いていたから、虎の皮を渡して座った。すると、老僧が言った。

「お前が着ている上下の服も脱いで、私に渡すがいい。それから、決して扉を開けて私を見てはならないぞ」

少年は老僧のことば通りに衣服を脱いで渡し、窓の隙間から中を覗き見た。すると、老僧は虎の皮をかぶって、そのまま大きな虎に変化したのであった。大きな声で咆哮して、少年の衣服を咥えて、散々に引きちぎった。そうした後にまた虎の皮を脱ぐと、老僧の姿になって、扉を開いた。それから古い箱を取り出して開き、僧侶の上下の衣服を取り出して、これを着るようにいった。また一軸の巻き物を開いて見て、朱筆で書かれている名前の上に点を付けながら言った。

「お前は帰って行くがよい。朴曄には天機を漏らしてはならないと告げよ。お前はこれから虎の群れの中に入って行くことになるが、けっして害されることはない」

それから、一枚の油紙を与えて言った。

「これを持って行くがよい。もし道を妨げるものがいれば、この紙を取り出して見せるのだ」

少年はそのことばに従い、門を出て行った。道の曲がり角ごとに虎がいて、道を塞いだ。しかし、その度ごとに老僧のくれた油紙を示すと、すごすごと尻尾を垂れて去って行った。洞の出口の少し前でも、一頭の大きな虎に出会った。そのとき、やはりこの油紙を示したのだが、それを意に介さずに、襲いかかろうとした。そこで、少年はその虎に言った。

「もし私を食べたいのなら、私とともにあの寺に行って、あの老僧の前で決着をつけようではないか」

虎も頷いたので、いっしょに寺に帰ると、老僧はまだいた。事のあらましを話すと、老僧は虎を叱りつけた。

「お前はわしの命令に逆らうのか」

するると、虎が答えた。

「命令を知らないわけではありません。何も食べずに餓えて、もう三日になります。肉を見てどうしてみすみす見逃せましょう」

「それなら、別のものを代わりにやろうじゃないか」

「そうなさってくだされば、幸いです」

「東に半里ほど行けば、氈笠《せんりゅう》[1]をかぶった人間に出会う。これで飢えを養うがいい」

虎はそのことばを聞いて飛び出して行ったが、しばらくすると、遠くで鉄砲の音が聞こえた。すると、老僧が言った。

「あれが死んだのだな」

息子がどういうことかと尋ねると、老僧は言った。

「あの虎は私の手下だったのだが、命令を聞かなかったので、東に行かせて、砲手に撃たせて殺させたのだ」

氈笠をかぶった者というのは砲手だったのである。息子が暇を告げて山間を出て行くと、夜が明け出した。そこに繋いでいた馬は草を食んでいたが、それにまたがって帰って、朴曄に見《まみ》えた。少年が一部始終を話すと、朴曄は頷きながら話を聞いて、旅支度をさせて、ソウルに戻らせた。この少年は後に顕達したのだった。

▼1【氈笠】氈（フェルト）で作った笠。武官が使用した。

第一〇八話……千人を殺した朴曄

癸亥の年（一六二三）、李延平《イヨンピョン》▼1などが事を起こそうと謀議した。綾城君の具仁垕《クインフ》▼2もまたその謀議に参加したが、当時は朴曄の幕下にいたのである。ある日、遠くに行くことになって暇を告げると、朴曄が餞別として紅氈《こうせん》の三十駄を与えた。仁垕は用途もないと言って断ろうとしたが、曄は笑いながら言った。

「後日、きっと必要になるものだ。そのことを肝に銘じておいてほしい」

仁垕は挨拶をして、旅立った。後になって、朴曄が流罪になり死を賜ったとき、朝廷では誰もが曄を恐れて、王命を伝えに下ろうとする者がいなかったが、仁垕ひとりがみずから進み出て下って行き、曄を絞首刑にした。

朴曄には怨みをもつ家が多かった。その家の人びとが一斉に刀をたずさえてやって来たが、仁垕はわが身を呈してこれを止め、朴曄の遺骸を入棺して棺とともに上京した。その一行が中和にまで至ったとき、仁垕は御営大将に任命されたので、一人先にソウルに戻った。すると、曄に怨みを持つ者たちが追いかけて来て棺をあばき、死体を散々に切り刻んだのだった。

これは千人を殺した報復である。

曄は若かったときに運命を占ってもらった。すると、千人を殺さなければ、千人が自分を殺すと出た。千人というのは、実は具仁垕の若いときの字だったのである。曄は誤って大勢の無辜の人びと千人を殺してしまった。なんとも嘆かわしいことである。

反正のとき、仁祖の軍勢が敵味方の区別をつけるために、氈笠を作って被ったが、それが現在の紅氈笠の制度の起源である。曄はそれを予見して、持っていた多くの紅い氈を仁垕に与えたのである。

▼1【李延平】李貴のことか。一五五七〜一六三三。字は玉汝で、号は黙斎、謚号は忠定。本貫が延平、後に

延平府院君に封じられた。李粟国・成渾の門下に学び、一六〇三年、文科に及第、壬辰倭乱の際には柳成竜の従事官として働いた。光海君の暴虐ぶりを慨嘆して金瑬らとともに綾陽君を推戴して反正（クーデタ）に成功した。

▼2【具仁垕】一五七八～一六五八。孝宗のときの武人。字は仲載、号は柳浦、本貫は綾城。一六〇三年に文科に及第して宣伝官となり、仁祖反正のときには二等の功臣となった。水軍統制使、漢城府尹、全羅・忠清兵使、兵・工・刑曹の判書などを歴任した。刑曹判書であったとき、公平に事を処して称賛された。後に、沈器遠の乱を平定して綾城府院君に封じられた。

第一〇九話……癸亥反正と朴曄の選択

癸亥の年（一六二三）の三月の反正の後、朴曄がひとり灯火の下にたたずみ、刀を撫でながらため息をついていると、窓の外から咳払いする声が聞こえた。誰かと尋ねると、

「幕客の某です」

と答える。

「なにか用事があって来たのか」

「使道はいったいどうなさいますか」

「むしろ、お前に尋ねてみたい。お前ならどうする」

「私には上・中・下の三つの策があります。使道はこの三つの策のうちの一つを用いられるのがいいでしょう」

「三つの策というのはどのようなものだ」

「使道は兵を率いて反乱を起こし、北方に行って金▼1と通じるのです。臨津江以北は朝廷の支配下にはありません。これが上策です。少なくとも尉佗になることができます」

「中策というのはどのようなものだ」

「すぐに兵三万を発し、私にこれを指揮させていただければ、太鼓をたたいてソウルにおもむきます。そうすれば、勝敗はまだわかりません。これが中策です」

「それでは、下策というのはどのようなものだ」

「使道は代々国の禄を食んでこられた身です。ですから、従順に国の命令に従うのです。これが下策です」

朴曄は黙然として考え込んだが、ややあって、ため息をついて言った。

「それなら、下策をとることとしよう」

「それでは、私はここでお暇いたします」

そう言って、姿を消して、どこに行ったかはわからない。その人の姓名も伝わらない。残念なことである。

▼1【尉佗】趙佗を言う。秦が滅びると南越という国を建てて王となり、漢の高祖もこれを認定した。呂后のときには帝を称したが、文帝が即位して責めると、臣と称した。

第一一〇話……郷吏が霊夢を見て残した鄭忠信《チョンチュンシン》

錦南・鄭忠信《チョンチュンシン》▼1は光州の人である。その父親は郷任▼2で役所に勤めていたが、六十歳になっても子どもがいなかった。ある日の夜、夢の中で無等山が裂けて、そこから青竜が躍り出て身体に巻きつくのを見た。おどろいて目を覚ましたが、背中には汗をびっしょりかいている。心の中では不思議な夢を見たものだと怪しんだ。そうして、また夢を見て、今度は北側の山が裂けて白い虎が飛び出して、自分の懐に入ったのだった。おどろいて目を覚まし、もう眠ることができなかった。

　このとき、夜はすでに更けていたが、月の光が明るく庭を照らしていた。階段を下りて歩くと、一人の女が竈のそばに臥しているのが見えた。近づいて見ると、料理番の婢である。急に欲望が生じてこの婢と通じてしまった。この婢が妊娠して生れたのが忠信である。生まれつき骨格が非凡であった。成人して、その地方の知印となったが、都元帥の権慄《クォンユル》[3]が牧使としてこの地にやって来て、彼を見て非凡な人物であると考えて、ソウルに連れて戻り、娘婿の李鰲城《イオソン》[4]の家に預けて、配下の者として養わせた。後に、壬辰の倭乱のときに忠信は多くの功を立て、地位は副元帥となり、錦南君に封じられた。

　北辺にいたときには、ヌルハチと相親しんだ。ヌルハチが招待してともに酒を飲むことがあったが、そのときにはヌルハチの息子たちが出て来て挨拶をした。順々にやって来て礼をするのを、忠信は座ったままで礼を返したが、六番目の息子になって、忠信はじっと見つめて、自分も立ち上がって恭しく礼をした。ヌルハチがその理由を尋ねると、忠信は答えた。

「思いがけず、秦の始皇帝が蘇られたようです」

　ヌルハチが笑いながら言った。

「あなたは御存知のようだ。この方は唐の太宗のようであるのを」

　この六番目の息子というのがまさしく清の太宗[5]である。後にはたして明に代わって中国に入り、皇帝となったのである。

▼1【錦南・鄭忠信】一五七六〜一六三六。仁祖のときの功臣。号は晩雲。壬辰倭乱のとき十七歳で光州牧使の命を受けて義州におもむき、全羅道の状況を報告して、兵曹判書の李恒福が特に愛して史書を教えるようになり、その門下の者たちと交わるようになった。この年の秋、武科に及第、光海君のとき、満浦僉使として後金に行き、敵状を調べて来た。一六二四年、李适の乱のときには前部大将として賊を平定し、振武功臣の賜号を受け、錦南君に封じられた。一六二七年、丁卯胡乱のとき、府元帥となり、後に捕盗大将、慶尚兵

使などを歴任した。

▼2【郷任】座首・別監などの村の役所の職。

▼3【権慄】一五三七〜一五九九。字は彦慎、号は晩翠堂、諡号は忠荘。一五八二年、科挙に及第、一五九二年、壬辰倭乱のとき光州牧使として兵を募って戦い、南原では敵を大破、全州では万余の兵を率いて敵の進撃を防ぎ、幸州山城の大将によって都元帥となり、全軍を指揮するようになった。その死後、戦功によって領議政を贈られ、永嘉府院君に封じられた。

▼4【李鰲城】李恒福のこと。一五五六〜一六一八。字は子常、号は弼雲・白沙など。高麗の文人である李斉賢の子孫。悪童であったが、母親の叱責を受け、また母親の死に遭い改悛して学問に励むようになった。一五八〇年、文科に及第して官途につき、銭穀の出納に明るいと称賛された。一五九二年には王にしたがって臨津江を渡り、鰲城君に封じられた。さらに平壌にまで至って刑曹判書に特進した。日本軍が平壌に迫ると、義州に避難し、日本と朝鮮が合力して中国を攻めようとしているという流言を利用して中国の出軍をうながした。光海君の時代、臨海君および永昌大君を助命しようとして王にうとまれ、北青に流されて死んだ。

▼5【清の太宗】一五九二〜一六四三。在位、一六二六〜一六四三。清の太祖のヌルハチの息子のホンタイジ。八旗制を改革、朝鮮・内モンゴルを征服して明を圧迫、都を瀋陽から北京に遷して大清と号した。

第一一一話……奴僕を功臣に仕立て上げた妻

李起築《イキチュク》▼1というのは酒幕の奴僕であった。その人となりははなはだ魯鈍で、東と西の区別もつかず、ただ大飯を食らうしか能のない人間だったが、しかし、力だけはあって、それで酒幕の主人は奴として使ったのだった。主人の家には娘がおり、年はちょうど二十歳であったが、文字をわずかに解し、英敏でもあった。父母はこの娘をはなはだ愛して、いい婿を取ろうとしたが、娘はこれを拒んで言った。

「私の夫は私が選びます。できれば、李己丑と結婚させてください」

己丑の年の生まれだったから、それを名前にしていたのである。起築というのは後に改めたのだ。父母は大いに驚いて言った。

「お前は奴僕と結婚するというのか。二度とそんなことを言うものではない」

しかし、娘は死んでも他の男と結婚するのはいやだと言って、父母に頼み込んだ。

「すでに己丑といっしょになると決めたからには、ここにこのまま住んでいたくはありません。ともにソウルに上って、小さな家でも買って生活をしたいと思います」

父母はこのまま手許に置いて人の笑いものになるよりも、自立させて生計を立てさせるのも悪くはないと考え、資産を与えて旅立たせることにした。娘は己丑とともに上京して、壮洞に家を買い、酒を売るのを生業としたが、その酒がはなはだ澄んでうまいというので、人びとの評判になった。

ある日、『十八史略』の初めの巻を手渡し、「伊尹が太甲を廃して桐宮に放った」という篇を指し示して言った。

「この書物を持って、神武門の後ろの松の木の下に行ってください。そこには人びとが集まっていますので、この書物を前に置いて勉強させて欲しいと頼むのです」

己丑がそのことば通りに行ってみると、はたして八、九人の人たちが輪になって、話をしている（酒を飲んでいる）。己丑の言うことを聞くと、人びとは驚き、互いに顔を見かわして言った。

「誰がそう言ったのですか」

「私の妻がそう言いました」

人びとはその家がどこにあるのかと聞き、ともに訪ねて行くと、妻は酒と肴を用意して待ち迎え、そして人びとに頼んで言った。

「皆さまのことは、私はすでに存じていました。わが家の夫は愚痴ではあっても膂力は充分にあります。後日、きっとお役に立つことがあるかと思います。事が成ったとき、功勲録に名前が記されるなら、まことに幸いです。わが家には酒も肴も豊富にございますから、事をお謀りになるとき、わが家にお集まりになっても差支えはありません。わが家はまわりに人家がなく、人に知られる気遣いもありません」

人びとは驚き不思議に思いつつも、女の申し入れを受け入れた。彼らは昇平君[2]や延平君[3]などの一味だったのである。その後、義挙を起こして、彰義門から入ったとき、己丑が先頭に立って門のかんぬきを折ってなだれ込んだのだった。それで、事が終わって功績を記すとき、己丑は二等の功臣となったのである。

▼1【李起築】一五八九～一六四五。字は希説、謚号は襄毅。孝寧大君の八世の孫とも。幼いときには家産を顧みず、ただ弓馬に明け暮れ、後に武科に及第した。李曙とは従兄弟で、李曙が長湍府使になると、起築は随行し、そこでともに反正を起こすことを計画した。義挙の日には長湍から先頭に立って兵を率いてソウルに向い、事が成就すると功二等に冊録された。丙子胡乱のときには御営別将として敵十余名を殺した。講和が成ると、世子のともをして瀋陽に向い三年を過ごし、帰って来て死んだ。

▼2【昇平君】金瑬。第二四話の注2を参照のこと。

▼3【延平君】李貴。第一〇八話の注1を参照のこと。

第一一二話……鄭忠信を馬医扱いにして恥をかいた宰相

錦南君・鄭忠信《チョンチュンシン》（第一一〇話注1参照）は捕盗大将として都監と中軍を兼任していたが、ある日、白沙《ペクサ》[1]のところに行って挨拶をすると、白沙が言った。

「私はいま乗っている馬をはなはだ愛している。よく馴れていてよく歩くのが可愛いのだ。ところが、急に病気になってしまった。君は馬の様子を見て薬を使うのがいいかどうか診断してほしいのだが」

錦南はうやうやしく承諾して堂から下り、みずから馬を引いて連れて来て、庭で馬を歩かせてその病を調べ、使うべき薬を議論した。そのとき、一人の宰相が居合わせて、尋ねた。

「令公は馬の病気がわかるのか」

錦南は答えた。

「ほぼわかります」

宰相が言った。

「令公は明日わが家を訪ねて来ることができるだろうか」

「はい、うかがいます」

次の日、錦南が訪ねて行くと、宰相は馬を指さして言った。

「この馬は病んでいるようだ。ちょっと見て、薬を処方してはくれまいか」

錦南は大庁に出て、下僕を呼んで言った。

「急いで都監に行き、馬医を連れて来い」

下僕はその命を受けて出て行った。宰相が言った。

「令公はすでに馬の病がわかっていて、どうして自分で見ようとはしないのだ」

「私はたとえ魯鈍であっても、その身分を考えれば、武人の長です。どうして馬医の職分の事ができましょう」

「それなら、昨日は鰲城の家でどうして馬の薬の処方などしたのだ」

錦南は冷笑しながら言った。

「大監はどうして鰲城大監と比較して論じられますか」

そうして、暇乞いして立ち去った。宰相はしばらくのあいだ恥じ入った。

▼1【白沙】李恒福のこと。第一一〇話の注4を参照のこと。

第一一三話……鬼神を追い払った鰲城

鰲城君・李恒福《イハンボク》は学問と才能、徳行と名節のすべてを兼備していて、当代随一の人物として推仰された。若いころ、隣に住む宰相の息子と親しく付き合って往来したが、その友人が長く病気を患って、もう手の打ちようがないほどに重篤になった。父親は一人っ子の病に気が気ではなく、昼も夜も心を痛めていたが、ある盲目の占い師が人の生死をよく占うという話を聞いて、馬を迎えにやって占わせることにした。占い師が卦を立てて、頭を揺らして呻吟しながら言った。

「不幸が起こります。某月の某日の某時に亡くなります」

父親は涙を流しながら言った。

「助かる方法はまったくないのか」

「助かる方法がただ一つだけありますが、それは口にするべきことではありません」

「それを何とか聞かせてはもらえまいか」

「もしそれを話せば、私は必ず死んでしまいます。どうして他人のために死ぬことなど望みましょうか」

父親が泣きながらさらに問い詰めると、占い師は不快な顔色を浮かべて言った。

「ご主人のことばは人情にもとる。生きるのを好み、死ぬのを嫌うのは、人の常です。ご主人はご自身の子息のためだとしても、私にはわが身第一なのです。どうかこのことはもうお尋ねあるな」

主人はもうどうすることもできず、ただ泣くだけであった。すると、病人の妻が中から小さな刀を手に持って出て来て、手で占い師の首を捕まえて言った。

「私は病人の妻だ。夫が死ねば、私は下従（自決）すると決心している。お前がもし占いにどう出たかを知らずに何も言わないのなら仕方がないが、すでに占って助かる方法もあるのだと言う。それでも死が怖くて話すことができないのだと言うのか。私がそれを聞き知ってこの事態にまで立ち至っては、男女の区別などもうあったものではない。私はすでに死を決心した今、刀でお前を刺し殺そうと思う。お前の死はもう決まったこと。どうせ死ぬと決まっているのなら、どうしてはっきりと話して人の命を助けないのだ」

占い師はしばらく黙っていたが、やっと口を開けた。

「ひとたび発したことばは、どんな駿馬でも捕まえることができません。私の話を聞いたら、きっとそれをしなくてはなりません」

そうしてことばを続けた。

「恒福という人物をご存知でしょうか」

「知っている。私の息子の友人だ」

「今日からはその友人を連れて来て、ご子息と一緒にいさせることにして、ほんの一瞬でも離れさせないようにしなくてはなりません。某日を過ぎれば、無事に生きながらえることができましょう」

そして、さらに続けた。

「だが、私はその日に死ぬことになる。あなた方は私の妻子の面倒を見て、この家の人と同じように扱ってほしい」

占い師は挨拶をして、立ち去って行った。

主人は白沙を迎えて、占い師のことばを告げて、病人と同居してくれるように頼みこんだ。白沙は承諾して、某日からはその家に寄留した。病人と同所で過ごして、座臥、離れることがなかった。その当日の夜になって三更が過ぎたころ、冷たい風が戸口から吹いて来て、灯りが点滅した。病人は昏々と眠って人事不省である。鰲城が臥しながら見ていると、灯影の下に鬼がいる。その状貌は獰猛で、剣を杖にして立っている。鬼が鰲城の名前を呼んで言った。

「私の病人を出してくれ」

「いったいどういうことだ」

「この人には、私は前世からの怨みがあって、いま、その怨みを晴らさなければならないのだ。この機会を逃したなら、いつ怨みを晴らすことができるかわからない」

「人が私にその息子を托したのだ。私がどうしてみすみすこの人をお前に渡して殺させるようなことができようか」

「お前が渡さなければ、お前まで死ぬことになるのだぞ」

「本当に死ぬのならば、それも仕方がない。だが、私が生きている限り、病人をお前に渡すことはない」

鬼神は大いに怒り、刀を振り上げて鰲城に襲いかかって来たが、また急に身をすくめて退いた。そのようにすること、三度ほどで、刀を投げ出して平伏して言った。

「お願いですから、大監は私の情状を汲み取って出て行ってください」

「どうして私を殺さないのだ」

「大監は国家の棟梁として名前が歴史書に記される正人君子です。どうしてあえて害することができましょう。ただ出て行ってくださるようお願いします」

「いや出て行きはしない。私を殺す以外に方法はないぞ」

そう言って、病人を抱きかかえて臥した。しばらくすると、遠くで鶏の鳴く声がした。鬼神は大声で哭して言った。

「いつになったら怨みを晴らすことができるのか、こんなに口惜しいことはない。これは某所の某占い師が明かしたのだ。この憤りの落とし前はあいつにつけさせるしかない」

そうして刀を持って戸口を出て行ったが、行方はわからなかった。このとき、病人は気を失っていたが、お湯を口に含めてやると、息を吹き返した。

翌朝、占い師が死んだという報せが届いた。その宰相の家からは葬礼の費用を十分に送っただけではなく、手厚くその妻子の後々の面倒も見た。

第一一四話……月沙・李《イ》廷《チョン》亀《ク》と中国文人の王世貞

月沙[1]が燕京に行き、弇州・王世貞[2]と親しくなり、文章の交わりを結んだ。ある日、朝早くその家に行ってみると、弇州はすでに公服に着替えて起きていて、月沙に言った。

「これから宮廷に参らなくてはなりません。しばらくすれば、帰ってきますので、あなたはわが家の書庫にでも入って本を読みながら、私が帰るのをお待ちください」

そうして、家の者に朝ご飯を用意して月沙に進めるように命じた。弇州が門を出ると、家の者が給仕して餅とうどんと酒、そして肉や魚や果物が続いて出て来た。月沙はそれらを食べながら本を読んだ。

日が暮れて、弇州が帰って来て、月沙に朝ご飯は食べたかと尋ねた。

「まだ食べていません」

弇州はおどろいて家の者を呼んで問い詰めた

「先刻、確かに差し上げましたよ」

弇州は大笑いして言った。

「朝鮮の人は一椀の白ご飯と一椀のわかめ汁で朝夕の食事をすませているのだ。どうしてわれわれの食事と同じであろうか。すぐにご飯を用意して来い。私がすっかり忘れていた」

月沙は帰って来て後、他の人に言った。

「私はそのとき恥ずかしくて死にそうだったよ」

ある日、また弇州の家に行って見ると、蜀郡の太守が自分の父親のために石碑の文章を書いてもらうために来ていた。碑文のお礼として、蜀の絹を一車分、双六遊び一分隊分、女性の青紅のチマ十五枚、そして黄金の器を用意していたのだった。

大国の食事や物品の豊かさというのはこのようである。

▼1【月沙】李廷亀。一五六四～一六三五。字は聖徴、月沙は号、本貫は延安。一五九〇年、文科に及第、一五九二年、壬辰の倭乱に遭うと王の行在所に随行して、明の救援兵をよく引率した。当時、明の丁応泰が朝鮮は倭兵を取り込んで明に侵犯しようとしていると誣告したのに対して、上奏文を書き、正使・李恒福の副使として明におもむいて弁論につとめ、応泰を免職に追いこんだ。礼曹判書に昇り、謝恩使として明に行き、国境に駐屯している毛文竜の軍隊は朝鮮に対して誠意が欠け、金の軍と戦う意欲もないと、仁祖に進言した。丁卯の胡乱のとき、和議に反対して、右議政として死んだ。

▼2【弇州・王世貞】一五二六～一五九〇。字は元美、号は鳳洲・弇州山人など。明、太倉の人、忬の子。嘉靖の進士で、刑部尚書まで昇った。忬が獄で死んだために、その寃罪を訴えて父の官を復した。詩・古文に優れ、李攀竜とともに古文辞をとなえて、李王と称された。

第一一五話……駙馬の恨

東陽尉の申翊聖《シンイクソン》（第六三話注3参照）は象村《サンチョン》▼1の息子であり、文章と才芸において当代に冠たるものであった。かつて自分が駙馬（王の娘婿）となったために卿相の位に到ることがなくなったことを恨みとなし、妻の翁主▼2に対するたびに責めるのだった。

「私が王の婿でさえなければ、この世間に私をおいて誰が文衡になるであろうか」

いつも往来を行くのに車に乗って大路を行くことなく、驢馬に乗って顔をおおって行き、志を得ることなくいつも鬱々として楽しまなかった。親戚の家に結婚式があるときには金色の車を借りて使いたいと思うのだったが、東陽尉が金色の車を借りようとするたびに、尚宮や内人たちが言った。

「この車は翁主がお乗りになるもので、お貸しすることはできません」

東陽尉は怒りだし、

「車があるのに人に貸さないとは、いったい何の役に立つのだ」

と言って、これを破砕するように命じた。

宣祖は東陽尉が文衡になれないのを恨みにしているということをご存知になって、文衡を圏点[3]した後、圏点を受けた人に題をお出しになって試験をなさった。それを東陽尉に採点するように命じて、

「文衡を選ぶ試験の答案の評価をするならば、その人は文衡よりも優れていることになる」

とおっしゃったのであった。

▼1【象村】申欽。一五六六〜一六二八。仁祖のときの名臣。字は敬叔、号は玄軒・象村・放翁など。一五八六年、文科に及第、要職を歩んだが、一六一三年、永昌大君の獄事が起こると、官職を追われ流配された。仁祖反正の後、官に復帰して、領議政となり大提学にまで至った。六経を基礎として文章に巧みで、書も優れていた。李恒福らとともに『宣祖実録』を編纂した。

▼2【翁主】王の庶妻の娘。正妻の娘は公主という。

▼3【圏点】弘文館・芸文館・奎章閣の官員を選ぶとき、候補者たちの姓名を書いておき、選考官がそれぞれ推薦したい者の姓名の下に点を付す。それが圏点であるが、文衡、すなわち大提学を選ぶ時にも候補者を列挙して大臣や前任の大提学が候補者のリストの中の適任者の名前の下に丸い印をつけた。

第一一六話……盗賊の頭目となった友人

鄭陽坡《チョンヤンパ》[1]は若いときに友人二人とともに山寺で読書をした。ある日、心に思うことを述べて、人生で何をしたいかを語り合った。陽坡は言った。

「私は科挙に及第して朝廷に座し、王さまに忠誠を尽くして人びとを豊かにしたい。そうして歴史に名前を残すのだ」

一人の友人が言った。

「私は官職には関心がない。山紫水明の地に閑居して楽しみながら日々を暮らす。それが願いなのだ」

もう一人は口をつぐんで無言だったので、二人が、

「君はどうして一言も言わないのだ」

と尋ねると、彼は言った。

「私の願いというのは君たち二人とは大いに異なるのだ。できれば、聞かないでほしい」

しかし、二人が無理にでも聞きたいというので、彼が言った。

「私は不幸にもこの小さな国に生れて、この世間を見まわしても自分の身を受け入れてくれる場所を見出すことができない。勝手に生きるのがいちばんだ。私の思いというのは、大盗賊の頭目となって深山窮谷に住み、数万の群を率いて不正な蓄財を略奪して、それを軍糧としよう。そうして山間に横行して、俳優や芸妓の歌や舞を楽しみ、山海の珍味に舌鼓を打つのだ。それが私の願いだな」

他の二人は大いに笑って、冗談が過ぎるとなじったのだった。

その後、陽坡は科挙に及第して領相の地位に昇り、一人は布衣のまま年老いたが、もう一人はどうなったかわからなかった。

陽坡が北関を治めることになった。布衣のソンビは窮迫して生活もままならず、ともに研鑽した仲間を頼ろうと、まさに乞食の姿そのもので、北関に向った。淮陽までたどり着いたとき、突然、壮健な一人の奴が鞍をおいた駿馬を引いて目の前に現れ、言った。

「私はご主人の命令を受けて、ここに来ました。早くこの馬に乗ってください」

布衣は不思議に思って言った。

「ご主人というのはいったいどなただ」

「お行きになればおのずとわかります」

布衣は言われるがままに馬に乗ったが、その速さは風のようであった。数里を行くと、そこでも馬一頭

が待っていて、酒と肴まで用意してあった。布衣はここでも不思議に思って、ふたたび尋ねたが、答えは前と同じであった。数里を行くとまたそこでも馬と料理が待っている。どんどん深い山間に入って行き、夜になっても休まずに、松明を前にして進んで行った。布衣はいったいどうしたことか、またどこに向かうのか、わからないままに、ただその奴に言われるままについて行った。

翌日の午後になって一つの洞の入り口からさらに奥に進んで行くと、深い山中に人家が立ち並んでいて、その中に朱色に塗った大門があった。その中に入って行き、中門を三度ほど通ったところで馬から下り、さらに行くと、石階段の下に一人の人が立っていた。頭には紫色の馬毛で織った帽子をかぶり、身には雪の模様の藍色の緞子の天翼を纏っている。また、腰には紅の帯を佩び、足には黒い皮靴を履いている。身の丈は八尺ほどもあり、顔色が粉をはいたようですこぶるよい。河目海面にその儀表が堂々と現れ、威風堂々たるものである。

笑いながら手を差し伸べ、ともに石階段を登りながら、言った。

「某さん、一別以来、お変わりはなかったでしょうか」

最初はいったい誰なのかわからなかったが、腰を下ろしてじっくり見ると、山寺でいっしょに勉強したときに、盗賊の頭目になりたいといった男ではないか。布衣は大いにおどろいて、尋ねた。

「山寺の門を出て散り散りになった後、消息が途絶えたが、あれからどうしてこの今の事態に至ったのだ」

盗賊の頭目が言った。

「私はあの日、言わなかったろうか。私は今や宿願を果たしたのだ。この富貴が羨ましくはないか。人がこの世にあってどうして功名を上げたいと思わないことがあろう。しかし、その運命は別の人間の手にゆだねられていて、首を恐れ、尾を恐れて、食をあさる蝿や狗と同然の生き方をしなくてはならない。ひとたび失敗をすれば、その身は東西の市場にさらされ、妻子は奴婢に落とされてしまう。そんなことがどうして願わしかろう。私は今や塵のような世間を捨てて深山に身を隠し、数万の手下を率いて、財物は雲のように積み重ねた。それも鼠窃狗盗《そせつくとう》といったけちな真似をして人の懐をかすめてきたわけではない。私の手下どもは朝鮮八道にあまねくいて、中国人の商人や日本人の館を襲い、貪官汚吏《たんかんおり》の財物を奪って、今や富貴と権勢を王侯にも譲らないのだ。人生などいかほどのものか。悠々自適に過ごすまでのことだ」

そして、酒と料理をもってくるように命じると、二列になった美女たちが盆をうやうやしく捧げ持って出て来て前に置いた。山海の珍味が並び尽くし、酒も肴も豊富にあって、ともに歓を尽くした。一つの食卓で食べ、寝床をともにして寝たが、翌日には、軍営の中の財貨と山水の景観を見ようということにして、言った。

「君の今回の旅の目的は鄭某に会うことだそうだが、なにか彼に頼みがあるのか」

「その通りだ」

盗賊の頭目が言った。

「あの男の度量を君は知らないのか。たとえ彼が君に与えるものがあったにしても、それは君の望むところには遠く及ばないだろう。ここにしばらく留まって、そのまま帰って行く方がよかろう」

布衣が言った。

「いや、そんなことはあるまい。いっしょに勉強した者の人情を忘れるはずがない」

頭目は笑いながら言った。

「彼がくれる餞別金はほんの数両に過ぎないだろう。そんな金のためにわざわざ遠路を行く必要はあるまい。私がそのくらいの金なら用立てようじゃないか。行く必要はない」

布衣はそのことばを聞かないで、北関に行く意志を曲げなかった。

頭目が言った。

「君があくまで行くというのなら、もう引き止めはすまい」

そうして数日は滞在した後、布衣は行くことになった。頭目は奴に命じて、来たときと同じように馬で送らせた。別れるときに戒めて言った。

「君は鄭某に会っても、私がここにいるということは決して口外しないでほしい。鄭某がたとえ私を捕まえようとしても、そうはさせない。もし君が口外した日には、それがわかり次第、君の首は飛んでしまうと思ってほしい。絶対に口外しないでほしい」

　布衣は誓って言った。

「どうして話したりしよう」

　頭目は笑って餞別をして、門を出て行くのを見送った。布衣は来たときと同じように馬に乗って行ったが、山門を出て大路に出ると、馬を引いていた奴は暇を告げて立ち去った。

　布衣は北営に到着した。監司に会って寒暄の礼を終えるやいなや、布衣は声を低めて密告した。

「令公は若いときに山寺でいっしょに本を読んだ某の去就をご存知か」

「あのとき別れて以来、どうしているのか知らない」

　布衣は言った。

「今は令公の道内にいるのですぞ。しかも、大盗賊になっている。彼のことばでは、数万の徒党がいるということだが、所々に散在していて、近くにいる部下というのはさほど多いとも見えなかった。もともと烏合の衆に過ぎないので、令公がもし私に賢く強健な三、四十人の兵卒を付けてくだされば、すぐにでも監営の下に捕まえて来ましょう」

　監司が笑いながら言った。

「彼がたとえ盗賊の首魁であったとしても、しばらく郡邑に被害を与えてはいない。それに、君の器量と知略を見るに、彼には遠く及ばないようだ。むしろ、いたずらに禍を引き起こすことになるだろう。しばらくここでやすんでいるがよかろう」

　布衣は色を作《な》して言った。

「盗賊が領土のうちに入ると知っていながら、令公はためらって捉えないというのでは、もしそれで盗賊がはびこって荒らしまわったなら、その責任は誰に在りましょうか。公が私のことばに従わないと言うのなら、私はソウルに帰って、当然、お上に訴えますぞ」

監司はやむをえず、布衣の言う通りにすることにした。

数日のあいだは滞留して、布衣は北営を出発したが、餞別の品物はほんのわずかな品に過ぎず、路次にすっかり費やしてしまう程度のものであった。監司は校卒にともに行くように命令していたが、布衣は校卒を山の左右の叢の中に潜伏させて、戒めた。

「私がまず入って行くから、お前たちはしばらく待機しているのだ」

数里を行くと、前に馬を牽いて迎えに来たのと同じ人物がやって来て、ともに来るようにという頭目のことばを伝えたが、馬は引き連れて来なかったので、心の中では訝しんだ。洞の入口に着くと、「捕まえろ」という声が響き、無数の手下たちが出て来て、縄でもってこれを縛り上げた。後ろを塞ぎ、前に突っついて、鷹が兎を追い詰めるようにして入って行った。布衣は息もぜいぜいいわせ、庭に座らされて頭目を仰ぎ見たが、頭目は威儀をととのえて叱りつけた。

「お前はどんな顔して私に会えるのか」

「私にどんな罪があって、こんな辱めに会わせるのか」

頭目は叱りつけた。

「私は言わなかったか。お前が北営に行ったところで、得るものは少ないだろうと。それでも行ってみようというのだから、お前は大馬鹿者だ。それに、別れに際して頼まなかったか、私のことを北営では口外するなと。それを忘れたわけではあるまい。どうしてそんな二枚舌を使うのか」

布衣が言った。

「お天道さまが上から見ていらっしゃるのに、私がどうしてそんなことをしよう。君はどこから噂を聞いて、私を疑うのだ」

頭目は手下の者どもに号令した。

「北営の校卒を連れて来い」

そのことばが終わるともなく、数十人の校卒が縛られて引っ張って来られ、前に座らされた。頭目は校

卒たちを指さして、

「これはいったいどういう者たちだ」

と尋ねた。

布衣は顔色が土気色になって、なにも答えることができず、ただ殺してくれとだけいった。頭目は冷笑して、言った。

「お前なぞ腐った鼠、はぐれ狐に過ぎない。私の刀の錆になるだけだ。棍棒で十分だ」

そう言って、棍棒で十回ほど叩かせた。校卒の方には、縛っていた縄をほどかせて、

「お前たちはこんな男に連れて来られてご苦労なことであった」

と言うと、銀子二十両ばかりをそれぞれに与えて帰らせた。

「帰ったら、お前たちの首将に、こんな男の話を聞かないように言うのだ。わかったな」

その後、手下たちに倉庫から財と絹布、銀、銭、器などの物件を出させ、あるいは馬に担がせ、また人間が担いで、建物には一斉に火を放ったのだった。

「すでに人に知られてしまったからには、ここにいるわけにはいかない」

ふたたび一人の手下に布衣を連れて、門の外の大路まで送らせた。その後、一党はどこに姿をくらましたかはわからない。

布衣はやっとのことで盗賊の手から逃れ、歩を進めて、家に帰ったが、家族はすでに違う洞に引っ越していた。その家を探して行くと、前の家にくらべると、大きな門構えになっている。家の者に尋ねると、北営にいたとき、手紙を書き、たくさんの銭と品物を送ってくれたではないかという。布衣がその手紙を出させて見ると、自分の筆跡に似せてはあるが、自分の筆跡ではない。送られて来た銭と品物ははなはだ多かった。黙然として思うに、これは盗賊の頭目の頭の仕業で、手紙も自分の筆跡をまねたのにちがいない。後になって後悔することしきりであった。あるいは、これは陽坡の仕業であったかもしれない。詳しくはわからない。

▼1【鄭陽坡】鄭太和《チョンテファ》。一六〇二～一六七三。李朝孝宗のときの大臣。字は囿春、号は陽坡。一六二八年、弟の致和とともに文科に及第した。一六三五年、北の国境の有事に備えて元帥府が設置されると、元帥従事となった。一六三六年、実際に清が侵入してくると、元帥は逃亡して朝鮮軍は大敗したが、太和は敗残兵を集めて抗戦、多くの戦果を挙げた。後に昭顕世子とともに瀋陽に行って帰国したが、朝廷が明と密約を結んでいたことが清に漏れて危機に陥ったとき、太和が派遣されて折衝して大事に至らなかった。孝宗の廟に配享された。

第一一七話……孝宗《ヒョジョン》を揶揄した兵士

孝宗《ヒョジョン》[1]は微行をしばしばなさったが、ある日、宮廷の塀の後ろを通り過ぎようとなさった。雪の降る晩で、厳しい寒さであった。軍舗[2]の守直の一人が外から帰って来て言った。

「こんな寒いときには夜をどう過ごしたものか」

すると、もう一人の兵士が言った。

「これが寒いと言うのか」

そうして続けた。

「そんなことで、われわれはどうして遼東に露宿なんてできよう。これを寒いといっているようでは。王さまはこのように寒さの中で北伐を計画していなさる。なあ、どうすれば遠征に行かなくてすむだろう」

「そんなことができるものか。懐徳・宋相大監[3]は先ごろ宮中に帰って来られ、単独で王さまと話をなさった。そのとき、すでに計画は決まったということだ」

「いや、そんなことはけっしてあるまい」

「お前はどうしてそう思うのか」

「王さまには威厳と果断さが欠けている。こんな大事をどうしてお決めになることができよう」

「お前はどうして王さまのことを知っているのだ」

「王さまにもし剛胆さがあれば、以前、王子として江華島を守られたとき、どうして金慶徴《キムキョンチン》▼4を斬首なさらなかったのだ。慶徴一人の罪をただすことがお出来にならないようでは、まして中国に対しては言うまでもない。私はまちがってはいまい」

孝宗はこのことばを聞いて憤りと恨めしさで一杯になって宮廷にお戻りになった。

▼1【孝宗】朝鮮十七代の王。一六一九～一六五九。在位、一六四九～一六五九。仁祖の第二子。丙子胡乱の後、昭顕世子と鳳林大君（孝宗）は人質として瀋陽で八年間を過ごした。世子が死ぬと、仁祖の後を受けて即位、瀋陽での八年間の屈辱を雪ごうと北伐を計画して軍備を整えたが、清の難詰を受けて取りやめた。
▼2【軍舗】宮城の外にある巡羅兵の駐屯所。城郭と同じく、軍隊ごとに作っておく。
▼3【懐徳・宋相大監】宋時烈のこと。第六〇話の注2を参照のこと。
▼4【金慶徴】一五八九～一六三七。字は善応。金瑬の息子。仁祖のとき、文科に及第、反正にも父子で功を立てて靖社功臣二等となり、順興君に封じられた。丙子胡乱のとき、嬪宮・王孫・鳳林大君などが避難した江華島の守備に当たったが、大臣や大君の意見を無視して、安逸に対応し、結局は防御を放棄して逃亡したために弾劾された。王は勲臣の一人息子だとして赦免しようとしたが、遂には死を賜った。

第一一八話……棍棒で打たれた副提学

肅宗《スクジョン》▼1が春塘台の池のほとりに三間の楼閣を建て、観風楼とお名付けになった。このとき、判書の尹絳《ユンカン》▼2は副提学であったが、上疏をして諫めた。

「その時でないのに土木をなさるのは亡国の徴です」

王さまは優渥な態度でこの上疏を容れられ、虎の皮一枚を褒美として与えるので、みずから御前に参って受け取るようにとお命じになった。尹が命を受けて宮廷に参内すると、一人の宦官が先導して春塘台に至った。すると、時を置かず、軍卒たちが大きな声を上げてなだれ込んで来て、尹を捕まえて庭に引きずりおろし平伏させた。王さまは普段着の姿で小さな楼閣の上に座って命令をなさった。

「お前はこれを見るがよい。この建物はわずか三間に過ぎない。それをどうしてその時でなく土木を行なうのは国家を滅ぼすことだなどと言うのだ。お前たち自身は山間の亭や水辺の楼閣に住まいながら、私一人はこの小さな建物もままならないのか。お前は名前をこの世に残そうとしたのだろうが、まことに痛恨事といわねばならない。棍棒で打ちのめすことにする」

尹がこれに答えた。

「わたくしの罪は万死に値しますが、いやしくも弘文館の長でございます。殿下においては儒臣を辱めるべきではありません」

王さまがおっしゃった。

「儒臣であれば罪を逃れることができると言うのか」

棍棒で五度たたくように命じた後におっしゃった。

「お前は儒臣としてこのように棍棒の刑を受けたが、これはお前の恥辱となろう。お前は前に進み出てあえて諫めたのはいいが、しかし、私には出過ぎたことばであった。お前ひとりその名を辱めないでおくことができようか」

そう言って、王さまは豹の皮を与えて見送られた。

▼1【粛宗】朝鮮十九代の王。一六六一〜一七二〇。在位、一六七四〜一七二〇。礼論にかかわって論戦が激しく行なわれ、西人と南人の党派争いの中でたくみに政治のかじ取りを行って在位期間は長かった。名君と

言ってよいが、この王の時代、仁顕王后を廃位するなど後宮も巻き込まれて、失脚し、粛清された人びとも多かった。

▼2【尹絳】一五九七～一六六七。字は子駿、号は無谷。一六二四年、文科に及第、槐院から芸文館に入り、要職を歴任し、大司憲・礼曹判書に至った。仁祖・孝祖・顕宗の三代に仕えて八十余の官職を経験して、一心に勤めた。実を言うと、粛宗の治世は一六七四～一七二〇であり、この話はつじつまが合わない。

第一一九話……王さまと台諫

粛宗がご病気になって、ある日、気晴らしに梨園の楽士と妓女を参らせ、内殿で風楽をもよおされた。このとき、台諫の尹某がひとり台庁▼1に出て来て啓上した。

「いかがわしい女色と雅ならざる音楽とは、前代の王たちが国を滅ぼした原因です。すぐに撤去なさってください」

王さまは大いに怒り、みずから尹某を尋問するので用意をせよとお命じになった。朝廷中の人びとが大慌てで、義禁府では尹某を待座させ、書吏やそして喝道▼2までもがともにみずから蒙頭▼3をかぶって待機した。禁堂▼4と捕盗大将までもみなそろって、お膳立てはすべて揃ったが、しかし、次のご命令はなく、風楽の音もやまなかった。王さまがおっしゃった。

「よく考えて見ると、尹某のことばはもっともだ。尋問するということばは撤回することにする。尹某は解き放ち、書吏や喝道ら下隷たちも下らせよう。それから褒賞がなければなるまい」

内殿からご馳走の机二脚と酒の二甕を出させて、下隷たちにもお与えになった。虎の皮一枚を下賜されるに及んでは、尹某も下隷たちもみな驚いて、やや落ち着いた後は、食べかつ飲んで、上下ともにしこたま酔った。朝廷から退出するに際しては、大路で先駆けの下隷が虎の皮をかぶって辟除《へきじょ》の声を上げた。それを見た人がいったいどうしたわけか尋ねると、それに答えて言った。

「王さまが妓生なんかを抱っこして酒を飲みなさり、禁制を犯しなさるのを見逃したのさ。それで賄賂をいただいたというわけだ」

聞いていた人びとは抱腹絶倒した。諫院ではこのときの虎の皮を今でも保管していると言う。

▼1【台庁】司憲府および司諫院から王さまに陳述するとき、集まって会議するところ。宮中にある。
▼2【喝道】司諫院や玉堂の官員が出勤するとき、下隷が前に立って案内すること。またはその下隷を言う。
▼3【蒙頭】罪人にかぶらせる小さなハンカチのようなもの。罪人を引っ立てるときや外に連れ出すときに用いる。
▼4【禁堂】義禁府の堂上官。

第一二〇話……姦夫を殺した報恩で及第したソンビ

一人のソンビが筆を投げ棄てて、武芸を磨こうと、慕華館で弓を練習した。夕方になって家に帰る道で、婦人の乗っているらしい籠に出会った。後に従う男はいず、ただ一人の童婢だけが従っていたが、その童婢がすこぶる美しい。ソンビは好奇心を起こし、腰には弓をおび、背中には矢を負って、後になり、前になりしてついて行った。すると、風が吹いて簾を巻き上げたので、籠の中が見えた。素服を来て座っている女子はまことに傾国の美女と言うべきである。ソンビは心をすっかり奪われて、「これはいったいどこの家の婦人であろう。ここは後をつけて確かめずばなるまい」と心の中で考えた。そして、ずっと付けて行くと、新門を入って行き、南村の某洞のとある大きな屋敷に方向を変えて入って行った。ソンビはしばらく門の外をうろうろしていたが、日もすでに暮れかかったので、酒幕に行って腹ごしらえをした。そしてふたたび、弓と矢とを携えて戻って行き、その屋敷の周囲をぐるりと見回して、どこか忍びこむことのできるところを探した。すると、後ろは土盛りがしてあったが、さほど高くはなかったので、それを飛び越えてみると、建物の背に当たっていた。東と西の二つの部屋に点された灯りが後ろの窓から漏れていた。ソンビが東の部屋に近づき窓からそっと覗くと、老婦人が枕に寄りかかり、先に見た婦人が灯りの下でハングルの本を読んでいる。その声も琅々として美しい。老婦人が言った。

「今日は疲れたでしょう。部屋に帰っておやすみなさい」

婦人は退出して、西の部屋に移ったので。ソンビもまた外で西の方に行って、窓の外から様子をうかがった。婦人は童婢を呼びつけて言った。

「お前も今日は御苦労でした。きっと疲れたことだろう。出て行って、お前の母親のところで休むがいい。明日、朝早く来ればいい」

童婢が出て行くと、女子は立って上の戸口を閉めた。ソンビは心の中で喜んでつぶやいた。

「この女子は、今晩は一人で寝るようだ。私は隙を見て忍びこんでやろう」

息を殺して覗いていると、女子は押入れから絹の布団を取り出して敷いた。灯りの下に座って煙草を吸いながら、なにやら人を待っているふうである。ソンビは怪訝な感じがしていると、後ろの庭の竹林に人の気配がする。ソンビは驚き、あわてて身を隠して見ていると、つるつる頭の和尚であった。和尚が竹林を分けて入って来て、部屋の後ろの戸をたたくと、中から戸が開いて迎え入れられた。ソンビが見ると、和尚はしかと女子を抱いて、その後は淫らにたわむれ放題にたわむれて、はばかるところがない。事が果てると、女は立ち上がり、食卓に酒壺と食事をととのえて持って来て、酒を盃に注いで和尚に勧める。和尚は一気に飲み干して、言った。

「今日の墓参りはさぞ悲しかっただろうな」

女子は笑いながら言った。

「あんたがこうしているのに、どうして悲しくなんかあるもんかね。それにあれは虚葬したところで、悲しみなんて起きようもないのさ」

そうして、二人はふたたび抱き合って、たわむれの限りを尽くし、裸のまま布団の中に入って手足をからませて寝た。ソンビは初めに抱いていた女への欲望は雲散霧消して、憤慨する気持ちだけが起きた。そこで弓に矢をつがえて引き絞り、窓の外から、これを射た。その矢は和尚の禿げ頭のど真ん中を射抜いた。女はおどろいて起きあがり、戦慄したが、いそいで和尚の死体を布団にくるみ、屋根裏部屋に隠した。ソンビは女のすることの一部始終を見届け、塀を飛び越えて帰って行った。

時はすでに罷漏《ひろう》（第五五話注1参照）になっていて、家に帰って休んだが、そのときに夢かうつつかの間に青い服を来た、年のころなら十七、八歳のソンビが現れて、拝礼をしていった。

「あなたが私の恨みを晴らしてくださったことに感謝いたします。今夜はお礼に参ったのです」

ソンビが驚いて尋ねた。

「あなたはいったいどなたでしょうか。誰の恨みを晴らしたというのでしょう。私には身に覚えがありません。あなたはどうしてここに来て感謝するなどとおっしゃるのか」

その人は悲痛な感情を押し殺して言った。

「私は某洞の宰相の息子です。山寺で文章を読んでいるときに、その山寺の住持に家と寺とを往来してもらい、食糧などを運んでもらっていました。私の妻がその住持とねんごろになり、姦通するようになってしまいました。そして、私が子どもたちに会うために帰宅するときに、その僧も同行しましたが、誰もいないところで私を足で蹴落として殺してしまいました。私の死体を山の後ろの洞窟の中に放っておいて、すでに今まで三年が経過しています。この怨みをなんとか晴らしたいと思っておりましたが、昨晩、あなたが弓で射て殺したのがまさにその僧で、女子は私の妻だった女です。長年の恨みを晴らしていただいたあなたには感謝してあまりがありますが、もう一つお願いしたいことがあります。どうかわが家に行って父に会って下さり、私の死体のありかを告げていただけないでしょうか。そうして移葬されれば、その恩恵はまことに大きい」

そう言い終えて、姿はすっと消えた。ソンビはおどろいて目を覚まし、心の中で不思議の念に打たれた。

翌日、その家をふたたび訪ねて案内を乞い、入って行くと、宰相が立って出迎えた。腰を落ち着けて後、ソンビが尋ねた。

「ご子息は何人いらっしゃいますか」

主人は涙を流しながら言った。

「この老いぼれの運命は逼迫しているのか、ずっと子どもに恵まれず、五十歳になって一人息子を授かりました。それが成人して結婚をしてまもなく、科挙の勉強のために山寺に行ったところ、虎に食われてしまったのです。終祥も済ませることができません」

「私には気に掛かることがひとつあります。遺体を探しに私について来てくださいますか」

主人が驚いて、言った。

「あなたはどうして知っているのか」

「ただついて来て確かめてください」

主人は馬に鞍をつけさせ、ソンビとともに出発した。某寺に着くと馬から下りて山を登り、しばらく行くと岩がたちはだかり、下の方に穴があった。土石で穴は塞がれていたので、下隷に命じて土石をのぞかせると、はたして死体があった。驚いて見ると、その息子にまちがいなく、顔色は昔のまま変っていなかった。老宰相は死体を抱きかかえて慟哭をして、幾たびも気を失いそうであったが、やっとのことで気を取り直し、ソンビに向って言った。

「お前はどうして知っていたのか。お前の仕業なのではないか」

ソンビは苦笑いしながら答えた。

「もしそうなら、どうして私が公にお会いして話をすることがありましょう。今は治葬をすませて、お宅に帰ってから、公の嫁にお尋ねになってください。その方の部屋の屋根裏に証拠になる物が一つあるはずです。公は急いで確かめてください」

老宰相は死体を僧舎に移して安置し、急いで家に帰ると、嫁の部屋に行って、尋ねた。

「私は朝服をお前の部屋の屋根裏に置いておいた。私はそれを見たいので、屋根裏の戸を開けてもらえまいか」

嫁はあわてて答えた。

「私が探してまいりましょう。どうしてお父さまの手を煩わせましょうか」

そう言いつつも、真っ青な顔色になり、普通ではなくなった。老宰相はそれでも鍵を開けて屋根裏に登って行ったが、するとひどい悪臭がただよっていた。その悪臭の源をたどって籠の後ろに行くと、絹の布団に包んだものがあったので、それを部屋に下ろした。開けて見ると、まさしく若い僧侶の死体であり、矢が脳天に突き刺さっていた。老宰相が尋ねた。

「これはいったい何なんだ」

嫁の顔色は土の色になり、震えて何も答えることができなかった。老宰相は外に出て、嫁の父親と兄とを呼びつけ、事のあらましを説いて、嫁を追い出した。嫁の父親は刀を振り上げて娘を切り殺してしまった。それから後、老宰相は息子の死体を先祖の墓山の下に改めて葬った。

ある晩、ソンビはまた夢かうつつかの間に、あの青年が現れるのを見た。青年は百度拝して、感謝して言った。

「私はあなたの恩にどう報いればいいのかわかりません。ただ、まもなく科挙がありますが、今回の試験で出題されるのは、私が平生に作っていました文章です。これから私が暗誦しますので、あなたはそれを書き認めてください。試験会場ではそれを提出すれば、かならず及第します」

そうして、一首の賦を暗誦して伝えたが、その題は「秋風悔心萌」というものであった。ソンビはそれを聞いて書きとめたが、数日後には科挙が行なわれ、試験場に入場してみると、果たして、その題が出題されたのだった。そこで、幽霊が伝えた賦を書いた答案紙を提出した。

秋風が夕暮れに冷たく吹いて、空は広く高く突き抜ける
（秋風颯兮夕起、玉宇廓而峥嵘）

というところで、「秋」と書くところを「金」と書いた。このとき、竹泉・金鎮圭公▼1が主試であったが、答案紙を見て言った。

「この賦はまことによくできていて、まるで鬼神の書いたもののようだ。われわれの詩を見る眼力を試そうというのか」

そうして、「金風颯兮夕起」という句節に至ると、笑いながら、

「やはり、これは鬼神の作ったものではない」

と言って、これを一等に選んだ。人びとがその理由を尋ねると、竹泉は答えた。

「鬼神は『金』を嫌うものだ。もし鬼神が作ったものであれば、『金』の字は書かないものだ。それでこれは鬼神の作ったものでないことがわかる」

放榜▼2があって、はたしてソンビは登第したのだった。その姓名も科榜を調べればわかるはずであるが、まだ調べてはいない。

▼1【竹泉・金鎮圭公】一六五八～一七一六。字は達甫、竹泉は号、本貫は光山。一六八六年、文科に及第、礼曹判書に至った。宋時烈を尊敬して、性格は剛直、直諫をしばしば行ない、粛宗の怒りをしばしば買った。

▼2【放榜】科挙の合格者の名前を認めて発表すること。

第一二二話……金《キム》三《サン》淵《ヨン》兄弟の母親

金文谷▼1の諱《いみな》は寿恒《スハン》で、夫人は羅氏である。夫人は明村・羅良佐《ナヤンチャ》▼2の娘で、人を見抜く英知が備わっていた。娘の婿を選ぶために三男坊の三淵《サンヨン》▼3を閔《ミン》氏の家にやり、その家の男子たちを見させて、娘と結婚させようと

考えた。三淵が閔家から帰って来て報告した。

「閔の家の男子たちはみな短気で、容貌も醜い。適当な者がいません」

「あの家は名家です。そんなはずはないのだが」

その後、三淵が李氏の家の男子から婿取りした方がいいとして、言った。

「はたして、立派な婿が見つかりました」

「それはいったい誰だ」

「風采が立派で、容貌も麗しい。才能も卓越していて、まさしく将来の大器と思われる人物です」

「それならその人がいいでしょう」

花婿を迎えて婚礼を挙げる日になって、夫人はため息をついて言った。

「三男坊には眼があっても瞳がないようだ」

三淵は怪訝に思って、どういうことかと尋ねると、夫人が言った。

「新郎は美しいには美しいが、寿命が不足している。三十歳を超えることはあるまい。お前は何を取りえに結婚させようとしたのだ」

そして、子細に見ていたが、ふたたびため息をついて、

「娘の方が先に死んでしまうようだ。これはまたどうすればいいのだろう」

と言い、三淵を責めて止まなかったので、三淵はどうしていいかわからなかった。

ある日、閔《ミン》氏の趾斎・鎮厚《チンフ》▼4と丹巖・鎮遠《チンウォン》▼5などの弱冠の年齢の従兄弟たちが、金氏の家に用事があってやって来た。三淵が告げた。

「お母さんは常々閔氏の家と婚姻を結ばなかったことを恨みとしていらっしゃいましたが、今日はちょうど閔の家の若者たちが来ております。窓の隙間から覗いて見てください。私のことばが嘘でなかったことがおわかりになります」

母親は言われたままに窓の隙間から覗いて見て、ふたたび三淵を叱責した。

「お前の眼にはやはり瞳がない。あの青年たちはみな貴人です。名前が後世まで残る大器ではないですか。なんとも残念なことだ。縁戚になれなかったとは」

　その後、はたして母親のことば通りになって、閔公は大いに立身出世したのに対して、李氏は参奉の官になって三十歳で夭折した。夫人の娘自身もその一年前には死んだ。

　夫人はかつて絹の布三反を織り、一反で文谷の官服を作り、二反は蔵の中にしまっておいた。しばらくして、二男の農巖《ノンアム》▼6が科挙に及第しても、朝服に仕立てることを承服しなかった。その後、夢窩《モンファ》▼7が蔭官で及第すると、一反でこれに朝服を作らせ、残りはまた蔵にしまわせた。孫娘の婿である趙文命《チョムンミョン》▼8が及第すると、これにも朝服を作らせた。三人はみな三公にまで昇ったが、夫人の意図は、三公にまで昇らないような人間には絹を分けないということだったのである。農巖が及第して家に帰ると、夫人は眉を顰めて言った。

「まるで山林の修行者のような格好ではないか」

　その後、夢窩が及第して報告に行くと、夫人は笑いながら言った。

「さあ、大臣のお出ましですよ」

▼1【金文谷】金寿恒。一六二九～一六八九。字は久之、号は文谷。諡号は文忠。十八歳で司馬氏に合格、二十三歳で謁聖文科に壮元で及第、官途を歩み、六曹の判書を経て右議政・左議政を歴任して、領議政にまで至った。節義によって名が高かった金尚憲の孫として家学を継承して宋時烈などと交遊し、西人が分裂したときに老論の領袖となった。一六八九年、珍島に流され、そこで賜死した。三人の息子、夢窩・農巖・三淵は当時の名士であった。

▼2【羅良佐】一六三八～一七一〇。文臣。字は顕道、号は明村。尹宣挙の門人として科挙には意を払わず学問に励んだ。宋浚吉などの推薦で何度も官職に任じられたが、そのたびに辞退した。一六八九年、己巳換局で李師命が処刑されると、千里の道を行ってその葬事を執り行ったので、その義侠心を讃えられた。

▼3【三淵】金昌翕。一六五三～一七二二。字は子益、三淵は号、諡号は文康。進士に合格したが、官職には就かなかった。性理学に精通して、二人の兄の夢窩・農巖とともに、李栗谷以後の大学者として名が高い。

一六八九年には、宋時烈とともに禍をこうむり、一七二一年には兄の昌集の流配・賜死に心を痛め、翌年には死んだ。

▼4【趾斎・鎮厚】閔鎮厚。一六五九～一七二〇。文臣。字は静純、号は趾斎。維重の息子で、鎮遠の兄。粛宗妃の仁顕王后の兄に当たる。宋時烈の門人であった。一六八六年、別試文科で承文院に登用された。仁顕王后の廃位・復位によって官職にも浮沈があるが、大司諫・判義禁府事などを務めた。

▼5【丹巖・鎮遠】閔鎮遠。一六六四～一七三六。英祖のときの老論の首。字は聖猷、号は丹巖、諡号は文忠。鎮厚の弟。一六九七年、重試に及第、一七二一年、副提調であったが党禍に遭い、流配。復帰したが、一七二八年にも流配されている。一七二八年には戻されたが、少論の李光佐と争い、蕩平策に反対した。書に優れていた。

▼6【農巖】金昌協。一六五一～一七〇八。農巖は号、字は和仲、諡号は文簡。一六六九年に進士、一六八二年に文科に壮元で及第して、大司成・清風府使などを務めたが、一六八九年の己巳換局で父親の寿恒が珍島に流されて賜死した後、官途を断念し、何度か官職への就任を要請されたが、ついに就かなかった。

▼7【夢窩】金昌集。一六四八～一七二二。景宗のときの老論四大臣の内の一人。字は汝成、夢窩は号で、諡号は忠献。寿恒の息子で、昌協の兄。一六八四年、工曹佐郎のとき、文科に及第して、兵曹参議に昇進したが、父の寿恒が配所の珍島で賜死すると、退官して身を隠した。政局の変化で一六九四年には復帰して領議政となった。一七二一年、延礽君を王世弟に推そうとして、柳鳳輝らに弾劾され、巨済に流されて賜死した。

▼8【趙文命】一六八〇～一七三二。英祖のときの大臣。字は叔章、号は鶴岩、諡号は文忠。一七一三年、文科に及第した後、大提学、五禁門の大将を歴任、一七二八年、武功によって豊陵府院君に封じられた。一七三〇年、右議政から左議政となった。その娘は英祖の夭折した孝章世子の妃となり、世子が真宗と追尊されるにともない、孝純王后となった。

第一二三話……妻を亡くして同病相哀れむ

二憂堂・趙《チョ》忠翼公▼1は妻を亡くして後、深い悲しみの中で過ごした。そのとき兵曹判書であったが、たまたま公事があり、朝早く起きて、兵曹の役人が来て請座[2]するのを待っていたが、なんら消息がない。日がすっかり昇ってしばらくしても来ない。公は大いに怒り、馬を用意させて役所に向った。公は請座の役人を捉えて来させ、棍棒で打つように命じた。すると、その役人は泣きながら訴えた。

「わたくしはこのほど妻を失いましたが、家には三人の幼な子がいます。長男が五歳で、次男が三歳、一人娘は生れて一年にもなりません。わたくしが母親の役割も兼ねて育てていますが、今日の明け方には、起きてみると、娘が泣きだしましたので、隣家の女子に乳を請い、しばらくすると、二人の男の子がひもじいというので、銭で粥を買って食べさせておりました。それで遅れてしまいました。今日は公事があることも、そして大監の威厳も重々に存じています。どうして故意に遅れることなどありましょう」

公はこれを聞いて悲しみ、涙を流しながら、

「お前の事情は私の事情に似ている」

と言って、役人を解き放ち、米と布を十分に与え、子どもを養う援けにさせた。

しかし、思うに、この役人は作り話をしたのかも知れない。公の事情を知って作り話をこしらえ、罪を逃れようとしたのではあるまいか。

▼1【二憂堂・趙忠翼公】趙泰采。一六六〇〜一七二二。粛宗のときの大臣。字は幼亮、号は二憂堂、諡号は忠翼。一六八六年、文科に及第、要職を経て、右議政に至った。老論四大臣の一人として、景宗即位後、延礽君（英祖）を擁立しようとして少論一派と対立、金一鏡などの謀略によって珍島に流されることになり、その後、賜死した。

▼2【請座】役所の下隷が来て役所の長に出勤するように請うこと。

巻の五

第一二三話……趙文命《チョムンミョン》の器を見抜いた兪拓基《ユチョクキ》

文翼公の兪拓基《ユチョクキ》[1]が嶺南の按察使となったとき、慶州を巡察したが、当時、宰相の趙文命《チョムンミョン》（第一二二話注8参照）が慶州の府尹であった。兪公は文命の人となりが大いに有用な人物であるのを知って、その度量を試してみようと思い、ごく小さなことで下役人たちを罰そうとしたが、尋問を命じるべき人がいなかった。そこで、尋問をとりやめ、府尹を振り返って言った。

「私が令監の邑にやって来てみると、尋問して罰を下さなければならない下吏がはなはだ多いが、令監はいかがお思いであろうか」

趙は笑いながら答えた。

「使道はすでに一道の按察使でいらっしゃいますから、下吏たちはみな使道の下人ということになります。その下人たちが罪を犯したのであれば、それに刑杖を加えるのに、わたくしにどんな異論がありえましょう」

その気色は泰然としたものであった。公は笑って言った。

「私は今回の巡行で一人の大人を手に入れた」

その後、兪公は正卿[2]として出仕するようになり、楊州牧使に任じられたが、趙相の方はこのとき摠戎使の官職についていた。楊州は摠営の管轄下にあり、兪公がある日、摠戎使[3]に刺を投じて挨拶をして門を出ようとすると、趙相が笑いながら言った。

「以前、私が大監の前でそのように挨拶をしましたが、いまは大監がその挨拶をなさる。世間のことはわからないものです」

兪公はじっと見返し、笑いながら、言った。

「残念なことだ。あなたは首相にはなることができない」

趙公は果たして左議政には昇ったが、領議政にはならなかった。古人はこのように一言で人の地位の限度を言い当てたものであった。

▼1【兪拓基】一六九一〜一七六七。英祖のときの文臣。字は展甫、号は知守斎、諡号は文翼。一七一四年、文科に及第した。景宗のとき、王世弟冊封奏請使として清に行ったが、帰国の後、党人たちの排斥を受けて海島に流された。ふたたび大司諫に登用され、領議政にまで至ったが辞退した。
▼2【正卿】正二品の官職にある議政府の左・右参賛、六曹の判書、漢城判尹。
▼3【摠戎使】摠戎庁の長官である従二品の文官職。

第一二四話……雪岳山の永矢庵と金昌翕《キムチャンフブ》

三淵・金先生の諱は昌翕《チャンフブ》（第一二一話注3参照）である。晩年には雪岳に居住して「永矢」を庵の名前とした。僧侶とともに住まっていたが、ある日、同房の僧侶が虎に食われてしまった。三淵翁は文章を作ってこれを弔ったが、悲しみに堪えなかった。

数日後、婿の李徳載《イトクチェ》▼1がやって来て拝礼したが、そのとき、徳載の年は十六、七歳であった。三淵翁は虎のはなしをして、けっして外に出るなと戒めた。しかし、夕食後、李公はどこかに行って姿が見えない。三淵翁が大声で呼び続けたが、それに応える声がない。初めて大いに驚き、僧侶たちを集め、松明を焚いて探し回った。月の光も明るく照らす中、李公は後ろの山の頂に座っていた。三淵翁はそれを見て叱りつけた。

「私は言わなかったか。さきに同房だった僧侶が虎に食べられてしまったと。お前は年少のくせして、この暗い中、たった一人で山に登って、もし虎か豹がいたら、どうするつもりだったのだ。お前は長者の教えをどうして聞けないのだ」

李公は笑いを噛み殺しながら言った。

「同房の僧侶が虎に食べられたのに、そのままに放っておけば、父上の心の病はいっそう募ってきましょう。そこで、私がすぐに山に登って、大虎を刺し殺して、その僧侶の仇を取ってやったのです」

三淵翁はそのことばを信じずに言った。

「どうしてそんなことができようか」

次の日の朝、僧侶たちがみな集まって行って見ると、山の麓のこんもりしたところに虎がめった刺しにされて倒れていた。李公が絶倫の力で剣をよく使ったので、虎を負かすことができたのであろう。

▼1【李徳載】一六八三～一七三九。文臣。字は厚卿。金昌翕の弟子であり、また婿であった。一七二五年、増広文科に及第して承文院に入ったが、喪に服しているときに李麟佐の乱が起こると従軍して功を立てた。末年には党争に嫌気がさして、地方官を渡り歩いた。

第一二五話……盗賊の頭になったソンビ

進士の金某は知略があったが、家が貧しかった。気宇は大きくても志を得ることができず、いつも鬱々として楽しまなかった。ある日、宰相の息子の進士と約束して、次の日いっしょに東郊に行き、親友の返虞[▼1]を弔うことにした。当日、夜が明ける前に、ある人がやって来て言った。

「某家の某が馬を送って、『聞くところでは、友人某の返虜が未明に帰って来たので、われわれも未明に城を出ることにしよう。人と馬とを送ったので、早く乗って来い』ということでした」

金生はこのことばを信じて疑わず、馬に乗って城を出たが、まるで飛ぶような早さであった。鍾巖に着いて、金生が尋ねた。

「お前の家の上典（主人のこと）はどこにいるのだ」

男が言った。

「すぐ先にいらっしゃいます」

そこでさらに馬に鞭を加えて楼院に到ったが、まだ日は上がっていなかった。街道をたどって某所に着くと、そこにはまた筋骨たくましい男が鞍馬を用意して待っていて、もう一人の別の男が酒と肴とを供した。金生はいよいよ怪しく思って、尋ねた。

「お前たちはいったい何者で、何をしようというのだ」

その人が答えた。

「ここでは何もおっしゃらず、ただ酒と肴を召し上がってください。馬を乗り換えて行かれれば、おのずとわかります」

金公はやむをえず、言われるままに行くことにして、道を進めること五、六十里、また前と同じように鞍馬と酒とが用意してあった。昼夜をおして数日のあいだ行くと、ある場所に至ったが、そこには四方を山に囲まれた中に一つの邑があり、人家が櫛比《しっぴ》していた。中に大きな建物が一つあり、そこは役所のようで、紅い門が三つあった。馬から下りていくつかの門を通って中に入って行くと、一人の男が布団をかぶって寝ていた。左右に侍っていた美しい女たちが男を援け起こしたが、その気息は奄々としている。男が金生に向って言った。

「私もまたソウルの人間だが、この地にふとしたことからやって来て、幾年も過ごしてしまった。いま、病に陥り死期を迎えてしまったが、私の代わりになる者がいない。君の知略を噂に聞いて、こうして迎えたのだ。逃げようとすれば、大きな禍となるから、そう思うがよい。私は確かに盗賊の頭だが、いまだかつて人倫にもとるようなことはしたことがない。貪官汚吏や吝嗇で人に施すことを知らない富者たちの財物で、取ってよいものを取っただけのこと。しかも、それらは手下たちのために分けたのだ。君は私に代わってこれを行なってほしい。人はこの世に生れ出て、功名は天にある。人力でどうすることができようか。ここに座って、手下たちに号令するのはどうであろうか。歌姫や踊り子とともに山海の珍味を味わえないわけではない。けっして公卿、大夫の地位に劣るものではない。どうだ、やってくれないか」

そう言い終わると、もう何も言わず、ふたたび横になった。金生はこれが盗賊の首領であることがわかって、大いにおどろいたものの、その場を逃げ出す方途も見つからず、ただじっと座っていた。将校のような十人余りの者がやって来て、庭の下で挨拶をした後、手下たちが一斉にやって来て拝謁して、金生に糸笠と藍袍を身にまとわせた。酒や料理でもって豪勢にもてなされたが、その晩、盗賊の首領は死んだ。一党はみな悲しんで真心をこめて初喪を行なったが、はなはだ壮麗に執り行なわれ、成服の後、後ろの山の麓に埋葬された。

金生はそうして七、八日を過ごしたが、すると、一党の中で言う者がいる。

「前の頭が死んで新しい頭がいなさるが、今に到るまで十日にもなって、何も謀りごとをせず、計画も出されない。これじゃただの穀つぶしではないか。どんな使い道があるというのか。もうしばらく待って、このままであったなら、殺してしまうほかにない。他の人間を探す方がいいであろう」

金生はこっそりとこの話を聞いて、恐ろしくなって、翌朝、大殿に座って、主校を呼んで尋ねた。

「前のお頭の葬礼もまだ終わらず、尋ねる暇もなかったが、今、陣中の食糧は不足してはいないか」

首校が答えた。

「若干のものを貯えていましたが、この葬式で使ってしまいました。もうほとんど残っていませんので、はなはだ心配です」

金生が言った。

「明後日、みなを分けて仕事に行かせるのがよかろう。命令板を持って来い」

その首校が命を受けて出て行き、まもなくして帰って来た。命令板の中には盗みに押し込む家が列挙してあった。金生は中でも永興の朱進士の家に線を引いて選び出した。首校がひれ伏して言った。

「この家は確かに巨富を積んでいますが、実際には盗みに入れそうにもありません。その邑内の四、五百戸の家がすべて奴婢の眷属であり、門の楣《のき》に大きな鈴を掛けていて、その鈴をつないだ綱はすべて一本の綱に繋がって、主人の家にまで達しているのです。主人の家でいったん事があれば、綱を引きます。すると、邑内の鈴が一斉に鳴りだすことになります。忍びこんで、もしそうなったら、到底、もう出てくることができません。これをいったいどういたしますか」

金生はこれを叱りつけた。

「首領がすでに命令を下したのだぞ。たとえ火の中、水の中であろうと、行くのを拒んではならない。どうしてお前は私のことばに背いて、みなの心を動揺させるのだ」

即刻、首校を縛り上げ、棍棒で六、七度ばかり打たせて、ふたたび言った。

「それなら、これは私がみずから行くことにしよう」

次の日、金生は営裨[2]のような格好をして、青い天翼[3]に将牌[4]を佩びて、大きな箱や籠のようなものを数十駄ばかり馬に積ませた。後に従う人はみな駅卒のような格好をしていた。日が暮れるころ、馬を駆けて朱進士の屋敷に到ったが、咸境道の役所に進上する品物を管理して行く裨将だと名乗って門の中に入って行った。

朱進士はあわてて出迎え、挨拶を交わしたが、その後、金生は朱進士に言った。

「これは役所に特別に進上する品々です。貴重なものがありますので、これを母屋の中に置かせていただきたいのですが」

主人はそのことば通りにさせ、夕食を用意してもてなした。晩になって、主人と枕を並べて眠った。主人が眠り、夢の中で胸が苦しく圧しつけられる感じがして、おどろいて目をさましてみると、営裨が胸の上にまたがっていて、手に剣を振りかざして言った。

「私は営裨などではなく、盗賊の頭だ。お前がもし声を上げれば、この剣で切ってしまおう。銭と絹布のあるところを言えば、助けることもできるが、そうでなければ、お前の命は今夜、終わることになろう。さて、命が大事か、銭や絹布が大事か」

主人の顔色は土色に代わり、恐怖で背中には汗をびっしょりと流しながら、哀願した。

「わかりました。わかりました。おっしゃる通りにしましょう。どうか私を殺さないでください」

盗賊の頭は許して、連れて来た手下を呼んで、倉庫を開けさせて洗いざらい物色させた。そうするうち、家中の者たちはみな驚き動揺したが、あるいは主人に近づこうとする者がいれば、主人はただただ言うだけであった。

「私に近づいてはならない。倉庫の中の品物は盗られるのに任せておけ」

盗賊の群れは倉庫のなかに押し入って、絹布や綿布の類、銀や銅銭の類を洗いざらい持ち出して馬に載せた。この家の牛馬まで引いて来させ、これに荷を載せ、邑の入口まで運ばせた。左手では主人の手を捉え、右手には剣を執って門を出て行き、邑の外まで至って、やっと主人の手を放し、さっと馬に乗ると、そのまま疾風のように立ち去った。このとき、一行の所得は数万金に及んだ。仲間たちは金生を神だと言った。

それから四、五日が過ぎ、また命令板を持って来させ、今度は釈王寺に線を引いて選び出すと、首校がまた諫めた。

「この寺のある谷にはただ一筋の道が通っているだけです。もし深く入って行き、官軍が入口を塞いでしまったら、出ることができません。そのときには、どうしますか」

金生は出て行けと叱責して、言った。

「今回も私が行くことにしよう」

そうして、咸興の中軍の服装をして、大勢の手下を引き連れていったが、数名を賊徒に見せかけ、紅い綱で縛り上げて後ろについて来させ、寺の中に入って行った。楼閣の上に座って、仲間たちを中に入れて、拷問の道具を用意させせると、僧侶たちを呼んで、出て来るままに捕縛して、四、五百人の僧侶を一斉に縛り上げた。その後は方々を調べ回って、仏器や銭や絹布の類を手当たり次第に持ち出して馬に積んで、鱗のように列を成して出て行った。そのとき、数人の僧侶だけが山に入って柴を刈っていたが、この有様を見て、急いで安寧の役所に駆けつけた。守令は大いに驚いて、急いで奴令と軍校を派遣して邑の入口を塞がせた。盗賊の群れはこのことを聞き、金生に知らせた。すると、金生は仲間の四、五人の頭を剃らせて僧侶に仕立て、顔には血の痕をつけさせ、痛々しい声を上げさせて、官軍に向って言わせたのだった。

「盗賊たちは後ろの山を越えて逃げました。官軍は急いで後ろ山に回ってください。この邑の入り口を守る必要はありません」

官軍はこれを聞いて、急いで後ろの山に回った。金公は邑の入り口から出て立ち去った。こうしてふたたび手に入れた銭布は数百駄にも及んだ。軍資は有り余るほどであった。このようにして計略を立てて手に入れたものは、これだけに留まらなかった。

こうして、三、四年がたって、金生は仲間たちを呼び集めて、言った。

「お前たちは平民として飢えと寒さに耐えられずに、盗賊に落ちぶれた。しかし、こんな生活を長く続けてはならない。お前たちに銭と布を十分に分け与え、衣食ともに満ち足りれば、どうして今の生活を続ける必要があろう。私もまたこの生活にしがみつくものではない。倉庫の中にある品物をそれぞれ均等に分けて故郷に帰り、平民として暮らすのがいいだろう。お前たちはどう思うか」

盗賊たちが言った。

「大将の命令に従わないわけにはいきますまい」

金生は積み上げられた品々を各自に均等に分け与えた。住居には火をかけ、馬に乗って山間を出て、故郷の家に帰って行った。

▼1【返虞】葬礼を行なった後に家に帰ってくる節次。
▼2【営裨】「裨」は補う意で、監営の副将。
▼3【天翼】武官の公式の服装。堂上官は紺、堂下官は紅。
▼4【将牌】軍官・裨将たちが腰に帯びる木でできた牌。

第一二六話……酒を好んだ閔鼎重《ミンチョンジュン》と維重《ユジュン》兄弟

老峰・閔鼎重《ミンチョンジュン》▼1と弟の驪陽・閔維重《ユジュン》▼2とはその友愛がはなはだ敦篤であった。二人ともに酒を大いに好んだので、父親の監司公・閔光勲《クァンクン》▼3はいつも大酒をつつしむようにたしなめていた。父の監司公が江原道を治めていたとき、兄弟はいっしょに会いに行き、数日のあいだ、滞在した。すると、兄は亜銓▼4に、弟は副学にそれぞれ任じるという命が同時に着いた。

この日、閔公は兄弟に酒を飲むのを許したが、二人は向かい合って飲んで大いに酔っ払った後、客舎を出た。庁殿にどっかと座ってさらに酒をもって来るように下人に言ったが、下人は監司公の戒めを盾に酒を差し上げることができないと言った。二人は酔っ払って大声で、

「お前の主人は別星▼5を接待するのに、まったくもって不当ではないか」

と叫んで、昏睡してしまった。

酔いからさめて、酒の上で失言したのを知った。兄弟は大いに慌て、門の外に蓆を敷いて座して詫びたが、公は笑って責めることはなかった。

▼1【閔鼎重】一六二八～一六九二。粛宗のときの文臣。字は大受、号は老峰、諡号は文忠。江原道観察使・閔光薫の息子。一六四九年、進士に合格、成均館典籍、湖南御史などの要職を歴任、仁祖のときにすでに賜

死していた姜嬪（昭顕世子嬪）の無実を上疏して、王にその忠誠心を認められた。一六八〇年には左議政に昇進したが、一六八九年に張氏が王の寵愛を受けて仁顕王后が廃位になったとき、碧潼に流されて死んだ。仁顕王后は弟の維重の娘である。

▼2【維重】一六三〇～一六八七。粛宗の舅。仁顕王后の父。字は持叔、号は屯村、諡号は文貞。一六五〇年、文科に及第、官職は領敦寧府事に至り、驪陽府院君に封じられた。老論の中心人物として活躍したが、常に礼を重んじた。宋浚吉に学び、宋時烈を師匠として、その栄光と苦難をともに分かち合った。

▼3【閔光勲】一五九五～一六五九。一六一六年、進士に合格、一六二八年には謁聖文科に壮元及第した。一六五二年、承旨となり、翌年には江原道観察使となったが、災変を報告しなかったことで辞職した。後に復帰して兵曹と工曹の参議となった。

▼4【亜銓】吏曹と兵曹の参判の異称。

▼5【別星】王の命を受けた臣下で復命の使者を言う。

第一二七話……貧しい婿を選んだ申銋《シンイム》の人を見る眼

判書の申銋《シンイム》▼1は号を寒竹堂といったが、人を見る眼があった。一人息子を亡くし、その忘れ形見として孫娘が一人いたが、その年は十五歳であった。寡婦になった嫁がいつも舅に言った。

「この娘の新郎はかならずお義父さまご自身がその人となりを見て選んでください」

申公が笑いながら言った。

「お前はどんな新郎がいいのかね」

嫁は答えた。

「寿命は八十歳まで長生きして、地位は大官に到り、家は豊かになり、息子をたくさん残すような新郎です」

公はふたたび笑いながら言った。

「世間にどうしてそのように何から何まで備わった人物がいよう。もしいたにしても、そう簡単には婿にすることはできまい」

その後も出入りするたびに新郎にふさわしい者がいるかどうか、同じような問答が続いたものだった。

ある日、公が輿に乗って壮洞を過ぎた。たくさんの子どもたちが楽しそうに遊び騒いでいたが、その中に年のころなら十三ばかり、蓬頭突鬢《ほうとうとつびん》、ぼうぼうの髪の毛をして竹馬に乗って左右に飛び跳ねている子どもがいた。公が車を止めてじっと見ていると、衣服は小さくなって身をおおわず、河目海口《かもくかいこう》といった様子で骨格が非凡である。そこで、下人に連れて来るように命じたが、子どもは首を振って来ようとはしない。それで下人たちみなを行かせてやっとのことで連れて来させたが、暴れながら大声で叫んだ。

「いったいどんな人が私を捉えて行こうと言うのか。私がどんな罪を犯したと言うのか」

下人たちが抱きかかえるようにして公の輿の前に集まると、公が言った。

「お前はどんな家がらの人間なのか」

「家がらなんぞ知ってどうするのだ。私は両班だ」

公がまた尋ねた。

「お前の年はいくつで、お前の家はどこにあるのだ。そしてお前の姓名は何と言うのだ」

子どもは答えた。

「徴兵の名簿でも作っているのかい。どうして姓名や住所を聞くのだ。私の姓は兪で、年なら十三歳だ。家は向こうの洞にある。でも、どうしてそんなことを聞くんだい。早く離して行かせておくれよ」

公は子どもを行かせ、すぐにその家を訪ねると、風雨をやっとしのぐばかりの陋屋《ろうおく》に寡婦となった母夫人だけがいた。その家の婢女を呼びだして、公はことばを伝えさせた。

「私は某洞に住む中某で、孫娘が一人います。その孫娘の結婚相手を探していましたが、今日、お宅のご子息との婚姻を決めようと訪ねてまいりました」

そうしてその家を去ったが、下人たちにはこのことをまだ口外しないようにと戒めた。日が暮れて家に帰ると、寡婦の嫁がいつものように婿について尋ねたので、公は笑いながら言った。

「お前はどんな新郎を望むのかな」

嫁がまた前と同じことを言ったので、公は笑いながら言った。

「今日、それが見つかった」

嫁は喜んで尋ねた。

「それはどなたの息子さんで、家はどちらにあるのでしょう」

公が答えた。

「家を知る必要はない。いずれ、自然にわかるであろう」

結納の日になって、初めてその家のことを言った。そこで、嫁は事理をわきまえた老婢をやって、家の貧富と新郎の美醜を見させたが、老婢は帰って来て告げた。

「家は小さな数間しかない陋屋で、風雨も凌ぐことができません。竈の下には苔が生え、鼎の中には蜘蛛の巣が張っていました。新郎の容貌を言えば、目は籠のようにへこんで、髪の毛はぼうぼうで蓬のようで、一つとして取るべきところはありません。わが家のお嬢さまがあの家に嫁入りされれば、きっとみずから杵を執って臼に向わなければなりません。お嬢さまは花や玉のように大切に育てられ、絹のような繊細な性質です。どうしてあのような家に嫁がせることができましょう」

嫁はこの話を聞いて、魂が飛び去り、肝が抜け落ちる思いがしたが、すでに結納の日になっていて、もうどうすることもできない。そこで、涙を飲んで新郎を迎える支度をした。翌日、新郎がやって来て婚礼をしたが、夫人が新郎を子細に見ると、老婢が言った通りに、まさに憎むべき容貌であり、心が砕ける思いがした。三日が過ぎて、新郎は実家に帰ったが、夕食のときには舞い戻って来た。

申公が、

「新郎はどうしてもどって来られたのかな」

と聞くと、新郎が答えた。

「家に帰っても夕食が食べられない。それで、こちらに帰って来る人馬といっしょに私もまた帰って来ました」

公は笑いながら言った。

「それなら、ここにいらっしゃるがよい」

いつも新婦の家に留まって、毎晩、新婦と床をともにした。新婦は弱い体質であったから、新郎に苦しめられ、ほとんど病気になりそうであった。公は心配して、たしなめた。

「あなたはどうして毎晩のようにあちらでやすまれるのか。今日は外房に出て、私といっしに寝るのがいいだろう」

新郎が言った。

「おっしゃる通りにいたします」

夜になり、公が就寝するとき、新郎は寝具を前に敷いた。しばらく眼を閉じていると、新郎がいきなり公の襟首を手で捕まえた。公がおどろいて、

「これはいったい何事か」

と聞くと、新郎は、

「私は寝場所が不安なとき、寝ぼけてこのようなことがしばしばあります」

と答えた。公が言った。

「以後はこんなことをしてはならない」

「わかりました」

しかし、しばらくすると、また足で蹴って、公の目を覚まさせたので、公は叱責した。その後も、手で打ち、足で蹴るのを繰り返す。公はその苦痛にたまらず、言った。

「お前は内に入って寝るがよい。私はお前といっしょには眠れない」

新郎は寝具をまとめて奥に入って行ったが、その夜は親族の婦人たちがたまたま集まっていた。新郎の姿を見ておどろいて立ち上がり、みな別の部屋に退散した。新郎は大きな声で叫んだ。

「一家のご婦人がたがみな出て行かれ、ただ兪夫人だけが残ったのはまことに好都合。今夜も楽しもうではないか」

こんな具合だったから、新婦の家では上下の者みなが新郎を憎み嫌った。

申公が黄海道の按察使となり、婦人たちも連れて行くことにしたが、兪郎も陪行するようにした。未亡人が言った。

「兪郎は連れて行かないでください。しばらくここに留めて、娘の体を休ませる方がよろしいと思います」

公は許さず、やはり兪郎を連れて言った。

任地で墨を朝廷に進上することになり、公が兪郎を呼んで尋ねた。

「お前は墨が欲しいか」

兪郎は答えた。

「いただきたいです」

公が墨を示しながら言った。

「自分で好きなだけ選ぶがよい」

兪郎はみずから大きな墨を百同▼2選んで取り分けた。監営の裨将が言った。

「このようなことをして、献上物の量が不足するのではないかと心配です」

公は言った。

「それなら、もう一度作らせればいい」

兪郎は書室に戻ると、下人たちに墨を分け与えて、一つも残さなかったと言う。

兪郎というのは、すなわち兪拓基（第一二三話注1参照）のことである。享年は八十であった。四人の息子がいて、家は富裕であった。申公はこの人物を見抜いたのだ。

その後、兪公は黄海道の観察使になったが、婿である南原・洪益[3]を連れて行った。ふたたび墨を献上するときに当たって、洪郎を呼んで好きなように選んでいいと言うと、洪郎は大きな墨を二同、普通の大きさの墨を三同、そして小さな墨を五同、それぞれ取り分けた。公が言った。

「どうしてもっと取らないのか」

洪郎が言った。

「おおよそ道具というのは用途が限定されています。私がもし数を取ったら、献上の方はどうしますか。ソウルの友人たちは何と言うでしょうか。私はこれを満足して使うことにします」

公は洪郎をじっと見つめて、笑いながら言った。

「何とも堅実だ。またとない堅実さだ。蔭官[4]の資質と言うべきだろう」

果たしてそのことば通りだった。

▼1【申銋】?〜一七二五。粛宗および景宗のときの文臣。号は寒竹。威風堂々として若いときから大人の風格があったという。一六八六年、文科に及第、延安太守となって治績があった。承政院承旨、大司諫、大司憲などを歴任した。一七二二年、金一鏡などが変を企んだのに抗議して済州島に流され、景宗即位とともに許されて帰って来る途中、海南で客死した。領議政を追尊された。詩と書にすぐれ、清貧に一生を終えた。
▼2【同】墨十丁を一同とする。
▼3【南原・洪益】洪益という人を探し出すことができない。洪益三という人が卒したことが『朝鮮実録』英祖三十二年（一七五六）八月壬戌に見える。益三は孝宗の外孫の洪致祥の孫で、文識もなく、廉白でもなかったが、気概があって、事に処するに卑しくなかったとある。
▼4【蔭官】良家の子弟で科挙を経ずに得る官職。

第一二八話……太守の馬鹿息子を教えた大師

陜川の太守の某は年が六十歳ほどであったが、息子が一人だけいて、溺愛するあまり、教育を疎かにしてしまった。十三歳になっても、目に一丁字もなかった。海印寺に大師がいて、以前から親しく役所に出入りしていた。ある日もやって来て、大師が言った。

「ご子息はすでに成童（十五歳）になったにもかかわらず、まだ学問を始めていない。どうなさるおつもりか」

太守が言った。

「文字を教えようとしても、怠惰で言うことを聞かない。鞭で打つこともできず、この事態に到ってしまった。本当に困り果てているのだ」

大師が言った。

「士大夫の子弟が若いときに学ばなければ、世間に見捨てられてしまうだろう。もっぱら可愛がるだけで、日々の勉学をないがしろにさせるおつもりか。その人物も学問次第で有為の人になるはずなのに、このようにほったらかしでは、まことに惜しいことだ。私がこれから教えようではないか。あなたは私に任せることができるだろうか」

太守が言った。

「今まであえてお願いしなかったが、もともとそうお願いしたかったことなのだ」

「それなら、一つだけ誓ってほしいことがある。生死を私の意のままに任せ、課業を厳しく立ててもいいという旨を文章に書き、印鑑を捺して、私に渡してほしい。またひとたび山寺に子息を送った後は、その機会が来るまで、官婢などをけっして行き来させないで、恩愛を断ち切ってくれれば、事は成就しよう。衣服と食事については私の方でがまかなうが、もしお送りになるものがあれば、僧徒たちが往来するのに托して私宛てに送ってくれればいい。あなたはしばらくそうしてほしい」

太守が言った。

「おっしゃる通りにしよう」

そうして、文書を書いて判を捺して渡した。その日、息子を山寺に送り出して後、往来を断って消息を交わすことはなかった。

その息子は山寺に登って、あちこちとうろつき回っては、年老いた僧などをあなどって、頬にびんたを食らわせて辱め、やりたい放題であった。大師は見ていても黙っていて、息子のなすに任せた。

四、五日が過ぎて、朝、大師は山型の頭巾をかぶり、僧衣を端然と着て、机に向って膝を折ってすわり、三、四十人の僧がそれに侍して粛然として座に着いた。大師が一人の阿闍梨に命じて息子を引っ捉えて連れて来るように言った。息子は抵抗して、大声で泣きながら罵った。

「お前のような坊主風情がどうして両班をこのように侮辱するのか。私が帰ってお父さんに告げたら、お前なんぞ打ち殺されるぞ」

さらに続けて、

「千遍も、万遍も殺してやる。この禿げ頭め」

と言って、死んでも来ようとしなかった。大師は大きな声で叱りつけ、大勢の僧侶を促して縛りつけてでも連れて来るようにさせた。僧侶たちが一斉に飛びかかって縛り上げて連れて来ると、大師は手記を取り出して示しながら言った。

「お前のお父上がこれを書き認めて私に下さった。これより後は、お前の生死は私の手の中にある。両班の子弟として目に一丁字もなく、悪事を事として生きていていいものか。このような悪習を改めなければ、お前の家門は滅びてしまう。私が科す罰を受けるがよい」

錐の先端を火で焼いて真っ赤になるのを待って、息子の太股を突き刺した。息子は気絶したが、しばらくすると気を取り戻す。すると、また大師が焼けた錐で刺そうとするので、息子は哀願して言った。

「これから以後は命令に背きません。どうか焼けた錐で刺すのは止めてください」

大師は錐を手にちらつかせ、脅したり、すかしたりして、しばらくしてやっと、息子の縄をほどかせた。そうして、自分の近くに来るように言って、まずは『千字文』を教授することにしたが、日課を組んで、少しも休息することを許さなかった。

息子もすでに子どもではなく、思慮もついている。一を聞けば、十がわかり、十を聞けば、百がわかる。四、五ヶ月の間に、『千字文』と『資治通鑑』に通暁するようになった。昼夜を分かたず熱心に勉強して怠ることがなかったので、一年余りすると、文理も大いに修得した。寺にこうして三年のあいだ留まって、学問も大成した。しかし、読書するときには、いつも心の中で独り言を言っていた。

「私がこの山の坊主どもに侮辱されたのは、学問がなかったからだ。私は熱心に勉強して科挙に及第した後には、かならずこの僧をたたき殺して、これまでの憤りを晴らしてやる」

そうした一念をもって怠ることなく、さらにいっそう勉学に励んだ。大師もまた科挙の勉学を勧め、ある日、前に呼んで、言った。

「お前の勉学も十分に進んで、もう科挙を受けるところまで来た。明日はいっしょに山を下りよう」

翌日、いっしょに山を降りて、役所を訪ねた。

「これまで文章が日進月歩で進んできました。科挙に及第した後には文任を他の人に譲ることはないでしょう。わたくしはこれでお暇します」

大師は挨拶をして、山寺に帰って行った。

息子は結婚して嫁を迎え、上京して科場に出入りするようになり、数年後には及第した。二、三十年の後には嶺伯（慶尚道観察使）となり、はなはだ喜んで、心の中でつぶやいた。

「私はこれで海印寺の僧を殺して、前日の恨みを雪ぐことができる」

道内の巡察に出ることになり、刑吏に命じて棍棒を作らせ、棒で叩くのに巧みな人間を四、五人選ばせた。山寺についたら、あの僧を叩き殺そうと思ったのである。

しかし、一行が紅流洞に到ると、老僧が大勢の僧たちをしたがえて道の左側で恭しく出迎えた。観察使は輿から下りると、今までの気持ちとは裏腹に、老僧の手を捉え、まごころをこめて久闊を叙した。

老僧は欣然と笑って言った。

「この年寄りは幸いに死にもせず、観察使の威儀を拝見することができました。この上ない幸せです」

いっしょに寺に入って行くと、老僧が頼んだ。

「私が居住する房はまさにあなたが以前に勉強されたところです。今晩はここで私と枕を並べてお休みになってはいかがでしょう」

観察使はこれを承諾して、一つの房にやすんだ。夜が更けて、老僧が言った。

「あなたはここに連れて来られて勉強を強いられたとき、きっと私を殺したいと思ったことでしょう」

「そう思ったものだった」

「科挙に及第して観察使に登用されても、まだそう思っていたのではありませんか」

「その通りだ」

「巡察にまわることになったとき、心に誓って私を叩き殺そうと、刑杖を特別にこしらえ、自分で杖を執ろうとまで思ったのではありませんか」

「それもその通りだ」

「ところが、それなら、どうして叩き殺さず、輿から下りて懇ろに挨拶までなさったのか」

観察使がこれに答えた。

「子どものときの恨みは決して忘れることがなかったが、あなたの顔を見た途端、氷が融け、雲が散じるように消え去って、油然《ゆうぜん》として喜びだけが沸き起こってきたのです」

老僧も言った。

「私が推測しますところ、あなたの地位は大官に到ることになりましょう。某年某月某日には平壌按察使となられます。そのときに、私は弟子の僧をやりますので、あなたはこの僧を私と同じように懇ろに世話をして、同じ房にやすまれるのがよいでしょう。私のことばを忘れずに、きっとそうしてください」

観察使が同意すると、老僧はこれに一枚の紙を指示して言った。

「これはあなたのために一生の運命を推量して年ごとに記したものです。享年がいくつで、地位は何品まで昇るか、はっきりとわかるものですが、今言いました平壌でのことはけっして忘れてはなりません」

観察使は謙虚に、

「はい、わかりました。おっしゃるとおりにしよう」

と答えた。

翌日には、僧に米と絹と銭と木綿などを多く与えて、寺から帰って行った。

その数年後、はたして観察使は平壌の長官になった。ある日、門番が告げた。

「慶尚道陜川の海印寺の僧がやって来て、拝謁したいそうです」

長官はおどろいて僧のことばを思い出し、すぐに中に入らせた。その僧を房に上がらせ、袖を捉えて膝が接するほど近くに座らせて、師僧の安否を尋ねた。膳を並べて夕飯を食べ、夜になるとともに寝た。夜が更けて、オンドルが熱くなりすぎたので、巡察使は寝返りを打って、夢うつつの中に、生臭い臭いをかいだ。手で僧の方をさぐると、ぬるぬるとしている。人を呼んで灯りを点させて見ると、僧の腹には刀が突っ立って、血が床一面に流れていた。長官はおどろいて、すぐに死体を外に運ばせ、厳しく調べさせた。するると、長官が寵愛した妓生は官奴と私通していて、男も女も狂っていた。そのために遺恨を抱き、長官を刺し殺そうとした。オンドルの焚き口に近いところに寝ているのがそれだと考えて、僧を刺したのだった。長官はすぐにこれを捕まえて厳しく罰し、一つ一つを法にのっとって処置して、死んだ僧の遺体と葬具を海印寺に送り届けた。

大師はあらかじめこのような災厄があるのを知っていて、弟子の僧をやって代わりにこの災厄を受けさせたのであった。その後、長官の功名も寿命もすべて大師の占った通りであった。

第一二九話……ともに一人のソンビの妻になった三人の女ともだち

ソンビの柳某はもとはソウルの人である。はやくから文名があり、二十歳で司馬に及第したが、家ははなはだ貧しかった。水原に住んでいて、その妻の某氏というのが実によくできた女で、裁縫をして生活を助けた。

ある日、門の外に一人の女子がいて剣舞をよくすると言う。柳生はこれを中庭に呼び入れてその技芸を見ることにした。女が入って来て、柳の妻をじっと見ていたが、いきなり母屋に上がり、互いにしっかと抱きあって大きな声で泣き始めた。わけがわからず、妻に尋ねると、幼馴染みなのだと言う。そこで、剣舞を見ることもなく、数日を滞在させてもてなし、そうして送った。

そうして五、六日が過ぎて、前の通りを見ると、新しい輿三台が駿馬につながれ、婢女が二列になって先導し、馬に乗った人と後ろにつき従う一行がまっすぐに柳某の家に向って来た。

柳は不審に思い、人をやって、いったいどなたの一行が自分の家に間違ってやって来られるのかを尋ねさせた。しかし、下人はそれには答えぬまま外門を入り、中門のところに輿を下ろすと、輿の中の人は内房に入っていき、人と馬は酒幕の方に立ち去った。柳ソンビは前に倍して不審に思い、内房の妻に一筆を送って尋ねたが、後にはわかることだから、あえて尋ねないでほしいという。この日の晩から、飯とおかずが豊富に出され、山海の珍味がそろって出された。心の中にいっそう疑いが増して、また内房に尋ねたが、腹を満たすことさえできれば、お尋ねになる必要はない、いずれおわかりになるはずだからと答えた。次の日の朝食も夕食もまた同じだった。数日が過ぎて中から、ソウルに行く旅仕度をして欲しいと言ってきた。柳ソンビはいよいよ不思議に思い、妻と顔を合わせて、尋ねた。

「ご一行はどこからやって来られたのか。朝夕の食事がどうしてこのように大量なのか。ソウルに行くというのはどんな理由があってのことか。どのような旅装をして旅をなさるつもりか」

その妻が笑って言った。

「これもまた尋ねる必要もないことで、後にはかならずわかります。ソウルに行く人馬のようなことは懸念なさらないでください。私が準備をします。ただ旅の心づもりだけなさってください」

柳ソンビは怪訝ではあったが、ただ妻のなすがままに任せた。次の日、三台の輿が前のように馬につながれ、自身の乗る馬もまた鞍を置いて用意されていて、柳ソンビはただそれに乗って後に従うだけであった。

ソウルの南門に到着して、会洞の大きな屋敷の中に入って行った。三台の輿は門の中に入って行き、自身は中大門の外で下馬して入って行くと、空き家が一軒あって、そこには蓆が敷いてあり、書籍と筆・硯などの類、痰壺・尿瓶などの道具が左右に並べてあった。冠をかぶった数人が召使のような姿で侍っていて、雑用の奴婢四、五人が庭に侍していた。柳ソンビが尋ねた。

「お前たちは誰だ」

「みなこの屋敷の奴婢です」

「この屋敷はどなたの屋敷だ」

「進士ご自身のお屋敷です」

そこでまた左右に並べられた家具などはどこから来たものかと尋ねると、

「すべてご自身がお使いになるためのものです」

柳ソンビはまるで雲霧の中にいるようでおどろき、戸惑った。夕食後、灯りを点して座っていると、その妻が手紙を書いてよこした。

「これから素晴らしい美人をそちらに行かせます。独り寝のさびしさを紛らしてください」

柳ソンビが、

「美人というのは誰のことか、これはいったいどういうつもりだ」

と答えると、その妻は答えた。

「いずれおわかりになります」

夜が更けた後、従者たちがみな外に出ると、中の門から二人の女童が一人の絶世の美人の手を引いてやって来た。美しく化粧をしていて、灯りの下に座っていると、侍婢が布団を敷いて出て行った。ソンビがいったいどなたかと尋ねたが、笑って答えようとしないので、そのまま寝床の中にいっしょに入った。

次の日の朝、その妻が、

「新しい女の方が参られたのをお祝いします。今晩はまた別の女の方を参らせます」

と言った。

ソンビはいったいどうしたのか、その理由を尋ねたが、なにも答えず、ただ妻のことばに従うしかなかった。その晩、また前夜と同じように、侍婢が一人の美人を連れてやって来たが、その顔をよく見ると、はたして前夜の美人とはまた別人であった。ソンビはこの美人ともいっしょに寝た。次の日の朝、妻はまた文章で祝った。

午後になって、門の外で突然に先払いの大きな声が聞こえてきたが、下人がやって来て告げた。

「権判書のご一行が参られました」

ソンビがおどろき、堂から下りて迎えると、しばらくして、白髪の老宰相が軺軒《ようけん》▼1に乗って入って来た。柳ソンビを見ると、欽然と笑って手を捉え、堂に上がって腰を下ろした。ソンビが拝礼をして尋ねた。

「大監ははなはだ尊貴な方とお見受けしますが、私は顔を存知あげておりません。わが家にどんな御用で降臨なさったのでしょう」

老宰相は笑いながら答えた。

「あなたはまだこれをただ繁華な夢と見ているのかな。私が事情をはなしましょう。あなたのような八字（運命）は古今に類するものがない。以前、あなたの舅の家、私の家、そして駅官の玄知事の家は、ただ垣根だけを隔てて隣り合っていたのですが、同じ年の同じ月の同じ日に、三軒の家で同時に娘が誕生しました。事がはなはだ珍しく奇異なことであったので、三軒の家では互いに行き来して娘たちの世話をし合ったものです。すこし大きくなると、三人の娘は朝夕いつもいっしょに遊んで過ごしていましたが、娘ごころに、三人ともに一人の男に仕えようと約束したのだと言います。そのようなことなど、私もつゆ知らず、他の親たちも知りませんでしたが、そのうち、あなたの舅の家はよそに引っ越して行き、消息が絶えてしまったのです。私の娘というのは側室の子ですが、笄を刺すようになって結婚を考える年になっても、親の進める結婚は死んでもいやだと言うのです。すでに約束していることがあり、あなたの妻女とともに同じ男子に仕えることにしていて、その他の男子には、たとえ父母の家で死ぬことになっても、けっして嫁ぎなどしないと言います。玄家の娘もまた同じで、叱っても、なだめても、決心を変えることができず、二十五歳を超えても、いまだに結婚はしていませんでした。玄家の娘は剣術をならって男装をして、八方を歩き回って、あなたの舅が引っ越した先を探り当てようとしていました。それが、先ごろようやく水原の地で探し当てたのです。一昨日の晩、あなたのお相手をしたのは私の娘であり、昨晩、お相手したのは玄家の娘です。家と奴婢、家財、書籍、そして田畑などはみな私と玄家が用意したものです。あなたは一挙に二人の美しい娘と家産を手に入れ、昔の楊少游[2]の幸いもこれには過ぎることもありますまい。あなたは八字がまことに恵まれている」

人をやって玄知事を呼んで来させると、しばらくして一人の老人が金貫子に紅い帯を帯びて現れ、礼をした。権判書はその老人を指して言った。

「これが玄知事です」

三人は酒席を盛大に設けて、一日中、歓を尽くした後に、散会した。

権というのは権大運[3]のことである。

柳ソンビは一人の妻と二人の妾をもって一つの家に中に和やかに暮らした。数年が経って、ある日、柳の妻が夫に言った。

「現在、朝廷では南人が力を握っていて、権判書は南人の領袖として政局を担当しています。最近では人倫に反することが多く、久しからず、政権は滅びることになりましょう。その際にはこの家まで禍が及ばないでもなく、みずから田舎に下って禍を免れるのがいいと思います」

柳ソンビはそのことばが正しいと考え、家産をみな売りつくし、妻と妾を引き連れて故郷に帰り、ふたたびソウルにもどらなかった。

坤殿[4]が復位なさった後、南人はみな処刑されるか流されかした。権大運もまたその中に含まれていた。まさに甲戌の年[5]（一六九四）のことである。柳ソンビはただ独り連座による処罰を免れた。柳氏の妻は女子の中でも識見を備えた人物と言わなくてはならない。どうして凡人で見抜くことができたであろう。

▼1【軺軒】従二品以上の官員が乗る丈を高く作った車。命車とも言う。
▼2【楊少游】金万重の小説『九雲夢』の男性主人公。八仙女と戯れた罪で地上に人間として生まれてきて、同じく人間として生まれてきた八人の仙女と順に関係を持つ。しかし、そのような行ないは雲か夢かと同じく空しいものという教訓を語ることになる。漢陽の紙価を高めたと言え、人気を博して亜流の作品を産んだ。
▼3【権大運】一六一二～一六九九。仁祖・孝祖のときの大臣。字は字会、号は石潭。一六四二年、進士となり、一六四九年には文科に及第した。官職は礼曹判書から領議政にまで至った。一六八九年、領議政であったとき、仁顕王后の廃妃に対して反対したが、西人たちによって弾劾されて退けられた。その後、王からの招請もあったが、応じなかった。
▼4【坤殿】后のこと。ここでは粛宗の継妃である仁顕王后。一度は廃され、後に復位した。その経緯を書いたハングルの『仁顕王后伝』がある。
▼5【甲戌の年……】一六九四年、少論の金春沢などが粛宗の廃妃閔氏の復位運動を起こしたが、己巳の換局（一六八九）によって権力をにぎった南人の閔黯一派によってはばまれた。閔黯は金春沢など数十名を逮捕して、さらに逮捕の範囲を広げて少論の台頭を防ごうとしたが、粛宗は閔妃を思慕する情のあまり、南人の専横を嫌って閔黯を処刑し、他の南人たちも流した。

第一三〇話……主人の薬鉢を蹴った部下

洪東錫《ホントンソク》▼1というのは恵民局の役人であったが、二憂堂・趙泰采《チョテチェ》（第一二三話注1参照）の家人であった。辛壬の間（一七二一〜一七二二。第一話注2参照）、少論派の台諌が二憂堂を告発するために、東錫に文書を書かせようとしたが、東錫は筆を放り投げて言った。

「子どもはその父親の罪名を自分の手で書くことができません。わたくしは趙公に対して父子の義理があります。わたくしには書くことができません」

台諌たちが怒り、彼をとらえて数度にわたって拷問したが、ついに書かなかった。二憂堂が済州島に流され、東錫もまたみずから辞職して従った。賜死の後命が下り、息子の晦軒《フィホン》▼2がそれを聞いて馬に乗って後を追った。晦軒がまだ二十里ほど残して追いつかない先に都事がまずやって来て、毒薬の入った鉢を二憂堂に渡して飲むように促がした。東錫がその横にいて言った。

「罪人のご子息がまもなくやって来ます。ほんの少しだけ待って、父と子が対面できるようにしてください」

しかし、都事は承諾しなかった。東錫は薬の入った鉢を蹴飛ばした。居合わせた人びとは色を失ったが、どうすることもできなかった。都事はやむをえず、風波が激しく薬の鉢は海に沈んでしまったとして上書を認めていたところ、晦軒が到着した。禁府からふたたび薬鉢を送って来るのに半月ほどかかった。薬の鉢を飲み干す前に、二憂堂が晦軒に言った。

「東錫はお前とは兄弟同然の者だ」

東錫は喪輿に随行して上京して、ふたたび恵民局の役人となったが、代々世襲して、その子孫たちも趙公の門下に出入りして、内外のことに従事した。

▼1【洪東錫】この話にある以上のことは未詳。

▼2【晦軒】趙観彬。一六九一〜一七五七。字は国宝、号は晦軒。一七一四年、文科に及第、検閲・副修撰・修撰などを歴任したが、罷免された。後に復帰して英祖が即位すると、弘文館の提学を経て同知義禁府事となり、同知敦寧府事に任じられたが、金昌集・李頤命の二人が罪籍にあるので、義理の上で就任できないと

して拒絶し、四大臣の事件について上疏したので、大静県に流罪になった。後に復帰して何度も浮沈を繰り返したが、知春秋府事となって死んだ。

第一三一話……辛壬の士禍を免れた金銖《キムス》の観相術

連山の人である金銖《キムス》▼1は人相を見るのが得意で、四人の大臣の屋敷に出入りしていた。辛壬の前、金銖は王さまが郊外に行かれるのを見た。その行列の班列の中の人びとを見渡しながら、独りで舌打ちをしてため息をついた。最後の散班にいたって、朝官の姿をしているものの鈍そうな馬に乗り、一向に加わり通り過ぎる人がいた。この人が誰なのか尋ねると、ある人が「あれは沈僉知ですよ」と答えた。また、その家はどこにあるかと尋ねて、翌日には、その家まで行って訪問した。沈僉知は驚き、立ち上がって迎えた。

「お名前を聞いて久しくなります。お会いしようにも、お会いする術もありませんでしたが、このたびはどうした風の吹き回しで、こんなところまでいらっしゃったのでしょうか」

金が言った。

「私は人相を見る才能があります。あなたの人相を拝見したくて参りました。あなたには貴人の相があり、数年後には地位が一品にも上がりましょう」

沈は腑に落ちずに、言った。

「どうしてそんなわけがありましょう」

「観相の法が正しくなければ、それまでのこと。もし正しければ、けっして嘘をつこうとは思いません」

そして、さらに続けた。

「あなたにお願いしたいことがありますが、けっしてお忘れにならないでください」

沈が答えた。

「ただお伺いだけはしておきましょう」

金は紙と筆を請うて、書き認めた。

「某年某日、湖西の金某は故郷に帰って、ふたたび門を出ることはない」

それを壁に貼り付けて言った。

「いずれかならず大きな事件が生じますが、あなたは肝に銘じて、私を救ってほしい」

沈はおどろいて、言った。

「どうしてそんな妄りなことをおっしゃるのか」

金が言った。

「妄りか妄りでないか、いずれにしろ、この紙を証拠としてください」

そうして暇を告げて出て行った。沈は心の中ではなはだ怪しんだが、この沈というのはまさしく沈檀《シムダン》▼2のことである。辛壬のときに判義禁府事となり、大きな獄事を担当したが、獄問する場に一人を呼びだすと、それはまさしく湖西の金某であった。沈は大いにおどろいて言った。

「金生は神人と言うべきだ」

金某は長いあいだソウルにおらず、沈は自分自身がそのことをよく知っているとして、力を尽くして金某を救った。

▼1【金銖】金銖という人が前後の時代にいるが、この人とはちがう。金洙という人がいて、『朝鮮実録』粛宗四十三年（一七一七）四月に全羅道節馬使に任じられ、また景宗三年（一七二三）十月には平安兵使の金洙が南兵使だったとき、流配中であった逆賊の世相と交わった嫌疑があると訴えられ、逮捕されている。この話と符合するようでもあり、違うようでもある。
▼2【沈檀】一六四五〜一七三〇。英祖のときの文臣。字は徳興、号は薬峰。一七二一年、吏曹判書となり、判義禁府事から漢城判尹となった。後に右参賛、刑曹判書となり、党人の排斥によって流罪になった。一七二七年、工曹判書に任命されたが、就任しなかった。李麟佐の乱が起こると、王に拝謁して情勢についてさ

まざまな建言をした。

第一三三話……応榜の宴会を準備してやった張鵬翼《チャンブンイク》

武粛公・張鵬翼《チャンブンイク》[1]は家が貧しく、父親が年老いていたので、文筆を投げ捨てた。そして、武芸に従事して、地位は秋判（刑曹判書）に至った。戊申（一七二八）と乙亥（一七五五）の逆変[2]に当たっては身に甲冑を帯び、剣を杖にして、宮殿の門の外に立ったので、英祖はやっとのことで就寝なさったのだった。国家の安危を常に心に懸けていた。秋判として訓練大将と捕盗大将を兼任して、常に丈の高い車に乗っていた。

ある日、ソウルを出てある邑を通り過ぎると、ちょうど生員と進士の放榜（第一二〇話注2参照）の日で、方々の家々で俳優を呼んでいた。道のそばの井戸の横では独りの婢女が水を汲もうとしていて、それに横の人が尋ねた。

「お前の家の新恩はどのように応榜（合格）のお祝いをなさるのか」

婢女が答えた。

「応榜のお祝いなど、わが家ではどうでもいいことです。朝夕の食事もままならないので、老主人は飢えから顔が黄色くむくんでいなさる。どうして応榜のお祝いに頭が回りなさるだろう」

このとき、武粛公がこれを聞いて、車を止めさせ、その婢女を近くに来させて、尋ねた。

「お前の家はどこだ。お前の主人はまさに合格したのか」

婢は、

「家は某所にあります」

と答えて、指でその方角を指し示したが、遠くはないところにあり、風雨をやっとのことで凌ぐだけの数間だけの陋屋であった。公が新来を呼ぶと、儒生はことわって、言った。

「武将がどうして私を呼ばれるのか。私は出て行くことができません」

公がこれに対して答えた。

「私もまた生進（生員と進士のこと）であり、生進が生進を呼んで、何が不都合だろうか。すぐに出て来て欲しい」

儒生はやむをえずに出て来て、何度か進退したが、ともに門の中に入って行った。

「応榜のお祝いはどうなさいますか」

「朝夕の食事もままなりませんのに、どうして応榜の祝いのことなど言えましょう」

「それなら私が準備して差し上げようではないか」

さらに続けた。

「まあ、この年寄りが、率倡（笛吹き役）をつとめようではないか」

すると、それに対して、

「大人でいらっしゃって、どうして率倡までなさいますか」

「この年寄りがどうして率倡をしないでいられましょう。捕盗庁に命じて優れた倡優を四人ほど呼んで、色鮮やかに服飾させ、合格者発表の場に待たせることにしよう。私はここにとどまって、宴の準備をする」

都監の新営から豊富に酒食を用意させて、山棚▼3と左右の飾りは捕盗庁で準備させた。日が暮れて後、その家から大路まで席を設けて、終夜、音楽を鳴らし、暁になって初めて止んだ。また銭三百両でもって老父の寿命を祝した。先輩の風流というのはこのようなものであった。

▼1【張鵬翼】?～一七五三。英祖のときの将軍。諡号は武粛。一六九九年、武科に及第、宣伝官となったが、金一鏡一派に追及されて罷免された。後に復帰したが、一七二三年には金昌集の党に追われて流罪になった。英祖が即位すると、訓練大将となり、御衛大将を経て漢城判尹となったが、反対党派によって暗殺された。
▼2【戊申と乙亥の逆変】戊申の年（一七二八）には西小門で掛書の変があり、乙亥の年（一七五五）には羅

州掛書の変、あるいは尹志の乱があった。後者は少論一派の起こした逆謀事件。
▼3【山棚】木で壇を作って山の形に高くして五色の絹の幕を張った一種の舞台。

第一三三話……気難しい李聖佑《イソンウ》と役人の機知

忠州・李聖佑《イソンウ》▼1は光佑《クァンウ》▼2の従兄である。卓越した才がそなわり、不羈の精神をもっていて、光佑には節操がないといってしりぞけ、南九万▼3の人となりを嫌っていた。

あるとき、家にいて、犬殺しの白丁（第七九話注1参照）が「犬を買おう」と叫びながら門の外を通り過ぎた。李はすぐにそれをつかまえて来させ、尻を出させてしたたかに鞭打って、大きな声で罵倒した。

「南九万は犬だ、豚だ」

そう何度も言って、やっとみずからの膝を叩き、

「やっとすっきりした」

と言い、犬殺しを放してやった。このような、世間の人びとをおどろかすことが多かった。

光佑が慶尚道観察使となると、聖佑が宗家であることから、いつも忌祭と四節のお供えを聖佑の家に送った。お供えを持って行く役人はいつも鞭打たれたので、役人たちはみなソウルにお供えを持って行く役目をいやがった。ところが、ただ一人の役人だけがみずから志願したので、役所の者たちはみな不思議がった。

その役人がお供えを持ってソウルに上り、まだ明け方に聖佑の屋敷に到着した。聖佑は目覚めたばかりで、布団の中で鞭打ちさせる回数を考えていると、もう役人はお供えともども姿を消していた。人びとはみな奇妙に思ったが、次の日も、また次の日も、同じようにすぐにいなくなった。聖佑はその役人を捕まえて来させて、叱りつけた。

「お前はどういう料見だ。お供えをもって来たのなら、それを納めるのが筋であろう。なのに、三日続け

てやって来て、踵を返してすぐに帰って行った。私を愚弄するにもほどがある。これが慶尚道の下っ端役人の風習なのか。それともお前の長官が指図したことなのか。お前の罪は死に値する」

その役人はひれ伏して言った。

「わかりました。しかし、一言だけ申し上げて、死なせて下さい」

「言いたければ、言ってみろ」

「わたくしどもの長官はお供えを送るとき、道袍を着て畳を敷き、恭しく膝を屈して見守りなさいました。お供えを包んで馬に積むときにも、階段を降りて再拝をなさいました。これは他でもない、お供えを大切にお思いになってのことです。ところが、いま、旦那さまは洗面もせず、髪も櫛削ることなく、寝転んだままお供えを受け取ろうとなさっています。わたくしは物事の道理を軽んずることができないので、仕方なくお供えを差し上げることができずに三日がたってしまったのです。これらの品々はご祖先の忌日に用いるものです。旦那さまがこのように粗忽に扱われるのは、はなはだ不当です。嶺南の風俗では、たとえ賤しい下々の者であってもお供えの品々は大切なものだと知っています。ましてソウルの士大夫は言うまでもありますまい。お願いですから、旦那さまは衣冠を正し、莚を敷いて場所を設け、堂から下りて立っていただければ、わたくしは謹んでお供えの品々をお納めしましょう」

聖佑はこれには抗うこともできず、ことばの通りにした。役人はお供えの品々を取りあげながら、大きな声で言った。

「この品は何、この品は何」

役人はしばらくして辞したが、聖佑は手をこまねいて見送った。しかし、心の中は爽やかだった。役人が帰って行くとき、光佑宛てに手紙を書いて、この役人が礼をよく知り、物ごとをよく処理する云々といって称賛した。李光佑はそれを読んで笑いながら、役人を上級職に抜擢したという。

聖佑が、ある夏のこと、友人の葬式に弔問をして席に座っていた。このとき、賛善の魚有鳳▼4もまたその場に居合せていて、棺に納めるのを見ていたが、魚はわずかでも礼に背くことがあれば、絞布をほどかせた。それが何回か繰り返され、日が暮れても殮襲を終えることができなかった。聖佑は勃然と顔色を変じ、下人を呼びつけて魚賛善を捕まえて来させ、魚を叱責した。

「よその家の大事には口を差し挟まないのがいい。君は殮襲《れんしゅう》（仮の納棺）においていらないことを細々といって、小殮の時を遅らせてしまった。この六月には死体もすぐに腐ってしまうではないか」

そうして魚を引きずり出してしまったので、居合わせた者はみなおどろいて色を失った。このように、李忠州は世俗の規範にとらわれなかった。

▼1【李聖佑】この話にある以上のことは未詳。

▼2【光佑】『朝鮮実録』英祖三十年（一七五四）六月、前県監の李光佑の不治の病状が上疏されているが、この話の人物としては時代がずれる。本書『渓西野譚』では、李聖佑・光佑の話として出ているが、『青邱野談』では李聖佐・光佐の話として出ている。【李聖佐】『朝鮮実録』粛宗十年（一六八四）十二月壬寅、四学儒生李聖佐らが奉朝賀使の宋時烈を誠を尽して召還すべしと上疏した記事があり、英祖四年（一七二八）三月丁卯に、忠州牧使の李聖佐を代えるべきだという記事がある。【李光佐】一六七四〜一七四〇。英祖のときの大臣。字は尚輔、号は雲谷、本貫は慶州。恒福の玄孫。一六九四年、文科に及第、大提学を経て領議政に至った。少論の領袖として官途に多くの波乱があったが、老論の閔鎮遠とともに連携して、老・少の連立政権を樹立した。朴東俊の讒訴を受け、鬱憤のあまり断食して死んだ。

▼3【南九万】一六二九〜一七一一。粛宗のときの少論の頭目。字は雲路、号は薬泉・美斎。一六五六年、別試に及第。一六七八年、漢城左尹として南人の横暴を上疏して、南海に流配された。後に復帰して、一六八七年には領議政に昇った。党争が激しくなると隠退して、文章を日常とした。書画にも優れていた。

▼4【魚有鳳】一六七三〜一七四四。李朝中期の学者。字は舜瑞、号は杞園。司馬試を経て文科に及第して官途に就き、楊州牧使に任命されたが、金昌集など四大臣を弁護する上疏をして罷免された。一七三〇年、宣懿王后（景宗の妃、有鳳の姪）が死ぬと、王命で朝廷に帰って来て、戸曹参議、承旨などを歴任した。景宗に寵愛され、当代の学者として名望があった。

第一三四話……厳しい妻の嫉妬を逃れた平壌の妓生

趙泰億《チョテオク》（第五三話注2参照）の妻の沈氏は激しい嫉妬心の持ち主だった。泰億は妻を虎のように恐れて、けっして浮気などしようとはしなかった。

泰耉《テク》が[1]箕伯（第九二話注1参照）であったとき、泰億が承旨の王命を受けて関西におもむき、監営にしばらく滞在したが、そのとき初めて妓生と浮気をした。沈氏はその噂を聞くと、すぐに旅装をととのえ、甥をしたがえて平壌におもむいて、その妓生を打ち殺そうとした。泰億はそれを聞いて色を失ったが、泰耉もまた大いにおどろいて言った。

「これはいったいどうしたものか」

妓生に逃げさせようとしたが、妓生が言った。

「私は逃げ隠れなどいたしません。逃げてほかに生きる術がないわけではないでしょうが、とても貧しくてその手立てを調えることもできません」

泰億がどういうことか尋ねると、妓生は答えた。

「私は翡翠や玉で身を飾って生きたいのですが、今はお金がないのがはなはだ恨めしい」

泰億が言った。

「お前にもし生きる方途があるのなら、たとえ千金であっても、この私が用立てよう。ただお前がしたいようにするがいい」

裨将にあるだけの金をこの妓生に与えるように命じ、さらに、中和と黄州に行かせて妻を出迎えさせた。食糧と車馬も送って、食事をもって妻の一行をもてなさせようとした。

沈氏一行が黄州に到着すると、裨将がすでに来ていて出迎え、また食事の用意もしてあった。沈氏はこれを冷笑して言った。

「私がどんな大臣であり、要人であるというのか。どうして出迎えの裨将などをよこしたのであろう。それに路資も十分にあって、食事の用意など必要がない」

沈氏はすべてを下げさせたが、中和に行ってもまた同じように用意されていた。それも下げさせて、道中を続けた。栽松院を過ぎて長林に入って行こうとすると、時はまさに晩春の時節、のどかな春の気配が立ちこめて、蛇行して流れる江の水は澄んで、景色がえも言えず美しい。沈氏は輿の簾を上げて景色を楽しみながら長林を通り過ぎた。林を過ぎると、さらに遠くが見渡せて、白沙はまるで白い練り絹のようで、澄んだ江は鏡のようである。江の岸辺を白い城壁がぐるりと巡って、商いの船が水面に浮かんでいる。錬光亭、大同門、乙密台の楼閣は丹青の色が光り輝き、人家の屋根が立ち並んで人の目を奪う。沈氏は感嘆して、

「わが国第一の景色だというのは、嘘ではなかった」

と言った。

讃嘆しつつ道を行くと、はるか遠くの沙上に一点の花が見える。渺々《びょうびょう》とはるか遠くからだんだんと近づいてくるのは、一人の美しい女子である。緑のチョゴリに紅いチマの姿で駿馬に刺繍を施した鞍を置いてまたがって沙を横切ってやって来る。心の中に訝しく思い、馬を止めて見ていると、その女子は近づいて馬から下り、鶯のような声で歌うように挨拶をする。

「妓生の某がお目見えをお願いします」

沈氏はその名前を聞くに及んで、たちまちに業火が三千丈も上るかのよう。大きな声を出して言った。

「妓生の某、妓生の某、お前に何のために見《まみ》える必要があろう。馬の前に立つがいい」

その妓生が顔色も変えずに、うやうやしく馬の前に立った。沈氏がその姿を見ると、顔は露を含んだ桃の花のようであり、腰つきは風になびく柳の枝のようである。絹の鮮やかな衣装に上下を翡翠と玉で装飾した姿は、まさしく傾国の美女とも言うべきである。沈氏はじっくりと見つめて言った。

「お前の年はいくつだ」

「十八歳です」

沈氏が言った。

「お前は果たして国の宝と言うべきだ。一人の丈夫としてこのような絶世の美人を見て近づけないようでは、朴念仁と言うべきであろう。私の今回の旅行はお前を殺そうと思ってのものであったが、お前を見ると宝物であった。私はどうしてお前に手を下すことができようか。お前は帰ってお前の家にいる旦那さまにお仕えするがいい。旦那さまはすでに燃え尽きかかった炭のようなお人だ。もしお前に溺れて病気になるようなら、お前の罪は死に値する。慎むがよい。慎むがよい」

言い終わると、馬の頭を返してソウルに向かった。

泰耈はこれを聞いて、すぐに使いの者をやって伝えさせた。

「兄嫁さまのご一行が城外まで来られて、城内に入ろうとなされないのは、どういうわけでしょう。お願いですから、しばらくは城内にお入りになって、監営に滞在した後、ソウルにお戻りになってください」

沈氏は冷笑して言った。

「私は暇な旅人ではない。城内に入って何をしろと言うのか」

そうして振り返ることもなく、馬を馳せてソウルの屋敷に戻って行った。

その後、泰耈はその妓生を呼んで尋ねた。

「お前はどんな方法を使って、大胆にも虎口に入って、かえって禍を免れることができたのだ」

妓生は答えた。

「夫人の性格がたとえ嫉妬深かったとしても、千里の道の旅をなさるのは尋常のことではありません。どうしてちまちまとした女子がこれに立ち向かうことができましょう。馬の中でも荒々しく蹴って噛むのは必ずよく走る力があるものです。人もまた同じです。私は死ぬ運命なら死ぬのであって、たとえ避けようとしても、それを免れることはできないと思いました。それで丹念に化粧を施して挨拶に行ったのです。もし打ち殺されるのなら、それまでのこと。そうでなければ、あるいは憐れみの心をお持ちになっていただけるかも知れないと思ったのです」

▼1【泰耈】趙泰耈。一六六〇〜一七二三。粛宗の時代の大臣。字は徳叟、号は素軒。一六八六年、文科に及第、一七二一年、王世子冊封問題で老論と少論とが対立すると、少論の承旨の金一鏡に老論の金昌集など四大臣を攻撃させるように仕向け、睦虎竜に四大臣を逆謀で誣告させて、老論を排斥した。自身は領議政にまで昇ったが、英祖が即位して老論が復活すると、失脚した。

第一三五話……姦通した妓生と通人に下った懲らしめ

大将の李潤城《イユンソン》▼1が平安道兵馬節度使となり、一人の妓生となじんだ。毎朝、潤城は厠に行ったが、ある日の明け方、厠に行って帰って来て、扉を開けようとすると、一人の役人がその妓生と狼藉を働いて戯れている。潤城は腹痛と称して厠にもどってふたたび座りこみ、しばらくして帰って来て、問い詰めることはしなかった。

次の日、役人と妓生は逃亡してしまったが、潤城は不問に付して、やがて職を辞めてソウルに帰って来た。大将の張志恒《チャンチハン》▼2が彼に代わって赴任すると、役人と妓生は帰って来て役に復帰した。張大将が着任して三日後に百祥楼に宴会を設け、風楽を演じさせたが、酔いも回って宴会もたけなわのとき、役人と妓生を捕まえていっしょに縛り上げて、江に放り投げた。李が不問に付したのも、張が江に放り込んだのも、ともに官としての体面を守ったものと言える。

▼1【李潤城】李潤成とも。一七一九〜?。文臣。字は集卿、本貫は全義。若いときから科業と文芸に励み、書と画に巧みだった。一七三六年には南行宣伝官となり、一七五八年には済州牧使となって輸入されたアラ

ビア馬の放牧に力を尽くした。その後、中央に帰って要職を歴任し、死後、刑曹判書を贈られた。

▼2【張志恒】一七二一～一七七六。英祖のときの武官。字は月如、本貫は仁同。武科に及第して、訓練大将となり、摠戎使に至った。一七六二年、荘献世子が処刑されたとき、大将職にあったために、一七七六年、英祖が死んで、荘献世子の子の正祖が即位すると、収監され笞杖で打たれて死んだ。

第一三六話……土亭・李之菡《イチハム》の神術

土亭・李之菡《イチハム》▼1は生まれつき人に抜きん出て聡明で、天文・地理・歴史・卜筮・術数など、通じていない学問はなく、未来のことについても予知できたから、世間の人びとは彼を神人と呼んでいた。両足それぞれに丸い瓢《ひさご》を結び、杖にも丸い瓢を結んで、海の上を歩いたが、平地を歩くのと変わりがなかった。どこにでも行くことができ、瀟湘であれ洞庭湖であれ、名勝をみなその眼で見て来たのだった。四海をあまねく巡り、海上には五色があるとして四方と中央を分けて、その方位の色▼2と同じ色であると言っていた。

家は貧しく、朝夕のお供えを十分にすることができなかったが、意に介さなかった。ある日、内堂に座っていると、夫人が言った。

「世間の人びとはみなあなたには神人の術数があると言います。今わが家には食糧が絶え、食事を作ることができません。どうしてその神術を使ってこの困窮を救ってくださらないのですか」

公が言った。

「たとえ術数があったにしても、一つとして天機を漏らしてはならない。人の欲心を満たすために術数を使ってはならないのだ。もし使えば、その罪は甚大なものとなろう」

夫人がさらに熱心に頼むと、公は笑いながら言った。

「お前がそんなに言うなら、少しばかり試して見せよう」

童婢に命じて鉢を持って来させて言い含めた。

「お前がこの鉢をもって京橋に行けば、あるお年寄りの婆さんが百銭で買ってくれるだろう。お前はこれを売って来るだけでよい」

童婢が行ってみると、果して老婆が買いたいと言い、値を受け取って帰って来た。すると、公はふたたび命じた。

「お前はこの金をもって西小門の外の市場に行け。すると竹編み笠をかぶった男が箸と匙を急に売りたいと言うだろう。お前はこの金でそれを買って来い」

童婢が行くと、はたしてそのことば通りに竹編み笠の男がやって来て箸と匙を取り出した。童婢はそれを買って帰って来たが、それは銀でできたものであった。公はまた命じた。

「これをもって京畿監営の前にまで行くがよい。ちょうど銀の箸と匙を失くした下人がいて、同じ色の銀の箸と匙を求めるだろう。その下人に見せれば、十五両を手に入れることができよう。お前はこれを売って帰って来るがよい」

童婢はまた出かけて、そのことば通りに、銭十五両を手に入れて帰って来た。

今度は最後に銭一両だけを童婢に与えて、命じた。

「鉢を買ってくれた老婆は、自分の鉢を失くして、その代わりが欲しかったのだ。今は失くした鉢が戻って来て、お前から買った鉢を返したいと思っている。お前は老婆にこの金を渡してを鉢をもって帰って来い」

婢子が行って見ると、はたしてそのことば通りだったので、銭を返し、器を取り戻して帰ってきた。公はこうして手に入れた銭と器を夫人に手渡して、朝夕の食事の用意をするようにいった。夫人が銭の額をさらに増やしてくれるよう頼むと、笑いながら言った。

「これだけあれば十分ではないか」

このように神異な類のことが数多くあった。

▼1【土亭・李之菡】一五一七〜一五七八。宣祖のときの人。字は馨伯・馨仲、号は水山・土亭など、本貫は韓山。若くして父を失い、兄の之蕃に文章を学び、後には花潭・徐敬徳の教えを受けた。雑術に通じ、一五七三年には卓行によって六品に任じられ、抱川や牙山の県監となった。奇行で知られ、奇知・予言・術数に関する逸話が多くある。李退渓にも性理学を学んだが、欲心を捨てられず、大成しなかったと言われる。一七一三年になって、吏曹判書を追贈された。

▼2【方位の色】五行思想で、中央は黄、東は青、南は朱、西は白、北は玄（黒）。

第一三七話……殉国した後も家を見守った李慶流《イギョンリュ》

李慶流《イギョンリュ》▼1公は兵曹佐郎として壬辰の倭乱に当たった。その仲兄▼2が筆を投げ棄てて武職に身を投じ、防将の辺璣《ピョンキ》▼3とともに出陣することになって従事官に任じられたのだが、その任命書には間違って慶流公の名前が書かれていた。そこで、仲兄が言った。

「私の任命書にお前の名前が誤って書かれているが、もちろん、この私が出戦する」

慶流公が言った。

「すでに私の名前で任じられています。私が行って戦うべきです」

すぐに行装をととのえ、両親に暇を告げて、あたふたと参陣した。辺璣は嶺南右道におもむいて陣を張ったが大敗して逃亡してしまい、軍中には指揮する者がいずに混乱した。慶流公は李鎰《イイル》▼4が尚州にいるという話を聞いて、ひとり馬に乗って駈けつけた。尹暹《ユンソム》▼5公、朴篪《パクホ》▼6公とともに幕下についたが、戦は利がなく、陣は壊滅して、尹・朴両公ともに討ち死にした。慶流公が陣の外に出ると、奴僕が馬を引いて待っていて、公を見ると泣きだして言った。

「このような事態になったからには、ソウルにお帰りになるのがいいでしょう」

公は笑いながら言った。

「国事がこのようなときにあって、どうして命を貪ることができよう」

筆を執って年老いた親と兄に別れを告げ、着ていた道袍を引きちぎってその手紙を包んで、奴僕にソウルの家に届けるように言い、身をひるがえして賊の陣に向おうとした。しかし、奴僕が泣きながら抱きとめて行かせまいとする。公はそこで言った。

「お前のまごころはよくわかった。私はお前の言う通りにしよう。それにしても、私は腹が減った。お前はどこかで飯をもらって来ることができるか」

奴僕がこのことばを疑わず、人家を訪ねて飯をもらって帰って来ると、公はすでにいない。奴僕は遠く賊の陣を見やって、慟哭しながら帰って行った。公は飯をもらって来いといって奴僕を行かせ、わが身は賊の陣に駈けこんだのだった。そうして、その手で数人の敵を切り殺したものの、ついには討ち死にした。二十四歳であった。四月二十四日、尚州の北門の外の平地でのことである。

奴僕が馬を引いて帰って来て、一家は初めて凶報を聞いたが、手紙を送った日を忌日として、発喪を行なった。その奴僕は首をくくって死んだ。馬もまた秣を食わずに死んだ。衣冠を棺の中には納めて、広州突馬面の先祖の墓山の左側の下に葬ったが、その横にはまた奴僕と馬とを埋葬した。

尚州の士林は壇を積んで俎豆礼《そとうれい》を行ない、朝廷からは都承旨の職が贈られた。乙卯の年（一七九五）には正祖みずからが筆を執って「忠臣義士壇」と書いて楼閣を築かせ、尹・朴・李の三従事をともに祀るようになさり、春秋に祭祀が行なわれるようになった。

慶流公は死んでからも、毎晩のように家に帰ってきて、話をしたり、笑ったりする様子は生前と変わらず、夫人の趙氏と向かい合って盃を干す姿が今までどおりに見られた。食事を用意しておくと、それを今までと同じように食べてしまうのだが、明るくなって見ると、食事は手つかずに残っている。毎日、日が暮れるとやって来て、鶏が鳴くとともに姿を消す。ある日、夫人が尋ねた。

「あなたの遺骸はどこにあるのでしょうか。もしそれがわかればきちんとお墓に葬りたいと思います」

すると、公は寂しげに答えた。

「たくさんの白骨の中に埋まっていて、どうして私の骨を判別できようか。そのままにして置いた方がいい。衣冠を埋めた墓所にも害はなかろう」

その他の家事を処理するのも生前と変わりはなかった。小祥（一周忌）の後には日を置いて現れるようになり、大祥（三周忌）のときとなって暇乞いをして言った。

「今日から後は、わたくしは現れまい」

公の息子の府使[7]公はこのとき四歳であったが、公はこの子を撫でながらため息をついて言った。

「この子はいずれ科挙に及第するが、不運にも不幸な時に巡り合わせることになる。その時には私はふたたび現れることにしよう」

そうして門を出て行き、その後は陰も見せなかった。

それから二十年あまりが経ち、光海君の時代に公の息子は及第して廟に拝謁するとき、空中で新恩の進退を指図する声があったので、人びとは不思議に思った。公の母親はすでに病に伏せっていたが、五、六月のころで、咽が乾いて、蜜柑が食べたいと言い出した。蜜柑さえ食べれば病も癒えるようだったが、その蜜柑を手に入れることができない。数日後、空中から兄を呼ぶ声がして、伯兄[8]が庭に降りて上を見ると、雲霧の中から蜜柑を三個投げて言った。

「年老いた母上が蜜柑を食べたいとおっしゃっているので、私が洞庭湖まで行って手に入れて来ました。母上に差し上げてください」

そして、忽然と姿を消した。蜜柑を母親に食べさせると、病はたちどころに治った。このとき、陶庵・李文正公[9]が神道碑銘に「空中から蜜柑を投げて精神が恍惚とした」というのはまさしくこれであった。

毎年、忌日に祭祀を行なうとき、門を閉じた後には、かならず箸と匙の音がした。庶族である秉鉉[10]が人に言ったことがある。

「私が幼いときに祭祀に参ると、いつも声を聞いたものだが、最近になって、なぜか聞かなくなった」

その家で祭祀を行なうとき、餅の中に人の髪の毛が紛れ込んでいたことがある。祭祀が終わった後に聞くと、外から老婢を呼びつける声がした。家の人たちが不思議の思いをなして聞くと、舎廊から聞こえる声だった。老奴が畏まって聞くと、老婢を連れて来るように命じる。奴が料理係の婢を連れて来ると、どやし声が聞こえた。

「鬼神は人の毛をことのほか忌むものだ。お前はどうして気がつかなかったのだ。鞭で打つしかない」

そこで、鞭打ちを命じた。それ以後、いつも忌日になると、何年がたった後になっても、人びとはけっして粗忽に祭祀を執り行なうことがなかった。

▼1【李慶流公】一五六四～一五九二。朝鮮中期の文臣。字は長源、号は伴琴。一五九一年、式年文科に乙科で及第したが、翌年、壬辰倭乱が勃発すると、兵曹佐郎として出戦して、尚州で尚州判官の権吉とともに戦死した。後に弘文館副提学を贈られた。李羲準には七代の祖となる。

▼2【仲兄】李慶涵か。慶涵の字は泰源。一五八五年、文科に及第して正言・持平を経て兵曹参判にまで至った。光海君の廃母論に反対して削職されたが、仁祖反正の後に漢城府右尹となった。

▼3【辺璣】『朝鮮実録』宣祖十六年（一五八三）八月、高嶺僉使の辺璣が賊胡二名を斬ったとある。また同じく二十年（一五八七）四月には、順天府使の辺璣が敵を前にして戦わず、尻込みする様子だったと誹謗があり、いやそうではなく、敵の矢をいくつも受けて力戦したという報告もなされている。『宣祖修正実録』には宣祖二十五年（一五九二）四月、辺璣を助防将として鳥嶺を守らしめたとある。

▼4【李鎰】一五三八～一六〇一。宣祖のときの武将。字は重卿、本貫は竜仁。一五五八年、武科に及第、一五八三年、胡賊の尼湯介が乱を起こして慶源を陥落させると、慶源府事に任命されて賊を追い、翌年にも二万余騎を率いて来襲する尼湯介の軍を殲滅した。壬辰倭乱の際には先鋒の大将として平壌を回復、引き返してソウルを包囲した。一六〇一年、南兵営で病気となり、帰って来る道で死んだ。左議政を追贈された。

▼5【尹暹公】一五六一～一五九二。宣祖のときの武人。号は果斎。一五八三年、文科に及第、正字、司憲府持平などを経て、一五八七年には書状官として明に行き、『改正宝典』を持ち帰った功で光国功臣に冊封された。壬辰倭乱に際しては、老母の世話をしていた友人に代わって戦闘に出て行き、尚州で朴篪や李慶流と

ともに戦死した。世間ではこの三人を三従事と呼んでいる。

▼6【朴箎公】一五六七～一五九二。宣祖のときに殉節した文臣。一五八四年、十八歳で瑞葱台試において壮元及第。試験官の朴淳は彼が余りに若くて壮元及第したことを怪しんで、韻字を与えて文章を作らせたところ、即刻、文章を作ってみせて疑いを晴らした。壬辰倭乱が起こると、校理として李鎰の従事官として尚州で闘ったが、李鎰は逃亡、尹暹や李慶流とともに戦死した。

▼7【息子の府使公】李穧。一五八九～一六三一。一六一三年の謁聖別試に丙科で及第して、大邱府使に至っている。

▼8【伯兄】漢城府右尹になった李慶洪という人が族譜には見える。

▼9【陶庵・李文正公】李縡。一六八〇～一七四六。文臣。字は熙卿、号は陶菴・寒泉、諡号は文正、本貫は牛峰。一七〇二年、謁聖文科に丙科で及第、一七〇七年、文科重試にも乙科で及第した。要職を歴任しつつ、老論の中心人物として活躍したが、一七二一年に獄事が起こると隠退し、一七二七年に少論が政権を握ると寒水に隠退して弟子たちの教育に当たった。

▼10【秉鉉】李秉鉉。通徳郎を務めた李秉鉉という人が族譜には見える。

第一三八話……ぼろぼろの衣服を気に掛けない李秉泰《イピョンテ》

文清公の李秉泰《イピョンテ》（第七〇話注1参照）は監司▼1の甥であった。人となりはすこぶる孝誠かつ清廉で、一毛として他人のものを取ることがなかった。地位は副提学に至ったが、家は膝を収めることもままならい狭さで、衣服は肌を覆うこともできないほどぼろぼろであった。人びとも彼の清高なる人格を噂したが、ことに頑廉懦立《がんれんだりつ》という風貌があった。父親が亡くなった後、叔父の監司公に養育されたが、監司公が海西（黄海道）の観察使となって赴任して、病にかかった。公はそのとき副提学であったが、上疏をして、海西に行って叔父を看病したいと訴えたところ、特別に許可が下された。

隣の家の駑馬《どば》と奴僕を借りて海西の監営に出発したが、その途中で馬が死んだ。仕方なく、徒歩で監営までやって来たが、門番が入らせなかった。門番は、ぼろぼろの衣服で笠も破れている、ほとんど乞食のような姿を見て、観察使の甥であるとは思いも寄らなかったのである。公もまたみずからそれを言わず、しばらくの間、門の外で佇んでいた。たまたま新任の観察使を迎えに上京した下人で、ソウルで公の顔を見知った者がいて、公を見るとおどろいて挨拶をして、公を先導して中に入って行った。

門に入ると、監司公が公の姿を見て叱責した。

「いったい何という恰好をしているのだ。それでは朝廷を辱めることになるではないか。お前はいずれ休暇をとって来たつもりだろうが、現任の副提学ではないか。駅馬に乗って堂々とやって来るのがよかろう。なのに、お前は乞食同然の姿でやって来た。これから後、海西の百姓たちは副提学などこのようなものと高を括るだろう。これがどうして朝廷を辱めることでなくて、何であろう。即刻、立ち去るがよい」

公は恐縮して控えの部屋に退いた。しばらくして、中から衣服と冠、新しい頭巾と玉圏、紅い帯など一式が出され、公に着替えて入って来るようにさせた。公は厳しい叔父の命に迫られて、衣服を上下ともに新しいものに着替え、初めて東軒に上がって挨拶をした。それを見て、監司公が笑いながら言った。

「これでやっと副提学だとわかる」

公は一月余り滞在して帰京を告げたが、新しい衣服と冠を脱いで、きちんと包み、来たときと同じぼろぼろの衣服と冠の姿になって帰って行った。

▼1【監司】李濮。第五七話の注2を参照のこと。

第一三九話……清白吏の文清公

文清公・李秉泰は最初には嶺伯（慶尚道観察使）の任命を受けながら、辞退して行かなかったので、王さまの怒りを買った。その後、陜川の郡守に任命されたが、邸人[1]がやって来て見ると、すでに炊事の火が絶えて何日もたっているようであった。それを見てはなはだ憐れみ、一斗の米、一匹の魚、薪一束を文清公の家に送った。公が宮廷から帰って来ると、白米のご飯と魚の料理が用意されている。それを見て、家の者に尋ねた。

「この食事はいったいどうしたのだ」

家の者が事実のままに答えると、公は顔色を変えて言った。

「どうして下っ端の役人の、無名の者から施しを受けることができようか」

すぐに飯も魚も家の使用人に与えた。その郡に着任して後、毛の先ほどの財物も近づけることなく、まごころでもって郡を治めた。

当時、大きな日照りがあって、全道で雨乞いをしたものの、効果は現れなかった。公が祭祀を行なった後、祭壇の下、酷暑の日照りの中で突っ伏して、心の中で誓った。

「もし雨が降らなければ、死ぬまで祈ることにしよう」

ただ白米だけを食べて、数日のあいだ、心の中で祈り続けた。三日目の朝、一群の黒い雲が雨乞いをしている山から沸き起こって、しばらくすると、大雨が降り注ぎ、一帯はあまねく潤った。境界を接した他の郡には雨の一滴も降り注ぐことはなかった。一道の中で陜川一帯だけが豊作であったが、これもまた不思議なことであった。

海印寺には紙を作って納める負役があったが、寺の僧たちはこれを改めるべき弊害だと考えていた。しかし、公が陜川郡守となってからは、一張の紙も出すように要求することがなかった。あるとき、文書を編集することがあり、簡紙三幅を納めるように要求すると、寺の各房の僧侶たちは十幅の紙を納めてきた。公は僧侶たちを捕まえて来るように命じ、僧侶たちに申し渡した。

「役所から三幅の命令があった以上、一幅でも増減があれば、すでに罪になる。お前たちはどうして数を加えて納めたのか」

三幅だけを納めさせ、残りはすべて送り返した。僧たちは箇紙が戻って来ると、役所の奴僕に押し戻したが、奴僕もこれをどうしていいかわからない。そこでやむをえず、役所の門の上梁に懸けておいた。

その後、公がこの門を出入りするとき、箇紙が掛けられているのを見て不思議に思い、いったいどうしたことかと尋ねて、そのわけを知ると、笑って言った。

「机の上に置いて使うがいい」

任期を終えて帰京するときに見ると、一幅を使っていて、六幅が残っていたので、これを引き継ぎの帳簿に記録して残した。

公が閑暇なときに海印寺に逍遥して、多くの逍遥の客が岩にみずからの名を刻んでいるのを見て、滝の上に聳えている岩を指さして言った。

「あの岩に私の名前を刻めればいいのだが、深い淵の上に岩が立っていて、あそこまで行って刻みつける方法がない」

僧徒たちはこれを伝え聞き、七日のあいだ斎戒して、山神に祈った。すると、夏の五月であるにもかかわらず、滝の水が凍りつき、その氷に梯子を刻んで、岩に名前を彫りつけることができた。これは今に伝わっている。

ソウルに帰るとき、郡中の人びとが道を塞いで言った。

「お願いですから、何か一つだけでも長官をしのぶよすがになるものを残して行ってください」

公が言った。

「私はお前たちの郡にあって、この身に私するものを作ろうとしなかったが、ただ道袍一着だけを作った」

それを残していくことにしたが、質素な葛布で作った道袍であった。これを納めて祀堂を造り、「清白堂」と名付けた。現在に至るまで、春と秋にはお供えをして祭祀が行なわれている。

▼1【邸人】ソウルに滞在して地方官庁のソウルでの事務を代行する郷吏。

第一四〇話……少論の朴文秀《パクムンス》を圧した老論の李台重《イテチュン》

三山・李台重《イテチュン》（第一話注3参照）はその言論で王さまの意に反し、甲山府に左遷された。このとき、霊城・朴文秀《パクムンス》▼1は北関の観察使であったが、公が監営に至ると、楽民楼に座して待ち迎えた。公が延命▼2の後に入って行き、観察使に見《まみ》えると、朴文秀が言った。

「貴君は老論の中の論客で、私もまた少論の中の論客と目されている人間だ。今日はたまたま閑暇な中で相逢うことができたから、一度、議論を闘わせてみたいものだ」

公が言った。

「では、そういたしましょう」

文秀が言った。

「老論も少論もどちらも逆賊ではあるまいか」

公が言った。

「天下の義理では二つともに逆賊だとすることはできない。どういう意味なのだろうか」

文秀が言った。

「少論は戊申（一七二八）と乙亥（一七五五）に兵を起こした。これは粛宗に対しての反逆です。老論も結局のところ、景宗に対する反逆だから、そう言うのです」

公が笑いながら言った。

「老論には兵を起こすようなことはなかった。どうして少論と同列に論じることができようか。しかし、あなたは心の中の考えを隠そうとはしていない。終日、論を闘わせても、かまわないだろうか」

朴が言った。

「かまいませんよ」

公が言った。

「少論の中ではあなたを逆賊だとは言わないのですか」

文秀は大いにおどろいて言った。

「いったいどういうことですか」

公が言った。

「南方を巡遊して三年のあいだ、逆賊の李麟佐が乱を起こすまでの経緯を、はたしてあなたは見てこられなかったのか。見てこなかったというのなら、職務怠慢であるし、見てきたというのなら、事情を知っていて、どうして処罰をなさらなかったのか。これこそ逆賊であると言うべきでしょう」

文秀の顔は土気色に変った。

「このようなことは二度と論ずる必要がありません。名のある楼閣ではむしろ風楽を楽しむのがいいでしょう」

そうして、すぐに妓生を呼んで歌と舞いを堪能して歓を尽くして帰ったと言う。

▼1【朴文秀】一六九一～一七五六。英祖のときの功臣。字は成甫、号は耆隠。一七二三年、文科に及第、一七二七年、嶺南暗行御史として出向き、李麟佐の乱に際しては従事官として都巡撫使の呉命恒を助けて乱を平定した。その功績で霊城君に封じられた。一七二九年、嶺南節度使として水害を予知、済民倉の粟三千石を送ったので、後に北民碑という石碑が建てられた。少論の領袖である李光佐に学んで少論系列の人物であるが、党色を超越して人材を登用することを主張した。

▼2【延命】地方の官員が新たに赴任してきた長官に初めて見《まみ》える儀式。

第一四一話……王家の外戚を罷免した李台重

三山・李台重は平安道を管轄したが、そのとき、崔鎮海《チェチンヘ》[1]は宣川府使で、李仁綱《イインカン》[2]はやはり中和府使として在任していた。崔は英祖の外戚であり、李は顕隆園[3]の外戚であった。公は任地におもむく日に人びとに言った。

「この二人は人びとを治める職につけておくべきではない。着任したらすぐに罷免することにしよう」

中和に着くと、李仁綱がやって来たので、公が尋ねた。

「あなたはどなたでしょう」

「東宮の外三寸だ」

公は目を怒らせて言った。

「いったい誰だと言うのだ」

また前と同じような答え方をしたので、そのまま退出させ、すぐに書類を作った。

「中和府使の李仁綱はまだ羽根の生えそろわないひよっこに過ぎず、正しいことばづかいもできない。やむをえず罷免する」

大同江を渡るときに、宣川府使がやって来て、公に見《まみ》えたので、公はまた尋ねた。

「あなたはどなたかな」

崔鎮海が答えた。

「私は宣川府使です」

公が声を荒げて言った。

「私がどうして宣川府使であることを知らないはずがあろう。あなたがどのような人なのか尋ねたのだ」

鎮海が答えた。

「私の門閥は卑賤ですが、国家の篤い恩恵を受けて、ありがたくもこの地に参りました。ここでの任務は私にとってははなはだ過重です。長官はただ宣川府使の崔鎮海とだけ知って、あとは不問に付してください。私の親族はただの市井の者ではなく、役人をしています。これをいちいち某と某と名を挙げて答えたところで、使道はそれをどうなさる必要もありません。どうかお尋ねにならないでください」

公は微笑して鎮海を懇ろに接待して帰らせ、その後、彼を厚遇した。他の郡守たちへの対し方も、この二人への対し方によって知ることができよう。

▼1【崔鎮海】『朝鮮実録』英祖二十五年（一七四九）十二月に、王が兵曹判書の金尚魯を呼んで、崔鎮海・崔寿岡をなぜ官職につけないのかと問い、尚魯が愚迷を恥じて急いで武官につけた旨の記事がある。英祖の母は出自の低かった淑嬪崔氏である。英祖三十八年（一七六二）には摠戎使に任命された記事がある。

▼2【李仁綱】未詳。李仁康という人について、『朝鮮実録』英祖四十三年（一七六七）八月に李仁康を京畿水使とするとあり、四十八年（一七七三）八月には平安兵使となす旨の記事がある。

▼3【顕隆園】荘祖（思悼世子）とその妃の敬懿王后の陵。顕陵ともいう。正祖の即位以後、不遇に死んだ父の思悼世子は荘憲世子とされ、さらに高宗のとき荘祖と追尊された。荘祖の母親は瑛嬪李氏で、李仁綱（康）はその一族だったことになる。

第一四二話……貧しい都令を婿入りさせた朴文秀

耆隠・朴文秀が繡衣（暗行御史）としてある邑を通ったが、日が暮れてしまい、食事をしていなかったのではなはだ腹が空いた。一つの家を見つけて行くと、そこにはただ童子がいるだけであった。童子の歳はほぼ十五、六といったところであったが、歩を進めて一椀の飯を所望したところ、童子が答えた。

「私は片親に育てられて、家計は貧窮しています。飯を炊《かし》ぐことができずにすでに何日もたっています。

おもてなしのしようもありません」

文秀は困り果ててしばらく座っていたが、童子は部屋の薄暗い隅にある紙の袋を見ながら、なにやら思い込んだ風をしていたが、おもむろに袋をもって中に入っていった。数間だけの小さな家の向こうはすぐに内堂である。外で聞いていると、童子が母親を呼んで話している。

「外にいる旅人が時を失して食事をしていません。人が腹を空かせているとき、どうして放っておくことができましょう。しかし、米がなくて飯を炊ぐことができません。この袋の中の米で飯を炊こうと思うのですが、いいでしょうか」

その母親が言った。

「それなら、お前は父親の祭祀を欠かす気か」

童子が答えた。

「わが家の事情も切迫していますが、だからと言って人の窮状を見て、どうしてそのままにしておけましょうか」

母親が承諾して、童子は飯を炊いだ。文秀は母子の会話の一部始終を聞いていて、惻然《そくぜん》たる気持ちを禁じ得なかった。童子が出て来たので、文秀は事情をあらためて聞いた。童子が言った。

「お客人はすべて聞かれていたようですから、嘘をつくわけにもいきますまい。私の父親の忌日が近づいていますが、供えるものは何もありません。ただ一升の米だけがあったので、紙の袋を作ってそれに入れてとっておきました。私どもは食事を欠かしても食べないですませていたのですが、今日、お客人は餓えていらっしゃる。しかし、ほかに食糧はなく、やむをえずにとっておいた米を炊いだのです。狭い家のために筒抜けになってしまいました。慚愧に堪えません」

そのような話をしているときに、一人の奴僕がやって来て、言った。

「朴都令はすぐに出て来られよ」

童子が哀願して言った。

「今日、私は出て行くことができません」

文秀が童子の姓名を尋ねると、同姓であった。来たのは誰なのかを尋ねると、童子が言った。

「この村の座首の奴僕です。私もすでに適齢です。座首に娘があるのを知っていて、娘と契りを結び交わしました。座首はそれが気に入らず、家に恥をかかせたと言い、いつも奴僕をよこしては、私を捕まえて方々を引きずりまわらせて侮辱するのです。今日もまた引きずりまわそうとしているのです」

そこで、文秀が奴僕に言った。

「私はこの童子の叔父だ。私が代わりに行くことにしよう」

食事を終えて、文秀が奴僕を後に従えて行くと、座首というのが高い堂に座っていて、文秀を捕まえて前に出せと命じたが、文秀はずかずかと堂の上に上がって行って座り、言った。

「私の甥は門閥の出で、お前より家の格は高い。しかし、今は家勢がままならない。お前の家と婚姻を結んだのが、お前は気に入らないとしても、そのままにしておけばよい。それをどうして毎日つかまえて恥を見せるようなことをするのだ。邑の頭としてそんなに権勢を振るいたいのか」

座首は大いに怒り、奴僕を叱りつけた。

「私はお前に朴童子を連れて来るようにいったのだ。なのに、お前はどうしてこんな狂った旅客を連れて来て、自分の主人にこのような恥をかかせたのだ。お前は鞭打たねばならん」

文秀は袖の中から馬牌▼1を取り出して見せながら言った。

「お前はあくまで不埒な振る舞いをするつもりなのか」

座首は馬牌を見たとたん、顔は土色に変わり、石段の下に降りてひれ伏した。

「お許しください。死罪を犯しました。死罪を犯しました」

文秀は言った。

「お前は婚姻を認めることができるか」

それに対して、座首は答えた。

「どうして反対などいたしましょう」

　文秀が言った。

「暦を見ると、三日後が吉日のようだ。その日、私は新郎を連れて来る。お前は結婚に必要な品々を用意して待っているのだ」

　座首はうやうやしく承諾した。

　文秀は門を出て邑の中に入り、役所におもむいて、本官に言った。

「某洞に私の一族の者がいて、この邑の座首と婚姻を結んだが、その期日は某日となっている。そのとき、外で使う道具と婚姻の品々を役所から用意してもらいたい」

　本官が答えた。

「それはまことに慶事です。十分に準備させていただきます。謹んで、ご命令の通りにお仕えして、また近隣の郡の守令たちにも伝えることにします」

　文秀は新郎の家に官服を準備するように頼み、当日は、威儀をととのえた新郎の後ろに従った。座首の家では雲のように幕が天に連なり、盃盤がびっしりと並んだ。上座には文秀が座り、大勢の守令たちもずらりと並んだ。座首の家では十層の光が加わった。婚礼が終わって、新郎が出て来ると、文秀は座首を連れて来るように命じた。座首が言った。

「私はお命じになるままに、婚姻を行ないました」

　文秀が言った。

「お前の田と畑はどれほどあるのか」

「数ソンチギほどの面積です」

「半分を分けて新郎に与えることができるか」

　座首が申し上げた。

「どうしておことばにそむきましょう」

文秀がまた言った。

「奴婢、牛馬、および、器や家具など、どれほどもっているであろうか」

「幾人、幾匹、幾件、幾個といったところです」

「それらもまた半分に分けて、新郎に与えられるか」

「どうしておことばにそむきましょう」

文秀はすぐに文書に書きとめるように命じて、証人としてはまず御史・朴文秀が署名して、次には本官、それから某某邑の守令が署名して、馬牌を捺した。

そうして他のところに向ったと言う。

▼1【馬牌】官吏が地方出張の際に駅馬を徴発するのに用いた円形の牌で、一方の面には馬の絵、あるいは「馬」の文字が書いてあり、もう一方の面には尚瑞院が発行する旨と年月日が記されている。印章として用いられた。

第一四三話……そそっかしい蔡紹権《チェソクオン》

蔡紹権《チェソクオン》▼1は寿《ス》▼2の息子である。大まかな性格で、そそっかしかった。身なりにまったくこだわらず、あるときなど、一方の足には白い靴を履き、もう一方の足には黒い靴を履いて出勤したので、役所の人びとはみな互いに口を覆って笑ったものであった。仕事を終えて、金安老▼3に会いに行くと、金が笑って言った。

「『濃い色の花と薄い色の花が前後に開く（花色深浅先後発）』と言うのは、まさにこのことだな」

『思斎摭言』▼4より

▼1【蔡紹権】生没年未詳。文臣。字は孝仲、号は拙翁。一五〇六年別試文科に及第して、官途に就いた。弘文館副提学のとき、「時弊五條」を上疏した。大司憲・漢城府尹などを経て、刑曹判書にまで至った。金安老の妻の兄弟であったが、平素から仲が良くなかったので、金安老が失脚したとき、ひとり難を逃れることができた。

▼2【寿】蔡寿。一四四九～一五一五。中宗のときの靖国功臣。字は耆之、号は懶斎、諡号は襄靖。一四六八年に生員となり、翌年には甲科・会試・殿試に壮元で及第。「三場連魁」（同じ年に三度壮元になること）は李石亨以来のこととされる。成祖の寵愛を受けて大司憲となったが、廃妃尹氏（第二三五話注1参照）を弁護して罷免された。以後も要職に就くことはあったが、燕山君の時代は士禍によって浮沈があった。仁川君に封じられた。

▼3【金安老】一四八一～一五三七。中宗のときの権臣。字は頤叔、号は竜泉。一五〇六年、文科に及第。己卯の士禍（一五一九）の後、吏曹判書に昇進、南袞および沈貞の弾劾を受けて、一五二四年、豊徳に流配されたが、復帰して礼曹判書となり、沈貞と李沆を殺して政権を掌握した上で、敬嬪朴氏と福城君を死に追いやった。官職は左議政に至り、たびたび獄事を起こしては、李彦廸・李荇・鄭光弼などを流罪にした。文貞王后を廃そうとして失脚、丁酉の年（一五三七）、許沆・蔡無択とともに流配、その後、死を賜った。丁酉の三兇と言われる。

▼4【『思斎摭言』】中宗のときの人である金正国の詩文集『思斎集』の中の一部。

第一四四話……詩で暗示した仁祖反正

湖洲・蔡裕後《チェユフ》▼1は鶴谷・洪瑞鳳《ホンソボン》▼2と親しかった。洪公は靖社（仁祖反正）を企てるのに参加したが、蔡公もその企てに引き込もうと思い、企ての意図が理解できるかどうかを試そうと、詩を書き送った。

幼いときには風波を恐れたが、

いままた盛んに風波が立っている。
今晩は足の留まるところで眠り、
夢の中で風波が収まるのを祈るのか。
（少日風波畏、風波亦已多。
今宵睡足処、夢唱定風波）

蔡公はぼんやりとしていて、その意味するところを理解しなかった。洪公はそこでなにも告げなかった。仁祖反正が成って、初めて蔡公は詩の意味を理解して言った。

「私がもしそれを理解したとして、どのように対処できたであろうか。理解できなかったのは天が私を助けたのだ」

『閑居漫録』[3]より

▼1【蔡裕後】一五九九〜一六六〇。字は伯昌、号は湖洲、諡号は文恵。十七歳で生員となり、一六二三年、文科に及第、玉堂に入って賜暇読書をした。景宗のときに右副承旨から大提学に至り、吏曹判書となって死んだ。文才があって、『実録』の編纂に参与した。

▼2【洪瑞鳳】一五七二〜一六四五。仁祖のときの大臣。字は輝世、号は鶴谷、諡号は文靖。一五九四年、文科に及第、吏曹佐郎となったが、その名望を妬む者に誣告されて免職になった。仁祖反正がなると、吏曹参議・同副承旨となり、寧社功臣として益寧君に封じられた。一六三六年、胡乱に遭うと、王とともに南漢に逃れ、敵陣と往来を繰り返して和議を調えた。領議政に至った。詩に抜きん出ていた。

▼3【『閑居漫録』】随筆集。孝宗・顕宗の二代に渡るさまざまな事がらを書き記した随筆で、鄭戴崙の手になり、族弟の鄭行源が編集した。

第一四五話……妓生の動人紅《ドンインホン》

動人紅《ドンインホン》というのは彭原▼1の妓生であるが、文章をよく理解していた。ある兵馬使分道▼2が太守と碁を囲んでいたが、二日酔いから醒めていず、

「都護が博州の千杯の酒に酔い、東と西の区別がつかない（都護博州千盃酒、酔未分東西）」

と言うと、動人紅が側にいて、

「太守が分道と一局の碁を囲み、夢中になって東西もわからない（太守分営一局棋、蒙不知東西）」

と言った。

動人紅が作った詩がある。

娼女と良家の奥さまは、
心にいかほどの隔たりがあろう。
可憐であること、栢舟▼3の節義、
二夫に見《まみ》えまいと誓う。
（娼女與良家、其心間幾何。
可憐栢舟節、自誓矢靡他）

『補閑集説▼4』より

▼1【彭原】平安道の安州牧の高麗時代の名称。
▼2【分道】行政区画の上で一つの道に分属され、その管轄下にある道、またはその長官である判官を言う。高麗時代、東北面と西北面の各道に分道があった。
▼3【栢舟】『詩経』の「栢舟篇」は亡夫に対する未亡人の貞節を表現している。

▼4【『補間集説』】高麗時代の崔滋が先行する李仁老の『破閑集』を補おうとして著した随筆。一二五四年に刊行された。

第一四六話……学業を放棄して富豪になったソンビ

昔、ソウルのソンビで崔という者がいた。その名前はわからない。代々に宰相を出した家の子弟であった。幼いころから文芸に親しんだものの、何度も科挙に落ちて、すでに壮年になってしまった。そのうち、家勢は傾き、親は年老い、妻子も凄涼たるありさまである。同門の学生も昔の役所の同僚もすでに顕達した者たちが多く、すっかり落ちぶれ果てた崔の家に救いの手を差し伸べようという者はまったくいない。

崔生は『孟子』を読んでいて、「手足を動かさずに怠け[1]、父母の保養を顧みないのは第一の不孝である（惰其四肢、不顧父母之養、一不孝也）」という句節に至り、本を閉じてため息をつき、

「私は本当に親不孝だ」

とつぶやいた。

そして、筆を束ねて硯とともにしまい、本も蔵に封じ込めた。自分の書いた草稿も集めて燃やし、書架にあった書物もみな友人たちにくれてやった。翌日には家を売って、その値として五百金を受け取った。父母を連れ、また妻子をともなって、奴僕二名、婢女三名とともに湖西の清州の田舎の家に移った。田舎の家には祭田十結あまりと藁屋七間、奴婢の働き手が十人あまり、牛三頭が残っていた。崔生は奴婢たちを呼んで約束した。

「私はお前たちに十年を限って約束しよう。私は田を百結、奴と婢をそれぞれ百人、牛百頭、家屋五十軒に増やそう。一日に万銭を使い、ひと月に百三十四の布を使う世帯をもつ。私の命にしたがう者はそれぞれ百金の褒美を受け取るが、したがわない者は殺してしまおう」

奴婢たちが答えた。

「富裕になるのを望まない者がどこにいましょう。しかし、どうしてそのような福を得ると約束することができるのですか」

崔生が言った。

「禍福というのは自ら求めなければ得られない。求めて得ることがどうして難しかろう。お前たちはただ私の命令を聞くだけでよい。叶えられないのではないかと心配する必要はない」

奴婢たちは心の中では不安ではあったが、口では応諾した。

「おっしゃる通りにしましょう」

そこで、崔生は五百金を与え、五穀を買って貯蔵するようにさせた。この年、湖西は豊年で、五銭の租税は二十五斗の他の穀物に替えられた。翌年の春には崔生はみずから鋤や鍬を持って百姓仕事をして、畦道に座って歌ったりした。秋になって穫り入れた米は百石は百石であったが、この年はまた豊作で、穀物の値は前の年よりもさらに下った。崔生はそこで祭田をことごとく売り払い、三千両を受け取り、それでまた五穀を買い付けた。前年から買い付けた五穀は四千石余りにも上った。

翌年、夏は日照りで秋には洪水が出て、田畑には育った苗がなかった。はなはだしい凶年だった。冬が過ぎて春になると、老人と子どもの死体が谷を埋め、大人は散り散りになって、十の家の中で九つの家は空になった。籾殻のついた穀物一石の値が銭十両で、米はその二倍であった。年寄りの奴僕たちは買い置いた穀物を売りさばきたいと言ったが、崔生はこれを許さずに言った。

「お前は行って郷吏の長老を呼んで来い」

長老たちを石段の下に立たせて言いつけた。

「わが家の四方の近隣の邑で困窮してほとんど飢え死にしようとしている人たちの数はいかほどだろうか」

長老たちが答えた。

「どんな人が死なずにすみましょう。農地のない多くの人びとがいて、農地をもち牛と犂をもった男女も多くいますが、田んぼに這いつくばって一生懸命に働いてやっと一年を過ごしている状態で、顔には不安の色を浮かべています。この人たちはみな夏には干からび秋には水浸しになり、往々にして田んぼで立ちつくすのです。近年、穀物を収穫することができないからです」

崔生が言った。

「ああ、なんということだ。みな飢え死にしてしまう。私のところに何石かの穀物がある。少量ではあるが、配れば人びとを救うことができるだろう。郷里の人びとがみな死んでしまうのを見るのは忍びない。某所から某所まで人口の多少と家戸の多少を記録した者を私に見せてもらえまいか」

長老たちはそれに応答した。

「これはまことに生き仏でいらっしゃる」

長老たちは帰って行き、四方の近隣の邑に告げて戸口の数を記録して、それを崔生に示すと、崔生は約束を果たして言った。

「ここに記録している人をすべて集めてくれ」

ほぼ五百余りの家の千三百人あまりに穀物を分け与えて言った。

「お前たちは飢え死にすることをおそれず、本業に従事するがいい」

こうして、月ごとに、人数を計算して食糧を与えたので、余ることも不足することもなかった。牛を売って牛がいなくなった者には牛を買い与え、農作業のときには握り飯を配り、五百余戸に五穀の種を与えた。できるだけきちんと整え、懸命に仕事ができるように仕向けたが、忙しいときにはみずから田畑に出向いて激励した。崔生が言った。

「私は昨年は収穫を前にして農業を棒に振った。今年はうまくやろうと思うものの、十結の田はすでに売ってしまった。他の人の田を広く借りて耕作させてもらい、その収穫の半ばをもらおうと思うのだが」

そして、奴婢たちを率いてみずから畑仕事を監督した。この年ははたして豊年で、収穫して分けても百石あまりあった。五百の家がまたそれぞれ収穫して一緒にやって来て言った。

「われわれのこの収穫というのはすべて崔氏のおかげです。五百戸の千三百の人間が今年の春と夏に当たって、十に九の家が空っぽになったとき、飢え死にするのを免れて生き延び、父母、兄弟、そして妻子たちがみな安楽に過ごし、南の畔で歌を歌って過ごせるのは、みな誰の恩恵でしょうか。人としてこのように肉骨の恩を被って、どうしてそれに報いようと考えないでしょうか。そんなものはただの豚か犬です。余分な穀物はいりません」

みんなが口をそろえて言った。

中でも経験と知識に富んだ人たちが集まって議論した。

「その通りです」

「崔氏の穀物は崔氏の祭田十結とソウルの家屋敷を売った銭で買ったものだ。この春の穀物の値で言えば、四千石でほぼ四万両の銭を受け取ることができたのだが、私情をはさまず、売ることをせずに、われわれを助けてくれた。これは天下の義士であり、仁者である。われわれがただ四万両をお返しするとすれば、恩知らずのそしりを免れまい。ここは六万両をご恩に報いようではないか」

みながそれに同意した。そうして戸口の多寡と一年の食糧、農作業時の食事、牛を買った金などを順に計算した。牛の値を秋に収穫した穀物の値で計算すると、収穫した穀物の値で計算すると、牛の値の百銭が穀物二十斗であったが、全部で六万石であった。五百戸の住民たちが牛に載せ馬に積んで、尾を首につぐようにやって来て、崔氏の大門の外に立ち並んだ。崔氏が怪訝に思い、そのわけを尋ねると、百姓たちが言った。

「ただご恩に報いようという次第です」

穀物を外に積み上げ、長老たちが入って来て、庭に並んで拝礼した。

「穀物で考えれば、鴻毛より軽く、その恩恵を論じれば泰山よりも重いのですが、わたくしどもはあえて鴻毛でもって泰山に報いようと思います」

崔氏が言った。

「それはいったいいかほどなのか」

「六万石あまりです」

崔氏が言った。

「私はもとより墨子の仁愛も伯夷の清廉さももっていないが、私が与えた穀物の量と六万石をくらべれば、五割は増えていよう。これは蝦で鯛を釣る類だ」

固く辞退して受け取ろうとしなかったので、長老たちは言った。

「いやそうではありません。今年もし四千石を売れば四万両を手に入れることができます。四万両でもってソウルで百貨を新たに買って、秋になって売れば、当然のこと、十二万両は手に入れることができます。その十二万両を穀物に替えて積み上げれば、十二万石になるはずなのです。今、この六万石というのは十二万石の半分なのです。十二万をとらずに六万をとることは清廉ではないことなのでしょうか。死んでいこうとする百姓たちに利害を超えて穀物を分けてくださって、その恩返しも必要としないということばは、それこそ仁愛と言うべきではありませんか。百姓たちの利害で言えば、五百余戸の千三百余人がはなはだ困窮した夏、大日照りのときに、たとえ借りようとしても方途がなく、銭を借りようとしても利子が五倍も十倍もして、それ以下ではありませんでした。銭で穀物を買おうとすれば、穀物は高く、銭は安く、銭を持った者は市場に多くいても、そこに穀物を担いでくる者は皆無の有様だったのです。このようなときに人はどうやって生きて行けばいいのでしょう。またどうして時に応じて畑仕事をして蔵を満たすことができましょう。この穀物をお受け取りいただけないのなら、わたくしたちをどうか奴婢にして万分の一でも恩返しをさせてください」

崔氏が言った。

「あなたたちがそこまで言うのに、どうして受け取らずいいられようか」

人びとが言った。

「穀物は眼に見えるものですが、心の中は見えません。死ぬまでこのご恩は忘れません」

崔氏は言った。

「少なく与えて多くをもらった。私はそれが恥ずかしい。それ以外になんと言ってよいか」

翌年、穀物を売ると、一石が百五十銭にもなり、全部で九万両の銭になった。そしてまた次の年には、銭が十八万両にもなった。それ以後は銭があまりに多く、穀物を買うことができず、穀物もあまりに多く銭に替えることができず、そこで、五百余戸の利害にうとい者に分け与えて行商をさせた。十年のあいだに財貨が満ち溢れ、最初に奴婢たちに約束したことば通りになった。そこで奴婢たちに百金を賞与として与えた。五百余戸の者たちはその力に頼って、凶年のときにはいつも崔氏に借りたが、これははなはだ奇異なことであった。

▼1【手足を動かさずに怠け……】『孟子』離婁篇下、父の怒りにふれ、妻子とも別居している匡章のために孟子が弁解して言ったことばの中にある。

第一四七話……韓石峰《ハンソクポン》と油売り

韓石峰《ハンソクポン》▼1は幼い時分から書芸を学び、かつて一日として怠ることがなかった。中年になって、書法はすでに完全に習得したとみずから考えていたが、ある日のこと、往来を歩いていて鍾閣を通り過ぎると、ある男が高い楼の上に登っていて、楼の下の人間が油を買いたいと請うた。するとと、楼の上の男が言った。

「君は器をもって楼の下に立っていてくれ。私はこの楼の上から油を注ごう」

そうして、屋根の上に臥して、下の小さな瓶の中に油を注いだが、一滴もこぼさなかった。

韓はこれを見ていて、ため息をついてつぶやいた。

「私は書芸に習熟したと思っていたが、この境地にまでは至っていない」

家に帰って、ますます精進して、ついには名筆となった。

▼1【韓石峰】韓濩。一五四三～一六〇五。朝鮮中期を代表する書芸家。字は景洪、石峰は号で、他に清沙とも。一五六七年、進士となったが、その書によって出世して写字官として国家のさまざまな文書・外交文書などを書いた。官職は加平郡守に至った。彼の書体は朝鮮時代初期から盛行した趙孟頫の書体ではなく、王羲之に倣ったものの、晋唐の人の気韻に欠けて低俗に堕しているともされる。数多くの石碑が彼の書を伝えている。

第一四八話……顕達した人の詩

白沙・李《イ》恒福《ハンボク》（第一一〇話注4参照）は五歳のときに剣と琴について歌った。

剣には丈夫の心が備わり、
琴には太古の音が潜んでいる。
（剣有丈夫心、琴蔵太古音）

薬泉・南《ナム》九万《クマン》（第一三三話注3参照）は九歳のときに月を歌った。

多くの星が陣を作り、
名月はその将軍。
（衆星皆列陣、明月為将軍）

二つの詩を読むだけでも、後日に大成する人たちだと予知できたであろう。

第一四九話……ムダンを罰した南春城《ナムチュンソン》

南春城《ナムチュンソン》▼1は人となりが勇敢で剛直であった。大司憲であったとき、妄りがましい妖術で人びとを幻惑させる者がいたので、司憲府に捕まえて来て、刑罰を与えることにした。ところが、ムダン（巫術士）はその術を使って、公の座っている椅子を揺らして、公がじっと座って居られなくした。左右の者たちは驚いて色を失ったが、公は毅然として動揺することがなく、椅子を退けて座布団に座りなおした。すると、ムダンは今度は座布団を震わせる。そこで、公は座布団を遠ざけ、今度は壁に寄りかかって座った。ムダンはこれを揺さぶることはできなかった。公はムダンを杖で打ち殺した。

▼1【南春城】南以雄。一五七五〜一六四八。字は敵万、号は市北、本貫は宜寧。一六一三年には文科に及第したが、光海君の時代は不遇で、仁祖反正の後、五営将軍などを経て、李适の乱のときに功を挙げて振武功臣・春城君に封じられた。その後、春城府院君となり、左議政にまで至った。迷信を嫌って淫祠を破壊し、ムダンたちを殺してソウルの綱紀を正した。

第一五〇話……大提学の実用文

竜洲・趙絅《チョキョン》が大提学を辞めて田舎に下った。そのとき、邑の人が鼎を失くし、公に役所に訴える文書を書いてくれるよう頼んだ。公はこれまでこういった類の文章を書いたことがないので、かたく断ったのだが、再三たのまれて、しかたなく引き受けた。

ところが、半日のあいだも沈吟して、ようやく「大体、鼎というのは、なくてはならないものだ（夫鼎也者、不可須臾離也）」と書いて、後がまったく続かない。そこを一人の校生が通りかかって覗き見て、

「大監はいったい何の文章を書こうとして、そんなに苦労していらっしゃるのですか」

と言った。

公がありのままを答えると、校生は、

「そんなのがどうして難しいのですか」

と言って、一筆で書き上げた。公はこれを見て、ため息をつきながら、

「ひとはみな私の文章を称賛するが、今日の文章は君の書いた文章だ」

▼1【竜洲・趙絅】一五八六～一六六九。仁祖のときの文臣。字は日章、号は竜洲、諡号は文簡。一六一二年、司馬試に合格したが、当時、李爾瞻が力を持っていて、絅はこれと近づくのを嫌って科挙を受けなかった。一六二三年の仁祖反正の後に遺逸として推薦され、一六二六年には親試に壮元で及第して、判中枢にまで至った。一六四三年に日本に通信使として行き、『日本紀行』『関白説』を著した。

第一五一話……夫人の腹と三人の子の運数

宰相の鄭太和《チョテファ》（第一一六話注1参照）がかつて夫人の腹を指さして言った。

「この腹から寿命、富裕、高貴の三つのそれぞれを備えた子どもが出て来るであろう。まことに奇特なことだ」

その子の載岳《チェアク》▼1は八十歳を超えて死んで、稀に見る長寿であった。載崙《チェリュン》▼2は駙馬（王女の婿）となり、巨万

の富を築いて財貨を積み上げた。載嵩《チェスン》▼3は官職について領議政に到って高貴を極めた。前もって予知できたのはまことに神妙である。

▼1【戴岳】『朝鮮実録』英祖即位年（一七二四）十月に、鄭載岳は賢相の子である上、九十歳になろうとしている、これに恩典を与えないわけにはいかないとして、知敦寧を与えられた旨の記事がある。

▼2【戴崙】一六四八～一七二三。字は秀遠、号は竹、諡号は翼孝。一六五八年に孝宗の娘の淑静公主と結婚して東平尉に封じられた。公主が夭折したので、再婚することを請うたが、許されず、王の婿となった者は再婚できない法規が定まった。

▼3【戴嵩】一六三二～一六九二。字は子高、号は松窩。一六五一年、司馬となり、一六六〇年には文科に及第してさまざまな官職についた。右議政・領中枢府事にまで至った。

第一五二話……金慎斎《キムシンチェ》の禁欲

金慎斎《キムシンチェ》▼1が若かったとき、ある親友の家に婢がいて、ちょっとした手紙を持って来た。たまたま大雨になって、一日中、降り続いたので、婢は帰ることができなくなった。公はやむをえず、その婢を別の房に泊めた。ところが、その婢というのが若くて、なんとも言えず美しい。公は床に臥しながらも、心の中は悶々としてとても我慢ができない。そこで立ち上がって、扉の鍵を鎖した。そして床に戻って臥すのだが、それでも気持ちを抑えることができない。そこで、公は鍵を屋根の上に放り投げた。まことに慎斎という号に負けない性格と言うべきであろう。

▼1【金慎斎】金恒錫。字は士元、慎斎は号とまではわかるが、それ以上は未詳。

第一五三話……馬鹿げた武人の詩

申平城《シンピョンソン》▼1は武人であり、文字を解さなかったが、詩を作るのを好んだ。あるとき、「木よ、木よ、槐《えんじゅ》の木よ、涼しい風が多いぞ（木木槐木清風多）」という句を作ったものの、その対の句を作ることがなかなかできない。そこで、あるソンビが「宰相よ、宰相よ、申宰相よ、風月も素晴らしい（相相申相風月好）」とつけたが、これは平城を嘲弄したものであろう。

遠接使として義州に至り、「義州は風月がすばらしい（義州風月好）」という句を作った。通り過ぎて行く所々で「某地は風月がすばらしい（某地風月好）」と首句を作ったが、開城府に着いて始めて、

「開城府は悪地で、詩もまた作ることができない（開城府亦悪地、詩亦不可作）」

と作った。思うに、「開城府は風月が素晴らしい（開城府風月好）」とすると、六文字になり、六文字の詩句もあることを知らなかったのである。この話を聞いた人びとは冷笑した。

また、息子に書き送った手紙には次のように書いた。

「地官が私に墓所を見せたが、まさに子孫に政丞が出る地であった（地官吾山所見、応政丞出）。しかれば、ここをよしとしよう（然則好哉）」

▼1【申平城】申点《シンチョム》。一五三〇～?。朝鮮中期の文臣。字は聖與、号は愓、諡号は忠恵。一五六四年、生員となり、同年に式年文科に及第して官途を歩み、要職を歴任して判義禁府使にまで至った。経筵官（第二五一話注3参照）として入侍していたとき、己卯士禍（一五一九）で粛清された人びとの雪冤に努め、また一五九二年、燕京に滞在中に壬辰の倭乱が勃発すると、明との交渉に努めて援兵の派遣を取りつけた。その功績で宣武功臣に録され平城府院君に封じられた。貪吏との評判も立てられたが、礼制に明るかった。

第一五四話……乞食詩人

蔡希菴《チェフィアン》▼1がかつて無聊をかこっていた。ある人が来て、侍童を呼んで言った。

「蔡彭胤は在宅か」

その人の容貌は醜怪で、衣装もぼろを着ていて、まるで乞食のようであった。侍童はこの人をののしって言った。

「あんたはいったい誰なんだい。宰相の名前を呼びつけにするなんて」

蔡公はたまたま中の房で臥して、表の声を聞いて不思議に思った。簾を挙げて中に入れさせ、客と対坐して尋ねた。

「いったいどうして来られたのですか」

客は答えた。

「公の詩名を聞いて久しく、宝石のような詩句を楽しもうと思って来たのです」

公がそこで詩稿を開いて見せると、客は見終わって言った。

「すべて美しい詩だ」

公が言った。

「あなたは私の詩をご覧になった。今度はあなたの詩を見たいものだ」

「公がそうおっしゃるのなら、まずは題を命じ、韻を指示してください。それに応じて詩を作りましょう」

そこで、蔡公は「独釣寒江雪」を題として、「凝」「縄」「鷹」で韻を踏んで詩を作るように言うと、客は次のような詩を作った。

白玉が連なる江は万里にわたって凝《こお》り、
深さを探るのに長縄をたらす術もない。
漁をする翁も釣り糸を挙げて手に息を吹きかけ、
誰が季鷹▼2に鱸のなますを進めよう。
（白玉連江万里凝、探深無路下長縄。
漁翁捲釣空呵手、鱸膾誰能薦季鷹）

詩を作り終えると、挨拶をして立ち去った。その姓名を尋ねても教えなかった。

▼1【蔡希菴】蔡彭胤。一六六九～一七三一。英祖のときの文官。字は仲耈、希菴は号。十九歳のときに進士、二十一歳のときに文科に及第、参判、芸文館提学に至った。幼いときから神童と呼ばれて詩名が高かった。書にも優れていた。

▼2【季鷹】張翰。中国、晋の人。季鷹は字。秋風が吹くと故郷の松江の鱸の味を思い出し、わざわざ故郷に流されたという故事がある。

第一五五話……金の圏子を下賜された奴

李海皐《イヘゴ》▼1の奴の中に名を愛男《エナム》という者がいた。壬辰の年（一五九二）に倭寇が突然に押し寄せ、王さまは西道に避難なさった。公は説書▼2としてお側に宿直していたが、そのまま徒歩で扈従《こしょう》した。変事が起こったことを聞いて、愛男はすぐに鞍を置いた馬を引いて出て、弘済院で公に追いつき、馬に乗せた。星の出た夜に山河を跋渉《ばっしょう》して、ついには臨津の渡し場に至ったが、大雨が降り注いで、漆黒の闇夜、一尺の先も見えない。村人たちもみな逃げ去っていて、船がどこに繋がれているかもわからない。全朝廷が逃げ延びようと慌てふためいてはいるものの、なんら計策があるわけではない。そのとき、愛男は江のほとりの藁屋に火を放った。あたりは昼のように明るくなって、それで付近に繋いであった数隻の船が見つかったので、それでもって江を渡ることができたのだった。

宣祖は家を焼いて船を見つけたという話を聞いて、

「これはいったい誰が思いついたことなのだ」

と、お尋ねになった。お側に侍っていた臣下が、愛男という男の考えたことだと申し上げると、王さまははなはだ奇特なことだとお考えになった。

その後は、お食事の残りを必ず愛男に下さったが、愛男はいつも乾物は袋の中にしまっておいた。白川に至って、王さまに差し上げる食糧にこと欠くようになると、愛男が袋の中の乾物を取り出して差し上げたので、王さまはいっそう愛男を寵愛なさるようになった。

乱がおさまり、ソウルにお戻りになると、差備門に愛男をお召しになり、金の圏子[3]を下賜なさった。愛男はそれを袋の中に入れたまま、死ぬときまでけっして身につけることがなかったと言う。

▼1【李海皐】李光庭。第九〇話の注1を参照のこと。

▼2【説書】世子侍講院の正七品の官職。王世子に経書を講義する。

▼3【圏子】網巾の後ろに垂らした紐を結ぶための輪。官員の品階に応じて、一品は還玉、正二品は還金、従二品は金、正三品堂上官は玉でできていた。

第一五六話……閔《ミン》趾《チ》斎《チェ》の背中の相

申汾運《シンブンウン》▼1は人相をよく見た。閔趾斎《ミンチチェ》▼2がかつて自分は出世するかどうか尋ねたことがある。すると、汾運は答えた。

「あなたの顔の相を見ると、貴となる相がまったくない。はなはだ振るわない生涯になるだろう」

閔公が挨拶して出て行こうとすると、その背中の気象を見て驚き、呼びとめて言ったのだった。

「あなたの背中を見るに、完璧に高貴の相が出ている。まちがいなく、私の官位までは登るであろう」

その後、はたして判書に至った。

▼1【申汾運】この話にある以上のことは未詳。

▼2【閔趾斎】閔鎮厚。第一二一話の注4を参照のこと。

第一五七話……張顕光《チャンヒョンクァン》の磊落な人品

旅軒・張顕光《チャンヒョンクァン》▼1は仁同に住んでいた。あるとき中庭で麦打ちをしていたところ、大雨が急に降って来たので、堂の上に麦を取り入れた。公は年老いて顔色も黒ずみ、衣冠も薄汚れていたので、ただの村の爺さんにしか見えなかった。

このとき、観察使の息子が雨を避けて入って来て、堂の上に座って、礼儀も弁えずにぞんざいに尋ねた。

「いやにたくさん麦打ちをしたようだが、爺さんもよく麦を食べるんだな」

「一生懸命に働いて、やっとのことで飢えから免れることができます」

頭に金の圏子を帯びているのが見えて、ふたたび尋ねた。

「国に穀物を納めて褒美をもらったのかな」

「最近は堂上官の品階を下さることが多くなって、私のような田舎の爺さんまでこれを身につけることができるんですよ」

また、息子がいるのかと尋ねたので、公は、

「養子がいます」

と答えた。その養子は家にいるのかと尋ねると、公は、

「仕事があって、ソウルに行っています」

と答えた。今度は、どんな仕事なのだと尋ねるので、公は答えた。

「副提学の仕事をしています」

当時、公の息子は副提学になっていた。名前は応一▼[2]であった。

息子はまた尋ねた。

「旅軒・張先生がこの邑にいらっしゃるそうだが、爺さんは知らないか」

「近所の子どもたちが私のことを旅軒と呼んでいるかも知れません」

観察使の息子はこれを聞いておどろき、あわてて堂の下の庭に降りて立ち、

「私はいかにも愚かで、先生には罪を犯してしまいました。甘んじて罰を受けます」

と言った。

公は息子を堂の上に昇らせて、あらためてこれを叱責して言った。

「ソンビはことばを慎まなければならない。今後はけっしてこのようなことがないようにするのだ」

後日、観察使が息子を連れてやって来て、息子をしつけなかった罪を謝し、息子を鞭打とうとした。公がこれを止めたので、鞭打つことはなかった。

▼1【張顕光】一五五四〜一六三七。李朝仲期の学者。字は徳晦、号は旅軒、諡号は文康。本貫は仁同。十代で学問に精通し、柳成竜の推薦で報恩県監となった。光海君のとき何度か官職に任命されたが辞退、仁祖の即位後も要職をもって招かれたが辞退した。一六三七年、清に降伏したという事実を知って立嵒に入って死んだ。一六五八年に領議政を追贈された。官途に興味をもたず、性理学の研究に没頭した。

▼2【応一】張応一。一五九九〜一六七六。字は経叔、号は聴天堂。父は顕道。七歳のときに顕光の養子となった。一六二九年、文科に及第して、掌令として金自点の過ちを弾劾し、孝宗のときには工曹参議として寧陵の変の真相を明らかにしようとしたが、誣告によって黄澗に流された。粛宗になって帰還、大司諫となり、嘉善大夫に昇った。

第一五八話……金始振《キムシチン》の人を見る眼

判書の金始振《キムシチン》▼1は人を見る目があった。あるとき、路上で一人の童子が水桶を頭に乗せた女児と戯れているのを見た。その童子の容貌はまことに秀美である。人にその名前を尋ねさせたところ、閔黯《ミンアム》▼2と言った。彼はこの童子がきっと出世することを見抜き、娘の婿に迎えることにした。

奠雁の礼（巻末付録解説3参照）を行なう日になって、金公は彼をあらためて見て、沈鬱な顔色になった。客がどうしたのかと尋ねると、金公は答えた。

「私の人を見る目はまだ十分ではなかった。あの者はたとえ官位は人臣の極みに至るとしても、命を全うすることができないようだ。どうして私の娘は永く、ともに楽しみを享受することができようか。しかし、私はその禍を見ないで死んでいくであろう。また何を恨むことがあろうか」

その後、はたしてそのことば通りになったのだった。

▼1【金始振】一六一八〜一六六七。字は伯玉、号は盤皐。一六四四年、庭試文科に丙科で及第、翌年、検閲

になった。内外の要職を歴任して一六六六年には謝恩副使として清に行った。漢城府左尹・戸曹参判に至った。

▼2【閔黯】一六三六～一六九四。粛宗のときの文臣。字は長孺、号は又湖。一六六八年、文科に及第、右議政に至った。南人であったが、一六八九年、宋時烈が世子冊立時期尚早論を唱えて粛宗の怒りを買って死ぬと、一六九四年に西人一派の排斥を企てて失敗、廃妃問題で囚禁されて賜薬によって死んだ。

第一五九話……祀堂を再建した陰徳

晋州には死んで節義を守った兵使の忠烈祠があるが、永い歳月が経って、頽落して、上には雨が降り、側面は風が吹いて、塑像はじめじめと湿っていた。忝知・洪景濂《ホンキョンリョム》▼1がこの有様を見て、諸営将に力を合わせて修復するように命じたが、営将たちは従わなかった。そこで、公は一人で財と人力を調達して、その祀堂を修築して、祭祀を行なった。みずから事に当たって忠誠と恭謙を尽くしたが、ある日の夜、夢の中に四人の人▼2が現れて礼を述べた。

「私たちは公のご恩でもって身体を濡らすことを免れた。このご恩に報いることをなにもできないが、ただ天で公の子孫が代々甲科で及第するように祈ることにしよう」

そして羅卒を呼んで言った。

「牧使は文官であるのにかかわらず、われわれの祀堂を修築することができたが、しかるに、営将は我々と同じく武官であるのに一銭の金も出さなかった。罰を与えるほかあるまい」

羅卒に命じて縛って来させ、棍棒でしたたかに打たせ、さらには引きずり出させて切らせた。

公はそこで夢から醒めたが、不思議に思って、すぐに人をやって、営将たちの安否を問わせた。すると、夜になって魔が取りついたように痛みを覚え、突然に身体が浮遊したかのようになり、熱も上がって、一口も水を飲むことができずに、ついには死んでしまったということであった。
その後、公の三子、そして三代、孫、曾孫、玄孫と、代々が文科に及第したのだった。

▼1【忝知・洪景濂】『朝鮮実録』粛宗二十九年（一七〇三）三月に、洪景濂を正言にしたという記事があり、さらに後には弼善・掌令に任じた記事がある。三十五年（一七〇九）には、公道が行なわれず、党論のみ日々に盛んなありさまを憂える上疏をしている。四十三年（一七一七）二月には、判決事の洪景濂はすでに年紀衰耗して、精神が消亡している、免職にすべきだという上申があったが、王は洪景濂みずからが判断すべきだと答えた。

▼2【四人の人】一五九三年、晋州の激戦で戦死した金千鎰、崔慶会、黄進、張潤などだと思われる。

第一六〇話……真実の友人の条件

監司の鄭孝成《チョンヒョソン》▼1は人となりが寛大かつ温和であり、たとえ子弟であっても軽んじてお前呼ばわりをするようなことはなかった。あるとき、街中のいやしい身なりの人物とつきあって、家に連れて来てともに座り友人としてもてなした。その息子の玄谷《ヒョンコク》▼2がこれを諫めた。

「父上はあのような人物と友だちづきあいなどなさらないでください。身分というものを弁えて、礼度を損なわないでください。子どもたちも恥ずかしい思いをします」

公が笑いながら言った。

「礼を論じるのにどうして人物を論じるのか。私が人と交わるのには心を第一と考えるが、お前の友だちというのは上辺だけの付き合いで、心からの付き合いではないのだ。一度、確かめてみようではないか」

夜になって、父と子は汚れた恰好をすることにして、父は子に尋ねた。

「お前の第一の友人というのは誰だ」

「某学士です」

そこで、その家に行って、声をひそめて告げた。

「私は某の父親だが、某があやまって人を殺してしまった。殺した者には子どもが数人いて、刀をもって洞内をあまねく探し回っていて、『もしこれを隠す者がいれば、その者から殺してしまおう』と叫んでいる。それで、ほんの瞬時でもかくまおうとする人がいない。そこで君との平生の交友を信じてすがりつく次第だ」

「かくまいたくないというわけではないのだが、今日は家が取り込んでいて、人を泊めるわけにはいかないのだ」

こうして何ヶ所も回った。みな士大夫の家であったが、みな同じようなことを言って、どこも家に入れてはくれなかった。

公は最後に自分の付き合いのいやしい身なりの者のところに行って、同じことばを繰り返したところ、その人はすぐに家の中に迎え入れて、妻に向って言った。

「この爺さんには難しいことがおありのようだ。それを免れることができないなら、わしもいっしょに死ぬだろう。まあ、しかしここは酒を温めて、心を鎮めてもらうことにしよう。それから飯でも食べて陽気を養おう」

陽気に歓談して少しも臆した風がない。公は大いに笑って、玄谷の方を振り返って言った。

「私の友人とお前の友人と、人情はどう違うだろうか」

玄谷は恥ずかしくて、承服するしかなかった。

▼1【鄭孝成】一五六〇～一六三七。早く父を失い、母の膝下で育ったが、幼いころからいたって孝行であったという。進士に合格して、官職に就いたが、光海君の末期には弾劾にあって左遷された。仁祖反正とともに

に復帰したものの、一六三六年に清が侵攻してくると、江華島を守ろうと奮戦して、江華島が陥落すると殉死した。

▼2【玄谷】鄭百昌《チョンベクチャン》。一五八八～一六三五。字は徳余、号は谷口・玄谷。生員・進士に合格、一六一一年には文科に及第して、史局に入った。史筆に厳正であり、暗君の光海君の歴史の歪曲に対して抗議して辞職した。仁祖反正の後に復帰して、参判を経て、京畿観察使にまで昇った。

第一六一話……改名訴訟

乙亥の年（一七五五）の逆謀事件▼1において、志《チ》は法にのっとって処刑され、浩《ホ》はすでに死んでいたものの、逆律を適用して刑が執行された。そのとき、林志浩《イムチホ》という名前の者がいて、礼曹に訴えて、名前を変えることを請うた。

李益炡《イイクチョン》が彼に対して答えた。

「逆賊の志の『志』という字と逆賊の浩の『浩』という字を改めたいというが、どうして林巨正《イムコジョン》▼2の『林』の字は改めないのか」

この話を聞いた人は笑った。

▼1【乙亥の年の逆某事件】一七五五年、少論の尹志などが国家を誹謗する掛書を羅州の客舎に貼り付けた事件。この壁書事件の余波で、老論四大臣が賜死した辛寅士禍（一七二二）を主導した趙泰耉・金一鏡などに逆律が適用され、少論の系列の中の過激派の系列は完全に没落した。

▼2【林巨正】?～一五六二。明宗のときの侠盗。楊州の白丁。党争によって朝廷の機構が乱れ、社会秩序が乱れたとき、一五五九年から数年の間、黄海道と京畿道一帯で貪官汚吏を捉えては殺して、諸郡を荒らしま

わったが、戴寧において討捕使の南致勤に捕えられ殺された。

第一六二話……名前でできた成語

宰相の元仁孫《ウォンインソン》▼1があるとき三洲・李鼎輔《イジョンポ》（第五一話注1参照）に尋ねた。

「徐命天《ソミョンチョン》、▼2李敏坤《イミンコン》、▼3そして金載人《キムチェイン》▼4というのは天・地・人の三才であるが、地が坤になっているので、他に地の者がいればいいのだが」

李公が答えた。

「魏昌祖《ウィチャンジョ》、▼5崔益男《チェイクナム》、▼6そしてあなたの元仁孫というのは、祖・子・孫となるのだが、子のところが男になっている」

聞いていた者は腹を抱えて笑った。

▼1【元仁孫】一七二一～一七七四。李朝英祖のときの大臣。一七五三年、文科に及第して官途につき、一七七二年には領議政となった。実直で偏頗な心をもたず、水火を辞せずに困難な仕事に当たったという。宋明欽が無実の罪で官職を削奪されたとき、王に直諫して復職させた。

▼2【徐命天】『朝鮮実録』英祖二十八年（一七五二）三月、徐命天を正言になすとあり、四十六年（一七七〇）四月には大司諫・徐命天の名前が見える。

▼3【李敏坤】一六九五～一七五六。朝鮮後期の文人・学者。字は厚而、号は林隠。早くに『五子近思録弁』の著書があり、一七二七年には司馬試に合格、一七三五年には文化に及第した。司憲府・司諫院の官職を歴任しつつ、直諫の人で流罪と召喚の生活を繰り返した。『林隠集』がある。

▼4【金載人】『朝鮮実録』英祖四十一年（一七六五）正月、黄最彦が上疏したのを王は怒り、中書の金載人らに審議させたところ、最彦を非と上申したので、最彦を流したとある。また、正祖八年（一七八四）三月

には督運御使の金載人が振穀船運の状を絵画にして障子を作ったのを進上したという記事がある。
▼5【魏昌祖】『朝鮮実録』英祖十六年（一七四〇）十月、北路は凶荒の上、人才も滞っているので、魏昌祖以下の四五人を挙げる旨の記事があり、三十四年（一七五八）四月には様々な冊子を作らせた魏昌祖に、特に虎の皮を賜ったという記事がある
▼6【崔益男】一七二四〜一七七〇。朝鮮後期の文臣。字は士謙。進士試に合格、蔭補で官途についたが、一七六三年には増広文科に及第、吏曹郎官であったとき、一七七〇年、領議政の金致仁が思悼世子の死に大きな罪があると説き、世孫（後の正祖）は思悼世子の墓参を行なうべきだと主張して大臣たちの弾劾を受けるとともに、英祖の怒りをも買い、庶人に落とされ、杖打たれて死んだ。正祖のときに名誉回復して奎章閣提学を追贈された。

第一六三話……老校生の講経風景

昔、ある都事が経書を暗誦する試験の監督をした。白髪の校生一人が『十八史略』の最初の巻を脇に挟んで入ってきて、自分は天皇氏の本文を暗誦すると言った。都事は心の中で侮って、講経で落とそうと考えて尋ねた。

「君は天皇氏の父親の名前を知っているか」

「都事はこの邑の郭座首の父親の名前をご存知ですか」

都事は大声で叱りつけて言った。

「私がそんなことをどうして知っていよう」

「都事が最近まで生きていた人間の名前も御存じないのに、私がどうして数万年も前の天皇氏の父親の名前を知っていましょうか」

都事は大笑いした。

第一六四話……篤実な山寺での学問

沙川・金幹《キムカン》▼1は清廉な性格で、困窮に耐えて学問に励み、近世に卓越した人物となった。あるとき、一人の門下生が、読書をするときにずっと正座をして精神を集中する方法があるのかと尋ねると、公が言った。

「私が山寺にこもって書物を読んだとき、晩春から晩秋までの七ヶ月のあいだ、帯を解かず、冠を脱がなかった。そして一晩として布団を敷いて安らかに眠ることはなく、読書を続けた。夜が更けて眠たくなれば、二つの拳を重ねて、その上に額を置いたが、眠ってしまうと、額がすぐに堕ちて、眠りから覚めることになる。そうしてまた勉強を始めたものだった。そのような日々を重ねて、山に入ったのは種蒔きのころであったのが、山から出るときには早くもそれを収穫して食べる季節になっていた」

その精誠と篤実はまことに抜きん出ていて、これに及ぶ人はいないであろう。旺盛な精力があって、情誼にも篤い、平凡なわれわれの及ぶことのできない人柄である。

▼1【沙川・金幹】一六四六～一七三二。英祖のときの参賛。字は直卿、号は厚斎。朴世采の門下で文章に抜きん出ていた。尤菴・宋時烈に心服して尤菴が死ぬと三ヶ月のあいだ喪に服した。礼説に深い学識があった。

第一六五話……孝感泉

成宗《ソジョン》のとき、湖南の興徳県化竜面に呉俊《オジュン》という人がいた。士族であった。親に仕えるのにはなはだ孝行であり、父が死ぬと、鷲山に埋葬して、その墓に廬《いおり》を結んで過ごした。毎日、一碗の白い粥を食べて慟哭するのだったが、それを聞いて涙を流さない人はいなかった。

供え物をするときには、いつも水を供えた。谷に泉があって、澄んで甘い水がわき出ていたが、ただ距離が五里ほど離れていた。呉君はいつも壺を下げてここの水を汲んで来た。風雨が激しかろうと、暑かろうと寒かろうと、けっして怠ることはなかった。ある日の夕方、山の方から雷のような大きな音がして、全山が震動した。朝になって見ると、墓の横に水が湧き出している。清く透き通っていて、味もいいのは、谷の水と同じである。谷に行ってみると、そこの泉はすっかり涸れていた。それ以後は、遠くまで水を汲む必要がなくなった。人びとは墓の横の新たな泉を「孝感泉」と呼んだ。

廬は深い山の中にある。虎や豹の棲むところであり、盗賊たちが集まるところでもあるので、家の人たちはひどく心配した。小祥（一周忌）が過ぎたころのある日、見ると、大きな一頭の虎が廬の前に蹲って座っている。呉君は虎に向って言った。

「お前は私を食おうと言うのか。私には逃れようもなく、お前に任せるしかないが、私にはなんら罪がないのだ」

すると、虎は尾を振って頭を下げ、膝を屈して伏した。まるで恭順を示す人のようであった。呉君が言った。

「私を食う気がないのなら、どうして立ち去らないのだ」

虎は外に出て、伏したまま立ち去ろうとしない。いつもそうしていて、まるで家で飼う狗や豚のようにじゃれて遊ぶようにもなった。そして、いつも朔日と十五日には必ず大きな鹿や猪を墓前にもって来てお供えをする。それを一年のあいだ一度として怠ることがなかったから、他の猛獣も盗賊もこの虎をおそれてまったく姿をくらました。

その他にも呉俊の孝行ぶりに天地が感応して起きた事がらは多くあったが、泉と虎は特にいちじるしい例である。

そのとき、道の役人が呉俊の孝誠を朝廷に申告したので、成宗は旌閭《せいりょ》を下すことを特に命じ、米と絹布を下賜された。呉が六十五歳で死ぬと、司僕正の官職を追贈した。邑の人びとは郷賢祠に呉を祀った。

今上[1]は即位すると、祀堂が乱立する弊害を深く憂慮して、甲午の年以後の祠堂は壊すようにとお命じになったが、興徳県のソンビたちが呉の孝行ぶりを詳しく申し立てると、今上はこれを残すようにとお命じになった。これはまったく例のなかったことである。その祠堂が最近では傷みが激しく、呉君の子孫の泰《テ》雲《ウン》[2]がそのことをつぶさに太学（成均館）に言上して、太学から書札を出してくれるように請うた。すると、邑の郷校に通知があり、ソンビたちが力を合わせて修築させるようにした。

私が聞くところでは、後漢の時代、蜀の地方に姜詩[3]という人がいて、母親に仕えて至極に孝行であったと言う。母親が江の水を飲みたいと言い、また魚の刺身が食べたいと言えば、姜詩の妻の龐氏は家から六、七里も離れたところまで行って水を汲んで来て、詩自身も魚を探して方々を訪ねて刺身を作った。すると、ある日にわかに家の横に泉が湧き出し、その味は江の水と同じだった。その上、毎日、朝になれば、二匹の鯉がその泉から躍り上がって、それでおいしい料理を差し上げたのだった。

赤眉の賊が兵士たちを駈けさせて号令した。

「大孝に感銘すれば、鬼神もかならず動く」

後漢の光武帝は詩に郎中の職を与えた。

また、『稠海拾遺』を見ると、次のように言っている。

「曾参[4]は魯の人であるが、親に仕えるのに礼を尽くした。日照りが続いて井戸も池も干上がったとき、母親が澄んだおいしい水が飲みたいと言ったので、曾は膝を屈して甕を取ると、にわかに水が湧き出した」

呉君のことはこれらの故事と符合するようである。大体、「まごころは神を感動させる（至誠感動）」と言い、また「まごころを尽くせば動かせないことはない（誠未有不動者）」と言うのは、本当にその通りである。孝感泉というのは今でも澄んだ水が湧き出ている。邑の人びとが大切にして、石を積んで守っている。これは朝鮮において未曾有のことで、まことに不思議なことである。

▼1【今上】二十三代の王の純祖をいう。一七九〇～一八三四。在位、一八〇〇～一八三四。

▼2【泰雲】その祖先の呉俊とともに、この話にある以上のことは、未詳。

▼3【姜詩】後漢の広漢の人。母に仕えて至孝、妻は龐盛の娘で姑に仕えて、こちらも至孝であった。赤眉の賊が詩の里を通り過ぎたとき、大孝の人を驚かせると、鬼神に触れるとして、兵を緩めて通り過ぎたという。この故事は『後漢書』一一四に見える。

▼4【曾参】孔子の弟子の曾子。親に仕えて至孝と評される。

第一六六話……指を切って父の病を治した息子

李潑《イバル》▼1は字を宗禧《ジョンフィ》と言い、家は湖西の全義県にあった。九歳のとき、家中の者が流行り病にかかり、父母はもとより奴婢にいたるまで病に伏せってしまったが、宗禧一人だけが病気にならなかった。父親の光国《クァンクク》▼2は床に伏せってすでに久しく、熱がなかなか引かずに苦しそうに息をして、悪寒に襲われていた。しかし、誰もそれを看病する者がいない。宗禧ひとりがかいがいしく立ち回り、病気に伏せった婢を起こしては飯を炊がせた。そして、急に思い立って、刀で自分の指を切って血を器の中に注いだ。器に赤黒い血がいっぱいに満ちると、箸で父親の口を開き、血と粥を掻き混ぜたものを父親の口の中に注ぎ込んだ。器の半ばを空けると、父親の鼻と口から息をする音がかすかに漏れた。宗禧は大喜びをして、残りの半分をさらに食べさせると、父親はよみがえり、ことばを発して、助かったのだった。

しかし、翌日の午後になると、息がまた出来なくなった。宗禧は泣きながら天に祈って、ふたたび手を机の上に乗せてすべての指を切った。血が大量に流れ出すのを見て、まだ病の癒えない婢がこれを見ておどろき、宗禧にしがみついて止めさせようとしたが、宗禧は婢を払って引き下がらせた。家の者たちにも騒ぎ立てないように言い、また血と粥とを混ぜて器の半ばを父親に食べさせた。すると、そのとき、部屋の中に空中から声がした。

「宗禧よ、お前のまごころは天を感動させた。冥府ではすでにお前の父親の命を救うことを決めた。心を落ちつけてもう悲しむことはない」

家の内外で臥していた人びとでこの声を聞かない者はいなかった。人びとは、

「あれは長端《チャンタン》先生の声だ」

と言い合った。長端先生というのは宗禧の外祖父の尹謙《ユンキョム》▼3のことであるが、死んですでに久しかった。父親は生き返り、熱も引いて日に日に回復した。母親の病もまた癒えた。

宗禧の孝行ぶりを称賛しない人はいず、その噂が広まった。邑の人びとは邑の守令に報告して、守令もまた奇特なことと考えて特別に監営に報告した。道伯の李聖竜《イソンリョン》▼4は税と夫役を免じ、朝廷に報告するとともに、邑の入口に紅サル門▼5を建てた。宗禧は今年三十一歳で、ソウルの阿峴に住んでいる。私はかつて会ったことがあるが、容貌は端雅であり、厳粛なソンビであった。父親の病気のときに指を切る人は少なくないが、まだ九歳の子どもでそれを行なったのは、名声を欲したわけでもない。命を顧みず、痛苦をものともしなかった。まさに天を貫く孝心があって、神明を感動させて父親を生きながらえさせたのだった。

▼1【李潑】東人の巨頭で後に杖殺された李潑（一五四四～一五八九）という人がいるが、年代的にあわず、別人。この話にあること以上は未詳。
▼2【光国】『朝鮮実録』英祖五十一年（一七七五）に扈衛別将の李光国の名が見える。
▼3【尹謙】この話にあること以上は未詳。
▼4【李聖竜】一六七二～一七四八。朝鮮後期の文官。字は子雨、号は杞軒。一七二五年、増広文科に丙科で及第して承文院に入り、司諫院正言・司憲府持平などを経て、冬至使の副使として清に行った。全羅道監察使を経て、大司諫であったとき、領議政の李光佐の免職を主張してかえって罷免されたこともあった。後に復職して工曹判書にまで至った。
▼5【紅サル門】陵や廟などに建てる赤門。

第一六七話……無礼にも泰然としていた丁玉亨《チョンオクヒョン》

恭安公・丁玉亨《チョンオクヒョン》[1]の字は嘉仲《カジュン》、羅州の人であり、父親は月軒・寿崗《スカン》[2]であった。直学[3]となったとき、道で酔っ払いに会った。丁公の馬の手綱を引く奴僕がかつて自分を捕縛したことのある人物だと思い込んで、その髪の毛を引っ張り、ほっぺたを何度もひっぱたいた。丁公の奴はたとえどんなに引っ張られても、手綱を放そうとはしなかったので、丁公は奴が引っ張られるままに、東に行ったり、西に行ったりを何度も繰り返した。そうして長い時間がたったが、丁公は怒り出すことはなかった。酔っ払いは疲れてやっとのことで奴から手を放した。

そうして、酔っ払いが五、六歩行って、また引き返し、丁公に拝礼して言った。

「あなたはまさに政丞になる方だ」

そうして、酔っぱらいは立ち去ったが、丁公はただ、

「そうか、そうか」

と言っただけで、他には何も言わなかった。

▼1【丁玉亨】一四八六～一五四九。中宗のときの文臣。字は嘉仲。一五一三年、文科に及第、承文院入って検閲・注書を歴任した後、大司憲・大司諫に至ったが、権臣であった金安老に憎まれて地方官として出た。後にソウルに戻り、刑曹判書となって、法令条目の矛盾を整えて『大典後続録』を撰述した。明宗の即位に功があったとして錦川君に封じられた。

▼2【月軒・寿崗】一四五四～一五二七。成宗のときの文官。字は不崩、号は月軒。二十一歳で進士に合格、二十四歳で文科に及第した。累進して副提学に至り、成宗の代になって原従の功一等に冊録された。兵曹判書を経て同知中枢府事に至って死んだ。

▼3【直学】成均館の正九品の職。

第一六八話……賤しい婢から生まれた大提学の宋翼弼《ソン　イク　ピル》

亀峰・宋翼弼《ソンイクピル》[1]は宰相の安瑭《アンタン》[2]の家の甘丁という女の息子で、宋祀連《ソンサリョン》[3]が甘丁を妾としてその腹に生ませたのである。亀峰は生まれながらにして人となりが奇傑であり、道学となるや、後輩たちの模範となった。栗谷・李先生（第六〇話注3参照）や牛渓・成先生[4]のような方も友人として心を許し、交遊する学者たちがみな亀峰先生と呼んでいた。

しかし、その人となりは気勢をふるって傲慢なところがあり、謙虚になってみずからへりくだるという徳において、徐孤青《ソコチョン》[5]には及ばなかった。いつも栗谷に会うと、

「あなたは私と姻戚関係を結べばどうであろうか」

と言ったが、すると、栗谷は、

「わが国には名分というものがあり、それは無理だ」

と答えた。亀峰がそこで、

「あなたも俗人であることを免れないな」

と言った。亀峰もそれを知らなかったわけではなく、このようなことを言ったのは、栗谷を試験しようと思ったのである。それでも、その傲慢さはこのようにやむところがなかった。

沙渓・金先生[6]が亀峯に師事したが、亀峰があるとき沙渓の家を訪ねると、沙渓は豆粥でもてなそうとした。亀峰は叱りつけた。

「君は雑飯で私をもてなそうというのか。これは長上の者をもてなす道理とは言えまい」

亀峰が母親を亡くし、門人たちが亀峰に銘旌にどう書くか尋ねると、栗谷が来て書いてくれるだろうと

答えた。しばらくすると、はたして栗谷がやって来て弔問をした後に、筆を執ってためらうことなく書いた。

「私婢甘丁がこれを作る」

門人たちは色を失ったが、栗谷がこれを書き、亀峰がこれを受け取ったこと、これを他の誰がよくすることであろうか。

▼1【宋翼弼】一五三四～一五九九。李朝中期の学者・文人。字は雲長、号は亀峰。李栗国・成牛渓と交遊して性理学を論じて通達し、礼学にも精通した。文章と詩に優れていた。門下に金長生・鄭曄などがいて、特に金長生は師匠の礼学を継承して李朝礼学の大家となった。

▼2【安瑭】一四六〇～一五二一。字は彦宝、号は永慕堂。一四八一年、科挙に及第、史官を経て、中宗の代に、燕山君が廃止した司諫院が復活して大司諫となった。戸曹・刑曹・工曹・吏曹の判書となった。一五一九年、己卯の士禍に際しては革新派の士林を弁護したが、そのために罷免された。一五二一年の辛巳誣獄において、息子の処謙は奸臣がはびこるのを見てこれを排除しようとして、逆に禍をこうむって弟の処誡とともに処刑され、安瑭もまた賜死した。明宗のときに汚名をそそぎ、貞愍の諡号を受けた。

▼3【宋祀連】一四九六～一五七五。『国史大事典』（三修社）の記述はこの話の内容とは違っている。それによれば、一五二一年の辛巳誣獄の密告者。安敦厚の妾の子である甘丁（安瑭の庶妹）の息子。みずからが卑賤の身分であるのを慨嘆して親族の反対派であった沈貞におもねって観象監判官となった。一五二一年、舅《おじ》や従兄弟に当たる安瑭・処謙を誣告して、安氏一門をなきものにして自身は堂上官になった。以後、成宗の代に至るまで仕え、その死後も一門は繁栄したが、一五八六年、安氏の子孫に訴えられて争い敗北した。

▼4【牛渓・成先生】成渾。一五三五～一五九八。李朝成宗のときの学者。字は浩原、牛渓は号。十七歳のときに監試初試に受かったが病を得て科挙は放棄した。休菴・白仁傑の門人として若い時から学問と徳望で名高かった。李栗谷と「四端七情理気説」を議論して独自の説を主張した。幾度も要職に就くよう要請されたが辞退して、経筵（第二五一話注3参照）となった。一五九二年、壬辰の倭乱が勃発すると、光海君に随って宣祖の居所まで至った。ソウルに戻って、柳成竜とともに日本との和議を主張したが、容れられず、故郷

の坡州に下された。

▼5【徐孤青】徐起。一五二三〜一五九一。李朝中期の学者。字は待可、号は孤青樵老。幼いころから学問をして、禅学にも親しんだ。二十歳のとき、土亭・李之菡にしたがって遊覧して海を渡って済州島まで行った。郷里に帰ったが人びとと合わず、智異山に入った後、鶏竜山の孔岩洞に書堂を造って後進たちの教育に当たるとともに、寝食を忘れて経史を探求した。

▼6【沙渓・金先生】金長生。一五四八〜一六三一。李朝中期の学者。字は希元、号は沙渓。大司憲であった継輝の子。亀峰・宋翼弼に礼学を学び、後に李栗谷に性理学を学んで、文名が高く、礼学と儒学の巨頭となった。国家の典礼や行事に疑問が生じると、すべて彼の意見が求められた。仁祖が王位に就いて父の定遠君を追尊することになったとき、それに反対して故郷に下った。彼の礼学は尤菴・宋時烈に伝わり、西人たちの規範となった。

第一六九話……辛辰と壬寅の年（一七二一〜一七二二）の士禍と趙泰采《チョテチェ》

景宗《キョンジョン》のご病気が長引いて、まだ後継ぎが決まっていなかったとき、三宗（孝宗・顕宗・粛宗）の血族としてはただ英祖がいらっしゃるだけであった。四大臣の中の夢窩・金昌集《キムチャンチプ》（第一二一話注7参照）、寒甫斎・李建命《イコンミョン》▼1、疎斎・李頤命《イイミョン》（第六五話注3参照）の三人がこのことを国家の一大事と考え、はやく世弟を立てるべきだと主張した。このとき、李廷熽《イチョンソ》▼2もまた上疏して世弟を立てるべきだといったが、一方で、趙泰耉《チョテク》（第一三四話注1参照）、崔錫恒《チェソクハン》▼3、金一鏡《キムイルキョン》▼4、柳鳳輝《ユボンフィ》▼5などはこれを絶対に阻止しようと考えていた。

二憂堂・趙泰采《チョテチェ》（第一二二話注1参照）は泰耉と従兄弟であったので、三人の宰相は泰采とともに大事を議論することを避けた。泰采は三人に会いに行って、彼らに言った。

「あなた方は重大な議論をなさっていると聞き及びましたが、どうして私に知らせてくださらないのでしょうか。私の従弟のことを気になさってのことでしょうか。公事と私事にはもともと区別があり、義理というのは厳粛なものです。どうして私事でもって公事をないがしろにすることがありましょう。私もまたこの議論に加えてください」

こうして、泰采も議論に加わった。この四人を四大臣と言うのである。しかし、泰耈や鳳輝などの輩が英祖の聡明であることを嫌い、景宗がご病気なのをいいことに権勢を心のままにふるって、ついに大きな獄事に発展したのであった。四大臣と国家に忠誠を誓った臣下たちが一斉に粛清されることになり、大は誅殺され、小は流されたので、宮廷はすっかり空になった。これが、辛壬の士禍である。

二憂堂も当然その渦中にいた。その末っ子の晦軒公（第一三〇話注2参照）が泰耈兄弟の家の門で泣きながら助命を頼むと、泰耈と泰億（第五三話注2参照）が言った。

「お前の父親がたってわれわれのところに頼みに来たなら、力を添えて救ってやらんこともないがな」

晦軒がこのことばを泣きながら伝えると、二憂堂は怒って叱りつけ、その後は何も言わなかった。処刑されることになっても、二憂堂にはいささかも後悔するような言動が見られなかった。

甲辰の年（一七二四）に英祖が即位されて後、みなが復権したが、丙申の年（一七七六）には正祖が祭文を作って、

「朝廷に禍が起こったとき、忠臣と逆臣をすぐに判断することは……」

とお書きになった。

そのときは、禍がみなぎって天にまで及ぶような状況で、老論の周辺の人たちは一網打尽となり、婦女子までもがみな流配された。私の大姑母は金達幸公[6]のところに嫁入りして、夢窩の孫の妻としてまた流罪者の名簿の中に入っていた。禁府の役人が名前を尋ねると、その婢女が役人の頬をたたいて言った。

「お前のような者がどうしてわが家の奥さまの名前を尋ねるのだ」

聞いていた者たちは冷笑するだけだったと言う。

▼1【寒甫斎・李建命】一六六三〜一七二二。李朝粛宗のときの大臣。字は仲剛、号は寒甫斎、本貫は全州。

吏曹判書の敏叙の子で、領議政の敬輿の孫。一六八四年、進士に合格、一六八六年、文科に及第、さまざまな要職を経て、一七一八年には右議政、一七二〇年には左議政となった。景宗の病が重くなると延礽君を世弟とする冊封奏請使として清に行ったが、その間に、他の三大臣が流されて賜死し、彼もまた帰国後、羅老島に流されて処刑された。二人の息子は父の死体を徳山に埋葬した後、自決した。一七二五年には名誉回復した。

▼2【李廷熽】一六七四〜一七三六。字は汝章、号は春坡、本貫は全州。一六九六年、進士となり、一七一四年、増広文科に壮元及第した。老論に属し、一七二一年、粛宗を継いで即位した景宗には子の生まれない疾病があるとして延礽君を王世弟に冊定することを主張して、時期尚早を唱える少論派に老論の四大臣とともに排斥された。一七二五年、延礽君が即位すると呼びもどされて兵曹参判に至った。

▼3【崔錫恒】一六五四〜一七二四。字は汝久、号は損窩。本貫は全州。一六八〇年、文科に及第、景宗のとき、吏曹判書・左議政となった。身体が小さく、貧相な容貌をしていることで有名だったが、事理の把握と判断では第一であった。一七二一年、王世弟の代理聴政の命が下ると、それの不可であることを主張した。少論四大臣の一人。

▼4【金一鏡】〜一七二四。李朝景宗のときの文官。字は人鑑、号は丫渓。一七〇二年、文科に壮元及第して、翌年には重試に合格した。承旨として王世弟（後の英祖）の冊封には反対した。睦虎竜に老論一派を誣告させて、四人の大臣を陥れる辛壬の士禍を起こし、その後、吏曹判書まで昇った。英祖の即位後、捕縛されたが、最後まで屈服せず、共謀者の名前を自白しないまま処刑された。

▼5【柳鳳輝】一六五九〜一七二七。字は季昌、号は晩菴。行判中枢府事・尚運の子。一六八九年、進士に合格、一六九九年、文科に及第して、官職は吏曹判書に至った。一七二一年、延礽君の冊封を老論の四大臣が主張したが、少論に属していた鳳輝はこれに反対した。一七二四年、粛宗が王位に就くと、右議政に任命され、後に左議政となったが、王世弟冊定のときの疏文が問題化して慶興に流されて死んだ。一七五五年、さらに反逆罪を加えられた。

▼6【金達幸公】安東金氏の系図に金昌集の孫、済謙の子として達行の名前が見える。本書『渓西野譚』の著者の李羲平の高祖父の婿にもなっている。

第一七〇話……北伐の名分と現実性

孝宗《ヒョジョン》の時代、尤菴《ウアム》先生▼1は世間に稀な待遇を受けていた。先生はことに春秋（歴史）の大義に明るかったので、孝宗は北伐のことを先生にお尋ねになった。先生もまた北伐などできないことを知らないわけではなかったが、天下と後世に大義を示すべきだと考えたのである。諸葛武侯が祁山《きざん》▼2に六度出たのと同じであるが、当時の人びとはその意図を理解できなかった。そうして、いつも尤菴の考えを粗忽だと批判したのだが、その人びとのことを考えると、これもさほど非難するに当たらない。

尤菴が王さまとの単独の会見を終えて後、宰相である陽坡・鄭太和《チョンテファ》（第一一六話注1参照）に会いに行くと、その弟の鄭致和《チョンチファ》▼3がその場にいて、眉をしかめて席を立ちながら言った。

「この年寄りはいったい何のために来たのだろうか」

尤菴が腰を下ろすと、陽坡が尋ねた。

「今日、王さまとはどのような話がありましたか」

「まさに北伐のことでした。王さまは軍糧を出す人がいないと心配していらっしゃったので、私はあなたを推薦しておきました。あなたの意向はいかがでしょうか」

「私の才能は蕭何▼4に及びませんが、しかし蕭何がしたことを真似できないことがありましょうか。軍糧のことなど、私でも十分です」

尤菴が答えた。

「お引き受けいただいたのは、国家にとって大いなる幸いです」

しばらくの間、たがいになにも言わないでいると、宰相の鄭致和が隣の部屋にいて、大声で言った。

「あの男は帰りましたか」

陽坡は笑いながら言った。

「果川の山守はもう行ったが、宋大臣は座っていらっしゃる」

そのことばが終わると、尤菴は立ち上がって出て行ったので、陽坡は弟を呼んで、叱りつけた。

「お前はどうしてあのように軽率なことを言うのだ」

「兄さんは軍糧を担当なさるそうですが、今の経費でもって、どのように調達をお続けになるのですか。時勢を顧みることもなく、あのように軽率なことをおっしゃる。私は笑いながらも、心の中では不服なのです」

陽坡は笑いながら言った。

「私には軍糧を用意できないと言うのか」

「兄さんには用意するだけの力量があるとしても、穀物そのものがないときには、どうなさるおつもりなのですか」

陽坡がまた笑いながら言った。

「兵士たちが万が一にも本当に鴨緑江を渡って行けば、それから、軍糧など私が督励しようじゃないか」

兄弟はひとしきり笑ったことであった。

▼1【尤菴先生】宋時烈《ソンシヨル》のこと。第六〇話注2を参照のこと。
▼2【祁山】中国甘粛省にある山。諸葛孔明が魏を攻めるために六度出た。
▼3【鄭致和】一六〇九～一六七七。李朝中期の大臣。字は聖能、号は棋洲。一六二八年、文科に及第、太和とともに検閲となった。丁卯胡乱の後、輔徳として孝宗にしたがって瀋陽に行って帰って来た。一六六七年、右議政となり、後に左議政となった。
▼4【蕭何】漢の建国の名臣。漢の高祖の劉邦が初めて亭長となったときからこれを補佐し、関中に入ると秦の律令図書を収めて天下の要塞・戸口をつぶさに知った。漢軍は彼の補給によって食糧の乏しきを知らなかった。天下が定まると第一の功績をもって鄼侯に封ぜられた。

第一七一話……孝宗の服制で死んだ宋時烈

尤菴が孝宗にお会いしたのは、孔明が漢の昭烈▼1に会ったのと同じであり、毫ほども軽々しく考えるべきではない。孝宗の服制を論ずるに至ったのは、服制は天の経であり、地の緯となるものである。どうしてそこに些細な作為がいりこむことができようか。しかし、南人の中で尹鑴《ユンヒュ》▼2や許穆《ホモク》▼3のような者たちが尤菴を指して先王を軽んじる意図をもっていたなどと批判した。尤菴はこれによって禍を被った。濡れ衣と言うしかない。

▼1【漢の昭烈】蜀の昭烈帝劉備のこと。漢の景帝の後裔である。諸葛亮・孔明との出会いなど『三国志演義』で有名である。

▼2【尹鑴】一六一七～一六八〇。李朝中期の学者、南人の領袖。字は希仲、号は白湖。若いときから経書研究に批判的で、朱子の学説ともことさらに異を唱えて、李退渓・李栗国の理気説とも異なる一家を立てた。当初、宋時烈とも親交があったが、仁祖の継妃である慈懿王后の服制問題で対決するようになり、西人政権を追いおとして南人の政権を実現させ、さまざまな改革を行なおうとしたが、実現しなかった。一六八〇年に庚申の大黜陟《ちゅっちょく》によって西人が復活、流されて賜死した。

▼3【許穆】一五九五～一六八二。李朝粛宗のときの名臣。字は和甫・文父、号は眉叟。一六五七年、持平となった後、掌令となると、慈懿王后の服制が礼にかなっていないと論駁した。一六五九年には礼論で宋時烈と対立した。粛宗が即位すると大司憲となった。一六七八年には老齢を理由に右議政をやめて判中枢府事となったが、宋時烈を死刑に処することが適当だと論じた。ふたたび西人が政権を奪取すると、著述に専念した。南人に属したが、許積を濁南とし、自派を清南として分派した。

第一七二話……恵慶宮《ヘギョングン》の寿宴

正祖の乙卯の年（一七九五）はお母上の恵慶宮《ヘギョングン》（第五七話注3参照）が還暦をお迎えになった年である。王さまはお喜びになった反面、心の中には母宮がお年を召されたことへの心配もおもちであった。閏一月、母宮をお連れして華城[1]へ行き、顕隆園[2]で酌献の礼を行なわれ、行宮にお戻りになった。そこで宴を設けて盃を汲み交わされたが、母宮の内外の親戚で同姓の八寸までと異姓の六寸までは、文官と武官、さらには蔭官の区別なく、みなこの宴に参席するように命じられた。そして、侍衛と文武百官、ならびに兵士と下人までもがみな花を簪として挿すようにとお命じになった。

このとき、私は母宮の外戚として六寸の親戚の子孫であったから、先府君（父）とすべての兄弟たちがみなこの宴に参加しようと、未明には行宮の庭におもむいた。母宮は洛南軒にいらっしゃり、部屋には簾が掛けられ、王さまは簾の外の大庁に侍っていらっしゃった。簾の外には花模様のある大きな樽が置かれていて、その中には三色の桃の造花が活けてあった。日よけの竹にも花が束ねてあり、文官、武官、侍衛官、さらには宴に集うすべての人びとが大人から伶官、さらには奴隷に至るまで花を簪にしていたから、その燦爛と光り輝くさまは名状しがたいほどであった。

儀杖の挙行、節次の進行はすべて妓生が担当した。庭では風楽がもよおされ、文官、武官、そして蔭官を問わずに、それぞれ大きな卓に御馳走が盛られ、酒が下された。妓生たちは五色の汗衫を垂らし、銀の杯を持って回っては人びとに酒を進めていて、ほとんどがもう十杯余りを飲み干している。それに、王さまが命令して、おっしゃった。

「今日は酔わずに帰ってはならない。酒はすべて飲み干してしまうのだ」

私は花を衣服の襟の前に挿し、首のところには挿さなかったが、それは科挙に及第しないことがないようにと験をかつぐためである。酒が三度も回って来ると礼儀を失するのではないかと危惧して、酒をいただいて座席の下に棄てる。午後になって、また前と同じように食事が供されるが、給仕をしてくれる人を左右において、もう箸をつけることもない。

　王さまは七言律詩一首をおつくりになり、宴に参加した臣下の全員に韻を踏んで詩を作るようにお命じになった。この微賤なる私もまた詩を作った。

天が東方の国を嘉して秘記を新たにして、
国家の大きな慶事がこの春に集まる。
長寿のお祝いの宴を開いて千歳を寿ぎ、
長き楽しみの酒の樽を開いて還暦を祝う。
礼を盛大に行ない天上の音楽を喜び讃嘆して、
地下の人びとも今日は色鮮やかな花を挿す。
微賤の身の私も今日は極みのないお命を祝い、
玄圃[3]の仙人の桃（酒）は何巡まわるだろう。
（天眷吾東景籙新、邦家大慶萃今春、
寿康宴設呼千歳、長楽樽開頌六旬、
盛礼欽瞻天上楽、彩花遍挿殿外人、
微臣此日無疆祝、玄圃仙桃結幾巡。）

　夕方までしばらくいて、退出して夕食をいただき、その後ふたたび庭に参った。夜になると、鉄皿が用意されて、一人につきそれぞれ一器が配られた。臂ほどの大きさのある蠟燭が一人一人の間に置かれ、行宮の簾にかかった青や紅の沙の灯籠が映えて、まるで昼のような明るさであった。この身がまるで玄圃瑶池に紛れ込んだかのようであった。

罷漏（第五五話注1参照）の後に退出したが、東の空がはや明るんでいた。臨時の居所である依幕の中でしばらくまどろみ、翌日には養老の宴が行なわれた。それぞれ黄色い手巾と鳩杖が下賜され、父老たちはみな酒に酔って千歳を叫び、一斉に立ち上がって踊り始めたのはまことに壮観であった。夕方になって、王さまは将台に行かれ、大砲を放たせなさった。砲火が城中を照らし、砲声がとどろき渡った。また閲兵が行なわれて、城中に色鮮やかな行列が練り歩いた。これもまた壮観であった。夜になって宿所に帰った。

次の日の朝、御駕がお帰りになることになっていて、始興で待機するようご命令があった。そのために平汝《ピョンヨ》▼[4]とともに後陣を従えて始興に至ったが、すでに夕刻になっていた。すると、承旨が王さまのご命令を伝えた。

「今日、母宮がお前たちを見たいとおっしゃっていたが、ご気分がすぐれない。お前たちは家に帰るがよい。退出を命じる」

翌日はまことにいい日和で、華城から楽渓までは四十里に過ぎなかったが、始興は距離がすこし遠く、また道も知らなかった上に、乗っている馬は海営で借りた馬、連れて行く奴もまた海営の奴であった。みなが初めての道で、楽渓までの道を茶店で尋ねたが、軍布の市場近くの東側に行けばいいのだと言う。そこで、集落に行きつくごとに道を尋ねて、やっとのことで軍川に着いたが、そのときにはすっかり日が暮れていた。そのとき、かすかな月の光があって、細い道をたどって行ったが、どうやら道を誤ったらしく、山路を十里あまりも行ったらしかった。突然、馬が棒立ちになって止まった。後ろについて来た奴も動顚して、父親や母親を呼んで、馬の前に立った。私が平汝とおどろいて、どうしたのだと尋ねても、口ではなにも答えずに、手で横を指さすばかりであった。そこで子細に見ると、渓谷の側の四、五間のところに岩があって、その岩の上には灯火の油の皿が二つあるかのようで、光っては消えて定まらない。虎が出現したのである。心の中では驚き恐怖にとらわれたが、逃げようもない。平汝とともに火打石を打って松明を燃やし、それを振りながら、後ろを振り返り、振り返りして、ゆっくりと道をたどって数十里を行ったが、なかなかその岩から遠ざかることができないような気がした。まだ遠い村から狗の声が聞こえて来たとき、心の中でやっとほっとしたのであった。

▼1【華城】水原のこと。正祖が亡くなった父の思悼世子のために美しく修築した街。現在も世界遺産として朝鮮時代の面影を残す。
▼2【顕隆園】思悼世子の墓。水原にある。
▼3【玄圃】崑崙山にあるという神仙の住むところ。
▼4【平汝】李義準。一七七五～一八四二。朝鮮後期の文臣。平汝は字。号は渓西と考えられていたが、渓西は兄の義平の号が誤って伝えられたものだという説もある。この『渓西野譚』の著者が誰であるかという問題ともかかわるので、詳細については巻末訳者解説を参照されたい。

第一七三話……金鍾秀《キムジョンス》と沈煥之《シムファンチ》

金鍾秀《キムジョンス》（第五七話注6参照）と沈煥之《シムファンチ》▼1といった人びとは、当初、洪国栄《ホンククヨン》（第五六話注3参照）を攻撃して一つの党派を成した。金はほかの人を害するのを事としたが、丙申の年（一七七六）、老論の古い家がことごとく敗亡してしまったのは、国栄の讒誣によるものであった。鍾秀がそそのかしたので、国栄はそれに加担して上疏したのである。

李瑮《イユル》▼2は文良海《ムンヤンヘ》▼3とたがいに行き来して凶計を謀っていたが、鍾秀はあらかじめそれを察知して、金俊容《キムジュンヨン》▼4にその間の使い走りをさせた。逆賊である文良海が手紙に書いた。

「乱が起こり、反正が行なわれたあかつきに、人心を落ち着けることのできる人物は夢村台一人である」

夢村台というのは鍾秀を指して言っているのである。履鎔《イヨン》▼5はこの手紙を袖に入れて、鍾秀のもとに走り、この手紙を読んだ鍾秀は裏の垣根を飛び越えて、夢村から城内に急いで駈けつけた。緊急に王さまに拝謁を願い、泣きながら自己の無実を訴えた。王さまもまたこれを不問に付すことにして、煥之については罷免して竜仁に流した。

正祖《ジョンジョ》は特に鍾秀を抜擢なさり、その寵愛と待遇がまことに手厚く、地位も大臣にまで至った。庚申の年（一八〇〇）の後、逆賊の権裕《クォンユ》▼6が王さまのご結婚を妨害しようとして、凶悪な上疏を行なったが、復帰した煥之は首相としてこれは先臣の忠心から出たものであると奏上した。その後、壮勇営▼7の廃止について意見を求められることがあったが、そのとき、彼は奏上した。

「どうして三年の喪をお待ちになるのですか」

洪楽性《ホンナクソン》▼8の処罰について意見が求められたときにも、奏上した。

「殿下の朝廷で処罰ができないということはありますまい」

この三条の奏議はすべてありうべきではない反逆の表明であったが、乙丑の年（一八〇五）、逆賊の権裕の獄事の後に、初めて煥之は官職を削られた。

鍾秀の兄の鍾厚《ジョンフ》▼9は山林に隠遁して木菴と号していたが、国栄の流罪を願って王さまに上疏文を差し上げた。しかし、自己の文集を編集するときには、これを収録しなかった。おかしな話である。墓が楊州の地にあるが、先だってその墳墓に雷が落ちて、ほとんど棺が露出したという。その家の人たちが墳墓を修築したが、しかしまた雷が落ちたのだという。これもまたおかしな話ではある。

▼1【沈煥之】一七三〇～一八〇二。字は輝元、号は晩圃。一七七一年、文科に及第、奎章閣提学、兵曹・吏曹判書を経て、一七九九年、左議政に至った。出自は貧しかったが、志操を忘れることはなかったという評価もある。金亀柱と過ごすことが多く、純祖の即位の後、王妃が垂簾聴政（巻末訳者解説参照）を行なうようになったとき、彼は実権を握ったが、無能で失政が多く、辛酉士獄（一八〇一）に際して、反対派人物たちを数多く殺害した。死後、無実の人間を殺戮した罪と純元王后の大婚に反対した罪で官職を削奪された。

▼2【李瑮】『朝鮮実録』正祖即位年（一七七六）八月、儒生李瑮らが、洪鳳漢を告発する上疏をしている。

▼3【文良海】『朝鮮実録』正祖八年（一七八四）三月に、文洋海という人物が見え、李瑮らとともに尋問を繰り返されている。

▼4【金俊容】この話にある以上のことは未詳。

▼5【履鎔】この話にある以上のことは未詳。

▼6【権裕】一七四五～一八〇四。李朝純祖のときの文臣。一七八二年、鄭徳弼の罪を上疏して流罪にさせ、一七九〇年には尹持訥を訴えたが、逆に自身が流配された。辛酉士獄が始まると、大司憲に抜擢され、僻派の言論を主導した。純元王后と純祖の結婚に反対する上疏をして、その罪で処刑された。

▼7【壮勇営】正祖十五年（一七九一）、水原に設置された軍営で、正祖の親衛隊。純祖二年（一八〇二）、総理営に改称。

▼8【洪楽性】一七一八～一七九八。李朝中期の名臣。字は子安、号は恒斎。礼曹判書の象漢の子。一七四四年、文科に及第、内外の官職を経て、吏曹・兵曹之判書などを歴任、一七九二年には左議政、一七九三年には領議政となった。性品は清廉で政治に私がなく、門前に人馬が並ぶこともなかった。

▼9【鍾厚】金鍾厚。?～一七八〇。字は伯高、号は本庵・真斎。鍾秀は弟。閔遇洙の門人として若いときから文名が高く、進士となって後は性理学者として知られた。一七七八年には学行によって経筵官となったが、英祖のときには思悼世子を陥れる謀議にも加担、時勢を読むのに長けて、保身に汲々としていた。後世の評価では、鍾厚は儒者を自称しても、儒家の真義を忘れて勢道政治をもたらし、国家の衰微をもたらした人物だとされる。

第一七四話……沈煥之《シムファンチ》の残虐さ

洪格《ホンキョク》▼1という人は水原の人である。科挙に及第して、かなり年を取って初めて官職についたが、義禁府の都事の職を五度も追われた。その官途はめぐまれず不運なもので、その中で老い衰えていったが、水原に居住してなんとか外衛の衛将に任命され、数斗の禄俸を生活の資としていた。

衛将の任務というのは、毎晩、鎮営の中を巡羅することであるが、年少の輩たちはややもすると酒舗に行ったり、妓楼に登ったりして、巡羅を怠った。しかし、洪格は老齢にもかかわらず、まじめに仕事を行ない、時間になれば巡羅に出て、けっして休むようなことはなかった。正祖はそれをお聞きになって、いつか賞《しょう》そうとお思いになっていたが、他の人は誰もそのことを知らなかった。

煥之《ファンチ》が吏曹の人事権を握っているとき、よく家を訪れる客を内資主簿の第一候補として推薦した。しかし、王さまのしるしが名簿の他の候補につけられるのではないかと心配して、政色吏に尋ねた。

「世間では誰と知らない遠い田舎の武人でもって、候補者の名簿に入れるのに都合のいい人物がいないだろうか」

役人は洪格が適していると答えた。それというのも、これは官職から外れて数十年も経っていて、死んでいるか、生きているかさえ、世間の人びとは誰もわからなくなっていたからである。そこで、候補者として推薦されたのだが、王さまはこれにしるしをおつけになったのである。

煥之としては目論見がはずれ、このことから洪格を憎むようになった。それで、翌年には洪格を左遷させようとして、洪格を内資提調から左遷する文書に、「どうしてこのような者が官職に推薦されたのか」と書いた。洪格は泣きながら訴えた。

「私にはどのような咎があって、こうした文書でもって左遷されなければならないのですか。職務規定に照らし合わせてみても理解することができません。それでやって参りました」

煥之はなにも答えることなく、洪格を追い出した。

こんなことをどうして人としてできるのであろうか。残悪至極と言うべきである。

▼1【洪格】この話にあること以上は未詳。

第一七五話……純祖《スンジョ》のお妃選びを巡る対立

正祖《ジョンジョ》は今上（純祖）のために嬪宮をお選びになることになって、初揀《しょかん》（揀とは選ぶこと）の日にはすでに金敦寧《キムトンニョン》▼1の家に意志をお通じになった。再揀の後には侍衛を配置するなどすべてが嬪宮に対するような威儀であったが、しかし、いったい今上のご本心がどこにおありか誰が理解していただろうか。三揀に至らずに、庚申の年（一八〇〇）に正祖がお亡くなりになると、沈煥之の一党が泥峴の金▼2と結託して、ご結婚を阻止しようとした。これは金敦寧が自分たちに従わなかったからである。

とうとう裕《ユ》（権裕、第一七三話注6参照）が上疏をでっち上げたが、金敦寧の一族の中から妃を選ぶ話が決まり、朝野は一段と騒がしくなった。彝天《イチョン》▼3が奸邪な輩とたがいに結託して大きな獄事を起こし、金鑢《キムリョ》▼4を証人として引っ立てた。おおよそ金鑢は北村の金敦寧と親しい友人だった人で、この鑢を証人として引っ立てたのは用意周到だったのである。鑢は何度も刑杖を受けて尋問されたが、ついに口を割らず屈服しなかったので、金観柱《キムクァンジュ》▼5が担当官として言った。

「お前は北村とは親しい友人ではなかったのか」

すると、鑢が陳述した。

「この身はあらあら文芸を理解していて、ただ北村にだけ親しい友人がいるわけではない。南村にも多くの友人がいる。なのに、どうして北村だけを問題にするのか」

鑢はけっして自白するようなことがなく、金観柱もまたどうすることもできずに、ただ鑢を遠くに流したが、その凶悪な計略は日に日に甚だしかった。

貞純大妃▼6は日月のような聡明さと天地のような徳でもって、その禍々しい計略と姦悪なる真相をすべてはっきりと洞察して、いささかも動揺なさらず，最後まで保護をお与えになり、壬戌の年（一八〇二）にご結婚が行なわれるに至って、わが東方の宗社をして億万年も盤石たらしめ、繁栄の基礎をお築きになったのであった。

▼1【金敦寧】金祖淳。一七六五～一八三二。字は士源、号は楓皐。領議政の金昌集の四代の子孫。一八〇二年、娘が純祖の妃として冊封されると、領敦寧府事・永安府院君に封じられた。党派に属せず、勢道の風を形成すまいとする努力にもかかわらず、彼を取り巻く一族が後の安東金氏の勢道政治の基盤を作ることになる。

▼2【泥峴の金】金鍾秀のことと思われるが、正確には金鍾秀は一七九九年に死んでいる。第五七話の注6を参照のこと。

▼3【彛天】姜彛天。一七六八～一八〇一。天守教徒。字は聖倫、号は重菴。当時の性理学の傾向を脱皮して考証学的な研究に専念して前途が嘱望された。中国人神父の周文模と接触して天主教の教理を学び、妖言で民衆を迷わせたかどで一七九七年、済州島に流され、一八〇一年の辛酉迫害のとき獄死した。

▼4【金鑢】一七六六～一八二二。朝鮮後期の学者。字は士精、号は藫庭。家が老論系の名門であったので、党争の禍に巻き込まれた。当時、流行した稗史小品体の文章がたくみで、金祖淳と『虞初続志』という稗史小文集を出した。李鈺などと活発に交流して、小品体文章の代表的な人物として注目を受けた。著書に『藫庭遺稿』十二巻があり、自身と周囲の文人たちの文章を校閲した『藫庭叢書』十七巻がある。

▼5【金観柱】一七四三～一八〇六。純祖のときの人。字は景日。一八〇二年に右議政となった。貞純王后の兄で、一八〇五年、貞純王后が亡くなった後、正祖の時代の振る舞いを批判され官爵を削られ、翌年には僻派の人間として力を得た時派によって退けられ、流罪になって死んだ。

▼6【貞純大妃】一七四五～一八〇五。英祖の継妃。金漢耉の娘。一七五九年に王妃に冊封された。自分には子どもがなく、思悼世子の非行を羅彦景に上疏させて、思悼世子を死に追いやるのに一役買った。以後の党争においても思悼世子に同情する時派をきらい、それに対立する僻派を擁護した。正祖が死んで純祖が即位すると、垂簾聴政を行ない、辟派の中の攻西派などと結託、それに対立する時派の信西派を謀って追い落とし、残忍な手法で天主教の大弾圧を行なった。一方で、果断な政治遂行で国家の安定を導いたと評価される側面もある。

巻の六

第一七六話……尹游《ユンユ》の漁色の手並み

判書の尹游《ユンユ》▼1が副使として命令を受けて北京に行くことになったとき、友人の中の一人が言った。

「君の風流さでもって平壌を通ることがあれば、きっと女たちが秋波を送るだろう」

「意気投合するような女子もいまいが、気になる妓生が一人だけいる。これと枕を交わすことにしよう」

その妓生というのは、そのときの平壌監司の息子のなじみの妓生であった。尹游の噂を聞いて、この妓生を取られるのではないかと恐れ、使節の一行が平壌に入ると、深く隠して外に出さなかった。副使が平壌城に入って二日が経っても、その妓生に来るようにという言いつけはなかったから、箕伯（第九二話注1参照）の息子は尹游の噂は間違っていたのではないかと考えた。しかし、出発するときになって、尹游は輿の上に座りながら言った。

「私は忘れるところだった。某妓生に友人の言いつけがあったのだった。ところがまだ会いもしなかった。ちょっと呼んで来てもらえまいか」

下人がそのことばを伝えると、監司の息子はもう出発するときになって会わせたところで、なにも起こるまいと考え、某妓生を尹游のもとにやった。

副使が尋ねた。

「お前は某両班を知っているか」

「存じております」

副使は妓生に近くに来るようにいい、輿の中の料理を食べるように命じた。妓生が手を差し出して、副使から料理を受け取ろうとすると、副使はその手をしっかり捉えて、輿の中に引きずり入れた。そして、輿の扉をしっかりと閉じ、輿を馬につないで、馬を掛け声とともに一蹴りした。馬は飛ぶように駈けだしたのであった。ほとんど普通門を出ようというときになって、箕伯の息子はそれを知って、憤懣やるかたなかったが、もうどうしようもなかった。

副使は妓生と竜湾まで行き、江を渡るときに言った。

「お前は平壌に帰るのもよし。そうでなければ、来年の春、私が帰って来るときまでここで待つのだな」

妓生はそこに留まることを希望して、翌年の春まで待って、ふたたびともに帰って来た。

この話を聞いた人びとは抱腹絶倒した。

[1]【尹游】李朝景宗のときの文官。字は伯修、号は晩霞。一七一八年、生員として文科に及第、玉堂に入り、一七二三年には、国家の紀綱が乱れ、国庫の税収入も激減しているとして上疏し、土地税制の改革、各営府の屯田の整理などを行なった。官職は兵曹・吏曹の判書まで昇った。名筆としても名があった。

第一七七話……兵曹判書よりいい平壌監司

宰相の金若魯《キムヤクロ》[1]は平壌監司から兵曹判書に転任することになったが、平壌の監営を治めていかほどにもならなかったから、江や山や楼台、器楽や歌舞、それから端正な美人たちを忘れることができずに、痼癪玉を破裂させて、言い放った。

「兵曹の下っ端役人が迎えにやって来たら、その場で打ち殺してやる」

そのため、兵曹所属の役人であえて平壌に下ろうという者はいなかった。竜虎営[2]の将校たちは互いに議論して言った。

「将校がこのざまでは、誰も平壌に下ろうとはしない。しかし、だからと言って平壌に下らなければ、期日に遅れる罪を犯すことになる。さていったいどうしたものか」

その中で一人の将校が言った。

「私が平壌に下って無事にお連れしよう。そのときには、君たちは私を厚くもてなすのだぞ」

「君が下って無事にお連れして帰って来れば、もちろん、われわれは君に酒と食事をおごろうじゃないか」

「それでは、これから旅の準備をすることにしよう」

巡牢▼3の中から背が高く、威風と気力をそなえたもの二十名を選んで、服色をみな新たにした。号礼のかけ方、棍棒の使い方などを十分に習得させた後、彼らとともに平壌におもむいた。このとき、若魯はと言えば、毎日のように錬光亭で風楽をもよおし、逍遥して憂さを晴らしていたが、長林の間を眺めやると、三々五々やって来る者たちがいて、心の中でははなはだ訝しんだ。まもなく、色鮮やかな衣服を着た一人の将校が歩みを進めてやって来て、下役人を介して申し上げた。

「兵曹の教錬官が見参しました」

若魯は大いに怒り、机を叩いて大声で言った。

「兵曹の教錬官が何をしに来たのだ」

将校は、しかし、慌てることも急ぐこともなく、階段を上がって、軍人の礼を行なった後、号令した。

「巡令手はすみやかに拝礼せよ」

声が届くか届かないかのうちに、二十人の巡牢が中庭に入って来て拝礼して、東西に分かれて立った。その体格も軍服の見栄えも平壌監営の羅卒と比べると天と地ほどの違いがある。将校がまた急に大きな声で号令した。

「左右の者たちの騒ぎを禁ずる」

このように号令することが数回あって、ひれ伏して言った。

「使道はここに監司としておられます。われわれはあえてさらに上の大司馬、大将軍にお仕えする礼儀でお仕えしています。しかるに、あの者たちはどうして歌舞を楽しんで騒ぎ立てているのでしょうか。邑の将校たちのあの騒ぎは禁止せざるをえません。あの者たちをやむなく捕まえて罰することにします」

そうして、左右に号令して歌舞を禁じ、将校たちをすぐに捕まえるように命じた。巡令たちは命を受けて出て行き、鉄鎖で身体を縛って連れて来た。将校が命令して言った。

「使道はたとえ一道の監司であるにしても、このような騒ぎは許されるものではない。いわんや、今は大司馬であり、大将軍になられた。なのに、お前たちはどうしてこのような妄りなことを慎まなかったのだ」

そこで、法ののっとって罰そうと、巡令が持って来た兵曹の素木の棍棒で、袖をたくしあげて打ったが、その声で建物が震動するほどであった。そのどやす声と棍棒の使い方がまさしくソウルの兵営のもので、平壌の監営のやり方とは同日に論じられるものではなかった。若魯は心の中は実に爽快で（反語的表現——訳者）、怒りを抑えて座りながら、ソウルの将校のなすがままに任せていたが、棍棒が七度に及んで、将校はまた言った。

「棍棒で七度以上は叩いてはならない」

そう言って、縛りを解いて許してやった。若魯は心の中ではなはだ無聊をかこって、監営の役人を呼んで言いつけた。

「営門の附過記▼4をすべて持って来て、ソウルの将校殿に見せるがよい」

将校が受け取って、いちいちその罪を調べて、棍棒たたき五回、あるいは六回、七回と罰を与えて、その後で解き放った。若魯がふたたび言った。

「以前に附過記に爻周《こうしゅう》▼5したものも、すべてこのソウルの将校にお見せしろ」

将校はまた前と同じことを繰り返すと、若魯はたいへんに喜んで言った。

「君は年齢はいくつかな。どの家の人間なのだ」

年がいくつで、誰の家の者か答えると、さらに尋ねた。

「君は平壌は初めてなのか」

「その通りです」

「このように美しい山川の中で君は一度も遊覧しようとは思わないのか」

そこで、帖を持って来るようにいって、「銭百両米五百石」と下に書いて与えて言った。

「明日、この楼にやって来て遊ぶことにしよう。妓生と楽工、そして酒と料理もたっぷりと用意しよう」

その後、この人への信任は古くから知っている人のようであった。何日も過ごして、ともにソウルに上京したが、一時にこの話は伝わって、みなが笑ったものであった。

▼1【金若魯】一六九四～一七五三。英祖のときの文臣。字は而敏・而民、号は晩休堂。大提学の金揉の子。一七二七年に文科に及第した後、六曹の判書を務めて一七四九年には左議政となった。弟の取魯・尚魯とともに高官大爵として一時勢力を振るった。

▼2【竜虎営】朝鮮時代、宮闕《きゅうけつ》の宿衛・扈従《こしょう》などにあたる軍衛。

▼3【巡牢】大将の命令・伝達・護衛などにあたり、また巡視旗・令旗などをもつ巡令手、および罪人をあつかう牢番を言う。

▼4【附過記】官吏や兵士の公務上で過失があるときすぐに処罰せず、官員名簿に記しておくこと。六月と十二月に考課するときに参考にする。

▼5【爻周】事実調査をして異常がないことを確認した印をつけること。

第一七八話……尹弼秉《ユンピルビョン》の及第の徴候

参判の尹弼秉《ユンピルビョン》▼1は南人で、抱川の人であった。生進▼2として到記場▼3に行くことになり、明け方に東門に至ったが、まだ時間が早く門は開いていなかった。そこで酒店に座って待つことにすると、たまたま隣に座ったのは柴売りで、牛の背中の柴の上にまたがってやって来たのだった。酒店の主人が言った。

「生員が今回お出かけなのは科挙を受けるためで、姓は尹とおっしゃるのではありませんか」

「その通りだ」

「昨晩の夢に、ある人が牛を引いてきて、その牛には柴を積んでいました。その柴の上にはまた五色に光り輝く物がありました。それがこの道を通って来てこの酒店に入って来ましたので、その柴の上の品物はいったい何ですかと尋ねました。すると、『この牛が子どもを産んで、それが竜《ヨン》だったのだ。それをソウルの市場で売ろうと思って来たのだ』と言いました。夢から覚めて、心の中で不思議に思っていると、生員がこの道をやって来られたのです。牛の積んだ柴の上に座って、姓もまた尹《ユン》氏だとおっしゃいます。かつて聞いたところでは、尹《ユン》氏は竜《ヨン》に通うとか。竜は科挙に及第するという兆しに間違いありません。登科、まことにおめでとうございます」

尹は笑って、馬鹿なことを言うものではないと叱りつけたが、ソウル城内に入って行き、見事に及第したのであった。

▼1【尹弼秉】一七三〇～一八一〇。純祖のときの文官。字は彝仲、号は無号堂。一七六七年、文科に及第、正祖のときには掌礼として時弊を論じて上疏し、重試にも及第して、顕官を歴任した。純祖のときには同中枢府事に至ったが、罷免されて李益運などと詩を唱和しながら日々を過ごした。書にも巧みであった。
▼2【生進】生員と進士。
▼3【到記場】成均館の儒生たちが出勤して食堂に出入りする回数を記したものを到記といい、一定の到記点数を取った者に対して行なう大科に該当する科挙があって、それを到記科と言った。ここで到記場というのは到記科の試験場を言う。

第一七九話……台諫の兪拓基《ユチョクキ》

監司の李濼《イチブ》（第五七話注2参照）の致祭▼1のときには朝廷のソンビたちも多く参会した。その当時、武粛公・張《チャン》▼2が漢城判尹で訓練大将を兼ねていたが、彼もその席にいて、広間の上で脇息にもたれて長い煙管で煙草をふかしていた。そのとき、台諫の兪拓基《ユチョクキ》（第一二三話注1参照）公がやって来て、広間の近くまで来たものの、広間には入らずに引き返した。そこに集まっていた弔問客たちはわけもわからず、とまどった。

兪宰相は控えの間に座って、訓練院の役人に命じた。

「あの広間で脇息にもたれた煙草をふかしているのは、いったい誰なのだ」

「訓練院の大将です」

兪が叱りつけた。

「今日は公の集まりと言ってよい。なのに、武臣がどうして脇息にもたれて無礼を振る舞うのか」

張公はこれを聞いて、煙管を投げ棄てて立ちあがって言った。

「私は帰るぞ」

眉を吊り上げ、網巾も破れ裂けるほどであった。

その後、兪宰相に会うと、礼法を守るべき意志を教わったと感謝して、ひとしきり歓談した。兪宰相の礼を守る気持ちと、武粛公の鷹揚さとは、このようであった。

▼1【致祭】臣下が死んだときに、王が財物と祭文を贈って死者を弔うこと。

▼2【武粛公・張】張鵬翼　?～一七三五。一六九九年、武科に及第、宣伝官となったが、金一鏡一派に追われて罷免され、一七二三年には金昌集の党として追われて鍾城に流された。英祖が即位すると、訓練大将となって王を護衛し、さらには漢城判尹となり、さまざまな武功を立てた。

第一八〇話……武粛公・張鵬翼

武粛公・張鵬翼は忠逆の区別に厳格であった。たとえば、そのときの宰相の李光佐《イクァンチャ》▼1の姓を呼び捨てにした。次対▼2のとき、光佐が奏上した。

「最近、武将たちはおごり高ぶって無礼です。私は忝《かたじけな》くも大臣の班列に加わっていますのに、武将が私をあなどっています。朝廷の礼義としてこれではなりません」

王さまがおっしゃった。

「その武将というのはいったい誰だ」

「訓練大将でございます」

王さまがまさに武粛公に尋問しようとなさったとき、右議政であった閔鎮遠《ミンチンウォン》（第一二一話注5参照）がやって来て席につくと、武粛公は立ち上がってひれ伏して言った。

「わたくしが大臣を敬うことはこのようでございます。しかるに、かの大臣は逆臣に過ぎません。わたくしは無知な武将に過ぎませんが、どうして逆臣を礼遇することができましょう」

王さまは大怒して罷免なさった。

▼1【李光佐】一六七四～一七四〇。英祖のときの大臣。字は尚輔、号は雲谷。本貫は慶州。恒福の玄孫。一六九四年、文科に及第、大提学を経て領議政に至ったが、少論の領袖として官途に多くの波乱があった。朴東俊の讒訴を受けて鬱憤のあまり死んだ。

▼2【次対】毎月六度、政府堂上・台諫・玉堂などが入侍して重要な政務を上奏した。

第一八一話……大将の申汝哲《シンヨチョル》の胆力

大将の申汝哲《シンヨチョル》▼1がまだ若かったころ、訓練院で弓の練習をしていた。その帰り道で訓練都監の一人の兵士が酔っ払って申公に絡みついた。申公は怒って、これを蹴り殺し、貞公・李浣《イウァン》（第三一話注2参照）の屋敷に駆けこんだ。姓名を名乗ると中に入れてくれ、挨拶がすんで、李公は申公がこの屋敷にやって来た理由を尋ねた。すると、申公は答えた。

「わたくしの名前は某と言います。さきほど、訓練院の弓の練習場からの帰り道で、酒に酔った都監の兵士が絡んできたので、蹴り殺してしまいました。わたくしはどうすればいいでしょう」

李公は笑いながら言った。

「殺人者は処刑に決まっている。法は厳格なもので、どうしてその法の網から逃れることができよう」

「死ぬのはかまいませんが、愚かな下っ端の兵士を殺して死ぬのは丈夫のすることではありません。どうせなら大将を殺して死のうと思うのですが、いかがでしょう」

李公は言った。

「なんと、この私を殺そうと言うのか」

「今、わたくしとあなたは五歩と離れていません。すぐには人を呼ぶこともできますまい」

李公は笑いながら言った。

「まあ、しばらく待つがよい」

そして、都監の執事に命令した。

「いま聞けば、兵士一人が酒に酔って道に寝転がっているようだ。行き倒れの死体として運んで来るがよい」

下人が命令を受けて担いで来ると、死体を縛り上げて棍棒でたたいて刑罰を与え、外に放り出して、何ごともなかったかのような顔をした。

申公にここに留まるように言って、さらに付け加えた。

「君は大器だ。これからはこの屋敷に自由に出入りするがよい」

それ以後は実の息子や甥であるかのように可愛がったが、ある日、側に呼んで
「私の知っている家がさほど遠くはないところにあるが、伝染病で家中の者がみな死んでしまって、葬式をする者もいない。君は葬式のための道具を準備して、今晩はその家に行って、君が死体を棺に納めてほしい」

申公は、李公のことばのままに灯りを点してその家に行くと、はたして一つの部屋に五人の死体がある。そこで、麻と木綿の布で死体を包んで、三体目に到って、それを斂《おさ》めようとすると、死体が忽然と起き上がって頬をたたいた。灯りも消えてしまったが、申公はすこしも慌てることなく、みずからの手でこれを制しながら言った。

「どうしてこんなことがあるのか」

申公は人を呼んで灯りを点して来るように命じた。すると、その死体が大きな声を挙げて笑いだした。なんと、それは李公だったのである。李公は申公の肝試しをしようと考えて、死体の中に自分も横たわっていたのである。

▼1【申汝哲】一六三四〜一七〇一。朝鮮後期の武臣。本貫は平山、字は季明で、号は知足堂。領議政の景禛の孫、都正の竣の子。成均館に入学したが、孝宗が北伐計画を立てて名家の子弟に武芸を磨かせるようにすると、それに呼応して儒生たちを率いて武芸を錬磨した。顕宗のときに宣伝官となって、武科に及第、忠清道水軍節度使、平安道兵馬節度使などを歴任して、一六八〇年の庚申の大黜陟《ちゅっちょく》では西人の側に立って活動した。一六九四年には張希載などを処罰、戸曹・工曹判書に至った。党争の中にあって兵権を握っていたので大きな役割を果たした。

第一八二話……光海君《クァンヘグン》の落点の方法

光海君《クァンヘグン》が官吏の一人を嫌って、決してその地位を上げようとはしなかった。そうして何年もが経って、内宴が行なわれることになり、宰相たちはみな宮殿に参っていたが、王さまはその官吏が金色の帯を帯びて参席しているのをご覧になった。心中はなはだおどろき、不思議に思い、宴会をにわかに中止して、吏曹にその役人の職務歴を調べて報告するように命じられた。すると、はたしてまったく清廉かつ有能な人物だったから、嘱望されて昇進したのだという報告が返ってきた。

王さまがおっしゃった。

「人の貴賤は運数で決まっており、たとえ王であれどうすることもできないものだ」

吏曹での官吏の選考にはかならず三名の候補者の名前を挙げたが、あるいは光海君が筆をたっぷりと墨汁に浸して、三人の名前の上に臨んだので、その墨が思わぬところに落ちたのかもしれないし、またあるいは官吏の名前を読めずに点を打たれたたのかもしれない。しかし、これもまた運数ではあろう。

第一八三話……成宗《ソンジョン》の女人

成宗が一人の女人をはなはだ寵愛なさり、宮廷の規則に違うことが多かったので、司憲府ではこれを議論した。王さまは掌令▼1の某を呼びつけ、彼が参上すると御前近くまで呼んで、詩の一句を書いて下賜なさった。

世間の人は重陽の節句の菊を愛するが、
この花が開いた後にはもうどんな花もない。

（世人最愛重陽菊、此花開後更無花）

掌令は涙をぬぐって退出したが、それからしばらくして、王さまはお亡くなりになった。

『五山説林』より

▼1【掌令】司憲府の正四品の官職。

第一八四話……功臣録に載った姦臣の具寿永《クスヨン》

判中枢府事の具寿永《クスヨン》▼1は巧妙な詭計を事とし、陰では人におもねってばかりいたから、朝廷の内外で嫌われた。三大将▼2旗下の兵士が事を起こした日、光化門の外に反乱軍が陣を作っているという話を聞いて、家中が泣き叫んで為すすべもなかったが、頑強な一人の奴が進み出て言った。

「人の生死はそれぞれの運数があるだけのこと、どうして座して死を待つべきでしょうか。今すぐ肉と食糧を用意していただければ、私が旦那さまをお連れして禍を免れることができます」

そこで、具寿永は食事と酒を十分に用意して、鞍をつけた馬と奴をいつもと同じように従え、前後に声をかけて励ましながら軍の前にまで至った。奴がみずから軺軒を引いて行き、三大将の向いに具寿永を座らせたが、そこには多くの人間たちがいたので、具寿永の姿はなかなか見えなかった。

時は九月の三日、三大将は屋外で夜を明かすべく座っていたので、腹がすき、寒さが身にしみて震え、誰もが食べ物のことを考えているのだが、それを口に出すことができない。そのとき、具寿永の奴が握り飯を順に配り、また大きな盃でもって酒も回した。兵士たちはみなそれがどこから出ているのかを問うこともなく、自分のところに届くままに食べ、また飲み干した。それが五、六度になって初めて、これがど

この家から来たものなのかを尋ねた。奴が具寿永を指さして、

「これは具公がみなさんを慰労しようと持って来られたものです」

三大将が互いに顔を見交わして当惑していると、奴が言った。

「今日の集まりは大きなお手柄をお挙げになるため。この酒食がなければ、ひもじくて、どうして大事を成し遂げることができましょう」

側にいた人が言った。

「この男の言うとおりだ」

このときから、具は三大将との交友が始まり、機会を得てはともに計略を練るようになり、勲功が記録されて君と称されるようになった。

史家は言う。

「具が悪人であるのは任士洪[3]よりはなはだしい。しかるに、死を免れたのみならず、禍を転じて福となすことができた。当時、三大将の事の処置がいかにも迂闊であったのは、これで見ても明らかであろう」

▼1【具寿永】?～一五二四。中宗のときの功臣。字は眉叔、本貫は綾城。知中枢府事の致洪の息子。世祖の弟である永膺大君の婿。世祖のときに副護軍となり、成宗のときには原従功臣として知中枢府事・知敦寧府事を歴任した。中宗の反正が起きると靖国功臣に冊録され、綾川府院君に封じられた。性品は奢侈を好まず温和であり、世事に通じていた。
▼2【三大将】訓練都監・禁衛営・御営庁の大将。
▼3【任士洪】～一五〇六。李朝燕山君のときの勢道家。本貫は豊川。息子の光載は睿宗の娘の顕粛公主の婿として豊川尉となり、崇載は成宗の娘の徽淑翁主の婿として豊原尉となった。士洪は一四九八年の戊午士禍以後、柳子光とともに権勢をほしいままにした。燕山君の廃妃慎氏の兄弟である慎守勤と手を組んで古くからの忠臣の除去をはかり、燕山君の生母の尹氏の死の内幕を密告して一五〇四年の甲子士禍（第二三五話注2参照）を起こした。一五〇六年、中宗反正のときに殺された。

第一八五話……柳雲《ユウン》と奸徒

恒斎・柳雲《ユウン》▼1は人となりは闊達であったが、細やかなところがなく、当時の議論に入れられないことがあった。忠清監司となって、丹陽郡を題にして一首の絶句を作った。

粗々しく大きな岩を取り除き、
平らな川床に清らかな水が流れる。
風を捉えて海の神をせき止め、
その後に私は舟を出そう。
（拾尽凶頑石、平鋪清浄流、
捕風囚海岩、然後放吾舟）

静菴《ジョンアム》（第四二話注5参照）が没落すると、奸徒たちはこの詩を吟じて伝えていて、柳は静菴の党に入れられなかったから、この詩を作ったのではないかとして、彼を推挙したので、大司憲に抜擢された。柳は即日、経筵に任命されたが、義禁府の門の隙から静菴を呼んで、手を捉えてため息をついた。

「どうしてこんなことになると考えていたろう」

そして、南袞《ナムコン》▼2と沈貞《シムジョン》▼3の奸凶であることを論じるだけではなく、面前でその罪状を咎めたが、しばらくして排斥され、安城の家に帰った。辞職するに至って、誣告に連座して獄事に発展した。南袞などが上疏に党人の姓名を列挙していて、柳雲はその第四番目に上げられていた。冲菴《チュンアム》▼4が殺されるにいたり、雲も禍が自分にまで及ぶのを避けられないと思い、大酒を飲んで腹を爛《ただ》れさせて死んだ。

『竹間閑話』より

▼1【柳雲】一四八五～一五二八。朝鮮中期の文臣。字は従竜、号は恒斎。本貫は文化。進士を経て、一五〇四年、文科に及第して、官途に就き、忠清道観察使などになった。一五一九年、己卯士禍が起こると、南袞の推挙で大司憲になり、趙光祖を初めとする党人たちを救おうと努めたが、奸臣たちの弾劾を受けて罷免され、故郷に帰って世間を慨嘆しながら過度の飲酒によって死んだ。

▼2【南袞】一四七一～一五二七。李朝前期の政治家であり文人。字は士華、号は止亭。開国功臣の在の子孫。一四九四年、文科に及第して、大提学・領議政にまで至った。金宗直の門下で学び、文章と書に秀でていた。平生、奢侈を好まず、持論も正確であったが、沈貞とともに己卯士禍をでっち上げたことを人びとに批判され、みずからも処置の過ちを悟ったため、書きためていた私稿を火にくべて焼いた。

▼3【沈貞】一四七一～一五三一。中宗のときの文臣。字は貞之、号は逍遥亭。本貫は豊山。一五〇二年、進士として文科に及第、靖国功臣の号を受けて華川君に封じられ、吏曹判書となったが、弾劾されて退き、後に安塘が領議政となったとき、刑曹判書として復帰したが、またもや弾劾を受けて辞任し、その怨恨から一五一九年に己卯士禍を起こすことになる。一五二七年、右議政となり、後に左議政となるが、福城君の獄事が起こって、金安老によって追われ、後に朴嬪と内通した嫌疑で賜死した。

▼4【冲菴】金浄。一四八六～一五二一。李朝前期の文臣、烈士。字は元沖、号は冲菴、本貫は慶州。十歳で四書に通じ、刑曹判書に至った。中宗が王后慎氏を廃して章敬王后を立てるのに反対して、章敬王后が死ぬと慎氏の復位を上疏して流配になったが復帰、一五一九年の己卯士禍に際し、趙光祖の一派として済州島に流され、後に賜死した。

第一八六話……洪暹《ホンソム》と許《ホ》兄弟

仁斎・洪暹《ホンソム》▼1は吏曹佐郎として上役の参判の許洽《ホフプ》▼2を訪ねて話をした。そのときに金安老《キムアンロ》▼3をはげしく攻撃して言った。

「『秦檜伝』[4]を読むと、あなたの弟の大司憲は秦檜を彷彿とさせます」

洽はおどろいて言った。

「公職をかたじけなくしているものの、年寄りのこの私には酔っぱらって会いに来てもかまわない。しかし、私の弟の沆《ハン》[5]は分別がないままに法官の長となり、そこでわずかでも礼を失した行ないがあれば、関わるところが軽いとは言えない。どうか弟のところには行かないでほしい」

そこで、洪の下人を呼んで、主人をまっすぐに家に帰らせ、よそには行かせないようにと戒めた。しかし、洪は退出して、すぐに沆の家に向かった。下人にはこれを止めることができなかった。洽が人をやって探らせたところ、はたして洪はすでに沆の家に到着していた。洽が言った。

「私がいけなかった。わが家の下人をやって洪を家まで送らせたら、何ごとも起らなかっただろうに。これから一大事が起こるようだ」

洽が馬を駈って沆の家に行くと、洪はすでに帰って行った後であった。洽が言った。

「洪正郎が大酔して人事不省であったろう」

「顔の色が白い玉のようで、酔っ払った顔ではなかったぞ。しかし、われわれは何もしゃべらなかった」

「外面は白い玉のようであっても、やはり酔っていたのだ。たとえ一言であっても、どうしてまともなことをしゃべったろう」

沆が何も答えないので、洽もどうすることもできずに帰って行った。沆は夜に安老の家を訪ねて行った。翌朝、一人で王さまに啓上して、尋問を行ない、獄事を敢行したが、洪は一日に百二十度も杖で打たれ、気息奄々となった。そして、海島に流されることになったが、まさに牢獄を出ようとするときには、骨節がことごとく砕けて、呼吸もしてはいなかった。そこで、すでに死んだものとして、垣根の下に放置して、蓆をかけておいた。洪自身もまたぼんやりと眠っているようで正気がなかったが、突然、委官[6]を呼ぶ声が三度ばかりして、判中枢府事以下が走って迎えに来たのだった。洪が眼を開いて見ると、大勢が自分をのぞき込むようにして見ている。洪は不思議に思うこと限りがなかった。

その後、三十年がたち、洪は宰相となって、委官として義禁府に座ったが、そのときに杖を執った者がまだ在職していたと言う。

史氏が言う。

「人の生死は本来は天の定めるところである。たとえ百人の許沆がいたとしても、一人の忍斎を殺すことができようか。洽と沆は魯と衛の関係に比すことができようか」

『寄斎雑記』より

▼1【洪暹】一五〇四～一五八五。宣祖のときの名臣。字は退之、号は忍斎。本貫は南陽。領議政の彦弼の子。一五三一年、文科に及第、大司憲となった。一五三五年、金安老の誣告で興陽県に帰郷したが、三年で赦された。後に芸文館・弘文館の大提学を経て、領議政にまで至った。文章にたくみで、経書に明るかった。

▼2【許洽】『朝鮮実録』中宗十年（一五一五）九月に芸文館奉教の許洽の名前が見える。工曹判書にまで至ったが、明宗三年（一五四八）二月には慶源に流したことが見え、同じく明宗五年（一五五〇）九月には、罷職の人が害毒を流すことがあるとして、慶源の疲弊はもっぱら許洽がこの地に謫居していることによると上疏されている。

▼3【金安老】一四八一～一五三七。中宗のときの権臣。字は頤叔、号は希楽堂・竜泉、または退斎。一五〇六年、文科に壮元で及第、湖堂となったが、南袞に追われたことがある。己卯士禍の後、吏曹判書となったが、沈貞・南袞の弾劾で、一五二四年には豊徳に流配された。後に復帰して沈貞を死においやり、政権を掌握した。文貞王后の廃妃を画策して失脚、一五三七年には許沆・蔡無択とともに流配され、続いて賜死した。

▼4【『秦檜伝』】『宋史』奸臣伝によると、秦檜は南宋の高宗時代の人。岳飛を誣告して殺し、主戦派を弾圧して金と屈辱的な和議を結んだ。

▼5【沆】許沆。?～一五三七。中宗のときの文官。字は清仲、本貫は陽川。司馬試に合格、一五二四年には文科に及第した。大司憲にまで至ったが、人となりが奸悪で、蔡無択・洪麟らとともに権臣の金安老の手先となって、無辜の人びとを反逆者として除き殺したので、世間では金安老・蔡無択とともに「三兇」と呼ばれた。金安老が退けられると、彼も賜死した。

▼6【委官】罪人を尋問するために大臣たちの中から臨時に選ばれる裁判長を言う。

第一八七話……宣祖《ソンジョ》の叡智

宣祖の叡智は天から与えられたものであった。備辺司▼1の計略までもみずからお決めになって、備辺司の役人に下問なさると、役人たちは王さまの計略が至当であると服命するのであった。また承政院では王さまの意を受けて事を行ない、その意に叶わないようなときには、往々にして恐縮して待罪することがあった。そこで、当時の人びとは、

「恐縮して待罪する承政院、王さまの命令が妥当な備辺司」

と言ったものである。

宦官の李鳳廷《イボンジョン》▼2が宣祖のお側近くに仕えて寵愛をこうむった。宣祖が筆と硯をお使いになるのをいつも眼にしていたので、いつの間にか宣祖の書体を巧みに真似することができるようになった。東皐・李浚《イチュン》慶《ギョン》(第三六話注1参照)が当時の首相であったが、鳳廷を呼びつけて叱った。

「お前のような宦官風情で王さまの書体を真似ていったいどうするつもりだ。これを改めなければ、重刑に処すぞ」

鳳廷は恐ろしくなって松雪体▼3を真似るようになった。

宣祖はこれを聞いて面白がられた。

▼1【備辺司】朝鮮時代、国の軍事を担当した官庁。壬辰倭乱のときには議政府に代わる国の政治の中枢機関となった。

▼2【李鳳廷】李鳳廷の名前を探し出すことができない。『朝鮮実録』宣祖三十四年(一六〇〇)九月に李鳳貞の名前が見える。

▼3【松雪体】元の趙孟頫の書体。松雪道人が趙孟頫の号。

第一八八話……宣祖の翁主教育

貞淑《ジョンスク》翁主▼1というのは宣祖のお子で、東陽尉（第六三話注3参照）の奥方である。屋敷の庭の小さなのをいやがって、王さまに申された。

「隣の家がすぐ近くに迫っていて、話し声が互いに筒抜けなのです。軒も浅くて何も遮るものがなく家の中が丸見えです。お願いですから、隣の土地を買うお金をくださいませんか」

すると、王さまがおっしゃった。

「話す声を小さくすれば聞こえないし、軒は簾でも掛ければ見えはしない。どうして庭を広げる必要があろうか。人の住むのにはわずかに膝を入れるところがあれば、それで十分だ」

そして、葦の簾を二枚お与えになり、おっしゃった。

「これを軒にかけなさい」

翁主はあえて送り仮名を振ることはなさらなかった（何もおっしゃらなかった）。

▼1【貞淑翁主】宣祖と仁嬪金氏のあいだに生まれた女子。

第一八九話……役人の金忠烈《キムチュンヨル》の上疏

光海君の時代、弘文館の書吏であった金忠烈《キムチュンヨル》▼1は、王の寵姫である金尚宮▼2が権勢を思いのままに振るって人心に憤懣が満ちているのを見て、赫々たる上疏を奉った。

「周は褒似▼3が滅ぼし、わが朝鮮三百年の宗社は金尚宮が滅ぼします。私は殿下のために慟哭いたします」

上疏は承政院にとどいて紛々と議論されたが一つにはまとまらず、結局は退けられた。忠烈はわずかに詩律を理解していて、みずから玉壺と号していた。

『公私聞見録』より

▼1【金忠烈】この話にある以上のことは未詳。

▼2【金尚宮】金介屎。宣祖朝の宮人。宣祖が光海君を排斥して永昌大君を世子に立てようとしているのを察知、光海君に密告した。即位後、光海君は介屎に恩義を感じ、宮中のことすべてにわたって彼女に相談するようになった。介屎が少しでも怒り出すと暴君の光海君も縮み上がったという。光海君の精神異常が嵩じるにつれて、介屎の独断専行ははなはだしく、人事は彼女への賄賂次第というありさまであったが、仁祖反正の際に主悪として誅殺された。

▼3【褒似】周の幽王の寵姫。まったく笑わない褒似が敵兵の襲来を知らせる狼煙を挙げると笑ったので、幽王はそれを繰り返し、本当に敵が襲来したときに兵が集まらず、遂に滅ぼされた。

第一九〇話……権韠《クオンピル》の筆禍と詩讖

石洲・権韠《クオンピル》▼1は詩歌をよくしたが、家が没落してしまったので、礼節に縛られることもなく、豪快にふるまって、科挙を受けることもなかった。光海君が辛亥の年（一六一一）、科挙を開き、時務について対策を書かせた。進士の任叔英《イムスクヨン》▼2が書いた対策には当時の政治を風刺する言辞がはなはだ痛烈に書かれていた。試験官はこれを落とさずに通したが、光海君はみずからも見て激怒して、これを及第させず落とすように命じた。司憲府と司諫院は争うように奏上して王さまを諫めた。このとき、韠は次のような詩を作った。

宮廷の柳は青々と茂って鶯の鳴き声がかまびすしく、
ソウル中の貴人たちの車の屋根は春の日差しに輝く。
世間こぞって太平の世を祝賀するのに、
貧しい布衣以外に誰が危険を犯して批判しよう。
（宮柳青青鶯乱啼、満城冠蓋媚春輝、
朝家共賀昇平楽、誰遣危言出布衣）

「宮廷の柳」というのは外戚の柳氏を指し、「貧しい布衣」というのは叔英を指すのである。光海君が獄事を起こして、嫌疑のもたれる家にある文書を捜査させ、この詩の作者として韠をひっとらえ、拷問を加えるように命じた。その後、韠は北方に流罪になっておもむいたが、東門から外に出て行くとき、人家の壁に詩が書きつけられているのを見た。

君に更にもう一杯の酒を勧めよう。
劉伶▼3の墓には酒の一杯もない。
三月が終わり四月がやって来て、
桃の花びらがまるで紅い雨のように落ちていく。
（権君更進一盃酒、酒不倒劉伶墳土
三月将尽四月来、桃花乱落如紅雨）

「勧《クォン》」の文字であるべきところを、壁に詩を書いた者がわざわざ「権《クォン》」と書いていた。そのときはまさに三月で、桃の花がしきりに落ちていた。権韠は流配地に着く前に殺された。

▼1【権韠】一五六九〜一六一二。光海君の時代の賢儒。字は汝章、号は石洲。本貫は安東。童蒙教官になったが、官職を放って江華島で多くの子弟を教えた。詩才に抜きん出ていて、宣祖は彼の詩の数篇をいつも書案に置いた。壬辰倭乱のときには王の御前に出て和議を唱える大臣を除去するように要請した。光海君の妃の柳氏一族の跋扈を諷刺した詩によって流され、東大門の外で与えられた酒を飲んで死んだ。

▼2【任叔英】一五七六〜一六二三。字は茂淑、号は疎庵。本貫は豊川。若いときから詩をよくし、記憶力が抜群だった。一六〇一年、進士となり、十年のあいだ成均館で学んだ。一六一一年、別試文科の対策文は時勢を諷刺するものであったが、沈喜寿は積極的にこれを採り、自ら試券を見た光海君は激怒した。数ヶ月にわたる彼の合否をめぐる議論の後、及第。官途に付いたが、永昌大君の獄に批判的な態度を取って免職になった。仁祖反正の後、復帰して弘文館副修撰・持平に至った。

▼3【劉伶】晋、沛国の人。字は伯倫、容貌がはなはだ醜く、酒を好んで、五斗を飲んで悪酔いを覚ましたという。阮籍・嵆泰と親しく交わった。竹林の七賢の一人。

第一九一話……許筠《ホキュン》の悪行

許筠《ホキュン》▼1は荒唐無稽のことを言ってはいつも朝野を驚かしていた。丁巳の年（一六一七）に北京から帰って来て言った。

「中国には『林居漫録』という本があって、宗室の血統が歪曲されたまま改められていないようです」

光海君がおどろき、筠に事を委ね、文書を持って行って詳細に弁明させようとした。筠は珍奇な賄《まかない》の品々を多く積んで出かけ、彼此《かれこれ》の御府の文書を偽って作って、天子の決済だと帰ってきて報告した。光海君は大いに喜び、朝廷では尊号をさえ与えた。

一松・沈喜寿《シムフィス》▼2が真相を知って、同僚たちに、

「以前、己丑の年（一五八九）にすべてうまい具合に決まったのに、今ごろになって何を分明にしようと

言うのだ」

と言ったので、筠はこれを憎み、罪状をでっち上げて追放した。喜寿が門を出るとき、詩を作った。

争いのたえない門を出て官職を捨てて帰って行く、
首をめぐらして江と山を見るが、さてどこに落ち着くのか。
小舟を買おうにも一銭もないありさま、
箱をひっくり返すと、昔の官服だけが残っている。

（出門是非棄官帰、回首江山何処依、
欲買小舟無片価、傾箱猶有旧朝衣）

▼1【許筠】一五六九〜一六一八。李朝中期の文人。字は端甫、号は蛟山。本貫は陽川。曄の三男。一五九四年、文科に及第して、議政府参判になった。一六一〇年には北京に行って天主教にも触れたが、中国の小説類を耽読してみずからも小説や讖記《しんき》を書いた。庶流出身の李達に詩を学ぶためにみずからも庶民として振舞った。光海君の暴政下、大北党に加担、一六一七年に逮捕されて、翌年には斬首された。多くの著書を残したが、『洪吉童伝』は彼の思想をよくあらわした社会小説であり、韓国最初のハングル小説として文学史的意義が大きい。

▼2【一松・沈喜寿】一五四八〜一六二二。宣祖のときの文臣。字は伯懼、号は一松。二十一歳で成均館に入り、李退渓が死んだときには彼が祭官として送られた。一五七二年、文科に及第、一五八九年、献納だったとき、鄭汝立の獄事が起こると朝廷と意見が合わずに辞任、翌年には復帰した。宣祖の側に仕えて、一五九二年、壬辰倭乱の際には竜湾まで扈従し、その後、都承旨に昇進した。礼曹・吏曹の判書を経て、両館の大提学として文衡を握った。一六一六年、中国から帰って来た許筠との論戦で敗れ、屯之山に入って周易と詩で余生を送った。

第一九二話……光海君《クァンヘグン》の廃世子

光海君《クァンヘグン》の廃世子である祬《チル》[▼1]に死を賜うことになったとき、仁烈王后《インヨルワンフ》[▼2]は仁祖《インジョ》にお告げになった。

「祬を殺すか生かすかは婦女子の知るところではありません。しかし、国の興亡は徳を修めるかどうかにあり、心の用い方一つにかかって、ほんの少しのことに左右されます。昔、朝に天子となって、夕べに匹夫に戻ろうとしても、戻れなかったという話があります。殿下が今日もし意を払うことなく、後日に適当な子孫がいなくなってしまえば、どうなさいますか。前の人がしたことは、後の人に報いますから、祬を殺さずに、われわれの子どもに悪い報いが来ないようになさってください。お願いで」

仁祖は玉涙を落しながら傾聴なさっていたが、勲功のある臣下や大官たちが法の通りに行なうことを請うたので、祬はついに死を賜った。

▼1【祬】光海君と柳自新の娘の文城郡夫人のあいだの子。仁祖反正の後に廃されて賜死した。
▼2【仁烈王后】一五九四〜一六三五。仁祖の妃韓氏。本貫は清州。西平府院君・韓浚謙の娘。一六一〇年、結婚をして清城県夫人となった。仁祖即位の後、一六二三年、王妃に冊封された。仁祖とのあいだに孝宗・昭顕世子・麟坪大君・竜城大君などを産んだ。陵は長陵。

第一九三話……済州島に流された光海君

光海君が済州島に流配地を移された。延城・李時昉《イシバン》[▼1]が牧使で、厨房の人に言いつけて清潔な食事を進めるようにさせた。光海君はこれまでと変ったのを大いに喜んで言った。

「これは以前、きっと私に何か恩恵を受けた者なのだ」

　すると、従ってついて来た宮人が申し上げた。

「いいえちがいます」

「おまえがどうして知っているのだ」

「王さまは臣僚を任命したり罷免したりするのを、後宮の婦人たちの毀誉褒貶でお決めになりました。この牧使がもしかつて王さまに恩恵を受けていたとすれば、きっと今は逆にひどい仕打ちをして、昔の関わりを隠し通そうとするはずです。どうしてこのようにまごころをもって応接しましょうか」

　牧使が李時昉であることを知って、光海君は涙を流し、頭を垂れて、宮人を恥じらうようにご覧になった。時昉は靖社の功臣である延平君・李貴《イクィ》▼2の息子であり、彼もまた後に延城君に封ぜられたが、光海君の時代にはいかなる微官・末席にもつかなかったのである。

▼1【李時昉】一五九四～一六六〇。仁祖のときの功臣。字は季明、号は西峰。本貫は延安。貴の二男。仁祖反正のときには父は一等功臣、兄の時白とともに時昉は二等功臣となり、延城君に封じられた。一六二七年、丁卯胡乱のときには仁祖とともに江華島に避難し、一六三六年の丙子胡乱のときには失策があったとして定山に帰陽した。一六四〇年には赦されて済州牧使となり、流されていた光海君が死ぬと、これを役人たちとともに襲殮した。刑・戸・工曹の判書を歴任した。

▼2【延平君・李貴】一五五七～一六三三。仁祖反正のときの功臣。字は玉汝、号は黙斎。本貫は延平。李石亨の五世の孫。若くして李栗谷や成渾の門下で学んで、文名が高かった。壬辰の倭乱の際には、都体察使の柳成竜の従事官として功績があった。光海君が即位すると咸興判官として善政を促して上疏したりしたが、讒訴によって帰郷した。光海君の暴政を嘆いて金瑬とともに綾陽君を推戴して反正を成功させた。丁卯の胡乱（一六二七）の際には崔鳴吉とともに和議を主張して、台諫の弾劾を受けた。後に金が明を討つときに大義名分上、明に加勢をするべきだと主張したが、明と金のあいだで苦渋した。

第一九四話……馬の徳によって復権する

仁城君・珙[1]は宣祖の王子であるが、戊辰の年（一六二八）、柳孝立[2]の乱にかかわって禍に遭い、その子どもたちもみな流された。赦免を受けて帰還した後も、子どもたちは蟄居の生活をしたために、牛や馬を飼わなかった。

丙子の年（一六三六）の秋、仁祖が人びとに馬の貢物を納めるように命じられ、それを下賜されたので、厩につないだまま養うことになったが、それに騎乗することも、荷物を担わせることもなかった。十二月十二日になって、西から胡賊の侵略の一報が入り、にわかに烏や鼠のように人びとが城内に殺到して一杯になり、王さまは南漢山城にお移りになった。仁城君の息子の海寧君・伋《クプ》[3]もすぐに王さまに付き従おうとしたが、家にはこの馬の他にはなかった。そこで、自分で鞍をつけ、轡をつけたが、前後左右に跳びはねて、まったく乗りこなすことができない。しかし、事は急を要し、どうすることもできず、死を冒す覚悟でその馬に乗り、跳びはねたり、退いたりするのをこらえて、王さまに従う群れについてなんとか山城に入って行くことができた。

海寧君が来たことをお聞きになり、仁祖は群臣におっしゃった。

「仁城君の息子が私に扈従《こしょう》してやって来たとは。これは何ともうれしいことだ」

ソウルに帰還することになって、まずは仁城君を復官させるという命が下り、続いてその息子たちも同じく復することになった。

海寧君はいつも人びとに語っていた。

「人に禍と福が訪れるのは天の数と言うしかない。あのとき私がふたたび日の目をみることができたのは、まったく馬の力であった」

『海渓漫録』より

▼1【仁城君・珙】宣祖の七男。号は百忍堂。母は静嬪閔氏。幼いときから聡明で宣祖の寵愛を受けた。十二歳で仁城君に封じられ、後に宗簿都提長・宗親府有司を兼ねて部下に接するに寛容で、事務も適切に処理した。光海君が彼の輿望の高いのを嫌い、奸臣の李爾瞻などに陥れられ、その憂憤のあまり病気になって、三年のあいだ無為に過ごした。仁祖反正の後、王の叔父として優待されたが、李适の逆獄にかかわって流され、赦されたものの、一六二八年にはふたたび柳孝立の逆獄が起こって珍島に流され、そこで死んだ。

▼2【柳孝立】一五七九～一六二八。字は行源、本貫は文化。一六〇九年、増広文科に及第して、光海君の下で順調に官途を歩んだが、一六二三年の仁祖反正によって一転して、北人が追放され、彼も流された。その後、光海君の臣下たちと連絡を取り合い、光海君を上王として仁城君・珙を王とする謀議を行なったが、決起の直前に発覚して処刑された。

▼3【海寧君・伋】『朝鮮実録』仁祖二十二年（一六四四）四月に、海平君・佶、海安正・億、海寧正・伋の子女たちが済州島に残っているのを本土に戻すことが命じられている。それに細字で注釈があり、仁城君が賜死した後、その子たちが済州島に流され、そこで私に生まれた子女たちがいた。それは国禁で島を出ることが許されなかったが、特別に許可したのだとある。同じく王族で李伋という画家がいるが別人。

第一九五話……孝宗の報復

趙之耘《チョチウン》▼1の字は耘之《ウンチ》である。あるとき、監司の金弘郁《キムホンウク》▼2の葬式に弔問に行って、門を出ると、東溟・鄭斗卿《チョントゥキョン》▼3が入って来たので、逡巡しながらも引き退がって道を譲った。すると、東溟がにらみつけて言った。

「お前は誰の息子だ」

之耘が親の名前を答えると、東溟が言った。

「王さまは金文叔を殺されたが、これは聖人の世の瑕疵になっている。残念だ。なんとも残念だ」

そのとき、王さまは密かに宮廷の人をやって、弔問客を調べさせたので、人びとはみな怖気づいて弔問しなかった。東溟はそれでわざとこんなことを言い、密偵たちが王さまに報告するように仕向けたのだ。

『晦隠雑識』より

▼1【趙之耘】一六三七〜?。朝鮮中期の儒生、画家。字は耘之、号は梅窓・梅谷・梅隠。本貫は豊壌。父親も儒者画家の涑。官職は県監に至った。黒梅や翎毛などをよく描いた。後に絵を描かなくなったが、右議政の許穆に絵を描いて与えたことが世人に批判されて断筆したのだと言う。

▼2【金弘郁】一六〇二〜一六五四。朝鮮中期の文臣。字は文叔。一六五四年、黄海道観察使となったとき、八年前に賜死した愍懐嬪（昭顕世子の嬪）とその子の無実を上疏した。これは孝宗の即位の正統性に異議をとなえることになって、激怒した孝宗に尋問され、領議政・金堉や左議政の李時白などの嘆願にもかかわらず杖殺された。その後、罪は赦され、一七一九年には吏曹判書と文貞という諡号を追贈された。

▼3【東溟・鄭斗卿】一五九七〜一六七三。仁祖・孝祖・顕祖のときの学者。字は君平、号は東溟。本貫は温陽。一六二九年、別試に甲科で及第して、六品の官職を歴任した。一六三六年、「禦敵十難」を上疏したが、容れられなかった。しかし、その冬、清の兵が侵入して来た。その後に高い官職に任命されたが、その都度、辞退した。詩文に抜きん出ていたが、豪放な性格で、諷刺を事とした。『東溟集』がある。

第一九六話……親の喪中の肉食

文貞公・魚世謙《オセキョム》▼1の字は子益《チャイク》、孝瞻《ヒョチョム》▼2の息子で、変甲《ピョンカプ》▼3の孫である。人となりが剛宕で、細かなことに拘らなかった。宰相の地位にあったとき、父母の死に遭った。彼自身も年老いていたので、成宗《ソンジョン》は肉を食べるようにお命じになった。公は客と向かい合って、思う存分に肉を食べたので、これを非難する人びとも現れた。

「私が肉を食べるのはいけないと言うが、一人でいるときには問題にならず、人と向かい合って食べるのはよくないと言う。これはいったいどういうことだ」

このとき、濯纓・金馹孫《キムイルソン》▼4がやはり喪に服して身体が弱っていた。衰弱してどうやら病気になったことがわかり、人に勧められるのを待たずに、鶏を殺して、これを食べたのだった。そのとき、彼は言った。

「私が翰林にいたとき、ある宰相が肉を食べたのはいけないと記録したことがあったが、今日は私が先轍を踏むことになった」

▼1【文貞公・魚世謙】一四三〇～一五〇〇。字は子益、号は西川。一四五六年、文科に及第、燕京に赴き、帰国後、芸文館直提学となった。睿宗のとき、平安監司を経て、成宗のとき、大司憲・吏曹参判となった。このとき、明が建州を攻め、朝鮮に援兵を請うことがあり、何度か明との間を往復して、外交的に成功を収めた。右議政となり、知成均館事を兼ねた。

▼2【孝瞻】一四〇五～一四七五。字は万従、号は亀川。本貫は咸従。直提学の変甲の息子。一四二九年、文科に及第、集賢殿応校となった。文宗のとき、特進して執議となり、吏・戸・兵曹の参判を経て、大司憲となり、判中枢府事・奉朝賀にまで至った。学問に造詣が深く、陰陽風水などの迷信を排撃した。

▼3【変甲】一三八〇～一四三四。朝鮮初期の文臣。字は子先、号は綿谷。本貫は咸従。一三九九年、生員となり、一四〇八年、式年文科に壮元及第した。一四二〇年、集賢殿が発足したとき、応教となり、一四二四年には直提学となった。後に年老いた母親の介護のために職を辞して咸安に帰った。固城の綿谷書院に祀られている。

▼4【濯纓・金馹孫】一四六四～一四九八。燕山君のときの学者。字は季雲、号は濯纓、本貫は金海。金宗直の弟子、一四八六年、文科に及第、成宗朝に春秋館の記事官となって成宗実録の史草を書いた。一四九八年、成宗実録が編纂されたとき、馹孫の書いた史草の中に世祖の王位簒奪を諷刺した弔義帝文と勲旧派に対する批判があるのを見て、李克墩らが本来的に文人の嫌いな燕山君に告発、戊午士禍を招いた。馹孫は金宗直を初めとする嶺南学派の学者とともに粛清された。

第一九七話……壮元及第の五人の宰相

思菴・朴淳《パクスン》▼1が乙酉の年（一五八五）に議政府を統べ、蘇斎・盧守慎《ノスシン》▼2と林塘・鄭維吉《チョニュギル》▼3が左右の宰相となり、松江・鄭撤《チョンチョル》▼4と聴天・沈守慶《シムスギョン》▼5は原任として東側の席についていたが、この五人はすべて壮元及第であった。そのとき、契を作って「政府竜頭」と名をつけ、会軸には松江が詩を書いた。

五人の学士はみな首席で及第して、
名声が響き渡って同所に座っている。
ただ好事家たちは分別することなく、
並べて等しく今日の第一流だという。
（五学士為五壮頭、声名到我不相侔、
祗応好事無分別、等謂当時第一流）

▼1【思菴・朴淳】一五二三〜一五八九。宣祖のときの宰相。字は和叔、号は思菴。徐敬徳に文章を学び、同じく門人の李退渓と交わった。一五五三年、庭試に壮元で及第した後、一五七二年には右議政、一五七九年には領議政となった。西人の旗頭であったが、東人と西人の党争を嫌って永平白雲山に隠遁した。松雪体の書をよくした。

▼2【蘇斎・盧守慎】一五一五〜一五九〇。宣祖のときの名臣。字は寡悔、号は蘇斎・伊斎。岳父の李延慶に学んで、二十歳で博士に選ばれた。一五四三年、文科に及第、初試・会試・殿試のすべてに壮元であった。李退渓とともに読書堂に選ばれ、退渓とは学問を通して親交があった。仁宗が即位すると司諫院正言になったが、仁宗が死ぬと一五四五年には乙巳士禍が起こって罷免された。その後、珍島に流されて二十年にも及ぶ流謫生活を送ったが、宣祖の即位に伴って復帰し、大提学・右議政を経て、一五八五年には領議政にまで昇った。一五八九年には獄事にかかわり、また流配されるところだったが、王命で罷免されるだけで済んだ。

▼3【林塘・鄭維吉】一五一五〜一五八八。宣祖のときの大臣。字は吉元、号は林塘、本貫は東萊。一五三八年、文科に壮元及第して、官途につき、四代の王に仕えて左議政にまで至った。文章が豊麗で、詩に巧みであった。

▼4【松江・鄭撤】一五三六～一五九三。宣祖のときの名臣・文人。字は季涵、号は松江。本貫は延日。金麟江・奇大升に学んで、一五六二年、文科に及第して、成均館典籍となって、一五六七年には李珥とともに湖堂に入った。すでに東西の党争が激化していて、鄭撤は西人の領袖となり、東人の李潑一派と争った。一五八〇年には、反対党派に退けられて江原道観察使となって出て行き、関東八景を友として過ごした。翌年には朝廷に戻り、右議政にまで昇ったが、東人の勢力が強くしばしば帰郷を余儀なくされた。一五九二年には壬辰倭乱が起こり、平壌の王の下にかけつけて国難に当たったが、江華島で死んだ。「関東別曲」「星山別曲」「思美人曲」などの歌辞の傑作がある。

▼5【聴天・沈守慶】一五一六～一五九九。字は希安、号は聴天堂、本貫は豊山。一五四六年、文科に及第、直提学・監司などを歴任、宣祖のときに右議政になった。壬辰倭乱の際には義兵を募って指揮して戦った。文章と書に秀でていた。

第一九八話……李塏《イゲ》と成侃《ソンカン》の死

真逸斎・成侃《ソンカン》▼1は、字は和仲《ファジュン》、任《イム》▼2の弟で、俔《ヒョン》▼3の兄である。夢の中で提学の李塏《イゲ》▼4が竜となって現れた。そして自分はその竜に乗って、江の岸を飛んでわたって行く。下方に目にする草木も人物もこの世間のものとは異なっていた。

その後しばらくして、伯高・李塏は殺され、真逸斎もまた病気になった。病中に詩を作った。

西からの風が美しい樹木を揺らし、
枯れていく、咲き誇った花たちよ。
私もまた自然から生じて、
汝、玉よ、約束通りにやって来たか。

（西風払嘉樹、零落発華磁、
我亦天一物、玉汝来有機）

▼1【成侃】一四二七〜一四五六。朝鮮前期の文人・学者。字は和仲、号は真逸斎、本貫は昌寧。知中枢府事の念祖の息子。一四四一年に進士となり、一四五三年には増広文科に及第、修撰を経て正言に任命され、将来を嘱望されたが、まもなく死んだ。多くの書物を渉漁し、博聞強記な上、詩文にも巧みであった。「宮詞」「仲雪賦」があり、『慵夫伝』は文学的価値が高い。

▼2【任】一四二一〜一四八四。朝鮮前期の文人・学者。字は重卿、号は逸斎・安斎。念祖の三人の息子の長男。一四四七年に文科に及第、内外の要職を歴任して、右議政・知忠州府事に至った。詩文にたけ、書も名が高く、景福宮の多くの扁額を書いた。『東国輿地勝覧』の編集にも参加した。著書として『太平通覧』『太平広記詳説』がある。

▼3【俔】一四三九〜一五〇四。字は磬叔、号は慵斎・浮休子・虚白堂。進士を経て、一四六二年、文科に及第、芸文館に入り、弘文館正字を兼ねる。睿宗が即位すると、経筵官となり、幾度か中国に行った。大司諫・大司成を経て、礼曹・工曹の判書に至った。音楽の大事典である『楽学規範』の編纂を主導、『慵斎叢話』（作品社から刊行されている）の著書がある。

▼4【李塏】?〜一四五六。字は清甫・伯高、号は白玉軒。本貫は韓山。一四三六年に登第、一四四七年には重試に合格して湖堂に入った。官職は直提学にいたったが、世祖が王位を簒奪すると、それに反対して、成三問・朴彭年らとともに端宗の復位を謀ったが、発覚して処刑された。いわゆる「死六臣」の一人。一七五八年になって、吏曹判書が追贈された。

第一九九話……宗室の李定《イジョン》の臨終詩

宗室である江楊君・定▼1が臨終のとき、盆栽の梅の一枝を折り取り、鼻にやって匂いをかいだ。そうして笛を吹き、絶句一首を作ったが、力が弱って文字が書けない。そこで娘婿に書かせた。

天命を知る年に病気になってしまい、
家の隅で憂えて紅く咲いた一枝をいとおしむ。
梅の花は人事の変るのを知らないまま、
一枝がまず芳しい香りを送ってくれる。
（年将知天命病相催、屋角悠悠楚紫哀、
梅蘂不知人事変、一枝先発送香来）

書き終わらせて死んだ。公は少年のときから顕貴となり、詩律については熟達することがなかったが、臨終のときの詩は優れていて、そぞろに哀れを催させる。平生は読書とコムンゴ（第二二話注3参照）を弾くことを好み、『資治通鑑』を特に好んで読んだ。三つのものをともに葬ってほしいと遺言したので、家で外槨を作って、コムンゴ一張、『資治通鑑』一秩、そして一壺の酒をその中に納めて、葬った。

▼1【江楊君・定】未詳。第二三六話に永川君・李定という人物が出てくる。

第二〇〇話……魚氏の賜姓の来歴

贊成の魚有沼《オユソ》▼1の祖先の本来の姓は池氏であったが、その容姿が変っていて、腋の下には鱗があった。成人して高麗の太祖に仕えたが、人びとは彼には鱗が三枚あって、普通の人ではないと噂した。太祖は彼をご覧になって、おっしゃった。

「お前には鱗があるそうだが、本当は魚なのではないか」
そんなことから、魚氏の姓を下賜されたのだった。

『東閣雑記』より

▼1【魚有沼】一四三四～一四八九。李朝初期の武官。字は子游、本貫は忠州。十八歳のときに特に内禁衛となり、一四五六年に武科に第一位で及第し、一四六七年には李施愛の乱を平定して敵愾功臣として蘂城君に封じられた。その後、北方の野人たちの討伐に出て、北の国境地帯の安定に功があった。一四八八年には判中枢府事と都摠官を兼ね、翌年に死んだ。人となりは果断でありながら、緻密でもあった。武人であったが文章もよくした。

第二〇一話……虎が助けた穆祖《モクジョ》

わが朝の穆祖《モクジョ》▼1は子どものころ、樵の子ども六、七人といっしょに南門の外の川辺に出て、大きな岩の下で遊んでいた。そのとき、大きな虎が咆哮しながら現れて子どもたちを食べようとした。このとき樵の子どもたちが言った。

「おいらたちみんなが死ぬ必要はない。この中の一人を食べれば、虎も満足するはずだ。誰か一人を選ぶことにしよう」

そこで、それぞれが着ている衣服を投げて、どれを虎が咥えるかを試すことにした。一人一人が自分の上着を投げたが、虎は見向きもせずどれも咥えようとはしない。穆祖が投げると、虎は初めてそれに飛びついた。樵の子どもたちは穆祖を前に押し出した。穆祖はやむをえずにまっすぐに虎の前に向ったが、するど、そのときである。河の上の大岩が崩落して、樵の子どもは誰も逃れることができなかった。穆祖一人が岩の崩落から助かって、見ると、虎も姿を消していた。今も川の中には虎の頭の形をした岩があるという。不思議なことである（現在の寒碧の前である）。

『完山志』より

▼1【穆祖】太祖・李成桂の高祖父で、名前は安社。本貫は全州。高麗の高宗のとき、知宜州事に任命され、善政で名高かった。元が強大となると帰順して、関東地方の達魯花赤となって女真族を抑えた。曾孫（太祖の父）の桓祖・子春まで蒙古の官吏であった。

第二〇二話……魚水堂に隠れた光海君妃

癸亥の年（一六二三）の反正の起こった三月、光海君は北門から脱出して、中宮の柳氏▼1は数十名の女官とともに夜闇に乗じて後園に逃がれ、魚水堂に身を潜めていた。兵士たちが幾重にも包囲していたが、二日たって、柳氏が言った。

「どうしてこんなところに隠れて生き延びることを望もうか」

女官に中宮はここにいらっしゃると言わせようとしたが、女官たちはみな怯えて、誰も出て行こうとはしない。韓僕香《ハンボクヒャン》という女官だけが名乗り出て、石段の上に立って言った。

「中宮はここにいらっしゃる」

大将は胡床に座っていたが、立ちあがって、兵士たちを後ろに引き下がらせた。韓がまた柳氏の意を受けて尋ねた。

「大王はすでに国を失われたが、新しい主上はいったいどなたなのだ」

大将が答えた。

「宣祖大王の孫に当たられますが、あえて誰それとはお答えしますまい」

韓はまた自分の疑問を言った。

「今回の計画は宗社のためか、自分の富貴のためか」

大将が答えた。

「宗社が滅びようとしたので、われわれはやむをえず、新しい主上を戴いて反正を行なおうとしたのです。どうして自分たちの富貴など望みましょうか」

韓氏は言った。

「そのように義をもって名分とするのであれば、どうして前王妃を飢え死にさせるようなことができるのだ」

大将はこのことばを聞いて、すぐに仁祖に報告した。仁祖はご馳走を十分に用意して前王妃をもてなされた。

『公私見聞録』より

▼1【中宮の柳氏】光海君の廃妃。文城郡夫人。一五七三〜一六二三。柳自新の娘。光海君が王子のときに嫁いで世子嬪となり、光海君が即位するにともなって王妃に冊封された。光海君が明と新興の後金（清）とのあいだで中立政策をとると、積極的に大明事大政策をとるべきだと主張した。仁祖反正の後、流配され、七ヶ月で死んだ。

第二〇三話……鬼神の官職の予言 (一)

五峰・李好閔《イホミン》▼1は、諡号《しごう》が文僖で、字は孝彦《ヒョオン》、延平の人であり、武人でありながら判書にまでなった淑琦《スクキ》▼2の曾孫であった。若いとき、四、五人の友人たちと辺鄙な田舎の家に集まって勉強をしていたが、ある日の夕方、たまたま友人たちは自分の家に帰ってしまい、公だけが一人座って書物を読んでいた。すると、急に空中から瓦礫や砂利がやたらに落ちて来て、顔や身体を無数に叩きつける。公は苦しめられながらも、首をすくめ、首をすくめして、伏して本を入れる籠をかぶって身を守った。しばらく瓦礫や砂利が本籠を打ち続けたが、声があって、言った。

「府院君、新来」

そう、五、六度、声が響いた。

府院君というのは勲功のあったもので正一品の職であり、新来というのは科挙の新しい及第者を言う俗称である。公はまもなく文科に及第して、壬辰の倭乱のときに王さまに従い、扈聖功臣に列せられ、延陵府院君に封じられたのだった。

『閑渓漫録』より

▼1【五峰・李好閔】一五五三～一六三四。宣祖のときの功臣。字は孝彦、号は五峰、本貫は延安。延安君・淑琦の息子。一五八四年、文科に及第、応教・典翰を経て執義のとき、一五九二年、壬辰倭乱が勃発し、王に随って竜湾まで行き、さらに遼陽に行って李如松に援軍を請うた。その後、副提学として中国との往来文書を主管して、左賛成に至り、扈聖功臣として延陵府院君に封じられた。光海君の時代に郊外で待罪したが、仁祖反正の後には優待された。

▼2【淑琦】一四二九～一四八九。世祖のときの文官。字は公瑾。一四五三年、武科に及第、一四五六年には重試に合格した。平壌・延辺などの判官を歴任した。一四六七年の李施愛の乱に際して戦功を立てて折衝将軍に特進、精忠出気布義敵愾功臣の号を得て、吏曹参判となり、延安君に封じられた。一四七九年には建州衛を征伐、永安道観察使と戸曹判書を兼ねた。

第二〇四話……鬼神の官職の予言 ㈡

天安の客舎には鬼神とトッケビ（妖怪）とが棲みついていたので、往来する公務の役人でその客舎を利用しようという者がいなかった。完豊府院君・李曙《イソ》▼1が若かったとき、宣伝官として王さまの文書をたずさえて湖南に赴き、夜になって、この客舎に投宿した。すると、鬼神が現れて戸を少し開いて中を覗いたが、すぐに戸を閉じて引き返していった。

「この部屋には将来の府院君がいらっしゃる。入ってはならない」

『慕堂俳語』より

▼1【李曙】一五八〇～一六三七。仁祖のときの功臣。字は寅叔、号は月峰、孝寧大君の十世の孫。一六〇三年、文科に及第、外官職を歴任した。一六一八年に仁穆大妃の廃母論に反対して斥けられたが、一六二三年には仁祖反正を主導して、靖社功臣となり、完豊府院君に封じられた。一六三六年の丙子胡乱のときには南漢山城で力戦したが、陣中で病を得て死んだ。

第二〇五話……崔恒《チェハン》の夫人の見識

太虚亭・崔恒《チェハン》▼1の諡号は文靖公であり、亡くなると広州に葬ったが、それは今の南漢山城の麓である。その夫人には見識があり、文靖公の葬礼を終えた後、山（墓）の相を見ていった。

「これは子孫が絶える山です。どこかに改葬した方がいいようです。しかし、国の法律ですでに礼葬を行なったものを移してはならないことになっています。だから、私は別のところに葬ってください」

夫人は自分の墓地をそこから十里あまりのところに選んで、そうして死んだ。そこで夫とは別の場所に葬って、今になっても子孫が絶えないのだという。

『晦隠雑識』より

▼1【太虚亭・崔恒】一四〇九～一四七四。字は貞父、号は幢梁・太虚亭。本貫は朔寧。一四三四年、謁聖試で壮元及第、一四四三年、集賢殿学士として『訓民正音』の作製に参加、一四五三年、癸酉靖難の功績で靖難功臣第一等となり、都承旨に任じられた。右・左議政を経て領議政に至った。『東国通鑑』『経国大典』の編集にもかかわった。

第二〇六話……風水地理を信じない魚孝瞻《オヒョチョム》

文孝公・魚孝瞻《オヒョチョム》（第一九六話注2参照）は風水家の地理説を信じてはならないと言っていて、その上疏は何物にもとらわれず、極めて明白正大であった。世宗《セジョン》が文成公・鄭麟趾《チョンインチ》▼1におっしゃった。

「孝瞻の言うことは正しいが、自分の父母を葬るときにも風水の説を用いないのであろうか」

麟趾が言った。

「かつてわたくしは王命をいただき、咸安に行ったことがあります。そのとき、孝瞻が父親を家の後ろの山に埋めました。風水地理には幻惑されることなどないようです」

その後、文靖公が亡くなると、息子の世謙《セキョム》（第一九六話注1参照）は漢江の渡し場の浜に埋めた。埋葬地など選ばないのは家の法のようである。

『筆苑雑記』（作品社より既刊）より

▼1【文成公・鄭麟趾】一三九六〜一四七八。字は伯睢、号は学易斎。本貫は河東。一四一四年に及第、太宗の知遇を得て、世宗のときには集賢殿副提学を勤めた、癸酉靖難に功績があって靖難功臣第一等となり、世祖が即位すると領議政となった。朝鮮初期の代表的な学者政治家の一人で、『訓民正音』の作成に功績があり、『竜飛御天歌』『高麗史』の編集でも主導的な役割を果たした。

第二〇七話……東京狗

慶州は風水の上では以後の発展の見込めない土地だと言い、そこの狗もまた尻尾が短い。世間ではそれを東京狗と言ったという。今でもソウルでは尻尾の短い狗を「東京狗」と言っている。

『晦隠雑識』より

第二〇八話……太宗《テジョン》の器を見抜いた河崙《ハリュン》の観相法

浩亭・河崙《ハリュン》▼1の字は大臨《テイム》で、晋州の人である。平生、人相を観るのを好んでいて、政丞の閔霽《ミンチェ》▼2に、

「私は多くの人の人相を観てきたが、あなたの二人目の婿ほどの人はいない。一度、きちんとその相を観てみたいのだが」

と言って、紹介してくれるように頼んだ。そこで閔霽が太宗《テジョン》▼3に言った。

「河崙が婿殿の相を観たいと言っています」

太宗は河崙と会ったが、崙は欣然として親交を結んで、後には靖社佐名功臣となり、廟に配享されるまでになった。

▼1【河崙】一三四七～一四一六。李朝初期の大臣。一三六五年、文科に及第、試験官の李仁復は一眼で大器であると判断して、自分の弟の娘と結婚させた。要職を歴任したが、崔瑩の攻遼に反対して流罪になった。朝鮮が創業されると、李成桂に登用され、簽書中枢院事だったときに、明への文書が不遜であったという問題が起きて、明へおもむき誤解を解くことに尽力した。領議政まで昇った。

▼2【閔霽】一三三九～一四〇八。太宗の国舅。字は仲晦、号は漁隠。本貫は驪興。高麗の恭愍王のときに文科に及第して、要職を歴任した。朝鮮国の創業の後には礼曹判書・漢城府尹を務めた。太宗のときに驪興府院君に封じられた。

▼3【太宗】朝鮮第三代の王・李芳遠。一三六七～一四二二。在位、一四〇〇～一四一八。太祖李成桂の第五子であったが、兄弟間の争いに勝って王位についた。その間、芳遠のあまりの残忍さに嫌気がさして、父の太祖は仏教に傾斜したと言われるが、一方で即位後は名君との評価も得ている。

第二〇九話……飢え死にをした大君の相

広平大君《クァンピョンテグン》▼1の名前は璵《ヨ》と言い、幼いころ観相家に観てもらったところ、飢え死にする相が出ていると言われた。太宗がおっしゃった。

「私の息子がどうして飢え死にをする道理があろう」

東の籍田▼2をすべて大君に下賜して、みずからの籍田を他のところに移された。ところが、大君は魚を食べたとき、骨が咽にささって、食事が咽を通らなくなってしまって、ついには死んでしまったのである

『芝峰類説』より

▼1【広平大君】一四二五～一四四四。字は煥之、名前は璵、号は明誠堂。世宗の第五子。本文の太宗の子とするのは誤り。学問を好んで、四書・三経に通じ、音律・算数にも明るかったが、夭折した。
▼2【籍田】王みずからが耕作する田。日本でもそうだが、半ば宗教儀礼的に、王は稲作をし、后は蚕を飼った。

第二一〇話……琉球国の使臣の観相法

琉球国から使臣が送られて来て、南別宮で宴を張ったが、判書の広陽・李世佐《イセチャ》▼1が館伴▼2として応接をして、仁川・蔡寿《チェス》▼3が副館伴としてその補佐をした。宴が終わると、琉球の使臣が舌官（通訳官）に言った。

「館伴は人相を観ると凶と出ているが、副館伴の相ははなはだよい」

舌官がこれに対して言った。

「館伴は自身が出世したのみならず、三人の子どもがみな科挙に及第して、それぞれが要職についている。

その福というのは世間でも稀なものだ。どうしてそれを凶だと言うのだ」

琉球の使臣はしきりに首をひねりながら、

「それがどうも私にはわからない」

と言った。

広陽は背が高く、肉付きもよかったから、その風貌を見ると、いかにも福のある人間に見えるので、聞いている人びとは使臣が馬鹿げたことを言っていると言って笑った。しかし、しばらくして、広陽は門を閉ざして禍に遭い、仁川の方は終わりを全うすることができた。琉球の使臣の観相は当たったのである。

『竜川談寂記』より

▼1【李世佐】一四四五～一五〇四。成宗のときの重臣。字は孟彦、本貫は広州。判書の克堪の子。僉正として、一四七七年、文科に及第、翌日には大司諫となった。官職は判中枢府事に至り、広陽君に封じられた。一四八二年に廃妃尹氏（第二三五話注1参照）に毒薬を渡した当人として一五〇四年の甲子士禍（第二三五話注2参照）では巨済島に流されることになり、その途中で死刑の命が降り、みずから首をくくって死んだ。

▼2【館伴】外国の使臣の応接の任務を管掌する迎接都監の臨時の官職の名称。

▼3【仁川・蔡寿】一四四九～一五一五。字は耆之、号は懶斎、本貫は仁川。一四六八年、生員試に合格、翌年には文科に壮元で及第した。要職を歴任したが、廃妃尹氏を擁護して罷免されたことがある。燕山君のときには地方官を希望して身を保全し、一五〇六年の中宗反正に功績があって、中央に戻ったが、後輩たちとの宮仕えが煩わしくなり、慶尚道咸昌に隠退して読書と風流ごとで余生を送った。

第二一一話……中国の占い師の占い

松斎・韓忠《ハンチュン》▼1は豪放な気概をもっていた。早くから文名があったが、音律を好み、コムンゴを巧みに弾いた。癸酉の年（一五一三）に壮元で及第して、弘文館の典翰となり、奏請使の一員として北京に行った。占いをよくする人がいるという話を聞いて、通訳官に自己の生涯の首尾と吉凶を尋ねてみさせたところ、占い師は運数を見ながら、ただ蔵頭体▼2の律詩一首を書いた。

少年の才芸が天を摩するほどに抜きん出て、
手に持つ竜泉剣をどこで磨こうか。
岩の上の青桐の琴は美しい響きを発し、
その音の中の律と呂は見事に調和する。
口では三代の詩と書の教えを伝え、
文章では千年の道徳の波を起こす。
皮幣（皮の貨幣）はすでに賢いソンビの値となって、
どうして賈誼▼3はひとり長沙に流されたのか。

（少年才芸倚天摩、手把竜泉幾処磨、
石上梧桐将発響、音中呂律有時和、
口伝三代詩書教、文起千秋道徳波、
皮幣已成賢士價、賈生寧独謫長沙）

後になって、韓忠は確かに流された。また告発されて棍棒で打たれた。生涯の首尾というのはすっかり的中したのであった。これもまた不思議なことである。

『思斎摭言』より

▼1【松斎・韓忠】？〜一五二一。中宗のときの文臣。字は恕卿、号は松斎、本貫は清州。一五一三年、文科に及第、応教のときに「宗系弁誣」のために書状官として燕京に行き、そこで提出した文書がすべて巧み

だったので、中国人たちに褒められた。そのことで、正使の南袞の怨みを買った。一五二一年、辛巳誣獄に際して陥れられ、王みずからの尋問でその嫌疑は晴れたが、袞の送った男たちに殺された。

▼2【蔵頭体】ことさらに主語をわかりにくくした詩体の意か。

▼3【賈誼】前二〇一〜前一六九。前漢の文帝のときの文臣。賈生とも言う。直言をして大臣たちの恨みを買い、長沙王の大夫に左遷された。後に梁の懐王の大夫となり、三十三歳で死んだ。

第二一二話……李長坤《イチャンゴン》と占い師

賛成の李長坤《イチャンゴン》（第七九話注3参照）は燕山君《ヨンサングン》のとき、校理として失踪した。しかし、数ヶ月に一度は家に帰って夫人に会い、そして去った。ある日、家まで行ったが、夜が明けても、敢えて中に入らず、家の後ろの竹林の中に隠れた。

夫人は時間になっても夫が来ないので、夫は死んだのではないかと心配になって、占い師を呼んで占ってもらった。すると、占い師が、

「亡くなってはいません。影が庭の中にあります」

と言ったのだった。公はそれを立ち聞きして、その後は家には近づかなかった。

晩年になって、李長坤はいつも、占い師もまったくでたらめというわけではないと言っていた。『芝峰類説』より

第二一三話……仁祖反正を予言した詩

士進・沈友勝《シムウソン》▼1と子竜・朴東亮《パクトンリャン》▼2はともに備辺司（第一八七話注1参照）にいたが、議論をしていたら時流に

及び、子竜が言った。

「いま、われわれには何もできることはない」

士進が言った。

「心配するな。中興が遠からずやって来る」

「いったいどういうことだ」

「延吉・洪宗禄《ホンジョンロク》▼3には息子がいるが、阿呆で一字も知らない。その阿呆が夢の中で絶句一首を読んだというのだ。

春雨が降って空の下に柳の芽も青く膨らみ、
東風が吹いて来て馬の足も軽い。
太平な世に賢明な臣下が宮廷に戻る日、
凱旋の歓声が響いてソウルが陥落する。
（細雨天含柳色青、東風吹送馬蹄軽、
太平名官還朝日、奏凱歓声落洛城）

これは辛卯の年（一五九一）の冬のことであったが、流刑地にいる延吉にこの詩を送って、まもなく赦免される兆しだと言ったところ、延吉は、いったい誰に騙されたのかと叱りつけた。この夢の詩はむしろ中興の兆しではあるまいか」

ずっと後になって、子竜が延吉に語った。

「これは本当のことなのか」

すると、延吉が答えた。

「赦免するという意味が通じにくかったが、『凱旋の歓声』というのは私の帰還と考えたのだった。しかし、『天含』というのはどういう意味かわからなかった」

子竜が笑いながら言った。

「もし、中興の功績を論じるとすれば、この息子が第一であろうな」

延吉もまた笑った。

『寄斎雑説』より

▼1【士進・沈友勝】一五五一～一六〇二。字は士進、号は晩沙。本貫は青松。一五八〇年、進士として文科に及第、成均館に入った。一五九二年、壬辰倭乱の際には王に随い、正郎・持平となり、使臣として燕京に援軍を請いに行って戸曹参議となった。中国から楊鎬が兵を率いてやって来ると、その兵たちの横暴を訴えて、楊鎬たちの怨みを買い、罷免された。一六〇〇年、漢城右尹となり備辺司を兼ねた。翌年、京畿観察使となり、病を得て死んだ。

▼2【子竜・朴東亮】一五六九～一六三五。字は子竜、号は梧窓・寄斎・鳳洲。本貫は潘南。一五九〇年に文科に及第、官職は戸曹判書に至った。壬辰倭乱の際には王に随い、扈聖功臣となった。宣祖が死ぬと、守陵官となり、三年のあいだ穆陵を守った、一六一三年、朴応犀の獄のとき先朝遺教七臣として官職を削奪され、さらには仁穆王后の廃母問題で流され、仁祖反正の後に復帰したが、その後また流されて五年後に赦免された。

▼3【延吉・洪宗禄】一五四六～?。朝鮮中期の文臣。字は延吉、号は柳村。本貫は南陽。一五七二年、生員として別試文科に乙科で及第、芸文館検閲になった。一五八三年、鄭汝立の事件にかかわって帰陽したが、後に復帰して済用監正となった。一五九二年、壬辰倭乱が起こると、都体察使の柳成竜の従事官として各陣営の連絡と軍需品供給に従事した。

第二一四話……死を予言する詩

曺臣俊《チョシンスン》▼1の字は公著《コンチョ》で、号は無悶翁である。家は松都にあった。元沢・申混《シンホン》▼2が校理に任命されて、安州から呼び戻されたとき、ソウルに向かう道で松都を通り過ぎた。そのとき、無悶翁に会って詩を作ってもらった。そのときの詩というのは次のようなものだ。

仙人名簿の中から一群の秀才が送られたが、
どうしてにわかに下界にやって来たのか。
鶴や鸞に乗って鞭打てば帰りは瞬く間、
五色の雲の群がるところこそが蓬萊。
（仙官瑤籍送群才、何事翻然下界来、
跨鶴鞭鸞帰路近、五雲多処是蓬萊）

申は礼を言って立ち去ったが、無悶翁はふたたび自作を吟じてみて、おどろいてつぶやいた。

「これでは申を哀悼する詩ではないか」

申はソウルに戻って数ヶ月もせずに死んでしまった。

▼1【曺臣俊】一五七三～?。字は公著、号は寗耐・無悶。本貫は嘉興。岳人の車雲輅に学び、一六〇六年には生員として増広文科に及第して、察訪として善政を敷いた。開城にいたとき、倭寇が荒らし回るのを見て、すべてが灰盡に帰すのを恐れて、山川・人物・風土・事跡を記録して『松都雑記』を著した。

▼2【元沢・申混】『朝鮮実録』粛宗年間に申混の名が見えるが、時代的に合わない。別人か。

第二一五話……島からの帰還を予言する詩

判書の金時譲《キムシヤン》▼1は光海君のときに鍾城に流されていたが、夢の中である人が現れて詩を作ってくれた。その一聯を記憶していた。

観魚海に到らなければ、
どうして太平の世を見られよう
（不到観魚海、何由見太平）

その詩の意味をなかなか理解することができなかったが、後に寧海に流され、観魚台の下に寓居することになった。そこで、癸亥の年（一六二三）の反正が起こって、ソウルに戻ることができたのである。

▼1【金時譲】一五八一～一六四三。字は子中、号は荷潭。本貫は慶州。若いときから文章に巧みで、知識が豊富であった。仁祖のときに吏曹・兵曹の判書となり、四道の観察使を歴任した。晩年には忠州に下って余生を送った。

第二一六話……蒿冠と高冠

文景公・成石璘《ソンソクリン》▼1は若いころから気概があり節義を守った。かつて楊伯淵《ヤンペクヨン》▼2の幕僚となり、倭寇の防御に加わったが、軍律に背いて刑罰を受けることになった。うたた寝をしていると、ある人が夢の中に現れて、

「あなたは蒿冠をかぶることになるが、心配しなくともよい」

と言った。公は、

「蒿《よもぎ》でもって頭を覆うとは、はなはだ不吉な夢だ」

と考えた。

しかし、ついには死罪を免れて、後には首相になることができた。そこで、言ったものだ。

「夢の中で人がいった蒿冠《こうかん》と言ったのは、高冠《こうかん》だったのだ」

『筆苑雑記』より

▼1【成石璘】一三三八～一四二三。字は自修、号は独谷、本貫は昌寧。一三五七年、科挙に及第、辛旽の誣告によって一時左遷されたが、後に復帰した一三七五年、禑王の時代に倭寇が侵入すると、助戦元帥となり、楊伯淵の部下として参戦して功績を上げた。楊広道観察使だったとき、凶年に見舞われたが、義倉を設置して、民衆を救済した。李成桂が朝鮮を開国して、李穡・禹玄宝の一派として退けられていたが、登用されて領議政にまで至った。

▼2【楊伯淵】?～一三七九。高麗後期の武臣。恭愍王のとき判閣門事となったが、姦通事件を起して罷免された。後に復帰、上護軍の崔瑩の旗下で従軍して、一三六三年には興王寺の変の平定に功を上げ、開城尹となり、西北面都巡撫使となった。一三七七年には西江副元帥として李成桂らとともに倭寇を撃退し、賛成事となり、提調政房を兼ねたが、功を誇って驕慢となり、人びとの恨みを買って陜川に流され、そこで死んだ。

第二一七話……名前と運命の符合

校理の李首慶《イスギョン》▼1が初め穏城に流配されたとき、香をいただき、祭官に任命される夢を見た。赦免されて帰還がなるまで千八日であったが、「香」の字を分解すると「千八日」になる。その兆しだったのである。典翰の金弘度《キムホンド》▼2が生れたとき、その父親の参知の魯《ロ》▼3が夢を見て、その夢の中である人が「帰甲《クィカプ》」と名付けるように言った。そこで、それを字としたが、成人して蓮桂▼4となったから、甲科（壮元）及第の兆しであったのだ。しかしながら、戊午の年（一七九八?）には甲山に流された。これは「帰甲」という名前と符合する。

そのとき、金虯《キムキュ》▼5もまた慶源に流されたが、幼名が宜慶《ウィキョン》であったから、人びとは符合するのを奇妙に思った。

『鯸鯖瑣語』より

▼1【李首慶】一六二七～一六八〇。字は子仁、号は晩醒、本貫は韓山。一六六五年、文科に及第、正言を経て、副護軍に至った。一六八〇年、士禍に遭って遠方に帰郷し、そこで死んだ。

▼2【金弘度】一五二四～一五五七。字は重遠、号は南峰、本貫は安東。一五四八年、文科に壮元で及第、つねに明宗に近侍して政治について論じ、典翰に至ったが、王の外戚である尹元衡の讒訴によって甲山に流されて死んだ。

▼3【魯】一四九八～一五四八。字は景参、号は東皐。一五二五年、文科に及第、僉知中枢府事となった。学問に明るく、書に巧みで、多くの石碑にその書が残っている。

▼4【蓮桂】科挙に壮元及第すること。

▼5【金虯】一五二二～一五六五。字は夢瑞、号は灘叟、本貫は光山。一五四三年に生員となり、一五四六年には式年文科に丙科で及第して、官途についた。幼いときから文章をよくし、十三歳のとき、父が王の怒りを買って獄に繋がれたが、上疏文を書いて特赦を受けたことがある。一五五七年、尹元衡の誣告によって碧潼に帰郷したが、後に慶源に移された。

第二一八話……南斗柄《ナムトゥピョン》を死なせなかった亡父

崇禎▼1の代の丙子の年（一六三六）の乱のとき、金自点《キムチャチョム》▼2は都元帥となり、兵士たちを率いて遠方に出ていたが、南斗柄《ナムトゥピョン》▼3に斥候の将帥をするよう命じた。そうして、丁丑の年（一六三七）の正月十五日、軍隊を楊根に留めたまま、他の人物に代えるために斗柄を呼んで言った。

「今日の明け方の夢に、貴公の父上が現れて私に請われたことがある」

「今日という日は実は私の父が戦死をした日なのです」

斗柄の父の忠壮公[4]は丁卯の年（一六二七）の乱のとき、安州で節義を守り通して死んだのだった。この日、斗柄に代った者は、はたして敵に出遭って戦死した。その後、斗柄は参判兼御営大将にまで至った。

『閑居漫録』より

▼1【崇禎】明の一六二八年〜一六四四年の年号。

▼2【金自点】?〜一六五一。字は文臣、号は洛西、本貫は安東。成渾の門下に学び、李貴らとともに謀議して仁祖反正をやり遂げた。その功で一等功臣に勲録され、洛興府院君に封じられ、領議政に至った。孫の世竜を仁祖の娘の孝明翁主と結婚させて権力を振い、朝廷を閔乱させたとして、罷免された。孝宗が即位して丙子胡乱の屈辱を晴らそうと北伐計画を立てると、自点はその事実を清に密告して、清兵が国境まで押し寄せた。逆某のかどで処刑された。

▼3【南斗柄】字は子寿、本貫は宜寧。武科に及第して工曹参判を経て御営大将に至り、七道の観察使を歴任した。

▼4【父の忠壮公】南以興。字は子豪。武科に及第して地方官となり、一六二三年、仁祖反正のときに弾劾を受けたが、張晩の弁護で無事だった。一六二四年、李适の乱を平定して振武功臣一等、宜春君に封じられた。その後、一六二七年、丁卯胡乱のとき、安州で賊に囲まれ、城に火を放って自決した。

第二一九話……南袞《ナムコン》の柳子光《ユチャクァン》伝

南袞《ナムコン》（第一八五話注2参照）は柳子光伝《ユチャクァン》[1]を作るのにはなはだ力を尽した。思うに、士禍の一節をまるで絵画を見るように描写しているが、委曲を尽くして情態を描いたと言うべきであろう。ある人が詩を作った。

肺腑をえぐるようにして誰を描くのか、
みずから伝記の中の人物になるのに気付かない。
（畢竟肺腑誰得以、不知自作伝中人）

▼1【柳子光】？〜一五一二。字は于俊、本貫は霊光。一四六八年に文科に及第、南怡・康純などを逆謀で追って殺した功で勲封された。一四九八年、李克墩とはかって、もともと燕山君が儒者を嫌っていたのを奇貨として、戊午士禍を起こして金馹孫などの士林を大量に粛清した。一五〇六年に仁祖反正が起こると、これにも貢献があったとして武霊府院君に封じられ、領経筵事となったが、その後、弾劾を受けて帰郷し、配所で死んだ。

第二二〇話……沈諮《シムエク》の寿命と富貴と子孫の福

判書の沈諮《シムエク》▼1は、年齢が八十歳を超え、結婚六十年の回卺▼2と科挙及第六十年の回榜▼3を祝った。このとき、長男の光洙《クァンス》▼4は承旨で、二男の光泗《クァンサ》▼5は典簿であったが、七人の孫のうち五人が文科に及第していた。内外の子孫を合わせると七十人あまりが花樹契▼6を結んだ。それぞれが誕生日に酒と料理を調えて、お祝いをするのである。すると、お祝いのない月はない。あるいは、一月にいくつか重なる場合もあった。世間の人びとはたがいにまことに盛事だと言いあった。

▼1【沈諮】一五七一〜一六五五。字は重卿、号は鶴渓、本貫は青松。一五八九年、司馬試に合格、一五九六年、殿試文科に丙科で及第して検閲になり、その後、要職を歴任した。刑・礼・吏曹の判書を務めて青松君に封じられた。一五五二年には判義禁府使として耆老所に入った。
▼2【回卺】結婚六十周年に行なう回婚礼。

▼3【回榜】科挙及第六十周年に行なう儀式。
▼4【光洙】一五九八～一六六二。字は希聖、号は魯淵。李命俊の門下で学んで、南人の首領である尹鑴と親交を結んだ。一六二七年、司馬試に合格して成均館に入った。一六三五年には鳳林大君（後の孝宗）の師傅となり、翌年、丙子胡乱が起こると、強硬に斥和論を主張し、世子が人質として中国に送られるのにも反対した。清に降伏した後は、官職に任命されても出て行かなかったが、一六五八年には承旨に任じられた。南人として活動して発言力があった。
▼5【光泗】『朝鮮実録』孝宗五年（一六五四）正月、陽川人の李元亀が妻の梁氏を撲殺した事件について審理が充分でなかったということで、陽川県監の沈光泗の名前が見える。また粛宗十五年（一六八九）五月には、故人の沈光泗の五人の息子が文科に及第したので、光泗に従二品が贈られたとある。
▼6【花樹契】同祖の者の親睦のための集まり。

第二三一話……監司の盗賊への呪詛法

世間では珍奇なノリゲ（装飾品）を誰かに盗まれたとき、あるまじないをすると、しばしばもとあったところに返っていることがあるという。ソンビ出身の任義伯《イムウィペク》▼1が黄海道監司となったとき、身に着けていた銀粧の刀と銀の杯を盗まれてしまった。下人が盗んだのではないかと疑って、冠帯を着用して香を焚き、みずからまじないを行なうに至ったので、それを聞いた人びとは馬鹿げていると思った。

任義伯が任期を終えて、あたらしく監司となった人が朝廷に出発前の挨拶にうかがったとき、参判・南《ナム》老星《ノソン》▼2が扇に絶句一首を書いて贈った。

銀の器はすぐにでも隠し、
美しい刀はしっかりと差しておくこと。

冠帯を着用したり、香を焚いたりして、
義伯のようになってしまってはならないぞ。
（銀器臓須密、粧刀佩亦堅、
焚香冠帯祝、無若季方然）

▼1【任義伯】一六〇五～一六六七。文臣、字は季方。号は今是堂・晩閒。本貫は豊川。金長生の門下で、宋時烈・宋浚吉などと交わった。一六四九年、文科に及第、孝宗のときには正言に至り、金時点を追放することを主張し、沈諮などの罪を論駁した。その抗弁のあまりの激しさによって罷免されることもあった。その後、司諫に登用され、外職として黄海道・関西。嶺南・湖西などの按察使となり、一六六七年、工曹参判となった。

▼2【参判・南老星】一六〇三～一六六七。字は明瑞、号は雲谷。本貫は宜寧。一六三一年に文科に及第、官職は参判、都承旨に至った。諧謔を愛した。

第二二二話……金富軾《キムブシク》と鄭知常《チョンチサン》の詩才の争い

民間に伝わるところでは、金富軾《キムプシク》▼1と鄭知常《チョンチサン》▼2とは同時期に名声が並んで優劣がつけられなかった。それで、鄭は金のために殺されることになり、陰鬼となってしまった。富軾がある日、初春の詩を吟じた。

柳は千の緑の枝を垂らし、
桃の花は万の数の紅。
（柳色千糸緑、桃花万点紅）

鄭の鬼が富軾の頬をしたたかに打って言った。

「千の枝とか、万の数の紅とか、いったい誰が数えたのだ。どうして

柳の枝々は緑、
桃の花は点々と紅。
（柳色糸糸緑、桃花点点紅）

という具合にしないのだ」

富軾が便所に行くと、鄭鬼は火の玉を捉えて尋ねた。

「これは誰の火の玉だ」

「私の父の鉄の火の玉だ」

富軾は顔色を少しも変えることはなく、またあえて鄭鬼が危害を加えることもなかったが、その後、やはり富軾は死を免れることはできなかった。

『松渓漫録』より

▼1【金富軾】一〇七五～一一五一。高麗の政治家、史学家。現存する韓国の最古の史書である『三国史記』の編者。字は立之、号は雷川。本貫は慶州。粛宗のときに科挙に及第して官途を歩んで要職を歴任した。一一二六年の李資謙の乱の後、妙清一派は西京（平壌）遷都をとなえ、また女真族の建てた金の討伐を主張して、遂には反乱を起こすが、これに理論的に対抗し、官軍を率いて鎮圧した。

▼2【鄭知常】?～一一三五。高麗時代の有名な詩人、文人。号は南湖。一一一二年、科挙に及第して、正言・司諫を経て、起居注となった。李資謙の乱を鎮圧した拓俊京がその功を頼んで跋扈し始めると、これを上疏して流罪にした。一一三五年、西京遷都を唱える妙清一派に加担して、金富軾に殺害された。書にも絵画にもすぐれていた。

第二二三話……背丈は小さくとも

進士の方運《パンウン》▼1は背は低かったが、長い鬚をもっていた。大司成の黄鉉《ファンヒョン》▼2がからかって言った。

「君の名前の『運』という字は、孟子の『可運於掌上▼3（掌の上を運《めぐ》らすべし）』の『運』だろうね」

方はそのことばに応じた。

「私の『運』は荘子の『大鵬運於南溟▼4（大鵬、南溟に巡る）』の『運』なのです」

当時の人びとはよくぞ答えたと噂した。

『太平閑話滑稽伝』（作品社より既刊）より

▼1【方運】世宗十六年（一四三四）、檜巖寺を大々的に修理しようとしたとき、成均館の学生たちがこれに反対して仏教の弊害を説いて上訴した。その代表者として方雲の名前が見える。

▼2【黄鉉】一三七二〜?。朝鮮前期の文臣。本貫は平海。一三九三年、春場文科に同進士に及第、一四〇七年、成均館直講として増広文科に丙科で及第した。顕職を歴任して、大司成になった。一四二九年には行成均大司成として、科挙を主管するようになった。学問と行ないに秀でた当時の代表的な学者。

▼3【可運之掌上】「孟子曰く、人皆、人に忍びざるの心有り。先王人に忍びざるの心有り、斯に人に忍びざるの政有り。人に忍びざるの心を以て、人に忍びざるの政を行はば、天下を治むること、之を掌上に運らすべし（孟子曰、人皆有不忍人之心、先王有不忍人之心、斯有不忍人之政矣、以不忍人之心行不忍人之政、治天下、可運之掌上）」（『孟子』公孫丑章句上）による。

▼4【大鵬運於南溟】「北冥に魚有り、其の名を鯤と為す。鯤の大いなる、其の幾千里なるを知らず。化して鳥と為る。其の名を鵬と為す。鵬の背、其の幾千里なるを知らず。怒して飛べば、其の翼は垂天の雲の如し。是の鳥や、海運《めぐ》れば則ち将に南冥に徙《うつ》らんとす。南冥とは天池なり（北冥有魚、其名為鯤、鯤之大不知其幾千里也、化而為鳥、其名為鵬、鵬之背不知其幾千里也、怒而飛其翼若垂天之雲、是鳥也、海運則将徙於南溟、南溟者、天池也）」（『荘子』逍遥篇）による。ただしここでは「運」は海が荒れるの意味。

第二二四話……金守温《キムスオン》の観相法

乖崖・金守温《キムスオン》[1]が兵曹正郎であったとき、たまたま姓が金氏のある人物が佐郎となった。あるとき、乖崖が金に、

「私は人相をよく見るのだが、君の相を見ると、長生きするようだ」

と言った。すると、金は喜んで、

「本当ですか」

と言ったが、さらに笑いながら続けた。

「先生は長生きする相だとおっしゃるが、どうしてことばを惜しむのですか」

乖崖が言った。

「秘法をどうしてむやみに明かすことができようか」

答礼として盛大な宴会を催して同僚たちを招いたが、すると、乖崖が言った。

「先生はすでに長寿を享受して、すでに五十歳を超えている。だから長寿の相だと言ったので、もし若ければ、どうして長寿かどうかわかったでしょうか」

居合せた人びとは大笑いした。

『太平閑話滑稽伝』より

▼1【金守温】一四〇九～一四八一。世祖・成宗代の文臣。字は文良、号は乖崖。一四四一年に文科に及第、承文院校理として集賢殿で『医方類聚』を編纂した。一四五七年には重試に選抜され、中国に行き、判中枢府事となった。古典に明るく、文章に秀でていた。仏教にも通じ、『金剛経』をハングル訳した。当時の高僧の信眉は彼の兄に当たる。

第二二五話……戸曹の火の玉

戸曹正郎の金顕命《キムヒョンミョン》▼1と礼曹正郎の朴安性《パクアンソン》▼2ははなはだ仲が良かった。礼曹では清廉を事とし、戸曹の方は物が豊かにあった。そこで、朴はいつも金に頼んでは、飲み食いする食糧を礼曹で得ていた。ある日、朴の使いがまたやって来たので、金が叱りつけた。

「もう与える物がない。どうだ、私の火の玉でももって行って食べないか」

使いの者は帰って行き、朴に告げた。そのとき、金吉通《キムギルドン》▼3が礼曹判書であったが、金の父親でもあった。父の金は息子の金に言った。

「戸曹の火の玉を進上するように。すぐに持って来るように」

金はあえて一言も言わず、首を竦めているだけであった。

『太平閑話滑稽伝』より

▼1【金顕命】この話にある以上のことは未詳。

▼2【朴安性】生没年未詳。本貫は竹山。一四五九年、文科に及第、一四七三年には副正となった。一四七五年には宣撫使となって対馬に行き、顕職を歴任したが、一五〇四年、甲子士禍（第二三五話注2参照）のときに杖刑を受けて流配され、燕山君の廃位の後に放免され、領中枢府事に至った。

▼3【金吉通】一四〇八～一四七三。字は叔経、本貫は清風。一四三二年、文科に及第して漢城判尹・戸曹判書となり、純誠佐理功臣の号を受け、月川君に封じられた。家産の経営を好まず、公正であったが、性急で少しでも意にそぐわなければ、同僚たちを辱めたと言う。

第二二六話……鄭澈《チョンチョル》の諧謔

松江・鄭澈《チョンチョル》▼1は諧謔を愛した。壬辰の年（一五九二）の倭乱に際して、王さまの車駕が平壌に駐屯なさったが、松江は西崖・柳成竜《ユソンヨン》（第二七話注2参照）、岳麓・許筬《ホソン》▼2、坡谷・李誠中《イソンジュン》▼3などとともに錬光亭に集まった。はるか松林の向こうに倭賊の砲火が明滅するのが見え、銃声も絶えなかった。西崖が泣きながら言った。

「私たちの生死はこの朝夕に迫っている。これが永遠の別れになるのだろうか」

松江が言った。

「そんなことはない。大体、いっしょに死ぬのだから、どうして永遠の別れなどになるだろうか」

西崖は涙をぬぐいながら言った。

「確かにそうだ。それでは、新亭▼4の上で清談をしようではないか」

『寄斎雑記』より

▼1【鄭澈】一五三六～一五九三。字は季涵、号は松江。本貫は延日。一五六七年、文科に及第して典籍となり、江原、全羅、咸鏡などの観察使などを歴任して、一五八九年には右議政に抜擢され、西人の領袖として東人たちを追放した。しかし、官界の業績よりも、ひとりの詩人として優れた作品を残したことが評価される。時調の尹善道とともに朝鮮歌辞文学の双璧を成している。

▼2【岳麓・許筬】一五四八～一六一二。字は功彦、号は岳麓、本貫は陽川。一五八三年、文科に及第、史局に入って、後に大司成・大司諫などを経て吏曹判書に至った。正使の黄允吉、副使の金誠一とともに日本に行き、豊臣秀吉の朝鮮侵略の意志を正・副使よりも正確に認識した。一五九二年に壬辰倭乱が勃発すると、江原道召募御史となり、軍兵の募集に尽力した。宣祖と大妃の教書を携えていたので、教書七臣の一人とされる。

▼3【坡谷・李誠中】一五三九～一五九三。字は公著、号は坡谷。一五七〇年、文科に及第、大司諫・大司憲を経て副提学となったが、党争によって辞職した。一五九二年、壬辰倭乱のさいには、統禦使として馬に

乗って王を追い、義州まで至り、戸曹判書に就任した。一五九三年、軍糧の補給のために嶺南に下り、その後、咸昌に至って心身の疲労のために死んだ。扈聖宣武功臣の号が下り、完昌府院君が追贈された。

▼4【新亭】中国の江西省の江寧県の南にある亭子の名前。東晋のとき名士たちが集まって遊んだ。ここでは平壌の錬光亭のことを言っている。

第二二七話……李洪男《イホンナン》の弁舌の才

李洪男《イホンナン》[1]は弁舌が立った。参議輔臣となって、掌楽院の楽正となったが、その職にあるとき子どもが生れ、名前を克と付けた。ある者が「克」の字はよくないというと、洪男が言った。

「楽正子[2]の息子が克で、どうしてよくないという道理があろうか」

安氏の姓をもつある人が妾に子どもを産ませて、洪男に名前をつけてくれと言ってきた。洪男はそれに「印法[3]」と付けた。それを聞いた人びとは抱腹絶倒した。

『寄斎雑記』より

▼1【李洪男】一五一七～?。一五三八年、別試文科に及第、賜暇読書を経て、一五四六年には重試文科に丙科で及第した。翌年、大尹派の余党を一掃しようとした小尹派の李芑・鄭順朋などが丁未士禍を起こし、父の若氷が賜死し、彼もまた流配された。一五四九年には平素から仲の悪かった弟の洪胤が謀叛を企んでいると密告して死に追いやり、そのことで復帰したが、後にまた失脚して職を削られた。

▼2【楽正子】孟子の弟子で魯の国に仕え、その名前が克であった。

▼3【印法】法統を印可したという意味だが、庶子としてであっても認知したということか。

第二二八話……柳克新《ユククシン》と柳色新《ユセクシン》

上舎の柳克新《ユククシン》▼1の字は汝健《ヨコン》、若いときから気概があって豪放であった。白振民《ペクチンミン》▼2は大諫の維譲《ユヤン》▼3の息子であったが、柳をからかって言った。

「君は柳色新《ユセクシン》▼4とどれくらい近い親戚なのか」

すると、柳応教が言った。

「色新は渭城が本貫で、私は文城が本貫だから、お互いに交渉がない。だから、親戚なのかどうかわからない。ところで、白遊衢と君の父上はどれくらい近い親戚なのかな」

白は答えなかった。聞いていた人たちはみな抱腹絶倒した。白遊衢というのは、街路の名前だが、「遊」と「維」、「譲」と「羊」、「衢」と「狗」というのは俗の音は同じなのである。

『芝峰類説』より

▼1【柳克新】『朝鮮実録』宣祖修正十五年（一五八二）六月に進士の柳克新は夢鶴の子で、放恣の行ないがあり、群れをなしては、酒を飲み、歌曲を作っては世の中を諷刺している、大抵は恵まれた家の子弟であるという記事がある。己丑の年（一五八九）、克新は死んだとある。

▼2【白振民】注1の柳克新の記事に付け加える形で、柳克新の徒の白振民らが逆獄によって死んだとある。

▼3【維譲】一五三〇〜一五八九。惟譲。字は仲謙、本貫は水原。一五七二年、親試文科に及第、江原道御使・成均館大司成・吏曹参議・副提学などを歴任した。性格は仁慈であったが、邪正をただすときには剛直で人に屈することはなかった。一五八九年、鄭汝立の事件に関わって、流配され、杖殺された。

▼4【柳色新】王維の有名な詩「送元二使安西」に「渭城朝雨浥軽塵／客舎青々柳色新／勧君更進一杯酒／西出陽関無故人」がある。この中の「柳色新」を人名に見立てたことばの遊び。

第二二九話……朱之蕃《スチボン》

中国の使臣の朱之蕃《スチボン》▼1は、その詩は広大であったが、精錬に務めず、酒量も多かった。彼の「遊蚕頭」という詩は、「泓」の字で韻を踏んでいたので、人びとはこれをからかって言った。

広い広い詞の源はまるで鄭協《チョンヒョプ》▼2のようで、
終わりのない酒量は兪泓《ユホン》▼3に似ている。
（浩浩詞源同鄭協、恢恢酒量似兪泓）

議政の兪泓はよく酒を飲み、参判の鄭協は詩を多く作り、またその作る早さも鬼神のようであったからである。鄭公はこれを聞いて言った。

「どうして私を使節の朱氏などと比べるのだ」

すると、人びとが言った。

「それなら逆にして、酒量に終わりのないのは鄭協で、詞の源が広大であるのは兪泓、ということにしましょうか」

実際、鄭もよく酒を飲んで、兪もまたよく詩を作ったのである。しかし、うまくはなかった。聞いている者たちは冷笑したものであった。

『芝峰類説』より

▼1【朱之蕃】一六〇六年、皇太孫誕生詔使として梁有年とともに朝鮮にやって来た。

▼2【鄭協】一五六一～一六一一。字は和伯、号は寒泉。本貫は東萊。一五八五年、進士試に主席で合格、一五八八年には式年文科に乙科で及第した。一五八九年、父親の彦信が鄭汝立の乱に連座した後、微官末職を

転々としていたが、一五九九年に父の罪が雪がれると、要職に抜擢された。一六〇五年には明に行き、戻って同知中枢府事となり、吏曹判書に至った。文章に巧みで、壬辰倭乱で焼失した朝鮮実録を復刊するのに参与した。

▼3【兪泓】一五二四〜一五九四。字は子叔、号は松塘、本貫は杞渓。一五五三年に及第、司僕寺正を経て、平難功臣の号を受け、杞城府院君に封じられた。壬辰倭乱に際しては世子に随って行き、日本兵が退去すると、宣祖の命でソウルにもどって、荒廃した都城の始末を行ない、左議政に昇った。後に讒言にあって辞職した。

第二三〇話……妓生に髪の毛を切って与える

坡潭子・尹継善《ユンケソン》▼1は希宏《フィクィン》▼2の息子であり、春年《チュンニョン》▼3の孫である。竜湾（義州）で一人の妓生となじみになって、別れるとき詩を作った。

平壌にも眼に着くほどの美人はいず、
竜湾で断腸の思いの別れを経験する。
（眼高箕院無佳麗、断腸竜湾有別離）

そして、自分の髪の毛を切って与えた。私が「竜湾で断腸（断腸竜湾）」というのを「竜湾で断髪（断髪竜湾）」に変えればいいと言うと、それを聞いた判書の申点《シンチョム》▼4は言った。

「これは断髪文身の竜▼5と言うべきであろう」

これを聞いた者たちは抱腹絶倒した。

『芝峰類説』より

第二三一話……柿と餅が少ない

参判の崔恵吉《チェヘギル》▼1が新たに美しい妾をもった。そのとき、同副承旨として長いあいだ宿直をせねばならなくなって、外に出ることができなかった。そこで、右承旨の趙纘韓《チョチャンハン》▼2公に宿直を終わらせてほしいと願い出た。趙公が言った。

「君が柿や餅を持って来て食べさせてくれたら、それを許そうではないか」

▼1【坡潭子・尹継善】一五七七～一六〇四。字は李述、号は坡潭。本貫は坡平。一五九七年、謁聖文科に壮元及第して、さまざまな官職についた。一六〇〇年、司憲府持平であったとき舌禍で左遷されたが、意に介することなく、厳粛に事務を遂行する反面、人情味のある善政を敷いて観察使の推薦で表裏（布地）を下賜された。文章に巧みで、特に四六駢儷体を得意とした。

▼2【希宏】この話にある以上のことは未詳。

▼3【春年】一五一四～一五六七。字は彦文、号は滄洲、本貫は坡平。一五四三年、文科に及第し、一五四五年、尹元衡とともに上疏して乙巳士禍を起こし、尹元老たち一派を退けるのに成功した。後、要職を歴任して、吏曹・礼曹の判書に至ったが、一五六五年、元衡が罷免されると、春年も罷免され、宣祖の時代には故郷に追われた。性格が軽薄で自負心が強かったが、酒席を好まず、比較的に清廉でもあった。

▼4【申点】一五三〇～？。字は聖興、本貫は平山。一五六四年、生員試に合格、同年に式年文科に甲科で及第して、官途を歩んだ。経筵官として入侍して己卯士禍に遭った士林の救済に努めた。執義となり国防の強化に努め、一五九二年には中国に行っているときに倭乱が勃発、遼東の兵三千名の派遣を要請した。帰国後、刑曹判書・同知中枢府事などを経て乱後の混乱を収めるのに尽力し、一六〇四年には宣武功臣二等・平星府院君に封じられた。

▼5【断髪文身の竜】「断髪文身」すなわち髪を切り、刺青をしているのは野蛮人の風習。たとえば、「越人は断髪文身、之を用いるところなし」（『荘子』逍遙遊）とある。

崔は早速、家に知らせて熟した柿や蒸した餅をもって来させた。趙は酒を飲まなかったが、餅を食べて、まもなく全部を食べつくした。やがて、漏局の人がやって来て、申の刻になったことを告げた。承政院の役人が、「右承旨、退出されよ」と言ったので、崔が言った。

「今日は私の宿直を免ずるという約束をなさったはず、それを破って御自分が退出なさるとは、なんとも信頼できない方だ」

「君の柿も餅も少なすぎた」

承政院の人びとは抱腹絶倒したことだった。

『菊堂俳語』より

▼1【崔恵吉】一五九一～一六六二。字は子迪、号は柳下、本貫は全州。領議政の鳴吉の弟。一六一三年、司馬試に合格し、一六二三年、仁祖反正に兄の鳴吉とともに加わって靖社功臣に冊録されるところだったが、一家に二人の功臣を出すことはできないとして冊去された。一六二五年に別試文科に丙科で及第、大司諫・都承旨となった。一六四一年には世子とともに瀋陽に行き、一六四四年には燕京に行った。江原道観察使・開城留守に至った。

▼2【趙纘韓公】一五七二～一六三一。字は善述、号は玄洲、本貫は漢陽。一六〇六年、文科に及第して官途に就いた。三道討捕使であったとき、湖嶺に出没する盗賊を掃討する功績を上げた。光海君の時代には乱政を避けて地方に出ていたが、仁祖反正が成って後には刑曹参議となり、承文院提調を兼ねた。出来物ができて死んだ。文章が巧みで特に賦を得意とした。

第二三二話……仲仁父

ソンビの張仲仁《チャンチュンイン》▼1は判書の李景魯《イギョンロ》▼2に会ったとき、話が妾を持つことにまで及んだ。公が言った。

「某に娘がいてはなはだ美しいそうだ。どうだ、君が妾にしないか。手の早い奴がものにしてしまうぞ」

「大監は中人《チュンイン》の父となってください」

「それはいったいどういう意味だ。わけがわからん。わけがわからん」

世間では仲介をする人を「中人父」といっていて、張の名前の「仲仁」にかけたのである。

『菊堂俳語』より

▼1【張仲仁】この話にあること以上は未詳。
▼2【李景魯】この話にあること以上は未詳。

第二三三話……商山三皓

嶺南のソンビである成汝信《ソンヨシン》▼1・金泰始《キムテシ》▼2・白見竜《ペクヒョンリョン》▼3はみな七十歳にもなって、なお科挙を受けることをやめなかった。監試と覆試を受ける人びとが集まったが、三人の頭は真っ白だった。ある少年が通りすぎて挨拶を終えて尋ねた。

「今日はお一人が欠けていますが、どうしたのですか」

「商山四皓▼4」の中の一人が欠けているという意味だったのである。

それで、成汝信が答えた。

「その一人というのは君のお祖父さんだ。亡くなってから久しいが、君は知らなかったかな」

そうして、科挙場から出て行くとき、人びとは拍手したものだった。

『菊堂俳語』より

▼1【成汝信】この話にあること以上は未詳。
▼2【金泰始】この話にあること以上は未詳。

▼3【白見竜】この話にあること以上は未詳。

▼4【商山四皓】秦末の乱を避けて陝西の商山に入った東園公・綺里季・夏黄公・甪里《ろくり》の四人。みな白髪で鬚も眉も白い老人だった。

第二三四話……元の美人の節義

復興・趙胖《チョバン》▼1には脱脱丞相▼2の夫人となった姑母がいた縁で、幼いときから脱脱氏の家で姑母の手によって養育された。脱脱氏が亡くなると、公は寵愛していた美人と小官を連れて本国にもどって禍を避けようとした。その道中、小官が計略を謀った。

「われわれ三人は禍を逃れてここに到りましたが、もし不審に思って尋ねる者があれば、まさに机の上の肉（まな板の上の鯉）です。また美人が同行しているのも、人の目には奇妙です。頭を使って生き延びることを考えるに越したことはありません」

みなで議論をしたが、美人もまた英明であったから、

「魚と熊の掌▼3をいっしょに得ることはできません。私のために三人が首を並べて死んではなりません」

と言って、しきりに涙を流した。三人は小さな宴を催して、互いに別れのことばを告げた。二人は馬に鞭を当てて急ぎ、百六、七里ほど来たが、公は美人を思い出し、それからは寸歩も先には進めない。やはり美人をいっしょに連れて来るべきであったと思い、その思いを告げると、小官が言った。

「旦那さまが行くには及びません。私が行って連れてまいりましょう」

「それでは、お願いする」

小官が行ってみると、美人は楼閣から落ちて死んでいた。指輪をはずして持って帰り、公に嘘をついた。

「この通り、女を信じてはいけません。二人の役人と酒を飲み交わし、歌を歌って楽しんでいました。別

れを悲しむ色などどこにもありません。まったく見下げ果てたものです」

公もまた唾を吐いた。

鴨緑江に至って初めて、美人は楼閣から身を投げて死んだことを告げ、指輪を公に与えた。そのとき、公は大いに慟哭した。

本国で夫人を得て、五人の子どもができた。そのいずれもが出世して、地位は宰相に至った。それでも、死ぬまで美人のことは忘れず、命日を迎えるごとに涙を流してお祭りした。

『青坡劇談』より

▼1【復興・趙胖】一三四一～一四〇一。十二歳のときに北京に行き、段平章の家に住んで漢文と蒙古語を学び、後に元の丞相の脱脱の引き立てで中書省の訳史となった。一三六八年、父親が年老いたので帰国して、翻訳官として外交任務に当たった。一三九二年、裵克廉らとともに李成桂を推戴して開国功臣となり、復興君に封じられ判中枢院事、参賛門下府事などを歴任した。

▼2【脱脱丞相】一三一四～一三五五。元の順帝のときの大臣。中書・右丞相などを歴任したが、雲南に流され毒薬を飲んで死んだ。

▼3【魚と熊の掌を……】「孟子曰く、魚は我が欲する所なり。熊掌も亦我が欲する所なり。二者兼ぬることを得べからずんば、魚を舎てて熊掌を取る者なり。生も亦我が欲する所なり。義も亦我が欲する所なり。二者兼ぬることを得べからずんば、生を舎てて義を取る者なり……」(『孟子』告子章句)

第二三五話……甲子士禍を予見した李世佐《イセチャ》の夫人

判書の李世佐《イセチャ》(第二一〇話注1参照)の夫人は某氏の出である。成宗が廃妃の尹氏[▼1]を罰したときに、公は承旨として毒薬を持って行ったが、その日の夕方、家に帰って来ると、夫人が言った。

「噂では、朝廷では廃妃の罪を論じてやむことがないそうですが、いったいどうなるのでしょうか」

「今日すでに死を賜った」

夫人は愕然として立ち上がって言った。

「何ということです。私たちの子孫は残りますまい。母親が罪亡くして死に、後日、どうして子どもが報復しないでいましょうか」

燕山君の甲子の年（一五〇四）の士禍[2]に至って、公の息子の守貞《スジョン》[3]は殺され、公の死体もまた棄市された。夫人の先見の明はまことに普通の人の及ぶところではなかった。

『松窩雑記』より

▼1【廃妃の尹氏】尹起畝の娘。成宗とのあいだに燕山君を産んだものの、嫉妬深く、奢侈な振る舞いが多かったとされる。一四七七年には砒礵を使って王や後宮たちの殺害を企てたとして王と母后に疎んじられ、一四七九年、廃妃となり、庶民に落とされた。一四八二年には、議政府などの議論を経た上で、左承旨の李世佐に命じて、尹氏に賜薬して、殺させた。

▼2【甲子の年の士禍】甲子士禍。一五〇四年、燕山君の母の尹氏の復位問題で燕山君が起こした士禍。成宗の妃の尹氏は嫉妬深く、王妃の資格がないとして、一四七九年に廃妃となって庶民に落とされ、一四八二年には薬を賜って死んだ。その経緯を知らされずに育った燕山君は任士洪の密告によってそれを知り、淑儀の厳氏と鄭氏を殺し、安陽君と鳳安君を殺した。燕山君はまた尹氏を成宗廟に配祀しようとして、それに反対する大臣たち十数名を殺し、またすでに死んでいた者たちも剖棺斬屍に処して、家族たちにも罰を与えた。

▼3【守貞】一四七七〜一五〇四。字は幹仲。父は世佐、母は江原道観察使の趙瑾の娘。一五〇一年、生員試に首席で合格、つづいて式年文科に三等で及第して、弘文館の副修撰・修撰となった。一五〇四年、甲子士禍が起こると、父親が尹氏に薬を渡した当人であることから、他の兄弟たちとともに処刑された。

第二三六話……絶世の美人の紫洞仙《チャドンソン》

妓生の紫洞仙《チャドンソン》は才芸と美貌が抜きん出ていて、肩を並べる者がいなかった。宗室の永川君定《ヨンチョングンジョン》▼1がこの女を愛したが、永川君はそれ以前のある時期、青郊月《チョンキョウォル》を寵愛したときがあった。すでにその愛情が紫洞仙に移った後、たまたま松都に行ったところ、松都には青郊駅と紫洞仙という名の地があった。達城君・徐居《ソコ》正《ジョン》▼2がそこで詩を作ってやった。

青郊の楊柳に心の傷は深いが、
紫洞のかすみに心は満たされる
（青郊楊柳傷心、紫洞烟霞満意濃）

永川君ははなはだ喜んで、大勢の中でこの詩を吟じて自慢した。

翰林の張寧《チャンニョン》▼3がわが国に使臣としてやって来て、宴会ではいつも必ず紫洞仙に目をつけ、まことに傾国の美女だと言っていた。その後、やはり中国の使臣の金湜《キムチェ》▼4が済川亭で遊んだとき、美しく化粧をした妓生たちが目の前に現れたので、尋ねた。

「張翰林はいつも貴国の紫洞仙を称賛していたが、それはどの妓生だろうか」

接待する役人が嘘をついて、他の妓生を指さすと、金は言った。

「違う、違う。このような女を張翰林がほめそやすわけがない」

役人は隠し通すことができず、駅馬に乗って、永川君の家に行き、紫洞仙を連れて来た。すると、金が笑いながら言った。

「そう、これこれ。これこそ紫洞仙だ」

『青坡劇談』より

▼1【永川君定】一四二二～?。字は安之。太宗の孫であり、孝寧大君補の五男、母親は海州鄭氏で、大提学の易の娘。一四四〇年、正義大夫・永川君となった。一四八九年には興録大夫に昇った。詩と絵をよくした。

▼2【達城君・徐居正】一四二〇～一四八八。一四三八年、生員・進士の両方に合格、一四四四年には式年文科に乙科で及第した。その後、顕官を歴任して、一四六五年には抜英試、続いて登俊試にも及第して、『経国大典』の編集にも参加した。この時代の国家的な文事、『東国通鑑』『東国輿地勝覧』『東文選』などの編纂に中心的な役割をなし、『太平閑話滑稽伝』『筆苑雑記』（ともに作品社より既刊）などの稗史小説集がある。

▼3【張寧】一四六〇年、勅諭使として朝鮮にやって来た。

▼4【金湜】一四六四年、憲宗登極詔使として朝鮮にやって来た。

第二三七話……三人の差備

柳希春《ユフィチュン》▼1はみずから眉菴《ミアム》と号したが、南平の県監となった。休菴・白仁傑《ペクインコル》（第四二話注3参照）は茂長の守令、また圭菴・宋麟寿《ソンインス》▼2は方伯となって、三人はたまたま任地が重なったのではなはだ喜んだ。

宋公は扶安の妓生の一人にぞっこんだったが、情を交わすことができなかった。恋恋としながら馬に乗って、ともに遊覧するのみであった。いつも手紙を送って茂長と南平を呼び、遊ぶときにはいつも一緒だったから、全道の人びとが三差備▼3と呼んだ。宋公の任期が終わり、礪山で餞別をしようと、眉菴と休菴の二人と妓生がついて行った。宋公が言った。

「まことにこの女子の賢さを愛したが、一年も同席して、ついに情を交わすまでには至らなかった。悶々として死にそうだ」

すると、妓生が直ぐ前方の山の多くの墓を指さして言ったのだった。

「あのたくさんの墓はみな私の愛人のものなのですよ」

なんとも恨めしいことばであったが、その場の人びとは大笑いした。

『巴山人識小録』より

▼1【柳希春】一五一三～一五七七。字は仁仲、号は眉巖、本貫は善山。一五三八年、文科に及第、正言のときに乙巳士禍に遭って帰郷して済州・鍾城で十九年間を過ごした。宣祖のときに呼び戻されて副提学に至った。経史に明るく、朱子学に造詣が深かった。

▼2【宋麟寿】一四八七～一五四七。字は眉叟、号は圭庵、本貫は恩津。一五二一年、文科に及第して、弘文館正字となった。台諫だったとき、金安老の執権を防ごうとして済州牧使に左遷され、さらに泗水に帰郷した。その後、復帰して成均館大司成・全羅道観察使となった。中宗がなくなると禍に遭い、故郷に戻って閑暇に過ごしたが、薬を賜って死んだ。

▼3【差備】もれなく揃えること、あるいは揃えた物件を言う。

第二三八話……天官女

金庾信《キムユシン》▼1は鶏林（慶州）の人で、その功績は赫々たるものであった。それは国史にも記されている。幼いときに母夫人が厳しくしつけ、妄りな交友をすることはなかった。ある日、娼妓の家に泊ったので、母夫人は叱責した。

「私はもう年を取った。私が昼も夜もお前に望んだのは、大きくなって功名を立て、親に栄耀栄華を味あわせてくれることであった。ところが、お前はいやしい娘と淫らな真似をして酒屋に入り浸っているありさまだ」

母夫人は号泣して止まなかった。公は母夫人の前で、もう二度とその家の前は通らないと堅く誓った。ある日、酒に酔って家に帰ろうとすると、馬が昔の道を覚えていて、誤って娼妓の家に行ってしまった。女はかつ恨み、かつ喜び、涙を流しながら出て迎えたが、公は酔いから醒めて、馬を斬って、鞍も捨てて、帰って行った。女がその恨みを歌った曲が今に伝わっている。

東都（慶州）に天官寺があるが、そこに娼妓の墓がある。相国の李公升▼2がかつて東都に遊んだとき、詩を作った。

天官寺と号する古刹に因縁があり、
まず言い伝えを聞くと凄然たるもの、
風流な公子が花の下で遊ぶと、
怨みを含んだ美人が馬の前で泣く。
馬にも情けがあり帰りの道を覚えていて、
蒼頭はどうしてむやみに鞭を加えよう。
長く伝わる一曲の歌詞は美しく、
すずろに寒く眠るが、名は万古に伝わった。

（寺号天官寺有縁、忽聞経始一凄然、
多情公子遊花下、含怨佳人泣馬前、
紅鬣有情還識路、蒼頭何事謾加鞭、
維余一曲歌詞妙、瞻免同眠万古伝）

天官というのはその女子の名前なのである。

▼1【金庾信】五九五～六七三。三国を統一した新羅の将軍。伽耶国王の金首露王の十二世の孫。十五歳のときに花郎となり、身体と心を鍛えた後、高句麗および百済と何度も戦って功を上げた後、金春秋を王に立てて三国統一に乗り出した。六六〇年には蘇定方の率いる唐軍とともに百済を滅ぼし、六六八年にもやはり羅・唐連合軍を編成して高句麗を滅亡させた。王は彼の功績をたたえて太大角干の称号を与えた。周囲に十

二支像の彫刻を施した墓が今も慶州にある。

▼2【李公升】一〇九九～一一八三。高麗、明宗のときの大臣。字は達夫、本貫は清州。科挙に及第して翰林院に入り、顕官を歴任して、参知政事にまで至った。その後、隠退して詩と酒で日々を送ったが、一一七三年、李義方が文臣たちを虐殺したとき、李克謙の嘆願によって死を免れた。一一七五年には特に中書侍郎平章事に任命された。

第二三九話……旅窓の客愁

南袞《ナムコン》（第一八五話注2参照）は黄海道の監司となって、海州の妓生を愛した。任期を終えて帰ることになり、金郊駅に至ったが、心の中では、かならず邑の守令がその妓生を連れて追い駆けて来て別れを惜しむであろうと考えた。駅亭でそれを待ったが、来ない。一晩中、眠れなかった。絶句一首を作った。

落葉が荒れ果てた庭を払って寂しい音、
一晩中、女の足音かと眼をさます。
一人さびしい草枕に寝もやらず、
壁に灯火の影がゆらゆらと映る。
（葉走空庭窣窣鳴、誤驚前夜曳履声、
旅窓孤枕渾無寐、半壁残灯翳復命）

第二四〇話……老兵士と幼い妓生

年を取った一人の兵使が幼い妓生をものにして夢中になった挙句、役所の倉庫の品物を持ち出してはその妓生にやった。任期を終えて帰ることになり、妓生と駅亭で別れを惜しんだ。兵使は妓生の袖を取って泣いたので、その涙で袖は湿ったが、妓生の眼からは一筋の涙も流れない。妓生の父母は兵使の背中の後ろから、自分たちの顔をおおって泣く真似をするように指図するのだが、妓生はあまりに若く、いつわって泣く真似などできないでいる。それに実際、さほど悲しくもなく、泣こうとしても、眼に涙が浮かばない。父母は妓生の袖を捉えて外に連れ出して叱りつけた、

「兵使さまは役所の倉庫を空にしてまで私たちの家を豊かにしてくださった。なのに、お前はただの木石なのか。どうして涙を流して見送ることさえできないのだ」

そして、髪の毛をつかんでしたたかに殴りつけた。妓生が大声で泣きながら、中に入って行くと、兵使はますます泣きながら言った。

「泣くではない。泣くではない。お前が泣くのを見ると、私もたまらないではないか。よしよし、泣くではない。泣くではない」

第二四一話……死んで息子に会いに来た任絖《イムクアン》

賓客▼1の任絖《イムクアン》▼2は昭顕世子《ソヒョンセチャ》▼3にしたがって瀋陽に行き、そこで病気になって死んだ。その息子の允錫《ユンソク》▼4が開寧の県監となって、ある日のこと、父の任公が現れて役所の大庁におごそかに座っていた。家中がおどろき倒れんばかりであったが、その挙止動作はかつてのままであった。父公は立ち去るときに、息子に言った。

「冥府で私はこの世の視察の任務を与えられ、たまたまここを通り過ぎたのだが、父子の情は生と死を隔てても何の変わりがあろう。お前に会いたくて来たのだ」

そして、下人たちを呼びつけて言った。

「お前たちは主人の家の仕事を一生懸命にやるのだぞ。少しでも怠るようなことがあってはならない」

急いで夕食をととのえて差し上げたが、すこし箸をつけただけで膳をさげさせ、言った。

「神気はすぐに腹一杯になる。生きている人間とは違うのだ」

そうして、しばらく座ったまま話をしたが、立ち去るとき、数歩も行くと、その姿は消えてしまった。

『菊堂俳語』より

▼1【賓客】侍講院の正二品の職を言う。

▼2【任絖】一五七九～一六四四。字は子瀞、本貫は豊川。一六〇九年、司馬試に合格したが、光海君の時代の風紀に嫌気がさして官職に就かなかった。仁祖反正の後に順陵参奉となり、一六二四年には文科に及第した。さまざまな官職を歴任して、修聘使として日本に来たこともある。黄海道観察使・都承旨となり、瀋陽に人質としている昭顕世子のもとを訪ねて行って客死した。

▼3【昭顕世子】一六一二～一六四五。仁祖の嫡男。仁烈王后韓氏の所生。一六二五年、世子に冊封、一六二七年の丁卯胡乱、一六三六年の丙子胡乱を経て、昭顕世子は鳳林大君（後の孝宗）とともに清の瀋陽に人質として行った。蒙古語をならって西域遠征に出陣したりもした。アダム・シャールの下でキリスト教にも触れ、帰国がかなったとき、天文・科学の西洋の文物およびキリスト像などももたらしたが、二ヶ月で病死して、文物も焼失してしまった。

▼4【允錫】『朝鮮実録』顕宗五年（一六六四）十一月、忠清道青陽県で父殺しがあり、その報告を怠った青陽県監の尹允錫が罷免されたことが見え、また、顕宗十三年（一六七二）正月には、蔭官を州府に任ずる弊害を説き、その例として密陽府使の任允錫の名前が見える。性格がもともと織巧であり、文筆が拙いと。

第二四二話……義城館の詩

英憲公・金之岱《キムチテ》▼1が義城館の詩を作った。

韶の音楽が流れる公館の奥の庭園、
空中に聳える百尺もの楼閣。
香りは十里の外にも届いて簾を挙げ、
名月のかかる空に妙なる笛の音が響く。
霞の中に細い柳の木が並んで、
雨が止んで山の色は濃く光り輝く。
辺境で腕を折った甲枝郎、
鞭を置き欄干に寄って思いにふける。
（聞韶公館後園深、中有危楼百余尺、
香気十里捲珠簾、明月一声飛玉笛、
烟軽柳腰細相連、雨霽山光濃欲滴、
竜荒折臂甲枝郎、仍鞭憑欄尤可惜）

当時、人口に膾炙したものであったが、十年の後、楼閣は兵火によって焼失してしまい、したがって、懸板もすでにない。さらに十年の後、ある按察使が県に到って、金公の詩を求めた。しかし、邑の人びとはどうしていいかわからない。このとき、県の守令の呉某に娘が一人いたが、かつて張宰相の息子と婚約をしていた。呉がそれを連れて任地にやって来たところ、発狂してわけのわからないことを口走るようになった。それが急に金の詩を歌い出したのである。邑の人びとは大喜びをして、それを書き認め、按察使に進上した。その詩は今でも壁に懸けられている。

『東人詩話』より

▼1【英憲公・金之岱】一一九〇〜一二六六。高麗のときの武臣。初名は仲竜、号は英憲、本貫は清道。一二一七年、契丹が江東を攻略したとき、父に代わって従軍、判司宰事だったとき、蒙古兵が北辺を侵犯した。知兵馬事の洪熙が女色にふけって人心が離反すると、之岱が僉書枢密院事として民心をなだめ、西北の四十城を奪回した。守太傅中書侍郎平章事に至って隠退した。

第二四三話……夢に現れたスッポン

文順公・権弘《クォンホン》▼1がある夜中、夢を見た。一人の老人が現れ、伏して泣きながら訴えた。

「洪《ホン》宰相▼2がわたくしどもの一族を殲滅しようとしています。どうか救ってください」

老人はさらに続けた。

「洪宰相はかならずあなたを誘うでしょうが、あなたがその誘いに応じなければ、洪宰相も行かないでしょう。そうなれば、わたくしどもは助かります」

しばらくして、門を叩く音がしたので眼を覚まし、何事かと尋ねると、

「洪宰相がきょう箭串▼3に行き、スッポンを召し上がるので、文順公にもお出でいただきたいと申しております」

と答えた。

権は夢の中の老人というのはきっとスッポンだったのだと考えた。そこで、病気にかこつけて誘いを断った。洪もそこで箭串に行くのを取りやめた。

『青坡劇談』より

▼1【文順公・権弘】一三六〇～一四四六。字は伯道、初名は幹、号は松雪軒、本貫は安東。一三八二年、文科に及第、諫官となった。鄭夢周の党派として流配されたが、一四〇〇年に左補闕となり、成均楽正だったとき、娘が太宗の嬪となり、永嘉君に封じられた。一四〇七年には進献使として中国に行ったが、彼の再従祖母は元の皇太子妃となり、元が滅びるときに明兵に犯されるのを嫌って自殺したと聞いて、明の太宗は感嘆して彼を優遇した。一四一五年には判敦寧府事、一四二三年には領府事に至った。性質は温和で書に巧みであった。

▼2【洪宰相】時代的には南陽洪氏の洪汝方あたりを指すかと思われるが、定かではない。
ちなみに、洪汝方は、?～一四三九。司馬となって、一四〇一年に増広文科に及第して官途についた。失政や舌禍によって罷免、流罪の憂き目に遭ったこともあったが、一四三四年には全州府尹となり、判漢城府事となって謝恩使として明に行き、帰国後には吏曹判書となった。

▼3【箭串】ソウルの城東区にあった池で、朝鮮時代、もっとも長い橋があった。

第二四四話……公平な遺産分与

進士の成聃寿《ソンタムス》▼1の字は眉叟《ミス》で、静斎・成聃年《ソンタムヨン》▼2の字は耳叟《イス》である。二人ともに仁斎・禧《フィ》▼3の息子で文粛公・石《ソク》璿《ヨン》▼4の曾孫であり、文雅によって名が高かった。兄弟や姉妹が十人あまりいて、父母が亡くなり三年の喪を終えると、兄弟たちは集まって財産を分けた。品物を見ていいのがあれば、

「これは某にやろう」

と言い、奴の中で実直な者には、

「某にやろう」

と言って、分け与えた。そして、つまらないがらくたは、

「これは父上と母上の意志で私がもらう」

と言った。

妹の李《イ》廷堅《チョンキョン》▼5の妻には家がなかったので、家を与えようとしたが、弟たちが家は長男が伝えるものだといって頑強に反対した。そこで、眉叟は、

「みんな父上と母上の子どもであり、私一人だけが家をもつわけにはいかない」

と言って、もっていた綿布をみな出して来て、廷堅が家を買うための資本にした。一門の人びとは沈黙した。

▼1【成聃寿】?～一四五六。端宗のために節を守った生六臣の一人。字は眉叟、号は文斗、本貫は昌寧。天性として従容として淡白であり、世間の栄誉を求めなかった。一四五六年、成三問などが端宗の復位を求めて失敗、処刑されると、父の熺も獄に投ぜられた。聃寿は進士に合格していたが、終生、職に就くことなく、作詩と釣りをして過ごした。成三問などの死六臣に対して、金時習・李孟専・元昊・趙旅・南孝温らと彼を含めて生六臣と言う。

▼2【成聃年】生没年未詳。字は耳叟、号は静斎。一四七〇年、別試文科に甲科で及第、一四七七年、経筵検討官に任命され、工曹・吏曹の正郎となった。このとき、時事について上疏して、王に内薬房の薬を下賜されたことがある。校理に任命されたが、すぐに辞職して性理学の研究で余生を過ごした。

▼3【仁斎・禧】成熺。字は用晦、号は仁斎。博識と徳望で推挙されて漢城府参軍に任命された。一四五二年、鄭麟趾などとともに『世宗実録』を編纂して、つづいて『文宗実録』の編纂にも参与した。一四五六年、堂姪の成三問ら死六臣が端宗の復位を謀って失敗して処刑されると、彼も連座して拷問を受け、金海に流された。三年後には呼び戻されたものの、帰京後、病を得て死んだ。

▼4【文粛公・石瑢】一三五二～一四〇三。字は伯玉、号は桧谷。諡号は文粛。高麗の禑王のとき、文科に及第、密直副使・提学などを経て、恭譲王の末には兄の石璘とともに李穡などの一派として流された。一三九二年、朝鮮開国とともに開国原従功臣となって、開城留守・京畿観察使などを歴任して大提学に至った。

▼5【李廷堅】この話とは時代が合わないが、高麗末期、朝鮮初期の文臣で同じ名の人がいる。昌寧成氏との

ゆかりも深く、この人の孫あたりの人物との混同ではないかと思われる。?〜一四〇九。一三七四年、文科に及第、朝鮮の太宗のときには簽書承枢府事となり、一四〇二年には礼文館提学として誥命印章の下賜の謝礼のために成石璘とともに中国に行った。

第二四五話……李陽元《イヤンウォン》の家規

大臣の鷺渚・李陽元《イヤンウォン》▼1の字は伯春《ペクチュン》で、完山の人である。かつて平安道の監司となり、巡察に出ようとして、夫人に言った。

「この地には錬光亭という景勝があるから、庶尹▼2の夫人とともに見て来るがよい。そして名のある場所に行けば、妓生と音楽を楽しまないわけにはいくまい」

また、その妾にも言った。

「お前もいっしょに行くがよい」

李公が巡察から帰って来ると、夫人と庶尹の夫人がいっしょにいたが、妾は病気と称して行かなかったという話を聞いて、心の中に疑いが生じ、家中の人に問い質した。すると、妾はその日、コムンゴと歌のうまい妓生を呼び、別のところで楽しんでいたというのだった。それを詳しく聞いて、李公はすぐに妾を呼びつけて叱りつけた。

「お前が一緒に行かなかったのは、大勢の人の中で私の妻の従者となり、庶尹の夫人に対しても礼儀として膝を屈しなければならないのを嫌がったからだな。その上、私の妻が音楽を楽しんでいるのに、なにをわざわざ別のところで同じことをする必要があろう。こんなことが長く続けば、かならずこの家は乱れてしまう」

そして、即刻、妾には暇を出したのであった。

▼1【李陽元】一五三三〜一五九二。字は伯春、号は鷺渚、王族である。一五五六年、文科に及第して、三道の観察使、刑曹判書・大提学などを歴任、一五九一年には宗系弁正の功績で光国功臣となった。一五九二年、壬辰倭乱が起こって王がソウルを退去すると、留都大将として漢江を守ったが後退、ケネミ峠で申恪や李渾の軍と合流して倭軍と戦って勝利して、その功で領議政となった。王が遼東に渡って和議をはかっているという噂を聞いて、痛憤のあまり八日間断食して血を吐いて死んだ。

▼2【庶尹】漢城府および平壌府におく正四品の官職。判尹または府尹の補助をする。

第二四六話……大臣を罰する厳しい父

正[1]の李厚基《イフキ》[2]は全義の人で、清江・李済臣《イチェシン》[3]の孫である。吏曹参判の行進《ヘンチン》[4]と副提学の行遇《ヘンウ》[5]の父親でもあった。二人の息子がともに朝廷で出世しても、それを拘束する様子はまるで奴隷を扱うのと変わらなかった。いつも酒を飲むことを厳しく禁じていたが、ある日、宰相の某が酒を携えて副提学のもとにやって来て、いっしょに飲んだ。正はこの話を聞くと、奴をやって副提学を呼んで来させた。副提学が行けば、尻を鞭打たれることになる。宰相の某がそれを止めさせようと、副提学とともにやって来た。門番が正に告げた。

「宰相の某が車に乗って門を入ろうとしています」

すると、正は大声を挙げて言った。

「わが子は私の言いつけを守らなかったから、鞭打つのだ。某氏には父親がいないというのか」

宰相の某は驚いて、あえて門を入らず、帰って行った。

昔の人はこのように子弟を厳しくしつけたものだ。

▼1【正】さまざまな機関で勤務する正三品の官職。

▼2【李厚基】この話にある以上のことは未詳。

▼3【清江・李済臣】一五三六～一五八四。字は夢応、号は清江、本貫は全義。幼いころから英敏で、七歳で詩を作って人びとを驚かせた。一五五八年、生員となり、一五六四年には式年文科に及第して官途についた。宣祖が即位すると、礼曹正郎として『明宗実録』の編纂に参与した。一五八二年には咸鏡北道兵馬節度使となったが、一五八三年、女真族の尼湯介が侵犯して来ると、その責任を問われて流配され、そこで死んだ。

▼4【行進】一五九七～一六六五。字は士謙、号は止菴、本貫は全義。光海君の時代は科挙を受けず、一六二四年に生員、一六三五年、増広文科に丙科で及第、一六四六年には重試に乙科で、一六五〇年には文臣庭試に選抜された。一六五四年には冬至兼謝恩副使として中国に行き、同知中枢府事となった。

▼5【行遇】『朝鮮実録』孝宗元年（一六五〇）九月に李行遇を大司諫となすとあり、同じ十一月には副提学になすとある。

第二四七話……奢侈を禁じる家規

政丞の市北・南以雄《ナムイウン》（第一四九話注1参照）の字は敵万《チョクマン》、宜寧の人で、忠簡公・智《チ》▼1の子孫であった。孫がいて、同知の李茂春《イムチュン》▼2の家の婿になった。新婦が初めて舅と姑に見《まみ》えるとき、その服飾がはなはだ豪奢であった。南公はその挨拶を受けず、衣服を替えてあらためて来るように言った。南公はもともと富貴をもって称されたが、その法規を守って、子孫をこのように厳しく戒めたのである。

▼1【忠簡公・智】生没年未詳。字は智叔、本貫は宜寧。領議政・在の孫で、門閥として監察となり、慶尚道の経歴であったとき、河演に認められ、後に左議政にまで昇った。領議政・皇甫仁や右議政・金宗瑞とともに、文宗の遺言を受けて端宗の輔弼に当たったが、間もなくして死んだ。その娘を安平大君の息子の李友直

に嫁がせていたが、癸酉の靖難の禍は逃れた。
▼2【李茂春】韓山李氏に司馬となった茂春という人物がいる。

第二四八話……黄喜《ファンフィ》の人品

翼成公の龐村・黄喜《ファンフィ》▼1の字は懼夫《クプ》で、長水の人である。世宗《セジョン》の時代に首相となり、三十年のあいだ、喜怒の感情をかつて一度もことばにあらわさなかった。

奴僕たちにも鞭を加えるようなことはなかった。自分の可愛がっていた侍婢が若い奴僕と仲好くなって戯れ合っていても、公はそれをみて笑うだけであった。公が次のように言ったことがある。

「奴僕もまた天が産んだ人びとだ。どうして虐待することができようか」

あるとき、庭を歩いていると、隣の悪童たちが石を投げた。梨の実が熟して地面にいっぱいに落ちている。公が大きな声で奴僕を呼ぶと、悪童たちはきっと自分たちを捕まえるのだと思い、あわてて逃げて物陰に隠れ、耳を立てて聞いていると、やって来た奴僕に、公は、

「柳の籠をもってきなさい」

と言った。奴僕が柳の籠をもって来ると、落ちていた梨の実を集めて、それを悪童たちに与えた。その間、公は何も言わなかった。

文康公・李石亨《イソクヒョン》▼2が壮元で及第して、正言の職を王さまから直々にいただき、公に名刺を投じて会った。公が『資治通鑑』一帙を取り出して、文康公に題目を書くように命じた。すると、しばらくして、すこし頭の足りない婢が簡単な食事をもって来て、公のそばに座って、文簡公の方を屈んで見ながら、公に言った。

「差し上げますかね」

すると、公は言った。

「もうすこし待ちなさい」

婢がしばらく待って、立ち上がり、大きな声で、言った。

「どうしてこんなに遅いのですか」

公が言った。

「それでは、差し上げることにしよう」

そこで、食事を出すと、子どもたちが数人、汚れた服を着て裸足のままどかどかと入って来て、あるいは、公の服を踏みつけ、公の髯をねじって、膳の料理を手づかみで食べてしまった。揚げ句に公をたたく者までいる。公は、

「これ、これ、これ、痛いじゃないか。痛い、痛い」

と叫んだ。

この子どもたちというのはすべてが奴婢たちの子どもだった。

『青坡劇談』より

▼1【厖村・黄喜】一三六三～一四五二。十四歳のとき蔭官として安福宮録事となったが、二十七歳のときに文科に及第して、翌年には成均館提学になった。李朝になっても顕官を歴任して、特に太宗の寵愛を受けたものの、譲寧大君の廃位に反対して太宗の怒りを買い、南原に流された。世宗の時代には官界に復帰して領議政にまで昇り、八十六歳で死んだ。

▼2【文康公・李石亨】一四一五～一四七七。字は伯玉、号は樗軒、本貫は延安。一四四一年に進士・生員に首席で合格、続いて文科にも壮元で及第した。黄海道および京畿道の観察使、判漢城府事など顕官を歴任した。成宗のとき、延城府院君に封じられ、鄭麟趾らとともに『治平要覧』の編纂に参与した。

第二四九話……逆賊も降伏した尹子雲

文憲公・尹子雲《ユンチャウン》▼1の字は望之、茂松の人である。文度公▼2の息子であり、棟軒・紹宗《ソジョン》▼3の曾孫である。咸鏡道の体察使となって、安辺に至ったとき、李施愛《イシエ》▼4が節度使の康孝文《カンヒョムン》▼5を殺し、四方で凶徒たちが呼応して興ったという話が伝わってきた。公は夜を昼についで咸興に到ると、この日の晩、賊徒たちもふたたび乱を起こして監司の申㴐▼6を殺して、さらには兵士たちを移動して公のいるところに至った。門を蹴破り、刀を振るって、庭をぐるりとまるで垣根のように囲んだが、公は衣冠を整えて端然と座り、側の者たちと話をしながら、ときには笑って、泰然自若としていた。賊徒たちはそれを見て恐ろしくなり、退却したが、号令で集まった一群はほしいままに蛮行を繰り広げた。公は包囲の中にあって七日のあいだ、いささかも動揺する様子を見せなかったので、賊徒たちも後悔して、あちらこちらで周旋を始め、公の味方に回る者も出てきた。それで、公は無事に帰還することができたのだった。

『筆苑雑記』より

▼1【文憲公・尹子雲】一四一六～一四七八。成宗のときの大臣。一四四四年に文科に及第、集賢殿副修撰となった。世祖の即位とともに佐翼功臣となり、一四六〇年には毛憐衛を討伐して明に報告するとき、特別に選び出されて使臣となった。一四六七年、李施愛の乱が起こったとき、これを討伐して、後に領議政まで昇った。

▼2【文度公】尹淮。一三八〇～一四三六。世祖の時代の名臣。字は清卿、号は清香堂、謚号は文度。本貫は茂松。十歳で資治通鑑綱目を読み、成長するにともなって読まない本はなかった。一四〇一年には文科に及第して一四〇九年には吏曹正郎兼春秋館記事官となった。一四三二年には孟思誠とともに『八道地理志』を編纂、一四三四年には『資治通鑑訓義』の編纂を終えて大提学となった。文章に優れるとともに、大酒家でもあった。

▼3【棟軒・紹宗】一三四五～一三九三。一三六〇年には成均館試に合格、李穡の門人として、一三六五年に

は礼部試に乙科で及第して、春秋修撰となった。以後、要職を歴任したが、一三八八年に、李成桂が威化島から回軍すると、これを東門の外で迎え、朝鮮の開国にも大きく貢献をして、修文館大提学に至った。経史に通じ、性理学にも詳しかった。

▼4【李施愛】?～一四六七。吉州の人で武人。会寧府使であったが、一四六六年、政治に不平を抱いて弟の李施合とともに蜂起し、許有礼の計略によって兄弟ともに殺された。

▼5【康孝文】?～一四六七。一四五一年、式年文科に乙科で及第。さまざまな官職を経た後、一四六〇年には申叔舟に従って北方に出陣、手柄を挙げた。一四六六年、咸吉道節度使となったが、翌年に勃発した李施愛の乱で殺された。

▼6【申濶】?～一四六七。領議政・申叔舟の息子。都染署令・宗簿寺少尹を経て、一四六六年には都承旨となり、一四六七年、咸吉道監察使となった。同年、李施愛の乱が起こると、朝廷では彼を呼び戻そうとしたが、残って先頭に立って戦い、敵の矢に当たって死んだ。

第二五〇話……許琮の度量

忠貞公の尚友堂・許琮《ホジョン》▼1の字は宗卿《ジョンキョン》で、陽川の人である。梅叟・愭《キ》▼2の曾孫であり、野堂・錦《クム》▼3の四代の孫でもあった。若いときから沈着で、意志が堅固であった。道を歩いていて左右を振り返ることもなく、一つのことを考えこんでいて、道に迷うということもあった。

あるとき、同年輩の者が集まって読書をすることにした。すると、泥棒が忍びこんで来て、衣服や靴を盗んで行った。仲間たちで憤慨しない者はいなかったが、公は平然として意にも介しないふうで、筆を執って壁に書きつけた。

すでに私の着物を盗んで行ったなら、

私の靴は盗まないでおいてくれ。
着物を盗み、また靴も盗んで、
盗（道）の先生となってはならない。
（既奪吾衣兮、宜吾鞋之莫偸、
既奪衣又偸鞋兮、窃為盗先生不取兮）

仲間たちは初めて公の度量の大きさに感激した。

官職についた初めは軍器直長となり、日蝕があると、上疏して時事を論ずることが六度にもおよび、逆鱗に触れることばが多くあった。王さまは内閣に公を召し、公の上疏の中のことばを取り出して、激怒をなさっているふりをして、公を試された。

「私は百日のあいだ[4]帰って来ないということもなく、うどんで犠牲に代えた[5]というようなこともなかった。なのに、お前はどうして私を夏の太康王や梁の武帝にたとえるのだ」

力士に命じて引きずり出させ、棍棒で打つようにお命じになったが、そのそばに立っていた侍者は肌に粟を吹くほどであった。王さまはまた鞘に入った刀を取り出し、膝の上に置くようにお命じになった。

「私の刀が鞘からすっかり出たのを合図に、すぐに斬刑に処すのだ」

徐々に霜のような刀を抜き始められると、冴え冴えとした光が人を照らし、力士たちは斧と金床を用意して王さまの刀を注目して待っていたが、それでも、公は顔色一つ変えることもなく、問われるままに錯誤がなかった。王さまは刀を鞘にぴしゃりと納めておっしゃった。

「公はまことの壮士だ」

それ以来、王さまは公をはなはだ奇特な人物であるとお考えになり、大いに登用なさった。

『竜泉談寂記』より

▼1【尚友堂・許琮】一四三四～一四九四。本貫が陽川。生員に合格して、一四五七年、文科に及第、世子右正字として月食があったとき、王に疏をたてまつったことがきっかけで、たびたび経筵を行ない、政治改革に当たった。一四六七年、李施愛の乱の平定に功績があって、敵愾功臣に冊録され、陽城君に封じられた。右議政に至った。人となりは剛直で、学識に富み、文官でありながら、武職をも務めた。

▼2【梅叟・愭】『朝鮮実録』太宗四年正月、前典医少監の許愭が亡くなった宋氏の奴婢を収容して使役している件について訴えられている。

▼3【野堂・錦】一三四〇～一三八八。高麗後期の文臣。字は在中、号は埜堂。一三五七年、文科に及第して教書校勘となったのを初めとして様々な官職に就いた。尹紹宗・趙浚など朝鮮王朝の開国に功績のあった人びとと親交があった。人となりは従容として、権力におもねらなかった。五十歳にならずに死んで、士林に大いに哀惜された。

▼4【百日のあいだ……】『尚書』「五子之歌」に出て来る故事。夏の太康王は狩猟に出かけて百日のあいだ帰らず、国を失ってしまった。

▼5【うどんで犠牲に代えた……】梁の武帝は仏教を篤く信じて殺生をいとい、祭祀に必要な動物の犠牲を麺で行なった。

第二五一話……経筵での弾劾㈠

明宗のとき、大司憲の趙士秀《チョサス》▼1が相国の沈連源《シムヨンウォン》▼2とともに経筵▼3に侍することになった。趙公が申し上げた。

「領相の沈連源は妾のために家を造りましたが、これがはなはだ大きく贅沢にできていて、辰砂《しんしゃ》まで使っています」

席がはなはだ気まずくなって、沈相国は辞職を申し入れて言った。

「趙士秀のことばはわたくしの失を的確に指摘しております」

明宗がなんとか慰留されたが、沈公は退出するときに笑いながら趙公に言った。

「君のことばがなければ、私はますます大きな過失を犯すところだった」

妾の家に帰ると、辰砂をことごとく洗い落としたが、当時の世論はこれをよしとした。

▼1【趙士秀】一五〇二～一五五八。字は季任、号は松岡。一五三一年、式年文科に甲科で及第して官途についた。一五三九年には敬差官として星州史庫の火災原因の調査に当たった。知中枢府事・左賛成に至った。
▼2【沈連源】一四九一～一五五八。字は孟容、号は保庵、本貫は青松。幼いとき父をなくし、母親の膝下で文字を学んで、金慕斎のもとで学んだ。一五一六年に生員試に合格、その後、重試に及第して、内外の要職を歴任して、青城府院君に封じられ、領議政に至って、死んだ。
▼3【経筵】王の御前で経書を講義する席。その講義にあずかる官員を経筵官と言った。

第二五二話……経筵での弾劾（二）

宣祖が経筵にお出ましになったとき、領相の盧守慎《ノスシン》（第一九七話注2参照）と修撰▼1の金誠一《キムソンイル》▼2が入侍していた。金公が申し上げた。

「領相の盧守慎は貂の皮を人にもらって上着を作りました。どうして守慎はこのような贅沢を考え付いたものでしょう」

守慎は席から退いて謝罪して申し上げた。

「金誠一のことばは正当です。わたくしの老母は病気がちで、いつも冬になると、寒さに耐えることができません。そこで、親族の者で国境の将師をしている者に貂の皮を求めました。その将師が老母のために送ってくれたのです」

宣祖は二人ともに立派であると考えておっしゃった。

「大臣も台諫もともにその体を得ている。私ははなはだうれしく思う」

盧相は金公ともともと仲が良かったが、これ以後、ますます金公を敬愛して尊重するようになった。これは昔の美事として記録しておく。

『竹窓閑話』より

▼1【修撰】弘文館の正四品の職。

▼2【金誠一】一五三八～一五九三。字は士純、号は鶴峰。李退渓の弟子。一五六八年、文科に及第、史局に入って湖堂を経て副提学に至った。一五九一年、通信副使として黄允吉とともに日本に渡った。允吉が日本の侵略の意図を報告したのに、誠一は人心の動揺を避けるために、日本に侵略の意図はないと報告した。一五九二年、壬辰倭乱が勃発すると、王の怒りを買って罰されるところであったが、赦されて従軍した。義兵を募って晋州城を死守したが、戦死を遂げた。

第二五三話……弾劾の公と私㈠

孝靖公の素閑堂・柳廷亮《ユチョンリャン》▼1の字は士竜《サリョン》で、全州の人である。永慶《ヨンギョン》▼2の孫であり、器量と才翰があった。かつて、伶官▼3の孫某の娘を妾としたが、これは孫某の望まない婚姻であった。当時、鄭致和《チョンチファ》公▼4が台諫職にあって、この罪を論じて弾劾した。

柳公の息子である参判の淰《シム》▼5は鄭公と会うと、避けるようにして、顔を合わせまいと努めた。鄭公が柳公に会いに行くと、柳公は息子の参判に出て行って会うように命じたが、みずからはなかなか出て行かず、しばしば促されてやっとのことで、出て行った。柳公は参判を諭した。

「私が罪を犯したのは事実で、鄭公の論じたことは間違っていない。鄭家では私怨でもって人を陥れたわけではないし、私にも以前とかわらぬ好誼を示してくれる。お前にどうして遺恨があるのか。これからも今まで通り往来を絶やすまい。何も気にすることはない」

参判もあえて異を唱えず、これまで通りにつきあった。人びとは柳公の長者ぶりに感服して、鄭公もまた柳公をいっそう敬い重んじた。

▼1【素閑堂・柳廷亮】一五九一～一六六三。字は子竜、号は素閒堂、本貫は全州。十四歳のとき、宣祖の娘の貞徽翁主と結婚して全昌尉に封じられた。一六一二年、祖父の永慶の事件で一家が滅族の憂き目に遭い、全羅道に流配され、一六二三年の仁祖反正の後になって爵位が回復された。その後、要職を歴任し、謝恩使・進香使として中国に行った。都摠管に至った。

▼2【永慶】一五五〇～一六〇八。字は善余、号は春湖、本貫は全州。一五七二年、春塘台文科に及第して要職を歴任した。一五九二年、壬辰倭乱が起こると義兵を募って活躍し、一五九三年には黄海道巡察使として海州で倭賊の六十の首級を挙げた。一五九七年の丁酉再乱の際にはまず家族を避難させたとして罷免されたが、後に復帰した。戦後、党争が激化する中にあっても、小北派の彼は宣祖の在世中には権力を振るうことができたが、光海君の世になって、大北派の李爾瞻らにより流され賜死した。

▼3【伶官】音楽のことを担当する役人。

▼4【鄭致和公】一六一三～一六八八。字は礼卿、号は南谷。早く進士に合格、一三三六年、丙子胡乱のときに、父の広谷とともに南漢山城に扈従した。翌年、斉陵参奉となり、庭試に及第した。司書として王世子に随って瀋陽に行き、孝宗が即位すると書状官として中国に行って帰り、顕職を歴任し、領中枢府事・左議政に至った。

▼5【湀】一六〇八～一六六七。字は澄甫、号は道渓、本貫は全州。父は廷亮、母は宣祖の娘の貞徽翁主で、この話の中に出て来る妾の子というわけではない。一六一三年には癸丑の獄事で家産を没収されて流された父に随って湖南に行ったが、一六二三年の仁祖反正でソウルにもどった。一六二七年、司馬試に合格、一六三五年、増広文科に丙科で及第した。一六三八年、一六五九年に使節として中国に行き、都承旨に至った。

第二五四話……弾劾の公と私 (二)

掌令の朴啓栄《パクケヨン》▼1は、乙丑の年▼2に仁祖《インジョ》が城から出て降伏した後、金尚憲▼3公が朝廷に出仕しないのを見て、正しくない振る舞いであるとして弾劾した。その後、尚憲の孫の寿興《スフン》▼4が戸曹の職責にあったとき、啓栄の息子の信圭《シンキュ》▼5が郎官となった。金寿興公は自分とは会いたくないであろうと考え、信圭が病気を口実に出て行かないと、金公が言った。

「私的な義理でもって相交わることはできないとしても、どうして私的な恨みでもって、朝廷に選ばれ登用された人を廃することがあろうか」

出勤するように命じて、ともに仕事をした。

▼1【朴啓栄】仁祖十六年（一六三八）七月、掌令の朴啓栄と柳碩が、君臣の義理は天地に逃れるところがなく、栄辱をともにしなくてはならないとし、前判書の金尚憲を弾劾している。しかし、逆に金尚憲の節義をよしとする議論も現れた旨が見える。

▼2【乙丑の年……】乙丑の年は一六二五年に当たるが、丙子の年（一六三六）の胡乱のときのことを言っていると思われる。

▼3【金尚憲】一五七〇～一六五二。字は叔度、号は清陰、本貫は安東。一五九〇年、進士となり、一五九六年、戦争中に行なわれた殿試文科に丙科で及第した。一六〇八年には文科重試に及第して賜暇読書したが、一六一三年には仁穆大妃の父の金悌男と縁戚関係であったので、ソウルを離れた。一六二三年、仁祖反正の後に要職を歴任して、一六三六年、兵子胡乱が起こると、礼曹判書として主戦論を頑強に主張して、仁祖が降伏すると、安東に隠退して出仕しなかった。一六三九年には明を擁護して清に送られ、六年を過ごした。孝宗の時代、北伐論の理念的な中心であった。

▼4【寿興】一六二六～一六九〇。字は起之、号は退憂堂・東郭散人。一六四八年、司馬試を経て、一六五五

年、春塘台文科に丙科で及第、翌年には文科重試にやはり丙科で及第した。以後、顕官を歴任して、一六六六年には戸曹判書となり、一六七三年には判義禁府事となった。南人との争いで斥けられたときもあるが、一六八〇年の庚申大黜陟《ちゅっちょく》によって西人が復権、その領袖として領中枢府事・領議政となったが、一六八九年の己巳の換局で南人が執権するようになると、流配され、そこで死んだ。

▼5【信圭】一六三一〜一六八七。字は春卿、号は竹村、本貫は密陽。一六五二年に進士、一六六〇年に式年文科に丙科で及第した。地方官として善政を施し、任果てたとき、住民たちの留任の上疏があったりもした。一六八一年、漢城判尹であったとき、息子の犯した罪で安辺府使に左遷されたが、後に刑曹判書にまで至った。

第二五五話……叛奴の崔奇男《チェキナム》

光海君の時代、おこぼれの幸いを拾った家が大いににぎわい、後宮が権勢をふるった。すると、人の家の奴婢たちで主人に背いて、他の家に身を投じる者たちが続いた。東陽尉の申翊聖《シンイクソン》（第六三話注3参照）の奴の崔奇男《チェキナム》▼1は詩が巧みであることで名が高く、みずから亀谷と号して、当時の文人たちの称賛するところとなった。それがある日、主人を背き、辛昭媛《シンソウォン》▼2の房に身を投じた。

仁祖の反正の後、奇男は元の主人である申公のもとに戻りたいと願った。申が言った。

「奴が主人に背くようにさせたのは、当時の君主の光海君のなした禍であった。それで国が滅びたのだ。どうして一人のいやしい奴を責めることができようか」

奇男に対するのに、少しも以前と変わった様子を見せなかった。

▼1【崔奇男】一五八六〜?。この話では権力におもねる否定的な性格が描かれているが、実は韓国の文学史に残る文学者、詩人でもある。字は英叔、号は亀谷、家系については不明。翊聖の父の欽に詩才を認められ、

当時の士大夫たちとも交わり、一六四八年には尹順之に随い日本に行って詩名を称賛された。『亀谷集』二巻がある。

▼2【辛昭媛】昭媛は大殿内官の一つの内命婦として正四品の位号をもつ王の妻妾を言う。

第二五六話……李溟《イミョン》の英知

判書の李溟《イミョン》▼1の字は子淵《チャヨン》、完山の人であり、樑《リャン》▼2の息子であった。戸曹判書となったとき、参判の任義伯《イムウィペク》（第二二一話注1参照）が郎庁であったが、ある清国の将帥が来て、貴重な日本の刀剣を欲しがった。李公は任に市場の人に督促して持ってくるように命じた。数日たって、任がやっと一本を手に入れて持って来ると、李公はそれを私室にしまって、任にさらにもう一本を持ってくるように命じた。市場の人びとはこれをたいへん恨み、任もまた李公を疑って、妄りに欲張ったことをするものだと大勢の人たちの前で非難しながらも、あえて李公の命令に背くことはなかった。そうして、もう一本の刀剣を得たが、前のものより小さなものであった。李公がそれを清国の将帥に与えると、将帥ははなはだ喜んだ。

それからしばらくして、清の皇帝が日本の宝剣が欲しいと性急な要求を伝えて来た。李公は以前しまっておいた刀剣を取り出して、任に言った。

「郎庁は今でも私を辱めるか」

日本の刀剣を見た清国の皇帝がかならずもう一本を欲しがるであろうとあらかじめ見越して、これを私室にしまっておいたのだった。官府においておけば、別の人が持って行くこともあろうかと、私室に留めておいたのであった。この智恵の回し方は凡人の及ぶところではない。

▼1【李溟】一五七〇～一六四八。字は子淵、号は亀村。王族であり、孝寧大君の末裔。一六〇六年に文科に

及第して、官途に就いた。一六一三年、弘文館応教であったとき、永昌大君の獄事を極諫した上疏文を書いたという嫌疑で免職になり故郷に帰った。仁祖反正の後に復帰して戸曹判書だったとき、物価を調節して収支均衡を図って、国庫を豊かにした。経済に明るかった。知中枢府事に至って死んだ。

▼2【檪】一五一九〜一五八二。字は公挙。孝寧大君の五世の孫。一五五二年、式年文科に及第、一五五五年には賜暇読書した。弘文館副応教・応教となったが、尹元衡が戚親であることを奇貨として横暴が激しくなると、それを牽制しようと明宗が重用したので、一大勢力を結集するまでに至った。工曹・吏曹の判書に至ったが、一五六三年、奇大恒に弾劾されて、官職を剝奪され、平安道に帰郷して、そこで死んだ。

第二五七話……定宗《ジョンジョン》と朴錫命《パクソクミョン》

文粛公の朴錫命《パクソクミョン》▼1は順天の人で、靖厚公の可興《カフン》▼2の息子である。子どものころ、恭靖王▼3といっしょの布団に寝て、隣に竜がいる夢を見た。夢から覚めて見ると、隣には恭靖王がすやすやと眠っている。それで、不思議に思い、恭靖王といっそう親しく交わるようになった。

定宗《ジョンジョン》が即位すると、錫命には高い地位を与え、恩寵を賜った。十年のあいだ、知中事を務め、知議政府事に昇り、判六曹を兼ねた。これは近代の人臣で肩を並べる者がない。彼が承旨になったとき、王さまがおっしゃった。

「いったい誰が貴卿に代わって喉舌の役目▼4を果たしてくれるだろうか」

「なかなか思い当たりませんが、承枢府の都事の黄真▼5ができそうです」

王さまはそれを受け入れ、しばらくして、朴公に代えて黄公を承旨になさった。黄公は果たして名臣になった。朴公には人を見る眼があったのである。

『慵斎叢話』▼6（作品社より既刊）より

▼1【朴錫命】?〜一四〇六。号は頤軒、諡号は文粛、本貫は順興。一三八五年、科挙に及第した。一三九一

年、承旨になった。高麗が滅びて七年の間は、高麗王族の婿であった関係で世に出なかったが、一三九九年には左散騎常侍に登用され、以後、要職を歴任して知議政府事にまで至った。

▼2【可興】生没年未詳。高麗後期の文臣。本貫は順天。禑王のとき密直副使であったが、一三八八年、李仁任の獄事に連座して順天に帰郷した。恭譲王のとき、李初や尹彝は明にいて、明の力を借りて李成桂を排除しようとした。そのことが発覚して、一三九〇年、数十名が獄に下されたが、可興も関わったとして捕まり、流配された。

▼3【恭靖王】定宗。一三五七〜一四一九。在位、一三九九〜一四〇〇。李朝第二代の王。初名は芳果、諡号は恭靖。太祖・李成桂の第二子。勇略に富んでいた。高麗時代にすでに将相に進み、父の李成桂に随って多くの戦功を挙げた。芳遠の乱の後、太祖は芳遠（後の太宗）を世子にしようとしたが、芳遠自身が芳果に譲った。官制を改革し、兵制を整え、楮幣を発行して経済流通の振興を図った。陵は厚陵。

▼4【喉舌の役目】王命の出納と政府の重要な言論を受け持つ役目ということで、承旨の職を言う。

▼5【黄真】黄喜の間違いか。第二四八話の注1を参照のこと。

▼6【『慵斎叢話』】『慵斎叢話』ではこの話は朴錫命と太宗の話とする。

第二五八話……三上か三中か

提学の柳孝通《ユヒョドン》▼1は文章が巧みであったが、諸謔も好んだ。あるとき、集賢殿▼2にいて、諸公が詩作の工夫について論じていた。柳公が言った。

「昔の人が詩を作るのに、『三上』が考えるのにもっともいいと言った。つまり、馬の上、厠の上、そして枕の上だそうだ。ところが、私はそうではなく、『三中』がいいと思うのだ」

諸公たちが「三中」とはなにかと尋ねると、柳公は答えた。

「つまり、閑暇の中、酔いの中、照る月の中だ」

諸公たちは笑いながら、言った。

「君の『三中』の方が『三上』よりいいようだ」

『筆苑雑記』より

▼1【柳孝通】生没年未詳。太宗から世宗の時代にかけて活躍した医学者。一四〇八年、式年文科に及第、一四二七年には文科重試に及第した。大司成を経て集賢殿直提学となった。一四三一年には典医監正の盧重礼とともに薬用植物を整理した『郷薬採集月令』とその処方を書いた『郷薬集成方』を編纂した。文章にも優れていた。
▼2【集賢殿】中国の影響を受けながら、王室研究機関として、高麗時代から存在したが、有名無実になっていたものを、世宗が梃入れして、当代の学者たちを集めて学問研究を奨励、さまざまな書物を編集・刊行させた。またハングルもここで作成された。

第二五九話……宗学がつらい宗親

世宗は始めて宗学▼1を作り、宗親たちを集めて読書をさせた。順平君《スンピョンクン》▼2は四十歳を超えて、一文字も解さなかった。初めて『孝経』を読み、学官がわずかに「開宗明義章」の七文字を教えたが、順平君は読むことができず、

「私はもう年を取って鈍くなってしまった。二つの文字だけ教われば十分だ」

馬に乗っても、読んで、やめなかったが、奴にまた言った。

「お前も『開宗』を忘れるな。私が困ったときに備えるのだ」

死に臨んで、妻子を集めて、声を出して言った。

「死と生とは重大事であり、どうして心をかけないでいられよう。ただ宗学を永遠に離れることができることがはなはだ痛快だ」

『慵斎叢話』より

▼1【宗学】宗親、つまり王族のための教育機関。世宗が設置して、燕山君のときに廃された。仁祖がまた復活させたが、その後、なくなった。
▼2【順平君】朝鮮第二代の王である定宗・李芳実の子。李群生。『世宗実録』二年（一四二〇）に順平君に封じられた記事がある。「群生、文字を識らず」とある。百官の並ぶところを騎馬で通るなど驕謾な行ないがあった。

第二六〇話……破れた扇子

知事の李日堅《イイルキョン》[1]の字は子固《チャコ》で、星州の人である。妓生の待佳期《テカキ》を愛したが、江原道の監司に任命されて任地におもむこうとするとき、妓生が破れた扇子をくれた。一年間だけ行って、帰って来るときまで他の扇子にあらためることなく、破れた扇子だけを持っていて欲しいというのだった。骨の竹は数本しか残っていない。これを聞いた者たちは笑ったが、李公は言った。

「諸君、笑わないでくれ。これはまことに中庸の道を行くことなのだ」

「いったいどういうことです」

「『一つの善を得れば[2]、拳拳服膺《けんけんふくよう》して、失うなかれ』と言うではないか」

これを聞いた者たちは抱腹絶倒した。「善」と「扇」とが同じ音なのである。

『思斎摭語』より

▼1【李日堅】金子固。金紐。一四二〇～？。一四六四年、録事として別試文科に及第、成均学論となった。翌年には戸曹佐郎として『経国大典』の編纂にも参加、一四六六年には抜英試・登俊試にも及第して、顕官を歴任した。安孝礼や兪希益とともに都城を測量して地図を作製、『世祖実録』・『睿宗実録』の編集にも参

与した。学問を好み、書に優れていた。コムンゴもたくみだったと言う。
▼2【一つの善を得れば……】「子曰く、回の人となりや、中庸を択び、一善を得れば、則ち拳拳服膺して、之を失はずと」（『中庸』）

第二六一話……兄弟の体型

斯文の尹《ユン》氏▼1は諧謔をよくして、いつか言ったことがある。

「黄致身《ファンチシン》と黄保身《ファンポシン》▼2は鞨鼓兄弟だ。端は太くて真ん中は細い。申孟舟《シンメンジュ》・申仲舟《シンチュンジュ》・申叔舟《シンスクジュ》・申松舟《シンソンジュ》・申末舟《シンマルジュ》▼3は甕兄弟だ。上下は細く腰回りは太い。崔衡《チェヒョン》・崔萍《チェピョン》・崔恒《チェハン》▼4は喇叭兄弟だ。上は尖っていて、下は広がっている。楊汀《ヤンチョン》・楊沚《ヤンチ》・楊泂《ヤンキョン》▼5は錐兄弟だ。上は太く、下は細い」

これを後世で言えば、趙彦秀《チョオンス》と趙士秀《チョサス》▼6とが腰鼓兄弟である。両端の面が太くなっていて中央は細い。

▼1【尹氏】尹統のこと。年老いた父親の世話をみるために職を辞したほどの孝行ぶりで知られる。成均館直講・南部教授官・副知通礼門事・大護軍などを務めた。
▼2【黄致身】一三九七〜一四八四。顕官を歴任。端宗二年（一四五四）には聖節使として明に行った。判中枢府事であったとき、他人の奴婢を奪ったという嫌疑で辞職、後に通中枢府事に復帰した。【黄保身】世宗九年（一四二七）、司直として世子に随行して明に行った。察訪、護軍などを務めた。
▼3【申孟舟】工曹参判だった申檣の長男。【申仲舟】司憲府監察、判官などを務めた。【申叔舟】一四一七〜一四七五。時代を代表する学者政治家。世祖の即位年（一四五五）には佐翼功臣一等、芸文館大提学となり、領議政にまで昇りつめた。日本に使節として来たときの剣文をまとめた『海東諸国記』がある。【申松舟】司憲府持平、掌令などを務めた。【申末舟】一四三九〜?。世祖の即位にともない原従功臣二等。大司憲などを務め、さらに全羅道水軍節度使を務めた。文人だが武術にも秀でていた。

▼4【崔衡】未詳。【崔萍】未詳。【崔恒】第二〇五話注1参照。

▼5【楊汀】?〜一四六六。武臣として世祖の即位に貢献して、咸吉道都節制使となった。外官を歴任したが、世祖十二年（一四六六）、ソウルにもどったっとき、慰労の宴を催した世祖に対して譲位を進言して、これに反対した韓明澮や申叔舟らによってソウル城外で斬首された。息子たちは星州の官奴となった。【楊沚】兄の斬首に際して免職された。兄とともに斬首されることは免れたことがわかっている。【楊泂】楊沚と同様である。

▼6【趙彦秀】一四九七〜一五七四。字は伯高、号は信善堂、本貫は楊州。一五三五年、文科に及第、芸文館に入った。聖節使として中国に行き、帰国後、礼曹参判になり、一五六〇年には刑曹判書となった。高官を歴任したものの、清廉で一軒の家をもつのみで財産はなかった。花潭・徐敬徳と同年輩で親交があった。【趙士秀】第二五一話注1参照。

第二六二話……鄭澈《チョンチョル》の名言

鄭《チョン》芝衍《チヨン》▼1が宰相であったとき、鄭澈《チョンチョル》（第二二六話注1参照）が湖南を視察する節度使となり、芝衍に旅に出る挨拶に来た。

「今、南方では戦が盛んに起こっているのに、私のような白面の書生がどうしてあの方面の重責を果たせましょう」

「みなが議論して死節でもって公を推しているのに、公の苦節でもってどうして行くことができないのか」

「功名と富貴は貴公のみが享受なさって、苦節はこの鄭澈ひとりが受けもつことになります。どうして私一人で担えましょうか」

その当時の人びとは、これを名言だと思った。

『五山説林』より

▼1【鄭芝衍】一五二七～一五八三。字は衍之、号は南峰、本貫は東萊。李滉・徐敬徳の門下に出入りして大きな影響を受けた。一五四九年、司馬試に合格、一五六六年、宣祖が世子であったとき、李滉の推薦で王子師傅となった。一五六九年に四十三歳で別試文科に及第して、一五八一年には右議政に至った。一五八三年、病気になって、病床からも国事について文書で具申した。死ぬとき、自分に代わる人材として李山海を推薦し、また李珥が国家の利益になる人物だとして推薦した。

第二六三話……曺彦亨《チョオンヒョン》の意気

判校の曺彦亨《チョオンヒョン》▼1は昌寧の人である。かつて端川郡主となった。木渓・姜渾《カンフン》▼2は字が渾之《ホンチ》である。姜は咸鏡道の監司となった。曺と監司は幼いときから竹馬の友であったが、おとなになってもその交友はいささかも衰えなかった。ところで、曺というのは悪を憎んで善を好み、世間の成り行きに任せてのらりくらりと生きることのできない人物だった。銓郎から執義に至るまでしばしば罷免され、また起用されることを繰り返した。あるとき、姜が宮廷を退出するときの失礼な態度を見て憤激して、その怒りを治めることができなかった。

丁卯と戊辰の年の間（一五〇七～一五〇八）に、曺は端川にあり、姜が観察使としてまさに到着したという話を聞いて、旅支度を始め、下人に言い含めてマッカリ一桶を準備させた。日が暮れて、柿色の直領姿で大きな鞋をはき、奴に大きな酒桶を持たせて上房に行って叫んだ。

「渾はどこにいる」

姜はこの声を聞いて急いで立ち上がり、門を開いて出迎えて言った。

「私はここにいる」

はなはだ喜んで友人の顔を見てほっとしている様子であった。

曺は席について挨拶のことばもせずに、まず言った。

「今日は寒いので、まずは酒を飲むことにしようか」

姜はまず大きな盃で酒をあおったが、適当な肴もなかった。曺もまた三盃を立て続けに飲んで、言った。

「前日の君の所行は狗や豚のものであった。私は君に手紙を送って絶交しようとして長く時が経っている。ただ長いあいだの友情が恋々と残っていたのだ。そこで、大いに責めて後に、絶交しようと考えたのだ。きょうを最後に君と会って、私は明日にはここを発とうと思う」

そしてもう一杯を飲んで、三杯を重ねた。姜は首をすくめて何も言わずに、ただ涙を流した。次の日、曺ははたして職を辞して立ち去ったが、これが南溟《ナムミョン》先生▼3の父親である。先生の激しやすい気質はその由来するものがあったのである。

『寄斎雑記』より

▼1【曺彦亨】一四六九～一五二六。字は亨之、本貫は昌寧。一五〇四年、生員として式年文科に丙科で及第、一五一四年、正言に任命された。一五二〇年、端川郡守となり、一五二三年には執義となった。その後、逓職されることもあったが、持平に至った。本文に丁卯と戊辰の年の間に端川にいたというのは誤りか。

▼2【木渓・姜渾】一四六四～一五一九。字は士浩、号は木渓。金宗直の門下で学んで、一四八四年、生員となり、一四八六年には式年文科に丙科で及第した。一四九八年、戊午士禍では宗直の門人として杖流されたが、間もなく呼びもどされ、燕山君に文章と詩でもっておもねり、都承旨になった。一五〇六年の中宗反正の際には殺されるところであったが、反正軍の方に寝返って靖国功臣三等、晋川君に封じられ、判中枢府事にまで至った。

▼3【南溟先生】曺植。一五〇一～一五七二。字は健中（あるいは楗仲）、号は南冥。若いときから性理学を学び、人品が抜きん出ていた。何度も朝廷から出仕を要請されたが、辞退した。明宗のとき尚瑞院判官となって思政殿で拝謁し、治乱の道理と学問の方法について表を奉り、頭流山の徳少堂で思索と研究に専念した。

第二六四話……金命元《キムミョンウォン》の奔放さ

忠翼公の酒隠・金命元《キムミョンウォン》[1]の字は応順《ウンスン》、慶州の人であり、千齢《チョンリョン》[2]の孫に当たり、万鈞《マンキュン》[3]の息子である。若いときに花柳界をさまよって、一時期、一人の娼妓と懇ろになった。その娼妓はある宗室の妾になっていたが、毎晩のように垣根を越えて行っては親しんだ。そして、ある晩、とうとう宗室に捕縛されてしまった。公の兄の慶元《キョンウォン》[4]はその折は掌令であったが、公が災禍に遭ったという話を聞くと、すぐに馬に乗って駈けつけた。しかし、門は閉じて入ることはできない。公は門をたたきながら、大きな声で叫んだ。

「わたくしは金慶元です。わたくしの弟は世間知らずで、あちこちで馬鹿なことを仕出かしています。このたびの罪は死に値し、死んでもいささかも惜しくはありませんが、ただ今は式年の初試が迫っており、弟は儒学に精通していますから、きっと文科に及第することでしょう。世間では義気でもって知られてもいます。どうして一人の女子のことで才子を殺すことができましょう」

宗室はもともと豪気な人物で、気節のある人間を好んだので、階段を下りて公を迎えて言った。

「君が立派な秀才であると知っていたなら、こんなことをしたであろうか」

縛っていた縄をほどかせ、酒席をもうけて、酒を勧めながら言った。

「君がもし今度の科挙に及第したなら、この妾を君に上げようではないか」

公ははたして甲科で及第した。三日の遊街のとき、宗室の屋敷に行って、前日の礼を言った。すると、宗室は妾を約束通りに公に与えた。

その女は後に霊川尉[5]の寵愛を受けることになったが、霊川尉は罪で義州に流された。公はそのとき弘文館に宿直していたが、すぐに郊外に出て行って餞別したために、台諫によって弾劾を受けることになった。公の自由奔放な性格はこのようであった。

『紫海筆談』より

▼1【金命元】一五三四～一六〇二。字は応順、号は酒隠、本貫は慶州。一五六一年、壮元で及第、左賛成のとき、鄭汝立を弾劾して、その功で慶林君に封じられた。壬辰倭乱のときには八道都元帥としてソウルを守ったが敗退、ふたたび臨津江を守って失敗したものの、平壌が陥落すると、順安に駐屯して王の行宮をよく守った。戸・礼・刑・工の四曹の判書を歴任して、一五九七年の丁酉再乱のときには留都大将として功を挙げて右議政となった。

▼2【千齢】燕山君のときの文官。字は仁老。成宗のときに進士に合格、一四九六年、文科に及第した。成均館典籍となり、副応校となった。聖節使として燕京まで行き、掌令となり、副提学に至ったが、病を得て死んだ。

▼3【万鈞】中宗のときの文臣。字は仲任。早く進士になって、一五二八年には文科に及第、慶州府尹・江原監司・大司憲を経て礼曹判書に至った。

▼4【慶元】『朝鮮実録』明宗八年（一五五三）三月、文科殿試を行ない、幼学の金慶元ら四十一人を取るとある。同じく明宗十一年（一五五六）正月、冬至使に従って行った書状官の金慶元の名前が見え、翻訳官が濫《みだ》りに貿易を行なったのを見逃したことを咎められている。

▼5【霊川尉】申欌。『朝鮮実録』仁宗元年（一五四五）正月に、中宗の女子の敬顕公主が霊川尉申欌に嫁したとある。

第二六五話……宰相の柳寛《ユクァン》の人品

文寛公の夏亭・柳寛《ユクァン》▼1の字は敬夫、文化の人であり、高麗の時代の名臣であった公権《コンクォン》▼2の六世の子孫であった。公は清廉かつ率直な人格で、位は人臣を極めても、草屋根の家一間に住んで、粗末な衣服に草鞋をはいて生活すればよく、いささかも欲をもたなかった。

公務のない余暇には後生を教えて倦むことがなかった。礼儀をととのえて人びとがやって来たが、訪ねて来る人がいれば、公はただうなずくだけで、名前を尋ねることもしなかった。

公の家は興仁門の外にあったが、そのとき、史局を金輪寺に開いていた。寺は城内にあり、公は歴史の編集事業を統率していたが、いつも軟帽をかぶって杖をつき、草鞋をはいて、輿や馬などを使わなかった。あるいは冠童を連れて詩を吟じながら往来したので、人びとはその雅量に感嘆した。

あるとき、一月ばかり長雨が続いて、家の中にもしとしとと雨漏りがしたので、公は手で傘をさしながら、言った。

「傘もない家ではどうして雨をしのいでいるだろうか」

すると、夫人が答えた。

「傘のない家では他の雨のしのぎ方があるのですよ」

公は笑いながらうなずいた。

『筆苑雑記』より

▼1【柳寛】一三四六～一四三三。初名は観、字は夢思、本貫は文化。一三七一年に文科に及第、要職を歴任したが、李成桂の朝鮮開国を助けて、原従功臣の号を受けた。世宗のときには右議政にまで昇った。倹素な生活を心がけたが、磊落な性格で、一生のあいだ学問を捨てることがなかった。

▼2【公権】一一三二～一一九六。字は正平、本貫は文化。若いときから学問を愛し。草・隷書に巧みだった。文科に及第して翼陽府の録事となった。後に礼賓卿となって金に行き、礼学の知識で称賛を受けた。右副承旨・同知枢密院事となって病を得たが、病床の彼に参知政事が贈られた。

第二六六話……韓明澮《ハンミョンフィ》の一家の家風

文靖公の西平・韓継禧[1]は、字は子順《チャスン》で、領相の尚敬《サンキョン》[2]の孫であり、柳巷・脩《ス》[3]の曾孫に当たる。西平府院君の継美《ケミ》[4]の弟であり、上党府院君・明澮《ミョンフィ》[5]の再従兄でもある。赫々たる家門で、みなが富貴であったが、公だけは貧困な生活を送ってみずからを持していた。家計は貧しく、朝夕に粗末な食事をして、年老いてもますます貧しい生活に甘んじた。一門の人びとが上党府院君の屋敷で会議をしたとき、座中の人たちが言った。

「西平はすでにかなりの年嵩なのに、家は貧しいままだ。これを何とかしなくてはならない」

上党が答えた、

「これは私の責任だ」

すぐに息子を呼んで、紙と筆とをとって来させて、列座の親戚たちの名前をすべて書いて一巻にして、その上で、公の清廉で質実である徳とを書き、さらには公を十分に敬って来なかった一門の過ちを書き、最後にはつまらない物件が意にそぐわず十分ではないかも知れないことも述べた。そして、興仁門の外の鼓岩の下の木綿畑十反ばかりを公に送ったが、公は固く断って受け取ろうとしなかった。上党以下が起ってまた拝し、一斉に声を挙げて、受け取ってくれるように言って、何度もそれを繰り返した。そこで、しかたなく、公は木綿畑を受け取った。そこで、老いも若きもやっと立ち上がって舞い踊り、酒に酔って杖にすがって帰って行った。一門の忠厚の気風はこのようであった。

▼1【韓継禧】一四二三〜一四八二。字は子順、本貫は清州。一四四七年、文科に及第、集賢殿に入り正字・修撰となり、世祖即位の後、世祖の寵愛を受けて睿宗への譲位文を朗読した。一四六九年、南怡を除去して功績を挙げ、また成宗のときには純誠明亮経済佐理功臣の号を受け、議政府左賛成となった。

▼2【尚敬】一三六〇〜一四二三。字は叔敬・敬仲、号は信斎。一三八二年、文科に及第して、恭譲王のときに密直司右副代言となった。李成桂の開国に際して功績があり、翊戴開国功臣の号を得て春秋院都承旨となった。内外の要職を歴任して、右議政・領議政に至って死んだ。清廉で人を起用するのに公正であった。

▼3【柳巷・脩】一三三三〜一三八四。高麗の恭愍王のときの名筆。字は孟雲、号は柳庚巷。一三四七年に登科して、さまざまな官職を経て同知密直となり、功臣の号を得て清城君に封じられ、判厚徳府事に至って死んだ。高い見識があり士林の模範となった。草・隷の書に優れていた。

▼4【継美】一四二一～一四七一。字は公甫。門閥として官につき、内外の官職を経て吏曹判書となった。一四六七年、平安道兵馬使として李施愛の乱を平定して功績を挙げ、領中枢府事に至った。西原府院君に封じられた。

▼5【上党府院君・明澮】一四一五～一四八七。字は子濬、号は鴨鴎亭。一四五三年、首陽大君（世祖）を助けて金宗瑞を惨殺した後、右承旨になり、さらに成三問など「死六臣」が死刑になった後、都承旨・吏曹判書など経て、各道の体察使を務め、領議政まで務めた。一四六七年、李施愛の乱が起こると、一時投獄されたが、すぐに釈放された。娘二人が章順王后（睿宗妃）・恭恵王后（成宗妃）となった。

第二六七話……清廉な兄と貪欲な弟

翼平公の李克培《イククペ》▼1は、字が謹甫《キョムポ》で、広州の人であった。忠僖公の仁孫《インソン》▼2の息子であり、遁村・集《チプ》▼3の曾孫である。平生、清廉であり、人望があったが、弟の克墩《ククドン》▼4は貪欲で、人に非難されることがあった。ある日、相公が弟の克墩の家に行った。門を入ると、軒の下に麻を蒸して作った新しい綱が低い垣の上に懸けて延ばしてあった。公がこれを見て言った。

「この綱はどこのものか」

克墩は隠すことができず、ありのままに答えた。

「司僕寺の官員の中に知り合いがいて、蒸した麻を洗って踏んだものを持って来てくれたのです」

公が叱りつけた。

「司僕寺の綱は司僕寺の馬をつなぐためのものではないのか。それをどうしてお前は自分の家の庭にかけておくのか」

そのまま輿に乗って帰り、振り返りもしなかった。

史氏は言う。

「昔の宰相はこのようであったのだ。民がどうして富貴にならないでいよう。公《おおやけ》の倉がどうして品物で一杯にならないでいよう」

▼1【李克培】一四二二〜一四九五。成宗のときの大臣。字は謙甫、号は牛峰、本貫は広州。一四四七年、文科に及第、各地の観察使、兵曹判書などを歴任、一四七九年には領中枢府事となって大飢饉を救済し、最後には領議政に至った。清廉で堅固な意志をもち、権貴な地位にあっても門を閉ざしておもねる客に会わなかった。

▼2【仁孫】一三九五〜一四六三。字は仲胤、号は楓厓。一四一七年、文科に及第、さまざまな官職を経て、世祖が摂政するようになると、戸曹判書となり、世祖の即位後は判中枢院事となり、右議政となって致仕して死んだ。

▼3【集】一三一四〜一三八八。高麗末の学者。初名は元齢、号は遁村・浩然。一時、辛旽に反抗して、辛旽は彼を殺害しようとしたので、永川に逃亡した。一三七一年、辛旽の死後、復帰して奉順大夫・判典校寺事などを務めたが、官途に関心をもたず、川寧県に下って読書生活を送った。

▼4【克墩】李克墩。一四三五〜一五〇三。世祖から燕山君の時代にわたる権臣。字は士高。一四五七年、親試文科に及第して主簿となり、さまざまな官職を経、一四六八年には文科重試に及第して礼曹参議となった。一四七〇年には佐理功臣として広原君に封じられた。明にしばしば使節として行った。左賛成に至った。才幹があり典故に詳しく重用されたが、いわゆる勲旧派に属し、士林派たちと反目、一四九八年には嶺南学派を粛清する戊午士禍の元凶となった。

第二六八話……鄭鵬《チョンブン》の清廉ぶり

新堂・鄭鵬《チョンブン》▼1は海州の人であるが、はなはだ清廉かつ質実で、朝廷に仕官することを楽しまなかった。青松の府使に任じられ、よく治めた。昌山・成希顔《ソンフィアン》▼2とは若いときから友愛が敦篤であったが、そのとき希顔は領相になっていた。手紙をやり取りして、たがいに安否を尋ねたりしていたが、あるとき、朝鮮松の実と蜂蜜を求めてきた。すると、鄭が返事を書いた。

「朝鮮松の実は高い峰の上にあり、蜂蜜は民間の蜂の巣にあります。太守たる者が、どうして手に入れることができましょう」

昌山は恥ずかしくなって謝罪した。

▼1【鄭鵬】一四六九～一五一二。字は雲程、号は新堂、本貫は海州。一四九二年、文科に及第、校理となったが、甲子士禍（第二三五話注2参照）に遭って盈徳に帰郷。中宗の即位後に復帰したが、病気となって故郷に帰り、後に青松府事として在職中に死んだ。
▼2【昌山・成希顔】一四六一～一五一三。字は愚翁、号は仁斎、本貫は昌寧。一四八五年、文科に及第、弘文館正字・副修撰となった。燕山君のとき、王を諷刺する詩を作って左遷されたが、一五〇六年、仁祖反正を起こして乱政をただし、兵曹判書に特進して、後に昌山府院君に封じられた。後に領議政に至った。

第二六九話……鄭鵬の清節

校理の鄭鵬は善山に住み、清節をみずから守り通した。

当時、柳子光《ユチャクァン》（第二一九話注1参照）は貪欲で、妄りがわしく、やりたい放題であったが、朝廷でははなはだ勢威があった。公は異姓の親戚であったから、互いに見舞う礼を失することはなかったものの、往来する奴婢の肘を濡れた綱で堅く結び、署名をさせた後で行かせて、帰って来ると、すぐにその綱をほどいてやった。これは、途中で痛くなって、できるだけ早く歩いて、あちらの家で長居させせないためであった。

公が朝廷に宿直することになると、一家の全員が絶食した。困窮した夫人が子光の家に穀物を求めたところ、子光は欣然と笑って、言った。

「親戚の義理はたがいに助け合うことにある。校理はこれまで傲慢であったが、私がどうして粗忽に扱うことがあろうか」

そして、米を袋に入れ、甕に入れて驢馬に載せて送った。公が宿直を終えて帰って来ると、白米のご飯が膳に上がっているのを見て、いったいどこから来た米なのかと尋ねた。夫人がありのままを答えた。公はあれこれと尋ねていたが、しばらくすると、笑いながら言った。

「宿直のために朝廷に参る日、お前は糠を求めて粥を作って私に食べさせた。家の窮乏はそれでわかっていながら、私は何もしなかった。これは私の過失だ。お前の過失ではない」

すでに使っただけの米を他から求めて、残っていた米とともに子光に送り返した。困窮しても、人が変わらなかったのは、このようであった。

第二七〇話……南在《ナムチェ》の用意周到さ

忠景公の亀亭・南在《ナムチェ》▼1は、字が敬之《キョンチ》で、宜寧の人である。酒をはなはだ好んだが、ことばを慎んで、いまだかつてしくじったことがなかった。客とともに囲碁を打って、終日、倦むことがなかった。酒の上での失敗がない理由を尋ねられて、答えた。

「人には気というものがあり、なにかを話せば、朝廷に届かずにはいないであろう。そこで、こうして一日中、碁をして、失言を避けているわけだ」

人びとは彼の用意周到ぶりに感心した。

▼1【南在】一三五一〜一四一九。字は敬之、初名は謙、号は亀亭。本貫は宜寧。李穡の門人。進士に合格し

て右副代言になり、弟の誾とともに李成桂の朝鮮開国に力を尽くし、在という名前を下賜され、開国勲一等功臣として春秋院学士に大司憲を兼ねた。一三九八年、第一次王子の乱が起こると、弟の誾は誅殺されたが、在はこれに関係せず、趙浚とともに世子の師匠となり、宣寧府院君に封じられ、領議政にまで至った。

第二七一話……安坦大《アンタンデ》の用意周到さ

安坦大《アンタンデ》公[1]は家勢が貧しくても、人となりがはなはだ誠実で遠慮深かった。娘がいて、宮廷に入って、中宗大王の後宮となった。すなわち、昌嬪である。その後も、身の保ち方に気をつけ、いっそう謙虚にふるまって、たとえ隣の家の子どもが門の前にやって来て悪態をついても、みずからの咎があれば認めて謝罪して、いまだかつて一度も激して凄惨なことばを発することがなかった。昌嬪が王子を産むにいたっては、門を閉ざして外に出ることなく、人びとが王子の外祖父だというのを恐れた。昌嬪の二人目の王子の徳興大院君[2]から宣祖大王が出て大統が継承されたので、安公の立場はいっそう尊貴なものとなったが、微賎であったときの心をいささかも変えず、絹の服を着るようなこともなかった。

晩年には老いて病がちとなり、遂には失明するにいたったが、宣祖はその身に栄誉をお与えになろうとして、進上された貂の皮衣を下賜なさろうとした。しかし、公の立派な志にそぐわないかと慮って、まず人をやってお確かめになった。

「王さまが貂の皮衣を下賜なさったなら、公はこれを召しますか、召されませんか」

「わたくしは微賎な人間であり、貂の皮衣を着るのも死に値する罪であり、王さまのご意志に背くのも死に値する罪です。どちらも死に値する罪であるなら、自分の分際を守って安寧に死ぬ方を選ぶことにしましょう」

王さまは安公の志を奪うことのできないことを知り、家の中の人には子犬の皮の衣だと言わせて公に着させるように命じた。安公はこれをみずからの手で撫でさすりながら言った。

「最近では狗にもいろいろな種類があるようだ。これほど細かく柔らかな毛のものがいるとは」

こうして、安公は貂の皮衣を身につけたのである。

宣祖は安公にとっては曾孫に当たったが、衣服と布団を暖かくして差し上げようとなさったに過ぎず、ちょっとした官職一つお与えになろうとはしなかった。あえて私人としてお扱いになったのである。孝宗のときに右議政を追贈された。

『公私見聞録』より

▼1【安坦大】『朝鮮実録』にもこの人のことが見えない。ここの話が、宣祖がその血を受け継いだ人のもっとも詳細な資料となる。

▼2【徳興大院君】李昭。中宗の庶子で昌嬪安氏の所生。明宗が後嗣なく死んだので、彼の子の河城君が即位して宣祖となった。

第二七二話……楽善君《ナクソングン》の用意周到さ

丙子の年（一六三六）、荘烈大妃《チャンリョルテビ》▼1が病後の療養中に、顕宗《ヒョンジョン》▼2とともに後苑にお出ましになった。大妃は大勢の公子たちを呼んで、投壺や射的をおさせになり、一等は馬に乗り、どんじりはその馬の鞍を支えて先導し、大きな声で叫ぶことに取決められた。楽善君《ナクソングン》▼3・潚《スク》がどんじりになり、大声を挙げて辟邪する真似をしたが、すこしも嫌がるそぶりを見せなかった。また、楽善君が寵愛する婢女がその夫人に従って宮廷に参ったが、王さまは大妃のお笑い草にしようとして、楽善にその婢女を背負って歩かせた。楽善は婢女を必死になって背負い、額から流れた汗が地面に滴ったが、婢女を下ろそうとはしなかった。人びとは楽善はかならずその身を最後まで無事に保つであろうと噂した。はたして五十五歳の命を全うした。

▼1【荘烈大妃】一六二四～一六八八。仁祖の継妃の趙氏。本貫は楊州で、漢原府院君の昌遠の娘。一六三八年、王妃に冊封されたが、子どもがなかった。

▼2【顕宗】一六四一～一六七四。在位、一六六〇～一六七四。李朝十八代の王。孝宗の子で、母は仁聖王公張氏。

▼3【楽善君】?～一六九五。朝鮮中期の宗室で、名前は濂。父は仁祖で、母は貴人の趙氏。顕宗のとき、彼か彼の兄を推戴しようという謀議が発覚して、母親が賜死の憂き目にあった。幼いときから党派争いに巻き込まれながら、賢明に処して生き延び、粛宗のときには優待された。

第二七三話……洪允成《ホンユンソン》の謹厳さ

威平君・洪允成《ホンユンソン》▼1の字は子信《チャシン》で、懐徳の人である。人となりは謹厳で、たとえ首相になっても、家には野菜を植え、財を増やすことに意を注いで怠らなかった。出るもの、入るものの機微を見て、利害打算を計算することを恥としないわけではなかったが、日月を弄んで無駄に過ごすことにくらべれば、意味のあることだと考えていた。

あるとき、道で碁をしている人に出会い、馬を停めて尋ねた。

「お前たちはいったい何をしているのだ。こんなことから衣服が出て来るか。食事が出て来るか。お前たちのような人間は昼に夜に汗水をたらして働いてこそ毎日の食事にありつくのだ。こんな無益なことに時間を費やしていても、また食べることができるというのか」

しきりに責め立て、碁石を食べろと命じたのだった。

▼1【洪允成】一四二五〜一四七五。字は守翁、本貫は懐仁。世宗三十二年（一四五〇）、文科に及第、承文院副正字となったが、武人の気質があって司僕寺の職を兼ね、続いて漢城参軍となった。一四五三年には首陽大君をたすけ靖難功臣となった。一四六〇年、毛憐衛に女真族が侵入すると、申叔舟の副将としてこれを討伐した。左議政・領議政まで昇った。大土地を所有し、奴婢を多く持った。

第二七四話……風流児の青楼詩

ソンビの柳塗《ユト》▼1には詩の才能があった。若いときに青楼に遊んで、絶句一首を娼家の壁に書きつけた。

生涯の半ばを青楼に宿って、
世間に積もった批判はかしましいが、
狂おしい気持ちはまだおさまらず、
たそがれるとまた白馬に乗って通う。
（半世青楼宿、人間積謗喧、
狂心猶未已、白馬又黄昏）

ある日、宰相の鵝渓・李山海《イサンヘ》▼2が宴会で酔って、家に帰ろうとしたが、酔いがすっかり回って家までたどり着くことができず、途中の人家に頼んで泊めてもらった。それがこの娼家であった。酔いから醒めて壁を見るとこの詩があって、できがいいのでおどろいた。人に会うたびにこの詩のことを吹聴して、ソウル中がこの詩を伝誦するようになった。

『霽湖詩話』より

▼1【柳塗】『朝鮮実録』宣祖三十四年（一六〇一）八月に、竜岡県令の柳塗は行ないが賤しく民に臨む官職にはふさわしくないので、辞めさせるべきだという上疏があったが、却下されている。同じく三十五年（一六〇二）二月にも海義県監の柳塗は人物が悖戻《はいれい》であり、罷免すべきだとの啓上があり、罷免されている。

▼2【鵝渓・李山海】一五三九～一六〇九。字は汝受、号は鵝渓・終南睡翁、本貫は韓山。父は之蕃。叔父の之菡のもとで学んだ。一五五八年、進士となり、一五六一年、式年文科に及第して、要職を経て、吏・礼・兵曹の判書を歴任した。東人が南人・北人に別れると、北人の領袖として政権を掌握し、西人を排除して、東人（北人）の執権を確固たるものとしたものの、一五九二年には倭賊の侵略を許したとして弾劾を受けた。北人が分裂すると、大北の領袖となり、領議政となった。文章に優れ、書画も巧みだった。

第二七五話……朴篪《パクホ》の詩才

校理の朴篪《パクホ》（第一三七話注6参照）の字は大建《テコン》で、密陽の人であり、遯渓・栗《ユル》[1]の孫である。十八歳のときに瑞葱台[2]の庭試[3]に壮元で及第したが、そのとき試験官であった思菴・朴淳《パクスン》（第一九七話注1参照）は朴篪があまりにも若いにかかわらず壮元で及第したことに疑いを抱いた。そこで、韻を与えて試しに詩を作らせたが、そのときの詩が次である。

文武の人材を選ぶ禁苑の春、
王は高くにいまして、万事が清新。
日暮れに名前も呼ばれ晴れて及第、
何かの過ちか君の恩をわが身に受ける。
（文武取才禁苑春、天顔高処物華新、
暮来唱罷黄金榜、謬誤君恩摠一身）

二十二歳で校理として李鎰《イイク》（第一三七話注4参照）の従事官となり、尚州で殉節した。

▼1【遯渓・栗】『朝鮮実録』明宗六年（一五五一）の正月、仏教の両宗および禅科を復活させようという動きに反対して儒生たちが成均館を出た。二月になって、説得に応じて成均館に戻った儒生七人の中に朴栗の名前が見える。同じく十九年（一五六四）四月に朴栗を司憲府持平に任じ、二十年（一五六五）十一月には掌令に任じるという記事がある。

▼2【瑞葱台】本来は王の親臨のもとで武官が弓矢の試射を行う台。

▼3【庭試】国家に慶事があったときに特別に宮廷の中で行なわれる科挙。

第二七六話……作詩で婿を選ぶ

白沙・李恒福《イハンボク》（第一一〇話注4参照）には妾に産ませた娘がいて、その娘に婿を取ろうとした。石洲（第一九〇話注1参照）の甥の権侙《クォンチク》▼1を呼んで「三色桃」を題にして韻を与えて詩を作らせた。

美しい桃の花が明るく咲いてまばらな垣根に映える。
三つの色がどうして一枝に咲きそろうのか。
美しい処女が髪を洗い整える姿に似て、
白粉が顔にまだ均しく塗り終わらない。
（夭桃灼灼暎疎籬、三色如何共一枝、
恰似美人梳洗了、満顔細粉未均時）

公はすぐに吉日を選んで結婚をさせた。侙は十三歳であった。

▼1【権侙】字は子儆、号は菊軒で、郡守を務めた。

第二七七話……幼い呉道一《オドイル》の詩の才

西坡・呉道一《オドイル》▼1の字は貫之《クァンチ》、海州の人であり、忠貞公の允謙《ユンキョム》▼2の孫に当たる。幼いとき、子どもたちの一団を追い駆けて、壮洞の水閣にまで至った。すると、当時の名臣たちがそこに集まっていて、呉の風貌を見て尋ねた。

「君は誰の家の子どもかな」

「私は楸灘の孫です。皆さま方は楸灘をご存知ないのですか」

皆は面白いと思って、詩を作ることができるかと尋ねた。すると、

「大きな盃で酒を一杯いただければ作れます」

と答えた。

すぐに酒をなみなみとついだ盃を与え、「三」の文字で韻を踏んで詩を作るように言うと、呉は口をつくままに応じた。

楼閣の上で酔い臥した呉梃一《オチョンイル》▼3、
松の木の下で詩を吟じる柳道三《ユドサム》▼4。
（楼頭酔臥呉梃一、松下吟詩柳道三）

人びとが人の名前を使ったと責めると、呉が答えた。

「ここに柳道三と呉梃一が集まっていらっしゃり、『三』の文字で韻を踏めというのに、どうしてその名前をつかってはいけないのですか」

一座は黙ったが、さらに一句を作った。

雲が憂いを帯びる九疑山▼5に出る月は千年も明るく、
三つの江は水を満々とたたえて万里に秋が広がる。
（雲愁九疑月千古、水満三江秋万里）

松谷・趙復陽《チョボクヤン》▼6が大いに奇特に思い、婿に迎えることに決めたという。

『玄湖瑣談』より

▼1【西坡・呉道一】一六四五〜一七〇三。字は貫之、号は西坡、本貫は海州。一六七三年、文科に及第して、官途を歩んだ。闘争の激化の中で浮沈があるが、大提学、吏・工曹の参判を経て、兵曹判書に至った。張禧嬪の謀叛事件に関連して長城に帰郷、そこで死んだ。文章に優れていて、酒を好んだ。死後、官職は回復された。『西坡集』がある。

▼2【允謙】一五五九〜一六三六。字は汝益、号は楸灘、本貫は海州。成渾に学んで、一五八二年、司馬試に合格した。大科に受からずに顕官を歴任した。一六一三年、朴応犀の事件が起こると、蟄居していたが、みずから願い出て地方官となった。一六一七年、日本に行き、拉致されていた百余名の人びとを連れ帰った。仁穆王后の廃母事件に反対してソウルを退去、仁祖反正の後に復帰した。丁卯胡乱のときには王世子とともに江華島に逃れた。領議政に至った。

▼3【呉梃一】一六一〇〜一六七〇。字は元斗、号は亀沙、本貫は同福。一六二七年、進士に合格して成均館に入ったが、李珥・成渾を文廟に祀るのに反対して退学した。一六三九年、文科に及第、重試にも三等で及

第した。都承旨のとき、麟坪大君に対する誣告があって、それに彼も関わっているとして陥れられたが、事なきを得た。一六五九年、京畿監司となって、孝宗がなくなると、その陵の工事に大いに貢献した。戸曹判書に至った。

▼4【柳道三】孝宗のときの文官。字は汝一、号は敬庵、本貫は晋州。一六三三年、文科に及第、承旨に至った。詩で名前を知られ、酒を好んだ。麟坪大君の宴席で泥酔をして暴言を吐き、当時の話題になったことがある。

▼5【九疑山】中国湖南省の零陵県の北にある山の名前。

▼6【松谷・趙復陽】一六〇九～一六七一。顕宗のときの文臣。字は仲初、号は松谷、本貫は豊壌。ソウルの西小門の外に生まれ、幼時から聡明で経史に精通して名が高かった。一六三八年、文科に及第して、検閲・正言を経て献納のとき、韓興一を弾劾、副校理のときには金自点・元斗杓を弾劾した。要職を歴任して、救荒策を講じ、国庫収入の改善にも努めた。漢城判尹・吏曹判書に至った。

第二七八話……娼妓の廃止

文景公・許稠《ホジョ》▼1はわが身を慎んで振る舞いに注意し、家を治めるにも厳しい法度があった。子弟を戒めるのにも『小学』の礼節を適用して、どんなに小さな礼節であっても、すべてをみずからが厳しく守って励行した。人びとは、許公は陰陽（男女の中）を知らないのではないかと言ったが、すると、公は笑いながら言った。

「それなら、わが子の翊《フ》▼2と訥《ヌル》▼3はどこから生まれたのかな」

その当時、州邑の娼妓を廃止しようという主張が生じ、王さまは政府の大臣たちに諮問なさった。みなが廃止を当然のこととしたが、ただひとり公にだけはまだ問い合わせがなかった。人びとは公が激烈な娼妓廃止論を主張するものだと考えていた。ところが、公は申し上げた。

「誰がこのような政策を考え出したのですか。男女のことは人の大欲であり、禁じることのできないものです。邑の娼妓というのは公家のものであり、これと懇ろになったところで、誰もとやかく言いません。もしこれを廃止したなら、年の若い者たちが王命を受けて行った邑で、義理に背いて私家の娘を奪うようなことになり、将来の英雄豪傑の多くを罪に陥れなくてはならないでしょう。わたくしは娼妓の廃止はしないのがよろしいかと思います」

結局、公の意見にしたがって、旧のままに娼妓の廃止は取りやめになった。

『慵斎叢話』より

▼1【文景公・許稠】一三六九～一四三九。字は仲通、号は敬菴、本貫は河陽。陽村・権近に学問を学び、一三九〇年に科挙に壮元及第、李氏朝鮮の開国後も要職を歴任して、国家の制度の整備に力を尽した。世宗の時代、明との修好、対馬人の出入国など、外交問題で活躍した。左議政にまで至った。

▼2【詡】?～一四五三。一四二六年、式年文科に及第して直提学となり、一四三六年には文科重試に及第して承旨となり、漢城府尹となった。一四五一年には刑曹判書となり知春秋館事として『世宗実録』の編纂に参与した。一四五三年、左賛成となり、皇甫仁・金宗瑞などとともに文宗の遺言にしたがって幼い端宗を補佐した。そのため、首陽大君の起こした癸酉の靖難により巨済島に流され、そこで殺害された。

▼3【訥】『文宗実録』即位年十一月に、官僚の上・下等の議論があって、許訥は下等だという記事がある。堂上を蔑視し、同僚を馬鹿にして、また府の奴を厳刑に処すからである、と。

第二七九話……規則を順守する官吏たち

大司憲の洪奥《ホンオ》▼1は南陽の人で、忠定公の応《ウン》▼2の弟である。科挙には及第せず、承旨・方伯を経て順を追って昇進し、大司憲にまで至った。公は、任士洪《イムサホン》（第一八四話注3参照）は奸邪な人物だから後にはきっと国家の禍となると口を極めて主張し、また韓明澮《ハンミョンフィ》（第二六六話注5参照）がみずからの功を頼んで権力を弄断していると弾劾した。公の風采は凝然としていたので、朝廷の人びとは恐れ、些細なことであえて口をはさむ者はいなかった。

公は李陸《イユク》▼3とは塀一つを隔てて住んでいて、互いに親しく付き合った。李が家を造ろうとして基礎石の上に柱を立てたが、すべてまっすぐで法度にのっとっているように他の人の目には見えた。ところが、公は役所に行く途中、その家の者に言った。

「お前の主人に伝えるのだ。国家には制度があって、もし少しでもそれに背けば、法をもって論じなければならないことになる、とな」

公が役所から帰って来てみると、すべてを取り外して切りなおし、一尺一寸も違わないようにしていた。洪奥の実直で厳格であることは、このようであった。

また内には剛強、外には温和で、たとえどんなに賤しい人間に対してもはなはだ丁重にもてなした。ある年、大きな日照りとなり、厳しく飲酒が禁じられた。ところが、酒に酔った七、八人の老婆が手拍子を打ち、歌を歌い、踊りながら、道路を塞いでいた。公が車から下りると、老婆たちが言った。

「旦那さま、旦那さま、この盃はいかがですか。どうして酒をお禁じになるのですか」

「いいさ、いいさ、婆さんたちも飲み過ぎて、家をつぶしてはいけないぞ」

市中の者みな感嘆してやまなかった。

その後、田霖《ジョンリム》▼4が判尹となり、王子の檜山君《フィサングン》▼5の普請中の屋敷の前に馬を止め、家の者を呼んで、建物の数と高さ広さの尺数を尋ねた。

「本来の法度があって、お前は死ぬのがいやなら、身を慎んで背かないようにするがいい。きょうの夕方にはきっと雷があるだろう」

夕方になって、その家の人はふたたび馬の頭を迎え入れていった。

「数の多いものは撤去し、長いものは切りました。あえて法度を犯してはいません」

霖は大きな声で叱りつけて、おもむろにいった。

「最初にすでに規則を破っていて、容赦することができない。しかし、すでに法に従った。まあ、いつかは先の罪過を罰することにしようか」

その人は頭を地面につけて感謝して退いた。

史氏は言う。

「洪公の偉人であることは、ことばで言いつくすことができないが、田公は武人として官職について法を適用するのに、強きに屈することがなかった。当時の朝廷の紀綱は尊く、人物の気象も壮大であった。すばらしく、盛んな時代であった」

『窩斎雑記』より

▼1【洪奥】洪興ではないかと思われる。興の生没年は一四二四〜一五〇一で、注2の応の弟ではなく、兄に当たる。ただし、応か興のどちらかの生没年に誤りがあるかもしれない。興は二十歳で司馬試に合格、蔭仕で漢城右尹となり、内外の官職を歴任した。憲府に三度つとめて紀綱を正した。人となりは率直で所信を曲げることなく、人におもねらなかったので、同僚たちは畏怖した。書に巧みだった。

▼2【応】洪応。一四二八〜一四九二。字は応之、号は休休堂、本貫は南陽。一四五一年、増広文科に壮元で及第、賜暇読書の後、校理となった。一四六三年には英膺大君とともに『明皇誡鑑』を翻訳した。一四六六年には抜英試に及第、一四六八年には南怡の獄事を処理したことで翊戴功臣三等となり、後には佐理功臣三等、益城府院君に封じられた。容貌が端雅で振る舞いに法度があり、文章と書に優れていた。

▼3【李陸】一四三八〜一四九八。成宗のときの名臣。字は放翁、号は青坡、本貫は固城。二十二歳で生員となり、智異山に入って三年を過ごし、一四六四年には文科に壮元及第、一四六六年には英試に、一四六八年には重試にそれぞれ及第した。文学・芸文応教として世祖を侍講、成宗のときには内外の顕官を歴任して、中国に使節として行った。兵曹参判・同知中枢となった。『青坡劇談』という著書がある。

▼4【田霖】?〜一五〇九。武臣。本貫は南陽。武科に及第して、一四八二年には全州判官となり、その後、訓練院判官・全羅右道水軍節度使・漢城府尹などを歴任した。厳格な性格で息子の狼藉を働いたとき、それを殺して泰然自若としていたという。病気になって、友人の金詮が見舞いに訪ねて来ると、大杯で酒を酌み交わして、そして死んだ。

▼5【檜山君】李恬。?～一五一二。成宗の庶四男に位置づけられる。母は淑儀洪氏。欲深く財物を貪った。燕山君元年には奴婢たちに市場の商業権を強制的に掌握させたことで弾劾された。燕山君は淑儀洪氏の産んだ自分の庶兄弟たちを嫌い、檜山君の家は宮廷の近くにあったが、これを奪って芸人たちの宿所にした。

第二八〇話……疑わしい慟哭の声

久堂・朴英《パクヨン》▼1の字は子実《チャシル》で、密陽の人である。金海の府使となって、役所の東軒にいたが、東隣の家から女の慟哭する声が聞こえる。刑吏を呼んでその女を連れて来させ、尋ねた。

「お前はどうして慟哭していたのか」

「わたくしの夫が病気でもないのに急に死んだのです」

公はさらに詳しく問い質したが、女は泣きわめき、胸をたたきながら、言った。

「わたくしども夫婦はいつもいっしょに暮らして仲が良かったのです。それは近所の人たちみんな知っています」

すると、庭の外にいた人たちも声をそろえて、

「その通りです」

と言った。

そこで、まったく疑いはなかったはずであったが、公は夫の死体を担いで来させて、内も外も、上から下まで丹念に調べた。なんらあやしい痕跡が見つからなかった。しかし、公は兵士の中で力の強い者に命じて死体を仰臥させ、胸から腹に至るまで、自分の手で揉み上げた。すると果たして、中指ほどの大きさの竹の串が飛び出して来たのだった。公はすぐに女を縛り上げるように命じていった。

「私はお前には私通した男がいると確信しているのだが、はやく白状するがよい」

女はひれ伏して言った。

「某村の某といっしょになることを約束して、夫が酒に酔って寝ている隙に間違ったことを仕出かしてしまいました」

兵士を出して男を捕まえて来させ、白状させると、すべてが女のことばと符合したので、法に基づいて二人を処罰した。

人びとが、

「いったいどうしてわかったのですか」

と尋ねると、公は答えた。

「最初、慟哭する声が聞こえたものの、その声は少しも悲しげではなかったから、連れて来させたのだ。そして、死体を検分している最中にも、泣いてはいたものの、顔に怯えているような気配が見えて、それでわかったのだ」

公の学問は精緻であり、易の理にも造詣が深かった。また、医学の書物も博く読みあさって『経験方』『活人新方』を著し、世間でも広く用いられた。

『窩斎雑記』より

▼1【久堂・朴英】一四七一～一五四〇。字は子実、号は松堂。本貫は密陽。父は吏曹参判の寿宗、母親は譲寧大君の娘。幼いときから武芸に抜きん出ていた。一四九一年、元帥の李克均にしたがって建州営を討ち、翌年、武科に及第して宣伝官になった。自己が武人として君子たり得ないことを慨嘆して、一四九四年、成宗が亡くなると、故郷に戻って庵を造り、松堂と名付けて経典の勉強をして格物致知を心がけた。一五一九年、聖節使として中国に行っていて、己卯士禍に巻き込まれるのを免れた。多くの地方官を経て嶺南左節度使となって死んだ。医学に明るく医書を残している。

第二八一話……公主の願いを拒絶した李浣《イウァン》

相国の李浣《イウァン》（第三一話注2参照）が守禦使となったとき、ある役人が罪を犯して死ぬことになった。この役人には妹がいて、仁宣大妃[1]のご前に仕えていた侍女であった。その侍女が悲しんで泣いているのを見て、大妃も侍女を憐れんで、淑敬公主[2]をやって、李公に罪を軽くしてくれるように頼ませた。李公は申し上げた。

「この役人の罪は重く、赦すことができません。たとえ公主のご命令を承っても、そのご命令に従って、方便としてでも法を歪曲することはできないことです。お願いですから、公主にはふたたびこのようなことを仰せにならないでください」

大妃はこれを聞いて、恥ずかしくなって後悔した。

その後、顕宗はいよいよ公を重んじた。公主は李公の妹の孫である興平尉の元夢麟《ウォンモンリン》[3]の夫人となった。

▼1【仁宣大妃】一六一八～一六七四。徳水張氏の維の娘。一六三〇年、鳳林大君と結婚した。一六三六年、丙子胡乱が起こると江華島に避難したが、清に降伏すると、昭顕世子と鳳林大君は人質として瀋陽に行った。張氏もそれに随って、八年の間は異国で過ごした。帰国後、昭顕世子が死に、鳳林大君が世子になるとともに世子嬪となり、一六四九年、中宗が死んで孝宗が即位し、王妃に冊封された。孝宗が死ぬと、張氏の所生の顕宗が即位して大王大妃の地位を享受した。

▼2【淑敬公主】一六四八～一六七一。孝宗と仁宣王后張氏のあいだの六女、元夢麟と結婚して一女をもうけた。

▼3【元夢麟】一六四八～一六七四。字は竜躯、本貫は原州。平安監察司の万里の息子。一六五九年、十二歳で孝宗の娘である淑敬公主と結婚した。孝宗が亡くなって三年の喪を終えて後に興平尉となり、後に興平君に封じられた。

第二八二話……正月十五日の薬飯の由来

新羅の紹智王《ソチワン》▼1が正月十五日に天泉寺に行かれたところ、一羽の烏が銀の蓋つきの鉢を咥えてやって来て、王のご前に置いた。その鉢の中には一通の封書が入っていて、堅く封がしてあったが、外側に次のように書かれていた。

「この手紙を開けると二人が死に、開けなければ一人が死ぬことになる」

王が言った。

「二人が命を落とすと言うなら、一人が死ぬ方がいいであろう」

ある大臣が議論して言った。

「一人というのは王さまを言うのでしょう。二人というのは臣下を言うのではありますまいか」

そこで、ついに封を切って見ると、その手紙の中に書いてあった。

「宮中の琴の箱を射よ」

王は急いで宮廷に駈けて帰り、琴の入った箱を見て、満を持してこれを弓で射た。すると、その箱の中には人がいた。内院で香を焚く僧であり、妃と私通していて、王を殺そうとして待ちかまえていたのである。妃と僧の二人は誅殺された。王は烏に感謝して、この正月十五日になれば、香飯をつくって烏に食べさせた。これを世間では薬飯といい、現在に至るまでこれを守って、名日としているのである。諺に「烏が起きる前にご飯を食べろ」と言うのは、この天泉寺のことに由来する。

▼1【紹智王】新羅十一代の王。在位、四七九〜五〇〇。慈悲王の子。北方から靺鞨、高麗の侵入、海辺からは倭人の侵入を受けたが、よく退けた。郵便駅を整備し、市場を開設するなどの事跡がある。

第二八三話……歳時風俗

歳時の名日に行なうことどもを記す。除夜の前日には爆竹を鳴らし、鉦をたたいて鬼神を追い払う、これを「放枚鬼」という。晴れ渡った朝に大門と窓、扇子などに角鬼や鍾馗などの絵をはりつけるが、これを「辟邪」という。大晦日に挨拶することを「過歳」と言い、元日に挨拶をすることを「歳拝」と言う。元日にはみな仕事をせず、集まって遊ぶ。新年の子・午・辰・亥の日にも同じようにする。また子どもたちは蓬を集めて裏山で焼き、亥の日には豚の口を燻すのだと言い、子（鼠）の日には鼠の口を燻すのだと言う。すべての役所は三日のあいだ仕事をしない。この月の十五日は「元夕」といい、薬飯を用意しておく。

二月一日は「花朝」といい、明け方に松の葉を門の前庭に敷く。世間では「悪臭を放つ虫を嫌って松の針葉で防ぐのだ」と言っている。

三月三日は上巳の日で、世間では「踏青節」と言い、人びとは郊外の野原に出て、花煎餅を焼いて、酒を飲み、ご馳走を食べる。

四月八日は世間では釈迦の誕生日だと言っている。この日、家々では竿を立て、燃灯を懸けるが、富豪の家では揚げ幕を張って歌舞を催す。

五月五日は端午の節句である。蓬で作った虎を門に懸け、菖蒲を酒に浮かべる。ソウルの人びとは市街に揚げ幕をはり、鞦韆（ブランコ）の会をもよおす。

六月十五日は流頭である。高麗の時代、宦官たちが東川に暑さを避け、髪を川の流れに乱して、水にもぐったり浮いたりしながら酒を飲んで遊んだ。それで世間ではこの日を「流頭」というのである。水団子を作って食べるが、槐《えんじゅ》の葉を冷たい水に浸して食べる。

七月の十五日は世間では「百種」と言っている。僧家ではさまざまな種類の花と果実を集めて盂蘭盆会を催す、婦女子たちが群れとなって集まり、お供えを供えて、亡くなった先祖の霊をお祭りするのである。中秋の九月九日には高いところに登り、冬至には豆粥を食べ、庚申の日には眠らない。これらはみな古くからの習俗である。

第二八四話……屠蘇酒

元日の朝に屠蘇酒を飲むのは古くからの風俗で、幼い人がまず飲んで、年寄りが後に飲む。最近の風俗では元日の朝に起きて、出会った人の名前を呼び、それに人が応じれば、

「私の虚疎なることを買え」

と言う。これは自分の愚かさを売ることで、すべての禍から免れようというのである。

ある人が「元日の朝」という絶句を作った。

われ先にと屠蘇酒を飲む者は多いが、
壮大な意図を抱きながらもすでに老い衰えた。
毎年、わが身の愚かさを売っても尽きず、
昔の愚かさのままで現在に至る。
（人多先我飲屠蘇、已覚衰運負壮図、
歳歳売癡不尽、猶将古我到今吾）

まことによくできた詩である。

第二八五話……橋を渡る

中宗《チュンジョン》の末年に、ソウルの人びとのあいだに、正月の十五日の夜に十二の橋を踏んで渡ると、その年の十二ヶ月の災厄を消し去ることができるという話が伝わった。そこで、婦女子たちは頭巾をかぶって歩いて行った。身分の低い女子たちは集まって仲間を作り、夜に乗じて橋を渡りに行ったが、行かなければ何か大事が起きるのではないかと恐れるようであった。無頼の輩たちが三々五々、群れをなして婦女子の後をつけるようになり、よからぬ事態になった。

明宗《ミョンジョン》のときになって、台諫で夜歩きする女子を捕まえて罪に処すことにして、ようやく婦女子が橋を渡る風俗は途絶えた。しかし、男子は貴賤を問わず、この日の夜に橋を渡る風俗が今に至るまで続いている。

『稗官雑記』より

第二八六話……油蜜果

祭祀に油蜜果を用いるのは仏の供え物に由来するが、大体、肉が使えない料理としてはこれより味のいいものはないためである。油蜜果というのは高麗時代からわが朝鮮朝の中葉までの長いあいだ、仏事にかかわってだけ用いられた。父母の喪に服す人びとは肉食を避けたが、その中では蜜果が最上のものだったのである。今は昔の風俗にもどって、魚肉を使用していながら、油蜜果も使用する。これははなはだ不当なことである。礼を尊ぶ家では使用しない場合が多く、今でもなお古い風俗に従う人びとが半数以上はいる。

『晦隠雑識』より

第二八七話……科挙の実施法

高麗の文宗《ムンジョン》▼1のとき、礼部尚書の鄭惟産《チョンユサン》▼2が「糊名」（名前を隠す）ということを始めて、ソンビを選抜する制度を制定した。おおよそ、科挙を受ける者たちは試券（答案用紙）の頭の部分に姓名・本貫・四代の祖先を書いて糊で貼り付けて封をして、試験の数日前までに試院に持って行くのである。その後、わが朝鮮朝に入って、科挙制度はしだいに整っていったが、試券の頭の部分を糊名するのは高麗時代と同じであり、収券官▼3・封弥官▼4・枝同官▼5、それに易写▼6などのことはみな元朝の制度を順守している。ふたつの項目で試験場を分けることは世宗《セジョン》の時代に始まったが、あるいは経書を講義し、製述を行なうというように、随時に変化して、まったく同じだということはない。

『筆苑雑記』より

▼1【文宗】高麗十一代の王。在位、一〇四六～一〇八三。当時としては長い治世のあいだ、税制、官吏の登用法を改革して、仏教を奨励して興法寺をはじめとして多くの寺院を建立、王子（大覚国師・義天）を出家させてもいる。さらには儒教も奨励したので、多くの私学ができた。北方の女真族に対する国防にも心を砕いた。

▼2【鄭惟産】?～一〇九一。高麗の文臣。一〇六二年、中書舎人として国子監試を管掌して、試券を封弥することを始めた。翰林学士国子祭酒・知西北面秋冬番兵馬使などを経て、知貢挙として科挙を管掌、一〇八一年には老齢を理由に引退したが、その後も王からの国事の諮問に応じた。

▼3【収券官】科挙を行なうときに、応試者の答案紙を回収する臨時の官員。

▼4【封弥官】「封弥」を行なう試験官。「封弥」というのは試験答案用紙の右端に応試者の姓名と生年月日、住所と四代の祖先を書いて封をして貼ることを言う。

▼5【枝同官】科挙の試験に応試者が提出した答案を詩・賦・表・策などにそれぞれ分類して、整理する官員。

▼6【易写】試験の採点者が答案に書かれた応試者の筆跡を知っていて私情をさしはさまないように、別人が

答案を書き写すことをいう。

第二八八話……三場での壮元

延城・李石亨《イソクヒョン》（第二四八話注2参照）は明の正統の辛酉の年（一四四一）に生員・進士で壮元となり、またその年の科挙で壮元であった。同じ年に三度も壮元になったのは、科挙制度が始まって以来なかったことだ。その後、▼1申従濩《シンチョンホ》▼2が司馬試で壮元となり、また殿試で壮元となり、さらに重試でも壮元になった。判書の李承召《イスンソ》、▼3翼平公・権擘《クォンピョク》、▼4斯文の尹箕《ユンキ》▼5などが初試・会試・殿試で壮元であった。賛成の李珥《イイ》（第六〇話注3参照）は甲子の年（一五六四）に司馬試で壮元となり、文科の会試と殿試でも壮元となった。

『東崗雑記』より

▼1【その後……】第一四三話に登場する蔡寿も「三場連魁」だったとされるが、ここでは言及されていない。

▼2【申従濩】一四五六～一四九七。字は次韶、号は三魁堂、本貫は高霊。叔舟の孫。一四七四年、成均試に、一四八〇年に文科に、後の重試に、それぞれ壮元で及第した。堂号の「三魁」はそれに由来する。大司憲だったとき、北胡の侵犯を論じて、領議政を侮辱したとして罷免された。京畿監察司だったとき、旱魃で苦しむ農民の救済に尽力した。同知中枢府事に至った。一四九七年、中国に行っての帰途、開城で死んだ。

▼3【李承召】一四二二～一四八四。一四四七年に文科に壮元で及第、成宗のときに佐理功臣に冊録された。博識で記憶力も抜群であった。礼楽・兵刑・陰陽・律暦・医薬・地理のすべてに精通していた。申叔舟・姜希孟などとともに『国朝五礼儀』を編纂した。

▼4【翼平公・権擘】一五二〇～一五九三。字は大手で、号は習斎。詩人の韠の父。一五四三年に進士試に合格して、同じ年、式年文科に及第、芸文館検閲となった。一五四五年の乙巳士禍をめぐる混乱の中で学問に専念し、明宗の即位後、登用され、提調・知製教として、特に明との外交文書の多くは彼の手になった。

▼5【尹箕】尹祁。一五三五〜一六〇七。箕は初名。字は伯説、号は艮輔、本貫は南原。一五四五年、父の剛元の帰郷に同行したとき、倭寇があり、監司が戦わずに逃亡しようとするのを直言して留まらせた。一五七六年、三度の科挙に壮元で及第して官途を歩み、僉知中枢府事にまで至った。

第二八九話……三場での末尾

翼平公・権擘《クォンピョク》は庚午の年（一四五〇）の郷試・会試・殿試の三つの試験ですべて壮元で及第したが、郡守の金秀光《キムスクァン》▼1もまた郷試・会試・殿試でいずれも末尾で及第した。世間の人びとは笑いながら、「三つの試験で壮元というのはままあるだろうが、三つの試験でびりっけつというのは、天下にまったく例がないであろう」と言っていた。

『筆苑雑記』より

▼1【金秀光】『朝鮮実録』世祖九年（一四六三）閏七月、金秀光を司諫院献納に、十四年（一四六八）正月には通訓司憲府執義に任じている。成宗二十年（一四八九）二月には原州牧使の金秀光が郷試の試官をしたことが見える。

第二九〇話……二つの壮元を逃した金安国《キムアンクク》

わが朝鮮朝で李石亨《イソクヒョン》と裵孟厚《ペメンフ》▼1は生員・進士の試験で壮元であった。慕斎・金安国《キムアンクク》▼2はこれを欽慕して二つの試験を受け、ともに成績がよく、同時に壮元のつもりでいた。ところが、試験官が一つの試験の評価を下げて二等としてしまったので、心の中でつねに憤っていた。自分が試験官になって、自菴・金絿《キムク》▼3の二つの科挙での文章はともに一等であった。公が力を尽くして自菴が二つともに壮元であるように計らったのである。

『巴人識小録』より

▼1【裵孟厚】裵載之。生没年未詳。一四六二年に生員となり、同年の別試文科にも及第して、さまざまな官職を歴任した。一時、弾劾されることもあったが、一四七四年には国葬をつつがなく執り行った功で鹿皮を下賜された。翌年には、日本国王使臣宣慰使・日本国通信使議政府舎人として絹と鹿皮の靴とを下賜された。仏教を排斥した。

▼2【金安国】一四七八～一五四三。字は国卿、号は慕斎、本貫は義城。趙光祖・奇遵などとともに金宏弼の弟子として至治主義儒学派を形成した。一五〇三年、文科に及第、弘文館博士となり、礼曹参議となった。慶尚監司であったとき、すべての邑の郷校に『小学』を配って学ばせ、農書・蚕書を配布して教化作業に力を尽くした。一五一九年、己卯士禍が起こると、趙光祖一派として殺されるのを免れ、京畿道利川に下って後進たちの教育に当たった。一五三二年、復帰して左賛成・大提学などを歴任した。

▼3【自菴・金絿】一四八八～一五四三。字は大柔、号は自庵、本貫は光州。生員・進士に壮元となり、副提学となったが、己卯士禍のときに投獄されて帰郷した。十余年の後に故郷に帰ると父母が死んでおり、その墓場で慟哭して気絶までした。朝夕に墓に行き、その悲しみのあまりに病を得て死んだ。宣祖のときに吏曹参判を贈られた。書に優れ、朝鮮四大書家の一人とされる。

第二九一話……二等の恨み

南袞《ナムコン》（第一八五話注2参照）が科挙に及第して証書をいただき、同年の及第者とともに光化門の外に出て行くと、ある先生が紅戦階▼1の前に現れ、新恩礼を呼んだ。袞が小走りになって行くと、その先生は袞に言った。

「一等でなかったことが遺憾ではないか。宋朝では蘇東坡▼2、そしてわが朝ではこの私が二等だった。君はこのことを慰めとして、いつまでもくよくよしないがよい」

暗くなった陰でいったい誰なのかわからず、怪訝に思った。従者にその先生の奴にどなたか尋ねさせると、金駙孫《キムイルソン》▼3であった。大体、濯纓《タクヨン》は壮元でなかったことを、一生のあいだ、心の中に怨みを抱いていた。たまたま南袞が二等だったので、それで南袞を呼びつけて、このようなことを言い、平生の恨みを晴らしたのだった。

『月汀漫録』より

▼1【紅戦階】紅氈階、紅の毛氈を敷いた階段かとも思うが未詳。

▼2【蘇東坡】蘇軾。一〇三六～一一〇一。北宋の詩人・文章家。唐宋八家の一人。東坡は号。王安石と合わずに地方官を歴任、のち礼部尚書に至ったが、新法党に陥れられ流謫した。書画もよくした。

▼3【金駙孫】第一九六話の注4を参照のこと。濯纓は彼の号。

第二九二話……科挙場の嫌疑を避ける

大司憲の鄭弘溟《チョンホンミョン》▼1、判書の李明漢《イミョンハン》（第一〇三話注3参照）、政丞の李行遠《イヘンウォン》▼2などがかつて大科を受けた。会試の最後の場で、策を作る日、試験官が最初の場の試券一枚を高く掲げて示しながら言った。

「科挙を受ける人が文章を作る手本はこれである」

この文章はまさしく李判書が作った試券の表であった。判書は自分が合格したことを知り、策を作る気持ちがなくなって、友人たちの文章を見て回り、横合いからあれこれと批評して回った。すると、鄭都憲は座布団を持って逃げて行った。

「人はきっと君に助けてもらったと疑うだろう。側にいるわけにはいかない」

李政丞も言った。

「私も一人で座っていたい」

先輩たちの嫌疑を避ける潔さはこのようであった。

『公私見聞録』より

▼1【鄭弘溟】一五九二～一六五〇。字は子容、号は畸庵、本貫は延日。左議政の澈の息子。金長聖の弟子で、一六一六年、文科に及第、文学として芸文館検閲・大司憲・大提学などの職に任命されたが辞退して。死後に左議政が追贈された。古文に通じていた。『畸庵集』がある。

▼2【李行遠】一五九二～一六四八。字は士致、号は西華、本貫は全州。一六一六年、文科に及第、一六四七年には右議政となったが、翌年、使臣として燕京に行く途中で病死した。

第二九三話……落講の軍卒に下された賜題

成宗《ソンジョン》はあるとき、後苑で遊ばれて、詩の一句を柱に書きつけられた。

緑の衣を切って春の柳を作り、
紅の錦を裁って二月の花を作る。
（緑羅剪作三春柳、紅錦裁成二月花）

三日後、ふたたびゆったりと散策なさっていると、続きの一句があった。

貴族の方々にこの色を争わせれば、
春の光は野人の家には届かない。
（若使公侯争此色、韶光不到野人家）

王さまは大いにおどろき、いったい誰が作ったものか調べさせると、後苑の門番をしていた軍卒の貴《クィ》元《ウォン》[1]が作ったものであった。王さまがご前に召されてお尋ねになると、寧越の校生で落講[2]した者であった。王さまは特例で賜題を下さり、その栄誉が世間に顕れることになった。

▼1【貴元】この話にある以上のことは未詳。
▼2【落講】仁祖五年（一六二七）、軍士の減少を補充するために、本来は軍役に編入されていない郷校と書院の校生や院生で大科・小科に落第した者を軍属にするようにしたのを言う。

第二九四話……崔《チェ》演《ヨン》の美しい容貌

判尹の崔演《チェヨン》[1]は文章が巧みな上に、容貌も姿態も美しく、まるで潘岳[2]のような美貌であった。二十三歳で及第すると、諸侯たちは彼を見て大切にした。彼が弘文館で読書することができたのも、そのためである。中宗はしばしば赴いて、みずから褒美をお与えになった。あるとき、夜対[3]が連日のように行なわれたが、宦官がその日数の多さを申し上げると、王さまは、

「崔演の顔を見たいのだ」

とおっしゃった。

公は修撰（第二五二話注1参照）となったのであった。

『巴人識小録』より

▼1【崔演】一五〇三～一五四九。字は演之、号は艮斎、本貫は江陵。一五一九年、司馬試を経て、一五二五年には式年文科に乙科で及第、芸文館検閲となった。一五三一年、金安老の専横を訴えて弘文官修撰となっ

た。一五三七年の凶年には忠清道御史として農民を救済し、一五四五年の乙巳士禍では小尹に組して衛社功臣三等となった。承文院の奴婢二口を奪ったとして弾劾されることもあったが、一五四八年、知中枢府事・兼知義禁府事となり、翌年、中国に冬至使として行く途中の平壌で病死した。

▼2【潘岳】晋、中牟の人。字は安仁。幼いころから聡明で、また容貌も美しかった。洛陽に出ると婦女がこれを取り巻いて果を投じた。後、秀才となり、武帝が籍田を自ら耕すのを賦して詩名も挙げた。河陽令としてよく治め、給仕黄門侍郎となった。賈謐におもねり、後に孫秀に誣告されて誅殺された。（『晋書』五十五）

▼3【夜対】王が夜に侍講などを召して経筵を開くこと。

第二九五話……吏曹判書を二度も辞退した李元翼《イウォンイク》

完平府院君の李元翼《イウォンイク》▼1は戊戌と己亥の年（一五九八、一五九九）に吏曹判書に任じられたが、固辞して就任しなかった。すると、王さまは大臣を任命することになって、特別に公を抜擢なさった。王さまはおっしゃった。

「吏曹判書を辞退する人間など見たこともなかったが、この人物は二度も辞退した。こんな人物にこそ大臣になってもらいたいのだ」

『巴人識小録』より

▼1【李元翼】一五四七〜一六三四。字は功励、号は梧里、本貫は全州。太宗の王子の益寧君・移の四代の孫。一五六九年、文科に及第して承文院に入った。社交を嫌って公事がなければ出て行かず、知る者が誰もいなかったが、柳成竜だけは彼の才能を認めていた。黄海都事であったとき、黄海監使の李珥に認められ、大司憲になったが、一五九二年、壬辰倭乱が起こると大同江以西をよく守護し、李如松とともに平壌を回復した。右・左議政となり、領議政に至ったが、宣祖に諫言し、光海君のときにはひとり仁穆王后の廃母に反対し、その後、仁穆王后が光海君を殺そうとするのにも反対し、節を曲げることがなかった。

第二九六話……大提学になしえない鄭斗卿《チョントゥキョン》

顕宗《ヒョンジョン》がかつて命令を下しておっしゃった。

「仁祖《インジョ》と孝宗《ヒョジョン》はかつて金宗直《キムジョンチク》▼1が文衡にならなかったことを国政の失点だといつもお考えになっていた。鄭斗卿《チョントゥキョン》（第一九五話注3参照）はたとえ年を取って病がちであり、公務を行なうことができないにしても、その文章でもって大提学の職歴を銘旌に記すことができなければ、どうして恨みとしないであろうか」

おそらく、王さまのお気持ちでは、朝夕のわずかのあいだでもその職について栄光を経験してくれることにあったのだが、朝臣たちは王さまのお気持ちがわからず、弾劾しようとして嚙み合わないところがあった。鄭公は提学にはなったものの、ついに大提学となることはできなかった。詞苑の盟主となることの難しさは、これでもってもわかるであろう。王さまは役人たちに注意を払い、その様子をうかがって、その間に平衡を保たれたのである。

▼1【金宗直】一四三一～一四九二。字は老盥・季昷、号は佔畢斎。本貫は善山。一四五九年、文科に及第、成宗のときに刑曹判書に至った。文章と経術に抜きん出ていて多くの弟子を育てたが、その中には金宏弼・鄭汝昌などがいる。死後、戊午士禍が起こって、剖棺斬屍の憂き目に遭い、著書も焼却された。

第二九七話……洪逸童《ホンイルドン》の気概

中枢府の洪逸童《ホンイルドン》▼1の字は日休《イルヒュ》で、南陽の人である。才能と度量において世に抜きん出ていた。あるとき、世祖《セジョ》の前で仏教を論難したので、世祖は大怒して、おっしゃった。

「この野蛮人は死んでお釈迦さまに謝罪するがよい」

左右の者に刀を持って来るようにお命じになったが、逸童は泰然自若として仏教を排斥すべきことを論じ立てた。左右の者が刀を振りかざして項《うなじ》に当てても、それを顧みることなく、一向に臆する風もなかった。世祖はこれを壮として、おっしゃった。

「卿は酒を飲むか」

逸童が答えた。

「どうしてお断りしましょう」

銀の杯に酒を注がせなさると、逸童はごくごくと盃を傾けて飲み干した。

「卿は死ぬのが怖くはないのか」

「死ぬ運命ならば死に、生きる運命ならば生きる、ただそれだけのことで、生きるか死ぬかで、心を変えることがありましょうか」

王さまはこれを嘉し、貂の皮衣を下賜して慰労なさった。

『公私見聞録』より

▼1【洪逸童】？～一四六四。字は日休、号は麻川、本貫は南陽。世宗二十四年（一四四二）、文科に及第、知中枢府事・上護軍などを務めた。性格は豪放で、身なりはかまわずに鯨飲大食した。最後には任地で大酒を飲んで、酔ってそのまま死んだ。

第二九八話……成宗《ソンジョン》の臣下への愛

賛成の孫舜孝《ソンスンヒョ》▼1の家は明礼洞の上にあった。ある日、成宗《ソンジョン》が夜になって二人の宦官とともに慶会楼に登ってはるかに南山の方をご覧になると、山のふもとの林の中で数人の人間が輪になって座っている。王さまはその中に孫公の姿をお認めになった。そこで、人をやって見て来るようにお命じになった。孫公は二人の客とともに濁酒を飲んでいたが、その膳には黄色い瓜が一つあるだけであった。王さまはその質素さを喜ばれ、清酒と肉とを豊富にととのえて下賜されたが、そのとき、

「明日、この礼などしないよう気をつけよ。他の大臣たちがそれを見れば、きっと依怙贔屓だと思うだろう」

公は客たちと深々と礼をして、涙を流して泣き、飽くほどに酒をいただいた。翌朝、やって来てお礼をしようとすると、王さまはお近くに呼んで、どうして昨夜の言いつけを守らないのかとお叱りになった。公は泣きながら申し上げた。

「わたくしは身に余るほどの恩恵を感謝しているだけで、どうして他意がございましょうか」

『寄斎雑記』より

▼1【孫舜孝】一四二七〜一四九七。字は敬甫、号は勿斎・七休居士、本貫は平海。一四五一年、生員試に合格して、一四五三年には増広文科、一四五七年には文科重試にそれぞれ及第した。顕官を歴任して、一四八〇年には燕山君の生母の廃位に反対した。右賛成・判中枢府事にまで至った。性理学に造詣が深く、『中庸』『大学』『易経』に精通していた。『世祖実録』の編纂に参与し、『食療撰要』という撰書もある。

第二九九話……酒に酔った臣下への礼遇

明宗《ミョンジョン》がかつて後苑に行かれ、随行した臣下みなに酒を下さった。ところが、政丞の尚震《サンチン》▼1はもともと酒が飲めない。酔って道の傍らに倒れてしまった。宮廷にお帰りになるときになって、左右の者がお教えしたので、それが震であることをお知りになった。王さまはおっしゃった。

「大臣が道の傍らで寝ているが、側を通るのが申し訳ない」

幕で囲むようにお命じになり、幕が張られたのちに、輦をお進めになった。

『筆苑雑記』より

▼1【尚震】一四九三～一五六四。字は起夫、号は泛虚斎・松峴、本貫は木川。早く孤児となり、勉学を嫌ったが、後に奮起して、一五一九年には文科に及第した。弘文館副提学・京畿道観察使・刑曹判書などを歴任して、一五四九年には領議政になった。十五年ものあいだ大臣の地位にあって不偏不党を貫いた。外貌は愚鈍に見えたが、大きな度量を持ち、人への気配りを絶やさなかった。

第三〇〇話……婿の叔父を罰する

判書の金時譲《キムシヤン》（第二一五話注1参照）が命を受けて嶺南を巡察したとき、一つの郷邑では到着の日を間違えて、出迎えなかった。そこで、郷所の座首を捕まえ、刑板に縛り付けて尻を出させ、棍棒で叩こうとした。すると、突然、男が外から駈けこんで来て、座首の尻の上にしがみついた。それがなんと、判書の婿の李道長《イドチャン》▼1ではないか。縛りつけられているのは李の叔父だったのである。判書はこれを叱りつけていった。

「娘婿のためだからといって、どうして法を廃することができようか」

羅卒に命じて、李を座首から引き離して外に出させ、座首を杖で叩いた。

李道長は判書の元楨▼2の父である。翰林と吏曹の郎官となった者である。

『公私見聞録』より

▼1【李道長】一六〇三～一六四四。字は泰始、号は洛中、本貫は広州。一六三〇年、式年文科に及第して承文院に入った。一六三六年、丙子胡乱のときには王に随って南漢山城に入った。一六三八年、吏曹佐郎だったとき、清が要請した軍の明への派遣を先頭に立って反対した。その後、官職に任命されたが、辞退した。

▼2【元楨】一六二二〜一六八〇。字は士徴、号は帰巖、本貫は広州。生まれつき聡明で、本を読むのに一度に八行を読むことができた。一六五二年、文科に及第して、翰林・玉堂に入り、大司諫・吏曹判書に至った。一六八〇年、誣獄に連座して楚山に流され、拷問で死んだ。

第三〇一話……田舎の校生と成均館の主簿

平靖公・李約東《イヤクドン》▼1は容貌が醜く見栄えがせず、高官の地位に昇っても、人びとは別侍衛か甲士くらいにしか見なかった。その甲士というのは番を勤めに上京して、六朔（六ヶ月）で交代することが決まっていた者たちである。

公がかつて成均館の主簿として故郷に帰ったとき、院で馬を休ませ、楼の隅で体を竦ませて座っていたことがあった。すると、ある人が新しい鞋を履いて意気揚々としてやって来て、楼台の上に登り、壁に書かれていた杜牧の「六朝の人物たちは▼2姿を消して草だけが生い茂る（六朝人物草連空）」という句節を吟じたが、その意味を理解せずに、「朝」を「朔」といい、「連」を「陸」と吟じた。公は誤りをはっきりと指摘するのは避けて、それとなくほのめかした。

「六朔、まさに六朔ですか」

すると、その男が言った。

「これはお前たちが交代して上京する六朔ではないのだ。お前たちに何がわかるものか。口を差し挟まないでくれ」

昼の食事が出たが、焼いた雉肉があった。

「これをお前の手で切り分けてくれるか。分けて食べることにしよう」

公は笑って、承知した。

故郷の邑に着くと、校生たちが公に敬意を表するために出迎えたが、その人は校生たちの頭目であった。公が車から下りて尋ねてみると、もうその人はあたふたと姿をくらましていた。

▼1【平靖公・李約東】一四一六～一四九三。成宗のときの文官。字は春甫、号は老村、本貫は星州。一四五一年、文科に及第、成均館直講として釜山に下り、日本の使臣に勅書写本と書契を贈った。後に千秋使として中国に行き、吏曹参判を経て知中枢府事に至ったが、退官して金山の賀老村で死んだ。経史に通じていて、一生を清廉潔白に過ごした。

▼2【六朝の人物たちは……】四部叢刊『樊川文集』には「六朝の文物、草連《しげ》って空しく、天は澹《しずか》に雲は閑《のどか》にして今古に同じ。鳥去り鳥来る山色の裏、人歌い人哭す水声の中」（「題宣州開元寺水閣」）とある。

第三〇二話……許格《ホキョク》の節慨

処士の許格《ホキョク》▼1の号は滄海で、文靖公・琛《チム》▼2の子孫である。若いときに、東岳（第二九話注1参照）に詩を学び、その衣鉢を継いだ。崇禎の丙子の年（一六三六）以後は科挙のための勉強をやめてしまい、「大明の逸民」と自称して、市井の中に足跡をくらませた。八十歳まで生きながらえて家で死んだが、その「春帖詩」というのがある。

栗里には陶淵明の家があり、
荊州には王粲▼3の楼がある。
目の前には遮るものがなく、
漢江の水面には一隻の舟が浮かんでいる。

（栗里陶潜宅、荊州王粲楼、
眼前無長物、江漢一孤舟）

白軒・李景奭《イキョンソク》▼4がかつて北京に行くことになり、滄海が詩を作って見送った。

天の下には山があり、私はすでに身を隠したが、
城の中には皇帝もいず、どこでお会いするのか。
（天下有山吾已遯、城中無帝子何朝）

その気概はこのようであったが、臨終に際しては草稿をみな火にくべて焼いてしまった。絶句一首を残した。

幾重にも重なった峰々は玉を磨いたようで、
悠々と流れる川の水は澄んで村を巡る。
川を見ながら、桃の木を切ろうかと思うが、
流れをさかのぼって漁夫が桃源境に入って来ないだろうか。
（簇簇前峰削玉層、悠悠一水繞村澄、
臨流欲斫桃花樹、恐引漁郎入武陵）

この詩でもってその志がわかる。

▼1【許格】この話にある以上のことは未詳。

▼2【文靖公・琛】一四四四～一五〇五。燕山君のときの大臣。号は献之、号は頤軒、本貫は陽川。一四六二年、進士となり、一四七五年、文科に及第、一四八二年には進賢試に選抜されて校理・弼善となり顕官を歴任して、吏曹判書、さらには左議政となった。成宗が尹妃（第二三五話注1参照）を廃そうとしたときに反対したので、一五〇四年、廃妃に賛成した臣下たちが一斉に殺された甲子士禍（第二三五話注2参照）の際にも禍を免れることができた。

▼3【王粲】一七七～二一七。中国の三国時代、魏の国の人。博覧にして多識。蔡邕がその才を奇として粲が邕を訪ねたところ、邕はあわてて靴を逆さにはいてこれを迎えたという。建安七士の一人。

▼4【白軒・李景奭】一五九五～一六七一。字は尚輔、号は白軒、本貫は全州。宗室の徳泉君の六世の孫。一六二三年、文科に及第して槐院に入り、重試にも一等だった。清が三渡津に碑を建てることを命じ、その降伏の碑文を書くことになったとき、その屈辱で自己が学問をしたことを嘆いた。人質になった王子たちについて瀋陽に行ったが、賄賂を使わずに長く収監された。帰国後、要職を歴任したが、清との交渉に尽力した。領敦寧府事となり、耆社に入って、几杖を授けられて死んだ。

第三〇三話……良家の娘に良家の息子

参判の朴以昌《パクイチャン》▼1は尚州の人で、安信《アンシン》▼2の息子である。若いときから闊達で細かなことに拘らなかった。あるとき、承旨になって、王さまの車に随行したが、路上には幕を張って見物している女たちが無数にいた。繊細な玉のような手が簾の中から半ばほど出て来た。公が大声で言った。

「なんという美しい手だ。これをつかみたい。これを引きずり出したいものだ」

すると、同僚が言った。

「あれはきっと良家の娘だ。君はどうしてそんな失礼なことを言うんだ」

公はそれに対して答えた。

「あれが良家の娘なら、私も良家の息子ではないか」
左右の者はみな大笑いした。

『慵斎叢話』より

▼1【朴以昌】?～一四五一。若かったとき勉学を嫌ったが、父母から訓戒を受けて発奮、世宗十七年（一四一七）には壮元で及第して、翰林に入った。文宗のときに聖節使として明に派遣され、遠路を慮って糧米を多く持っていったことが発覚、帰国のときに逮捕され、面目を失ったとして自殺した。

▼2【安信】安臣とも。一三六九～一四四七。字は伯忠、本貫は尚州。定宗のときに文科に及第、司諫院左正言となった。一四二四年には使節として日本に行き、吏曹判書に抜擢された。一四四四年、芸文館大提学となった。談論を好み、生活は質素だった。

第三〇四話……申用漑《シンヨンゲ》の風流

文景公の二楽亭・申用漑《シンヨンゲ》▼1は、字は漑《ゲ》之《チ》で、高霊の人であり、叔舟《スクジュ》（第二六一話注3参照）の孫に当たる。生まれつき豪放な性格で、酒をよく飲んだ。あるとき、年老いた婢を呼んで大きな盃に酒をなみなみと注がせ、いっしょに飲んで倒れ伏したことがあった。

ある年のこと、菊の花の盆栽を八つほど育てたところ、秋になって美しく花開いた。家の中に持って来させてもてはやしたが、ある日、家の人に言った。

「今日は八人の立派な客がある。酒と料理を用意してもてなそう」

日が暮れても客は来ずに寂然としている。家の人が言った。

「すでにお膳は用意してありますよ」

「少し待ちなさい」

月が昇り、花が月の光に映えて美しい。公が言った。

「酒を召し上がってください」

そして、八盆の菊の花を指して言った。

「これらの方々が私のいう立派な客人だ」

それぞれに料理の膳を進めて、公は言った。

「私自身が酒をお注ぎしよう」

桃の形をした銀の杯でそれぞれに二杯ずつ進めた。公もまた酒に酔った。

▼1【申用漑】一四六三〜一五一九。字は漑之、号は二楽亭。一四八八年に文科に及第、承文院権知となった。燕山君の時代、直提学・都承旨となったが、剛直な性格が燕山君には気に入らず、霊光に帰郷した。中宗反正の後、右議政となり、一五一八年には左議政となった。

第三〇五話……承文院の権知と正字

僉知の安道宗《アンドジョン》▼1と同じく僉知の鄭復始《チョンボクチ》▼2は同年に科挙に及第した仲で、最初は承文院▼3に務めた。鄭の席順は安の下で、安は鄭をはなはだ厳しく注意して叱責することがあった。鄭は苦しんで詩を作った。

荊江の水は暖かく鮒魚は肥え、
承文院の春は暮れて日が長い。
安正字には何もすることがなく、
鄭権知はただ早く家に帰りたい。

（荊江波暖肭魚肥、槐院春深白日遅、
無可奈何安正字、不如帰去鄭権知）

鄭の家は荊江にあったのである。

▼1【安道宗】この話にある以上のことは未詳。

▼2【鄭復始】『朝鮮実録』明宗二十二年五月、最近の文官の文章は典籍に依拠して正論を固くして、濫りな言辞が多いとして、鄭復始の例が挙げられている。

▼3【承文院】朝鮮朝で外交文書を担当した官庁。文科に及第した者は承文院・成均館・校書館の三ヶ所に配属させ、権知という名称で実務を習得するようにさせた。

第三〇六話……酔中の作詩

滄江・趙涑《チョヨン》▼1は臨坡の県令であった。進士の蘭谷・宋民古▼2が韓山の家から県令を訪ねて来た。話が終わって意気投合して、酒杯を何度もやり取りしたので、宋は大いに酔ってしまい、ほとんど人事不省のありさまだった。そこで、役所の馬に乗せて県の宿所に送ることにして、滄江も後ろについて行った。宋は馬から下りると、そのまま宿所に倒れ伏したが、瞑目していた眼を開けて言った。

「私は詩ができたぞ」

そうして朗々と詩を吟じたのであった。

蒸し暑い中で正体もなく泥のように酔い、

風のような名馬は蒼い蹄を蹴立てて送ってくれる。
官舎と駅亭を夢の中で通り過ぎ、
すでに小橋の西に着いたのも知らない。
（昏昏溽暑酔似泥、送客風驪散碧蹄
官駅亭如夢過、不知身已小橋西）

滄江も口で吟じて称賛した。

▼1【滄江・趙涑】一五九六～一六六八。仁祖時代の画家。字は希温、号は滄江、本貫は豊壌。父の守倫は光海君のときに殺されたが、涑は門閥として掌令となった。仁祖反正の計画には加わったが、事が成就すると、故郷に帰って官職に就かなかった。孝宗のときにも侍従に任じられたが、辞退した。天性不羈で、権勢にもねることなく、翎毛・山水の絵に長けていた。

▼2【蘭谷・宋民古】一五九二～?。画家。字は純旨、号は蘭谷、本貫は礪山。一六一〇年、進士に合格したが、朝廷の紊乱に科挙を放棄して生きた。文章・書・画に巧みで三絶ともてはやされたが、とくに山水画が優れていた。

第三〇七話……詩作を妨害した鶏

東溟・鄭斗卿《チョントウキョン》（第一九五話注3参照）の字は君平《クンピョン》で、温陽の人である。之昇《チスン》▼1の孫であり、順明《スンミョン》▼2の四代の孫に当たる。かつて北評事となり、夜、詩を作っていた。推敲を重ねてどうしていいかまだ決められないうちに、鶏が鳴いた。すると、東溟は下人に鶏を捕まえて来るように言い、鶏の罪を責め立てて、

「私の詩がまだできないのに、お前はどうして鳴いたのだ」

と言い、この鶏の首を切らせた。

『夢芸雑記』より

▼1【之昇】『韓国人の族譜』（日新閣）の「温陽鄭氏」に左承旨に至った鄭之升の名が見える。
▼2【順明】鄭順明。中宗のときの大臣。字は耳齢、号は省斎、本貫は温陽。一五〇四年、文科に及第して、趙光祖などの士林との交流があったが、己卯士禍は免れた。明宗が即位すると、尹元衡らの小尹派に属して、大尹派を除去しようと積極的に動いて、乙巳士禍の元凶となった。後に彼が陥れて殺した柳仁淑の婢の呪詛によって死んだ。

第三〇八話……鄭斗卿の詩才

湖州・蔡裕後《チェユフ》▼1は字が昌伯《チャンベク》で、東溟・鄭斗卿（第一九五話注3参照）とは試院にともに入った。東溟は正言で、採点には関わらなかったが、しばしば落第になった試券を見ては、かならず出来がいいと言って称賛することがあった。それでは、採点が間違っていることになって、試験官を愚弄することになる。蔡は苦々しく思って、言った。

「私は文章家ではないにしても、今は文柄の主任をかたじけなくしている。君は文章家であっても、今の職務は台諫に過ぎない。越権行為はやめるべきだ」

東溟は大怒して、自分の髯を掻きむしりながら、大声で言った。

「昌伯よ、君はたまたまわが国の策文を丸暗記して及第したが、今、文衡を管掌しているのはただ幸運なだけだ。私が君の文衡としての仕事ぶりを見るに、腐った鼠のようなところがある。どうして私を威嚇するのだ」

蔡は笑って、心を解いた。そして、酒をもって来させて東溟に勧め、詩を作るように請うた。十月のことで、雷が鳴り大雨が降ったが、ちょうど式年の会試の時期でもあった。東溟は筆を執って詩を書いた。

白い山岳の上に青い雲が万里にわたってひろがり、
昨夜来、冷たい雨が降り注いで池はあふれる。
冬の雷が鳴ったところで、不思議に思ってはならない。
三十三種の魚がことごとく竜となるのだ。
（白岳蒼雲一万里、夜来寒雨満池中、
傍人莫怪冬雷動、三十三魚尽化竜）

孝宗はこの詩のことをお知りになり、嘉《よみ》されておっしゃった。

「この詩は十分に災厄を払うことができよう」

▼1【湖州・蔡裕後】一五九九～一六六〇。字は伯昌、号は湖州、本貫は平康。十七歳で生員となり、一六二三年、文科に及第して玉堂に入り、賜暇読書して、孝宗のときには右副承旨から大提学となり、さらに吏曹判書に至って死んだ。若いときから文名があり、『仁祖・孝宗実録』『宣祖修正実録』の編纂に参与した。

第三〇九話……貧しかった金守温《キムスオン》

乖崖・金守温《キムスオン》（第二二四話注1参照）は詩文を作る才能には長けていたが、治産にははなはだ拙かった。いつも寝床には書籍を置いてその上に蓆を敷いた。人びとがその理由を尋ねると、答えた。

「寝床が寒いのに、絨毯がない。そこで、こうしているのです」

門の前に大きな槐《えんじゅ》の木があって、若葉が陰を作っていたが、公は奴に命じてこれを伐採させてしまった。人びとが不思議に思って尋ねると、公は答えた。

「家に薪がなく、飯を炊くためには仕方がないのだ」

『慵斎叢話』より

第三一〇話……孫比長《ソンピチャン》と糸比長《サピチャン》

孫比長《ソンピチャン》▼1の字は永叔《ヨンスク》である。若いときに生員試を受けたが、合格者が発表されるに及んで、榜《ぼう》には崩した字で合格者の姓名が書かれていた。比長はがっかりして言った。

「榜に私の名前がない」

しかし、友人が孫に榜を指し示しながら言った。

「あそこのあの行にあるのは君の名前じゃないか」

「あれは孫比長ではなく糸比長《サピチャン》だ」

孫の字の草書体が糸（絲）の字のように見えたのである。聞いていた者たちは冷笑した。

▼1【孫比長】生没年未詳。字は永叔。一四六四年、生員として別試文科に乙科で及第、一四六九年、芸文館修撰であったときに、申叔舟らとともに『世祖実録』・『睿宗実録』を編纂した。一四七六年には文科重試に甲科で及第して顕官を歴任したが、王の怒りを買って罷免されたこともある。一四八五年には徐居正らとともに『東国通鑑』を選進した。官職は芸文館副提学に至った。

第三一一話……洗面を嫌った李荇《イヘン》

相公の容斎・李荇《イヘン》[1]は徳水の人である。容貌が醜く、洗面と調髪を嫌った。王さまがあるとき暇をもてあまして、お尋ねになった。

「卿は家で洗面と調髪をしないと言うが、本当か」

「私は家で祭祀があるときには、いつも洗面をして調髪も致します」

王さまは呵々と大笑いなさった。

『終南叢話』より

▼1【容斎・李荇】一四七八～一五三四。中宗のときの大臣。字は択之、号は容斎、本貫は徳水。一四九五年に及第、一五一五年、大司諫として、廃妃慎氏の復位を主張する朴祥・金浄に反対したが、一五一七年、誣告を受け、官職を投げ棄てて沔川に退いた。一五一九年の己卯士禍の後に復帰して、右・左議政に至ったものの、一五三二年、金安老と対立して咸従に帰郷して病死した。

第三一二話……天文を過信する

察訪の成汝薫《ソンヨフン》[1]は人として天文を知らないようではならないと考えた。ある日、松明を持って藁屋根の上に登って、星を仰ぎ見ながら、下に置いた書物を調べ、松明の火が藁屋根に落ちるのにも気がつかなかった。熱いので気がつくと、火事になっている。あわてて屋根から飛び降りて言った。

「最近、火星が光を放っているが、果して火災があった。天文というのは本当に間違いがない」

『菊堂俳語』より

▼1【成汝薫】正確には成汝欓ではないか。『朝鮮実録』仁祖二年（一六二四）十一月に成汝欓の名が見え、妖術をもって衆を惑わすとあり、八年（一六三〇）三月には穆陵の諸岡を看審するのに地術を解する者が送られたが、その中にも名前が見える。また二十年（一六四二）九月に金井察訪の成汝欓の民政がよく、新たに大勢の役吏や奴婢を得たという報告があったが、すぐにこれは事実ではなく、逆に免職にするようにと啓上され、罷免されたという記事がある。

付録解説

1……朝鮮の科挙および官僚制度

■科挙制度

早くは新羅時代から官僚の任用に試験が採用されたが、科挙が高麗時代に施行され、李氏朝鮮ではさらにそれが制度として強化された。科挙には文科と武科、そして専門職の雑科（翻訳・医術科・陰陽・律など）の三部門があるが、朝鮮の行政を主導したのは文科出身の官僚であり、武職ですら長官は文官であることが多かった。文科の受験は両班の子弟たちにしか許されない。両班であっても庶子には門戸は閉ざされている。そこで、両班の嫡出子たちは七、八歳から書堂で漢文と習字を習い始め、十四、五歳からは、ソウルでは四部学舎、地方では郷校でさらに研鑽に務めることになる。

文科には初級文官試験である小科と中級文官試験である大科とがあって、一般的に文科というのは大科の方を言う。科挙の試験は三年に一度ずつ定期的に行なわれた。これを式年試と言う。官僚への道を歩むためにはまず初級文官試験である小科を受ける。この小科には中国の経籍が試験される生員科（明経科）と詩・賦・表・箋・策文などの作文能力が試される進士科（製述科）があった。この二つをまとめて生進科とも司馬科とも言うが、まず地方でも行なわれる一次試験（初試）を受けて、その後にソウルでの二次試験（覆試）を受けなくてはならない。それに合格した者には白牌と言って、白色紙の合格証明書が授けられ、生員・進士あるいは司馬と呼ばれるようになる。

生員・進士は下級官吏に任命される権利をもち、大科を受ける資格ももつことになる。あるいは高等師範学校《エコール・ノルマル・シュペリウール》や国立行政学院《エコール・ナショナル・ダドミニストラシオン》に当たる成均館に入学する資格も得る。中級文官試験である大科もまた地方での一次試験（東堂初試）とソウルでの二次試験（東堂覆試）があり、その結果、三十三名が選抜された。日本で赤紙と言えば召集令状だが、この三十三名は紅色紙の合格証書である紅牌を国王から下賜された。さらには国王が親臨して三次試験としての殿試が行なわれ、三十三名は落とされることはなかったが、等級がつけられた。甲科三名、乙科七名、丙科二十三名である。甲科三名の中でも首席は壮元と言い、次席は榜眼、三席は探花と言った。甲科の三名は正七品の官職につき、乙科の七名は正八品、丙科の二十三名は正九品のそれぞれ官位相当の官職につくことができた。

■中央官制

太祖・李成桂が朝鮮を建国した当初の官制は高麗の官制を継承したもので、中央の最高政務は都評議使司・門下府・三司・中枢院などが担当して、礼・吏・兵・刑・工・戸の六曹の権限は後代にくらべるとはなはだ微弱であり、ただ単に実務を執行する機関に過ぎなかった。定宗二年（一四〇〇）、李朝建国以後、初めての官制改革が行なわれ、都評議使司は議政府に改められ、中枢院の軍事権は三軍府に合体し、王命出納の権限は承政院を新たに置いて担当することになった。また三軍府の職にある者は議政府には合坐しないことで、政事と軍事の分離が図られた。その翌年の太宗元年（一四〇一）には門下府を廃して議政府に吸収し、門下府の郎舎がもっていた諫諍の権限は別に司諫院を新設して担当させ、司憲府とともに王を諫める台諫（官）の任務を担うことになった。三司を司平府に、三軍府を承枢府に改称して、芸文春秋館を辞令の作成に当たる芸文館と政事の記録に当たる春秋館とに分けた。

太宗五年（一四〇五）にはふたたび官制の大改革を行ない、司平府を廃止して、その事務を戸曹に当たらせ、中枢院の後身として軍機と王命の出納を担当した承中府を廃して、軍機については兵曹に任せ、王命の出納については代言を設置して当たらせた。その結果、高麗時代以来の最高政務機関は都評議司と門下府を合わせて継承した議政府だけが残り、その他はすべてなくなったので、議政府が百官と庶政を総理する唯一の最高機関としての性格をもつことが明確になった。議政府の長を領議政と言い、左・右議政がこれを補佐する。これらは正一品の官職であるが、その下に左右の賛成（従一品）、左右の参賛（正二品）が配された。一方、このときまで人事行政権と宝璽符信をともに担当していた尚瑞院から吏曹と兵曹に人事行政権が移されて、従来は単なる行政執行機関に過ぎなかった六曹の権限が強化・拡大されていく。六曹の典書（正三品）・議郎（正四品）をそれぞれ判書（正二品）・参議（正三品）に改称して昇格させ、八十余りもある衙門（役所）を六曹にそれぞれ分属させた上で、衙門の長には堂上官の提調（正三品）が当たる。太宗九年（一四〇九）には王族や外戚を政治に関与させないために敦寧府を設置して別途に待遇して、領事（正一品）、判事（従一品）、知事（正二品）、同知事（従二品）を置き、後には王女の婿たちのために駙馬府も設置され（後に儀賓府）、尉（正一品〜従二品）が配された。念のために言えば、敦寧府の領事を敦寧府領事とは言わず、領敦寧府事と言い、以下、判敦寧府事、知敦寧府事、同知敦寧府事というふうに呼びならわしている。中枢府についても知中枢府事といったぐあいである。

太宗一四年（一四一四）には行政事務をいったん議政府で論議した制度を廃止し、左議政が吏・礼・兵曹を、右議政が戸・刑・工曹を管轄することになっていたものの、国家の重大事案でもなければ、議政府を経ずとも、六曹で独自に処理することができるようになった。世祖十二年（一四六六）の大々的な官制改革の後に、『経国大典』ができて（一四八五年に完成）、その後の日本帝国主義の関与による甲午更張（一八八四）までの四百年間の官制の基準になった。そこでは、国家の最高行政機関である議政府と国務を分担する六曹以外に、義禁府（長官は判事で従一品）、承政院（都承旨で正三品）、弘文館（領事で正一品、次官は大提学で正二品）、司憲府（大司憲で従二品）、司諫院（大司諫で正三品）などが置かれた。首都のソウルの行政と司法の両権をともに行使する漢城府（判尹で正二品）、高麗時代の首都であった開城の開城府（留守で従二品）なども中央官制に属した。この他に、王族や功臣に対して、宗親府・忠君府・敦寧府・儀賓府なども置かれて優遇された。

明宗のときに北方および倭寇に対する防備の重要性から備辺司が置かれるようになり、壬辰・丁酉の倭乱を経て、備辺司の権限は強化されて、議政府は有名無実化していく。ただし、備辺司の長官である都提調（正一品）は現職あるいは前職の議政が兼任し、提調（正二品）は一定の定数があるわけではなく、六曹の判書・訓練大将・御営大将・開城留守・江華留守・大提学などが兼任することになっていたから、メンバー自体にそう変わりがあるわけではなかった。それでも、軍事と行政の別のない弊害があり、高宗十八年（一八六四）、大院君は議政府と備辺司の役割を明確にして、備辺司は主に国防と治安に当たり、他の事務はすべて議政府に残して、議政府を備辺司の上に置いた。

野譚に登場する人物たちの官職名をすべて挙げて説明することはできない。六曹について言えば、判書・参判・参議以下、正郎（正五品）、佐郎（正六品）、別提（従六品）などがいて、芸文館には領事（正一品）、大提学（正二品）、提学（正三品）、応教（正四品）、奉教（正七品）、待教（正八品）、検閲（正九品）などがいる。別称もあって、芸文館検閲を翰林といい、翰林に入る、というのは、科挙に丙科で及第して順調に官僚の道を歩みだしたことを意味しようし、大提学を主文という。政府の公の文章を主管するのである。礼曹判書を宗伯と言い、吏曹判書を冢宰と言い、吏曹参判を亜詮と言ったりもする。

■地方官制

『経国大典』では朝鮮を八道に分け、それぞれに観察使（従二品）を置き、その下に四府・四大都護府・二十牧・四十三都護府・八十二郡・百七十五県が所属して、そのそれぞれに「守令」が配置された。道の長官である観察使は高麗末期以来、都観察黜陟使・都巡安使・按廉使などの名称の変動があったが、後に『経国大典』で観察使に固定された。ただし、監司と呼ばれたり、道伯あるいは方伯と呼ばれたりもするし、地域によって箕伯（平安道監察使）あるいは海伯（黄海道観察使）という通称もある。また「守令」は行政区域の長である府尹・大都護府使・牧使・都護府使・郡守・県令・県監のすべてを言うことばであり、従二品から従六品まである。行政上では上下の差別はなく、観察使の直接の管轄下にあるが、これらの守令が兼職する軍事職によっては上下の系統が生じることがある。県の下には中央から派遣される地方官はなく、自治的な組織として面（坊・社）とその下に里（村・洞）があった。

観察使は一道の行政・司法・軍事に当たり、道内の守令たちを監督する権限をもったが、これを補佐するために中央から経歴（従四品）・都事（従五品）・判官（従五品）などが派遣された。経歴は世祖のときからは留守府にだけ置かれ、道には置かれなくなったが、都事は各道に一名ずつ置かれて地方官吏の監督・糾察に当たり、判官は観察使や兵馬節度使・水軍節度使などのいる主要な地域に配置されて実際の行政を担当する責任者であった。このほかに地方行政官として交通行政に関わる特殊職として察訪・駅丞・渡丞（いずれも従九品）などがいた。観察使と守令の末端行政は中央の六曹と同じく、吏・戸・礼・兵・刑・工の六房で分担されたが、現地採用の胥吏がその実務に従事した。彼らは地方行政の実務を担当して、中央から派遣された地方官と人びとのあいだで不正行為をほしいままに行なうこともあった。軍事面では軍校がいて、警察権を行使した。有力者である地方の両班を郷任に任命して地方官の補佐役として、彼らがもつ地方での影響力を行政上に活用した。これらは、しかし、中央集権をはばむ機関だとして廃止されこともあったので、これを改革して、成宗の時代には座首・別監などの役人を置いて、体制が整えられた。

地方行政はややもすると腐敗しやすく、不正蓄財が行なわれる。むしろ、それを目的として嬉々として任地に赴く官吏たちもいる。そこで、朝廷は秘密裏に官員を派遣して、地方官の考課と土豪たちの非行、人びとの生活の実態を探ったが、これが暗行御史の制度になった。野譚では日本の水戸黄門のように役人たちの不正を痛快に糾明することになる。

■軍事制度

太祖・李成桂は高麗の軍事制度を継承して三軍都摠府を置いたが、後に義興三軍府に変え、その下に義興親軍十衛を置いた。その後、世祖三年（一四五七）に軍制を改革して、三軍を五衛に編成して五衛鎮撫所がこれを統括することにしたが、世祖十二年（一四六六）には五衛都摠府に改称した。五衛は義興衛（中軍）・竜驤衛（左衛）・虎賁衛（右衛）・忠左営（前衛）・忠武営（後衛）を言う。義興衛はソウルの中部および京畿・江原・忠清・黄海四道出身の兵士で構成され、以下、竜驤衛はソウルの東部および慶尚道出身の兵士で、虎賁衛はソウルの西部および平安道出身の兵士で、忠左営はソウルの南部および全羅道出身の兵士で、忠武営はソウルの北部および永安道（咸鏡道）出身の兵士で、それぞれ構成されていた。この五衛は形式的には李朝軍制の基本として後期まで存続したが、壬辰倭乱に際してすでにその無力さを暴露して、宣祖のときから粛宗のときにかけて、北戎（清を討つ）というスローガンもあって、訓練都監・御営庁・摠戎庁・禁営衛・守禦庁の五軍営などが順に設置された。

地方については、『経国大典』によれば、各道に兵営（陸軍）と水営（水軍）が設置され、その下に鎮営が付属してあった。兵営の長官を兵馬節度使（従二品）と言い、水営の長官を水軍節度使（正三品）と言ったが、永安道（咸鏡道）は女真に接し、慶尚道は日本と接しているために、兵営と水営を二つずつ置き、全羅道には水営だけを二つ置いた。鎮営にはその大きさによって、節制使（正三品）、僉節制使（従三品）、同僉節制使（従四品）、万戸（従四品）などが置かれたが、多くは守令などが兼職していて、平安・咸鏡道の国境地帯と海岸の要地に限って、専門的な武職としての僉節制使（僉使が略称）が配置された。

2……朝鮮の伝統家屋

朝鮮の伝統家屋では女性と男性の居住空間は分かれている。次の図は京畿道の中流の典型的な家屋だとい

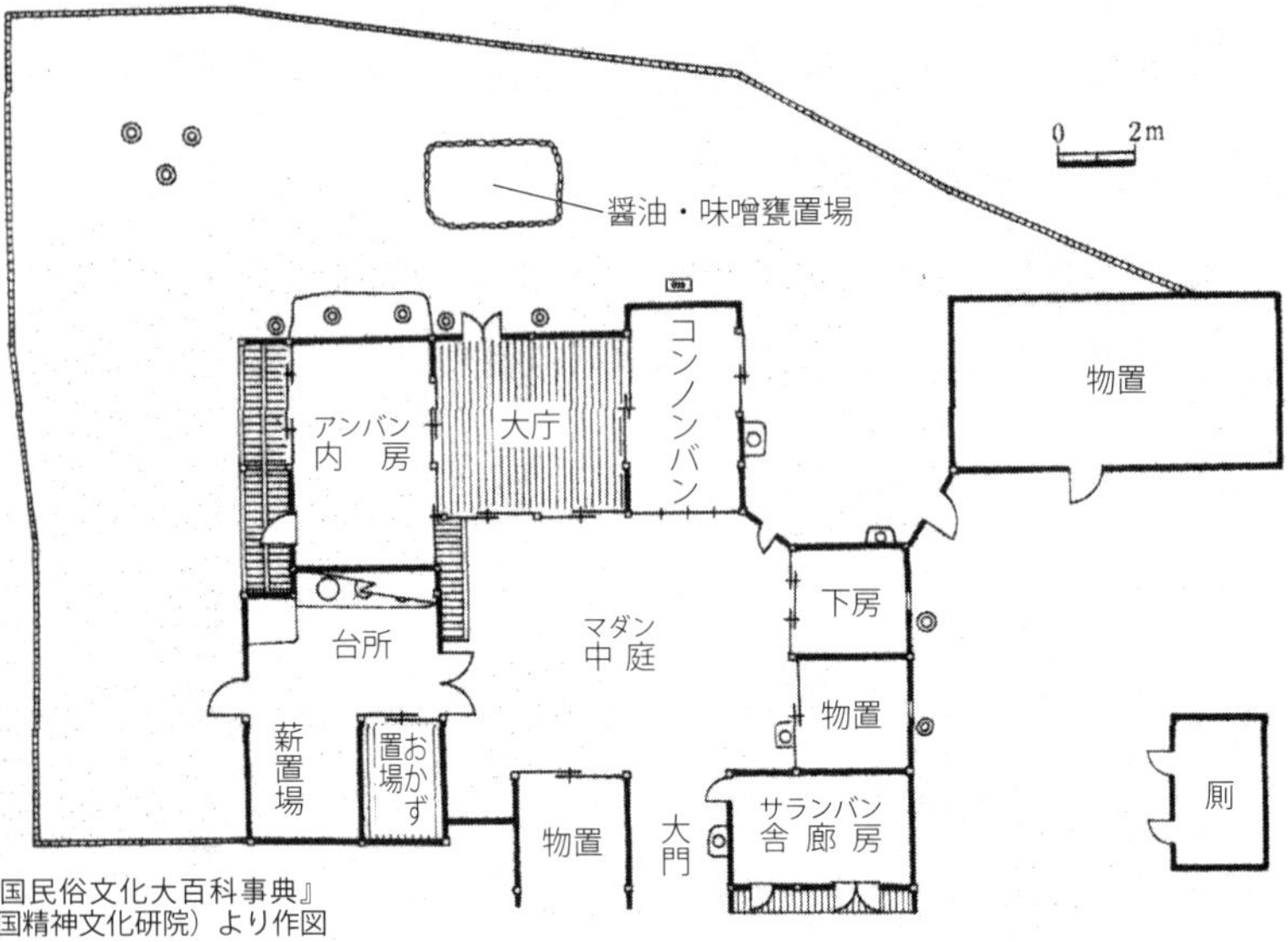

『韓国民俗文化大百科事典』
（韓国精神文化研究院）より作図

うことだが、女性の居住空間であるアンチェが左側にあり、」型に男性の居住空間であるパカルチェがある。アンチェの中のアンバン（内房）は主婦と子どもたちの空間であり、その下にある台所で主婦たちが料理を作る。台所は土間でできていて、竈の焚口はアンバンのオンドルの焚口にもなっている。内房の隣にある大庁（居間）は板敷になっていて、天井を架設せずに屋根裏が露出している。家族が共用する部屋であり、家の神の成主（ソンジュ）を祀り、祖先の祭祀もここで行なわれる。大庁をはさんで内房とは反対側にコンノンバンン（越房）があり、成人した子供たちが過ごす。サランバン（舎廊房）は主人の居室であり、客人の接待もここで行なわれるが、アンバンには主人以外の男性が立ち入らないように、サランバンには女性は立ち入らない。厠は日本でもそうであったように、衛生面の考慮から建物から離れてある。

上流の両班の家屋ともなれば、部屋数も多くなり、アンチェとパカルチェは建物自体も分かれ、その間を厳重に塀で仕切られている場合がある。深窓の令嬢たちがその中で暮らしていたことになるが、日本の平安時代の物語では「垣間見」がしばしば取り上げられるように、男たちは手を尽くして中をのぞき込もうとしたに違いない。さらには隠居した老人のために別堂が独立して建てられる場合があり、また祖先祭祀のためのサダン（祀堂）が奥に建てられる場合もある。これらを包み込むように外周にヘンナン（行廊）が巡らされた裕福な家もあり、そこには、奴婢たちが住み、厩があり、家畜が飼われ、家内手工業と言ってよいものも行なわれたことになる。

3……朝鮮時代の結婚

朝鮮時代の冠婚葬祭は儒教の礼にのっとって行なわれる。礼とは『礼記』・『周礼』・『儀礼』にある古代中国の周時代の礼儀作法、いわばテーブルマナーの体系であるが、宋時代の朱熹がそれを時代の変化に合わせて簡略化した『朱子家礼』があり、朝鮮半島には高麗時代末にそれが入ってきて、朝鮮時代にはハングル訳されるとともに社会の制度となった。ただし、仔細に見ると朝鮮での慣行は地方により、時代により、『朱子家礼』からの変異も見られる。読者の便宜のために朝鮮社会の伝統的な結婚の節次について簡単に記しておきたい（ちなみに『朱子家礼』は日本ではなかなか手にいらない。大きな図書館にも大学図書館にもほとんどない。韓国では夜店の屋台ででも売っているような本なのだが。朱子学を体制の学問としながら、徳川時代の朱子学者の誰もがまともには読まなかったと言っていい）。

結婚が成立するには、大きく分けて次の三つの段階を踏まなくてはならない。すなわち、議婚・大礼・後礼であり、その三段階の中にも細かい節次があって、それらの節次を踏まない男女の結合は、ことば本来の意味で「野合」だということになる。

(1) 議婚

①納采、②涓吉、③送服、④納幣の四つの節次からなる。

①納采　まずは仲人が男子と女子の両家を行き来して女子側の許諾を得る。その上で、男子（新郎）側の主人（婚主）が書式に従って女子（新婦）側に手紙を送る。これを納采と言う。書式は住所・官職・姓名を記し、婚姻を執り行ないたい旨を記す。新郎側ではこの納采書を認め、朝早くに家の祀堂に報告する。納采書が新婦の家に届くと、新婦側の婚主が大門の前まで出て迎え入れ、北に向かって再拝する。こちらも祀堂に報告して、答書を認めて、新郎側に送る。新郎側では答書を受け取ればふたたび祀堂に報告する。仲人の行き来の中で慣行として四柱が新郎側から新婦側に送られる。四柱は新郎の生年月日を干支で記し、封に入れ

られ、さらに紅い袱紗で包まれている。新婦側では床（テーブル）の上で丁寧にこれを受け取る。四柱を受け取った段階で婚約が成立したことになる。

②涓吉　四柱を受け取った新婦の家から新郎の家に択日単子を送る。これを涓吉と言う。択日単子には奠雁と納幣の年月日時を記す。奠雁と納幣の単子は別の場合もあり、奠雁の日時だけを書いて、納幣の日時については同日先行とだけ記す場合もある。涓吉には別に許婚書を添えることもある。涓吉を受け取った新郎の家では宴を行なう場合もある。

③送服　新郎から新婦の家に礼物を送る儀式を言う（これは次の④納幣の儀式と重複し、朝鮮土俗の名残ではないかと思われる）。新婦の服地・布団・綿・名紬・カナキン・装身具・酒・餅などを目録に記して送られる。この日、新郎・新婦の双方の家で宴が行なわれる。

④納幣　新郎が新婦の家に納幣書と幣帛を送る儀式を言う。函二つにそれぞれ納幣書と幣帛を入れて送ると、新婦の家では床の上に置き、北面して再拝する。幣帛としては青緞と紅緞の彩緞であり、上記の送物という節次がない場合にはさまざまな礼物がこれに加えて函に入れられる。緋緞・布団・綿・銭、さらには富貴と子宝に恵まれるように、木綿種・炭・唐辛子などが入れられることもある。函はハムチンアビ（函かつぎ）と言って、下人がこれに当たるが、初子の生まれた福の多い人がこれに当たることもある。新婦の家では大庁に紅い布を敷いた床を置き、その上でこの函を受け取る。ハムチンアビは手厚くもてなされて送り返される。

⑵ 大礼

新郎が新婦の家に行って行なわれる儀礼、すなわち①醮行、②奠雁の礼、③交拝の礼、④合卺の礼、⑤新房、⑥東床礼を含めて言う。

①醮行　新郎の一行が新婦の家に行くことを言う。一行には新郎以外に上客・後行が含まれ、子どもがついて行くこともあった。上客には新郎の祖父がいれば祖父、父、あるいは叔父、あるいは長兄がなり、後客というのは近親者二、三名がなる。一行が新婦の家のある村に着くと、新婦の家から「人接」あるいは「対盤」という案内人を送って一行を迎えて、「正方」に案内する。「正方」は縁起のいい方角に設けられ、そこで簡単な食事が供され、新郎は紗帽冠帯に着替える。そして、改めて新婦の家に向かうが、新婦の家の大門では藁火が焚かれて不浄が清められる。

②奠雁の礼　新郎が新婦の婚主に雁（今は木製）を渡す、新郎が新婦の家に行って最初に行なう儀礼を言う。これ以後の儀式は複雑なために礼式に通じた故老が読

む「笏記」に従って行なわれる。新婦の家では大門の中の中庭の適当なところを選んで筵を敷き、屛風を立てた中に紅袱を敷いた床をおく。この床を奠雁床といい、新郎はその場に案内されて、笏記の指示に従って奠雁床の前に膝を屈して座る。新郎は渡された雁を床の奠雁床の上に置き、揖をして、立ち上がって四拝する。新婦の母が雁をチマで受け取って、新婦のいるアンバン（内房）に投げ入れる。その雁が立てば男の子が生まれ、横になれば女の子が生まれるという占いにもなる。

③交拝の礼　新郎と新婦が向かい合って拝礼する儀礼を言う。奠雁の礼が終わると、新郎は大礼床の前に案内されて、その東側に立つ。新婦が円衫を着て、汗衫で手を隠して、介添え役の手母に支えられて正面に向かい合って立つ。新郎は大礼床の前でかなりの長時間を待たされる。新婦は新郎が家に入ってきて初めて髪を巻き上げて用意をすることになっているためである。新郎・新婦が大礼床をはさんで向かい合った後、手母の助けを借りて新婦は再拝し、新郎はそれに答えて一拝する。ふたたび新婦が再拝すると、新郎が一拝する。それで交拝の礼は終わる。大礼床の上には燭台・松竹・鶏・米・栗・棗・瓢の盃などが置かれている。地方によっては竜餅と言って棒餅を竜の形に作って置いたり、鳳凰と言って干し蛸を鳳凰の形に作って置いたりする。

④合巹の礼　新郎と新婦が向かい合って巹（盃）を交わす儀式を言う。いわば三々九度である。交拝の礼が終わると、手母が大礼床にある瓢の盃に酒を注いで新婦に勧める。新婦はそれに口を当てる程度で、その瓢の盃は新郎の付き添いを介して新郎に勧められ、新郎がそれを飲む。その答礼として、今度は新郎の付き添いが別の瓢の盃に酒を注いで新郎に勧め、新郎が口に当てたのを、手母を介して新婦に勧め、新婦は口に当てて、下に置く。これを三度行ない、料理にも箸をつけて、合巹の礼は終わる。

⑤新房　合巹の礼が終わると、新郎と新婦はそれぞれ別の部屋に入っていき、新郎は紗帽冠帯を脱いで新婦の家で用意した道袍に着替える。そうして出て来て、新郎と上客は大床の料理の接待を受ける。これには箸をつけるふりだけをして、大床の料理はそのまま丸籠に入れられて、新郎の家に送られる。新婦の家のアンバン、あるいは別の部屋を新房として、夕方になると、新郎がまずその新房に入る。次に婚礼服の新婦が入って来て、その後に酒と簡単な料理の置かれた酒案床が入って来る。新郎と新婦は酒を飲み交わし、新郎は新婦の冠と礼服を脱がせる。冠の紐はかならず新郎がほどかなければならない。「新房のぞき」といって、親族

たちが窓障子に穴を空けて中をうかがう習俗もあるが、中の灯りの火が消えれば、みな引き下がる。翌朝、新房には松の実粥や竜餅で作ったスープが持って来られる。新郎・新婦はこれを食べて出て行き、舅・姑などに挨拶をする。

⑥東床礼　昼食の時間に前後して新婦の家の若者たちが集まって来て、「新郎いじめ」をする。これを「東床礼」と言う。新郎に答えることの難しい難問を出し、うまく答えられなければ、新郎の髪を紐でくくり、力の強い者が担ぎ上げたり、大梁にぶら下げたりして足裏を棒でたたく。新郎が声を上げると姑がやって来てこれをやめさせ、みなを食事でもてなす。

(3) 後礼

新婦の家での大礼を終えて、新郎の家に新婦を迎えて、新郎の家での儀式が行なわれる。①于帰、②見舅礼、③観親の節次を終えて、婚礼のすべての儀式は終わる。

①于帰　新婦が媤家（新郎の家）に連れられて来ることを于帰と言う。大礼の当日に于帰することもあるが、三日後になる三日于帰がある。月を越えて、あるいは年を越えての于帰もある。昔ほど、この于帰に至る期間は長く、朝鮮半島で行なわれたかつての婿取り婚の名残だと言えるかもしれない。偉人の伝記を調べていると、母方で生まれて、そのまま成人したという例が少なからず見られる。新婦が于帰するとき、上客・ハニム（女の召使）・チムクム（荷物担ぎ）などが行列を作る。新婦の乗る籠の上には虎の皮をかぶせ、新婦の座布団の下には木綿種と炭とが置かれる。一行が新郎の家に近づくと、人びとが出て来て、木綿種・塩・大豆・小豆などを撒いて邪気をはらう。あるいは大門で藁火を焚いて邪気をはらう。新婦の籠が大門を入って来ると、大庁の前に籠を立て、新郎が籠の戸を開けて新婦を迎え入れる。続いて籠の上の虎の皮を屋根の上に放り上げて、新婦の到着を表示する。

②見舅礼　新婦が媤父母と媤家の人びとに挨拶をする。新婦の家で作り調えてきた鶏・肴・栗・棗・果実などを机の上に置いて酒を注いで勧める。挨拶を受ける順は媤祖父母がいても媤父母が先で、続いて媤祖父母、世代順に伯叔父母などとなり、同行列の兄弟姉妹はお辞儀をする。見舅礼が終わると、新婦と新婦の上客は大床を受け取る。これも大礼のときと同じで、箸を付けるふりだけをして取り下げて、新婦の家に送る。上客や召使などはみな新婦の家に帰って行く。次の日の朝、新婦は化粧をして媤父母に問安（ご機嫌伺い）に行く。問安は三日の間は行なわれる。その間、媤母は

新婦を連れて親戚の家に挨拶に行く。親戚の家では食事を用意して新婦をもてなす。新婦は三日が過ぎると台所に入って行き、家事を始める。

③観親　新婦が媤家に入って生活を始めて最初の里帰りを観親と言う。于帰の一週間の後に行なうこともあるが、かつては新婦が媤家で農事を行ない、初めての収穫物で餅と酒を造り、それを携えて観親を行なった。観親には多くの礼物をもって行き、実家で休息し、媤家に帰るときにも多くの礼物を持って帰る。新郎も観親にはついて行き、丈母は婿を連れて親戚に挨拶まわりをする。親戚の家ではこれを食事でもてなす。

以上の節次を終えて初めて婚姻が成立したことになる。

4……妓生

韓国社会における妓生《キーセン》の意味を語る川村湊氏の力作『妓生――「もの言う花」の文化誌』（作品社）がある。そちらを参照されたいが、ここでは『歴史大事典』（三修社）の説明をもとにして簡単に説明しておきたい。売色だけの存在ではなかったことに注意する必要がある。

妓生とは芸妓の称号であり、歌舞などの風流をもって酒宴の席に侍り、さまざまな遊興の行事に興をそえることを職業とした女性たちを言う。紀元は新羅二十四代の真興王のときの花郎であった源花（これは男子）から生じたともされ、高麗の太祖・王建が開城に都を置いたときに百済の遺民である水尺族を奴婢として地方の各邑に隷属させ、その中の美貌の女性たちに歌舞を仕込んで芸者として身過ぎをさせたことに由来するとも言う。高麗の文宗のときには宮中の八関燃灯会に女楽を催し、唱妓戯が発展し、李朝に入ると多くの官妓が生じるようになった。官妓は医女としても活躍して裁縫も行なったが、主に宴会の席で歌曲・舞踊に従事した。李朝における官妓設置の目的は女楽と医針にあり、もちろん男たちの慰安も伴って、地方の官衙では中央から派遣された使臣と客人を接待するのに必要とされた。妓生の地方的な特色として、安東妓の「大学之道」の読誦、関東妓の「関東別曲」の唱歌、咸興妓の「出師表」の読誦、義州妓の「馳馬舞剣」、平壌妓の「関山戎馬詩」の唱歌、永興妓の「竜飛御天歌」の唱歌などは有名で、芸能・武芸を兼備した。

妓生を管掌するのは妓生庁であり、妓生は行儀・歌曲・舞・書・絵画などを習い伝えた階級として、教養人として教養を錬磨し続けた。彼女たちは風流な上流高官たち、漢学的教養の高い持ち主である儒生たちとも交わったので、行儀はもちろん、漢学の教養も備わっていることがあった。しかし、高官たちと付き合ったとしても、妓生は身分制度でもあり、あくまで賎人に属することになる。賎人の子は賎人であり、妓生の性質上、かつての祇園などもそうであったが、女系でその妓生身分は相続される。逆に言えば、妓生身分を逃れることはできず、何かの恩恵で賎人身分が贖われない限り、妓生の娘は妓生であることになる。

訳者解説

梅山秀幸

作者を韓山李氏の羲準とも羲平ともする『渓西野譚』を翻訳刊行する。

高麗時代に詩話から発生した漢文による稗史小説は、朝鮮前期に『太平閑話滑稽伝』や『慵斎叢話』などの作品として結実し、朝鮮後期には、より広く題材を市井に取り、フィクティヴな要素を加えながら、一種百科全書派的な知的関心をもっていた柳夢寅の『於于野譚』によって新たに野譚という文学ジャンルが成立することになる（三作とも作品社から既刊）。正史がつねにかしこまった建前の言辞に満ち、人びとの行為も公の権力の立場から称揚され、断罪されるとすれば、野史の方に人びとの真実が隠されてもいよう。歴史の捏造がしばしば云々される。しかし、歴史とはつねに捏造されるものではなかったろうか。「日本紀などはかたそばぞかし」と紫式部は喝破したが、野譚には、『朝鮮実録』には到底記されることのない、人びとの振る舞い、歴史の表舞台には出ることのない人びとの生活のありようが描かれる。『渓西野譚』は十九世紀の前半、朝鮮社会も爛熟してすでに末期を迎え、社会の底辺では新たな胎動が始まっていた時期に成った。その新たな胎動は、しかし、荒々しい帝国主義の波に巻き込まれ、飲み込まれてしまうことになる。その後から振り返れば、朝鮮宮廷内部の激しい権力闘争でさえもが淡い春の夢の中の出来事のようにも思える。朝鮮社会は対外的にはたしかに平和の時代にあって、宮廷では民衆のことになど目を向けず、意に介することもなく、さかんに「党争」が繰り広げられていたのである。かつて私たちは弁証法的発展ということばをよく耳にしたのだが、はたしてそこにポジティヴなものがあったのかどうか、朝鮮の両班たちは負の弁証法に取りつかれていたかにも見える。

『渓西野譚』はその党争の時代の社会の空気を呼吸して生まれている。党争こそがこの『渓西野譚』の各話が語るエピソードに登場する人びとが生きた時代と社会の現実であり、著者その人も老論に属していた。面倒ではあるが、書物の理解のために党派の興廃について素描してみよう。

1……党争の時代

まずはこの書物の冒頭、辛壬の士禍のさいに、微官ではあったものの、士節をまっとうして諫官の職分をゆるがせにしなかった李彦世という士人が登場する。辛壬の士禍とは、辛丑の年（一七二一）から壬寅の年（一七二二）にかけて、王世子の擁立を巡って起こり、少論が老論を排斥した政争を言うのだが、さて、老論だとか少論だとか……朝鮮史の後半は儒教的な名分論をめぐって激しく議論が戦わされ、人びとは党派を結び、それがめまぐるしく分裂し、興廃を繰り返す時代となる。

振り返れば、朝鮮時代の前半の宮廷は、太祖・李成桂の建国に協力した既成勢力であるいわゆる勲旧派とよばれる人びとと、科挙に及第して登用され宮廷で新たな勢力となった儒者官僚である士林派とよばれる人びとの争いによって特徴づけられた。燕山君の時代の戊午の年（一四九八）と甲子の年（一五〇四）、中宗の時代の己卯の年（一五一九）と乙巳の年（一五四五）、四度にわたる大きな士禍によって、士林派は宮廷から退けられ、殺害される。そうした状況にあって官途に望みを断ち、いったんは野に下らざるを得なかった士林たちによって朝鮮朱子学は深化し、李退渓や李栗国などの哲学者を産み出すことになる。ちなみに、この朝鮮朱子学こそが藤原惺窩《ふじわらせいか》や林羅山などに影響を与え、日本の江戸時代の政治思想の中心イデオロギーになる。丸山真男の『日本政治史研究』はそのことには目を配らないが、士禍はわが国にとっても対岸の火事どころではない。地方の郷校や書院において中央での権力抗争に嫌気がさした儒者の薫陶と感化を受けた子弟たちがやがてふたたびソウルの政界に進出することにより、宣祖の時代（一五六七～一六〇八）には士林たちが確固たる政治勢力を形成し、朝鮮は中央集権的な両班官僚体制を築き上げることになる。朱子学の素養を備え、その経世済民の理想を抱えた儒者官僚たちが朝鮮の政治のかじ取りを行なうようになって、政治改革を断行し、民生などの実際面においても改良に着手していくことになる……そのはずだったのである。しかし、南からは豊臣秀吉の倭賊による二度の侵攻があり、北からはホンタイジの胡賊（女真＝満州族）によるこれも二度の侵攻があって、朝鮮八道は蹂躙されて疲弊しつくし、また士林たちも過剰なほどに窮屈な朱子学の名分論に縛られて党派が生じ、政権掌握のための苛烈な抗争が始まるようになる。

党争は、そもそも官僚の人事権をめぐる、沈義謙と金孝元の争いに端を発すると言われる。儒者官僚たちはほぼすべてがこの二人のどちらか側について互いに反目をするようになる。沈義謙の家がソウルの東にあったので、その一派を東人と言い、金孝元の家がソウルの西にあったので、その一派を西人と言った。東人は李退渓の学問の系譜を継いで、「理」と「道」を重視し、治者には公道と良心が必要であると説き、それに対して、李栗国の学統を受け継いだ西人は「理」よりも「気」を重視した。学説としては「主理」と「主気」の対立であったことになるが、以後、間断なく繰り広げられる党争は明確な政治哲学や理念の対立であるよりも、朱子学の大義名分を盾に取った権力掌握のための分派闘争に過ぎないように見える。しかしそれも強大な中国と奸盗のような日本に挟まれた朝鮮という国家の地政学的な位置を考えれば、その指導者層の陥らざるを得なかった葛藤だったという側面もありそうである。

東人と西人に分れた後、宣祖中期、東人が実権を握るや、西人の処分を厳しいものにするか、穏やかなものにするかで、東人内部で議論が分れ、東人から南人と北人が分れる。壬辰（一五九二）・丁酉（一五九七）の倭乱（秀吉の朝鮮侵略）の際には、国家総動員体制の中で党争どころではなかったものの、乱が終息するや、北人は乱に際して大いに活躍した南人を追い落とす。しかし、実権を握った北人はまた大北と小北とに分れる。光海君の時代は大北の時代であったが、北方で勢力を伸張させていくヌルハチの女真族との融和をはかって現実的なバランスの取れた外交政策を行ない、内には民政安定を心がけて善政を敷いたとされる。しかし、朝鮮は名分として明を盟主としていただいており、新たに勃興した女真族などオラン

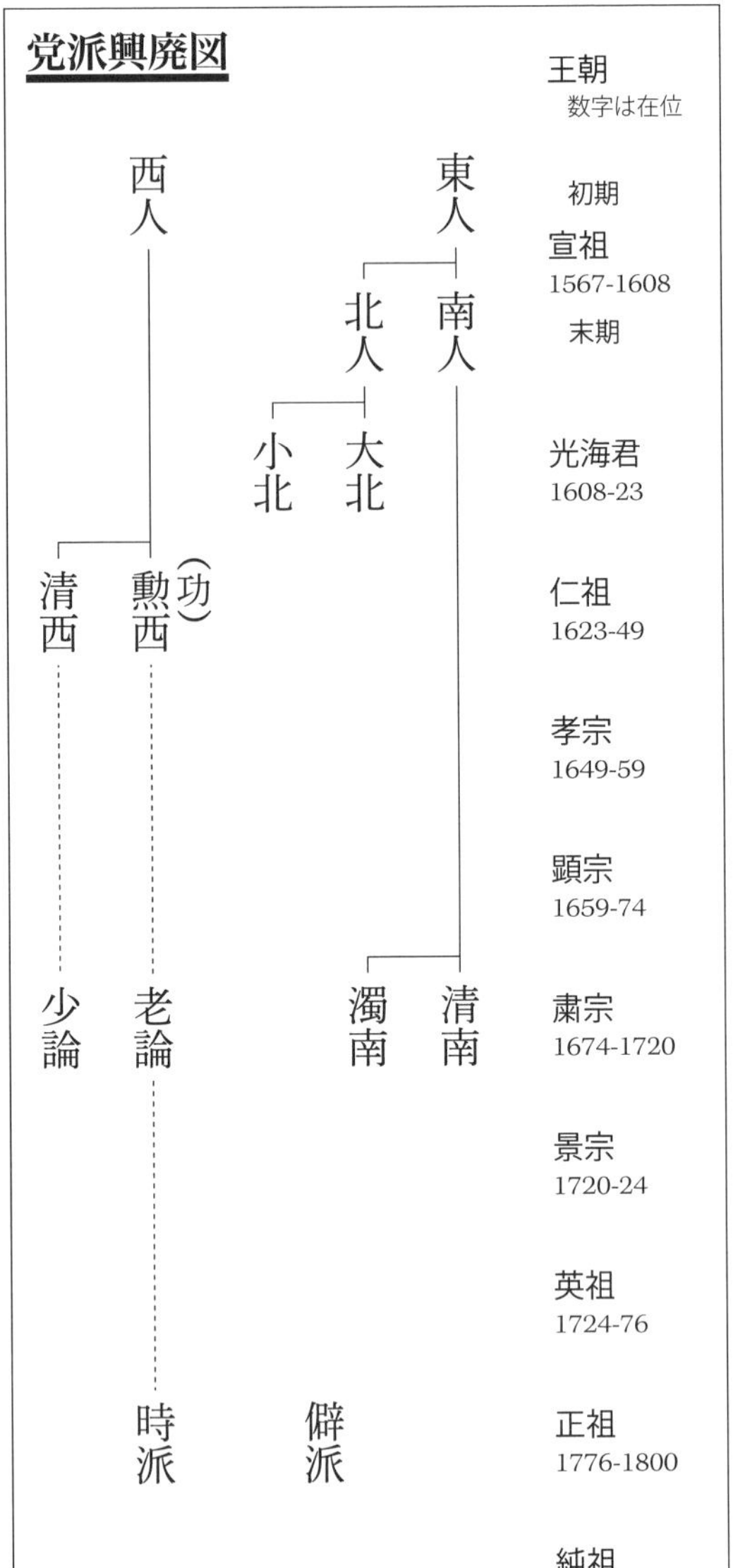

ケという蔑称で野蛮人扱いする西人が仁祖を担いでクーデタをはかって成功する（史書はクーデタに勝利した側の視点で書かれるために、光海君は燕山君とともに朝鮮史上希代の悪王とする）。西人主導の外交政策の中では女真族の後金（清）との交渉は頓挫せざるをえず、朝鮮は二度に渡ってその侵攻を受け、投降した仁祖はホンタイジに臣従の礼をとって、以後、日清戦争後の下関条約の締結に至るまで、朝鮮は清に臣下の礼をとることになる。続く孝宗の時代、西人たちは強大な世界帝国である清への復讐を至上命令として北伐を計画し軍備を進めるが、現実的な南人勢力が拮抗して西人たちの暴挙に歯止めをかけた。この間の事情については、この『渓西野譚』の第九三話に李浣など北伐論者の意気込みをうかがうことができる。しかし、第

一一七話に語られる孝宗や宋時烈への兵士たちの揶揄にはごく普通の人びとの北伐など無理とする感覚も描かれる。第三一話では占いに長けて現実生活には興味を示さない方外の人である許生が千金を得る過程を語るが、許生が北伐の相談に来た李浣を一蹴するエピソードも語られる。第一七〇話には孝宗も宋時烈も北伐など名分として主張せざるをえなかっただけで、それを現実に行おうとは思っていなかったのだと、語るに落ちる楽屋話も出てくる。

　孝宗の死後、継母の慈懿大妃が服すべき喪について、西人と南人とのあいだに大論争が起こった。もともと、仁祖と仁烈王后韓氏のあいだに第一子の昭顕世子があったが薨去《こうきょ》し（清に人質になって帰って来た息子の清へのかぶれぶりを嫌って、みずからに屈辱を味わわせた清を憎む父親の仁祖が毒殺したのだとも言う）、孝宗は仁烈王后所生の第二子であったために、継母の慈懿大妃には服喪期間について依拠する礼がなく、宮中は困惑せざるをえなかった。そのとき、西人の宋時烈や宋浚吉は、孝宗は王ではあったが、次男に過ぎなかったから、慈懿大妃の服喪は一年を越えてはならないと主張した。これに対して南人の尹善道などは、第一子が死んだ後の嫡妻所出の第二子は長子と言っていいものであるから、大妃の服喪は三年でなくてはならないと主張した。一年か三年かの喧々囂々の議論は、結局は、尹善道などを流罪にして、西人の一年説が勝利することになる。

慈懿王后の服喪問題

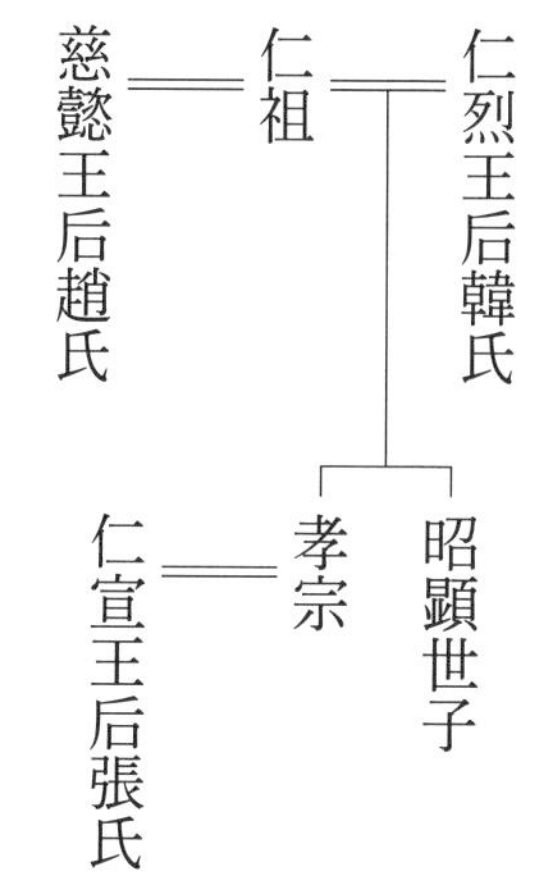

　宋時烈と宋浚吉は時代を代表する思想家として多くの著述を遺し、尹善道はハングルの短詩である時調の作者として、韓国では日本における松尾芭蕉のような存在である。余談ながら、私はかつて尹善道が流謫生活を送ったという南海の絶島である甫吉島を訪ねたことがある。歌舞伎の俊寛僧頭のような落魄の生活を送るべく、小ぢんまりとした庵を想像していたのだが、その想像はあざや

かに裏切られた。巨石を組み合わせた広壮な、日本ならばさしずめ大名庭園とも言うべき庭園のある屋敷で彼は流謫の生活を送っていたのであり、侘びや寂びという情趣を起こさせるようなところではなかった。

　それからしばらくして、今度は孝宗の妃であった仁宣大妃が薨去した。またもや、慈懿大妃の服喪すべき期間について、一年説と三年説が戦わされ、いったん三年説が勝利するが、その後、一年説の強力な擁護論が現れて、その過程で西人は凋落して領袖の宋時烈は流刑になる。粛宗のもとでは南人が重用されるようになるが、粛宗の寵を得て驕った南人の許積に禁忌に触れるふるまいがあって、南人は宮廷から一掃される。それを庚申の大黜陟《ちゅっちょく》（一六八〇）と言うのだが、これを機に西人はふたたび盛り返し、宋時烈も配所から呼び戻される。しかし、宋時烈はすでに七十歳を越えていたため、西人の若手たちは年老いた彼の穏健な言動に飽き足りなくなって、老人と若者の対立が起こる。西人は老論と少論とに分れることになるのだが、第六〇話には若い弟子の尹拯が老師の宋時烈に背く契機について触れていて、続く六一話では一家の中で老論と少論に分かれた悲劇が語られている。

　西人の中の老論と少論の分裂・対立は、失脚して気息奄奄としていた南人に失地回復の機会を与えることになる。西人の閔氏から出た粛宗の継妃・仁顕王后は王の寵愛を得ながらも子を得ることができず、侍婢として参内していた張氏が王の寵愛を得るようになって、王子の昀を産むことになる。粛宗の心は王子をなした張氏に動いて、昀をすぐにでも世子にしたかったものの、閔氏の背後にいる西人がそれに賛成するはずもなく、粛宗と張氏は南人を味方に引き入れることによって、ようやく昀を世子に冊封することができた。宋時烈はこれに抗議して王の怒りを買い、流罪となって、八十三歳の老身で非業の死を遂げた。粛宗はさらに閔妃を廃し、張氏を王妃に昇格させようとする。西人八十人がこれに抗議したが、王は聞き入れることなく、かれらに厳しい拷問を加えた上で放逐した。この己巳の換局（一六八九）によって、南人の世になり、張氏も我が世の春を謳歌する。しかし、王はしばらくしてみずからの短慮を後悔して南人を憎んで遠ざけるようになる。寵を失ってあせった南人が行動を起こしたために、かえって失脚し、西人が力を回復するとともに、閔氏は妃に復し、張氏は妃を廃され、さらに、閔氏の死後、それが呪殺によることが明らかになって、張氏は死を賜る。粛宗をめぐる後宮の女性たちの争いは現代でも韓流テレビドラマの格好の主題になっていて、日本でも放映されてファンが多いようである。仁顕王妃閔氏、嬉嬪張氏(『チャン・オクチョン』)、そして淑嬪崔氏(『トンイ』)といった女性たちである。

チャン・オクチョンの産んだ昀(景宗)は病弱であったために、さらに賎しい身分であるトンイの産んだ延礽君昑を王世弟とし、あるいは摂政をさせるかどうかの争いが、南人を排した後に西人の老論と少論のあいだに生じる。それが、この書物の冒頭の辛壬の士禍であり、その事変のあらましは第一六九話にも精しく語られていて、さらにこの事変に巻き込まれた人びとのエピソードが第一三〇話、続く一三一話にはある。その後、延礽君昑が即位し(英祖)、治世当初の李麟佐の乱を終息させると、本来は老論を支持母体としていたものの、各派の人材を公平に登用して互いの不満を解消し、党争の弊害を緩和する「蕩平策」をとって、その治世は五十二年の長きにおよんだ(一七二五~一七七六)。その間、軍制や税制を改革し、農業を振興し、貨幣を鋳造して経済活動を活発化し、また数々の出版事業を行なって、英祖という諡のとおりにまことに英邁な王だったと言ってよい。

そのような名君にも無下《むげ》の瑕瑾《かきん》と言っていいものがある。一七六二年、世子を廃して米櫃に閉じ込めて餓死させたことである。思悼世子に性格破綻が見られ、女官や宦官をわけもなく殺したり、平壌に微行したりという奇行が多々あったことが理由であるが、根本的には英祖の継妃である貞純王后の一族である慶州金氏勢力と思悼世子の勢力の反目対立によって引き起こされた事件であると考えられる。義理の関係であるとは言え、母に当たる貞純王后(一七四五~一八〇五)は子の思悼世子(一七三五~一七六二)よりも十歳も若かった。その後、思悼世子が殺されたことに対して同情的な時派と、殺されたのは当然だったとする僻派とが、これまでの党派の系譜とは別に生まれる。慶州金氏は当然のこと僻派であり、時派はそれに対立する勢力であり、老論と南人の一部からなる。

正祖は、韓国史上最高の文学者の一人であると言っていい『閑中録』の作者の恵慶宮洪氏といたましい死を遂げた思悼世子のあいだの子であったが、罪人の子として王位につくことははばかられ、早逝した孝章世子の子として、義理の祖母に当たる貞純王后金氏のバックアップのもとで王位につく。正祖は出自的にも心情的にも時派でありながら、僻派の後押しで王となったことになり、時派と僻派の微妙なバランスの上に立って政治のかじ取りを行なわざるをえなかった。奎章閣を新たに設置して「右文之治（学問中心の政治）」と「作成之化（生産を通しての発展）」をスローガンに改革を推し進めた。『渓西野譚』の作者である李氏は恵慶宮洪氏とは縁戚であり、するともちろん、正祖とも縁戚関係にあることになる。正祖は実の母親の恵慶宮洪氏の還暦を祝って、一七九五年には父の思悼世子の墓所のある水原への盛大な行啓を企てる。縁戚一同も招かれ、作者自身もその宴に加わる光栄に浴したことが第一七二話には語られている。現在、世界遺産にも登録され、美しい城郭都市のたたずまいを残す水原という町自体、正祖の父への追慕の情が建設の動機になっていて、痛ましい死を遂げた父親の鎮魂の都市という性格をもっている。正祖の時代、西洋の学問とカトリックもすでに入って来ており、時派の南人の中には多くそれを信奉し、実際に実証的な学問に従事してすぐれた業績を挙げる丁若鏞のような人びとも現れた。丁若鏞はそれこそ水原の町の設計図を画き、起重機を作って工期を短縮させた人物であり、彼らを信西派というが、僻派の中には西洋文化の輸入に反対する攻西派の人びとがいて、正面衝突をするようになる。辛亥邪獄（一七九一）において、僻派（攻西派）の主導の下でカトリックが弾圧されたのを初めとして、信西派は何度かにわたって排斥され、丁若鏞のような人は、実に長い流謫の歳月を送ることになる。茶山・丁若鏞が自身の学問を大成させるためには大いにプラスしたとも言える。時代の学問はすでに儒学ではなく、実学に移行していた。

正祖が死んで、その子の純祖が立ったが、その当初は貞純王后の「垂簾聴政」が行なわれた。文字通り、少年王が坐る背後の簾の中で老年の女性が臣下のことばを聴き、命令を下したのである。当然、僻派の時代であり、カトリックの弾圧は繰り返された。しかし、貞純王后が退き、亡くなって、僻派は衰退していく。慶州金氏の勢力もおのずと弱まって、朝鮮時代後半を特徴づけた党争も姿を消していくが、今度は純祖の舅である金祖淳一族の安東金氏の勢道政治が始まることになる。朝廷の要職をすべて一族が占め、彼らを牽制する勢力がないために、その政権は腐敗していく。賄賂が横行して、公平な官吏登用の基本であった科挙制度も有名無実となり、売官売職が行なわれて、政治紀綱は乱れ、民衆を顧みることはない。過酷な収奪に音を挙げて、農民たちの反乱が起こるようになる。第六七話に洪景来の反乱（一八一一）のエピソードを載せるが、両班のあいだの党争ではなく、「民乱」というべき反封建農民闘争が始まっていく。哲宗の時代の壬戌民乱（一八六二）を経て、その最終の「東学党の乱（甲午農民戦争）」が日本に格好の侵略の口実を与え、日本軍によって鎮圧されざるをえなかったという凄惨たる悲劇を朝鮮史は体験することになる。

2……著者の「渓西」

さて、『渓西野譚』の著者であるが、誰が書いて付したものかわからない序文に、

「渓西というのは尚書の李羲準の堂号である。野譚とは見聞したままに記録するものである。別の名をもつものも多くあり、あるいは『記聞叢話』と言い、あるいは『莘田遺書』と言い、あるいは『徳湖野譚』と言う。みずから記録したものに、みずからの号を付したものであろう」

とある。そこで、この書物の著者は李羲準であると考えられてきた。

私の手許には韓国の古書店から取り寄せた『韓山李氏宝鑑』という韓山李氏の族譜があるのだが、そこでは李羲準について十行ばかりの履歴を書いて、その最後に『渓西野譚』の作品を残していると付け加えられている。ところが、最近では、その兄である李羲平が作者であるとする説の方が有力である。『韓山李氏宝鑑』には、しかし、李羲平については二行ほどの略歴があるだけで、その著述については何も言わない。

『韓国人物大事典』（中央日報出版法人、中央M&B）で二人の項を見ると、まず、李羲準は次のようにある。

【李羲準】英祖五十一（一七七五）～憲宗蜂（一八四二）。朝鮮後期の文臣。本貫は韓山。字は平汝。号

は渓西とされてきたが、兄の羲平の号が誤って伝えられたという説もある。軍資監正の山重の孫で、礼曹参判の泰永の五男、後に顕永の養子となった。純祖五年（一八〇五）、増広文科に乙科で及第して、一八〇九年には翰林都堂会圏に昇った。一八二五年、礼部承旨・嘉善大夫が加資され、一八二七年、吏曹参判となった。一八三〇年、京畿監査に赴任して「勅需不敷」「郵駅凋弊」「還穀耗縮」の三つの弊害を上疏して認められた。京畿監査の任期を終えたが、鋳銭事業が始まったばかりなので留任となり、一八三二年には退いた。翌年、京畿暗行御史の李是遠が鋳銭通用の弊害について上啓したため、羲準は三司の弾劾を受けて黄海道白川に流されたが、翌年には申緯とともに呼び戻された。一八三四年、憲宗が即位すると、告訃兼奏請副使として中国に行った。一八三七年、祔太廟のとき、終献官を加資され、工曹判書に昇った。一八三八年には冬至正使として中国に行き、兵曹・礼曹の判書を経て、一八四〇年には大司憲となった。詩文にも優れ、『渓西野譚』は彼の著述と伝わるが、その兄の羲平の著述だとする説もある。諡号は文靖。

次に、兄の李羲平。

【李羲平】英祖四十八年（一七七二）～憲宗五年（一八三九）。朝鮮後期の文臣。本貫は韓山。字は準汝、号は渓西。軍資監正の山重の孫、礼曹参判の泰永の息子であり、道永の養子となった。彼の家は老論の閥族であり、恵慶宮洪氏の外戚でもあった。母夫人の豊山洪氏は孝行で名高く、表彰されたこともある。泰仁県監を経て、沈能淑と交遊関係を結んだ。一八一〇年、司馬試に合格して、全州判官および黄州牧使になった。二十四歳のとき、思悼世子の墓廟のある水原に行き、恵慶宮洪氏の還暦の宴が行なわれたという内容の国文体紀行文『華城日記』を書いた。また、実父の泰永の行跡を主要な内容とした、百四篇の説話を集めた『過庭録』を残している。一般には弟の羲準の作とされる『渓西雑録』および『渓西野譚』は二人の号が取り違えられて伝わった可能性が高く、羲平の作品であると推

韓山李氏略系図

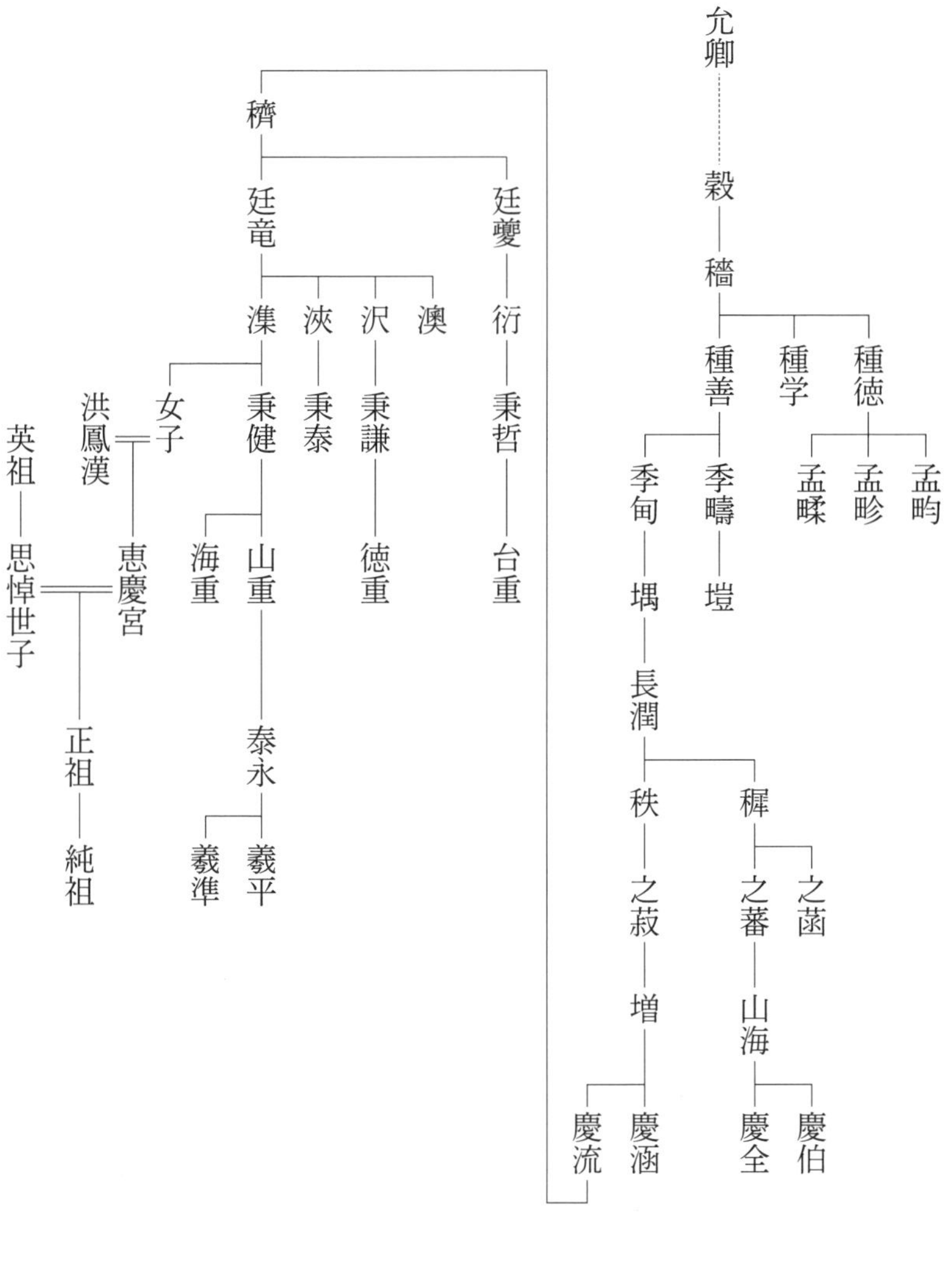
允卿
穀
穡
種善
種学
種徳
季甸
季疇
孟畯
孟畛
孟昀
堣
塏
長潤
秩
穉
之菽
之蕃
之菡
増
山海
慶流
慶涵
慶全
慶伯
稽
廷竜
廷夔
潗
浹
沢
澳
衍
女子
秉健
秉泰
秉謙
秉哲
洪鳳漢
英祖
海重
山重
徳重
台重
思悼世子
恵慶宮
泰永
正祖
純祖
羲準
羲平

定することもできる。

韓国古典文学の権威であると言っていい趙東一氏の六冊からなる大部の『韓国文学通史』（知識産業社）の三冊目を確かめると、一行の考証も加えることなく、『渓西野譚』の編著者は李羲平であることをすでに前提として解説が進められている。韓国の学界では『渓西野譚』の編著者は李羲平であるというのはすでに定説となっているようである。

ここまで書き進んで、実はこの問題について画期をなした論文があることに気がつき、韓国の友人にコピーを送ってもらった。李賢沢という当時は高校の先生であった方の「渓西野譚研究」（上）、（下）という論文である（韓国語教育学会発行の『国語教育』に掲載。上は46・47号合併号、一九八三年十二月、下は51・52号合併号、一九八五年二月）。李賢沢氏は、すでに朝鮮王朝の末期、両班の階層に生まれて朱子学を思想の背骨としてもちながらも、広く庶民の生活に共感の視線を送る『渓西野譚』の編著者李羲準の創作動機を知りたいと思い、そのために韓山李氏の末裔の人びとに聞き取りをすることを考えた。「韓山李氏大宗会」を訪問して末裔の方々に挨拶をすませて、そこで提供された『韓山文献叢書』なるものを読んでいると、次のような記述に出会ったと言う。

ここに載せた『渓西野譚』、『過庭録』、『華城日記』はすべて渓西公、諱は羲平の著作である。（中略）一方でこの『渓西野譚』は羲平公の季氏である羲準公の著作ともされていて、ここに影印した筆写本の原文もその冒頭に羲準公の作品であると紹介している。図書解題や人名辞典その他ではすべて羲準公の著書となっているが、その子孫たちの主張によれば、羲平公の著述とするのが正しいというので、ここでは従来の記録などに背いて、羲平公の著作として紹介することで、読者諸氏の諒察があることを願いたい。

『韓山李氏宝鑑』とはちがう立場の一族の方もいて、学界の通説とは異なり、李羲平が『渓西野譚』の著者であると伝え、それがまた強くここでは主張されている。そこで李賢沢氏は義平や義準の五代あるいは六代の孫である人びとに聞き取りを行ない、文献を渉漁して韓山李氏の系譜を検討していく。先の『韓国人物大事典』の二人についての記述は詳細であるが、実はこの李賢沢氏の研究成果を取り入れて為されていると言ってよい。李賢沢氏によると、義平・義準兄弟の父の泰永には十一人息子たちがいて、兄弟たちそれぞれの字や号が混乱して伝わっている。それを整理する作業を行なって、李賢沢氏は義平＝渓西で間違いなく、すると『渓西野譚』の編著者は当然のこと李義平であり、文学史は書き換えを余儀なくされるという結論に達する。

義平の字が準汝、義準の字が平汝というまぎらわしい点がもともとあるのだが、広く流布する奎章閣本『渓西野譚』の冒頭にはすでに引用した誰の手になるものかわからない序文があって、そこに「この書物の著者は李義準である」とあるために、それがそのまま通説としてまかり通って、渓西は李義準の号であることになってしまった。李賢沢氏によると、この序文の著者は渓西が李義平の号であることを考えずに、『渓西野譚』の第一七話から早とちりをしてしまったのだという。第一七話は著者の家に祖父の代から仕えていた大金という下人の話である。

「大金というのはわが家の年老いた下人である。幼いころから亡くなった私の祖父に仕えて雑用をしていたが、特に学んだわけでもないのに、あらあら文字を解した」

とあり、その大金が旅の途中で葬儀に出遭い、題主を書くことを頼まれて博打場に貼りつけてある文章を書いてすませたという笑い話になるのだが、

「大金というのは今は義準の下人である」

と結ばれている。「私、義準」とあるわけではないのだが、そう読みたくもなる。序文を書いた人はこの部分を「この『渓西野譚』の著者の私、義準」と読みとったわけであるが、これは誤読だということになる。

一方で、第一七二話には一七九五年の正祖の水原への行啓と恵慶宮洪氏の還暦の祝賀の宴について語る。

そこには洪氏の「内外の親戚で同姓の八寸までと異姓の六寸まで」が招かれることになり、著者の「先父君（父）とすべての兄弟たち」も出席した。そして王の帰還を始興で待機することになって、「平汝とともに」出かけたと書かれている。だから、著者は平汝＝羲準とは別人であり、号を渓西とする兄の羲平とするのが妥当であろう。羲準その人も文靖という諡号からして優れた文人であって、そのことがこの書物の著者として誤解され、認定されてきた理由なのであろうが、羲平は官吏としての栄達は弟の羲準に譲ったものの、後世に残る文筆家としては彼の方に軍配が上がるのかもしれない。

李賢沢氏は埋もれたままになっていたかも知れない多作の李羲平という重要な文学者の名前を掘り起こし称揚することになった。他の『過庭録』『渓西雑録』などと照合して、「李羲平は一八〇七年の正父泰永の伝記的逸話集である『過庭録』を著述、その体験を生かして一八三三年には『渓西雑録』を編著し、その後、それを補完して『渓西野譚』を編著した。彼は一八三九年に没した。それゆえ、『渓西野譚』は一八三三年から一八三九年のあいだに編著された説話集であると推断されると」としている。

ちなみに、泰永には十一人もの息子がいて、他の家の養子になったものが何人かいる。羲平は堂内（八等親以内）の道永のところに養子に入ったので実家とも頻繁に行き来があったが、羲準は堂外の顕永のところに養子に入って行き来が途絶えがちになるのを慮って、父親の泰永は一家の中でもっとも忠実な下人の大金をついて行かせたのだと推測している。残念ながら、異国の研究者はこのような機微にまでは行きつくことができない。

3……『渓西野譚』について

『於于野譚』が野譚文学の嚆矢となるが、そこでは士大夫たちの行跡を扱う話だけでなく市井に生きる人々にも題材を取り、怪異なる話にも興味を示して、主題はさまざまであった。それから二百年の後になった『渓西野譚』は士大夫たちの行跡をやはり扱い、著者が属した老論あるいは時派の立場から支配層内部の紛争を取り上げて、正史にない裏面を描いていて興味深い。著者の韓山李氏の畏敬すべき祖先たちのエピソードがある。天文・地理・歴史・卜筮・術数に通じた李之菡（第一三六話）、壬辰の倭乱で国に殉じ、ときには亡霊となって家に現れた李慶流（第一三七話）、高位に至りながら、清廉極まりもない生活を送った李秉泰（第一三八話）、あるいは老論の重鎮であった李台重（第一四〇、一四一話）。彼らとともに、歴史書には名前を残さない市井に生きる人びとの生活についても、『於于野譚』にましてその細部に渡って描写するようになり、分量的にも長い話がいくつも「記録される」だけではなく、「作られる」ようになって、構成的に一篇の近代小説の結構をそなえた作品がいくつもある。それらを読者が自由に味わっていただければいいが、たとえば、第一四話と一五話を続き物として読むと、一四話で隣家の金氏に言い寄られて噂が立ち、死をもってそれに抗議した朴氏女の貞節ぶりと、その女主人の怨みを晴らそうとした奴の万石の忠実ぶりを語るが、第一五話でこの事件を再調査した金相休の綿密な調査報告書とともに合わせ読むとき、巧みに構成されたドキュメンタリー小説のような趣を見せる。第一九話は多くの男子と交渉を重ねたはずの平壌の妓生が記憶に残る二人の男との交合について語る。美男子と醜悪な男子と、それを妓生のモノローグとして語って、コメントを付さない。読者は取り残されたような印象をもつのだが、しかし、そこにこそ技巧があるようにも思われる。平壌の妓生に二人の男のもった意味合いは読者がそれぞれ考えればいい。

短編小説としての佳篇がいくつもあるのだが、それらの中で訳者の特に印象に残る傾向が二つある。まず一つ目は、強い意志をもって生きる女性たちの姿が生き生きと描かれていることである。十五歳で結婚するやいなや夫に死なれて寡婦となり、舅と姑に仕えて一家の治産に務め、養子を育て上げて結婚させ、後顧の憂いがなくなったのを確認して服毒自殺した女性がいる（第三〇話）。「家刀自《いえとうじ》」というのは家政をとりしきる主婦をいう日本の古語であるが、うわべは儒教的な男性社会であるにもかかわらず、賢い若い嫁が一家の治産にはげみ、豊臣秀吉の侵攻を予見して乱を避けたという話がある（第四一話）。まだ少女であるにもかかわらず、急な旅人をみごとに応接し、その旅人と後には結婚して息子を著名な官僚に立派に育て上げた女性たちがいる（第二三話・第七五話）。獄事にかかわって死んだ主人と正妻の葬式を取り仕切った後にその墓のかたわらで自殺したという梅花という妓生の話があり（第一〇話）、貞躁観念を疑われて四本の指を斬り落としたという妓生の巫雲という妓生の強い意志的な生き方もすさまじい（第二〇話）。容貌と歌舞において一世を風靡して売れっ妓であったにもかかわらず、振る舞いの定まらない若者を見込んでその胸に飛び込み、立派に科挙に合格させ、実の父母のいる郡の長官にまで仕立てたうえで自殺する一朶紅という妓生もいる（第七七話）。一朶紅の場合、自分に夢中になって学業を疎かにしがちな男を科挙に及第させるためには、一時は身を引き老人の下に身を寄せたりもしたし、また禹夏亭の妾になった水汲み女も自分の夫の立身出世のためにはしばらく他の男の下で暮らすことにするのだから、必ずしも堅苦しい貞躁観念にはこだわってはいない（第八三話）。中国の『列女伝』や朝鮮の『内訓』などの押し付ける儒教的倫理に従うように見えながらも、その枠などに捕われない強い意志的な女性の姿が見られる。それは表面的には男権社会のように見えながら、深層的には女権社会である朝鮮社会を反映しているようにも思えるし、また編著者の独自なフェミニズムでもあるのであろう。

もう一つの印象的な傾向は、「両班」の階層には属さない人びとの生き方が生彩を放っていることである。儒教社会にあって、士大夫以外の生き方は低く見なされる。日本とてそれは同じであるが、その生活を全面的に依存しているにもかかわらず、生産者である農民たちも流通をになう商人たちも一段低く見られることになる。その中で、三人兄弟の中で他の兄弟たちには学問を続けさせ、自分一人農業に専念しながら、質素な生活の中で殖産にはげんで、万石の富を致すに至った許弘という人物がいる（第八六話）。三年寝太郎さながらに怠惰に過ごしながら、一躍、才覚を発揮して山奥に田地を買い占めて、日本兵の侵略から主家の人びとの命を救った下僕の婿がいる（第三六話）。あるいは科挙を目指して山寺で学問をしながら、一人は及第して官途に進んで栄達をし、もう一人は及第できずに年老いてしまい、もう一人は盗賊の大頭目になる、その運命のあやのおもしろさとともに、その颯爽たる盗賊ぶりが目を引く（第一一六話）。実際には抑圧が強く、警察権力も酷薄にその力を行使するためか、義賊に一目を置く傾向が朝鮮社会の中にあって、『洪吉童伝』などの作品などを生み出してもいるのだが、大きな器宇《きう》をもちながら志を得ずに盗賊の頭となったソンビの話などもあって（第一二五話）、ヨーロッパのピカレスク小説を彷彿とさせる。

＊＊＊

翻訳の底本には『渓西野譚』（国学資料院、二〇〇三年四月発行）を用いたが、この底本が原本としているのは圭章閣本であり、東国大学校付設の韓国文学研究所で発行された影印本を用いたとある。韓国人にとっては常識に属することもあるためだとは思うが、韓国の書物には詳細な注釈があるわけではない。翻訳者は日本人読者のために事柄や人物について、『国史大事典』（三栄出版社）、『韓国人物大事典』（中央日報出版法人、中央M&B）などを参考としながら注釈を施した。

なお、この書物は私の勤務する桃山学院大学の二〇一六年度学術出版助成を受けて出版されることになった。折から私はパリにいて、十一月十三日の *kamikaze* attentat（djihad）なるものを経験したし、アンヴァリッドの追悼式典ではオランド大統領は高らかに「戦争」を宣言したのだった――戦争状態はいまもなおさらに激化して続いている――。助成ための事務的な手続きに奔走していただいた石田和代・横田千尋両氏に、そして作品社の内田眞人氏に感謝したい。資料を取り寄せるためにたびたび韓国啓明大学の杉本佳代子氏のお手をわずらわせた。表紙はこれまでの『於于野譚』『太平閑話滑稽伝』『櫟翁稗説・筆苑雑記』『慵斎叢話』と同じく金帆洙画伯の手になる金弘道の風俗画の模写によっている。杉本・金のお二人のご好意には甘えてばかりいる。本を出すことがそのご好意に報いることだとは思うが、あらためてこの場で謝意を表したい。

[著訳者紹介]
本書の著者は、李羲準とも李羲平とも言われる。

◉

李 羲準（イ・フィジュン）
1775～1842年。朝鮮後期の文臣。本貫は韓山。字は平汝。号は渓西とされてきたが、兄の李羲平の号が誤って伝えられたという説もある。軍資監正の山重の孫で、礼曹参判の泰永の五男、後に顕永の養子となった。純祖五年（1805）、増広文科に乙科で及第して、1809年には翰林都堂会圏に昇った。1825年、礼部承旨・嘉善大夫が加資され、1827年、吏曹参判となった。1830年、京畿監査に赴任して「勅需不敷」「郵駅凋弊」「還穀耗縮」の三つの弊害を上疏して認められた。京畿監査の任期を終えたが、鋳銭事業が始まったばかりなので留任となり、1832年には退いた。翌年、京畿暗行御史の李是遠が鋳銭通用の弊害について上啓したため、羲準は三司の弾劾を受けて黄海道白川に流されたが、翌年には申緯とともに呼び戻された。1834年、憲宗が即位すると、告訃兼奏請副使として中国に行った。1837年、祔太廟のとき、終献官を加資され、工曹判書に昇った。1838年には冬至正使として中国に行き、兵曹・礼曹の判書を経て、1840年には大司憲となった。詩文にも優れ、『渓西野譚』は彼の著述と伝わるが、その兄の羲平の著述だとする説もある。諡号は文靖。

◉

李 羲平（イ・フィピョン）
1772～1839。朝鮮後期の文臣。本貫は韓山。字は準汝、号は渓西。軍資監正の山重の孫、礼曹参判の泰永の息子であり、道永の養子となった。彼の家は老論の閥族であり、恵慶宮洪氏の外戚でもあった。母夫人の豊山洪氏は孝行で名高く、表彰されたこともある。泰仁県監を経て、沈能淑と交遊関係を結んだ。1810年、司馬試に合格して、全州判官および黄州牧使になった。24歳のとき、思悼世子の墓廟のある水原に行き、恵慶宮洪氏の還暦の宴が行なわれたという内容の国文体紀行文『華城日記』を書いた。また、実父の泰永の行跡を主要な内容とした、百四篇の説話を集めた『過庭録』を残している。一般には弟の羲準の作とされる『渓西雑録』および『渓西野譚』は、二人の号が取り違えられて伝わった可能性もあり、羲平の作品であると推定することもできる。

◉

梅山秀幸（うめやま・ひでゆき）
1950年生まれ。京都大学大学院博士後期課程修了。桃山学院大学国際教養学部教授。専攻：日本文学。主な著書に、『後宮の物語』（丸善ライブラリー）、『かぐや姫の光と影』（人文書院）があり、韓国古典文学の翻訳書に、柳夢寅『於于野譚』、徐居正『太平閑話滑稽伝』、李斉賢・徐居正『櫟翁稗説・筆苑雑記』、成俔『慵斎叢話』（以上、作品社）、『恨《ハン》のものがたり――朝鮮宮廷女流小説集』（総和社）などがある。

渓《けい》西《せい》野《や》譚《たん》

2016年12月10日 第1刷印刷
2016年12月20日 第1刷発行

著者――李《イ》義準《フィジュン》・李《イ》義平《フィピョン》

訳者――梅山秀幸

発行者――和田 肇
発行所――株式会社作品社
102-0072 東京都千代田区飯田橋2-7-4
Tel 03-3262-9753 Fax 03-3262-9757
振替口座 00160-3-27183
http://www.sakuhinsha.com

装画――金 帆洙
装丁――小川惟久
本文組版――ことふね企画
印刷・製本―シナノ印刷(株)

ISBN978-4-86182-613-9 C0098

朝鮮文学

作品社の本

李箱 作品集成

崔真碩 編訳

朝鮮を代表する近代文学者、謎多き天才・李箱（イ・サン）。その全貌を初めて明らかにする、待望の作品集！ 付録：「李箱とその文学について」川村湊／小森陽一執筆 〈在庫僅少〉

川辺の風景

朴泰遠 牧瀬暁子 訳

植民地朝鮮・ソウルの下町、清渓川（チョンゲチョン）の川辺に生きる市井の人々を活写する、全50章の壮大なパノラマ。精緻な描写で庶民の哀歌を綴った韓国近代文学の金字塔。

板門店

李浩哲 姜尚求 訳

板門店という民族分断の境界線で出会った南と北の男女の、イデオロギーでは割り切れない交情を描いた表題作をはじめ、故郷喪失、家族離散など、今なお朝鮮戦争の傷跡を抱えて生きる人間の姿を描き出す。解説：川村湊

いま、私たちの隣りに誰がいるのか

Korean Short Stories

安宇植 編訳

子を亡くした夫婦の断絶と和解、クリスマスの残酷な破局、森の樹木の命の営み、孤独な都会人の心理、戦争で夫を亡くした美しき老婆、伝説的カメラマンをめぐる謎……。現代韓国を代表する若手作家7人の、傑作短篇小説アンソロジー。

軍艦島 上・下

韓水山

川村湊 監訳・解説 安岡明子・川村亜子 訳

注目の歴史遺産に秘められた朝鮮人徴用労働者たちの悲劇。決死の島抜けの後遭遇する長崎原爆の地獄絵。一瞬の閃光に惨殺された無量の人々。地獄の海底炭鉱に拉致された男たちの苦闘を描く慟哭の大河小説。